Buch

Ross Mackinnon, der rauhbeinige Texaner mit dem lässigen, jungenhaften Charme, hat angeblich die »blauesten Augen unter der Sonne«. Selbst hartgesottene Texanerinnen sinken ihm reihenweise zu Füßen. Doch trotz seiner Erfolge bei den Damen weiß Ross nie so recht, was er eigentlich will. Da kommt ihm ein Brief von seinen Verwandten aus Schottland gerade recht, wo er soeben einen Titel und ein beachtliches Vermögen geerbt hat. Dort angekommen erobert er mit seinem unverfälschten Cowboy-Charme die Herzen der schottischen Aristokratinnen im Sturm, wenn er auch mit den Gepflogenheiten der feinen Gesellschaft einige Schwierigkeiten hat. Vor allem die schöne junge Lady Annabella Stewart läßt sein Herz schneller schlagen, und auch sie vergißt in seiner Nähe ihre vornehme Reserviertheit sehr schnell. Doch die beiden frisch Verliebten finden kaum eine ungestörte Minute, denn in den schönsten Momenten taucht immer Annabellas eifersüchtiger Verlobter auf, der sich seine hübsche Braut nicht so einfach ausspannen lassen will.

Autorin

Elaine Coffman hat mit ihren mit viel Humor und »Biß« geschriebenen historischen Liebesromanen mittlerweile eine wahre Fangemeinde erobert. Als gebürtige Texanerin liegen ihr besonders ihr Heimatstaat und dessen liebenswert-rauhbeinige Bewohner am Herzen – auch wenn sie wie hier einmal auf »Abwege« geraten.

Außerdem von Elaine Coffman im Goldmann Verlag erschienen:

Engel in Flammen. Roman (41364)
Geliebter Schuft. Roman (41073)
Goldstaub auf zarter Haut. Roman (41367)
Wie Fieber im Blut. Roman (41074)
Zärtlicher Rebell. Roman (41115)

Elaine
COFFMAN

Ein Mann wie Samt und Seide
ROMAN

Aus dem Amerikanischen
von Uschi Gnade

GOLDMANN VERLAG

Deutsche Erstveröffentlichung

Die Originalausgabe erschien unter dem Titel »Somewhere along the way«
bei Dell Publishing, New York

Umwelthinweis:
Alle bedruckten Materialien dieses Taschenbuches
sind chlorfrei und umweltschonend.
Das Papier enthält Recycling-Anteile.

Der Goldmann Verlag
ist ein Unternehmen der Verlagsgruppe Bertelsmann

Made in Germany · 1. Auflage · 7/93
Copyright © 1992 by Elaine Gunter Coffman
Copyright © der deutschsprachigen Ausgabe 1993 by
Wilhelm Goldmann Verlag, München
Umschlaggestaltung: Design Team München
Umschlagillustration: Schlück/Daeni, Garbsen
Satz: IBV Satz- und Datentechnik GmbH, Berlin
Druck: Elsnerdruck, Berlin
Verlagsnummer: 42212
Lektorat: Angela Kupper/AK
Herstellung: Heidrun Nawrot
ISBN 3-442-42212-4

Für meine Großmutter,
deren Schatten durch mein Leben getanzt ist.
Maud Tatum Davidson
1881–1952

Ich wußte immer, daß du mich tief ins Herz geschlossen hattest; jetzt kann ich dir sagen, daß ich dich immer noch in meinem Herzen trage. Du warst der Anker im Leben. *Denk immer daran* war deine Zauberformel. Alles, was aus mir geworden ist, und alles, was ich zustande gebracht habe, geht auf dich zurück. Wie oft ich mir schon gewünscht habe, ich könnte dich noch einmal sehen, und sei es nur, um mich bei dir zu bedanken. Ich habe dich früher sehr liebgehabt. Ich liebe dich auch jetzt noch.

Niemand wirft sein Licht auf sich selbst, noch nicht einmal die Sonne.
       Antonio Porchia, *Voces* (1968)

In dem Moment,
in dem ich meine erste Liebesgeschichte gehört habe,
habe ich meine Suche nach dir begonnen,
ohne mir darüber im klaren zu sein, daß die Suche zwecklos ist.
Liebende begegnen einander nicht irgendwo –
sie tragen einander von Anfang an in ihrer Seele.

Jalal Al-din Rumi, persisches Gedicht

I

DIE FRAU

Was man an Frauen wahrnimmt,
ist ihr geringster Teil.
– Ovid: *Heilmittel gegen die Liebe*

Prolog

Dornoch Castle, Schottland 1848

Der ganze Ärger begann, als ihre Mutter sie nach einem Pferd benannte.

Als sie an ihre beste Freundin zu Hause in England und daran dachte, wieviel Spaß ihr im Augenblick das Ende der Ballsaison in London bereiten mußte, trat Lady Annabella Stewart unruhig von einem Fuß auf den anderen. An jenem Tag vor ein paar Monaten, als sie Saltwood Castle verlassen hatte und zum Stadthaus ihrer Familie in London gereist war, hatte alles noch so vielversprechend und verlockend ausgesehen. Sie war gerade siebzehn geworden, es sollte ihre erste Ballsaison sein, und sie hatte sich als die glücklichste aller Frauen empfunden.

Oh, wie sehr sich die Welt doch gegen sie gewandt hatte! *Du hättest es wissen müssen, Bella. Du hättest es wissen müssen. Wenn jemand schon nach einem Pferd benannt ist...*

Kurz vor ihrer Geburt hatte ihre Mutter ein Pferderennen besucht und zugesehen, wie ein wunderschönes Fohlen, ein gescheckter Grauschimmel namens Lady Annabella, als Sieger über die Zielgerade lief. »Aber Bella«, hatte ihre Mutter seither oft gesagt, »es war ein sehr *schönes* Pferd. Und es ist Erster geworden.«

Erst als ihr ein Glas Champagner in die Hand gedrückt wurde, riß Annabella ihre Gedanken von England und von der Vergangenheit los und kehrte nach Schottland und in die Gegenwart zurück. *Aus*, dachte sie. *Bald ist es aus mit meinem Leben*. Es durfte einfach nicht wahr sein. Das konnte ihr doch nicht passieren. Sie starrte ihren Vater an und spürte das panische Pochen ihres Herzens, die würgenden Finger des Schicksals, die sich um ihre Kehle legten. Sie fühlte sich elend und verzweifelt, und ihre Augen blickten flehentlich. Der Herzog von Grenville kniff die Augen ein wenig zusammen und räusperte sich. Er sagte kein Wort.

Annabella schloß die Augen, um das grimmige Gesicht ihres Vaters nicht anblicken zu müssen. *Er wird es tun*, dachte sie. *Er wird es wirklich durchsetzen*. Sie würde kaltherzig und ohne jedes Gefühl einem Mann angetraut werden, den sie gerade erst kennengelernt hatte, einem Mann, der zwanzig Jahre alt gewesen war, als sie geboren wurde.

Annabella, die sich gedemütigt fühlte, spürte, wie die Kälte des Schlosses aus den hintersten Winkeln des Raumes in sie einsickerte. Ein Fest fand statt, eine Zusammenkunft von Verwandten und entfernteren Angehörigen, um eine Abmachung zu besiegeln und eine Verlobung zu feiern. Das hätte ein freudiger Anlaß sein sollen.

Aber statt dessen war es ein trauriger Tag. Annabellas Mutter bemühte sich, fröhlich zu wirken, doch ihre Augen funkelten so hell, daß es sich nur um Tränen handeln konnte. Oben weinte Bettina, die Zofe. Jarvis, der Kammerdiener des Herzogs, hatte etwas im Auge. Draußen regnete es in Strömen. Sogar die Kerzen in den Kandelabern tropften.

»Auf uns und zum Teufel mit den Engländern!«

Der lautstarke Trinkspruch durchschnitt die leise Unterhaltung wie ein Donnerschlag, und zurück blieb nur das gespenstische Schweigen eines Grabs.

Jeder in dem großen Saal des Dornoch Castle hätte diesen Ruf ausstoßen können. Zu jedem anderen Zeitpunkt hätte dieser Trinkspruch ausgereicht, um jeden vitalen Engländer auf die Palme zu bringen, aber Alisdair Stewart, der Herzog von Grenville, schaute nur seine Tochter Annabella und John Gordon, den Graf von Huntly, ihren Verlobten, an und hob sein Glas.

»Möget ihr gemeinsam ein langes, glückliches Leben führen.«

Er sah seine Frau an und lächelte. Die Herzogin hob ihr Glas, lächelte ebenfalls und schaute zu ihrer Tochter. Aber Annabella lächelte nicht. Sie sah niemanden an, sondern richtete den Blick starr auf eine Stelle des Wandteppichs an der gegenüberliegenden Seite des Raumes; ihr Atem ging ungleichmäßig, und sie versuchte, die Entrüstung zu verbergen, die sie angesichts ihrer Verlobung mit diesem Schotten verspürte.

Sie betete um eine plötzliche Anwandlung von Mut, doch sie empfand nur Scham – Scham darüber, daß sie so ein Feigling war und weinen wollte, statt sich zu widersetzen; Scham darüber, ein zitterndes und bebendes Geschöpf zu sein. Warum fielen ihr die hundert Dinge nicht ein, die eine tapfere Frau zu einem solchen Zeitpunkt hätte sagen oder tun können? Warum konnte sie lediglich zittern und erbleichen oder zeigen, wie elend sie sich fühlte und daß es ihr das Herz brach? Es tat ihr weh, sich so zu sehen – schwach, unterwürfig und so grün wie Gras; eine formbare junge Frau, die sich der elterlichen Autorität mit nicht mehr Mumm als ein schlafender Säugling und mit geringem Optimismus beugte.

»Auf meine Verlobte«, sagte Huntly mit einer scharfen Stimme, die Grauen in ihr aufkommen ließ.

Da sie wußte, daß sie ihren zukünftigen Ehemann ansehen mußte, wandte sie sich zu ihm um und lächelte, um eine anschwellende Woge von Hysterie zu verbergen. Fröstelnd und voller Entsetzen blinzelte sie, um die Tränen zurückzuhalten, und sie betete, damit ihre Gedanken einen anderen Weg einschlügen. In ihr verschwommenes Elend eingehüllt, dachte sie wieder an Emily, ihre beste Freundin daheim in England. Wie sehr Emily jetzt das Ende der Ballsaison in London auskosten mußte! Annabella trat voller Unbehagen von einem Fuß auf den anderen. Sie hatte sich noch nie so elend und derart einsam gefühlt. Sie hätte am liebsten geweint. Sie wollte nach Hause.

Erst heute morgen hatte sie es ihrer Mutter gegenüber geäußert. »Ich will in meinem eigenen Bett schlafen und nach dem Aufstehen ein echtes *englisches* Frühstück haben. Ich möchte bei Tante Ellen Tee trinken. Ich möchte Bilder vom Jahrmarkt malen. Mir würde es nichts ausmachen, solange ich lebe, nie wieder einen Fuß nach Schottland zu setzen. Ich mag keine Algenmarmelade. Ich mag keinen Aal. Und ich *hasse* im Schafsmagen gekochte Innereien. Ich verstehe nicht, wie das jemand mögen kann. Ich verstehe diese Menschen nicht. Sie sind grob und furchteinflößend. Sie reden seltsam und sehen mich seltsam an. Sie mögen mich überhaupt nicht.« Sie wischte sich die Tränen weg, die auf ihr Mieder tropften. »Die Vorstellung, verheiratet zu sein, ist mir verhaßt. Ich will nicht für den Rest meines Lebens mit einem Mann, den ich gar nicht mag, diese Scheußlichkeiten essen. Warum muß ausgerechnet mir immer so etwas passieren?«

»O Bella«, hatte ihre Mutter gesagt und sie in die Arme gezogen. »Ich wünschte, ich könnte etwas zu deinem Glück beitragen. Ich fühle mich so hilflos. Das einzige, was mir einfällt, ist, Hirschhornsalz aus der Apotheke kommen zu lassen.« Die beiden hatten beieinander gestanden und geweint.

»Ich werde nie mehr glücklich sein«, hatte Annabella schließlich gesagt.

Selbst hier noch, ein paar Stunden später bei dem Familientreffen, empfand sie dasselbe. Sie würde nie mehr glücklich sein. Nie, nie, nie mehr.

Vom anderen Ende des Raumes her musterte ihr Onkel, Colin McCulloch, Annabella nachdenklich. Sie stand so bleich und steif wie eine Kiefer da, und sie hielt so viele unvergossene Tränen in ihren Augen zurück, daß man unmöglich die genaue Augenfarbe hätte bestimmen können. Im Gegensatz zu Annabella und ihrer Mutter machte er keinen besonders betrübten Eindruck, aber er schien sich auch nicht gerade darüber zu freuen, wie die Dinge liefen. Als spürte er, daß Annabella eine Kostprobe seines derben Humors gebrauchen konnte, hob er sein Glas zu einem weiteren Toast. »Möge der alte Douglas Macleod euch für euer Ehebett seine Feenflagge ausborgen«, sagte er und sah Annabella direkt an. Und dann tat er etwas Merkwürdiges. Er zwinkerte ihr zu.

Das Zwinkern hätte genügt, um sie leicht erröten zu lassen, doch die Erwähnung des Ehebetts überflutete ihr ganzes Gesicht mit glühender Röte. Sie schaute ihren Onkel Colin an und fragte sich, was er meinte. Colin McCulloch war der Graf von Dornoch und der älteste Bruder ihrer Mutter. Er war das Oberhaupt des McCulloch-Clans und einer von der ganz ausgelassenen und temperamentvollen Sorte – von dem roten Pompom auf seinem Hut bis zum *Sgian-Dubh* in den Gamaschen ein Schotte.

»Von mir aus borge ich ihnen gern meine Feenflagge, aber wenn ich mir die Kleine so ansehe, dann scheint ihr die Verlobung nicht besonders gut zu schmecken«, sagte Douglas, der von seinen Verwandten Macleod genannt wurde.

»Sieht ganz so aus«, stimmte Colin ihm zu. Er musterte sie liebevoll. »Vielleicht wünscht sie sich sogar, daß sich nach dieser Eheschließung die Heringe im Teich tummeln und nicht die Babys in ihrem Bauch.«

Während das Gelächter am lautesten toste, sah die Herzogin Annabella an und fragte sich, wie sie ihr trauriges, bestürztes jüngstes Kind trösten könnte. Sie beugte sich zu ihr vor und flüsterte: »Die Feenflagge ist ein Macleod-Schatz, der angeblich auf den Kreuzzügen erbeutet worden ist. Ihr werden drei Zauberkräfte zugeschrieben – wenn sie in die Schlacht mitgetragen wird, erhöht sich dadurch die Anzahl der Macleods; wenn man sie auf das Ehebett legt, sichert sie die Fruchtbarkeit; und sie füllt den Teich mit Heringen.«

Annabella spürte den Arm ihrer Mutter, der sich um ihre Taille legte. Sie sehnte sich danach, den Kopf auf die Schulter ihrer Mutter sinken zu lassen, wie sie es als Kind so oft getan hatte, als könnte dieser schlichte Vorgang als ein gewaltiger Stock in den Radspeichen des Getriebes dienen, das schon längst in Gang gesetzt worden war. In ihrem Bemühen, ihre Panik zu ersticken, blickte sie zu ihrer Mutter auf. »Onkel hat recht«, flüsterte sie ihr zu, und es gelang ihr nicht, die Sorge aus ihrer Stimme zu verbannen. »Heringe im Teich wären mir lieber.«

»Vielleicht«, sagte ihre Mutter und tätschelte ihren Arm, »wirst du mit beidem gesegnet.« Das Tätscheln war aufmunternd, doch die Stimme bebte so heftig, daß sie keinen Trost spendete. Die Herzogin kämpfte ebenfalls mit gemischten Gefühlen. Sie hatte tiefes Mitgefühl mit Annabella, denn sie wußte, welchen Kummer ihre Tochter hatte, und ihr Herz verhärtete sich erbittert gegen ihren Mann, weil es ihm an Verständnis mangelte und er so leicht zu vergessen schien, was es hieß, jung zu sein und ganz und gar auf sein Herz zu hören. Gerade erst gestern hatte sie versucht, es Annabella zu erklären, und sie hatte gesagt: »Dein Vater hat nun einmal diese unerschütterliche praktische Veranlagung, die einen nüchternen Mann glatt in den Ruin triebe.« Sie wollte dem noch hinzufügen, daß auch sie den Drang verspürte, einen Gin oder auch zwei zu sich zu nehmen, doch in dem Moment hatte der Herzog das Zimmer betreten – und wie immer setzte sein Erscheinen jedem Gespräch ein Ende.

Die Herzogin wurde durch die nächste Runde Champagner aus ihren Gedanken herausgerissen. Sie tätschelte ihrer Tochter die Hand, um sie wenigstens auf diese Weise zu trösten. »So übel sind die Schotten gar nicht. Ihre Art kommt einem im ersten Moment etwas seltsam vor, aber du wirst sie schnell lieben lernen.«

Annabella bemühte sich, ein entrüstetes Schnauben zurückzuhalten. »Sie lieben? Mir ist unbegreiflich, wie jemand sie lieben könnte. Ich habe in meinem ganzen Leben noch keine derart brutalen und unmanierlichen Menschen gesehen. Vater hat es gut mit ihnen gemeint, als er gesagt hat, sie seien ›nur halbwegs gezähmt‹. Einen wüsteren Haufen habe ich noch nicht erlebt.«

Ihre Mutter lächelte, beugte sich vor und flüsterte: »Das liegt daran, daß du es mit meiner Familie zu tun gehabt hast. Nicht alle Schotten aus dem Hochland sind so ungebärdig. Dein Verlobter ist nach englischen Maßstäben durchaus ein Gentleman.« Als sie das finstere Stirnrunzeln ihrer Tochter sah, fügte sie noch hinzu: »Vergiß nicht, daß mehr als die Hälfte deines Bluts so stürmisch wie das Hochland ist, in dem Colin und ich geboren wurden. Und jetzt lächle, Bella, und bemüh dich, einen glücklichen Eindruck zu machen.«

Annabella wollte nicht lächeln. Glückliche Gesichter waren etwas für glückliche Menschen, und der heutige Tag war für sie ein äußerst unerfreulicher. Sie wollte nicht hier in Schottland bei der Verlobungsfeier sein. Am allerwenigsten wollte sie mit jemandem verlobt werden. Mit keinem von der endlosen Männerparade, die ihr Vater in London in Betracht gezogen hatte, und schon gar nicht mit Lord Huntly, dem Mann, für den er sich schließlich entschieden hatte. Sie wollte keinem Schotten angetraut werden; welche Engländerin hätte das schon gewollt? *Auf uns und zum Teufel mit den Engländern*, das konnte man wohl sagen.

Annabella warf einen verstohlenen Blick auf den Mann, den zu heiraten ihr in einem Jahr bestimmt war. Wie konnte ihr Vater, ein Mann, den sie immer bewundert hatte, ihr das antun? Ihre fünf Schwestern waren ausnahmslos mit kultivierten Engländern verheiratet, die in einer zivilisierten Umgebung wie London, Kent oder sogar York lebten. Sie konnte sich noch gut an die Reaktion ihrer Schwestern erinnern, als sie gehört hatten, daß ihr Vater seine jüngste und letzte zu vergebende Tochter einem Schotten versprochen hatte.

»Einem Schotten?« hatte Judith wiederholt. »Er muß verrückt sein!«

»Wie konnte Vater bloß so dumm sein?« hatte Jane gefragt.

Sara war aufgesprungen und hatte gesagt: »Jeder unverheiratete Herzog in England hat um Annabellas Hand angehalten. Warum hat Vater keinen von ihnen gewählt?«

Margaret hatte hinzugefügt: »Warum verfrachtet Vater sie nach Schottland, als könnte er in England keinen guten Ehemann für sie finden? Und warum sollte ein Schotte eine Engländerin zur Frau haben wollen? Die mögen uns doch gar nicht.«

Elizabeth erwiderte in betont schottischem Dialekt: »Weil sogar der Taube das Klimpern von Geld hört.«

Bei jeder anderen Gelegenheit hätten sie darüber gelacht. Aber heute war es etwas anderes. »Ich bin sicher, daß Vater seine Gründe dafür hat, und ihm scheint es genau das richtige zu sein. Männer haben nun mal eine äußerst seltsame Art, die Dinge zu sehen«, sagte Jane und legte einen Arm um Annabellas Schultern. »Und doch kann ich nicht glauben, daß er seinem eigenen Fleisch und Blut so etwas antut.«

Annabella konnte das ebensowenig verstehen.

Sie hätte nie gedacht, daß ihr Vater ihr als Gemahl einen Mann aussuchen könnte, der nicht aus ihrem eigenen Land stammte und kein Engländer war. »Aber Bella, die Schotten *sind* Engländer«, hatte ihr Vater gesagt.

Eine Bemerkung, die das schottische Blut ihrer Mutter ein wenig aufheizte. »Nein, Alisdair«, sagte sie mit äußerster Ruhe. »Die Schotten sind keine Engländer. Und sie werden auch niemals Engländer sein, ebensowenig, wie die Engländer jemals Schotten sein werden.«

Der Herzog blickte sie skeptisch an wie immer, wenn er mit seiner Frau und seinen Töchtern konfrontiert war. »Was soll das heißen – sie werden niemals Engländer sein? Sie gehören seit mehr als hundert Jahren zu England«, widersprach er.

»Sie sind Großbritannien angegliedert worden, aber das macht sie noch nicht zu Engländern.« Der Herzog öffnete den Mund, als wollte er seinem Standpunkt Nachdruck verleihen, doch die Herzogin schnitt ihm mit einer Handbewegung das Wort ab.

»Du bist übertrumpft, und das weißt du selbst, Alisdair. Ein Mann gegen sieben Frauen...«

»Ich schaffe es trotzdem, mich zu behaupten, Anne«, sagte er.

»Ja, du schaffst es... *gelegentlich*.«

»Ob Schotten oder Engländer, wir gehören alle zusammen«, sagte der Herzog zu seiner Verteidigung. »Es ist dasselbe wie mit Familien.«

»Das mag sein. Solange du nicht vergißt, daß der Clan stärker als sein Oberhaupt ist.«

»Vergiß du nur nicht, daß ich selbst ein wenig schottisches Blut in mir habe.«

Seine Frau ließ ein wegwerfendes »Pah!« hören und fügte hinzu: »Dein schottisches Blut ist vom englischen Tee derart verwässert, daß es dir auch nichts mehr nutzt.«

»Sein Blut ist nicht verwässert, es ist kalt«, sagte Sara und warf einen Blick auf ihren Vater.

Annabella, die wünschte, sie brächte den Mut auf, auch etwas Derartiges zu sagen, strengte sich an, nicht flehentlich zu blicken, als sie tapfer fragte: »Warum muß ich denn einen Schotten heiraten, wenn keine meiner Schwestern es brauchte?«

Der Herzog sah Anne mit fragendem Blick an. »Sollen wir es ihr sagen?«

»Mir was sagen?« fragte Annabella. Sie schaute an ihrem Vater vorbei und sah ihre Mutter an, die hinter ihm stand. »Werde ich wie ein Hausschwein auf dem Markt an den Höchstbietenden versteigert?«

»Nein, meine Liebe, du wirst nicht verschachert«, sagte Anne. »Und sprich über dich selbst nicht in derart gewöhnlichen Ausdrücken.«

»Hat Vater bei White's unser gesamtes Vermögen verspielt?« fragte Bella ihre Mutter. »Sind wir verarmt und mittellos? Ist es das?«

Der Herzog zog ein finsteres Gesicht. »Ich gehe kaum noch zu

White's, und wenn ich hingehe, dann nicht, um zu spielen. Und noch entscheidender ist, daß ich nicht der Mann bin, der seine Tochter für dreißig Silbertaler verkauft.«

»Vielleicht für einunddreißig«, sagte Elizabeth.

Zum ersten Mal hatte sie etwas gefunden, worüber sie lachen konnten – das heißt alle außer Annabella.

Da sie nicht bereit war, sich durch irgend etwas ablenken zu lassen, auch nicht von Humor, ging Annabella ihrer Frage unerbittlich nach. »Warum seid ihr so geheimniskrämerisch?«

Anne seufzte und sah ihren Mann an, der den Eindruck machte, als sei er in diesem Augenblick lieber woanders als hier in der Bibliothek im Kreis seiner Familie. »Ich vermute, wir sind es ihr schuldig«, sagte er.

»Was seid ihr mir schuldig?« schrie Annabella nahezu heraus, doch die Worte klangen so aufgebracht und stockend, daß man hätte glauben können, sie hätte heftige Bedenken. Ehe sie die Nerven ganz verlor, sagte sie hastig: »Habt ihr jetzt die Absicht, es mir zu sagen, oder wollt ihr mich mit eurem Zögern zu Tode quälen?«

»Willst du es ihr erzählen?« fragte der Herzog seine Frau.

Anne schaute Annabella an und schüttelte den Kopf. Sie war der Inbegriff weiblicher Unterwürfigkeit, als sie mit matter Stimme demütig sagte: »Nein, Liebling, sag du es lieber.«

In Annabellas Hinterkopf, wo sie sich schon das Schlimmste ausmalte, brach der Teufel los, und veranlaßte sie dazu, die Hände in die Luft zu werfen und, ohne zu denken, zu sagen: »Ich habe noch nie erlebt, daß derart um den heißen Brei herumgeredet wird.«

Ihre Mutter stellte mit großem Getue ein paar Bücher in dem Bücherregal, neben dem sie stand, noch gerader hin, und ihre Wangen waren von leuchtender Schamröte überzogen. Sie wandte den Blick erst ab, als der Herzog sich räusperte und sagte: »Es ist ein bißchen kompliziert.«

Annabella ließ sich auf den nächstbesten Stuhl sinken. »Irgend etwas sagt mir, daß ich mich besser setzen sollte.«

Mit einer kleinlauten, reumütigen Stimme, die Annabella kaum wiedererkannte, sagte ihre Mutter: »Ich denke, ich werde mir ein Beispiel an dir nehmen.«

Annabella ließ sich davon ablenken, daß ihre Mutter zu einem Pfeiler der Schwäche geworden war, und einen Augenblick lang schweifte ihre Aufmerksamkeit von der bevorstehenden Katastrophe ab. Fast hätte dieser neuartige Eindruck sie zum Lächeln gebracht.

Der Herzog nutzte diese unerwartete Gesprächspause und stürzte zu einem reichverzierten Flaschenschränkchen und öffnete es. Er holte eine kunstvoll vergoldete Karaffe heraus, die die Aufschrift BURGUNDER trug, und nachdem er den geschliffenen Stöpsel herausgezogen hatte, goß er sich ein halbes Glas ein. Ein zweiter Blick auf seine Frau brachte ihn dazu, das Glas hastig bis zum Rand vollzuschenken. Er trank das Glas und die Hälfte eines zweiten Glases leer, ehe er zu sprechen begann. »Als ich mich in deine Mutter verliebt habe und sie heiraten wollte, war ihr Vater nicht gerade darauf versessen, sie an einen Engländer zu verheiraten, ungeachtet des Umstands, daß ich ebenfalls schottische Vorfahren habe.«

»Er muß sich mit der Vorstellung angefreundet haben«, sagte Annabella. Dann trat plötzlich ein Ausdruck des Entsetzens auf ihr Gesicht, und sie sprang auf und fragte: »Erzähl mir bloß nicht, daß ihr nicht verheiratet seid.«

Der Herzog lachte und sah seine Jüngste liebevoll an. »Natürlich sind wir miteinander verheiratet.«

Erleichtert setzte sich Annabella wieder, als ihr Vater fortfuhr. »Der alte Donald McCulloch hat in die Heirat eingewilligt, weil er ein gerissener alter Geier war und wußte, daß es eine weise Entscheidung war, seine Familie mit einer illustren englischen Familie wie meiner zu verbinden. Aber er hat eine Bedingung daran geknüpft: Wenn wir nur eine Tochter bekämen, müsse sie einen Schotten heiraten.«

»Ihr habt sechs Töchter«, warf Annabella ein.

»Es hängt noch mehr als nur das daran«, sagte der Herzog. »Wenn wir mehrere Töchter hätten, müßte die jüngste einen Schotten heiraten.«

Daß ihr eigener Großvater sie zum Leiden auserkoren hatte, war ein Los, das sie nicht verdient hatte, und sie verfluchte dieses eine Geschehnis, das den Lauf ihres Lebens ändern würde. Wie ungerecht es doch war – aber sie konnte nichts daran ändern, und es blieb ihr nichts anderes übrig, als das zu beklagen, was hätte sein können, und ihren gefühllosen Großvater für seine Hartherzigkeit zu hassen – was nicht gerade dazu beitrug, sie für irgend etwas einzunehmen, was mit Schottland zu tun hatte.

»Donald McCulloch ist jetzt tot. Was spielt es da noch für eine Rolle, wen ich heirate?« Annabella kam sich vor wie eine Maus in einer Falle, die darum kämpft, sich zu befreien, und sie spürte, wie ihre Gefühle von Wut in Verzweiflung umschlugen und sich dann wieder in Wut zurückverwandelten. »Ihr fürchtet euch doch nicht etwa vor einem Toten, oder?« In dem Moment, in dem sie mit zurückgeworfenem Kopf und weit aufgerissenen Augen die Worte hervorbrachte, fragte sie sich, ob das, was einen in den Wahnsinn trieb, Furcht oder Wut war, denn sie mußte wahnsinnig sein, wenn sie so mit ihrem Vater sprach.

Doch falls der Nadelstich ihrer Herausforderung ihn verletzte, ging er darüber hinweg. »Nein, ich fürchte mich nicht vor einem Toten«, sagte er nachdenklich. Dann schüttelte er ungläubig den Kopf und fügte hinzu: »Obwohl ich tatsächlich das Gefühl habe, wenn jemand es fertigbrächte, aus dem Jenseits zurückzukehren, um durch mein Leben zu spuken, dann wäre es der alte Donald McCulloch. Er war ein abergläubischer Mann, der an Kobolde und Schreckgespenster geglaubt hat, an Zauberer, an Wassergeister und an Ungeheuer. Und all das hatte einen

Anflug von Verrücktheit.« Der Herzog warf einen Blick auf seine Frau, und als er sah, daß Anne ihm nichts von all dem allzu übelnahm, fuhr er fort: »Du bist um Mitternacht geboren worden, und Donald hat geglaubt, jedem Kind, daß mitten in der Nacht geboren wird, sei es bestimmt, anders als andere zu sein.«

»Anders«, wiederholte Annabella. Und dann fügte sie hinzu, als sei es plötzlich offenkundig: »Und er hat dafür gesorgt, daß ich anders als andere sein werde, indem er euch zu einer solchen Abmachung gezwungen hat.« Als ihr noch etwas dazu einfiel, riß sie die Augen weit auf. »Ihr braucht euer Versprechen nicht zu halten«, sagte sie. »Er ist schon so lange tot, daß sich wahrscheinlich niemand mehr an diese Abmachung erinnert.«

»Er hat es in unseren Ehevertrag schreiben lassen, damit er in Frieden ruhen kann. Wenn du keinen Schotten heiratest, Bella, machen wir uns eines Vertragsbruches schuldig.«

»Gibt es denn keine Möglichkeit, diese Abmachung zu umgehen? Was wäre, wenn ich niemals heirate?«

»Diese Möglichkeit steht dir nicht offen«, sagte der Herzog und wandte den Blick von ihr ab.

»Und wenn wir uns weigern? Wenn wir den Vertrag brechen, was passiert dann?«

»Dann könnte unsere Ehe für ungültig erklärt werden, und all unsere Kinder könnten als unehelich bezeichnet werden.«

Rubinrote chinesische Seide raschelte, als Annabella aufsprang, auf die Türen der Bibliothek zuging, die mit üppigen Schnitzereien verziert waren, und dort stehenblieb. »Ich wünschte, Großvater würde noch leben«, sagte sie zu ihrer Mutter. »Damit ich ihm ganz deutlich sagen könnte, was ich von ihm und von seiner Klausel halte.« Dann tat Annabella etwas, was sie noch nie getan hatte. Sie knallte die Tür hinter sich zu.

Die Herzogin stieß einen Seufzer aus, den sie lange Zeit zurückgehalten hatte. »Meine Güte«, sagte sie zu ihrem Mann. »Glaubst du, es wird einen Aufstand geben?«

»Nein«, sagte der Herzog. »Es ist nur das unbändige Blut von deiner Familienseite, das ins Wallen geraten ist. Aber mach dir keine Sorgen. Annabella ist mit strenger Hand erzogen worden und weiß sehr gut, was von ihr erwartet wird. Wenn der gesunde Menschenverstand ihr keine Stütze ist, dann werden eine gute Erziehung und die Disziplin dafür sorgen, daß sie sich fügt.«

Seine Frau starrte immer noch die Tür an. »Da wäre ich mir nicht so sicher«, meinte sie.

»Mein Liebling, unsere Tochter ist durch und durch eine englische Lady. Sie wird uns nicht im Stich lassen.«

»Ich weiß, aber sie erinnert mich so sehr an meinen Vater. Immer wieder spüre ich, daß das zügellose Temperament des Hochlands in Annabella weiterlebt.«

»Dein Vater ist gestorben, ehe sie ein Jahr alt war. Sie ist keinmal in Schottland gewesen.«

»Das ändert nichts. Mein Vater hat immer gesagt, zwei Generationen seien erforderlich, um einen Menschen zum Schotten zu machen, und weitere zwei, bis er kein Schotte mehr ist. Annabella gehört noch zur ersten Generation.«

»Ich glaube trotzdem, daß wir ihr nur Zeit lassen müssen. Sie wird es sich anders überlegen und zu unserer Auffassung gelangen.«

In den folgenden Wochen freundete sich Annabella nicht mit der Vorstellung an, und sie begann auch nicht, die Auffassung ihrer Eltern zu teilen, aber sie akzeptierte die Entscheidung wie alle Vorschriften ihrer Eltern. Sie mochte zwar zum Teil eine Schottin sein, aber sie war auch, wie es ihr Vater behauptet hatte, eine englische Lady. Sie war zur Gottesfurcht und dazu erzogen worden, Mutter und Vater zu ehren und eine englische Adlige darzustellen, die sich in jeder Situation wohlerzogen und angebracht zu benehmen wußte. Die angemessene Erziehung der sechs Töchter des Herzogs von Grenville war von größter Bedeutung gewesen, und man hatte sorgfältige Mühe darauf verwandt, daß sie alle es erlernten, durch ihre Zurückhaltung ihre vornehme Geburt und Erziehung zu beweisen. In all den Jahren ihres jungen Lebens hatte sich Annabella Catriona Stewart nicht etwa so benommen, wie es ihr behagte, sondern wie es von ihr erwartet wurde. Niemals, nicht ein einziges Mal hatte sie ihre Eltern in dieser Hinsicht enttäuscht.

Und jetzt, ein paar Wochen später, war sie weit entfernt von dem zivilisierten Leben im Saltwood Castle oder gar im Stadthaus des Herzogs von Grenville in London. Jetzt war sie im Dornoch Castle, einem Ort in einer trostlosen Landschaft mit rauschenden dunklen Gewässern, an dem selbst das Tosen des Meeres das derbe Echo der schottischen Sprache nicht übertönen konnte. Trotz ihrer Verbitterung versuchte sie, sich in Erinnerung zu rufen, daß das hier die Heimat ihrer Mutter war, die Geburtsstätte der Herzogin.

Als sie sich diesen Umstand ins Gedächtnis zurückrief, sah Annabella sich die Gemälde in den goldenen Rahmen an, die an den naßkalten Steinmauern hingen. Ihre eigene Geschichte starrte sie aus diesen Bildern an. Innerhalb dieser kalten grauen Mauern befand sich ein Teil ihrer Vergangenheit. Aber wie war es um ihre Zukunft bestellt?

Annabella sah ihrer Mutter in das besorgte Gesicht und spürte, wie ihre Knie weich wurden. Was hatte ihre Mutter doch gesagt? *Lächle, Bella, und bemüh dich, einen glücklichen Eindruck zu machen.* Es war ihr unmöglich, glücklich zu wirken, doch da sie wußte, wie wichtig es ihrer Mutter war, tat sie ihr Bestes und versuchte zu lächeln. Aber es fiel ihr schwer, denn innerlich war ihr zum Weinen zumute. Nie hatte sie sich so hilflos und ohne jede Hoffnung gefühlt. Man hatte ihr keine Zeit gelassen, sich an den fürchterlichen Schock und an die überraschende Enthüllung zu gewöhnen, daß sie einen Mann der Wahl ihres Vaters heiraten mußte – der nicht nur ein Schotte, sondern zudem altersmäßig nicht weit von ihrem Vater entfernt war.

Sollte sie nie wieder in England leben? Sie spürte, wie die zurückgehaltenen Tränen in ihren Augen brannten, als sie erneut einen verstohlenen Blick auf ihren Verlobten warf. Was für eine Karikatur! Was für eine Beleidigung! Sie würde nie bereit sein, den Graf von Huntly namens John Gordon freiwillig zu heiraten.

Seit gestern wußte sie es, von dem Augenblick an, in dem sie ihn das erste Mal zu sehen bekommen hatte. Vielleicht lag es nur an dem Altersunterschied zwischen ihnen, wenn sie in ihm eher eine Vaterfigur als einen Geliebten sah, aber nachdem Colin McCulloch die beiden einander vorgestellt hatte, konnte Annabella ihn nur noch entsetzt und ungläubig anstarren. Durch einen Tränenschleier hatte sie wahrgenommen, wie Huntly eine Hand unter ihr Kinn gelegt und ihr Gesicht zum Licht gedreht hatte.

Einen Moment lang starrte er in ihre blaßgrünen Augen und sah etwas in ihren Tiefen, was er nur als Hoffnungslosigkeit und Resignation deuten konnte. Er ließ sie los. Eine kalte Härte nistete sich in ihrem Herzen ein.

»Du bist also Colin McCullochs Nichte«, sagte er und musterte Colin, als wolle er die Ähnlichkeit feststellen.

»Ja«, sagte Annabella, die sich von ihrem eigenen Elend gemartert fühlte.

»Niemand hat sich die Mühe gemacht, mir zu sagen, daß du so ein mageres Mädchen bist.«

Und niemand hat sich die Mühe gemacht, mir zu sagen, daß du so alt bist. Verzweiflung wallte in ihr auf.

Nach einem unerträglich ausgedehnten Abendessen waren sie auseinandergegangen. Annabella hatte ihm die Hand hingehalten, und ein Schauer überlief sie, als sich seine kalten Lippen auf ihre Hand preßten. In dem Moment wußte sie, daß dieser Mann niemals imstande sein würde, »ein Feuer in ihr zu entfachen und die schlummernden Kohlen der Leidenschaft zum Leben zu erwecken«, Worte, die sie ihren Vater zu ihrer Mutter hatte sagen hören. Der Graf von Huntly machte nicht den Eindruck, als könne er mit einem brennenden Streichholz eine Spur von Schießpulver anzünden.

Mit größter Anstrengung zwang sich Annabella, ihre Aufmerksamkeit dem nächsten Trinkspruch zuzuwenden. Wenigstens stumpfte all dieser Champagner ihre Sinne ab und erstickte das Verlangen zu weinen. Sie lauschte den Äußerungen und Wünschen, die alle einer glücklichen Ehe galten. Ihr Kopf schmerzte, und sie hatte das seltsame Gefühl, als beobachtete sie all das nur aus weiter Ferne. Bestimmt war das Ganze nur ein Traum – ein Alptraum, aus dem sie bald erwachen würde. In dem Versuch, die Realität auszublenden, schloß sie die Augen und hing ihren Erinnerungen und ihren Wünschen nach, doch während sie das tat, wußte sie, daß es nutzlos war. Für sie war jetzt alles verloren. Ihre Zukunft war besiegelt. Letzte Nacht hatte sie zum ersten Mal im Dornoch Castle geschlafen. Sie war in einen tiefen, unruhigen Schlaf versunken und hatte Stimmen gehört – Stimmen, die sie wieder an die Geschichten denken ließen, die beim Abendessen erzählt worden waren und die den Mut der McCullochs rühmten und berichteten, wie sie die Meinung der übrigen Welt mißachteten und für das, woran sie glaubten, Tod und Verdammnis riskierten.

Sie hatte die Augen aufgeschlagen. Sie war nicht im Dornoch Castle und auch nicht in Saltwood, sondern an einem fremden Ort, wo Dunst wogte und das Meer ganz in der Nähe toste. Sie stand neben ihrem Verlobten an einem Altar, als seltsame dunkle Schwaden den Raum zu durchdringen begannen und die Geräusche von Dudelsäcken in der Luft hingen. Und dann sah sie ihn, so groß und aufrecht wie eine schottische Föhre, sein Haar so schwarz wie die finsterste Nacht, seine Augen so blau wie ein friedlicher Teich und sein kräftiger Körper in viele Meter karierten wogenden Dunstes gehüllt.

Plötzlich war er zwischen ihnen und nahm ihre Hand aus der

ihres Verlobten. Rufe wurden laut. Bald war ein Dutzend Schwerter auf seine Kehle gerichtet. Doch die Laute seines Lachens zerrissen die Luft. Sein Plaid umhüllte sie wie Dunst von Kopf bis Fuß, und Annabella spürte, wie sie in die Luft gehoben und fortgetragen wurde. Sie zog heftig an dem Umhangtuch, das ihr Gesicht bedeckte, denn sie wollte sein Antlitz sehen und ihn nach seinem Namen fragen.

Dann erwachte sie.

Die Erinnerung an diesen Traum ließ Gefühle bis in ihre Kehle aufsteigen. Es fiel ihr schwer, Haltung zu bewahren, doch sie dachte an alles, was man ihr beigebracht hatte und was von ihr erwartet wurde. Mit fester Entschlossenheit versuchte sie ihre Gefühle wieder in den Griff zu kriegen. Sie war kein Kind, das an Märchen glaubte. Lord Huntly war für sie eine Realität, ihr Verlobter; es gab nichts, was sie dagegen tun konnte, keinen anderen Ausweg als den Tod, und dazu war sie noch lange nicht bereit. Ihre dunklen Augenbrauen zogen sich zusammen. Als Huntly sich umdrehte, um mit ihrer Mutter zu reden, musterte Annabella ihn genauer.

Er war ein Gentleman, und sie vermutete, in dem Punkt hätte ihr Schlimmeres widerfahren können. Er sah für einen älteren Mann auch gar nicht schlecht aus – aber nichts an ihm oder an seinem Auftreten erweckte in ihr Empfindungen zum Leben. Wenigstens war er nicht fett oder häßlich und ungebildet oder unflätig. Mit seinem rotblonden Haar und den blaßblauen Augen sah er wie ein englischer Gentleman aus. Er kleidete sich auch entsprechend. Was die Manieren anging, war er so gesittet wie jeder englische Lord, aber das war es auch schon. Alles an ihm war langweilig und so, wie es sich gehörte, und sie konnte das Gefühl nicht abschütteln, daß sich ihr Leben mit diesem Mann so trostlos und karg vor ihr erstreckte wie diese windgepeitschten Moore. Annabella war der Meinung, Lord Huntly sei so fad wie englischer Pudding.

Gordon drehte sich zu ihr um, als bemerkte er, daß sie ihn musterte, und er lächelte flüchtig. Aber ein einstudiertes, nichtssagendes Lächeln durchschaute Annabella. Hatte sie nicht selbst Stunden unter der Anleitung ihrer Gouvernante vor dem Spiegel gestanden und ein Lächeln einstudiert, das Klimpern mit den Wimpern geübt oder wie sie mit einer flotten Bewegung ihres Handgelenks ihren Fächer öffnen konnte? Viele Engländerinnen hätten für so einen Mann eine Saison in London sausengelassen. Dieser Gedanke verwirrte sie, und augenblicklich hatte sie nicht nur an seiner äußeren Erscheinung etwas auszusetzen, sondern auch an allem anderen. *Wie merkwürdig*, dachte sie, *daß ich an einem Ort, an dem es von wüsten, ungebärdigen Männern wimmelt, etwas an seinem vornehmen Äußeren, seinen guten Manieren und seiner englischen Ausstrahlung auszusetzen habe und daß mich gerade das besonders stört.*

Aber vielleicht lag es an nichts von all dem, sondern vielleicht widerstrebte ihr nur der Umstand, daß sie gezwungen war, ihn zu heiraten.

Annabella erschauerte, als hätte eine kalte Hand sie gestreift. Sie schaute sich im Saal um: Sie konnte nichts Ungewöhnliches sehen, aber sie spürte die Gegenwart von etwas Unsichtbarem. Sie stieß dieses Gefühl von sich und erwiderte Huntlys Lächeln. Wenn ihr Lächeln auch schwach und starr war, schien es ihn doch zu freuen.

Plötzlich und ohne jede Vorwarnung flogen die Türen des Saals weit auf, und heftiger Wind erfüllte den Raum und wirbelte ächzend herum und löschte die Kerzen. Zwei Dienstboten schlossen eilig die Türen, und eine gespenstische Stille trat ein, während die Kerzen eine nach der anderen wieder angezündet wurden. Der Wind heulte im Kamin, und dann kehrte Ruhe ein. Ein leises Klopfen war zu hören.

»Ein Rabe«, sagte Colin. »Er pocht mit dem Schnabel ans Fenster.«

»Ein Todesbote«, flüsterte jemand hinter Annabella.

»Komm«, sagte Huntly. »Sollen sie doch ihrem albernen Aberglauben zum Opfer fallen. Das ist nichts weiter als der Ast eines Baums, der gegen die Fensterscheibe geweht wird.«

Annabellas benebelter Verstand reagierte langsam, und sie blinzelte verwirrt den Mann an, der neben ihr stand. Der Graf bot ihr seinen Arm an. »Sollen wir gehen?« fragte er.

Annabella nickte und legte ihre zitternde Hand auf seinen Arm; ihre Berührung war federleicht. Gemeinsam übernahmen sie die Führung und begaben sich zum Eßtisch, doch Annabella war in Gedanken nicht bei der Mahlzeit, die sie jetzt zusammen einnehmen würden, und auch nicht bei dem zukünftigen Leben, das sie miteinander verbringen würden.

Als sie langsam zu dem großen Eßzimmer von Dornoch Castle schritten, wünschte sie sich, alles wäre anders verlaufen. Wenn sie schon gezwungen war, einen Schotten zu heiraten, warum konnte es dann nicht wenigstens einer wie die berühmten Oberhäupter der Clans des schottischen Hochlands aus früheren Zeiten sein, von denen sie immer so viel gehört hatte – ein Mann, der für einen leidenschaftlichen Traum, der so kühn wie die Landschaft war, Ruin und Tod riskiert hätte, ein gutaussehender, abenteuerlustiger Kämpfer, der sich in ihr Leben gedrängt und ihr Herz erobert hätte, ein Mann, der ebenso leidenschaftlich wie kühn war?

Ein Mann wie der Mann in ihrem Traum. Ein Mann, der für das, woran er glaubte, der Welt getrotzt und den Tod riskiert hätte. Ein Mann, der angesichts von Gefahren gelacht hätte.

II

DER MANN

Ein gutaussehender Mann ist nie wirklich arm dran.
Spanisches Sprichwort

1. Kapitel

Texas 1848

»Mach auf, du Lump!«

Ross Mackinnon brach den Kuß ab und starrte in das Gesicht der Frau, die unter ihm lag.

»Ich weiß, daß Sie da drin sind, Mackinnon. Machen Sie auf, ehe ich die Tür eintrete.«

Die Worte, deren einzelne Silben noch von einer Faust unterstrichen wurden, die wie eine Prophezeiung gegen die Tür hämmerte, traf ihn wie ein kalter Nordwind, und er fröstelte.

»O Gott, o mein Gott! Das ist mein Pa«, jammerte die Frau und umklammerte erbärmlich seinen Arm. »Jetzt hat er uns wirklich ertappt.«

»Darauf würde ich nicht wetten«, sagte Ross, während er ihre Hände von sich zog und sich losriß.

Die Frau packte seinen Arm. Ihre Stimme klang besorgt, geradezu panisch. »Du kannst jetzt nicht fortgehen! Nicht jetzt! Das ist mein Ruin!«

Sein Lachen war tief und dröhnend. »Schätzchen, du warst schon ruiniert, bevor es mich in diesen abgelegenen Winkel verschlagen hat.« Ross gab der Frau einen schnellen Kuß und wälzte sich vom Bett. »Es tut mir wirklich schrecklich leid, daß ich diesen kleinen Empfang verpassen werde, den du eingefädelt hast, aber ich halte nicht viel von überstürzten Mußheiraten.«

Ross packte mit einem Griff schnell seine Kleider, die auf dem Rohrgeflecht eines Stuhls lagen, und klemmte sie sich unter den Arm. Er schnappte sich seine Stiefel und warf sie vor seinen Kleidern aus dem Fenster, und dann schlang er sich den Pistolengurt um den Arm. Er hatte gerade die Hand nach seinem Hut ausgestreckt, als die Stimme wieder lautstark ertönte, diesmal von einem festen Tritt gegen die jämmerlich dünne Tür des schäbigen Zimmers im billigsten Hotel von Corsicana, Texas, begleitet.

»Sie können ebensogut gleich aufmachen, Mackinnon. Diesmal habe ich Sie auf frischer Tat ertappt. Ich habe Zeugen, die gesehen haben, wie Sally Ann mit Ihnen das Haus betreten hat.«

Sally Ann setzte sich eilig auf und zog die Decke hoch; sie hielt sie fest und preßte sie gegen ihre üppigen Brüste. Als sie sah, was Ross vorhatte, sprang sie aus dem Bett und zog die Decke hinter sich her. »Warte!« Dann wandte sie sich zur Tür um und rief: »Pa, schieß nicht!«

»Sally Ann, halte dich möglichst weit von der Tür fern, meine Süße.«

Mit einem resignierten Stöhnen preßte sich Sally Ann flach an die stockfleckige Tapete an der Wand hinter sich. Sie schlug sich die Hände auf die Ohren, als drei Schüsse drei Löcher in die Tür schlugen und den Glaszylinder der Sturmlaterne am anderen Ende des Zimmers zerschmetterten. Sie schrie laut auf, aber nicht aus Angst, sondern angesichts des außerordentlich frustrierenden Anblicks, daß das bestaussehende Hinterteil eines Mannes, das sie je gesehen hatte, durch das Fenster verschwand und sich somit ihrem Zugriff entzog.

Reingelegt, überlistet, ausgetrickst. *Verflucht noch mal, verflucht noch mal, verflucht noch mal!*

»Komm sofort zurück!« rief sie und stampfte verärgert mit dem Fuß auf. »Komm zurück, hast du gehört? Das kannst du mir nicht antun, Mackinnon!« Doch die einzige Reaktion bestand in dem quälenden Geräusch, das das tiefe, dröhnende Lachen von Ross Mackinnon verursachte und das jetzt durch die Spitzengardinen drang, um dort auf sie herabzusinken, wo noch vor wenigen Momenten sein Körper sich auf sie gepreßt hatte. Ihre

Hände ballten sich bei diesem Gedanken zu Fäusten, und sie drehte sich zur Wand um und schlug mehrfach dagegen. Diesmal hatte ihr Vater ihr einen ordentlichen Strich durch die Rechnung gemacht und alles verpfuscht. Dieser Mann konnte einen in grenzenlose Wut versetzen – er mußte immer das erste Schwein am Futtertrog sein. Hätte er denn nicht warten und ihr Zeit lassen können? Ihre Frustration steigerte sich, und sie schlug wieder mit den Fäusten gegen die Wand. »Verflucht noch mal! Verflucht noch mal! Verflucht und zum Teufel!«

Die Ursache ihres Verdrusses trat die Tür auf und kam in das Zimmer und sah sich um. »Wo steckt er?«

Wieder stampfte Sally Ann mit dem Fuß auf, und dann jammerte sie laut. »Er ist natürlich abgehauen. Ich habe dir doch gesagt, du sollst nicht herkommen, ehe ich das Licht ausschalte. Jetzt werden wir ihn nie erwischen.« In ihrer abgrundtiefen Verzweiflung ließ sich Sally Ann auf das Bett fallen und brach schluchzend zusammen.

Ein paar Meilen außerhalb von Corsicana ließ Ross sein galoppierendes Pferd in einen gemächlichen Trab fallen. Diesmal war er haarscharf davongekommen. Wirklich haarscharf. So knapp war er noch nie entkommen. Er fragte sich, warum ihm diese Dinge immer wieder zustießen, warum er keine anständige Stellung finden und länger als ein oder zwei Wochen an einem Ort bleiben konnte, ehe irgendein Mädchen anfing, sich dumme Dinge in den Kopf zu setzen wie Sally Ann. Er war schließlich nicht aus Gußeisen geschmiedet. Was konnte man denn eigentlich von einem Mann erwarten, wenn er matt bis in die Knochen irgendwo ankam, ins Bett kroch und einschlief, um eine Weile später davon zu erwachen, daß die zarte schmeichelnde Hand einer Frau sich um ihn geschlossen hatte? Sollte er ihr etwa ins Gesicht spucken?

In jeder Stadt gab es eine Sally Ann, und Ross hatte das Gefühl, er hätte sie alle kennengelernt. Manchmal hatte er das Empfinden, als gingen ihm die Zeit und die Städte aus. Vielleicht stimmte das sogar. Er fragte sich, ob er nicht ins Haus seiner Familie am Tehuacana-Fluß zurückkehren und abwarten sollte, bis sich die Lage ein wenig beruhigt hatte. Frauen gefielen ihm weiß Gott. Sie gefielen ihm wirklich. Aber augenblicklich hatte er fast genug von ihnen. Sein ältester Bruder Nick sagte immer: »Deine ansehnliche Visage wird dir noch einen Haufen Ärger machen, Kleiner«, und es sah ganz so aus, als hätte Nick recht. Nur konnte Ross nicht verstehen, daß er all diesen Ärger wegen seines Gesichts hatte. Soviel konnte ein Gesicht nicht auslösen, und schon gar nicht seins. Jedesmal, wenn er in den Spiegel schaute, sah er nichts weiter als das Gesicht, das er jetzt schon seit Jahren sah – mit Sicherheit keins, das eine Frau restlos aus der Fassung hätte bringen können. Aber es stand mit teuflischer Gewißheit fest, daß irgend etwas die Frauen aus der Fassung brachte und bewirkte, daß mehr als eine Frau in jeder Stadt, in die es ihn verschlug, es auf ihn absah.

Sein Pferd war genauso müde wie er, aber etwas sagte ihm, er sollte unbedingt weiterreiten. Diesem verrückten Alten von Sally Ann war es durchaus zuzutrauen, daß er ihm die Gesetzeshüter auf den Hals hetzte. Das brachte Ross zum Lachen. Nicht etwa der Gedanke, von ihnen gejagt zu werden – das war etwas, woran er sich zunehmend gewöhnte –, sondern die Ironie des Schicksals: dafür gejagt zu werden, daß er mit einer Frau geschlafen hatte, mit der er nie geschlafen hatte. Natürlich hätte er es getan, wenn Sally Anns Vater nicht aufgetaucht wäre. Ross grinste. Wäre es nicht ein guter Witz, wenn er dieses eine Mal, bei dem er unschuldig war, geschnappt würde?

Das Grinsen verging ihm. Es konnte damit enden, daß sein Leben eine andere Wende nahm – und zwar zum Schlechteren.

Er dachte gegen seinen Willen wieder daran, daß Sally Ann wie eine verbrühte Katze geschrien hatte, er solle zurückkommen. Es war ein gutes Gefühl, sich daran zu erinnern, wie hämisch er gelacht hatte und weitergezogen war, während ihr Vater seine Drohungen ausgestoßen und die Tür durchlöchert hatte. Ross fragte sich, was in seinem Wesen den Ausschlag dazu gab, daß er von einer Klemme in die nächste geriet.

Er wußte es nicht, aber das machte es einem verflucht einfach, eine Kugel in den Kopf gejagt zu kriegen.

Am nächsten Morgen ritt Ross nach Groesbeck, um ein paar Vorräte zu besorgen, ehe er sich auf den Weg zum Haus der Mackinnons machte. Der alte Herb Catlin, der das Postamt leitete, machte Jagd auf ihn, und dabei brüllte er und schwenkte ein Blatt Papier in der Hand. Erst winkte Ross ihm nur zu und ritt beschwingt weiter. Warum auch nicht? Post hatte er noch nie bekommen, und daher kam er gar nicht erst auf den Gedanken, das Stück Papier, mit dem Herb wild herumfuchtelte, könnte ein Brief sein – oder gar zwei.

»Mackinnon, verflucht und zum Teufel! Halt mal einen Moment an, ja?« Ross hielt direkt vor dem Krämerladen an, drehte sich um und wartete, bis Herb – mit rotem Gesicht und beschlagener Brille – ihn eingeholt hatte. »Weshalb so eilig, Mackinnon? Man könnte meinen, jemand hätte deine Unterhose in Terpentin getaucht.«

»Was für eine Unterhose?« Darauf lachte Herb, und Ross sagte: »Was soll der ganze Wirbel?«

Herb mußte verschnaufen, ehe er antworten konnte. Sein Atem verlangsamte sich ein wenig, und er zog sein Taschentuch heraus und wischte sich das Gesicht ab. »Ich bin froh, daß ich gesehen habe, wie du in die Stadt geritten bist. Hier liegen zwei Briefe für dich. Die sind schon seit einer ganzen Weile da.« Herb reichte Ross die Briefe mit den Worten: »Einer davon liegt wirklich schon *sehr* lange hier. Er kommt aus Schottland.«

Ross musterte den Umschlag. »Hast du ihn gelesen?«

»Nee«, sagte Herb. »Nur das, was auf dem Umschlag steht. Ich bin eine grundehrliche Haut.«

Ross nickte und hob die Hand an die Hutkrempe. »Danke, Herb.«

Herb wandte sich ab und überlegte es sich dann anders. »Bleibst du jetzt endgültig hier?«

»Nein. Ich wollte nur mal nach dem alten Haus sehen. Länger als ein oder zwei Wochen bleibe ich nicht, und dann haue ich wieder ab.«

»Trotzdem schön, dich zu sehen. Von euch Mackinnons kriegt man ja nicht mehr viel zu sehen, seit ihr Jungen verschwunden seid.«

»Nein«, sagte Ross und fuhr mit den Fingern über den Knick des vergilbten Umschlags. »Wohl kaum.«

»Dann sehen wir uns ja noch«, sagte Herb.

Ross schwenkte die Briefe durch die Luft. »Nett, daß du die Post für mich aufgehoben hast.«

»Keine Ursache. Das hat mir keine Mühe gemacht.«

Am nächsten Abend, nachdem er kalte Bohnen und halbgare Kartoffeln gegessen hatte, nahm Ross einen der Briefe in die Hand. Ohne ihn zu öffnen, betrachtete er den Umschlag und dachte wieder daran, daß vor einiger Zeit schon einmal ein Brief aus Schottland gekommen war; damals war er an seinen älteren Bruder Nicholas gerichtet gewesen.

Er warf den Umschlag auf den Tisch und starrte ihn ein paar Minuten lang an. Es war schon lange her, seit er etwas von Nick und Tavis oder von den Zwillingen gehört hatte. Er dachte kurz nach. Seine Brüder waren durch die Gegend verstreut wie das Laub vom Vorjahr. Er sah sich in der Küche um und versuchte, sich daran zu erinnern, wie sie damals ausgesehen hatte, damals, als er noch ein kleiner Knirps war und seine Mutter noch gelebt hatte. Aber das Bild verschwamm im Dunkeln, konturlos und matt, gerade so weit entfernt, daß es sich seiner Erinnerung entzog.

Vielleicht war es auch nur gut so. Es machte ihn immer traurig, wenn er an seine Mutter dachte. Er wußte, daß er Enttäuschung in ihren Augen gesehen hätte, wenn sie noch am Leben gewesen wäre. Er war ein Raufbold und ein Herzensbrecher, und die Leute sagten, vor ihm sei keine Frau sicher. Das war nicht gerade etwas, was eine Mutter stolz auf ihren Sohn machte. Er blickte wieder auf den Umschlag. Er war aus weiter Ferne gekommen, hatte den langen Weg von der Heimat seiner Eltern zurückgelegt.

Sein Vater, John Mackinnon, war der zweite Sohn eines Herzogs gewesen, weswegen er ignoriert worden war und trotz adliger Geburt keinen Titel und kein Vermögen erbte. In jüngeren Jahren war John Mackinnon ein Hitzkopf gewesen, und nachdem er sich mit seinem Vater überworfen hatte, war sein Temperament endgültig mit ihm durchgegangen. Er verließ Schottland im Alter von achtzehn Jahren und segelte mit nichts weiter als einem verbeulten alten Koffer nach Amerika. Er hatte ein paar Dollar in der Tasche und keine Zukunft. Später heiratete er dann die Tochter einer verwandten Seele, eines Mannes, der auf demselben Schiff nach Amerika gekommen war. Nach zwei Jahren in North Carolina ging John von dort fort und brachte seine Frau Margaret und seinen Sohn Andrew nach Texas. Ein weiterer Sohn, Nicholas, wurde unterwegs geboren.

Die junge Familie hatte sich im Limestone County in einem Ort nicht weit von Waco niedergelassen, der Council Springs genannt wurde und an den Ufern des Tehuacana-Flusses lag. Dort meinte es das Leben gut mit ihnen, die schwarze Erde warf reichliche Ernten ab, und das Gras, das einem Pferd bis an den Bauch reichte, war gut zum Weiden. 1836 hatten John und Margaret ein schönes Stück Land und sieben heranwachsende Kinder.

Sie wußten wahrhaftig nicht, daß sich all das schnell ändern würde.

Im Mai 1836 überfielen die Komantschen Parker's Fort und nahmen fünf Personen gefangen, darunter die einzige Tochter der Mackinnons, die sechsjährige Margery. Ein Jahr später, als John und fünf seiner Söhne auf der Suche nach Margery unterwegs waren, schlugen die Komantschen wieder zu und töteten diesmal Margaret und ihren Sohn Andrew. Später wurde John Mackinnon skalpiert und ließ fünf Söhne zurück.

Die Jungen strengten sich an, das Land nach dem Tod ihres Vaters zu bestellen. Nachdem sie einige Jahre lang versucht hatten, es auf sich allein gestellt zu schaffen, gaben die jungen Makkinnons das Unterfangen auf. Einer nach dem anderen verließen sie das alte Haus der Familie und Texas.

Nicholas, der Älteste, ging als erster fort; er zog nach Norden zum Bruder ihrer Mutter, der in Nantucket eine Reederei besaß. Als er seine Absicht bekundete fortzugehen, entschied sich Tavis, der ein paar Jahre jünger war, mit ihm zu gehen. Nicht lange vor ihrer Abreise war ein Brief gekommen, in dem Nicholas aufgefordert wurde, seinen Großvater in Schottland aufzusuchen, um dort einen Titel zu erben.

Nick hatte gelacht und Tavis den Brief zugeworfen. »Hast du Interesse daran, Tavis?«

Tavis machte nie viele Worte, doch dafür zuckte er um so öfter die Achseln. »Der Brief ist an dich gerichtet«, sagte er achselzukkend. »Du wirst hinfahren.«

»Mein Interesse gilt eher dem Meer als einem Titel.«

»Meins auch«, sagte Tavis und warf Nick den Brief wieder zu.

Nick beantwortete den Brief, lehnte ab und erklärte, der zweitälteste Mackinnon, Tavis, wolle ebenfalls nicht auf das Angebot eingehen. Wenige Monate später brachen die jüngsten Brüder, die Zwillinge Alexander und Adrian auf, um sich den Texas Rangers anzuschließen. Ross, der sich immer übergangen fühlte, blieb allein zurück. Er wußte nicht, was er tun wollte.

Etwa um diese Zeit stellte Ross fest, daß er etwas an sich hatte, was den Frauen gefiel. Etwas, was sie wollten. Das war der Zeitpunkt, zu dem seine Schwierigkeiten begannen.

Die Schuld traf nicht immer Ross. Alle männlichen Nachfahren der Mackinnons waren mit dem Segen behaftet, gut auszusehen, aber Ross sah noch etwas besser aus als die anderen. Er war groß und schwarzhaarig und hatte die blauesten Augen, die diesseits des Himmels nur denkbar sind, und von ihm ging eine gewisse schalkhafte Anziehungskraft aus, die den Frauen sofort ins Auge sprang. Trotzdem besaß er eine Stärke und eine Unabhängigkeit in seinem Denken, die er von seinen Ahnen geerbt hatte. Wie seine Vorfahren war auch er ein Gemisch aus Scharfsinn, Mut und Entschlossenheit; er war unverwüstlich und von einer erbarmungslosen Wildheit, doch er neigte auch zur Resignation – eine harte Schale, unter der sich eine Seele verbarg, die leicht zu rühren war und anhänglich bis in den Tod und voller Liebe zu seiner Familie.

Er war gelassen und freundlich und immer zu Streichen aufgelegt, und wenn er lachte, fragten sich die Frauen, ob das, was sie anzog, der Klang seines Lachens war oder die Verbindung dieser verlockenden Laute mit seinem hinreißenden Lächeln. Mehr als einmal war er mit der Hose über der Schulter durch ein Schlafzimmerfenster geflohen, nachdem er seine Stiefel hinausgeworfen hatte. Aber nur ein einziges Mal hatte er losreiten müssen, ehe er die Zeit gefunden hatte, seine Kleider anzuziehen. In dem Moment hatte er beschlossen, nie mehr ohne Hose ein Pferd zu reiten.

Davon konnte ein Mann lahm werden.

Er machte immer wieder den Fehler zu glauben, in jeder neuen Stadt würde alles anders sein, doch es dauerte nie lange, bis ein erzürnter Ehemann oder ein Vater, der seine Tochter unter die Haube bringen wollte, ihm nachsetzte. Bis jetzt war es ihm immer gelungen, ihnen um einen Schritt voraus zu sein, aber es war nur eine Zeitfrage, bis sie ihn erwischten. Das war ihm klar.

Es gab Zeiten, in denen er das Gefühl hatte, sein Leben, das allzu rasch verlief, hole ihn ein. Vergnügen mußte offenbar mit

Gefahr und Leid bezahlt werden. Früher oder später wurde selbst der beste Cowboy von einem sanftmütigen Pferd abgeworfen und landete auf dem Rücken. Für ihn war der Zeitpunkt gekommen. Das wußte er. Die Frage war, was dann aus ihm werden sollte.

Es wird sich etwas ergeben. Es hat sich noch immer etwas ergeben. Ross stieß einen tiefen Seufzer aus und griff nach den Briefen. Der erste enthielt ein Angebot für den Verkauf des Anwesens der Mackinnons. Er warf ihn zur Seite und griff nach dem zweiten Brief. Nachdem er ihn geöffnet hatte, las er dieselbe Aufforderung, die schon von Nicholas und Tavis abgelehnt worden war – zu seinem Großvater auf die Isle of Skye zu kommen, um dort einen Titel zu erben, der ihm dem Stammbaum nach rechtens zustand, da sein Vater tot war und seine beiden älteren Brüder nicht nach Schottland gehen wollten.

Ross' erste Reaktion bestand in einem Lachen. Im nächsten Moment lehnte er sich auf dem Küchenstuhl zurück, schlug seine langen Beine übereinander, legte sie auf den Tisch und störte sich nicht daran, daß seine Sporen die Tischplatte verkratzten, als er den Brief noch einmal überflog und einen Moment bei der Bemerkung verharrte, die ganz unten auf die Seite gekritzelt war. »Falls Schottland dein Los ist, wirst du kommen. *Den Willigen führt das Geschick, den Unwilligen schleift es mit.*«

Falls Schottland dein Los ist...

Darüber grübelte er einen Moment lang nach. Erwartete ihn dort sein Los?

Es war ein sehr fremdes und fernes Land, das ihm unbekannt und doch vertraut war, weil er seine Eltern so oft darüber hatte reden hören. Er konnte sich nicht allzu deutlich an die Gesichter seiner Eltern erinnern, aber er hatte den weichen schottischen Tonfall deutlich in Erinnerung, ihren Gebrauch von Wörtern, die in Amerika unüblich waren und die Ross und seine Brüder zeitweilig immer noch benutzten.

Schottland. So vertraut und doch so fremd.

Je länger er darüber nachdachte, desto mehr kam er zu dem Schluß, zu wenig Gründe zu haben, sich in ein fremdes Land fortzuschleichen. Es war die Heimat seiner Eltern, nicht die seine. Er gehörte hier nach Texas. Er steckte den Brief wieder in den Umschlag und legte ihn auf den Tisch. Er wußte nicht, wo sein Los ihn erwartete, aber er glaubte nicht, daß es ihn an einem fernen Ort am anderen Ende der Welt erwartete.

Ross nahm den Brief wieder in die Hand. Er trat vor den Kamin und wollte ihn gerade in die Flammen werfen, als er hörte, wie donnernde Pferdehufe eilig näher kamen. Irgendwo draußen war eine scharfe Stimme zu hören, die die Stille wie ein Schuß durchdrang.

Daraufhin folgte Schweigen. Dann durchbrach eine Stimme die Stille. »Mackinnon, hier ist Hank Evans. Sie sollten lieber rauskommen. Ich habe den Priester und den Sheriff mitgebracht, und ich verlange, daß Sie das Unrecht wiedergutmachen, daß Sie meiner Sally Ann angetan haben. Wenn Sie jetzt sofort brav und friedlich aus dem Haus kommen, kriegen Sie keine Schwierigkeiten.«

»Mist!« murmelte Ross. Er war im Moment nicht gerade zum Heiraten aufgelegt, und wenn er es gewesen wäre, dann hätte er nicht ausgerechnet ein Mädchen geheiratet, das ein wütender, bewaffneter Vater für ihn ausgesucht hatte. Ross hatte zwar nicht mit Sally Ann Evans geschlafen, aber er wußte ganz sicher, daß er selbst dann, wenn er es getan hätte, nicht der erste für sie gewesen wäre.

»Mackinnon, ich gebe Ihnen noch fünf Sekunden, und wenn Sie sich bis dahin nicht entschließen, aus dem Haus zu kommen, kommen wir zu Ihnen rein.«

Ross steckte den Brief in die Tasche, ließ seine Habe liegen, stieg aus dem Fenster in der hinteren Hauswand und machte sich lautlos auf den Weg zum Stall. Eine Minute später wurde die

Hintertür des Stalls aufgerissen, und er ritt heraus, und die Hufe seines Pferdes rasten über die weiche Erde, als galoppiere er durch einen Feuerhagel. Ross hörte die Schreie hinter sich, das Hufgetrappel von Pferden, die die Verfolgung aufnahmen, aber er wußte, daß sie ihn hier nicht einholen konnten. Er war auf dem Territorium der Mackinnons, und er kannte diese Gegend so gut wie sein eigenes Gesicht.

Vor sich sah er den Vollmond am Himmel, dessen matter Schein weiß auf Gräsern glitzerte, die sich im Wind regten. Hinter sich hörte er Rufe und das Trommeln vieler Hufe. Er grub dem Fuchs die Sporen in die Flanken, preßte sich flach auf den Pferderücken und hörte, wie eine Kugel über seinen Kopf zischte. Er ritt immer tiefer in eine schmale Schlucht hinab, und sein Gelächter trieb hinter ihm her wie ein flammender Pfeil, der den Weg wies.

Er war ein gutaussehender, abenteuerlustiger Kämpfer, der ebenso leidenschaftlich wie kühn war. Er war ein Mann, der für das, woran er glaubte, und für die Frau, die er liebte, der Welt getrotzt und den Tod riskiert hätte. Ein Mann, der angesichts von Gefahren lachte und sich lautlos davonschlich.

2. Kapitel

New Orleans dampfte mehr als Reispudding und war heißer als frische Brötchen. Ross, der erst seit einer Stunde in der Stadt war, fühlte sich so ausgepreßt wie das Euter einer alten Kuh. Nichts schien die Ruhe durchdringen zu können, die so eine Hitze mit sich bringt – nichts außer einem Schwall kreolischer Flüche, der ab und zu in seine Richtung trieb. Er schaute auf sein Hemd herunter. Es war naßgeschwitzt und klebte an seiner Haut. Er hatte schon Fische gesehen, die trockener waren als er.

Er lief durch enge Gassen mit merkwürdigen Namen und seltsamen kleinen Häusern, die aus nichts anderem als getünchten Wänden und verzierten schmiedeeisernen Geländern bestanden. Er fragte sich, ob diese Leute hier in New Orleans etwas gegen Gärten hatten, als er durch eine offenstehende Tür einen Innenhof sah, über dem üppiges Laub rankte und dem ein großer Brunnen Kühle verlieh. So etwas hätte einer Frau gefallen. Ross hätte etwas mehr Bewegungsraum gebraucht. In so einem Hof wäre er mit sich selbst zusammengestoßen. Kein Wunder, daß die kreolischen Männer so klein waren.

Er suchte Unterschlupf im Absinth-Haus und bestellte einen Drink, mehr, um der Sonne zu entkommen und sich abzukühlen, als aus echtem Durst heraus. Er musterte den grünen Schnaps mit dem Anisgeschmack und fragte sich, warum er so beliebt war. Ein guter Schuß Whiskey war mehr nach seinem Geschmack. Während er das Glas Absinth leer trank, las er noch einmal den Brief von seinem Großvater, den er zusammengefaltet in der Tasche trug, und er schrieb sich den Namen und die Adresse des Anwalts heraus, den er in New Orleans aufsuchen sollte. Er warf eine Münze auf den Tisch, blieb stehen und sah zu, wie sie sich drehte, ging dann und machte sich auf den Weg zur Bourbon Street – die erste Straße mit einem vernünftigen Namen, auf die er hier gestoßen war – zu Mr. Pinckney.

CHARLES THEODORE FREDERICK PINCKNEY III,
RECHTSANWALT

Ross musterte den Namen, der in einem ausgefallenen Schriftzug in die Messingplakette auf der Tür geritzt war, und versuchte, sich eine Vorstellung von einem Mann mit einem so hochgeschraubten Namen wie Charles Theodore Frederick Pinckney III zu machen. Das einzige, was Ross dazu einfiel, war, daß ein Mann mit so einem Namen eine Menge Geduld haben mußte. Mit dieser Überlegung öffnete er die Tür und trat ein.

Charles Pinckney war fast so alt und massiv wie der kunstvoll mit Schnitzereien verzierte Eichentisch, hinter dem er saß. Den feudalen Möbeln nach mußte Charles Theodore nach Ross' Auffassung recht erfolgreich sein und Geld wie Heu haben.

Ross trat näher, und Charles Pinckney blickte auf und musterte den jungen dunkelhaarigen Mann, der vor ihm stand, gründlich. »Mein Assistent hat mir gesagt, Sie hätten sich als Ross Mackinnon vorgestellt. Haben Sie irgendeinen Beweis dafür, daß Sie derjenige sind, für den Sie sich ausgeben?«

»Nein. Alles, was ich habe, ist dieser Brief.« Ross warf ihn auf den Schreibtisch.

Charles schaute den Brief an. »Diesen Brief habe ich vor Monaten an Sie weitergeleitet. Was ist Ihnen und dem Brief in all dieser Zeit widerfahren?«

»Der Brief hat in Groesbeck gelegen. Ich war eine ganze Weile weg von daheim.«

»Was haben Sie in der Zeit getan?«

»Gearbeitet.«

»Wo?« fragte Charles.

»Mal hier, mal da.«

»Sie ziehen reichlich oft durch die Gegend, stimmt's?«

»So kann man wohl sagen«, sagte Ross.

»Wie kommt es, daß Sie anscheinend nie lange Zeit an einem Ort bleiben können?«

»Ich habe meine Gründe.«

»Stimmt es nicht, daß Sie eine Vorliebe für die Damen haben und daß diese Neigung immer wieder dahinführt, daß Sie aus einer Stadt vertrieben werden?«

Ross grinste. »Tja, nun. Da ist etwas Wahres dran. Man sagt mir nach, daß ich ein- oder zweimal eine Stadt etwas eher verlassen habe, als ich es ursprünglich vorgehabt hatte. Vielleicht geht das auf eine Neigung zurück, vielleicht aber auch nicht.« Ross verlagerte sein Gewicht auf den anderen Fuß. »Jedenfalls glaube ich nicht daß zwangsläufig *meine* Neigung der Auslöser war.«

Charles schob ein Blatt Papier über den Schreibtisch. »Ist Ihnen eine der Frauen, die hier aufgelistet sind, bekannt?«

Ross las die Namensliste – es handelte sich um etwa zehn Frauen, mit denen er in den letzten Jahren intimen Kontakt gehabt hatte. »Ich glaube, das kann man behaupten, wenn ich es auch nicht gerade so formulieren würde.«

»Mit welchen dieser Frauen waren Sie... äh... bekannt – in Ermangelung eines besseren Wortes?«

Ross lachte. »Mit allen.«

Charles Pinckney preßte die Handflächen vor sich auf dem Tisch gegeneinander. Er schien beinahe zu lächeln. »Ich verstehe. Und in welcher Form sind Ihnen diese Frauen bekannt... ich meine, wie haben diese Frauen zu Ihnen gestanden?«

»Soll ich das rundheraus beantworten?«

Pinckney nickte.

»Man könnte sagen, ich hätte sie gestoßen.«

»Wo?«

»An der üblichen Stelle. Wofür halten Sie mich eigentlich?« Ross war eine Spur entrüstet. Er fragte sich, ob der alte Pinckney Indianerblut in sich hatte. Sein Gesicht war jedenfalls knallrot geworden.

»Mit wo meinte ich... den Ort des Geschehens, nicht irgendwelche... äh... Körperteile.«

Ross zuckte die Achseln. »In Betten. Meistens jedenfalls.«

Charles hustete und räusperte sich. »Vielleicht hätte ich sagen sollen, in welchen Städten.«

»Ach so... in verschiedenen Städten.«

»Nennen Sie mir ein paar Orte. Zum Beispiel, in welcher Stadt genau sind Sie einer gewissen Phyllis Whitehead begegnet?«

»Ich glaube, in Waco.«

»Und Caroline Archer?«

»In Fort Worth.«

»Molly McCracken?«

Ross dachte einen Moment lang nach. »Irgendwo in der Nähe von Mexia.«

»Rebecca Harper?«

»Das ist schwer zu sagen. Ich glaube, es war in Gatesville.« Ross war jetzt ziemlich gereizt, doch ehe er seine Einwände erheben konnte, schlug Mr. Pinckney, der anscheinend mit den Antworten zufrieden war, mit seinen Fragen eine andere Richtung ein.

»Soweit ich gehört habe, haben Sie fünf Brüder. Sagen Sie mir, wo sie sich jetzt aufhalten – und was sie tun.«

»Ich habe nur noch vier Brüder. Mein ältester Bruder Andrew ist tot.«

»Und was ist mit den anderen?«

»Nick und Tavis sind in Nantucket und bauen Schiffe, Alex und Adrian sind eine Weile bei den Texas Rangers gewesen. Gott weiß, wo sie im Moment stecken. In dem letzten Brief, den ich bekommen habe, stand, sie hätten die Rangers verlassen und sich General Zach Taylor für den Krieg mit Mexiko verpflichtet.«

»Ihre Eltern?«

»Tot.«

»Keine weiteren nahen Verwandten?«

»Nein.« Als er den Zweifel auf Pinckneys Gesicht sah, seufzte Ross und sagte: »Es sei denn, Sie reden von meiner Schwester, die vor etwa vierzehn Jahren bei einem Überfall der Komantschen gefangengenommen wurde.«

»Wo ist sie jetzt?«

»Soweit ich weiß, immer noch bei den Indianern. Oder tot. All unsere Nachforschungen haben nichts ergeben.«

Als wollte er die Diskussion für beendet erklären, schaute Charles Ross mit zwei durchdringenden tiefblauen Augen an, ehe er schluckte und aufstand. »Also gut, Mr. Mackinnon, das genügt mir. Dann kommen wir jetzt zum Geschäftlichen, einverstanden?«

Ross nickte. »Deshalb bin ich schließlich hergekommen.«
Charles räusperte sich wieder.

»Haben Sie Kehlkopfdiphtherie oder so was?«

»Nein, nur etwas im Hals.« Pinckney schaute Ross an. »Ich bin sicher, daß Sie schon ein wenig gespannt darauf sind, was all das zu bedeuten hat. Es steht mir zwar nicht frei, Ihnen allzu viele Einzelheiten mitzuteilen, aber ich kann Ihnen sagen, daß Ihr Großvater Lachlan Mackinnon der Herzog von Dunford und das Oberhaupt des Mackinnon-Clans ist. Er lebt im Schloß der Familie, Dunford, in der Nähe von Kyleakin. Ihr verstorbener Onkel Robert Mackinnon wäre der nächste in der Erbfolge gewesen. Es mag Sie interessieren, daß Ihr Großvater sich bereits beträchtliche Mühen gemacht hat, damit Sie nach seinem Tod den Titel Herzog von Dunford erben können.«

»Was meinen Sie mit beträchtlichen Mühen?«

»Rechtmäßig erbt Ihr Bruder Nicholas den Titel, ob er ihn haben will oder nicht. In England wäre es so gut wie aussichtslos gewesen, daran etwas ändern zu wollen, aber zum Glück ist Schottland, wenn es auch zu Großbritannien gehört, nicht England. Viele der alten schottischen Sitten existieren noch, und das gilt auch für das schottische Rechtswesen. Das englische Gesetz unterscheidet sich von dem schottischen Gesetz.« Charles unterbrach sich, als dächte er über etwas nach. »Was ich damit sagen will, ist, daß es Ihren Großvater eine Menge Zeit und Geld gekostet hat, Sie zu seinem Erben zu machen.«

»Wie konnte er so sicher sein, daß ich nicht wie Nick und Tavis ablehnen würde?«

»Ihr Großvater ist ein sehr weiser Mann. Er hat es seinem jüngsten Sohn – Ihrem Vater – gestattet, nach Amerika auszuwandern, aber er wußte immer, was sich in seinem Leben getan hat. Seine Akten über Ihren Vater, aber auch über Ihre Brüder und Sie sind recht umfangreich.« Charles schlug einen Ordner auf, der vor ihm lag, und schaute einen Moment lang hinein. Als er weitersprach, war sein Gesicht gerötet. »Ihr Großvater weiß schon seit einer ganzen Weile, daß Sie als ein eher eigenwilliger und leichtsinniger Mann gelten, daß Sie einen... äh... Hang dazu haben, sich in Schwierigkeiten zu bringen, gewöhnlich wegen junger Frauen, und daß Sie, in Ermangelung eines besseren Wortes, ein Rabauke sind, Sir.«

»Reden Sie ruhig weiter«, sagte Ross und lächelte, da Charles offensichtlich unbehaglich zumute war.

Mit einem Nicken zog Charles an seinem Kragen, der ihm plötzlich zu eng geworden war. Er holte ein weißes Taschentuch heraus und wischte sich damit über die Stirn. Nachdem er das Taschentuch zusammengefaltet hatte, steckte er es in die Tasche und sagte: »Ihrem Großvater ist ebenfalls zu Ohren gekommen, daß Sie keine schlechte Ausbildung hatten – nach texanischen Maßstäben – und daß Sie zwar als etwas rebellisch angesehen werden, aber in dem Ruf stehen, ehrlich zu sein. Hier ist zudem noch vermerkt, daß Sie, mehr als jeder andere Ihrer Brüder, die Tradition der Mackinnons fortsetzen und sehr gut aussehen und daß genau das bei all den Schwierigkeiten, die Sie mit den Damen zu haben scheinen, ins Gewicht fallen könnte.«

»All das weiß er?« fragte Ross.

»Ja.«

»Sie scheinen sehr gründlich zu sein, Mr. Pinckney.«

»Gründlichkeit ist das Wichtigste bei meiner Arbeit.«

»Und für mich ist nichts wichtiger als Vorsicht.«

»Wenn all die Dinge, die ich über Sie gelesen habe, wahr sind, Mr. Mackinnon, dann kann ich allerdings verstehen, daß Sie Grund zur Vorsicht haben.« Diese Worte sagte er mit einem derart ausdruckslosen Gesicht, daß Ross unwillkürlich den Kopf zurückwarf und herzlich lachte.

Dann sagte er: »Steht in diesem Bericht auch, daß ich ein Muttermal auf der linken Hüfte und eine Narbe unter dem linken Arm habe?«

Mr. Pinckney errötete. »In der Tat... das heißt, wir wissen von der Narbe, Sir.«

Ross lachte, stand auf und trat ans Fenster. Er zog den Vorhang zurück und blickte über die Dächer zum Mississippi. Er starrte auf das schlammige Wasser hinaus und fragte sich, was für ein Gefühl es wohl sein würde, in den nächsten Wochen auf dem Wasser zu leben.

Er verschränkte die Arme und lehnte die Schulter an den Fensterrahmen, behielt aber seine Gedanken für sich, als er über das nachdachte, was möglicherweise die bedeutendste Entscheidung in seinem ganzen Leben war.

Nach einer Weile räusperte sich Charles. »Ich möchte Sie nicht drängen, aber sind Sie zu einer Entscheidung gelangt, Mr. Mackinnon?«

Wortlos drehte Ross sich um und trat wieder an den Schreibtisch.

»Ich habe das komische Gefühl, Sie haben sich entschlossen, das Erbe anzutreten«, sagte Charles.

Ross grinste. »Sie sind schlau wie ein altes Wiesel, Mr. Pinckney. Ich habe das Gefühl, Sie wußten schon, daß ich es antrete, ehe ich es selbst gewußt habe.«

Mr. Pinckney lachte. »Um es ganz offen zu sagen, ich wußte schon, daß Sie das Erbe antreten werden, als ich diese Berichte über Sie gelesen habe. Jedenfalls früher oder später.«

»Und woher wußten Sie das?«

»Ihr bisheriger Lebensstil hat es unvermeidlich gemacht, Mr. Mackinnon. Absolut unvermeidlich. Die Anzahl der Städte, aus denen man vertrieben werden kann, ist nicht unbegrenzt, verstehen Sie.«

Ross grinste immer noch. »Gibt es sonst noch etwas, was ich wissen muß?«

Charles reichte ihm einen Lederbeutel. »Hier haben Sie eine ganze Menge Informationen über die Familie Ihres Vaters, den

Mackinnon-Clan. Ihr Großvater war der Meinung, es würde weiterhelfen, wenn Sie sich damit auseinandersetzen und soviel wie möglich über die Geschichte Ihrer Familie und des Landes erfahren, ehe Sie mit ihm zusammenkommen.«

Ross nahm den Beutel und hielt ihn sich an die Stirn. »Auf mein erstes Treffen mit dem alten Lachlan«, sagte er und wollte sich abwenden.

»Als Oberhaupt des Mackinnon-Clans wird Ihr Großvater ›Der Mackinnon‹ genannt und keineswegs Lachlan.«

»Und so nennen ihn wirklich alle?«

»Zu gegebenem Anlaß wird er auch mit ›Euer Gnaden‹ oder mit seinem Herzogstitel angeredet.«

Ross nickte. »Solange ich keinen Knicks vor ihm machen muß.«

Mr. Pinckneys Mundwinkel zuckten. »Ein Händedruck wird genügen«, sagte er. »Sogar in Schottland.«

»Das kriege ich hin.«

»Ich habe das Gefühl, Sie kriegen fast alles hin, was Sie sich in den Kopf setzen.«

»Nach allem, was ich gehört habe, scheint das ein typischer Zug der Mackinnons zu sein.«

»Ihr Großvater und Sie werden sich die Hörner aneinander abstoßen müssen.«

»Wenn mein Großvater auch nur die geringste Ähnlichkeit mit den anderen Mackinnons hat, die ich kenne, dann ist er ein Widerspruchsgeist, und zwar schon von Geburt an.«

Charles Pinckney klopfte Ross auf den Rücken. »Das kann man wohl sagen.«

Eine Stunde später wickelte Ross mit Charles Pinckney die Formalitäten ab und unterschrieb die letzten Dokumente, die ihm vorgelegt wurden. »Sind Sie sicher, daß das alles nötig ist? Ich verpfände hier doch nicht mein Leben, oder?«

Charles lachte. »Nein, natürlich nicht. Es geht nur darum, daß alles rechtsgültig sein muß, damit wir bestätigen und festhalten können, daß Sie derjenige sind, für den Sie sich ausgeben, Mr. Mackinnon. Ansonsten handelt es sich um Quittungen für die Akten und die Informationen, die ich Ihnen gegeben habe.« Charles Pinckney schob Ross noch ein letztes Dokument hin. »Unterschreiben Sie das noch, und dann haben wir es geschafft.«

Ross schaute das Dokument einen Augenblick an. »Und was genau unterschreibe ich jetzt?«

»Das ist lediglich eine Quittung, die bestätigt, daß ich Ihnen die Summe von achthundert Dollar für die Bezahlung Ihrer Überfahrt nach Schottland und für Ihre Reisespesen ausgehändigt habe.«

»Achthundert Dollar?«

»Ihr Großvater möchte nicht, daß es Ihnen an etwas fehlt.«

»Und ich wünschte mir bislang immer Geld und dachte, ich bekäme es nie.«

Mr. Pinckney lachte, und Ross unterschrieb. Dann gab er die Unterlagen zurück. »Ich hätte im Traum nicht geglaubt, daß meine Unterschrift einmal achthundert Dollar wert sein könnte«, sagte er.

»Bald wird sie beträchtlich mehr wert sein.«

Nachdem er die Dokumente noch einmal überprüft hatte, trat Charles vor seinen Tresor und holte drei Umschläge heraus, von denen er zwei Ross aushändigte. »Dieser hier enthält das Geld. Der andere enthält die notwendigen Informationen über Ihre Weiterreise zum Anwesen Ihres Großvaters. Er enthält außerdem den Namen und die Anschrift des Anwalts Ihres Großvaters in Edinburgh, für den Fall, daß Ihrem Großvater etwas zustoßen sollte, ehe Sie dort eintreffen.« Charles unterbrach sich und blickte auf den dritten Umschlag herunter, den er noch in der Hand hielt.

Ross schaute erst den Umschlag und dann Charles an. »Ist der da auch für mich?«

»Meine Anweisungen lauteten, Ihnen diesen Brief mit dem Zusatz zu übergeben, ihn nur dann zu öffnen, wenn Sie Ihre Entscheidung je in Frage stellen.«

Ross lachte. »Das frage ich mich schon, seit ich die letzte Unterschrift geleistet habe.«

Charles zog beide Augenbrauen hoch, sagte aber nichts. Er reichte Ross den Umschlag.

Ross sah die drei Umschläge an, öffnete aber keinen von ihnen. »Wenn damit alles erledigt ist, mache ich mich jetzt auf den Weg.«

Charles Pinckney behielt Ross im Auge, als der junge Mann sich abwandte und durch den Raum ging. Er schätzte Ross zwar auf nicht mehr als fünfundzwanzig Jahre, doch in seinen Augen stand der Ausdruck eines Mannes mit weit mehr Erfahrung als in diesem Alter üblich. Seine Schritte waren energisch und zielstrebig und besagten, daß er ein Mann war, der es gewohnt war, aktiv zu sein. Aber seiner Kleidung nach zu schließen, war es schwer zu sagen, worin seine Aktivitäten bestehen mochten, ungeachtet all dessen, was in den Berichten stand.

»Ach, noch etwas, Mr. Mackinnon«, sagte Charles Pinckney, als Ross die Tür erreicht hatte. »Es ist mehr als genug Geld dafür vorgesehen, daß Sie sich entsprechend einkleiden.«

Ross schaute ihn fragend an und sah dann an sich herunter. »Was ist gegen die Sachen einzuwenden, die ich anhabe? Sind sie nicht gut genug für Sie?«

»Es geht nicht um mich, Mr. Mackinnon. Ich dachte an Ihren Großvater. Der alte Herr ist Herzog, vergessen Sie das nicht, und nach allem, was ich gehört habe, hält er sich pedantisch an die Etikette. Er bittet sich nichts aus, er erwartet einfach, daß die Spielregeln eingehalten werden. Und da er Herzog ist, kommt er damit durch. Ich dachte nur, Sie könnten Zeit sparen, wenn Sie sich hier einkleiden, während Sie warten, bis Sie eine Schiffskabine bekommen.«

Ross sah ihn mit durchdringenden blauen Augen an, und Charles trat hinter seinen Schreibtisch zurück.

»Ist sonst noch etwas?« fragte Ross.

»Nein«, sagte Charles. »Nein, ich glaube, wir haben nichts vergessen.«

Ross nickte und nahm im Vorbeigehen seinen Hut vom Hutständer, als er hinaustrat und die Tür schnell hinter sich schloß. Sowie er draußen war, riß er den dritten Umschlag auf. Darin befand sich nichts weiter als ein morsches altes Blatt Pergament mit fünf Zeilen, die in einer schwungvollen Handschrift abgefaßt waren; die Tinte war zu einem hellen Braun verblaßt.

> O Kaledonien! Fels im Wind,
> Du nährst so manch romantisch Kind!
> Land brauner Heide und zerzauster Wälder,
> Land der Gebirge, Meeresfluten, Felder,
> Land meiner Väter!
> – Sir Walter Scott:
>   »Das Lied des letzten Barden«

Ross lief die wenigen Straßen bis zum Fluß und blieb auf dem Anlegesteg stehen und beobachtete, wie die Ströme braunen Wassers vorüberzogen. Sein Blick folgte dem Flußlauf, so weit sein Auge reichte. Irgendwo dort draußen, jenseits der starken Strömung des verschlammten Mississippi, jenseits der warmen Gewässer des Golfs, lag Schottland, ein fremdes Land mit brauner Heide und struppigen Bäumen, das Land seiner Vorfahren.

Er schloß die Augen und spürte, wie dieses Land ihn anzog.

Eine Weile später schlug er die Augen wieder auf, und seine Hand strich über das alte Pergament, das er behutsam gefaltet in der Tasche trug. Er hatte seinen Großvater nie kennengelernt, doch schon jetzt wußte er eins ganz genau: Der alte Mann verstand es meisterhaft, Einfluß auszuüben.

Zwei Tage später stach Ross Mackinnon an Bord des Klippers »Charity« Richtung Schottland in See. Er stand auf dem Deck und beobachtete, wie New Orleans aus seiner Sicht verschwand. Dann faltete er das Pergament auseinander, und zum ersten Mal fiel ihm auf, daß auf der Rückseite auch noch etwas stand. Etwas aus dem Buch Joel.

Eure Ältesten sollen Träume haben, und eure Jünglinge sollen Gesichte sehen.

III

DER EMPFANG

Der Zufall macht ein Menschenleben zum Ball.
— Seneca: *Briefe an Lucilius*

3. Kapitel

Schottland

Als Ross Mackinnon zum ersten Mal schottischen Boden betrat, spürte er, daß er zu Hause war. Ein merkwürdiger Gedanke, wenn er bedachte, daß er bislang nie in Schottland gewesen war, aber es war ein Gefühl, das ihn weiterhin begleitete, ein Gefühl, daß er nicht abschütteln konnte. Er war nach Hause gekommen. Nach Hause, ins Land seiner Väter, daheim in Schottland.

Er wußte so wenig über dieses rauhe, wilde Land mit seinen zerklüfteten Gebirgen und seinen kristallklaren Meeren, mit seinen spiegelnden Teichen und seinen zartgrünen Hügeln, die ihm zuriefen, er solle seiner Bestimmung folgen. Es war ein Land, das so streng und fordernd wie väterlicher Stolz war, so beständig und wohltuend wie mütterliche Liebe. Er hatte während der Überfahrt auf dem Schiff viel gelesen und erfahren, daß Schottland für seine Größe eine unglaubliche Geschichte hatte – eine Geschichte, die so bittersüß und traurig wie die Klagerufe einer Möwe waren, eine Geschichte des Kämpfens, des Wagemuts und der Verzweiflung, gegen die Faust des Schicksals gerichtet, die sich langsam schloß.

Schottland. Er hatte soviel gelernt. Er wußte so wenig. Und doch wärmte schon allein der Name Schottland sein Blut wie warmer Kognak. Schottland. Ein Land des Ruhms, der Geister und der Intrigen. Das Land der wilden, unbesiegbaren Pikten, die die Römer zu der Behauptung zwangen, sie seien zu barbarisch, als daß man sie zivilisieren könnte, und sie hatten den Hadrianswall erbaut, um sie zurückzuhalten. Die Heimat von Geistern und Zwergenvölkern, von heiligen Bäumen und magischen Hügeln, Stätte von keltischen Horden und heidnischen Druiden, Ort barbarischer Plünderungen von Nordländern und Feuerstellen aus Torf, die wohltuende Wärme spendeten. Schottland. Ein Land des Stolzes und der Entschlossenheit, das Robert the Bruce dazu brachte zu sagen: »Solange noch hundert von uns am Leben sind, werden wir uns der englischen Vorherrschaft um keinen Deut beugen.« Schottland. Ein Land der Kriege und kurzer Friedenszeiten, mit sanftmütigen Menschen im Tiefland und wilden Hochländern in ihren Kilts, ein stolzes Volk, das viele Schläge hatte einstecken müssen und sich doch nie auf die Knie hatte zwingen lassen. Ein Ort des Blutes und der Niederlagen, der Traurigkeit und der rührseligen Lieder, ein Land, das von den Menschen sowie den Elementen gegeißelt worden war, ein Land wogenden schottischen Nebels und blendenden Schnees, dämonischer Winde und Serenaden von Todesfeen und die Heimat der lauschigsten Ufer, die je einen plätschernden Bach gesäumt haben. Schottland. Ein vergessener Edelstein, der in die Krone der Geschichte eingefaßt war.

Auf den ersten Blick gab ihm die windgepeitschte Isle of Skye das Gefühl, als hätte er gerade einen langen betrüblichen Absatz in einem Buch gelesen, der ihn jetzt nachdenklich und kleinlaut stimmte. Sein erster Blick auf die grauen Steinmauern von Dunford Castle riefen ein noch traurigeres Gefühl wach – denn dort stand es, riesig und alt und verfallen, eine Festung toter Träume und einer ruhmreichen Vergangenheit, eine Blume, wild und süß, die das Fleisch durchbohrte und deren Herz blutete.

Ross war erst seit einer Woche in Schottland, doch jetzt schon wußte er, daß sein Leben nie mehr so wie früher sein würde.

Er hatte ein paar Tage in Edinburgh verbracht, nachdem er von Bord der »Charity« gegangen war – was gar nicht so einfach gewesen war, denn in dem Moment, in dem er versuchte, nach Wochen auf See auf festem Boden zu laufen, knickten seine Knie ein, und er wankte. Das war eine peinliche Situation für einen Mann, der in sechs Counties dafür bekannt war, wie gut er wilde Pferde und noch wildere Frauen zähmen konnte. Nach einer Schiffahrt brauchte man eine längere Erholungspause als nach einem Ritt, und auch von den Frauen erholte man sich schneller wieder. Es dauerte einen ganzen Tag, bis er wieder auf festem Boden laufen konnte.

Von Edinburgh hatte er den Zug nach Mallaig genommen, und dort hatte er ein Boot gemietet, das ihn nach Kyleakin auf der Isle of Skye bringen sollte. Kyleakin, so erfuhr er von dem Bootsbesitzer John MacLeod, sprach man *Ky-lakkin* aus.

John MacLeod war ein seltsamer Kauz, ein Mann mit einer mürrischen Art und calvinistischem Frohsinn, der mit seinen Worten so geizig war, wie man es den knauserigen Schotten mit dem Geld nachsagte. Eines der wenigen Male, daß er überhaupt den Mund aufmachte, war, als sie an einer alten zahnlückenartigen Ruine vorbeikamen, die ihm ins Auge fiel. Als er sich danach erkundigte, schien MacLeod ihm nur zu gern eine Antwort zu geben. »Maoil Castle. Stammt aus dem tiefen Mittelalter und hat einer Adligen namens Saucy Mary aus Dänemark gehört. Manche behaupten, sie sei eine normannische Prinzessin gewesen, aber man darf nicht alles glauben, was man hört. Sie behaupten, sie hätte eine Kette vom Schloß zum Festland gespannt und von allen, die die Stelle passiert haben, eine Gebühr verlangt.« Er verstummte wieder und sagte kein einziges Wort mehr, bis er seinen Lohn forderte, als sie Kyleakin erreicht hatten.

Kyleakin war eine winzige Ortschaft am Meer, in der die Menschen keine Spur freundlicher waren als John MacLeod. Nachdem er mehrere Leute gefragt hatte, wie er nach Dunford käme, stand Ross kurz davor, die Geduld zu verlieren und aufzubrausen, doch seine Beharrlichkeit zahlte sich aus. Endlich fand er jemanden, der bereit war, ihm eine Antwort zu geben, einen Jungen mit rotbäckigem Gesicht, der Milchkrüge auf einen Ponykarren lud. Dieser Milchkarren, dieses bescheidene Gefährt brachte Ross zum Wohnsitz seiner Vorfahren, zum Dunford Castle oder wenigstens in die Nähe.

An einer Weggabelung hielt der Karren an. »Weiter kann ich Sie nicht mitnehmen. Aber regen Sie sich nicht auf. Dunford liegt an dieser Straße, und von hier aus ist es nur noch ein ganz kleines Stückchen«, sagte der Junge und wies auf den Feldweg mit den tiefen Furchen.

»Danke fürs Mitnehmen.« Ross steckte dem Jungen eine Münze zu und machte sich auf den Weg, ohne zu warten, bis der Junge weitergefahren war.

Der Fußmarsch nach Dunford war länger, als er erwartet hatte. Ross fiel auf, daß »ein ganz kleines Stückchen« in Schottland eine viel längere Strecke war als in Texas, und von einem Katzensprung konnte man schon gar nicht reden. Als er das Schloß erreicht hatte, ließ er den riesigen Messingklopfer laut gegen die Tür fallen. Im nächsten Moment öffnete eine weißhaarige Frau mit leuchtend blauen Augen und ausdruckslosem Gesicht die Tür. Sie sagte kein Wort, sondern starrte ihn nur an.

»Ist das hier Dunford Castle, das Schloß von Lachlan Mackinnon?« fragte Ross.

»Wollen Sie das aus einem bestimmten Grund wissen?«

Diese Frage verblüffte Ross im ersten Augenblick, doch er faßte sich wieder und dachte daran, daß der Schiffskapitän ihn gewarnt hatte, die Schotten seien nicht gerade versessen darauf, Fremden gegenüber aufzutauen. »Ja, ich denke schon«, sagte Ross und lächelte. Die Frau zog eine mißmutige Miene. Das Lächeln schwand von Ross' Gesicht. »Mein Name ist Ross Mackinnon.«

»Ich kenne keinen Ross Mackinnon«, entgegnete sie und wollte die Tür wieder schließen.

»Warten Sie!« bat Ross und stellte den Fuß eilig in die Tür. »Ich bin gerade erst aus Texas gekommen.«

»Dann werden Sie ja problemlos den Heimweg wiederfinden.« Sie versuchte die Tür zuzudrücken.

»So warten Sie doch. Lassen Sie mir Zeit, damit ich mein Anliegen vorbringen kann.«

»Legen Sie sich nicht mit mir an. Auf den letzten armen Kerl, der sein Anliegen vorbringen wollte, mußte ich die Hunde hetzen. Und jetzt verschwinden Sie.«

Aber Ross ließ sich nicht abschrecken. »Ich habe einen weiten Weg zurückgelegt, um Lachlan Mackinnon aufzusuchen. Ich glaube, er ist mein Großvater, und er wäre kaum darüber erfreut, wenn Sie mich wegschicken, schon gar nicht, wenn man bedenkt, welche Mühe er sich gemacht hat, mich zu finden.«

Die Frau taxierte ihn mit ihren Blicken. »Sie sagen, der Mackinnon ist Ihr Großvater? Ich wüßte nicht, wie das möglich wäre, aber dann kommen Sie rein. Seine Exzellenz wird Sie schon früh genug selbst wieder auf die Straße setzen.« Die Frau trat zurück und bedeutete ihm, einzutreten, und ihre stechenden kleinen Augen waren unfreundlich auf ihn geheftet.

Als Ross durch die Tür trat und in dieses ungastlich wirkende schottische Schloß eingelassen wurde, dachte er, daß die Leute in diesem Winkel der Welt doch ein reichlich seltsames Englisch sprachen. Der Akzent hier unterschied sich selbst noch von dem, den er in Edinburgh gehört hatte. Und was die Manieren anging, so mußte ganz Schottland hinter der Tür gestanden haben, als auf sie verwiesen wurde. Da er jedoch seit einigen Tagen im Land war, begann er sich schon daran zu gewöhnen. Nur deshalb stieß ihn das abweisende und unfreundliche Verhalten dieser Frau nicht restlos vor den Kopf. Doch er hatte sich noch nicht an das unhöfliche Anstarren gewöhnt, und als er der kleingewachsenen Frau durch einen finsteren verschlungenen Korridor folgte, fiel ihm unwillkürlich auf, wie die Dienstboten ihre Arbeit unterbrachen, um ihn anzustarren, wenn er an ihnen vorbeikam, und er fragte sich, ob er sich vielleicht den Hosenboden zerrissen hatte.

Da seine Mutter gestorben war, als er noch klein war, hatte Ross viele Dinge nicht gelernt, aber er wußte, daß es sich nicht gehörte, Leute anzustarren – etwas, was die Bevölkerung dieses Winkels der Welt offensichtlich nie gelernt hatte. »Ist das in dieser Gegend hier die typische Art, einen Fremden willkommen zu heißen?« fragte er. »Indem man ihn anstarrt?«

»Die starren nicht Sie an«, erwiderte die Frau, »sondern Ihre komischen Kleider.«

Ross schaute sich im nächsten Spiegel an, an dem sie vorbeikamen. Ihm fiel an seiner Kleidung nichts Ungewöhnliches auf: eine anständige Kniebundhose aus gutem Wildleder, seine besten Stiefel, Sporen aus massivem Silber (die er beim Pokern gewonnen hatte), ein blaues Baumwollhemd und seinen texanischen Hut, den er in dem Moment, in dem er das Haus betreten hatte, abgesetzt und unter den Arm geklemmt hatte. Ihm fiel auf, daß niemand, dem sie bisher begegnet waren, eine Waffe trug. Vielleicht rief der Colt, der an seiner Hüfte schwang, dieses Starren mit aufgesperrten Mündern hervor.

Seine Sporen klirrten auf dem Steinboden, als er in die Bibliothek geführt wurde, einen Raum mit dunkler Holztäfelung und einer beeindruckenden Sammlung von Büchern, die in Leder gebunden waren. An den Wänden hingen Landkarten von Schottland und England und eine Weltkarte. Winzige Kassettenfächer waren mit Manuskripten, Papieren und noch mehr Büchern vollgestopft. Mitten im Raum häuften sich auf einem riesigen Tisch Landkarten und Papiere, Tintenfässer, Scheren, Siegel, eine Waage, ein Lineal, ein Kompaß und zwei goldene Kerzenleuchter in einem wüsten Durcheinander. Ein gewaltiger Schreibtisch stand zwischen zwei Erkern.

Der Mann, der hinter dem Schreibtisch saß, schien fast so alt wie alles andere in diesem Raum zu sein. Das Licht, das durch die Fenster strömte, sog jede Farbe aus seinem grauen Haar und ließ es weiß erscheinen.

»Eure Exzellenz«, meldete die Frau ihn an, »dieser Herr behauptet, Ihr Enkel zu sein.«

»Danke, Mary. Das ist dann alles.« Der Mann stand auf, das Licht, das durch die Fenster fiel, umströmte ihn und tauchte ihn in einen Glanz, und Ross verspürte ein Gefühl von Ehrfurcht und Hochachtung zugleich, als stünde er vor einem Heiligen.

Das also war sein Großvater.

Er bemerkte, was für ein wohltuendes Gefühl es war, mit Angehörigen umzugehen, ein Gefühl, das er schon seit langer, langer Zeit nicht mehr gehabt hatte. Er sagte kein Wort, sondern stand einfach nur da, schaute den würdigen alten Mann an und versuchte, die vielen kleinen Feuer zu ersticken, die in seinem Gefühlsüberschwang überall in seinem Innern auflodertern. Ross konnte sich nicht erinnern, wann ihn das letzte Mal derart starke Empfindungen überwältigt hatten wie jetzt in Gegenwart dieses Mannes. Er war so aufgeregt, daß ihm nichts einfiel, was er hätte sagen können. Vielleicht erging es dem alten Mann ebenso. Vielleicht sagte er aus diesem Grund auch kein Wort. Ross wußte nur eins: Er wurde derart gebannt angestarrt, daß er sich unförmig und einfältig fühlte wie ein massiger Bulle, der sich nicht zu bewegen versteht.

Plötzlich hatte er zwei Hände und Füße, ohne zu wissen, wohin damit. Er fürchtete sich vor jeder Bewegung. Er traute seinen Beinen nicht, denn seine Knie waren weich geworden und zitterten, und er kam sich ziemlich unbeholfen vor, wie er so dastand. »Sind Sie *der* Mackinnon?« fragte er und wußte, daß das ein wenig einfältig klang, denn seine Stimme überschlug sich gerade dann, als er das *der* aussprach, und damit verlieh er dem Artikel mehr Betonung, als er es beabsichtigt hatte.

Der alte Mann zog belustigt die Augenbrauen hoch. »Ja«, sagte er mit einer Stimme, die wie trockenes Papier knisterte. »Ich bin der Mackinnon, wenn es mich auch erstaunt und freut, daß du mich so anredest.«

Er hatte dem alten Mann eine Freude gemacht, und als er diese Worte hörte, strömte Wärme durch seinen Körper. »Ich wünschte, ich könnte für mich in Anspruch nehmen, ich sei von allein darauf gekommen«, sagte er, »aber die Wahrheit ist, daß dein Freund in New Orleans mir ein paar Kleinigkeiten klargemacht hat, ehe ich von dort aufgebrochen bin.«

»Ich weiß, daß erteilte Ratschläge nicht immer befolgt werden. Wie ein Mann einen Ratschlag aufnimmt, sagt eine Menge über ihn aus.«

Die beiden starrten einander immer noch aus der Entfernung an. Ross konnte die Gesichtszüge seines Großvaters aus diesem Abstand nicht genau erkennen, doch ihn beeindruckten seine Körpergröße und seine gesamte körperliche Verfassung. Er war immer noch eine imposante Gestalt, und Ross hatte den Verdacht, daß er überaus lebhaft war.

»Komm her, mein Junge«, sagte der Mackinnon. »Hierher. Vor das Fenster, ins Licht, damit ich dich genauer ansehen kann.«

Ross trat ans Fenster und blieb stehen, und plötzlich war er atemlos, und ihm fiel nichts ein, was er hätte sagen können. Der Mackinnon war groß und schlank und hatte ein Gesicht, das so rauh und verwittert wie die Salzfelder war, die sich am Rio Grande entlangzogen, aber von ihm ging etwas Stolzes und doch Ergreifendes aus, was Ross an eine traurige Melodie erinnerte. Es gab nur ein Wort, das er verwenden konnte, um den alten Mann zu beschreiben, und das war *edel*, wie man einen herangereiften alten Bären als ein edles Tier hätte bezeichnen können oder einen weisen alten Bock, der zu viele lange Winter erlebt und zu viele Zweikämpfe um die Vorherrschaft ausgefochten und überlebt hatte.

Ross hätte vielleicht weitere Überlegungen dieser Art angestellt, wenn ihm nicht plötzlich aufgegangen wäre, daß hier etwas ganz Merkwürdiges geschah. Es ereignete sich etwas so Unglaubliches, daß er sich unwillkürlich fragte, ob der Mackinnon von dieser Entdeckung ergriffen war und ob es ihm ebensosehr die Sprache verschlagen hatte.

Ross ließ sich von unheimlichen Dingen selten beeindrucken, aber als er den Mann ansah, von dem er jetzt ohne jeden Zweifel wußte, daß er sein Großvater war, war es, als schaute er in eine Art Geisterspiegel, der schimmerte, sich beschlug und anlief. Dann schien er ein Bild seiner selbst in fünfzig Jahren zu sehen. Der graue Schleier hob sich, und das Bild wurde klarer, und er sah, daß er nicht sich selbst betrachtete, sondern seinen Großvater, und dann verstand er es. Was er vor sich sah, war sein Großvater, aber es war auch sein eigenes Gesicht in fünfzig Jahren. Die Ähnlichkeit zwischen den beiden Männern war erstaunlich und überraschend – sogar für einen Mann, der Überraschungen gewohnt ist.

Der Mackinnon hatte etwa dieselbe Körpergröße und war auch so gebaut wie Ross, und wenn er sich nicht sehr täuschte, hatte der alte Mann auch seine Augen von einem solchen Dunkelblau, daß sie fast violett wirkten. Ross fühlte sich benommen und kam sich gleichzeitig dumm vor, denn er wußte, wie gebannt er den alten Mann anstarrte, aber er konnte nichts dagegen tun. Ihm war bisher nur ein Mann begegnet, der wie er ein Grübchen in seinem markanten Kinn hatte, und das war sein Bruder Nicholas. Jetzt wußte er genau, woher sie es hatten. Ross schluckte, weil sein Mund und seine Kehle völlig ausgetrocknet waren.

Die Augen des Mackinnon waren stechend, und ihr Blick war starr auf Ross' Augen gerichtet. Ross konnte im Gesicht seines Großvaters sehen, daß die verblüffende Ähnlichkeit zwischen ihnen auch den alten Mann ergriffen und erschüttert hatte.

»Er...« Die Stimme des Mackinnon brach vor Gefühlsüberschwang, aber er gewann die Fassung schnell wieder, und nur an seinen feuchten Augen war erkennbar, wie bewegt er war. »Er ist mein Enkel. Sie können uns allein lassen, Robert.«

»Ihr Enkel, Eure Exzellenz? Sind Sie ganz sicher?«

»Ja«, sagte der Herzog derart erschüttert, daß Ross sich fragte, ob es ihm möglich sein würde weiterzureden. »Ich bin ganz sicher. ›Wo keine Ähnlichkeit besteht, kommt wenig Zuneigung auf.‹ Der Junge ist mein Enkel. Daran besteht kein Zweifel.«

Bis zu diesem Augenblick hatte Ross den großen, schlanken Mann nicht bemerkt, der am anderen Ende des Zimmers stand. Der Mann nickte und verließ den Raum durch eine andere Tür als die, durch die die Frau namens Mary ihn geführt hatte.

»Setz dich«, forderte ihn sein Großvater auf. »Wir haben viel miteinander zu bereden.«

Ross ging auf den Stuhl zu, setzte sich aber nicht. »Was gibt dir diese absolute Sicherheit, daß ich dein Enkel bin?« fragte er. »Ich könnte lügen.«

»Ja, du könntest lügen. Ich wußte schon in dem Moment, in dem du eingetreten bist, wer du bist, schon ehe Mary dich angemeldet hat.«

»Woher? Woher hast du es gewußt?«

»Viele Mackinnons kommen durch diese Türen. Ihre Gegenwart spendet Licht, aber keine Wärme, wie die Sonne im Winter. Du hast nicht nur Licht, sondern auch Wärme gespendet wie...« Seine Stimme versagte wieder.

Ohne nachzudenken, sagte Ross: »Wie die Sonne im Sommer.«

»Ja. Wie die Sonne im Sommer.«

Bei den Worten des alten Mannes schnürte sich Ross' Kehle zu. Er entschied, das sei auch nicht ungewöhnlicher als das Ausbleiben der Gedanken, die sich inzwischen in seinem Verstand hätten herausbilden sollen – Gedanken, die seine Empfindungen ausdrückten, die aber ungekannt schwierig zu entwickeln waren.

Vielleicht lag es daran, daß es keine Worte für seine Empfindungen gab. In all diesen Jahren war er ein Waisenjunge gewesen, und jetzt hatte er eine Familie, ein anderes Erbe in Aussicht als Armut und Ziellosigkeit. Zum ersten Mal in seinem Leben hatte er eine Aufgabe, etwas, wofür zu arbeiten sich lohnte, etwas, worauf er zählen konnte, statt ständig auf der Flucht zu sein. Schwäche ergriff ihn. Er hielt sich an der Stuhllehne fest, um sich zu stützen, aber er setzte sich nicht.

Der Herzog sagte: »Soweit ich weiß, ist mein Sohn... dein Vater... tot.«

Ross nickte. »Er ist schon vor etlichen Jahren gestorben.«

»Und deine Mutter und dein ältester Bruder auch.«

»Sie sind beide gleichzeitig umgebracht worden, etwa ein Jahr vor meinem Vater.«

»Und deine Schwester – die die Indianer mitgenommen haben? Habt ihr nichts von ihr gehört?«

»Nein. Nichts.«

Der Mackinnon schwieg lange Zeit. Dann lehnte er sich zurück, und der massive Ledersessel knirschte. »Erzähl mir alles über deine Familie, woran du dich erinnern kannst. Fang mit deinen frühesten Erinnerungen an. Laß nichts aus.«

Ross setzte sich. Er dachte stumm nach, und seine Gedanken schweiften weit, weit zurück bis in seine Kindheit. »Das könnte eine ganze Menge Zeit beanspruchen.«

»Etwas, was mir zunehmend entgleitet, aber solange ich noch atme, kannst du weiterreden.«

Ross erzählte ihm alles, was er wußte, alles über seinen Vater und seine Mutter, woran er sich noch erinnern konnte, bis zum Zeitpunkt ihres Todes, und er berichtete, was von da an aus ihm und seinen Brüdern geworden war.

»Das meiste davon wußte ich«, sagte sein Großvater. »Ich habe eine ganze Menge Informationen über dich und deine Brüder eingeholt. Du wärst aufgrund deiner undisziplinierten Verhaltensweisen der letzte gewesen, den ich mir freiwillig ausgesucht hätte.«

»Dann denken wir gleich«, sagte Ross und stand auf, »denn

ich hätte mich freiwillig auch für alles andere eher entschieden als dafür herzukommen.«

»Du bist ehrlich. Und direkt bist du auch.«

»Ich habe keinen Grund, es nicht zu sein.«

Der Mackinnon nickte. »Du kannst dich wieder setzen. Ich habe gesagt, dich hätte ich als letzten ausgewählt. Ich habe nicht gesagt, daß ich damit recht gehabt habe.«

Ross setzte sich, und sein Großvater begann, Ross die Geschichte seiner drei Söhne Angus, Robert und John und seiner drei Töchter Mary, Elizabeth und Flora zu erzählen. Ross unterbrach ihn. »Ich dachte, du hättest nur zwei Söhne gehabt.«

»Ich hatte zwei Söhne, die die anderen Familienmitglieder überlebt haben. Mein Erstgeborener, Angus, ist im Alter von vier Jahren gestorben. Robert, seine Frau und seine vier Töchter sind alle ertrunken, als ihr Schiff bei einem Sturm auf Grund aufgelaufen ist. Meine Frau Catriona und meine Tochter Mary sind bei einem Brand in einem Bauernhof umgekommen, als sie dort waren, um die Kranken zu pflegen. Elizabeth ist im Wochenbett gestorben. Flora war die Jüngste. Sie war erst zwanzig Jahre alt, als sie vergewaltigt worden ist. Zwei Tage später hat sie sich erhängt. Wir haben nie erfahren, wer sie vergewaltigt hat. Nachdem es passiert war, hat sie kein Wort mehr gesagt, aber etwas an der ganzen Geschichte hat mich auf den Gedanken gebracht, daß sie den Mann gekannt hat, der sie vergewaltigt hat ... ihn gekannt und den Tod der Demütigung vorgezogen hat, die dieser Vorfall für sie bedeutete, und der Qual, den Namen des Mannes preiszugeben.«

Der Mackinnon unterbrach sich, und sein Blick schweifte zu einem Miniaturgemälde einer jungen Frau auf seinem Schreibtisch. »Sie wäre jetzt einunddreißig, kaum älter als du. Ich sehe, daß dich das überrascht. Meine Frau war beträchtlich jünger als ich. Flora ist wesentlich später geboren worden als meine übrigen Kinder, und für uns alle war das wirklich eine große Überraschung. Vielleicht war sie mir deshalb so sehr ans Herz gewachsen – das Kind meiner mittleren Jahre. ›*Mo nighean donn nam meall-shuilean*...‹« Seine Augen verschleierten sich, und er wandte sich ab. »Das ist ein gälisches Lied, das ich ihr früher immer vorgesungen habe: ›Mein braunhaariges Mädchen mit den betörenden Augen.‹«

»Du hast es sehr schwer gehabt«, sagte Ross. »Das ist etwas, was ich verstehen kann. Es scheint, als hätten wir wenigstens das miteinander gemein.«

»O ja, das haben wir«, sagte der Herzog leise. »Das und noch mehr.« Er zog eine goldene Uhr aus der Westentasche und zog sie versonnen auf. Er ließ sie wieder in die Tasche gleiten. »Wie die meisten Hochländer haben die Mackinnons gelernt, mit Kummer zu leben, gelegentlich sogar darin zu schwelgen. Es gehört zu unserer Geschichte, die Glanzzeiten noch einmal zu durchleben und die Tragödie zu beklagen, etwas, was wir mit einer Form wild entschlossener Eigenständigkeit tun. Wir hängen an unserer Vergangenheit, mein Junge, aber wir wissen nicht, was wir damit anfangen sollen.«

»Vielleicht hat Pa Texas deshalb so sehr geliebt – weil es ihn an das schottische Hochland erinnert hat. Er hat immer wieder gesagt, wir gehörten zu den stolzerfüllten Armen.«

»Du hast sehr große Ähnlichkeit mit deinem Vater«, sagte der Mackinnon. »Das ist etwas, was ich mich schon seit Jahren frage – welcher von Johns Söhnen ihm wohl am ähnlichsten ist. Vielleicht habe ich es von Anfang an gewußt. Vielleicht habe ich deshalb zuallerletzt an dich gedacht – weil deine Unbändigkeit und dein aufsässiges Naturell zuviel mit der schmerzlichen Erinnerung an den Bruch zwischen ihm und mir zu tun hat.« Der Mackinnon unterbrach sich und sah Ross seltsam an. »Es heißt, die Weisheit erwüchse aus der Asche der Torheit und Nachdenken schärfe die Einsicht. Ich hatte Zeit für beides. Ich habe mich in deinem Vater getäuscht. Wir haben einander zu nahegestanden.

Ich habe meinen Schatten über ihn geworfen und sein Wachstum behindert.«

Er hörte auf zu reden, und Ross hatte das Gefühl, er würde im nächsten Moment etwas über ihn sagen, etwas, was er erst noch durchdenken wollte. Ross beobachtete, wie der alte Mann tief Atem holte, und es schien ihm, als wüchse seine Gestalt. »Ich habe mich in dir getäuscht«, sagte sein Großvater, und seine Stimme war fest, sein Tonfall voller Überzeugung und Nachdruck. »Ich habe gesagt, für dich hätte ich mich nicht freiwillig entschieden. Ich wußte nicht, daß es daran lag, daß du die einzige Wahl bist, die für mich in Frage kommt. Irrtümer«, sagte er, und in seinen Augen glitzerte die Erinnerung, »ziehen großen Kummer nach sich.«

Niedergeschlagenheit senkte sich auf Ross herab. Er fand solche Gespräche traurig und trostlos. Für ihn weckte das zu viele Erinnerungen an Dinge, die er versucht hatte zu vergessen. Trotzdem konnte er es nicht lassen, seinen Großvater anzusehen und sich zu fragen, wieviel von dem, was er empfand, der ältere Mann ahnte.

»Du hast es auch schwer gehabt, mein Junge.«

»Nicht schwerer als meine Brüder.«

»Ja«, sagte der Herzog. »Ich kenne ihre Geschichten ebenso gut wie deine.« Der Glanz in seinen Augen schien zu erlöschen, und Ross kam er plötzlich müde vor. »Ich habe oft bereut, daß ich euch nicht alle zu mir geholt habe, nachdem ich von Johns Tod erfahren habe.« Seine Mundwinkel verzogen sich zu einem matten Lächeln. »Manchmal kommt es mir vor, als hätte John einen Weg gefunden, es mir heimzuzahlen. Er hat sechs Söhne gezeugt, und sein Bruder Robert, der den Titel hätte erben sollen, hat nicht einen einzigen Sohn gezeugt.« Der Mackinnon sah jetzt ganz wie ein alter Mann aus, matt und erschöpft von der Schlacht, aber ohne Anzeichen von Kapitulation. Er seufzte und lehnte sich auf seinem Stuhl zurück. »Und jetzt sind sie beide tot.« Er schüttelte den Kopf, und das Lächeln wurde breiter, und seine Augen funkelten wie die eines Jugendlichen. »Sechs Söhne hat er gezeugt, und welchen davon bringe ich dazu, daß er hierher zurückkommt? Ausgerechnet den, der ihm so ähnlich ist. Ich weiß, daß er doch noch einen Weg gefunden hat, mir alles heimzuzahlen.«

»Oder eine Möglichkeit für dich, noch einmal anzufangen.«

»Ja, eine Möglichkeit, noch einmal anzufangen, eine Chance für einen Neubeginn.« Der Herzog unterbrach sich und sagte dann: »Gott steh mir bei, wenn ich meine Sache diesmal nicht besser anpacke.«

»Du wirst es schaffen«, sagte Ross mit einer Kühnheit, die ihn selbst überraschte.

Der Mackinnon lachte. »Dann besitzt du die Zuversicht Gottes, mein Junge, oder besitzt du die Gabe des Hellsehens?«

Ross schaute seinen Großvater an, sah, wie seine Jacke seine breiten Schultern bedeckte und mit welch stolzer Arroganz er den weißhaarigen Kopf hielt. »Ich kenne mich. Ich werde dich nicht im Stich lassen.«

»Ja, ich weiß, daß du das nicht tun wirst, mein Junge.« Sein Lächeln war von Stolz erfüllt. »Schließlich bist du ein Mackinnon, nicht wahr? Und das Ebenbild deines Vaters.«

»Ich habe keine Ähnlichkeit mit meinem Vater. Das sagen alle.«

»Nein, äußerlich hast du alles von mir, aber innerlich bist du wie dein Vater.« Der Mackinnon holte tief Atem. »Ich mache mir schon Gedanken über dich, seit ich den Brief abgeschickt habe, in dem ich dich aufgefordert habe herzukommen – ich habe mich gefragt, ob du wohl kommen wirst, und auch, ob ich das Richtige getan habe, als ich dich dazu aufgefordert habe.«

»Ich bin hier«, sagte Ross, »und was das andere angeht, so kann ich nichts dazu sagen.«

Der Mackinnon lachte in sich hinein. »Dann sieht es ganz so

aus, als würde die Zukunft äußerst unterhaltsam. Ich hoffe nur, daß ich einen klaren Kopf behalte und immer daran denke, daß Schicksalsschläge einen Mann zum Mann machen können, daß er aber auch an ihnen zerbrechen kann.«

»Bislang bin ich am Unglück nicht zerbrochen, und ich werde auch nicht daran zerbrechen. Ganz gleich, wie hart das Schicksal es mit mir meint«, versicherte Ross.

»Das kommt daher, daß du ein Schotte bist«, sagte sein Großvater. »Und ein Mackinnon.«

Diese Bemerkung war wie ein Schock für Ross. Er konnte sich nicht erinnern, bislang jemals als ein Schotte oder als irgend etwas anderes als ein wilder, ungebärdiger Texaner angesehen worden zu sein.

»Es gibt einen Grund dafür, weswegen das Schicksal dich auserwählt hat, mein Junge. Ich schmiede schon lange mühsam Ränke, damit der Mackinnon-Clan auf die Füße kommt, und ich will einen starken, gesunden jungen Anführer als sein Oberhaupt sehen. Ich werde nicht mit ansehen, daß ein anderer Clan für sich beansprucht, was so lange uns gehört hat.«

Der Herzog mußte gespürt haben, daß Ross ihn eindringlich betrachtete, denn er unterbrach sich und zog seine Uhr aus der Tasche. »Heiliger Strohsack!« sagte er fröhlich. »Ich quassele wie eine alte Frau und habe zugelassen, daß meine Ungeduld über meine Manieren siegt.« Er wußte, daß er dem Jungen heute dicke Brocken vorgesetzt hatte, die dieser erst einmal verdauen mußte. Es war an der Zeit, daß sich all das Neue erst einmal setzte. »Wir versuchen unser Glück«, sagte er und stand auf, »und wenn ich jeden Mann, der sich uns in den Weg stellt, eigenhändig erwürgen muß.« Der Mackinnon schaute seinen Enkel unter buschigen weißen Augenbrauen hervor scharf an. »Manchmal glaube ich, mein eigener Eifer wird mir noch zum Verhängnis werden. Ich denke nicht immer daran, daß der Mann, der an der Anlegestelle der Fähre wartet, irgendwann übergesetzt werden wird. Ich brauche mich nicht aufzuregen und ins Wasser zu springen, um rüberzuschwimmen.«

Er trat an einen Tisch und füllte ein Glas aus einer großen geschliffenen Karaffe mit einer Flüssigkeit, die Ross für Wein hielt. »Trink das. Es wird einen Teil der Reisemüdigkeit von dir abfallen lassen und dir Ruhe und Klarsicht geben.«

»Das ist das erste Mal, daß ich höre, von einem Glas Wein bekäme ein Mann einen klaren Kopf.«

»Das ist kein Wein, mein Junge, sondern Whisky, *Uisgebeatha*, das *Lebenswasser* eines Schotten.« Der Herzog schenkte sich ebenfalls ein Glas ein und kehrte zu seinem Stuhl zurück. »Auf meinen Enkel«, sagte er, »den nächsten Herzog von Dunford und das Oberhaupt des Mackinnon-Clans.«

Ross hob daraufhin sein Glas, und beide Männer tranken gleichzeitig. Sowie er den Inhalt des Glases zur Hälfte geleert hatte, lehnte sich sein Großvater zurück und ließ sich tiefer in den ledernen Stuhl hineinsinken. Er hielt sein Glas hoch und betrachtete den hellen Bernsteinton. »Wie sehr mich das doch an die alten Zeiten erinnert«, sagte er, »als ein Mann seinen Whisky in kleinen Berghütten holte. Heute kriegen sie es nicht mehr hin, sie so zu bauen, aber damals waren sie gemütlich und heimelig und hatten solide Steinmauern und ein so dicht gedecktes Dach, daß nicht ein Wassertropfen durchsickern konnte. Ich sehe noch vor mir, wie sie von innen ausgesehen haben – voller Fässer und Bottiche und mit unglaublich vielen Röhren, die das kalte Quellwasser in den Destillationsraum leiten, so viele, daß einem schwindlig werden konnte, wenn man bloß hingesehen hat.« Sein Ausdruck wurde wehmütig. »Die Berghütten, die sie damals hatten, sieht man heute kaum noch. Die meisten sind gemeinsam mit den kleinen Bauernhöfen abgerissen worden.« Er drehte das Glas mit der gelblichen Flüssigkeit. »Aber der Geschmack ist, Gott sei gelobt, noch fast derselbe wie früher.«

Der Mackinnon stand auf, trat an die Wand und zog an einer

seidenen Schnur. Wenige Minuten später wurde hinter ihm eine Tür geöffnet, und ein Windzug wehte in den Raum. Mary war gekommen. Sie trat ein paar Schritte weiter ins Zimmer hinein. »Sie haben geläutet, Eure Exzellenz?«

»Mary, ich möchte Ihnen meinen Enkel Ross vorstellen. Er ist einer von Johns Söhnen.«

»Er ist nicht der, an den Sie zuerst geschrieben haben.«

»Nein. John hat sechs Söhne gehabt, und fünf von ihnen haben überlebt. Ross ist der viertälteste... und der beste«, fügte er hinzu und zwinkerte Ross zu.

Mary schnaubte und war offensichtlich keineswegs beeindruckt. »Die vier anderen müssen tatsächlich erbärmliche Bürschchen sein«, sagte sie.

Ross mußte wider Willen lachen, und er bemerkte, daß es seinen Großvater sehr viel Selbstbeherrschung kostete, nicht in sein Gelächter einzufallen.

»Führen Sie Ross in die Küche, und sagen Sie der Köchin, sie soll ihn vollstopfen, bis er platzt. Während er ißt, möchte ich, daß Sie sein Zimmer zurechtmachen. Ich will, daß er Johns früheres Zimmer bekommt. Und lassen Sie jede Menge heißes Wasser für ein Bad nach oben schicken.« Zu Ross sagte der Mackinnon: »Geh jetzt mit Mary. Wir sehen uns dann beim Abendessen.«

Ross nickte und wandte sich zu Mary um. Sie machte einen flüchtigen Knicks, und ihre steifen Röcke streiften die kalten grauen Steine des Fußbodens. »Und noch etwas, Mary«, rief ihr der Herzog nach, »sagen Sie Robert, er soll sehen, wo er etwas zum Anziehen findet.«

Der Ausdruck des Mackinnon war unergründlich. »Dir gefällt es nicht, wie wir uns kleiden, wenn ich mich nicht irre?«

»Doch... dir steht es.« Ross betrachtete eingehend die Aufmachung seines Großvaters. Seine Kleidung – eine Hose und ein Frack in Dunkelblau und eine wunderschön bestickte hellgraue

Weste – wirkten an ihm vollkommen passend, aber Ross wußte, daß das nicht bedeuten mußte, daß ihm diese Kleidung ebenso gut stand. »In der Aufmachung käme ich mir komisch vor«, sagte er.

Er wandte sich ab und folgte Mary, die sagte: »Ich werde Robert Bescheid sagen, Eure Exzellenz.«

»Ich hätte nicht geglaubt, daß Sie es nicht tun«, sagte der alte Herzog, und das Lachen war aus seiner Stimme herauszuhören.

»Lach nur«, sagte Ross. »Es wird dir nichts nutzen.«

»Kann sein«, sagte sein Großvater und lachte jetzt rundheraus.

Mary führte Ross wieder durch den langen gewundenen Korridor und bog dann in die entgegengesetzte Richtung ab, nicht in die, aus der sie gekommen waren. Ross folgte ihr durch ein schmales Treppenhaus in die Küche. Die Köchin war eine große, stämmige Frau mit einem furchteinflößend riesigen Hackbeil in der Hand. Ross hielt Abstand. »Seine Exzellenz sagt, Sie sollen seinen Enkel vollstopfen und ihm Badewasser heiß machen.« Als Mary ging, sagte sie noch über die Schulter: »Schicken Sie ihn in den Nordflügel, wenn er abgefüttert ist.«

Die Köchin nickte und wies mit dem Hackbeil auf einen Tisch. Ross setzte sich an den langen Steintisch und sorgte dafür, daß er zwischen ihm und der Köchin stand. Er traute diesen wortkargen Schotten nicht allzu sehr – zumindest noch nicht. Im nächsten Moment hörte er, wie die Tür hinter ihm geschlossen wurde, und er vermutete, daß Mary sich wohl unwillig aufgemacht hatte, sein Zimmer herzurichten.

Er nahm eine Mahlzeit, bestehend aus kaltem Hammelfleisch und Kartoffeln, zu sich und fragte sich, wie es wohl sein würde, hier in diesem zerfallenden, zugigen alten Schloß zu leben. Hier war sein Vater zu Hause gewesen, und jetzt war er hier zu Hause. Ob er sich hier je zu Hause *fühlen* würde? Morgen hatte er noch genug Zeit zum Nachdenken.

Während der nächsten Woche war Ross viel mit seinem Großvater zusammen, und die meiste Zeit betrieben sie das, was Ross als ein gegenseitiges Hörnerabstoßen bezeichnete. Ross brauchte nicht lange, um zu begreifen, daß ihre Standpunkte häufig entgegengesetzt waren. Eins der Themen, die immer wieder angeschnitten wurden, war, wie Ross sich kleidete. Aber in dem Punkt wich Ross nicht einen Millimeter von seiner Haltung ab. Er war ein geborener Texaner und als solcher aufgewachsen, und das hieß, daß er sich wie ein Texaner kleidete. Er dachte gar nicht daran, diese unbequemen eleganten Kleidungsstücke mit den steifen Kragen und den unbequemen Jacken zu tragen wie sein Großvater. Er sah nicht den geringsten Grund dafür.

Im Lauf der Zeit hatte sein Großvater beschlossen, Ross müsse zumindest für die nächsten Wochen zurückgezogen in der Abgeschiedenheit von Dunford leben, damit er reichlich Zeit für »seine Erleuchtung« hatte, ehe sie zu ihren Reisen zu einem Teil der Ländereien aufbrachen, die er erben würde, wenn er den Titel erst einmal erhalten hatte. Es war mehr als offenkundig, daß dieser unbändige, unkultivierte Kerl aus Texas keineswegs soweit war, daß man ihn der feinen schottischen Gesellschaft vorstellen konnte, zu der viele englische Adlige zählten.

Ross dagegen hatte sich über diese Dinge wenig Gedanken gemacht. Er war davon ausgegangen, daß man einen Titel so erbte, wie man ein Stück Land kaufte. Wenn man den Kaufvertrag erst einmal in der Hosentasche hatte, dann gehörte einem das Land, und man konnte damit anstellen, was man wollte.

Er erfuhr bald, daß es nicht nach diesem Schema ablief, zumindest nicht bei den Schotten. Es gab ein paar Dinge, nach denen er sich richten mußte, meinte sein Großvater. Nichts davon war nach seinem Geschmack.

Und ebensowenig nach seinem Geschmack war der Mann mit der spitzen Nase, den sein Großvater mit seiner Formung betraut hatte, ein gewisser Lord Percival.

Als sie einander das erste Mal begegneten, entschied Ross nach einem kurzen Blick auf Lord Percival, dieser Mann könne ihm nicht das geringste beibringen. Nachdem er ihn sprechen gehört hatte, festigte sich seine Überzeugung. »Der redet schlimmer als wir beide zusammen.«

»Lord Percival ist Engländer«, sagte sein Großvater. »Er ist ein alter Freund, und er war so freundlich und hat sich bereit erklärt, sein Haus in England für einen unbestimmten Zeitraum zu verlassen, um als dein Lehrer, Erzieher, Freund und Ausbilder zu fungieren. Ich habe ihm deine Weiterbildung anvertraut.«

»Was?« fuhr Ross auf und bockte dann. Er würde sich nicht herumschubsen lassen. Nicht von diesem Mann. »Was zum Teufel soll das heißen, ›meine Weiterbildung‹? Ich brauche keine Weiterbildung. Ich habe die Schule abgeschlossen«, brüstete er sich und stieß sich einen Finger in die Brust. »Ich kann lesen und schreiben.«

»Das ist aber auch schon alles«, sagte Lord Percival, und seine dünnen Lippen verzogen sich mißbilligend. Er seufzte und rümpfte die Nase. »Sie müssen dringend unterrichtet werden. Sie sind reichlich unwissend, wenn es um Dinge geht, die Großbritannien oder Schottland betreffen. Sie wissen nichts über die Geschichte des Clans, den Sie anführen sollen, nichts über die Besonderheiten der Hochländer. Und noch entscheidender ist, daß Sie unter gar keinen Umständen Herzog sein und Ihren Platz in der Gesellschaft einnehmen können, solange Sie so aussehen und sich so benehmen, wie Sie es derzeitig tun.«

»An meinem Aussehen ist nichts auszusetzen«, sagte Ross durch zusammengebissene Zähne. Wenn sie in Texas gewesen wären, hätte er dem Mann bereits die Schneidezähne ausgeschlagen. So redete niemand mit ihm. Niemand. Ross schaute Percival finster an. Sollte ihn der Kerl doch für ungehobelt, ungebildet oder unmanierlich halten. Das war ihm egal, solange der Mann in Ross jemanden sah, mit dem er nicht aneinandergeraten wollte.

»Als erstes fangen wir mit Ihrem Gang an«, fuhr Percy fort, als hätte er kein Wort gehört, und dabei schaute er ihn mit einem herablassenden Ausdruck an.

»Sie können mich mal!« Ross entging der herablassende Ausdruck, da er schon in der Tür stand.

»Wenn es Ihnen lieber ist, können wir auch mit Ihrem Haar anfangen«, rief Lord Percival ihm nach. »Es ist viel zu lang und ungepflegt.«

»Scheren Sie sich zum Teufel.« Ross knallte die Tür hinter sich zu.

Lord Percival stand eine Menge Arbeit bevor, soviel war gewiß. Aber Lord Percival besaß weit mehr Durchhaltevermögen, als Ross es bei diesem hageren Ausländer für möglich gehalten hätte. Der kleine Kerl war überall zugleich, und nichts schien ihn von seinen Pflichten abbringen zu können. Eine Zeitlang fragte sich Ross, warum zum Teufel sie sich überhaupt die Mühe machten, ihm Schliff zu geben. Nichts, aber auch nichts an ihm schien so, wie es war, richtig zu sein: nicht, wie er ging, redete, sich kleidete oder sein Haar trug; nicht seine Tischmanieren oder seine sonstigen Umgangsformen.

»Was haben Sie gegen meine Manieren einzuwenden?« schrie Ross aufgebracht.

Percival antwortete vollkommen ruhig: »Etwas, was ich noch nie gesehen habe, kann ich weder gut noch schlecht finden.« Während Ross ihn finster anfunkelte, fuhr der unerschrockene Lord Percival fort und sagte: »Ich werde nur zu gern mein Urteil über Ihre Manieren fällen, wenn ich erst einmal Gelegenheit hatte, sie zu beobachten.«

»Sie bellen unter dem falschen Baum«, fauchte Ross.

»Wie bitte? Reden wir eigentlich über dasselbe?«

»*Ich* rede von Bildung«, sagte Ross. »Wovon Sie reden, weiß ich nicht.« Er packte Sir Percivals Rüschenhemd. »Bezeichnen Sie mich nicht als ungebildet! Sie würden sich nicht halb so gut halten, wie ich mich halte, wenn wir dasselbe mit Ihnen in Texas täten.« Er schüttelte ihn. »Sehen wir doch mal, wie gebildet Sie sind, Percy. Sie haben doch wohl keine Ahnung von Kühen und von Pferden und von Weideland. Sie verstehen noch nicht einmal unsere Sprache. Wissen Sie, wer der Präsident von Mexiko ist? Können Sie mir sagen, wie der Fluß zwischen Mexiko und den Vereinigten Staaten heißt? Wissen Sie, was *Tejas* heißt?«

Ehe er weiterreden konnte, lachte jemand hinter ihm, und Ross drehte sich um, ohne Percy loszulassen.

Sein Großvater stand in der Tür.

Ross ließ Percy los, und während Lord Percival sein Hemd wieder glattstrich, sagte der Herzog: »Lord Percival, haben Sie gerade Schwierigkeiten mit meinem Enkel?«

»Ja, Eure Exzellenz, das kann man wohl sagen.«

»Lassen Sie Ross und mich einen Moment miteinander allein, Percy.«

»Mit dem allergrößten Vergnügen«, sagte Percival und ging zur Tür. »Sie können ihn ganz für sich allein haben.«

Ross blickte mit glühenden Augen finster auf Lord Percivals Rücken, als der Mann schleunigst den Raum verließ. »Percy hat seine Berufung verfehlt. Er sollte im Kerker arbeiten und die Schrauben auf den Folterbänken anziehen.«

»Komm mit, Ross. Ich muß dir etwas zeigen.«

Ross folgte seinem Großvater in die Bibliothek. Er blieb vor dem Schreibtisch stehen und sah zu, wie der Herzog in einem Stapel von Papieren kramte. Als er das gefunden hatte, was er gesucht hatte, brummte der ältere Mann und reichte Ross das Blatt.

**FÜNFTAUSEND DOLLAR BELOHNUNG
FÜR INFORMATIONEN ÜBER DEN VERBLEIB VON
ROSS MACKINNON
GESUCHT WEGEN VERGEWALTIGUNG
MELDEN SIE SICH BEIM SHERIFF**

VON CORSICANA, TEXAS

Ross warf das Blatt auf den Schreibtisch. »Das ist eine Lüge.«

»Ich glaube dir natürlich. Aber würde man dir dort glauben? Und, was noch wichtiger ist, hast du die Mittel für deine Verteidigung?« Er seufzte. »Wenn du den Titel ablehnst und die Voraussetzungen nicht erfüllst, die dieser Titel an dich stellt, und wenn du nach Texas zurückgehst«, sagte er und zeigte auf das Blatt auf dem Schreibtisch, »dann erwartet dich genau das hier. Ich bin ein alter Mann. Ich habe nicht mehr lange zu leben. Ich möchte vor meinem Tod meinen Titel sicher vererbt wissen. Es ist zwecklos, deine oder meine Zeit zu vergeuden, wenn du meine Nachfolge nicht antreten willst. Mir ist klar, wie schwierig es für dich sein muß. Ich habe Verständnis, wenn du es nicht mehr willst, weil dir das Ganze über den Kopf wächst.«

Ross zog eine finstere Miene. »Ich kann alles einstecken, was du und Lord Percival austeilt.«

»Kannst du das wirklich? Bist du dir da sicher, mein Junge?«

»Ich schaffe es. Es geht mir nur einfach furchtbar gegen den Strich.« Ross schaute nicht mehr finster drein, und aus seiner Stimme war kaum noch Wut herauszuhören.

»Wenn das so ist, meinst du nicht, daß du dann etwas umgänglicher sein könntest? Lord Percivals Funktion besteht nicht darin, dich zu foltern. Er macht nur seine Arbeit – um mir einen Gefallen zu tun, könnte ich noch hinzufügen.«

Schließlich willigte Ross ein, sich belehren zu lassen, und zwar hauptsächlich deshalb, weil sein Großvater ihn vor die Wahl gestellt hatte, andernfalls wieder nach Texas zu gehen, »um dich wegen Vergewaltigung vor Gericht verurteilen zu lassen«, wie der Mackinnon es geschickt formulierte.

»Ich habe dir doch gesagt, daß das eine Lüge ist. Ich habe in meinem ganzen Leben keine Frau vergewaltigt«, verteidigte sich Ross, sprang von seinem Stuhl auf und schlug mit der Faust auf den Schreibtisch seines Großvaters. »So was habe ich nicht nötig.«

Der Herzog schaute ihn an und verkniff sich ein Lächeln. Er räusperte sich und sagte: »Tess Cartwright sieht das anders.«

»Tess Cartwright hätte keinen Leichnam dazu bringen können, mit ihr zu schlafen. So verzweifelt war ich nie.« Diese Bemerkung entlockte dem Mackinnon ein echtes Husten.

Ross beruhigte sich ein wenig und willigte ein, es weiterhin mit Lord Percival zu versuchen, doch er war nicht restlos davon überzeugt, daß sein Großvater nichts mit dieser erfundenen Anklage gegen ihn zu tun hatte. Tess Cartwright? Jesus, Maria und Josef. Soviel konnte ein Mann gar nicht trinken, daß er zwischen ihre Beine gekrochen wäre. Er wußte, daß Schönheit nur äußerlich war, aber Tess Cartwrights Häßlichkeit reichte bis in die Knochen. Für eine Frau wie sie hatte er etwa soviel Verwendung wie eine Sau für ein Spitzentaschentuch.

Er schaute seinen Großvater an, und ihm entging der Schimmer in seinen Augen nicht. Inzwischen hatte er ein paar Dinge über den alten Mann gelernt. Man durfte diesen Mann nicht unterschätzen, er schreckte vor nichts zurück, was ihm das garantierte, was er wollte.

Als sein Privatunterricht erst einmal begonnen hatte, erstaunte Ross alle damit, wie schnell er lernte, und der alte Herzog bemerkte verwundert, wieviel er bereits über den Umgang mit Frauen wußte. Einmal schalt ihn sein Großvater aus, weil er mit einem Zimmermädchen geschäkert hatte, und er sagte: »Es scheint, als legtest du beträchtlichen Wert darauf, dich weiterzubilden, was Frauen angeht.«

»Da weiß ich längst genug«, konterte Ross. »Ich wollte mich nur vergewissern, daß ich inzwischen nichts vergessen habe.«

4. Kapitel

Lord Percival hielt sein Glas ins Lampenlicht und betrachtete geistesabwesend das Farbprisma, das sich in dem dicken Kristallglas spiegelte. Er lauschte den Worten des alten Herzogs, während er mit dem Mackinnon Whisky trank. Ihr Gesprächsthema war, wie so oft in der letzten Zeit, der Enkel des Herzogs.

Der Herzog lachte kurz und voller Selbstironie und erklärte: »Mein Gott, Percy, er ist John derart ähnlich, daß es mir wirklich schwerfällt, ihn Ross zu nennen.«

Percy fiel in sein Lachen ein. »Das könnte sein größter Vorteil sein...« Er hörte auf zu lachen, und sein Gesicht wurde ernst. »Oder sein schlimmster Charakterzug«, sagte er in einem kläglichen Tonfall.

»Ja. Genau das wird ihn zum Erfolg führen, oder er wird daran zerbrechen«, fügte der Mackinnon hinzu, und auch sein Ausdruck war ernst, und die Worte kamen tief und rauh aus seiner Kehle.

In dem Moment sickerte langsam der Gedanke in Lord Percivals träge arbeitenden Verstand ein, daß der alte Mann, der auf der anderen Seite des Schreibtischs saß, eine ganz andere Person war als diejenige, mit der er noch vor wenigen Monaten geredet hatte. Sein alter Freund hatte sich verändert. Vor gar nicht allzu langer Zeit waren seine Augen stumpf und leblos gewesen, er war langsam gelaufen und wacklig auf den Beinen gewesen, aber jetzt war sein Gang forsch und sicher, und seine Augen schienen Hoffnung auszudrücken. *Wenn der Winter kommt, kann der Frühling dann noch fern sein?*

Als er den Herzog musterte, schienen die dunkelblauen Augen, die ihn über eine aristokratische Nase ansahen, vor Vitalität zu sprühen, und das Licht einer plötzlichen und unerwarteten Einsicht drückte sich darin aus – einer Einsicht, die etwas zur

Folge hatte, was Percy nur mit humorvollem Verständnis gleichsetzen konnte.

»Ich sage Ihnen noch etwas anderes«, sagte Seine Exzellenz mit einer Stimme, die einen fröhlichen, leichten Klang hatte. »Er ist ein ganz kleines bißchen so wie ich, als ich noch ein junger Kerl war. Impulsiv. Vollgepfropft mit mehr Antworten, als es Fragen gibt – und mit dem Hang, zuerst zu springen und sich dann erst umzusehen.«

Percy hatte schon vor einer Weile gemerkt, daß der Enkel des Mackinnon dem alten Mann in mehr als nur Äußerlichkeiten ähnelte. Er wußte aber auch, daß es nichts eingebracht hätte, wenn er diesen Umstand erwähnt hätte, und daß der Mackinnon mit der Zeit von selbst dahinterkommen würde. Anscheinend war dieser Zeitpunkt jetzt gekommen.

Percy lächelte. »Wie Sie immer wieder so gern sagen: Er ist durch und durch ein Mackinnon. Das läßt sich nicht leugnen«, fuhr Percy fort. »Der Junge kommt schneller voran, als ich erwartet hätte. Er ist intelligent, und er hat ein starkes Verlangen, Sie zu erfreuen, und deshalb strengt er sich besonders an, aber ich mache mir trotzdem Sorgen, daß wir ihn noch nicht soweit haben, wenn Colin McCulloch mit dem Herzog von Grenville und seiner Familie kommt.« Percy schüttelte den Kopf. »Ich neige nicht dazu, mich unnötig aufzuregen, aber es steckt noch eine Menge von dem unzivilisierten Amerikaner in ihm, und unsere Umgangsformen fallen ihm nicht allzu leicht und schon gar nicht von allein zu.«

»Mit der Zeit wird es ihm selbstverständlich werden«, beruhigte ihn der Herzog.

»Ja, aber Zeit ist das einzige, wovon wir nicht allzu viel haben – falls wir uns an den ursprünglichen Zeitplan halten wollen. Diese Horde von Besuchern, die hier wohnen werden, werden eher kommen, als es uns lieb ist, es sei denn...« Seine Stimme verklang, und sein Ausdruck erstarrte versonnen. »Es ist noch nicht zu spät, um den Ball zu verschieben, verstehen Sie – oder um ihn ganz abzusagen. Schließlich haben Sie ihn geplant, ehe Ihr Enkel urplötzlich aufgetaucht ist. Das würde jeder verstehen.«

Der Mackinnon sprang auf und schaute Percy aus harten, wütenden Augen an. »Was soll das heißen? Die Mackinnons machen keine Einladungen rückgängig... sie brauchen sich niemals für etwas zu entschuldigen. Wozu sollte das gut sein? Wollen Sie, daß ich ihm beibringe, es sei in Ordnung, wenn ein Mackinnon sein Wort nicht hält? Oder daß er sich vor seinen Verpflichtungen drücken kann?«

Percy zuckte die Achseln. »Schon gut. Ich weiß, wann ich umzingelt bin. Ich kapituliere. Ich weiß nicht, warum ich diesen Vorschlag gemacht habe. Ich wußte schon, ehe ich die Worte ausgesprochen habe, daß Sie sie in die falsche Kehle kriegen werden.«

Der alte Herzog ging wieder zu seinem Stuhl und setzte sich. Er lehnte den Kopf zurück und schloß die Augen. Ohne sie zu öffnen, sagte er: »Die kleine Stewart wird ihren Verlobungsball bekommen, aber ich bin mir nicht sicher, ob mir diese Verbindung paßt.«

Percy zog die Augenbrauen hoch und wartete. Sein Interesse war geweckt.

Als der Herzog die Augen öffnete, bemerkte er Percys amüsierten Blick. »Ich weiß, was Sie denken, und es liegt nicht daran, daß Huntly sich nicht entschlossen hat, ein Mädchen aus dem Hochland zu heiraten«, sagte er. »Ein Mädchen aus dem Hochland hätte mehr Verstand besessen, als sich zu einer Heirat mit einem Mann wie Huntly zwingen zu lassen.«

»Ein Mädchen aus dem Hochland wäre nicht so gefügig. Sie würde ihre eigene Wahl treffen wollen«, bekräftigte Percy.

»Ja«, stimmte der Mackinnon ihm zu, aber Percy erkannte deutlich, daß seinen alten Freund noch etwas anderes bedrückte.

»Ich weiß, daß Colin McCulloch kein Dummkopf ist«, fuhr er fort. »Er kann nicht allzu glücklich darüber sein, daß seine Nichte sich mit einem Mann wie dem Grafen von Huntly verlobt.«

Diese Worte überraschten Percy. »Warum? Huntly wird doch als eine gute Partie angesehen...«

»...von denen, die ihn nicht allzu gut kennen«, beendete der Mackinnon seinen Satz. »Ich habe Huntly nie getraut. Der Mann gefällt mir nicht, und es ist kein Wunder, warum. Ihm scheint das Unglück in den Fußstapfen zu folgen.«

Während er das sagte, dachte der Herzog an seine geliebte Tochter Flora und daran, wie ihre Vernarrtheit in Huntly ihr vor Jahren nichts anderes als eine schmerzliche Abweisung eingebracht hatte. Zu der Zeit hatte er geglaubt, es sei besser so für Flora, aber sie schien nie mehr sie selbst zu sein, nachdem Huntly sie wegen einer anderen verschmäht hatte – er hatte Flora den Rücken zugewandt, um die Tochter des Herzogs von Corrie zu heiraten, der bei Königin Victoria so hoch in der Gunst stand.

»Da steckt doch mehr dahinter, als Sie zugeben«, sagte Percy bedächtig. »Das Problem liegt gar nicht bei der kleinen Stewart, und es hat auch nichts damit zu tun, daß sie Engländerin ist. Es geht um Huntly, stimmt's? Was hat er Ihnen getan? Warum haben Sie soviel gegen ihn?«

»Ich soll etwas gegen ihn haben? Ha! Das ist eine zu schwache Umschreibung für meine Gefühle gegenüber Huntly.« Der Makkinnon machte plötzlich einen müden Eindruck. »Ich weiß nicht, ob das Wort Haß genügen würde, um meinen Gefühlen gerecht zu werden.« Er blickte auf und sah, wie Percy ihn anschaute. »Ich merke schon, daß Sie mich nicht in Ruhe lassen werden, solange Sie mir nicht jegliche Information abgerungen haben.«

Percy lachte. »Sieht man es mir so deutlich an?«

»Ja, allerdings.« Er überlegte einen Moment, wo er anfangen sollte. »Sie haben meine jüngste Tochter Flora nicht gekannt.«

»Nein.« Percys Blick fiel auf das Miniaturporträt von Flora, das auf dem Schreibtisch des Herzogs stand. »Sie war sehr hübsch.«

»Ja, das war sie, und als dieses Porträt gemalt wurde, war sie verliebt.«

»Der Mann konnte sich glücklich schätzen.«

»Der Mann war der Graf von Huntly.«

»Huntly? Davon hatte ich keine Ahnung. Ich habe nur gehört, er hätte fast eine von Argylls Töchtern geheiratet.«

»Ja, aber Argyll war nicht so dumm, seine Gänse derart unter Wert zu verkaufen, und daher hat Huntly ein anderes reiches Mädchen geheiratet.«

Das Gesicht, das Percy vor sich sah, ähnelte kaum noch dem vertrauten Gesicht des Oberhaupts des Mackinnon-Clans. Er sah plötzlich älter und müde aus, das Gesicht angespannt und in sich gekehrt, der Vergangenheit zugewandt und in eine schmerzliche Erinnerung versunken. Keine Spur von Humor war ihm jetzt anzusehen, kein Lachen war vorstellbar, einzig der Grimm, der einem Schmerz entstammt, der unerträglich tief und qualvoll ist, war erkennbar. »Drei Monate nachdem Huntly sie verschmäht hat, ist Flora brutal vergewaltigt worden. Sie war schwanger. Ich weiß, daß sie den Mann kannte, der das getan hat – sie hat ihn gekannt und ist lieber in den Tod gegangen, als seinen Namen zu nennen. Zwei Tage später hat sie sich erhängt.«

»Und Sie sind nie hinter die Identität des Mannes gekommen, den sie geschützt hat?«

»Nein. Flora war tot. Es spielte keine Rolle mehr.«

»Es scheint aber doch noch eine Rolle zu spielen, denn sonst empfänden Sie nicht so einen Haß auf Huntly.«

»Er hat Flora das Herz gebrochen und ihr Leben zerstört. Nach dem, was ihr dadurch zugefügt worden ist, war der Tod die reinste Gnade. Schon allein aus dem Grund würde ich am liebsten mit einem Säbel auf ihn losgehen. Ansonsten empfinde ich nicht das geringste für diesen Mann, wenn ich auch meinen Titel darauf wetten würde, daß ihm etwas Teuflisches anhaftet.«

»Vielleicht hat der Herzog von Grenville nichts von Huntlys Mängeln gehört. Ich kenne ihn. Wenn er etwas davon wüßte, würde er das seiner Tochter nicht antun. Er ist ein Ehrenmann, und er ist aufrichtig. Er ist ein liebender Vater, und er ist seiner Frau und seiner Familie treu ergeben.«

Das Gesicht des Herzogs wurde ernst und eindringlich. Er trank noch einen Schluck aus seinem Glas, und unter schweren Lidern musterten seine Augen Percys Gesicht. »Ich weiß alles über Grenville. Ich bin sicher, daß er nichts über Huntly gehört hat. Die wenigsten Menschen wissen es. Bei Huntly trügt der Schein. Er verwischt seine Spuren geschickt. Er verbirgt sich hinter einer Maske aus geheuchelter Tugend und gibt sich vor ganz Schottland als ein wohlhabender und einflußreicher Mann. Sogar in den Augen der Kirche ist er rechtschaffen – ein Wohltäter, der aus einem besudelten Geldbeutel mit Goldmünzen bezahlt.«

»Sie stellen Huntly als einen Mann hin, der seine eigene Mutter am Spieß braten würde, wenn es ihm etwas einbrächte«, sagte Percy.

»Ja«, sagte der Mackinnon. »Genau das täte er.«

»Und Sie veranstalten einen Ball, um seine Verlobung zu feiern?«

»Es wäre ein Schlag ins Gesicht, wenn ich für die kleine Stewart keinen Ball veranstalten würde. Colin McCulloch und ich sind durch familiäre Bande miteinander verbunden – und wir sind schon seit sehr langer Zeit Freunde. Ich habe Anne gekannt, die Mutter der Kleinen.« Mit einem Stirnrunzeln fügte er hinzu: »Ich habe mir früher einmal eingebildet, ich sei in sie verliebt. Sie war zu hübsch, um mit einem Engländer verheiratet zu werden.«

»Aus Ihrem Mund klingt das wie eine Strafe«, sagte Percy und lachte. »Anne ist immer noch eine wunderschöne Frau, und ich habe ihre Tochter, Lady Annabella, gesehen. Das Mädchen ist eine Schönheit wie die Mutter. Ich glaube, sie ist sogar noch schöner als ihre Mutter. Sie hat etwas an sich – und ein Gesicht, das einem Mann den Atem verschlägt und seinen Verstand zu Asche zerfallen läßt.«

Sowie er diese Worte ausgesprochen hatte, spürte Percy, wie sich die drückende Last des Unbehagens auf ihn herabsenkte. Ross war ein unbändiger Kerl, und wenn es um Frauen ging, neigte er zu einer gewissen Skrupellosigkeit. Er warf einen Blick auf den Herzog und sah in dessen Augen eine ähnliche Erkenntnis funkeln.

»Es scheint, als hätten wir es hier mit einem potentiellen Problem zu tun«, fuhr Percy fort. »Lady Annabella ist keine Frau, die unbemerkt bleibt, und wir wissen beide, daß Ross einen Blick für Mädchen hat.« Er schüttelte den Kopf. »Ich kann nur hoffen...«

Der Mackinnon lachte. »Hoffen. Wenn meine Erinnerung mich nicht täuscht, dann ›*ist die Hoffnung ein vielversprechender junger Erbe, und die Erfahrung ist sein Bankier*‹.«

Percy wirkte bedrückt. »Dieses Zitat ist mir durchaus bekannt, Eure Exzellenz. Ich hatte mich lediglich entschlossen, nicht daran zu denken.« Er konnte sehen, daß der Herzog belustigt war, doch Percy ließ sich nicht beirren. »Was mir Sorgen macht, ist der zweite Teil dieses Zitats. Die Geschichte wiederholt sich... Würden Sie wohl aufhören zu lachen, Eure Exzellenz? Der Junge braucht weiß Gott keine zusätzlichen Erfahrungen. Allein das ist mir schon Grund genug, um zu der Auffassung zu gelangen, es wäre klug, den Jungen noch eine Weile im Verborgenen zu halten – seinen Unterricht auszudehnen...«

»Und seine Erfahrungen einzuschränken?« sagte der Herzog in einem Tonfall, der lebhaft und heiter war.

Percy zuckte zusammen. »Es wird noch mehr Bälle geben, Eure Exzellenz.«

»Ja, und andere Mädchen auch.« Der Herzog stand auf, näherte sich wieder dem silbernen Tablett und schenkte sich noch einen Whisky ein. »Ich werde mir über das, was Sie gesagt haben, Gedanken machen, Percy, aber ich warne Sie gleich: Sie haben mir einen hochinteressanten Grund dafür geliefert, alles zu tun, damit Ross zu seiner Hochform aufgelaufen ist, wenn Huntly eintrifft.«

Percy sprang mit bleichem Gesicht auf. Er stellte sein Glas auf das Tablett neben die Whiskykaraffe. »Es wäre katastrophal, den Namen Ihres Enkels und Lady Annabella auch nur in einem Atemzug zu nennen. Das wissen Sie genau. Ich habe den Verdacht, er hat im Umkreis von fünf Meilen um Dunford bereits jedem hübschen Mädchen die Tugend geraubt. Dieses Risiko können Sie wahrhaft nicht eingehen.«

»Wenn er sich auf dem Heuboden an ein Milchmädchen ranmacht, dann ist das nicht dasselbe wie der Versuch, Huntly die Verlobte auszuspannen. Was bringt Sie auf den Gedanken, die kleine Stewart sei in seiner Gegenwart nicht sicher?«

Mit mürrischem Gesichtsausdruck erwiderte Percy: »Wer einmal einen Fisch fängt, angelt weiter.«

Der Herzog von Dunford musterte seinen langjährigen Freund mit einem verstohlenen Lächeln und einem nachdenklichen Ausdruck in den Augen. Er sagte kein Wort, und mit einer Haltung, die man nur als majestätisch bezeichnen konnte, setzte er sich. Percy lief durch das Zimmer, öffnete die Tür und schloß sie dann im Gehen leise hinter sich. Der Herzog lehnte sich auf seinem Stuhl zurück, ohne die massiven Türen mit den Schnitzereien aus den Augen zu lassen, und faltete versonnen die Hände auf der Brust. Sein Blick schweifte durch das Zimmer und verweilte dann auf einem kunstvoll verzierten Blattgoldrahmen. Seine granitenen Züge wurden weicher, als sein Blick auf das Porträt seiner Tochter fiel. Er hob sein Glas und sagte leise: »Auf Flora«, ehe er den Inhalt mit einem Schluck leerte.

5. Kapitel

»Percy! Wo zum Teufel stecken Sie?«

Die Türen der Bibliothek knarrten in ihren Angeln und wurden heftig aufgerissen. Wie eine Pistolenkugel schoß Ross Mackinnon in den Raum. »Bis jetzt habe ich alles, was Sie sich in den Kopf gesetzt haben, brav mitgemacht«, sagte er, »aber diesmal sind Sie zu weit gegangen. Nennen Sie mir einen annehmbaren Grund dafür, daß ich Gälisch lernen soll.«

Percy senkte den Kopf und schaute Ross über den Rand seiner Brille an. Mit einem gequälten Seufzer legte er die »Glasgow Free Press« zur Seite. Er war still in einen Artikel vertieft gewesen, in dem es um die moralischen Aspekte beim Einsatz von Narkose während der Geburt ging – seit der Entdeckung des Chloroforms war das ein Thema, das viel Aufsehen erregte. Er schaute den jungen Mann an, der gerade wie eine wildgewordene Dampflokomotive in das Zimmer gestürmt war, und dabei fiel ihm gleich ein weiterer Verwendungszweck für Chloroform ein.

»Ich habe nie gesagt, daß Sie Gälisch *lernen* sollen, Ross. Ich habe gesagt, Sie müßten sich *damit vertraut machen*. Es *ist* nun einmal die Sprache Ihrer Ahnen. In manchen Gegenden Schottlands ist es noch weit verbreitet – aber selbst ich bin kein solches Ungeheuer, daß ich von Ihnen verlangen würde, Sie sollten es sprechen lernen. Das könnte Jahre dauern.«

Ross beruhigte sich ein wenig und schaute ihn fast eingeschüchtert an.

»Sie müssen noch viel lernen, mein Junge, wenn Sie als Oberhaupt des Mackinnon-Clans je die Würde Ihres Großvaters ausstrahlen wollen«, sagte Percy. »Sie sind zu ungestüm und Ihrer selbst zu sicher. Man wird Sie als einen unbesonnenen jungen Mann bezeichnen und damit begründen, daß Sie als Oberhaupt des Clans ungeeignet sind.«

Ross schwieg, und Percy schaute ihn fest an und dachte, daß jeder, der dem Jungen diesen Stempel aufdrückte, seine Fähigkeiten bei weitem unterschätzte. Es stimmte, daß er jung und manchmal unbesonnen war, aber das war eine täuschende Fassade, denn in diesem Stall verbarg sich ein Kampfpferd. Schottland brauchte starke junge Anführer wie ihn, Männer, die dem Ruhm Schottlands, der sich in der zivilisierten Welt schnell ausbreitete, im Kielwasser folgten. Eine Bewegung, die Robert Bruns und Sir Walter Scott eingeleitet hatten, hatte das Bild der unzivilisierten Barbaren aus dem Hochland gewandelt, und jetzt standen sie als furchtlose Helden mit dem Herzen am rechten Fleck da. Männer wie dieser junge Hitzkopf, der vor ihm stand, würden dazu beitragen, den Schotten das Selbstvertrauen und die Selbstachtung wiederzugeben, die das letzte Jahrhundert so verheerend zerstört hatte, und sie würden Schottland seine Geschichte und seinen Stolz zurückgeben.

»Sie werden sich noch sehr ändern müssen, mein Junge, oder Sie werden feststellen, daß Ihnen nichts untersteht. Die Männer folgen keinem Anführer, den sie nicht respektieren.«

Ross ballte die Hände zu Fäusten. »Sie werden mich respektieren, wenn ich das Oberhaupt des Clans bin.«

Percy nahm seine aufrechte Haltung wieder ein und rieb sich den Nasensteg. »Glauben Sie, in dem Moment, in dem Ihr Großvater den Titel an Sie weitergibt, wird es von selbst dazu kommen? Glauben Sie, daß sämtliche Mitglieder des Clans Ihnen dann plötzlich ihre Hochachtung entgegenbringen?«

Percy konnte seinem Gesichtsausdruck entnehmen, daß Ross genau das angenommen hatte. Er schüttelte den Kopf. »Warum ist der höchste Berg immer derjenige, dessen Gipfel in Dunst gehüllt ist?« flüsterte er. »So einfach ist das nicht. Wir haben es hier mit *Schotten* zu tun, mein Junge, und Schotten tun nie etwas, wofür sie nicht verdammt gute Gründe haben. Wenn Sie glauben, die Loyalität und die Freundschaft sämtlicher Mitglieder des Clans fielen Ihnen sofort zu, dann ist das ein verflucht großer Irrtum. Warum sollten sie einem Mann ergeben folgen, der noch nicht einmal *versucht*, sie und ihre Eigenarten zu verstehen? Würden Sie sie respektieren, wenn sie das täten? Ob Sie es nun lernen, die Schotten zu verstehen oder nicht – man wird Sie auf die Probe stellen. Darauf können Sie sich verlassen. Wenn Sie den Mitgliedern des Clans zum ersten Mal als ihr Oberhaupt gegenübertreten, wird der Empfang etwa so warm sein wie der Haferschleim von gestern. Sie werden sich den Respekt und die Loyalität der Männer *verdienen* müssen, mein Junge. Das ist für keinen Menschen einfach, und für Sie wird es noch schwerer als für die meisten werden.«

»Warum?«

»Weil Sie ein Ausländer sind.«

»Ich habe genauso viel schottisches Blut in mir wie jeder, der hier geboren ist.«

»Männer folgen nicht dem Blut, sondern Männern – Männern, die echte Anführer sind. Es wird Ihnen noch schaden, wenn Sie sich jedesmal mit Händen und Füßen wehren, sobald Sie aufgefordert werden, sich mit den Eigenarten und den Bräuchen der Schotten auseinanderzusetzen oder sich mit ihrer alten Sprache und mit ihren Traditionen vertraut zu machen. Wenn Sie sich weiterhin absondern und sich abseits halten, dann werden die Männer dafür sorgen, daß es immer dabei bleibt.«

Ross entgegnete nichts, doch sein Gesichtsausdruck hatte sich noch mehr verfinstert, und seine Stimmung war plötzlich gedämpft, weil er in sich gegangen war.

Percy klopfte ihm mit einer Hand auf den Rücken. »Seien Sie wohlgemut, mein Junge. Die Weisheit fällt uns oft zu, wenn wir wie ein Baummarder über den Boden schleichen, und nicht, wenn wir uns mit den Adlern in die Lüfte schwingen. Sie sind grün geboren worden; jetzt ist die Zeit zum Reifen. Sie werden mit der Zeit reifen, die Ihre Fehler korrigiert und Sie das lehrt, was ich Ihnen nicht beibringen kann. Die Zeit ist das Zepter Gottes, der Reiter, der die Jugend zähmt.«

Ross setzte sich. »Sie haben selbst gesagt, daß ich nicht viel Zeit habe, um all die Dinge zu lernen.«

»Der Schmetterling hat nur einen Sommer, doch das genügt.« Percy sah, daß seine Worte zu Ross durchdrangen.

»Sie wissen wirklich, wie man einem Mann das Gefühl gibt, er sei dem Boden näher als der Bauch einer Schlange«, sagte Ross. »Jedesmal, wenn ich den Mund aufmache, finde ich sofort meinen Stiefel darin, samt Sporen und allem Drum und Dran.«

»Dann schweigen Sie. Auch das kann einen etwas lehren. Schon oft hat ein Mann seine Worte bereut; wenige bereuen ihr Schweigen.«

Ross lehnte sich auf dem Stuhl zurück, und das Leder gab angenehm nach, als er den Mann ansah, der ihm gegenübersaß. Er erschien ihm jetzt anders als der Mann seines ersten Eindruckes. Er hatte es mit einem Mann zu tun, der dort ansetzte, wo Schwerter nicht ansetzen konnten, und dessen Munition schneller und zielsicherer als Kugeln war. Sein Leben lang hatte Ross seine Faust oder seine Pistole benutzt und sich auf seine Fähigkeit verlassen, dem Pferd die Sporen in die Flanken zu bohren und in einer Staubwolke zu verschwinden, wenn seine Aussichten schlecht standen. Jetzt schaute er sich nachdenklich Percys zierliche Gestalt an. Hier hatte er es mit einem Mann zu tun, den ein Windhauch umpusten konnte und dessen Stärke nicht in den Sehnen und den Muskeln lag, sondern in seiner Weisheit und seinem Verstand.

Zum ersten Mal in seinem Leben fand Ross etwas an einem anderen Mann, worum er ihn beneidete, etwas, was er sich nicht mit Gewalt oder durch Forderungen aneignen konnte, sondern was ihm nur durch Geduld und langes Warten zuteil wurde – zwei Dinge, von denen Ross wußte, daß sie ihm wenig entsprachen. Zum ersten Mal seit dem Tod seines Vaters fühlte er sich um etwas betrogen, nicht nur um die Liebe eines Vaters, sondern um die Dinge, die ihm hätten beigebracht werden und die er hätte lernen können.

Ross war so sehr in seine Gedanken vertieft, daß er es nicht bemerkte, als Percy aufstand und ans Fenster trat. Nachdem er in sich gegangen war und sich viel kleiner und tieferstehend als noch Momente vorher fühlte, brummte Ross unwillig und zog den Stapel von Papieren zu sich heran. Er hörte Percys Bewegungen nicht, doch er spürte, wie Percys Hand sein Haar zerzauste. »Gehorsam ist ein gutes Zeichen, mein Junge. Wer nicht gehorchen kann, kann niemals andere anführen.«

Ross schaute sich die Liste der Worte an: *lochd cadail*, ein kleines Nickerchen; *meirghe*, eine Fahne; *tacar*, herstellen; *sealbh*, Besitz; *clais*, ein Graben oder eine Furche; *gartlann*, Kornfeld. Er würde es niemals schaffen, die Bedeutung solcher Worte zu verstehen. Es hätte eine gewaltige Erleichterung für ihn darstellen sollen, daß nicht von ihm erwartet wurde, er solle diese Sprache lernen, doch seine Unbesonnenheit und seine Neigung zu vorschnellen Schlüssen flößten ihm Unbehagen ein. Er fühlte sich so ziellos und verloren wie an jenem Tag, an dem der Sheriff zum Haus der Mackinnons am Tehuacana-Fluß herausgeritten war und den fünf Jungen mitgeteilt hatte, daß ihr Vater tot war.

Percy sah, wie Ross sich in den Seiten verlor, die vor ihm lagen. Bald wollte er dem Jungen beibringen, diese Worte auszusprechen, über die er so lerneifrig gebeugt war, und ihm durch die gälischen Schriften seiner Ahnen Grundlegendes über Weisheit, Schmerz und Leid nahebringen. Aber jetzt wollte er sich still zurücklehnen und sich über den Jungen freuen, denn es gab nichts Schöneres, als einem erhellten Geist bei der Arbeit zuzusehen.

Ross hatte seinen Gipfelpunkt erreicht. Für ihn funkelte und glitzerte im Moment die ganze Welt im Lichte des Verstehens – ein seltener Stein, den man gern aufgehoben und in die Tasche gesteckt hätte. Percy faltete die Hände auf dem Bauch und lehnte sich zurück. Als er gerade die Augen schließen wollte, fiel sein Blick auf den alten Herzog, der in der Tür stand, und die gemeißelten Züge des alten Mannes wirkten plötzlich um Jahre jünger, und er strahlte vor Stolz. Aber in seinen Augen, die vor Gefühlsüberschwang verschleiert waren, las Percy, was der alte Mann sah, wenn er Ross anschaute. Er sah nicht seinen Enkel, sondern sich selbst.

Als der Mackinnon ging, stand Lord Percival von seinem Stuhl auf und folgte ihm in sein privates Arbeitszimmer. Der Mackinnon trat ans Fenster, schaute auf den Rasen hinaus und dachte unwillkürlich an die Torheiten seiner eigenen Jugend und daran, wie er mit den Mädchen umgesprungen war und an deren verblüffende Ähnlichkeit mit den Mädchen seines Enkels. Auf den Jungen konnte man stolz sein, er war ein heller Hoffnungsschimmer nach einer langen und bitteren Dunkelheit. Der Herzog hatte zwei Söhne verloren, doch er hatte einen Enkel gewonnen. Ross war alles, was er sich von einem Sohn hätte erhoffen können: stark und entschlossen, voller Tatendrang und Gerechtigkeitssinn. Er war ein Wolfswelpe, zu jung verwaist und zu früh der Brust entwöhnt. Dennoch hatte er, auf sich selbst gestellt, viele Lektionen des Lebens gelernt, die ihm später noch viel helfen würden.

Der Mackinnon spürte, daß seine Stimmung Höhenflüge wie seit Jahren nicht mehr machte. Der Junge hatte ihm etwas gegeben, worauf er sich freuen konnte, einen Grund zu leben. Er war letztendlich doch nicht allzu schlecht dran. Als er jemanden eintreten hörte, drehte er sich um, und als er Percy sah, sagte er: »Es scheint, als hätte der Junge es ziemlich schwer. Er ist auffallend unbändig und ungestüm, soviel sehe ich selbst. Machen Sie sich Sorgen um ihn?«

»Ich würde mir größere Sorgen machen, wenn er ernst und still wäre. Er hat viel Ähnlichkeit mit Schottland, wie ich es sehe, wild und barbarisch, schnell zu erzürnen und langsam, wenn es darum geht zu vergeben, denen, die er liebt, treu bis in den Tod, aber ein Mann, auf den man sich verlassen kann und der einem niemals in den Rücken fallen wird.« Percy schüttelte den Kopf. »Meine Güte! Ich stelle immer wieder fest, daß ich dem Jungen nicht lange böse sein kann. Er hat so eine Art an sich, das hat er wirklich.«

Der alte Herzog strahlte über das ganze Gesicht. »Der Junge hat den Charme der Mackinnons geerbt. Damit läßt sich das wilde Tier in der Brust eines Mannes schneller beschwichtigen als mit einem Schluck Mackinnon-Drambuie.« Der Herzog wurde nachdenklich. »Meine Güte! Es ist wie ein Eierlauf, Percy. Ich möchte den Jungen zügeln, aber ich will nicht, daß er sich unterwirft und daran zerbricht.«

»Ich glaube nicht, daß das passieren wird. Er hat eine magische Ausstrahlung. Eines Tages werden die Mackinnons ihn anbeten«, prophezeite Percy. »Ich kann es spüren.«

»Wenn sie das arme Kerlchen nicht vorher umbringen.«

»Ja. Wenn sie ihn nicht vorher umbringen.«

Der Herzog lachte und klopfte Percy auf den Rücken. »Was für Dummköpfe Männer doch sind«, sagte er und schenkte ihnen beiden ein Glas Drambuie ein. »In hundert Jahren wird all das völlig bedeutungslos sein.«

»Das haben sie nach Culloden auch gesagt«, sagte Percy. »Glauben Sie, daß es wahr ist?«

»Ich weiß nicht, ob es je eine Zeit geben wird, in der das wahr ist, solange in den Adern irgendwelcher Menschen auch nur noch ein Tropfen schottisches Blut fließt.«

Im Lauf der nächsten Tage machte sich Ross mit dem Gälischen und den gälischen Übersetzungen der schottischen Dichter vertraut. Er erkannte, daß Percy kein Mann war, der lange Ruhe gab, denn Ross brauchte nur in einem Punkt nachzugeben, und schon setzte Percy ihm die nächste Aufgabe vor. Diesmal war es etwas, weswegen sie schon öfter aneinandergeraten waren.

»Meine Kleider sind sauber, und sie bedecken alles, was bedeckt sein sollte«, sagte Ross, »und das sind die beiden einzigen Bedingungen, die mich interessieren – abgesehen von der Tatsache, daß mir meine Kleider gefallen und daß sie bequem sind.«

Percy verließ sich immer auf den aufreizendsten aller englischen Charakterzüge: den Hang, am Lauf der Welt beteiligt zu sein, indem man die Sitten, Charaktere, Menschenleben und Länder gleichermaßen formt. Ross nahm an, daß das Percy dazu brachte zu sagen: »Wenn Sie der Herzog von Dunford sein wollen, dann müssen Sie lernen, sich wie ein schottischer Gentleman zu kleiden. Ich habe mir die Freiheit herausgenommen, einen Herrenschneider kommen zu lassen. Er erscheint heute nachmittag, um Maß zu nehmen.«

»Eher bricht in der Hölle Frost aus!« widersprach Ross. »Ich habe mich nie bereit erklärt, mich wie ein Geck herauszuputzen.«

»Zwischen einem Gentleman und einem Dandy liegen Welten, mein Junge. Und außerdem war es der Wunsch Ihres Großvaters. Wenn Sie Probleme damit haben, lasse ich ihn holen, und Sie können mit ihm darüber reden.« Mit hochgezogenen Augenbrauen fragte Percy: »Soll ich Robert losschicken, damit er Seine Exzellenz sucht?«

Ross wußte, daß sein Großvater hereinkommen und diesen verdammten Fahndungszettel vor ihm durch die Luft schwenken würde. Das stand für ihn so fest wie die Farbe des Himmels. Es wäre Zeitvergeudung gewesen, denn immer, wenn er mit diesem Zettel herumfuchtelte, gab Ross nach. »Nein«, sagte er daher schließlich.

Ross nahm die steife Haltung eines Schraubstocks an und schaute Percy mit gezügeltem Feuer in den Augen und Argwohn im Gesicht an. »Was sollen das für Kleider sein?«

Über Percys schallendes Gelächter, das durch dunkle Korridore und durch stumme Räume wogte, wurde hinterher noch tagelang geredet.

Douglas Alison, Herrenschneider, traf mit allem Pomp ein, den sein Beruf ihm gestattete. Verblüfft meldete Robert Lord Percival den Besucher: »Da ist ein Mann, der zu Ihnen will und Kleidung trägt, die sich jeder Beschreibung entzieht. Er sagt, er heiße Douglas Alison.«

Percy lachte. »Führen Sie ihn in das Arbeitszimmer des Jungen.«

Als Douglas eintrat, redete Ross mit Percy. Ross sah augenblicklich den Neuankömmling an, der sich wie ein Pfau aufplusterte. Er zog finster die Augenbrauen zusammen.

Douglas, dem wie üblich gänzlich entging, was sich um ihn herum abspielte, fing sofort an zu reden, sowie er die beiden Männer entdeckt hatte. »Lord Percival! Ich kann Ihnen gar nicht sagen, was für eine Ehre es für mich ist, den Enkel des Herzogs einzukleiden. Also, gerade erst letzte Woche...« Er unterbrach sich mit einem entsetzten Keuchen, als er den großen, finster dreinblickenden Mann genauer ansah. »Ach du meine Güte«, sagte er, ehe er auffällig langsam auf Ross zuging und seine Kleidung musterte. Immer wieder murmelte er: »Mmmm« oder »Ach du meine Güte, so geht das ganz und gar nicht« oder »Heiliger Strohsack, was haben wir denn hier?«

Mit unverhohlener Skepsis betrachtete er Ross' Hose. »Tierhaut«, sagte er erschauernd. »Meine Güte, meine Güte, das muß als erstes weg.«

Douglas ließ eine Hand über die Lederhose gleiten, und Ross stieß einen entrüsteten Schrei aus, dem sofort ein Schlag mit dem Handrücken folgte, der Douglas rückwärts taumeln ließ. »Das darf ja wohl nicht wahr sein!« brauste Ross auf. »Der Mann benimmt sich wie eine Frau! Oder wie ein Päderast!« Dann packte er Douglas am Revers und schlug seinen Kopf bei jedem seiner Worte gegen die Holztäfelung der Wand. »Sie sollten lieber aufpassen, wohin Sie Ihre Hände legen, Sie Geck, oder ich benutze Ihren aufdringlichen kleinen Pimmel als Fischfutter. Habe ich mich deutlich ausgedrückt?«

Douglas blickte hilfesuchend zu Lord Percival. »Klar und d-d-deutlich«, stotterte er matt.

»Hören Sie«, fuhr Percy dazwischen. »Douglas hat damit keine Unverschämtheit beabsichtigt.«

»Da soll mich doch der Teufel holen!« brüllte Ross. »Der Mann ist falsch gepolt, und Sie verteidigen ihn auch noch?«

Percy zog Ross' Hände von Douglas' Jacke und strich Douglas das Revers glatt, während Douglas sich an der Wand auf den Boden gleiten ließ. Percy zog Douglas in eine sitzende Stellung und redete weiter. »Wenn man sich Kleider maßschneidern läßt, dann rechnet man damit, daß der Schneider einen ab und zu anfassen muß.«

»Anfassen kann er mich«, sagte Ross unwirsch und durchbohrte Douglas mit glühenden Augen, »aber er sollte verdammt gut aufpassen, wohin er seine Hände tut, oder er kann heute zu Mittag seine klappernden Zähne fressen.«

»Douglas ist der beste Herrenschneider in England«, verteidigte ihn Percy.

»Ich wette, das ist nicht alles, worin er gut ist«, spottete Ross.

»Er weiß, was er tut«, sagte Percy.

»An mir kann er das jedenfalls nicht unter Beweis stellen«, schnaubte Ross und schaute Douglas gehässig an. »Er sieht nicht so aus, als könnte er in einem Haufen Pferdeäpfeln Stangenbohnen züchten.«

Percy räusperte sich und unterdrückte ein Lächeln. »Die Texaner drücken sich auf ganz besondere Weise aus«, sagte er zu Douglas, der ihn entsetzt ansah. Dann wandte er sich wieder an Ross: »Kann Douglas jetzt weitermachen?«

Ross trat zurück. »Er kann's ja mal probieren.« Zu Douglas sagte er: »Passen Sie auf, wo Sie Ihre Hände hintun, Sie Geck.«

Douglas blinzelte bei jedem Wort, das Ross sagte, und dann sah er Percy an. »Machen Sie nur«, forderte Percy ihn auf. »Aber seien Sie vorsichtig.«

Douglas schluckte hörbar, ehe er sich auf die Knie sinken ließ und Ross' Hosenbein hochzog, mit dem Daumen auf die Stiefel drückte und seine mexikanischen Sporen berührte. »Was für ungewöhnliche Sporen – ich fürchte, die sind heutzutage schrecklich unmodern.« Er betrachtete versonnen die Sporen. »Falls sie jemals in Mode waren.«

»Percy...«, warnte Ross, und Percy lächelte unverbindlich, als er den drohenden Tonfall hörte.

Was Douglas betraf, so war er derart in seine beruflichen Überlegungen versunken, daß er nichts anderes wahrnahm. »Wenn ich Sie als einen Gentleman von Ihrem Rang ausstaffieren soll, dann muß ich mir ein paar Notizen zu Ihrer derzeitigen Garderobe machen.«

»Das wird bestimmt nicht lange dauern«, sagte Ross.

Mit Bleistift und Notizpapier in der Hand fing Douglas an, ihm Fragen zu stellen. »Besitzen Sie folgende Kleidungsstücke: Rüschenhemden für den Abend und Bisenhemden für den Tag?«

»Nein.«

»Unterhosen, die knielang oder kürzer sind?«

»Unterhosen?« Ross warf einen Blick auf Percy. »Ich trage keine Unterhosen – ganz gleich, in welcher Länge.«

Percy hüstelte. Douglas wirkte entgeistert. »Sie tragen keine Unterhosen? Und was um Gottes willen tragen Sie unter diesen gräßlichen Tierhäuten?«

»Noch mehr Tierhaut«, fauchte Ross. »Meine eigene.«

Douglas sprang mit einem riesigen Satz zurück und sprudelte heraus: »Nichts? Soll das heißen, daß Sie unter Ihrer Hose n-n-n-nackt sind?«

»Ja, wie splitternackt«, brachte Ross gedehnt hervor und hatte endlich seinen Spaß an der Situation.

»Ach du meine Güte, das ist ja furchtbar – einfach furchtbar. Viel schlimmer, als ich dachte.« Douglas holte ein Taschentuch heraus und wischte sich die Schweißperlen von der Stirn. »Gut, machen wir weiter. Also, wo war ich?« sagte er und schaute auf seine Liste. »Hier waren wir... bei den Halstüchern. Haben Sie welche aus Leinen oder Baumwolle, oder ziehen Sie die neueren schmaleren Krawatten vor?«

»Ich schätze, ich besitze keine Krawatte«, sagte Ross. »Da ich überhaupt nicht weiß, was das ist. Ich finde, es klingt nach einem Körperteil.« Ross hielt sich den Rücken und humpelte durch das Zimmer. »Ich habe ganz, ganz schlimme Schmerzen in meiner Krawatte. Jemand soll einen Arzt holen.«

Douglas warf einen Blick auf Percy, der plötzlich ganz von etwas in Anspruch genommen war, was sich draußen im Freien abspielte, denn er schaute gebannt aus dem Fenster, und sein Husten war wieder schlimmer geworden. Douglas machte sich eine hastige Notiz, und plötzlich wurde seine Stimme unsicher und schrill. »Jacketts«, sagte er und räusperte sich dann. »Besitzen Sie einen guten zweireihigen Frack mit knielangen Frackschößen?«

»Nein.«

»Wie steht es mit einem Jackett?«

»Nein.«

»Mr. Mackinnon, haben Sie irgend etwas, was man als angemessene Abendkleidung bezeichnen könnte?«

»Mr. Alison, da, wo ich herkomme, haben die Menschen weder die Zeit noch das Geld für größere Gesellschaften am Abend, und wenn sie doch einmal ausgehen, dann unterscheidet sich ihre Kleidung kaum von der, die sie tagsüber tragen – die Sachen sind nur etwas sauberer, das ist alles. Ich persönlich bin sehr viel unterwegs gewesen. Alles, was ich besessen habe, ließ sich leicht in zwei Satteltaschen packen. Wenn ich mich anziehe, kann ich zwischen drei Formen wählen: Sonntagsstaat, Alltagskleidung, Arbeitskleidung. Suchen Sie es sich aus.«

Douglas wandte sich an Lord Percival und sagte: »Ich glaube, wir müssen ihn mit einer kompletten Garderobe ausstatten.«

»Zu derselben Schlußfolgerung bin ich auch schon gekommen«, sagte Lord Percival.

Im Lauf der folgenden Wochen wurde das Verhältnis zwischen Lord Percival und Ross harmonisch – die beiden arbeiteten derart gutgelaunt zusammen, daß Percy geradezu freundlich war und man Ross zeitweilig sogar Gehorsam hätte vorwerfen können.

Nach dem grundsätzlichen Unterricht wurde Ross mit Anproben beschäftigt und ging den Vergnügungen eines schottischen Adligen nach, zu denen das Reiten, das Jagen und das Fischen gehörte, aber auch das Golfspiel, eine Sportart, die die Schotten zu lieben schienen, die restliche Zeit verbrachte Ross mit seinem Großvater und einigen seiner engsten Ratgeber, Angehörigen des Clans, die Hand in Hand mit dem Mackinnon arbeiteten, um dafür zu sorgen, daß in der Gegend von Dunford alles glatt ablief.

Unter Lord Percivals erbarmungsloser Fuchtel und infolge der rigorosen Belehrungen seines Großvaters fing Ross allmählich an, sich für die Vorstellung zu erwärmen, ein schottischer Herzog zu werden, teils, weil er angefangen hatte, Dunford und alles, wofür es stand, zu lieben, teils aber auch, weil er seinen Großvater immer mehr bewunderte und liebte. Es gab auch noch einen anderen Grund, der tiefere Wurzeln hatte und über seine Liebe zu Schottland und zu seinem Großvater hinausging.

Sein Großvater hatte einmal gesagt: »Im Leben eines Mannes kommt ein Zeitpunkt, zu dem er etwas so dringend haben will, daß er jeden Preis dafür bezahlt, es zu bekommen.«

Diese Worte ließen ihn nicht mehr los. Zum ersten Mal in seinem Leben erkannte Ross Mackinnon, daß er etwas so dringend haben wollte, daß er jeden Preis dafür bezahlt hätte, es zu bekommen, genau, wie es der alte Herzog gesagt hatte. Was er wollte, war, sich irgendwo zugehörig zu fühlen, das Gefühl zu haben, daß er wichtig war und irgendwo Wurzeln geschlagen hatte. Das hatte er sein Leben lang gewollt, und sein Leben lang hatte er das Gefühl gehabt, schutzlos dazustehen, ganz allein auf sich selbst gestellt und ohne Zugehörigkeit. Da er ohne Eltern aufgewachsen war, hatte er sich immer leer und allein gefühlt; sich immer als das Waisenkind gefühlt, das er war – selbst in Gesellschaft seiner vier Brüder. Er war der mittlere, der übrigblieb, derjenige, der niemanden hatte, derjenige, der zwei ältere und zwei jüngere Brüder hatte. Wie zu erwarten war, klebten die beiden älteren, Nick und Tavis, wie Pech und Schwefel zusammen, wogegen die Zwillinge Adrian und Alexander zu sehr mit dem Kämpfen beschäftigt waren, um ihm viel Beachtung zu schenken.

Und so war er zum Einzelgänger geworden, der durch die Gegend zog, ein Mann, der für sich blieb und von einer Stadt zur anderen und von einer Frau zur anderen zog. Ein Mann, der der Welt zeigte, daß er niemanden brauchte. Jetzt war er in einem anderen Land und machte einen Neuanfang, aber das Gefühl der Einsamkeit war nicht von ihm abgefallen. Aus diesem Grund war er bereit, alles über sich ergehen zu lassen – absolut alles –, um seine persönliche Nische zu finden und das, was Percy seinen Glücksstern nannte.

IV

DIE BEGEGNUNG

In der Liebe gibt es immer einen, der küßt, und einen,
der die Wange hinhält.
Französisches Sprichwort

6. Kapitel

Annabella saß im Garten hinter Dunford Castle und lauschte den ossianisch anmutenden Klängen, die eine nachmittägliche Brise in einer rein zufälligen Anordnung auf den Saiten einer Äolsharfe zupfte, die an einem tiefhängenden Zweig einer alten Föhre befestigt war.

Die ganze Horde aus Grenville – dazu zählten ihre beiden Kutschen, eine Gepäckmenge, die einem schon peinlich sein konnte, ihre Mutter, ihr Vater, ihr Bruder, vier Kutscher, der Diener ihres Vaters, der sowohl Gavin als auch ihrem Vater diente, und zwei Zofen: die ihrer Mutter und ihre eigene – war an diesem Morgen eingetroffen.

Die Fahrt in der Kutsche mit ihrer Familie war anstrengend gewesen, nicht, weil die Kutsche unbequem war, denn das war sie nicht, und auch nicht, weil die Wegstrecke von ihrem Onkel Colin nach Dunford eine besonders lange war, denn das war sie nicht. Man hatte sie neben Gavin plaziert, und die beiden hatten ihren Eltern gegenübergesessen, und sechs Stunden lang war das Gesprächsthema Bellas Hochzeit gewesen, das bis in die erschöpfendsten Einzelheiten diskutiert worden war.

Ihr Vater hatte sich zu ihrem Schweigen mit den Worten geäußert: »Bella, bist du denn kein bißchen aufgeregt und auf deine Hochzeit gespannt? Denk doch nur an all die Kleider, die wir für dich schneidern lassen müssen.«

»Ich bemühe mich, aufgeregt zu sein. Ich versuche es wirklich. Ich weiß, daß ihr mich als sehr unhöflich empfinden müßt«, sagte sie und rang verzweifelt die gefalteten Hände. Sie warf einen Blick auf Gavin, und plötzlich schoß ihr ein Gedanke durch den Kopf, schnell und erbarmungslos. *Sie weraen mich von Gavin trennen. Sie werden ihn bei sich in England behalten und mich hierlassen.* »Es ist alles so überstürzt passiert... ich meine, die Verlobung und all das. Ich habe noch nicht viel Zeit gehabt, um...« Sie spürte, wie sich ein stechender und brennender Druck in ihren Augen aufstaute, und sie blinzelte, als eine entschlossene Träne in einer ziellosen Schlängellinie über ihre bleiche Wange rann.

»Weine nicht, Bella«, flüsterte ihr Gavin ins Ohr, und seine Stimme war sanft und voller Mitgefühl.

Gavins besorgte Teilnahme entfesselte die Fluten. »Ich habe mich bemüht, mich auf die Hochzeit zu freuen, aber ich kann es nicht. Ich will nicht heiraten. Bitte. Könnt ihr es euch nicht doch noch anders überlegen? Können wir nicht einfach wieder nach Hause fahren?«

Ihr Vater sah ihr einen Moment lang versonnen ins Gesicht und seufzte dann matt. »Darüber haben wir doch schon gesprochen, Annabella. Ich dachte, du hättest voll und ganz verstanden, warum es zu dieser Eheschließung kommen muß.«

»Ich weiß es, aber ich will es nicht so haben.«

»Das verstehe ich durchaus, aber deine Verlobung ist offiziell bekanntgegeben worden. Die Hochzeit muß wie geplant stattfinden. Deine Beharrlichkeit macht es deiner Mutter und mir nur schwerer. Es ist nicht unser Anliegen, dich unzufrieden und unglücklich zu machen.«

Aber genau das tut ihr; ich bin unzufrieden und unglücklich, und das euretwegen. Tränen der Wut funkelten in ihren Augen, doch sie riß sich zusammen, um nicht aufsässig zu wirken. »Gibt es denn nichts, was du dagegen tun kannst, Papa?«

Gavin, der Vermittler der Familie, der wie Balsam auf die anderen wirkte, immer beschwichtigend eingriff und dann seinen Humor einbrachte, wenn sie ihn am dringendsten gebrauchen konnten, sagte fröhlich: »Eine Möglichkeit gäbe es«, und drei Augenpaare richteten sich augenblicklich gebannt auf ihn. »Ich könnte Huntly erwürgen.«

Die Erinnerung an Gavins Bemerkung ließ sie wieder an Huntly und an die Gegenwart denken. Huntly, ein Mann, den sie gräßlich fand und der ihr argwöhnisch erschien. Er gehörte zu den Dingen, an die sie ganz und gar nicht denken wollte, schon gar nicht, wenn es nicht sein mußte. Da er bislang noch nicht in Dunford erschienen war – ein Umstand, der Annabella äußerst angenehm war –, empfand sie es als vollkommen vernünftig, ihn gänzlich aus ihren Überlegungen zu verbannen, obwohl es in London der neueste Schrei war, ein wenig Unglück zu kultivieren. Wie auf dem Papierbeschwerer im Arbeitszimmer ihres Vaters stand: DES WEISEN ROLLE IST ES, ALLES, WAS HÄSSLICH IST, IM DUNKELN ZU BELASSEN. Und genau dort beabsichtigte sie Huntly zu lassen: Im Dunkeln – zumindest, soweit das möglich war.

Kein Mensch war im Garten, und das paßte ihr nur zu gut. Das hieß, daß niemand ihre einsamen Gedankengänge stören würde, denn ihre Eltern nahmen mit dem Herzog den Tee ein. Seltsamerweise beharrten alle darauf, ihn »der Mackinnon« zu nennen. Ihr Bruder, der in Momenten, in denen sie gern allein sein wollte, ein ziemlicher Quälgeist sein konnte, war, als man ihn das letzte Mal zu sehen bekommen hatte, gerade dabeigewesen, eine schüchterne Melkerin in der Molkerei mit seinem Charme zu überhäufen.

Annabella trug immer noch ihr dunkelblaues Reisekostüm. Ihr dichtes schwarzes Haar schimmerte unter der blauen Schleife. Wenn man sie sah, dachte man an eine zarte Kamee: Lavendel und Spitze und von einer zerbrechlichen körperlichen Konstitution. Sie war ein kleingewachsenes Mädchen, dunkelhaarig und hellhäutig und mit hohen Wangenknochen in einem herzförmigen Gesicht. Es war ein ungewöhnlich warmer Nachmittag, aber sie kam nicht auf den Gedanken, daß ihr weniger heiß gewesen wäre und daß sie sich weit wohler gefühlt hätte, wenn sie ein oder zwei ihrer Petticoats ausgezogen oder ein paar Knöpfe ihres hochgeschlossenen Kleides geöffnet hätte. Und sich gar die Schuhe auszuziehen, gehörte zu den Dingen, von denen sie sich nicht vorstellen konnte, daß es jemals jemand außerhalb seines Schlafzimmers getan hätte. Allein schon der Gedanke daran hätte die Röte in ihre Wangen schießen lassen. Und doch dachte sie einen Moment lang über das saloppe Kleid der Melkerin nach, an die sich Gavin heranmachte. Sie erinnerte sich daran, wie das Haar des Mädchens sich aus dem Knoten gelöst hatte und daß sie ein tiefausgeschnittenes Oberteil und einen leichten Baumwollrock getragen hatte.

Bella schaute auf ihren Notizblock herunter, der aufgeschlagen auf ihrem Schoß lag. Ihr Gesicht war versonnen, als sie über die Zeilen nachdachte, die sie schreiben würde. Bisher hatte sie nur den Titel niedergeschrieben: »Ode an eine Äolsharfe«.

Sie wollte gerade die erste Zeile hinschreiben: »Mit halb erwachter Leidenschaft, vom Wind umarmt«, als ihr Bruder Gavin ihre Ruhe störte.

Sie hatte damit gerechnet, daß sie hier im Garten um diese Tageszeit von niemandem behelligt werden würde, und daher war sie verblüfft, als sie das üppige Laub der Hecke rascheln hörte, durch die Gavin auf sie zustürzte.

»He! Da bist du ja, Bella. Komm! Leg deine Schreibsachen weg. Lord Percival hat mir eine grandiose Rasenfläche gezeigt – sie eignet sich hervorragend zum Krocketspielen.«

Annabella schaute ihren Bruder an. »Gavin, wenn diese *grandiose* Rasenfläche auch nur die geringste Ähnlichkeit mit den Wegen hat, die zu diesem Anwesen führen, dann weist sie Schlaglöcher auf, in die eine ganze Kutsche hineinfallen kann.« Ihrem Tonfall war deutlich zu entnehmen, daß es sie keine Spur reizte, vom Dichten wegen eines Krocketspiels abzusehen.

»Ich habe die Grünfläche selbst gesehen, Bella. Sie ist einfach großartig, wirklich.« Dann versetzte er ihr mit einem übermütigen Grinsen einen Klaps unter das Kinn. »Komm schon, du Göre«, sagte er und nahm ihr das Notizbuch und den Schreibstift aus der Hand. »Wenn wir erst angefangen haben, wird dir das Spiel Spaß machen. Oder möchtest du lieber fischen gehen?«

»Ich bin doch kein Ungeheuer, das man betören muß, damit es Krocket mit einem spielt«, sagte sie und überging das Angebot, fischen zu gehen.

»Dann spielst du also mit mir – oder willst du lieber fischen gehen?« fragte er mit einem breiten Grinsen.

. »Kommt überhaupt nicht in Frage«, sagte sie und schnalzte mißbilligend mit der Zunge. Dann schaute sie ihren Bruder liebevoll an und fügte hinzu: »Ich spiele mit dir, aber ich denke, ich sollte mir vorher andere Schuhe anziehen.«

»Du siehst prima aus«, sagte er. »Wir wollen doch nur Krokket spielen.«

»Aber wenn ich mir die Schuhe kaputtmache...«

»Du machst sie dir schon nicht kaputt. Das Gras ist überhaupt nicht feucht. Deinen Schuhen wird nichts passieren.« Er zog sie auf die Füße. »Komm schon. Ich zeige dir den Rasen.«

Die Geschwister machten sich auf den Weg und liefen über den Kies. Ein großer schwarzer Hund, der ein Kaninchen verfolgte, lief ihnen über den Weg. Sie schlossen sich der Jagd an, bis sie auf die andere Seite des Schlosses gelangten und in einer leichten Hanglage eine grüne Wiese sahen. »Soll das der Rasen sein?« fragte Annabella.

»Ja, natürlich. Ich habe dir doch gesagt, daß er prächtig ist.«

»Ja, er hat prächtige Erhebungen und Löcher. Hier können wir nicht Krocket spielen«, sagte sie.

Gavin schaute die Grünfläche kritisch an. »Doch, natürlich. Percy hat gesagt, daß sie hier ständig Krocket spielen. Schau nur, die Tore sind schon aufgestellt.«

Eine Stunde später hatten sie drei Runden gespielt – die Gavin alle drei gewonnen hatte. »Noch ein Spiel, Bella«, bat er sie.

»Warum? Damit du mich wieder haushoch besiegen kannst?«

»Ich lasse dich auch gewinnen. Komm schon, noch ein Spiel. Bitte.«

»Du willst mich gewinnen lassen? Danke, wie nett von dir. Du willst mich nur bei Laune halten.«

»Ich tue, was nötig ist«, sagte er grinsend.

»Noch ein einziges Spiel«, sagte sie nachdrücklich. »Eins... und dann ist endgültig Schluß.«

»Und ich lasse dich gewinnen.«

»Gut, abgemacht«, willigte sie ein.

Gavin gewann auch das nächste Spiel. »Sei kein Spielverderber, Bella, und spiel noch eine Runde mit mir.«

»Nein.«

»Komm schon, du hast doch ohnehin nichts Besseres zu tun.«

»Wir können nicht weiterspielen«, sagte sie.

»Und warum nicht?«

»Weil wir nicht mehr genug Kugeln haben.« Ehe er etwas darauf erwidern konnte, riß sie ihren Schläger zurück und schlug gegen die Holzkugel, die am dichtesten vor ihren Füßen lag. Sie flog durch die Luft, ehe sie zweimal auf dem Rasen aufsprang und zwischen die Bäume rollte.

»Gleich haben wir genug Kugeln«, sagte Gavin lachend und lief hinter der Kugel her.

Sobald er auf der Suche nach der Kugel zwischen den Bäumen verschwunden war, nahm sich Annabella die zweite Kugel vor, schlug kräftig mit ihrem Schläger dagegen und ließ sie wie die vorherige durch die Luft fliegen, aber diesmal in die entgegengesetzte Richtung.

Wie beim letzten Mal hob die Kugel vom Boden ab, doch diesmal flog sie über das Steinmäuerchen, ehe sie auf der anderen Seite landete.

Im nächsten Moment drang ein lauter Aufschrei durch die Luft.

»Was zum Teufel...?«

Annabellas Mund sprang auf, aber kein Laut kam heraus. Was immer sie hatte sagen wollen, blieb irgendwo zwischen ihrer Lunge und ihrer Kehle stecken. Instinktiv wollte sie in den dikken Steinmauern von Dunford Castle Zuflucht suchen. Aber was war, wenn sie jemanden verletzt hatte – ihn schwer verletzt hatte? Ohne zu zögern, warf sie einen schnellen Blick auf die Bäume, zwischen denen sie Gavin das letzte Mal gesehen hatte. Er war nirgends zu entdecken, und das war ihr auch nur lieb. Gavin durfte unter keinen Umständen erfahren, daß sie mit einem Schlag mit dem Krocketschläger vielleicht einen intelligenten Dorfbewohner zum Dorftrottel gemacht hatte. Er hätte niemals aufgehört, sie daran zu erinnern.

Sie rannte über die Wiese, blieb einen Moment lang am Tor stehen, holte tief Luft, um sich Mut zu machen, öffnete das Tor und trat auf den Weg, und dabei gab sie sich den Anschein vollkommener Gelassenheit. Sie schaute erst nach rechts und dann nach links. Und dann sah sie ihn.

Zum zweiten Mal innerhalb von wenigen Minuten sprang ihr Mund weit auf.

Ross hatte direkt hinter dem Tor auf dem Weg gestanden und sich die anschwellende Beule auf dem Kopf gerieben, während er in der anderen Hand eine Krocketkugel hielt, als er sie durch das Tor treten sah. Er sah den Krocketschläger in ihrer Hand und wappnete sich, weil er einen zweiten Schlag auf den Kopf erwartete, als ihn ein ganz anderer Schlag traf – ein Schlag, der ihn ebenso nachhaltig niederstreckte.

Sie stand direkt am Tor und war von einem Spalier gelber Rosen eingerahmt, die sich bogenförmig über ihrem Kopf rank~~ Ihre Augen waren so grün wie die Wiese, von der sie gerade und sie schaute ihn überrascht an. Sie wirkte klein und sc tern und derart verängstigt, daß er sich einen Moment lang davon ablenken ließ. Er vergaß die anschwellende Beule auf seinem Kopf und begnügte sich damit, die außerordentliche Schönheit der jungen Dame zu betrachten, die wenige Meter vor ihm stand, der Dame mit dem rabenschwarzen Haar und dem herzförmigen Gesicht. Ihre Wimpern waren so lang und dicht und dunkel wie ihr Haar. Ihre Lippen waren voll und weich und vor Verwunderung verzogen.

Vom allerersten Moment an, in dem sein Blick auf sie fiel, fühlte sich Ross von ihrer vollkommenen Schönheit erschlagen, von dem Schimmer scheuen Zögerns, der in ihren Augen stand und im Kampf mit dem Bild zu liegen schien, das zu verkörpern sie sich offenkundig die allergrößte Mühe gegeben hatte. Als sie ihn ansah und das aufflackernde Interesse in seinen Augen entdeckte, hob sie den Kopf. Gewöhnlich hätte er es für Hochmütigkeit gehalten, aber in ihrem Fall empfand er das anders. Einen Moment lang machte er sich eine reizvolle Vorstellung davon, wie sie wohl nackt aussehen mußte.

Annabella hatte sich nicht von der Stelle gerührt, seit sie durch das Tor getreten war und den Riesen gesehen hatte, der vernichtend und verzehrend wirkte. Ein Orkan, dem ein Lauffeuer auf den Fersen folgte. Nie zuvor hatte sie so einen Mann gesehen. War er aus den Seiten eines Geschichtsbuches getreten? War er eine der legendären Gestalten aus ihren Schuljahren – ein heidnischer Wikinger oder ein barbarischer Hunne oder vielleicht ein Pirat, dessen Hemd bis zur Taille aufgeknöpft war, wenn er drohend sein Schwert schwang? Fest stand, daß er etwas Wildes, Ungezähmtes und Zügelloses an sich hatte – er war ein Mann, der in jeder Hinsicht das Gegenteil von ihr verkörperte, und gerade das machte ihn umwerfend attraktiv. Er war ein Mann, wie es ihn in Legenden, aber auch in Alpträumen gab, ein Mann von der Sorte, über die die Stubenmädchen in London tuschelten und wie sie sich keusche Frauen wie sie selbst erträumten.

Sein Ausdruck war verärgert und erinnerte an eine Tintenzeichnung, die sie in einem Museum gesehen hatte, die Darstellung eines wütenden Zeus, der eine fliehende Hera mit Donnerkeilen bewirft. Sein Haar war so lang und so schwarz wie das eines Piraten. Von ihm ging eine fesselnde Ausstrahlung aus – eine Aura gelassener Selbstbeherrschung, eine Aura, die ihm eine Form von lässiger Teilnahmslosigkeit verlieh und ihr den Eindruck vermittelte, daß er genau das tat, was ihm gefiel, ungeachtet des Anstands und der Konventionen. Dieser Verdacht war es, der ihr den Atem verschlug und ihrem Körper Feuchtigkeit entzog, die in winzigen Perlen auf ihrer Stirn erschien. Dieser Verdacht war es, der ihrem Verstand die Warnung wie ein Brandzeichen aufpreßte: Halte dich von diesem Mann fern.

Sie hatte vom ersten Moment an gewußt, daß er anders war als jeder andere Mann, den sie je kennengelernt oder auch nur gesehen hatte, denn wenn sie ihm bei einem Ausritt im Hyde Park oder bei einem Spaziergang in der St. James Street in aller Unschuld begegnet wäre, dann wäre er ihr bestimmt aufgefallen und sie hätte dieselben Empfindungen gehabt. Es lag nicht an der Umgebung.

Es lag an dem Mann.

Daher stellte sie sich die Frage, ob er mit einer besonderen Anziehungskraft geboren worden war, die ihm eine solche Aura verlieh, oder ob sie ihm wie eine Trophäe zugefallen war, die ihm diejenigen überreicht hatten, die ihn liebten und bewunderten – in seinem Fall ganz offensichtlich Frauen.

Er war buchstäblich der bestaussehende Mann, den sie je gesehen hatte, wenn auch auf eine grobknochige und rohe Art. Er trug zweifellos sehr seltsame Kleidungsstücke. Er war groß und gutgebaut und bestand nur aus kräftigen, geschmeidigen Muskeln, die das derbe Gewebe seiner Hose ausfüllten, die, wenn man sie näher betrachtete, aus der Haut eines Tieres angefertigt sein mußte – angemessen für einen Barbaren, dachte sie.

Sein Hemd war so blau wie seine Augen, und er hatte sich auf eine ganz merkwürdige Art eine Pistole an die Hüfte geschnallt. Selbst seine Ausdrucksweise war befremdlich. Und im Moment schien er fürchterlich wütend auf jemanden zu sein.

Es stellte sich heraus, daß es sich um sie handelte.

»Starren Sie jeden, dem Sie begegnen, an wie ein Fuchs, der in die Enge getrieben worden ist?« sagte er, als schnalzte er mit den Fingern, und damit zog er ihr den letzten Rest an Würde, der ihr noch geblieben war, unter den Füßen weg.

Entgeistert schaute sie die Krocketkugel in seiner Hand an.

»Ist das Ihre?« fragte er.

Da sie kein Wort herausbrachte, nickte sie.

»Sind Sie stumm?«

Sie schüttelte den Kopf.

»Sprechen Sie Englisch?«

Ja, aber bei Ihnen wäre ich mir da nicht so sicher, hätte sie gern darauf geantwortet, doch statt dessen sagte sie matt: »Ja, ich spreche Englisch.«

Er sah den Krocketschläger in ihrer Hand an und rieb sich dann den Kopf. »Falls es Sie interessiert, was ich allerdings bezweifle: Es hat nicht viel gefehlt, und Sie hätten mir den Schädel gespalten.«

Annabella antwortete im ersten Moment nichts darauf. Sie war zu sehr mit dem Gedanken beschäftigt, daß ihre Mutter sie in ihrer nächsten Lauchsuppe mitkochen würde, wenn sie etwas über diesen Vorfall herausfand. Sie erschauerte bei der Vorstellung, wie ihr Vater reagiert hätte. »Es tut mir leid, Sir. Ist es sehr schmerzhaft? Darf ich Ihnen einen Punsch bringen? Einen Kräutertee? Möchten Sie sich nicht lieber setzen?«

Ross lauschte der Musik ihrer Stimme, und er vergaß seinen Zorn vollständig. Er warf die Kugel wieder über die Mauer und richtete seine gesamte Aufmerksamkeit darauf, sie von Kopf bis Fuß zu betrachten. Ganz langsam. Sie war klein und grünäugig und hatte das schwärzeste Haar, das diesseits der Hölle denkbar war, und ihre Haut war weißer als alles, was er je gesehen hatte, und sie errötete an genau den richtigen Stellen wie die Blütenblätter von Rosen. Ihm fiel so einiges ein, was er hätte tun können, damit sie von Kopf bis Fuß errötete.

Zu ihrem Erstaunen wurde sein Gesicht freundlicher. Sie war derart erleichtert, daß sie spürte, wie ihre Knie weich wurden, und sie streckte die Hand aus, um sich auf die Mauer zu stützen.

Der Mann fluchte und kam auf sie zu. »Ich bin hier derjenige, der einen Schlag auf den Schädel abbekommen hat, und jetzt kriegen Sie die weichen Knie und wollen mir in Ohnmacht fallen. Ist alles in Ordnung mit Ihnen?«

Sie nickte.

»Sie sind so weiß wie ein Bettuch.«

Sie hob eine Hand und legte sie auf ihre Wange, und sie zuckte zusammen, als sie spürte, wie warm und feucht sich ihr Gesicht anfühlte. Scham nagte an ihr, weil sie derart feige dastand und schreckliche Angst davor hatte, den Mund aufzumachen, doch noch mehr Angst hatte sie davor, einfach fortzulaufen. Sie wußte, daß sie nicht für den Rest des Tages hier auf diesem Weg stehenbleiben und vor diesem riesigen wütenden Mann erschauern konnte, und sie wußte, daß sie gute Manieren beweisen mußte. Sie konnte sich nach seinem Befinden erkundigen. *Das hast du bereits getan.* Sie sollte sich wohl entschuldigen. Mit der Absicht, das zu tun, holte sie tief Atem und öffnete den Mund. Dann sah sie ihm in die Augen.

Das war ein Fehler.

All ihre Privatstunden und ihre gesamte Bildung hatten sie nicht auf das vorbereitet, was sie im Moment erlebte. Aus irgendwelchen befremdlichen Gründen fiel ihr nichts anderes ein, was sie hätte sagen können, außer: »Toll, daß wir uns hier begegnen«, und das wäre nicht nur furchtbar unangemessen, sondern zudem auch noch lächerlich gewesen. Sie tat ihr Bestes, um den

Gedanken umzuformulieren, und es gelang ihr, flüsternd herauszubringen: »Wer sind Sie?«

Ross sah sie mit einem knappen und nicht allzu beruhigenden Lächeln an und sagte: »Ich glaube, die Frage sollte ich stellen.« Ihre Augen wurden so groß und so herausfordernd wie seine Antwort.

Er stand jetzt wesentlich dichter vor ihr als bisher, und er streckte die Hand aus und legte sie auf ihre, die den Krocketschläger umklammert hielt.

Er schaute auf die weißen Knöchel und auf die erstarrte kleine Hand hinunter. »Was dagegen?« fragte er leise.

Ihr ging auf, daß er bei weitem belustigter wirkte, als er es hätte sein dürfen, wenn man seine zahlreichen Anspielungen auf seine Kopfverletzung bedachte. Sie zog schnell die Hand zurück – etwas zu schnell – und taumelte rückwärts in einen dornigen Strauch. Ehe sie richtig gelandet war, hörte sie einen deftigen Fluch und spürte, wie ihre Oberarme stählern umklammert wurden, während er sie hochzog.

»Los«, sagte er, »geben Sie mir das Ding, ehe Sie sich noch verletzen.« Er streckte die Hand aus, und sie reichte ihm den Krokketschläger. *Wie kannst du nur so dumm sein*, dachte sie. *Wenn du auch nur einen Funken Grips besäßest, hättest du ihm noch einen Schlag auf den Schädel verpaßt, eine Beule, die sich an der ersten messen kann.*

Er zog die Stirn in Falten und fuhr sich mit der Hand durch das Haar. »Mach dir nicht in die Hose, Mädchen, ich tue dir nichts«, sagte er und legte den Schläger hin. Zum ersten Mal fürchtete sie sich gräßlich vor etwas anderem als dem Umstand, daß sie ihm eine Kugel auf den Schädel geschlagen hatte.

»Ich habe keine Angst vor Ihnen«, verkündete sie und bereute es augenblicklich, denn die Worte waren kaum über ihre Lippen gekommen, als ein Funke von Interesse tief in seinen Augen zu glimmen begann.

Mit einem plötzlichen Anflug von Zärtlichkeit beobachtete Ross, wie zauberhaft ihre bleichen Pfirsichwangen sich röteten. »Sind Sie ganz sicher?« fragte er leise. Er ließ seine Handfläche über den zarten Schwung ihrer Wange gleiten und berührte einen kleinen roten Kratzer. »Sie haben sich die Haut aufgeritzt.«

»Das ist mir gleich. Es tut nicht weh. Rühren Sie mich nicht an.«

Er lächelte. »Ich vermute, Sie haben noch nicht viel Zeit allein mit einem Mann verbracht.«

»Ich bin noch *nie* mit einem Mann allein gewesen«, sagte sie und fand gemeinsam mit der Wut auch die Sprache wieder. Das war ein weitaus angenehmeres Gefühl als das Grauen, das sie gerade noch verspürt hatte. Sie hielt es für ein gutes Zeichen.

»Irgendwie überrascht mich das nicht, Schätzchen.«

»Nennen Sie mich nicht so! Ich bin nicht Ihr... ich kenne Sie überhaupt nicht.«

»Ahh, aber du könntest mich kennenlernen.«

»Nein! Nein, ganz bestimmt nicht. Ich bin nicht das, wofür Sie mich halten. Sie täuschen sich.«

Er musterte sie. »Den Eindruck habe ich ganz und gar nicht«, sagte er. »Ich glaube, ich täusche mich nicht im entferntesten, wenn ich dich kennenlernen möchte.« Er strich ihr wieder mit der Hand über das Gesicht, und dann legten sich seine Finger unter ihr Kinn, und er hob ihr Gesicht zu seinem. »Du faßt dich auch nicht an, als sei es ein Fehler, wenn ich dich kennenlernen will.« Seine Stimme war jetzt heiser. Sie schnappte nach Luft und wich einen Schritt zurück und war darauf vorbereitet, die Dornen der Sträucher zu spüren, doch statt dessen fand sie sich in seinen Armen wieder. Während ihr Verstand zu begreifen versuchte, daß sie tatsächlich in den Armen dieses Mannes lag, küßte er sie so schnell, daß er sie damit vollständig überrumpelte.

Sein Mund bemächtigte sich mit erstaunlicher Zärtlichkeit ihrer Lippen. Sein Kuß erfüllte sie mit einer Form von Lethargie, die verhinderte, daß sie sich von ihm löste. Sie stand steif und unbeholfen da und fühlte sich von argloser Unschuld auf eine höhere Ebene des Bewußtseins gerissen. Jeder Nerv in ihrem Körper reagierte auf den beständigen Druck seiner sanften Küsse und seiner forschenden Hände – die sich jetzt in ihrem Kreuz ausgebreitet hatten –, und sie spürte, wie er sie dichter an sich zog und wie sie in dem warmen Sonnenschein ertrank, der sie einhüllte, und ihre Ohren surrten lauter als Bienenschwärme. Und dann erwiderte sie mit jedem Funken Kraft, den sie im Leib hatte, seinen Kuß, als könnte sie von Kopf bis Fuß nicht genug von ihm bekommen.

Sie konnte beim besten Willen nicht wissen, ob die glühendheiße Sonne oder seine Leidenschaft schuld daran war, daß sie als glimmendes Häuflein zurückblieb und keinen eigenen Willen mehr hatte, nur noch den Wunsch, mit ihm zu verschmelzen.

»Wohnst du hier in der Nähe? Gibt es einen Ort, an dem wir miteinander allein sein können?« fragte er.

Es dauerte nur einen Augenblick, bis sie bemerkte, daß er sie nicht mehr küßte und jetzt andere Dinge im Sinn hatte. Sie mochte zwar naiv und unerfahren sein, aber selbst sie wußte, was er sie gefragt hatte und was er von ihr wollte.

In dem Moment durchbrach eine Stimme auf der anderen Seite der Mauer die ausgedehnte Stille. »Bella, wo steckst du?«

Auf der anderen Seite der Steinmauer suchte sie ihr Bruder. Die Erleichterung durchflutete sie in allen Regenbogenfarben.

»Bella, kannst du mich hören?« rief Gavin wieder, und seine Stimme war jetzt lauter. Im nächsten Moment würde er durch das Tor gesprungen kommen, und es bestand wenig Zweifel daran, daß er sich mit weniger als einem kompletten, lückenlosen und ungekürzten Bericht darüber, was hier eigentlich vorging, nicht zufriedengeben würde.

Um Gottes willen, der gute Gavin. Sie konnte die Sorge aus seiner Stimme heraushören. Die Vorstellung, daß er um sie besorgt war, beruhigte sie, und gemeinsam mit der Ruhe setzte das wallende Unbehagen des Schuldbewußtseins ein. Wie viele Menschen setzten ihr Vertrauen in sie? Gavin natürlich. Ebenfalls ihre Eltern. Ganz zu schweigen von ihrem Verlobten, dem Grafen von Huntly. Jetzt setzte der Schock ein. Wie hatte sie nur so ruchlos sein können?

»Wer ist das? Dein Liebhaber?«

Der Fremde lächelte boshaft, als sie entsetzt wimmerte. »Sie haben nicht genug Zeit, um die Antwort aus mir herauszuprügeln. Ich werde es Ihnen niemals sagen.«

»Weshalb sollte ich auf diesen Gedanken kommen? Es gibt andere Mittel, verstehst du. Wirksamere Mittel. Was glaubst du, wie weit du mich noch hättest gehen lassen, ehe du angefangen hättest, mir die Dinge zu sagen, die ich wissen will?«

Sie rief ihren Bruder bei seinem Namen, stieß sich von ihm ab und wirbelte herum, sprang blitzschnell durch das Tor und ließ nichts anderes als einen Schauer von Blütenblättern gelber Rosen und einen Krocketschläger zurück, der auf dem Boden lag.

Ross blieb nicht viel Zeit, über seine Begegnung mit dem hübschen Mädchen auf dem Kiesweg nachzudenken, denn Percy erwartete ihn bereits ungeduldig, als er zum Dunford Castle zurückkehrte.

»Da sind Sie ja, Sie liederlicher Rumtreiber! Ich habe mir schon Sorgen gemacht, Sie kämen nicht rechtzeitig zurück, denn ich muß Sie vor dem Ball des Herzogs noch über ein paar Dinge informieren, damit Sie auf dem laufenden sind. Natürlich wissen Sie schon, daß Sie frühzeitig mit dem Ankleiden fertig sein müssen. Ihr Großvater erwartet von Ihnen, daß Sie bei der Begrüßung der Gäste an seiner Seite stehen, im Empfangskomitee.«

»In einem Empfangskomitee? Und wen sollen wir empfangen? Was zum Teufel ist ein Empfangskomitee?«

Lord Percival, ein Mann von unendlicher Geduld, erklärte:

»Das ist eine Reihe von Damen und Herren dieses Hauses und ihrer Ehrengäste, die sich hintereinander aufstellen. Sie werden direkt neben Ihrem Großvater stehen und den Gästen bei ihrem Eintreffen vorgestellt werden.«

»Sämtlichen dreihundert Gästen?«

»Wenn sich nicht ein paar von ihnen im allerletzten Moment noch entschuldigen lassen.«

»Warum war es dann so wichtig, daß ich all diese Tänze gelernt habe, wenn ich doch nur den ganzen Abend über in einer Schlange von Menschen dastehen werde?«

Entgegen allen Vorsätzen verzogen sich Percys Mundwinkel. »Damit Sie tanzen können, weshalb sonst?«

»Dazu wird mir keine Zeit bleiben ... dreihundert Leute. Heiliger Sebastian! Ich glaube nicht, daß ich je dreihundert Leute *gesehen* habe, oder wenigstens nicht gleichzeitig. Als ich noch ein Kind war, sind sonntags ungefähr fünfunddreißig Leute in die Kirche gekommen – und ich dachte, das sei bereits eine große Menschenmenge. Ab und zu waren im Saloon von Fort Worth bis zu sechzig oder siebzig Leuten. Aber dreihundert?« Ross schüttelte den Kopf und ging zur Tür.

»Wohin gehen Sie?« erkundigte sich Percy.

»Ich reite aus.«

»Seien Sie um fünf zurück.«

»Ja, *Tante* Percy.« Ross machte einen Knicks und drückte Percy einen Kuß auf die Schädeldecke, ehe er hinausflitzte. Lord Percival lachte herzlich und rief ihm nach: »Achten Sie bitte genau auf die Uhrzeit.«

Ross kam zu spät.

In dem Moment, in dem er die Eingangshalle betrat, sah er, daß Lord Percival ihn erwartete und wie ein hungriger Wolf vor der Tür seines Schlafzimmers auf und ab lief. »Hallo, Percy.«

Percy packte ihn am Ohr und drehte es um. »Sparen Sie sich die Begrüßungen. Die können Sie sich für heute abend aufheben,

Sie Halunke.« Percy öffnete die Tür zu Ross' Zimmer. »Sie sind spät dran, und uns bleibt nicht mehr viel Zeit.« Nachdem er Ross in dessen Zimmer gefolgt war, teilte Percy ihm mit, Ross solle für den Ball die »traditionelle Schottentracht« tragen, das hätte sein Großvater so entschieden.

Ross hatte das Gefühl, als kündige sich Unheil an. Ihm gefiel nicht, wie sich seine Nackenhaare aufstellten, und auch nicht, wie die Worte »traditionelle Schottentracht« an seinen Nerven zehrten. Er drehte sich um, verschränkte die Arme vor der Brust und sah Percy fest in die Augen. »Was *heißt* das, die traditionelle Schottentracht?«

In dem Moment wurde an die Tür geklopft, und Lord Percival öffnete sie. Robert stand vor der Tür. Percy nickte ihm zu, und er führte einen Mann hinein, der einen kurzen karierten Rock trug. Ross hatte diese Tracht natürlich schon gesehen. Die großen Säle des Schlosses hingen voller Bilder, auf denen Vorfahren der Mackinnons in dieser Aufmachung abgebildet waren. Aber Ross hatte noch nie einen lebenden Menschen in einem Schottenrock gesehen. Man hatte ihm zwar erzählt, das sei früher einmal die traditionelle Kleidung in Schottland gewesen, doch nach der Schlacht von Culloden sei sie von den Engländern abgeschafft worden. Man hatte ihm nicht gesagt, daß diese Kleidung von manchen Menschen heute noch getragen wurde – oder, schlimmer noch, daß man *ihn* auffordern könnte, so etwas anzuziehen.

»O nein«, sagte Ross und hielt die Hände hoch, um jeden Blitzangriff abzuwehren. Er wich langsam zur Tür zurück. »In so was werdet ihr mich nicht stecken. Das braucht ihr gar nicht erst zu probieren...«

»Ross...«

»Ich sage nicht nur nein, ich sage nein, *zum Teufel*!«

»Würden Sie auf die Stimme der Vernunft hören?«

»Zu all dem konnte es nur kommen, weil ich jemals auf die Stimme der Vernunft gehört habe.«

»Ihr Großvater wird ebenfalls einen Schottenrock tragen.«

»Und wenn der König von England einen trägt, dann ist mir das auch egal«, brüllte Ross.

»Wir haben keinen König«, sagte Percy. »Wir haben eine Königin.«

»Nein«, wiederholte Ross. Ehe Lord Percival ein Wort sagen konnte, fragte Ross: »Wo ist mein Großvater?«

»Er ist im Musikzimmer und empfängt vor dem Ball einige Gäste, die von auswärts kommen.«

Ross warf einen Blick auf die Tür.

»Ross«, sagte Percy mit strenger Miene, »da können Sie jetzt nicht hingehen – nicht in Ihrer Aufmachung und nicht unangemeldet.«

»Den Teufel kann ich.« Er blieb einen Moment lang an der Tür stehen. »Sie werden es ja selbst sehen.«

Das fröhliche Klirren von Ross Mackinnons Sporen auf den kalten Steinfußböden war das einzig Heitere daran, wie er durch den Korridor zum Musikzimmer lief, und all die Dinge, die er dem Mackinnon zu sagen gedachte, tosten durch seinen Kopf. Beide Türen des Musikzimmers wurden aufgerissen und knallten gegen die Wände. Fünf oder sechs Gäste drehten sich um und starrten ihn an, als Ross eintrat und Lord Percival, Robert und der Mann im Kilt als klägliche Nachhut folgten.

Das Gesicht des Herzogs lief rot an, als er sich zu seiner vollen Größe aufrichtete. »Was hat das zu bedeuten?« fragte er, und seine Worte waren immer noch höflicher als sein Gesichtsausdruck.

»Man hat mir gerade etwas mitgeteilt, und ich bin hergekommen, weil ich sehen wollte, ob es wahr ist.«

»Und das wäre?« fragte der Herzog.

»Daß von mir erwartet wird, ich soll heute abend einen Kilt tragen«, sagte Ross. »Ist das wahr?«

»Ja, das stimmt.«

»Ich weigere mich.«

»Darüber reden wir später«, sagte der Herzog.

»Nein, ganz bestimmt nicht. Da gibt es nichts zu besprechen. Ich werde keinen Kilt tragen, und das ist mein letztes Wort. Du kannst mir nicht drohen...« In dem Moment hielt Ross den Atem an und wandte den Blick ab. Prompt verschlug es ihm wieder den Atem. Etwas weiter seitlich stand dicht hinter seinem Großvater die atemberaubendste Schönheit, die ihm je vor Augen gekommen war.

Und zudem war sie ihm sehr, sehr vertraut.

Einen Augenblick zuvor hatte Annabella zwischen ihren Eltern und der Gräfin von Stoneleigh gestanden, als sie sie vernehmlich einatmen und sagen hörte: »Mein Gott! Wer ist denn *das*?«

Annabella hatte den Kopf abgewandt und in die Blickrichtung der Gräfin geschaut. Der Mann, der ihr die heftige Reaktion entlockt hatte, betrat mit energischen Schritten das Zimmer. Er war groß und gutgebaut – eine beeindruckende Gestalt –, und dann war es Annabella schlagartig aufgegangen. Sie wußte, wer das war.

Sie spürte, wie Unbehagen sie durchzuckte, denn sie wußte, daß er sie jeden Moment sehen und sie wiedererkennen und sich an ihre kürzliche Begegnung erinnern würde. Ihr Puls schlug schneller, und sie spürte, wie ihre Nerven sich anspannten und sich wanden. Wenn er ihre Begegnung am Nachmittag erwähnte, wie sollte sie das dann ihrem Vater erklären?

Der Mann schwieg jetzt und starrte ihr mitten ins Gesicht. Es bestand kein Zweifel daran, daß er sie wiedererkannt hatte. Alles Blut wich aus ihrem Gesicht, als ihr jemand zuflüsterte, um wen es sich bei dem Betreffenden handelte. Der Name hallte wie ein Schuß durch ihren Kopf. Lord Leslie Ross Mackinnon. Der Enkel des Herzogs von Dunford.

Sie wappnete sich gegen das, was folgen würde, bereitete sich auf die Worte vor, die er von sich geben würde und die bewirken würden, daß ihr Vater sie zu sich holen ließ, sowie diese kleine Versammlung sich aufgelöst hatte.

Sie mußte sich zuviel Bedeutung beigemessen haben, ihr zufälliges Zusammentreffen mit ihm überschätzt haben, denn in dem Moment, in dem sie glaubte, er würde sich dazu äußern, tat er es nicht. Statt dessen sah sie den Schimmer des Wiedererkennens und dann ein gelöstes Lächeln. Ohne ein Wort zu sagen, ohne auch nur den kleinsten Hinweis darauf zu geben, daß er ihre Bekanntschaft je gemacht hatte, wandte er den Blick von ihr ab.

Er schaute erst Lord Percival und dann den Mann im Kilt an. »Was trägt er darunter?« fragte er, und Annabella wäre vor Erleichterung fast ohnmächtig geworden.

Wenn er sie angeschaut hätte, hätte er ihr dankbares Lächeln gesehen, denn in Annabellas Vorstellung bestand kein Zweifel daran, daß diese Ablenkung beabsichtigt war. Aber warum? Aber sie kam nicht in den Genuß, länger an dieser Antwort herumgrübeln zu dürfen, denn Lord Percival räusperte sich und sagte:

»Das ist keine Frage, die man in Anwesenheit von Damen erörtert.«

»Wenn Sie mich einen Augenblick entschuldigen würden«, sagte der Herzog von Dunford, »aber es scheint, als müßte ich mich unerwartet einer anderen Angelegenheit zuwenden.« Mit diesen Worten bedeutete der Herzog Lord Percival, ihm zu folgen. Ross war inzwischen schon fast an der Tür angelangt.

Als die drei Männer die Bibliothek erreicht hatten, explodierte die mühsam im Zaum gehaltene Wut des Herzogs. »Wie zum Teufel kommst du dazu, auf diese Weise ins Musikzimmer zu stürmen, wenn ich gerade Gäste empfange, verdammt? Hast du denn jede Spur der Manieren vergessen, die wir dir beizubringen versucht haben?«

»Wenn du unbedingt von Manieren sprechen willst, wo waren

deine, als du dir diese letzte Überraschung für mich ausgedacht hast? Wenn ich ein derartiges Opfer bringen soll, dann ist es das mindeste, was ich verdient habe, daß man es mir sagt. Und noch etwas: Wenn ich nicht alle Vorschriften der Etikette befolge, die du mir beigebracht hast, dann liegt das vielleicht daran, daß du dich auch nicht daran hältst.«

Das schien den Herzog ein wenig zu beschwichtigen. »Also gut, es sieht so aus, als seien wir frontal aneinandergeraten – und keiner von uns ist als Sieger daraus hervorgegangen. Willst du mir vielleicht sagen, was du an der Kleidung deiner Vorfahren beanstandest?«

»Die Tatsache, daß es im Grunde genommen ein Kleid ist – ganz gleich, wie ihr es nennt. Und du hast mir bis jetzt noch nicht gesagt, was man darunter trägt.«

»Dasselbe, was Sie unter Ihrer Lederhose haben«, sagte Percy, »und daher sollte es Ihnen nicht gar so fremd sein.«

»Da soll mich doch der Teufel holen! Ich laufe nicht mit einem entblößten Hinterteil herum, das allen vier Winden ausgesetzt ist«, sagte Ross, und dann fiel ihm plötzlich wieder die Situation ein, als er auf der Flucht gewesen war und mit der Hose über der Schulter hatte fortreiten müssen. »Ich *weiß*, wie es ist, mit dem nackten Arsch auf einem Pferd zu sitzen. Ich habe nicht die Absicht, das noch einmal zu tun.« Er stolzierte aus dem Zimmer.

Der Mackinnon sah Percy an. »Ich gäbe die Hälfte von allem, was ich besitze«, sagte er bedächtig, »wenn ich die Umstände erführe, die ihn zu diesem Ritt mit nacktem *Arsch* veranlaßt haben, von dem er gerade eben gesprochen hat.«

Percy schaute seinen Freund an. »Ich auch. Ich wette, es wäre das Geld wert.«

»Ja, ganz bestimmt«, sagte der Herzog und schaute liebevoll die Tür an, durch die sein Enkel gerade verschwunden war. In seinen tiefblauen Augen schimmerte ein inneres Licht. »Ah, noch einmal so zu sein.« Er klopfte seinem alten Freund auf den

Rücken. »Wir haben das Leben doch wirklich in vollen Zügen ausgekostet, stimmt's, Percy?«

»Ja, Eure Exzellenz, das kann man wirklich sagen«, sagte Percy und wurde rot.

Der alte Herzog warf den Kopf zurück und lachte.

7. Kapitel

Ross Mackinnon ging zum Ball des Herzogs von Dunford.
Aber er trug keinen Kilt.

Eine halbe Stunde bevor er unten erwartet wurde, stand Ross in seinem Zimmer und überlegte sich, daß das wohl der schlimmste Tag in seinem Leben sein mußte. Er wünschte, er hätte die Zeit zurückdrehen und den Tag noch einmal von vorn anfangen können, als er sich im Spiegel sah. Beim Anblick seines Spiegelbildes zuckte er zusammen. Er konnte nicht glauben, daß der Mann, der ihn aus dem Spiegel ansah, er selbst war. Er trat einen Schritt näher. Die Augen gehörten ihm. Der Mund ebenfalls. Darüber nachdenkend, sahen die Hände seinen auch recht ähnlich. Aber das war schon so ziemlich alles.

Der Rest von ihm kam ihm völlig fremd vor. Wer hätte das gedacht? Hier stand er jetzt, Ross Mackinnon, ein Mann, der die Hälfte aller Männer in ganz Texas im Kämpfen, im Trinken und im Reiten schlagen konnte, vielleicht sogar im Huren, und was tat er? Er stand in einem schwarzen Frack, einer weißen Weste und einer Schleife da und sah aus, als versuchte er, etwas zu sein, was er nicht war, und er fühlte sich so verloren wie ein kleiner Hund in hohem Gras.

Seine Überlegungen erschöpften sich weitgehend in farbenfrohen Beschreibungen, in Worten, die sein Unbehagen widerspiegelten, in Worten, die seine Gereiztheit ausdrückten, weil er gezwungen war, sich durch das lächerlich zu machen, was Percy als »die Erhöhung seiner gesellschaftlichen Würde durch feine Lebensart« nannte.

Verdammt noch mal. Es reicht schon, wenn ich mich lächerlich mache. Wenn ich mich zudem noch so anziehen soll, daß ich lächerlich wirke, dann geht das zu weit.

»Genau das, was die feinen Herren in Frankreich in dieser Saison tragen«, sagte er laut und äffte damit Douglas nach. Als ob Ross einen Pfifferling darauf gegeben hätte, was die feinen Herren in Frankreich in dieser Saison trugen – oder in irgendeiner anderen Saison.

Er betrachtete die formelle Abendkleidung und wußte, daß solche Kleidungsstücke an einem Mann wie ihm so sehr ins Auge sprangen wie Socken an einem Hahn. Eins hatte er sich immer stolz zugute gehalten – er versuchte nie, etwas zu sein, was er nicht war. All dieses Schwarz und Weiß, in dem er steckte – tja, in seinen Augen sah es ganz so aus, als strengte er sich nach Kräften an, wie ein Stinktier auszusehen, und es war ihm unverständlich, warum jemand den Wunsch haben konnte, sich wie irgendein Tier herauszuputzen. Er mußte zugeben, daß er schon merkwürdigere Dinge gesehen hatte. Allerdings gab es, wenn jemand schon wie ein Tier aussehen wollte, jede Menge anderer Tiere, die er vorgezogen hätte.

Er steckte einen Finger zwischen den engen steifen Kragen und seinen Hals und riß an dem Kragen. Diese Aufmachung war teuflisch unbequem. Wenn er derart eingeengt war, konnte er sich nicht normal bewegen.

Er dachte an seine Brüder und stellte sich ihren Gesichtsausdruck vor, wenn sie ihn so hätten sehen können. Der Gedanke rief bohrendes Heimweh in ihm wach, aber er sagte sich wieder einmal, es sei die richtige Entscheidung gewesen herzukommen.

Er sagte sich außerdem noch etwas anderes. *Mackinnon, wenn du auch nur einen Funken Verstand hättest, würdest du jetzt wieder deine Wildlederhose und dein Baumwollhemd anziehen und in dieser Aufmachung die schicke Tanzveranstaltung besuchen.*

Aber er hatte sein Wort gegeben. Und wenn Ross etwas erfolgreich eingebläut worden war, seit er hergekommen war, dann war es das, daß ein Mackinnon niemals sein Wort brach.

Er rückte den Frack zurecht und dachte, daß er sich wenigstens standhaft geweigert hatte, den Kilt anzuziehen. *Ein seltsamer Name, Kilt. Woher kam das Wort wohl?* Er grinste. *Vielleicht nennen sie das Ding Kilt, weil es einen Mann killen kann, wenn er sich in der Öffentlichkeit in so einem Ding zeigt.*

Bei all seinen Gedanken über die traditionelle Kleidung der Schotten wurde ihm eins klar. Verglichen mit dem Schottenrock erschien ihm diese Stinktieraufmachung gar nicht mehr so übel. Es hätte schlimmer stehen können.

»Es könnte aber auch teuflisch viel besser stehen«, murmelte er vor sich hin. Er freute sich nicht gerade darauf, in dieser Aufmachung zu erscheinen, ganz gleich, wo. Er fühlte sich unbehaglicher als ein Waschbär, der auf einem Baum festsitzt. Das Wissen, daß alle anderen genauso gekleidet sein würden, tröstete ihn kein bißchen. Die Leute unten waren es alle gewohnt, sich so anzuziehen.

Ross war es nicht gewohnt.

Die Leute unten fühlten sich alle wohl in diesen Kleidungsstücken.

Ross fühlte sich nicht wohl darin.

Und keiner von denen würde lange brauchen, um das zu erkennen. Er setzte sich bewußt dem Spott der Leute aus, und wenn Ross Mackinnon in einem Punkt empfindlich war, dann darin, man könnte sich über ihn lustig machen. Seine Reaktion wäre vielleicht weit weniger heftig gewesen, wenn nicht plötzlich eine schmerzliche Erinnerung an seine Vergangenheit an die Oberfläche gekommen und in seinem Hinterkopf wie eine winzige Luftblase geplatzt wäre. Im nächsten Moment stieg der bittere Nachgeschmack eines zurückliegenden Ereignisses wie Galle in seiner Kehle auf, und er dachte an einen früheren Schmerz. Daran, wie qualvoll es war, verspottet zu werden.

Er war in ärmlichen Verhältnissen aufgewachsen. »So arm wie Pisse und Kartoffelschalen«, wie der Postvorsteher in Groesbeck immer gesagt hatte, wenn Ross und seine Brüder in die Stadt kamen. Armut brachte vieles mit sich, aber das, woran sich Ross am besten erinnern konnte, war, daß es hieß, die abgelegten Kleidungsstücke seiner beiden älteren Brüder zu tragen. Alles, was von Nicholas und Tavis an Ross weitergereicht wurde, war zu dem Zeitpunkt schon ziemlich abgetragen.

Er spürte, wie die altbekannte Spannung sich in seinem Genick festsetzte. Die Erinnerung an den Hohn, den er eingesteckt hatte, war etwas, was er nie hatte vergessen können – zumindest nicht vollständig. Selbst jetzt wurmte es ihn noch, wie er von den anderen Kindern mit seiner Kleidung aufgezogen worden war. Er konnte sich nur zu gut an die höhnischen Bemerkungen, die Witze und das erbärmliche Gefühl erinnern, das er immer gehabt hatte, wenn die Jungen in der Schule sich zusammentaten, um sich über ihn lustig zu machen.

Manchmal fragte er sich, warum er all das eingesteckt hatte, warum er nicht den Schwanz eingezogen hatte und weggelaufen war. Oder warum er nicht schlichtweg aufgegeben hatte. Aber das hätte bedeutet, daß er von der Schule abgegangen wäre und alle gewußt hätten, daß er sich geschlagen gab, aber es war nicht seine Art, etwas hinzuschmeißen oder sich geschlagen zu geben – und das hatte er mit all seinen Brüdern gemeinsam. Ross war nie ein Mensch gewesen, der seine Brüder gebeten hätte, seine Kämpfe für ihn auszufechten. Nicholas und Tavis, die beiden ältesten, fochten ihre eigenen Kämpfe aus, und das veranlaßte Ross, seine Sorgen für sich zu behalten.

Trotz all der Jahre, die vergangen waren, konnte er sich immer noch an den metallischen Geschmack der Angst erinnern, an das elende Gefühl, sich verstecken und fortlaufen zu wollen – und daran, wie dicht er davorgestanden hatte, genau das zu tun. Wie anders hätte sein Leben verlaufen können, wenn er nicht an einem heißen Nachmittag in Texas gelernt hätte, daß es noch eine andere Möglichkeit gab.

Nachdem ihn seine Schulkameraden in einer Pause ganz besonders übel gehänselt hatten, war er aus der Schule weggelaufen und hatte sich auf den Weg zum Fluß gemacht, um seine Wunden zu kühlen. Als sein Lehrer die Schulglocke zur Fortsetzung des Unterrichts läuten ließ, warf Ross Steine ins Wasser. Am nächsten Morgen wurde er aufs Podest gerufen, und Miss Lori Pettigrew hatte ihn aufgefordert, sich nach dem Schultag bei ihr zu melden. Für den Rest des Nachmittags starrte er auf die Köpfe der vor ihm sitzenden Schüler, er spürte noch nicht einmal die Versuchung, das Ende von Pearline Howsers dickem Zopf in das Tintenfaß auf seiner Schulbank zu stecken.

Als der Unterricht vorbei war, stand Ross vor Miss Pettigrews Tisch, nachdem die anderen Schüler nach Hause gegangen waren. Er konnte sich heute noch daran erinnern, wie glatt sich die Bodenbretter unter seinem Fuß angefühlt hatten, als er barfuß dort gestanden hatte.

Er war in Gedanken weniger bei der Strafpredigt, die ihm Miss Pettigrew halten würde, sondern bei den Folterqualen, die ihm die anderen Jungen bereiten würden, die ihn bestimmt erwarteten, wenn er aus der Schule kam und sich auf den Heimweg machte.

»Ross Mackinnon«, hatte Miss Pettigrew gesagt, »ich mache mir Sorgen um dich.«

Ross schluckte schwer. »Ja, Ma'am.«

»Weißt du, weshalb ich mir Sorgen mache?«

Ross war sich ein wenig dämlich vorgekommen, wie er da von einem Fuß auf den anderen trat und die Hände tief in die Taschen gesteckt hatte. »Ich... ich bin nicht sicher«, murmelte er und scharrte mit einem Fuß auf dem Boden.

»Sprich lauter, Ross. Ich kann dich nicht verstehen, wenn du nicht deutlich redest.«

»Nein, Ma'am. Ich weiß nicht, warum Sie böse auf mich sind.«

Miss Pettigrews Gesicht wurde freundlicher. »Ich habe nie gesagt, daß ich böse auf dich bin. Ich habe gesagt, daß ich mir Sorgen mache. Ich mache mir Sorgen, weil du deine Schulaufgaben nicht mehr so gut wie früher machst, weil du gestern die Schule geschwänzt hast und weil du mit den anderen Jungen nicht zurechtzukommen scheinst.«

»Ja, Ma'am.«

»Hast du denn außer ›ja, Ma'am‹ nichts weiter zu sagen?«

»Nein, Ma'am. Ich glaube nicht.«

Miss Pettigrew seufzte. »Das genügt nicht, Ross. Ich begnüge mich nicht mit dieser Unverschämtheit. Ich will wissen, warum du plötzlich soviel Probleme in der Schule hast.«

»Ich vermute, es liegt an meiner Kleidung.«

Miss Pettigrew sah ihn verwundert an. »An deiner Kleidung? Wieso das denn?«

Ross erinnerte sich noch daran, wie er Miss Pettigrew daraufhin von seiner zerrissenen Kleidung erzählt und ihr berichtet hatte, daß die anderen Jungen sich deshalb über ihn lustig machten und ihn verspotteten und mit boshaften Spitznamen bedachten wie »Lumpen-Ross« oder »Fetzen-Mackinnon«. Er hatte damit gerechnet, Miss Pettigrews Peddigrohrstock zu spüren, weil er so etwas eingestand, als etwas ganz Seltsames passierte.

Statt ihm eine strenge Strafpredigt zu halten oder ihn auch nur ihren Stock spüren zu lassen, sagte Miss Pettigrew: »Kein Wunder, daß deine Leistungen sich verschlechtern.«

Und dann tat Miss Pettigrew etwas, wofür Ross sie auf ewig in sein Herz schloß. Sie kam wie ein Orkan in Windeseile um ihr

Pult herum, packte Ross an der Hand und zog ihn so schnell hinter sich her, daß zwei Schildpattnadeln aus ihrem Knoten sprangen und einer von Ross' Hosenträgern sich löste.

Ross kümmerte sich nicht weiter um seine Hosenträger, aber er hob Miss Pettigrews Haarnadeln auf und reichte sie ihr. Sie verließen das Schulhaus und den Schulhof, und der Knoten in Miss Pettigrews Nacken hüpfte hin und her, und dann liefen sie mitten auf der Straße noch ein paar Meter weiter, an dem Zaun entlang, der den Schulhof einzäunte, und dort blieb sie plötzlich stehen. Sie ließ Ross' Hand los und wandte sich zu ihm.

»Ich muß dir etwas sagen, Ross Mackinnon, und ich will, daß du mir genau zuhörst und dir jedes Wort merkst, das ich sage, denn ich werde mich nicht wiederholen. Hast du verstanden?«

Ross schluckte und nickte zögernd.

»Gut. Also, ich sage dir das nicht als deine Lehrerin, und ich sage es dir nicht auf dem Schulgelände und nicht während der Schulzeit. Deshalb habe ich dich hierhergebracht. Ich sage dir das als deine Freundin, in meiner Freizeit – und auf einer öffentlichen Straße.« Sie unterbrach sich einen Moment lang, als wollte sie sehen, wie Ross das aufnahm, und dann fuhr sie fort. »Wenn du je auch nur *ein* Wort darüber verlauten läßt, daß ich so etwas zu dir gesagt habe, dann schwöre ich dir, daß du mir dafür büßen wirst. Habe ich mich deutlich genug ausgedrückt?«

Ross nickte.

Sie legte eine Hand auf seinen Kopf. »Hörst du mir zu, Ross? Hörst du mir genau zu?«

Er nickte zweimal.

Sie neigte den Kopf ein wenig zur Seite und drückte damit ihre Zufriedenheit aus, ehe sie fortfuhr und sagte: »Das nächste Mal – und ich meine wirklich das allererste Mal, wenn sich wieder einer dieser Jungen über dich lustig macht, dann ballst du die Faust und zahlst es ihm heim. Und halte dich bloß nicht zurück. Nicht, ehe du ihm die Fresse poliert hast. Hast du gehört?«

Ross hatte es gehört. Es war genau das, was seine älteren Brüder ihm immer geraten hatten, wenn er jemals Probleme hätte, aber irgendwie erschien es ihm erst jetzt richtig, als er es von Miss Pettigrew hörte. Am nächsten Tag befolgte er Miss Pettigrews Ratschlag.

Diesen Moment hatte er nie vergessen. Und auch nicht Miss Pettigrew. Bis ins Grab würde er sich daran erinnern, wie sie an jenem Tag ausgesehen hatte, nicht mehr als ein Zentner mit störrischem roten Haar und blitzenden blauen Augen, was für eine Schullehrerin ganz untypisch war – aber auch für eine anständige damenhafte Baptistin. Er vermutete, wenn irgendeine Frau außer seiner Mutter dafür verantwortlich war, daß er immer eine Schwäche für Frauen gehabt hatte, dann mußte das Miss Pettigrew sein.

Und dann fiel ihm wieder ein, wie Miss Pettigrew in jenem Sommer an Diphtherie gestorben war, und die Freude des Augenblicks verflüchtigte sich.

Er war jetzt ein erwachsener Mann, und die Erinnerungen betrafen eine lange zurückliegende Zeit, und doch ärgerte er sich über sich selbst, weil er Traurigkeit verspürte und zuließ, daß seine Gedanken ihm derart zusetzten, und er schaute sein Spiegelbild an, um sich abzulenken und an etwas anderes zu denken.

Er blickte auf die Kette der goldenen Taschenuhr, die aus seiner Westentasche baumelte, und zog sie heraus und sah nach, wie spät es war. Insgesamt gesehen war es für einen Mann, der im Sattel geboren war, ein reichlich betrübliches Ende, solche Kleidungsstücke tragen zu müssen. Er steckte die Uhr wieder in die Tasche. Das war der *einzige* vernünftige Gegenstand, den er am Leib trug.

Er ging aus dem Zimmer und lief durch den Korridor und über die Wendeltreppe aus kunstvoll geschnitztem Eichenholz hinunter. Es war wahrhaftig ein feudales Treppenhaus, für noch feudalere Auftritte geschaffen, und Ross hätte seinen besten Sattel dafür gegeben, wenn ihm ein solcher Auftritt erspart geblieben wäre. Er wirkte weitaus gefaßter und eleganter, als er sich fühlte, und er spürte, daß alle Blicke auf ihn gerichtet waren. Lächerlicher hätte er sich nicht vorkommen können, wenn er splitternackt dagestanden hätte. Gott sei Dank hielten sich um diese frühe Stunde nicht allzu viele Leute in der Eingangshalle auf.

Als er die unterste Stufe erreicht hatte, sah er die schwarzhaarige Göttin, die ihm schon früher am Tag begegnet war. Sie trug ein Kleid aus weißem Tüll mit einem Volantrock; in ihrem Haar steckten die rötesten Blumen ganz Schottlands, aber auch auf den Schultern und am Rock waren diese Blüten befestigt. Er beobachtete, wie sie ihren Fächer zusammenklappte und ihn unter den Arm klemmte, als sie die weißen Handschuhe an ihren Händen glattstrich.

Mit diesen winzigen Handschühchen hätte er gern angefangen, sie ihr von den schmalen weißen Fingern gezogen, einen nach dem anderen, und sie auf den Boden fallen gelassen. Als nächstes würde er ihr dann das Kleid ausziehen und alles, was sie darunter trug, bis sie nichts mehr anhatte außer den Strümpfen und den Satinschuhen und den blutroten Blumen in ihrem schwarzen Haar.

Wer war sie?

Es dauerte nicht lange, bis er Percy gefunden hatte und ihn nach ihrem Namen fragte.

»Lady Annabella Stewart.«

»Sie ist eine Schönheit.«

»Ich fürchte, sie ist schon vergeben«, sagte Percy.

»Soll das heißen, daß sie verheiratet ist?«

»Noch nicht, aber bald wird sie es sein.«

Ross grinste. »Dann ist sie noch nicht vergeben.«

»Schlagen Sie sich das aus dem Kopf. Sie ist wirklich so gut wie verheiratet, Ross. Sie ist einem Mann versprochen worden, und das heißt, daß Sie nicht um ihre Hand anhalten können.«

Ross lachte. »Ich hatte nie die Absicht, um ihre Hand anzuhalten«, sagte er und musterte sie mit unverhohlenem Interesse. »Sie hat einiges andere an sich, was mich mehr interessiert.«

»Ich sagte doch schon, daß Sie sich das aus dem Kopf schlagen sollen, mein Junge. Der Mann, der neben ihr steht, ist John Gordon, der Graf von Huntly und ihr zukünftiger Ehemann. Einen solchen Teufelsbraten gibt es kein zweites Mal.«

»Ihr *zukünftiger* Mann, Percy. Das heißt, daß sie noch zu haben ist.«

»Nicht in Schottland... und auch nicht in England.«

»In England?« Ross grinste. »Ich habe nicht vor, ihr so weit nachzujagen.« Er beugte sich dichter zu ihm und flüsterte: »Das wird auch nicht nötig sein.«

Percy zweifelte keinen Moment lang daran. Der Kerl hatte etwas Teuflisches an sich. »Das Mädchen ist Engländerin«, sagte er, und sein Tonfall drückte eine deutliche Warnung aus. »Und dort handhabt man die Dinge anders. Sie ist die Tochter eines Herzogs, mein Junge, und wir leben im neunzehnten Jahrhundert, vergessen Sie das nicht. Fünfzig Jahre sind vergangen, seit die letzten Schotten aus dem Hochland durch das Land gezogen sind, Verheerungen angerichtet haben, die Töchter von Herzögen über den Sattel geworfen und sie entführt haben.«

»Ich dachte nicht an eine Entführung...« Ross schaute Annabella noch einmal an. Sie lächelte. Gegen all das schwarze Haar nahmen sich ihre Zähne so weiß wie ihr Kleid aus. »Zumindest noch nicht«, räumte er ein. Dann fügte er hinzu: »Mir ist ganz gleich, ob sie eine Engländerin, eine Schottin oder eine nackte Nubierin ist. Sie ist so oder so eine Schönheit.«

Ross fiel es schwer, den Mund zu halten. Ihr Bild tanzte ständig vor seinen Augen. »Mich interessiert weder ihre Herkunft noch ihre Vergangenheit«, sagte er schließlich, »nur ihre Zukunft. Außerdem ist das Mädchen, wenn das, was Sie sagen, wahr ist, zu einem größeren Anteil Schottin als Engländerin.«

»Heiliger Strohsack! Haben Sie denn kein Wort von dem verstanden, was ich gesagt habe? Der Unterschied ist gewaltig, mein Junge. Die Kleine ist in England *erzogen* worden.«

»Von mir aus könnte sie ein Wassergeist sein, der aus einem Brunnen gesprungen ist. Ich habe Ihnen doch gesagt, daß sie eine Schönheit ist, und das ist alles, was zählt.«

»Sie irren sich. Was zählt, ist die Tatsache, daß sie schon vergeben ist, ganz gleich, wie gern Sie mit ihr tändeln möchten.«

»Ich will mehr als nur mit ihr tändeln.« Ross lachte über den jämmerlichen Ausdruck auf Percys Gesicht. »Beruhigen Sie sich, Alter. Sie sollten inzwischen wissen, daß Warnungen nicht gerade dazu beitragen, mich zu entmutigen.« Er klopfte Percy auf den Rücken und sagte: »Machen Sie sich keine Sorgen. Ich schwöre es Ihnen, Sie sind manchmal schlimmer als ein altes Weib. Wissen Sie denn nicht, daß all Ihre unnützen Sorgen Ihnen bestenfalls weiße Haare einbringen?« Plötzlich wurde sein Tonfall ernst. »Sie können mich nicht davon abbringen, Percy. Geben Sie den Versuch am besten gleich auf.«

Ross wandte sich ab und wollte gehen, doch Percy hielt ihn am Arm fest. »Ross, hören Sie auf mich. Das Ganze ist kein Witz. Sich in diese Geschichte einzumischen könnte mehr als nur eine Torheit sein. Es könnte fatal enden. Verrat gibt es in Schottland seit Jahrzehnten kaum noch. Eine der schnellsten Möglichkeiten, den Verrat wiederaufleben zu lassen, ist es, sich in diese Stewart-Gordon-Geschichte einzumischen. Lassen Sie die Finger davon! Sie können nur als Verlierer daraus hervorgehen. Beide Familien sind extrem einflußreich.«

»Mächtiger als die Mackinnons?« fragte Ross und zog die Augenbrauen übertrieben hoch.

Trotz seines spöttischen Grinsens sagte Percy: »Sie wissen ebensogut wie ich, daß die Mackinnons vor Jahren eine Menge an die Macleods verloren haben. Heute sind sie ein bescheidener Clan, der sich damit begnügt, von dem Land zu leben, das ihnen auf Mull und Skye noch geblieben ist, Drambuie aus ihrem Malzwhisky zu destillieren und ihn mit Honig zu versetzen. Sie haben bereits zu viele Verluste erlitten, mein Junge. Fügen Sie ihnen nicht noch mehr Verluste zu, bloß weil ein bestimmtes Mädchen Ihnen gefällt.« Percy warf einen Blick zu dem Mädchen. »Sie mag zwar hübsch sein, doch in Schottland wimmelt es von hübschen Frauen. Die Hälfte von ihnen wird heute abend hier erscheinen. Suchen Sie sich eine andere aus.«

Ross klopfte ihm auf den Rücken. »Ich fürchte, dafür ist es zu spät, Alter. Sie wissen doch, was man über das Herz und die eigenen Wege sagt, die es geht.«

Percy ließ sich von Ross' Humor nicht im geringsten beruhigen. »Das Mädchen gilt als eine erlesene Partie. Söhne der mächtigsten Familien Englands haben um ihre Hand angehalten. Ein Angehöriger des Mackinnon-Clans hätte selbst dann nicht die geringste Chance, wenn sie frei wäre.«

Ross' Augen leuchteten. »Ahhh, Percy. Diesmal haben Sie das Falsche gesagt.« Er warf wieder einen Blick auf die Schönheit. »Ich glaube, es ist höchste Zeit, daß die Mackinnons einen Teil des verlorenen Ruhms, von dem Sie gesprochen haben, wieder an sich bringen.« Als er sah, daß Percys Sorge tatsächlich echt war, grinste Ross, und sein Tonfall wurde spöttisch. »Also, Tante Percy, machen Sie sich bloß keine Sorgen um mich. Ich habe vor, mich heute abend bestens zu benehmen.«

Woraufhin Percy trocken sagte: »Ha! Halten Sie mich für blöd, mein Junge?« Seine nächsten Worte drückten eine deutliche Warnung aus. »Weder Ihr Humor noch Ihre Beschwichtigungen werden Ihnen in dem Fall helfen. Sie vergessen, daß ich ein zu alter Hase bin, um mir von einem kleinen Häschen etwas weismachen zu lassen.«

Ross, der merkte, daß er die Geduld seines Freundes bis an die Grenzen strapaziert hatte, sagte: »Also gut, wenn es Sie tröstet, ich werde keinen Aufruhr verursachen.«

»Ich wünschte bei Gott, ich könnte das glauben.«

»Das können Sie mir glauben.« Ross grinste hinterhältig. »Ich habe doch diese wunderbaren neuen Manieren gelernt, oder haben Sie das vergessen?«

»Ich habe es nicht vergessen«, sagte Percy lakonisch. »Ich bete nur zu Gott, daß *Sie* es nicht vergessen haben.«

Nachdem Percy gegangen war, suchte sich Ross etwas zu trinken und schlenderte durch die Halle. Er nahm sämtliche Veränderungen wahr, die in dem großen Ballsaal für diesen Ball vorgenommen worden waren, und er schaute aus dem Fenster und sah auf den Garten und auf die Rasenfläche hinaus, und dann blieb er vor dem ehrfurchteinflößenden Porträt seiner Ururgroßmutter stehen, ehe er weiterging, um sich das kämpferische Porträt des ersten Oberhaupts des Mackinnon-Clans anzuschauen. Das Gemälde schien den ganzen Raum zu beherrschen.

Aber nichts von all dem interessierte ihn wirklich, denn diese Beschäftigungen boten ihm nur die Gelegenheit, aus allen Richtungen verstohlene Blicke auf die Schönheit in dem wogenden weißen Gewand zu werfen. Sie sah aus jedem Winkel reizvoll aus. Er verbrachte eine ganze Weile damit, die Schönheit in seinem Gesichtsfeld zu behalten, ohne sich an ihr sattsehen zu können, als der Butler das Erscheinen des Herzogs ankündigte und hinzufügte, das Empfangskomitee solle sich bald zusammenfinden. Ross begrüßte seinen Großvater, ehe er dem Grafen von Huntly förmlich vorgestellt wurde.

Sie verspürten sofort eine gegenseitige Abneigung.

Ehe Ross den Grafen ansprechen konnte, zog Huntly die Gefechtslinien. »Sie scheinen ein gutes Auge für Frauen zu haben«, sagte er.

»Ach, wirklich?« brachte Ross gedehnt heraus. »Und ich dachte immer, es sei umgekehrt.«

Huntlys Mundwinkel wurden weiß, aber er kam nicht dazu, etwas zu erwidern, da der Mackinnon sagte: »Ja, der Junge hat einen Blick für die Mädchen, soviel steht fest, aber andererseits sollte kein hübsches Mädchen je auf einem Ball erscheinen müssen, auf dem nicht wenigstens ein Bursche bereit ist, ihrer Eitelkeit zu schmeicheln.«

Nachdem Huntly und sein Großvater gegangen waren, warf Ross wieder sein Auge auf die Frauen – insbesondere auf eine bestimmte Frau. Ross schaute Annabella unbeirrt an und beobachtete, wie ihr Bruder sich ihr näherte. Selbst von dort aus, wo er stand, konnte er sehen, wie tief die Gefühle der beiden füreinander waren.

»Bella, in diesem Kleid siehst du aus wie ein Engel«, sagte Gavin, der den Arm um ihre schmale Taille legte und sie fest an sich drückte.

»Das ist doch unerhört!« sagte die Mutter der beiden und schlug mit ihrem Fächer prompt auf den Arm ihres Sohnes. »Gavin, paß auf, was du tust. Du zerquetschst die Rosen auf Bellas Kleid.«

»Oh, tut mir leid, Bella. Mist, jetzt habe ich eine Dummheit begangen.« Gavin schlug sich im Scherz eine Hand auf die Stirn. »Ich fürchte, ich habe die Lilien zertrampelt.«

»Oder zumindest meine Rosen zerquetscht«, sagte Bella und umarmte ihn liebevoll. Dabei lachte sie und schaute auf ihr Kleid herunter. Sie rückte die Rosen ein wenig zurecht. »So«, sagte sie, »so gut wie neu. Nichts passiert.« Annabella betrachtete ihre Mutter aus Augen, die eine unverhohlene Bewunderung für Gavin ausdrückten. Diese Bewunderung konnte sich an der Kritik im Blick ihrer Mutter messen.

»Laß ihn nicht so unversehrt davonkommen«, sagte die Herzogin, »oder er wird nie einen Grund dafür sehen, sich wie ein adliger Engländer zu benehmen und nicht wie ein verspielter Welpe mit großen Füßen und einem Spatzengehirn.«

Annabella lächelte Gavin liebevoll an, als sie sagte: »Aber alle Welt *liebt* verspielte Welpen.«

»Das stimmt, aber man verheiratet seine Töchter nicht mit ihnen, und ich sollte vielleicht noch einmal darauf hinweisen, daß das eine erstklassige Gelegenheit ist, sich die Elite Schottlands anzusehen.« Sie klappte ihren Fächer zu und schlug ihrem Sohn damit auf den Arm. »Und jetzt achte auf deine Manieren, du lästiger junger Hund, und hör auf mit deinen elenden Neckereien, ehe dein Vater etwas davon mitbekommt.«

»Solange er es nur sieht und den Mund hält, soll es mir egal sein«, sagte Gavin.

»Beides ist untrennbar miteinander verknüpft«, sagte Annabella. »Man kann sich nicht eins von beidem aussuchen. Erst fällst du ihm ins Auge, und dann bist du seinem Mundwerk ausgeliefert.«

Der mißbilligende Blick der Herzogin ließ ein spöttisches Lächeln auf Gavins Gesicht treten, doch Annabella wußte, daß die Geduld ihrer Mutter jetzt am Ende war. Gavin kam bei ihren Eltern glimpflicher davon; sie nahmen seine Eskapaden und seine spöttischen Neckereien einigermaßen gutwillig hin. Das war einem von zwei Dingen zuzuschreiben: Es lag entweder daran, daß er ein Junge war, oder es lag daran, daß er der *einzige* Junge war. Was der Grund auch sein mochte, sie wußte, daß sie ein solches Verhalten von einer ihrer sechs Töchter nicht geduldet hätten. Als die Flammen des Humors gelöscht waren, gewann Annabella wieder die gehörige Fassung und beobachtete, wie Gavin ihrer Mutter theatralisch die Hand küßte und dann auf ihren Vater zuging.

Der allerliebste Gavin. Sie betete ihn an. Vielleicht lag es daran, daß er ihr einziger Bruder war. Vielleicht lag es daran, daß er ihr altersmäßig am nächsten war oder daß er die Freiheit und die Fröhlichkeit auskostete, um die sie sich in ihrem eigenen Leben so oft betrogen fühlte. Aber sie hatte den Verdacht, der wahre Grund war der, daß sein unerschütterliches Naturell, seine offenkundige Zuneigung zu ihr und die Art, in der er es immer auf sich genommen hatte, ihr Held und ihr Beschützer zu sein – sogar vor ihren Eltern nahm er sie in Schutz, wenn er fand, sie seien übertrieben streng – ihr Gavin so besonders liebenswert gemacht hatten.

Annabella liebte alles an Gavin, angefangen von seiner lässig getragenen eleganten Kleidung bis hin zu seiner geschickten Art, alle um ihn herum durch sein natürliches Verhalten für sich einzunehmen. Sie beobachtete, wie Gavin fortging und dadurch der Enkel des Herzogs, der gerade den anderen Mitgliedern ihrer Familie vorgestellt wurde, in ihr Blickfeld geriet.

Sie wandte den Blick ab und beschäftigte sich damit, zu erraten, welche der hübschen jungen Frauen, die ein Auge auf Gavin geworfen hatten, diejenige sein würde, auf die er aufmerksam wurde, als sie spürte, daß sie beobachtet wurde. Sie wandte sich ein wenig um, und der Enkel des Herzogs und sie sahen einander in die Augen. Das unterdrückte belustigte Lächeln entging ihr nicht, und sie bemerkte auch, wie er den Kopf eine Spur neigte, um spöttisch anzudeuten, daß er ihre Bekanntschaft bereits gemacht hatte. Ehe sie den Kopf abwandte, sah sie ihm direkt ins Gesicht, und in ihren Augen funkelte eine Warnung.

Augenblicklich schnippte Annabella ihren Fächer auf, um sich kühle Luft ins Gesicht zu wedeln, und sie bewegte das Handgelenk so ruckhaft, daß ihr der Fächer aus den Fingern flog und die Marquise von Pentland traf, die das Pech hatte, gerade in dem Moment vorbeizugehen, und er traf sie an einer äußerst peinlichen Stelle. Einen Moment lang war sie in einer elenden Klemme. Was sollte sie tun?

Natürlich sich entschuldigen.

Und das hätte sie auch getan. Augenblicklich.

Das heißt, wenn sie dadurch nicht eingestanden hätte, daß ihr klar war, *wo* der Fächer die Marquise getroffen hatte. Sie wußte, daß es ungehörig war, ihr Verhalten zu überspielen, als sei gar nichts passiert – ihre Mutter hätte das als skandalös bezeichnet.

Es sah ihr auch gar nicht ähnlich, darüber hinwegzusehen, wenn sie sich schlecht benahm. Doch obwohl sie wußte, wie ungehörig es war, hielt sie es in diesem Fall für besser. Schließlich trug das skandalöse Benehmen den Sieg davon. Sie überging den Zwischenfall.

Der Enkel des Herzogs von Dunford, dieser Schurke, war nicht so edelmütig. Ausgerechnet in diesem peinlichen Augenblick. Da sie sich überrumpelt fühlte, starrte sie ihn einfach verträumt und fasziniert an, als er sie mit einem seltsamen Lächeln um seine Mundwinkel ansah. Sie war so starr wie eine Statue aus Marmor, als sie darauf wartete, daß er seine Inspektion beendete, doch als sich seine Augen weiterhin genüßlich an ihr weideten und sein Blick keinen Millimeter ihrer Person aussparte, konnte sie das nicht länger ignorieren. Obwohl sie sich matt fühlte und glaubte, weiche Knie zu haben, gönnte sie es sich nicht, seinem ungenierten Starren auszuweichen.

Sie konnte sich nicht erinnern, ob es Paulus oder Petrus gewesen war, der gesagt hatte: *Widerstehe dem Teufel, und er wird vor dir fliehen*, aber trotz ihrer Vergeßlichkeit war es genau das, was sie tat – sie erwiderte seinen spöttischen Blick, indem sie ihm finster und direkt ins Gesicht sah. Diese Abschreckungsmaßnahme blieb jedoch vollkommen wirkungslos.

Da es ihr nicht gelang, bei diesem Blickkontakt den Sieg davonzutragen, wandte sie sich ab und suchte mit ihren Augen Gavin, den sie an ihre Seite rufen wollte. Sie fand ihn, und am liebsten hätte sie vor Ärger mit dem Fuß aufgestampft. Er hatte ihr den Rücken zugekehrt, und daher bestand keine Möglichkeit, seine Aufmerksamkeit auf sich zu lenken. Jetzt würde sie durch den Saal laufen müssen, um zu ihm zu gelangen, und das brachte sie dem einen Menschen unerfreulich nah, nach dessen Nähe ihr gar nicht zumute war. Sorgsam mied sie die Blicke des Enkels des Herzogs, als sie sich auf den Weg durch den Saal machte. *Wie kommt es nur*, fragte sie sich, *daß der eine Mensch, den ich unbe-*

dingt meiden will, immer derjenige ist, über den ich ständig stolpere? Und wenn ich schon nicht über ihn stolpere, dann schneidet er mir zumindest den Weg ab, und genau das passierte ihr eben jetzt, wie sie zu ihrem Unwillen feststellen mußte.

Als sie sah, wie der Herzog von Dunford mit seinem Enkel im Schlepptau auf sie zukam, lächelte Annabella grimmig und bereitete sich auf die Begegnung vor.

»Ich möchte dir Lady Annabella Stewart vorstellen«, sagte der Herzog. »Das ist mein Enkel, Lord Leslie Ross Mackinnon.«

Annabella spürte, wie ihr die Röte ins Gesicht stieg. Sie hätte es diesem dickfelligen Gauner zugetraut, daß er den Vorfall mit ihrem Fächer oder ihre Begegnung und den unseligen Unfall mit der Krocketkugel erwähnte.

Daher wappnete sie sich und war überrascht, als Ross ihre Hand nahm und sie so vollkommen wie jeder englische Adlige küßte. Seine Augen waren auf sie gerichtet, als sie sagte: »Soweit ich gehört habe, sind Sie neu in Schottland wie auch ich.« Sie zog ihre Hand zurück.

Da er genau wußte, daß die reizende Annabella damit rechnete, er würde sie auf ihr komisches Mißgeschick mit dem Fächer ansprechen, entschied sich Ross, nicht darauf einzugehen. Aber es passierte ihm etwas, was ihm bisher noch nie bei einer Frau passiert war. Er war nicht auf der Hut, und ihm fiel nichts ein, was er hätte sagen können. Als die Worte dann herauskamen, waren es nicht gerade die, die er sich für diese Situation überlegt hätte. »Vielleicht so neu wie Sie, aber nicht annähernd so hübsch.«

In dem Moment, in dem die Worte über seine Lippen kamen, hätte er sich selbst erdrosseln können. *Nicht annähernd so hübsch?* Möge der Himmel ihm beistehen. Was für einen Idioten hatten sie bloß aus ihm gemacht?

Annabella konnte ihre Belustigung nicht unterdrücken, aber es gelang ihr immerhin, sich das Lachen zu verkneifen und ihn verhalten anzulächeln. Sie schaute den Herzog an. »Ich glaube, darin verbirgt sich irgendwo ein Kompliment«, sagte sie.

»Ja«, sagte der Herzog und schaute Ross seltsam an, »aber man muß sich schon anstrengen, um es zu erkennen.«

Ross sagte sich, er solle den Mund halten. Doch wann hatte er je Ratschläge befolgt? Wahrscheinlich sagte er aus diesem Grund: »Was ich damit sagen wollte, war...«

Annabella sah Ross aus zusammengekniffenen grünen Augen an, in denen immer noch ein Anflug von Belustigung zu sehen war. »Ich weiß, was Sie damit sagen wollten, und ich danke Ihnen.« Dann wandte sie sich ab und sagte etwas zu Lord Percival.

Ross dankte Gott für das Erscheinen des Butlers, der allen sagte, wo sie stehen sollten, und damit glücklicherweise die Aufmerksamkeit davon ablenkte, daß er noch vor ein paar Sekunden wie ein Idiot geplappert hatte.

Der Herzog von Dunford würde mit Ross an seiner Seite die Spitze des Empfangskomitees bilden. Nach Ross kam der Herzog von Grenville, und neben ihm sollte seine Frau, die Herzogin, stehen, dann ihr Sohn Gavin, der Marquis von Larrimore und danach Lady Annabella, die zwischen ihrem Bruder und ihrem Verlobten, dem Grafen von Huntly stehen sollte.

Ein Empfangskomitee, befand Ross, war ein zivilisierter Begriff für Folter. Nie hatte er so viele Menschen begrüßt oder so viele engelsgleiche Busen gesehen, die unter Augen wogten, die zu ihm aufschauten, als hofften sie, er sei der impulsivste Romantiker auf Erden. Und nie hatte er so viele kichernde junge Frauen mit strahlenden Augen gesehen, die sich ständig selbst im Weg standen. Annabella dagegen war der Inbegriff vollkommener Eleganz und Haltung – sie blickte ihn sogar tatsächlich an, als könnte sie durch ihn hindurchschauen. Wenn sie ihm nicht gerade Blicke zuwarf, die unter einer Frostschicht begraben waren.

Eine Weile später, nachdem sich das Empfangskomitee aufgelöst hatte und Ross mehr Zeit fand, um darüber nachzudenken, erstaunte ihn, daß es der reizenden Annabella gelungen war, seine Gedanken die ganze Zeit über zu beherrschen. Er konnte sich an keinen der Namen der vielen anderen jungen Frauen erinnern, die ihm vorgestellt worden waren.

Für einen Mann, der die Frauen so oft wechselte wie die Hemden, war das eine verblüffende Feststellung. Er konnte sich nicht erinnern, daß ihm jemals eine Frau so lange durch den Kopf gegangen war, und er hatte noch nie eine Frau kennengelernt, die ihn dazu brachte, andere Frauen zu ignorieren. Das Orchester beendete eine lebhafte und schwungvolle Melodie, ehe ein langsamer Walzer einsetzte. Etwa um die Zeit hielt Percy nach Ross Ausschau und fand ihn an einer Seite des Ballsaals. Er lehnte an der Wand und drehte einen Kognakschwenker in der Hand, während er Annabella anschaute. Percy wandte sich an den Herzog und sagte: »Beim Kreuze des heiligen Georg, Lachlan, Ihr Enkel wird Ärger machen.«

Der Mackinnon schaute Percy an, doch seine Stimme klang nicht besorgt. »Was führt der Junge im Schilde?«

»Es wird Ärger geben. Es wird großen Ärger geben. Er scheint sein Bestes zu tun, um Huntly zu provozieren. Anscheinend glaubt er, das kann nichts schaden. Sie haben ja selbst gesehen, wie die beiden ihre Grenzen abgesteckt haben, als Sie sie einander vorgestellt haben. Huntly ist kein Dummkopf, und er hat mehr Augen als ein Durchschnittsbürger – wenn man an diese schleimigen Kerle denkt, die im Schatten lauern. Wenn Ross dem Mädchen nachjagt wie ein ausgehungerter Wolf, der einer Blutspur folgt, dann ist das eine Sache, aber wenn alle im Saal zusehen können, dann ist das etwas ganz anderes. Er nimmt nicht die geringste Rücksicht auf den gesunden Menschenverstand oder die Diskretion. Wenn ich es nicht besser wüßte, würde ich schwören, daß er sich regelrecht anstrengt, um sein Interesse offen zu zeigen.«

»Sie glauben, er hat es auf die Kleine abgesehen?«

»Er ist zweifellos an ihr interessiert«, sagte Percy trocken, »und es ist ihm gleichgültig, wenn es jeder weiß.«

»Ist es so offenkundig?«

»Es ist so verdammt offenkundig, daß ein Säugling es bemerken würde.«

»Es ist aber kein Kind im Saal«, sagte der Mackinnon.

»Und viel Verstand ist in diesem Saal auch nicht vorhanden. Warum nehmen Sie ihn in Schutz?«

»Die beiden würden ein schönes Paar abgeben.«

»Sie wissen doch bestimmt, daß sie nichts für ihn ist«, sagte Percy. »Das Mädchen ist immer vor allem beschützt worden, und sie ist zu jung und unerfahren, um mit einem Mann wie ihm umgehen zu können.«

»Und Sie finden es weiser, sie den Wölfen vorzuwerfen, indem man sie Huntly überläßt?«

»In einen Mann wie Huntly würde sie sich nie verlieben.«

»Ja«, sagte der Mackinnon, »und das würde sie schützen.«

»Nur solange sie gehorsam und unterwürfig ist. Huntly hat keine Verwendung für ein temperamentvolles Mädchen.«

»Und Sie glauben, die kleine Stewart hat kein Temperament?«

»Das habe ich nicht gesagt. Ich kenne sie nicht gut genug, um das zu beurteilen.«

»Man braucht ein Mädchen nicht zu kennen, um zu wissen, ob es Temperament hat. Das ist etwas, was sich mit dem eigenen Temperament verbindet.« Der Mackinnon sah Annabella eine Zeitlang an. »Das Mädchen ist temperamentvoll. Sie weiß es nur nicht.«

Percy wirkte erstaunt. »Heiliger Strohsack! Sie sind so gerissen, daß Sie sich selbst schon damit schaden. Wie können Sie so gut über das Mädchen Bescheid wissen?«

»Die menschliche Natur ist überall gleich. Nur das Verhalten und die Bräuche unterscheiden uns voneinander. Das Mädchen kann so wenig dagegen tun, daß es ein Mädchen ist, wie ein Blinder etwas dagegen tun kann, daß er blind ist. Wenn sie als Junge geboren worden wäre, hätte sie ihr Temperament schon längst entdeckt.«

»Dadurch ist sie Ross immer noch nicht gewachsen.«

»Das Mädchen ist viel stärker, als sie selbst weiß«, sagte der Mackinnon. »Es war ihr bisher nur nicht vergönnt, es auszuleben, aber sie wird es noch früh genug lernen.« Sein Gesicht nahm einen sanftmütigen und versonnenen Ausdruck an. »Sie erinnert mich an mein Mädchen, an Catriona, als wir einander kennengelernt haben ... anfangs so sanft wie ein Lamm, aber es hat nicht lange gedauert, bis sie mir eins auf die Ohren gegeben und einen gewaltigen Zirkus veranstaltet hat.«

»Damals waren andere Zeiten, und Catriona war nicht mit einem anderen verlobt.«

»Es hätte nichts geändert, wenn sie es gewesen wäre.«

Percy schaute ihn verblüfft an. »Sie sind doch nicht etwa der Meinung, er könne jede Frau in Schottland für sich beanspruchen, die ihm gerade gefällt?«

»Ich wette, kein anderes Mädchen kann seine Zuneigung auch nur annähernd gewinnen.«

»Ich hätte wissen müssen, daß all meine Drohungen nichts nützen.« Percy unterbrach sich und schaute sich im Saal nach Annabella um. Als er sie entdeckt hatte, musterte er sie mit nachdenklich zusammengezogenen Augenbrauen. Schließlich sagte er mit einer versonnenen Stimme: »Sie erscheint mir furchtbar sittenstreng – das absolute Gegenteil von Ihrem wüsten Enkel.«

»Sie sind beide gleich wild«, sagte der Mackinnon lachend. »Sie ist wie trockenes Reisig, und ein Funke reicht aus, um sie zu entflammen.«

Percy sah jetzt wie ein typischer Engländer aus und schien große Zweifel zu haben. »Wenn das, was sie braucht, ein Funke ist«, sagte er, »dann wird sie keine Probleme haben. Ross ist von glühender Leidenschaft entflammt.«

»Ja«, sagte der Mackinnon und sah seinen Enkel liebevoll an. »Es ist ein Jammer, daß der Junge nicht vor hundert Jahren geboren worden ist. Er ist wie die Hochländer aus alten Zeiten – Anstand interessiert ihn nicht. Damals hätte er sich das Mädchen genommen, wenn sie ihm gefallen hätte.« Er lächelte über Percys grimmiges Gesicht und klopfte ihm auf den Rücken. »Es sieht aus, als stünde uns ein interessantes Jahr bevor. Ich hoffe nur, er behält einen klaren Kopf und läßt ihn sich nicht verdrehen. Grenville ist ein Ehrenmann.« Er schaute erst Annabella an, dann seinen Enkel. »Ich kann es dem Jungen nicht vorwerfen, wenn ihm dieses Mädchen gefällt, hübsch, wie sie ist.«

»Zum Teufel mit ihrer Schönheit. Sie ist eine verlobte Frau, und Ross schaut sie an, als spielte er damit, sie zu kaufen. Sogar das Mädchen hat es schon gemerkt. Sie wirft ihm ständig entmutigende Blicke zu. Ross ist ein Dummkopf, wenn er sie trotz Huntlys Bemerkung weiterhin anstarrt.«

»Ich vermute, daß er sich Huntly gewachsen fühlt. Dem Mädchen übrigens auch.«

»Ich sage immer noch, daß es Unheil nach sich ziehen wird. Die Blicke, mit denen er sie betrachtet, könnten einen Bürgerkrieg auslösen«, sagte Percy.

»Das brächte doch wenigstens etwas Schwung in den Laden«, sagte der Mackinnon, ehe er sich von seinem Freund abwandte und auf seinen Enkel zuging.

Da er in Gedanken versunken war, hörte Ross nicht, wie sein Großvater näher kam. Er nahm nicht wahr, daß der Herzog neben ihm stand, als er zusah, wie Annabella mit Huntly über die Tanzfläche wirbelte – er weigerte sich, in diesem Mann ihren Verlobten zu sehen. *Annabella*, sagte er leise vor sich hin. *Meine süße scheue Annabella. Du bist so schön wie dein Name*, dachte er. Als Huntly sie dichter an sich zog und ihr etwas ins Ohr flüsterte, murmelte Ross: »Du könntest etwas Besseres haben. Etwas viel Besseres.«

»Du denkst bei diesem Besseren nicht zufällig an dich selbst, oder?«

Ross lachte in sich hinein und schaute den Mackinnon an. »Ja, genau daran dachte ich«, sagte er und ahmte den Dialekt des alten Mannes nach. Dann schaute er ihm direkt ins Gesicht. »Wird dir das Schwierigkeiten machen?«

Die Augen des Herzogs funkelten. »Nein. Aber es könnte dir welche machen.« Seine Augen glitten über die Tanzfläche und folgten Annabella. »Das Mädchen gefällt dir also?«

»Ja, sie gefällt mir«, antwortete Ross und fand das Wort zu schwach für seine Gefühle. Er konnte sich nicht erinnern, sich jemals so sehr gewünscht zu haben, mit einer Frau allein zu sein, wie er es mit Annabella sein wollte. Aber darin erschöpften sich seine Wünsche noch lange nicht. Annabella. Schon allein der Klang ihres Namens war so zart wie eine Frauenhand.

Der Mackinnon seufzte und zog die Stirn in Falten. »Percy sieht die Dinge nicht so wie du. Ich werde sehen, was ich tun kann.«

Ross wandte sich zu seinem Großvater um, und sein Gesicht erstarrte vor Erstaunen. »Du wirst mir doch nicht vorschreiben, daß ich mich von ihr fernhalten soll, oder mir raten, sie in Ruhe zu lassen?«

»Würde das etwas nützen?«

»Nein«, erwiderte Ross, »es wäre zwecklos.«

»Dann lasse ich es gleich bleiben«, sagte der Mackinnon. »Aber ich weiß, daß Percy es tun wird.«

»Percy braucht nichts davon zu erfahren.«

»Percy entgeht nichts.«

»Dann rede mit ihm.«

»Das wird ebenso zwecklos sein, als würde ich dir sagen, daß du die Finger von dem Mädchen lassen sollst.«

»Dann wünsch mir Glück.«

»Die Kinder des Teufels haben teuflisches Glück.«

Ross zog fragend eine Augenbraue hoch. »Dann bist du ein Teufel?«

»Ja«, sagte der Mackinnon. »Das war ich, als ich jünger war.«

Ross lachte und richtete seinen Blick wieder auf die Tanzfläche und die strahlenden, begierigen Augen etlicher junger Damen.

Als er das bemerkte, sagte der Mackinnon: »Bist du ganz sicher, daß es dieses Mädchen sein muß? Ist dir klar, daß hier heute abend viele Mädchen rumlaufen, die ein Auge auf dich geworfen haben?«

Ross schaute sich flüchtig im Saal um und bemerkte die koketten Blicke, die viele junge Frauen lächelnd auf ihn richteten. Sie bildeten einen derartigen Kontrast zu den finsteren Blicken, mit denen ihn Annabella den ganzen Abend bedacht hatte, daß es schon fast komisch war. Und dann ging ihm schlagartig auf, daß das der Grund war, aus dem ihn keine der anderen Frauen interessierte. Sie waren gelassen, geübt, gekünstelt und zeigten ihm deutlich ihr Interesse, wogegen Annabella die einzige Frau war, die ihm je eine Holzkugel an den Schädel geschlagen oder ihn vollständig ignoriert hatte.

Ohne den Blick von Annabella loszureißen, beobachtete er, wie sie in den Armen eines anderen Mannes durch den Raum wirbelte. Sie warf nur einmal einen kurzen vorwurfsvollen Blick auf ihn. Ross lachte, und nachdem er einen Moment lang nachgedacht hatte, wandte er sich an seinen Großvater. »Wenn sie mich noch einmal finster anschaut, dann gehört sie mir.«

8. Kapitel

Annabella fühlte sich steif und unwohl in Huntlys Armen, als sie zusah, wie die Kronleuchter über ihr verschwammen, und hörte, wie das Orchester lauter spielte, als sie an dem erhöhten Podium vorbeitanzten, und wieder leiser wurde, als sie daran vorbeigekommen waren. Am anderen Ende der Tanzfläche lächelte ihre Mutter und nickte beifällig. Annabella erwiderte das Lächeln zögernd und wandte dann den Blick ab. Ihre Nerven waren angespannt, und ihre Haltung versteifte sich, als ihr Blick beim Tanzen auf Ross Mackinnon fiel.

Sie waren jetzt ganz in der Nähe von Ross, und das Licht der Kronleuchter betonte seinen unbändigen dunklen Typ und die klaren gemeißelten Linien seines Gesichts, und es schien auch seinen schönen blauen Augen Licht und Leben zu verleihen. Das Spiel der Lichter auf seinem Gesicht unterstrich seine Züge – mal die Lippen, mal die Augen und schließlich den geraden Schnitt seiner Nase –, als sei er ein Mann mit vielen verschiedenen Gesichtern, von denen alle auf eine auffallend männliche Art prachtvoll waren. Es war das Gesicht eines Mannes, der wußte, wie man eine Frau für sich beansprucht, und die Wahrheit dieser Feststellung hallte hohl in ihrem Herzen, durchzuckte sie von Kopf bis Fuß und erfüllte sie mit Panik.

Damit mußte Schluß sein. Auf der Stelle.

Ihr Unbehagen und ihre Verwirrung verstärkten sich noch durch den weiblichen und naiven Irrtum zu glauben, sie könnte dieser interessierten Verfolgung mit einem einzigen Blick ein Ende setzen. Sie zog eine finstere Miene. Annabella blickte ihn nicht nur aus funkelnden grünen Augen an, sondern sie bedachte ihn mit der herablassendsten Abwehr, die sie je irgend jemandem hatte zukommen lassen.

Als er ihren Blick auffing, grinste Ross und schaute mit fragend hochgezogenen Augenbrauen seinen Großvater an, der sich ziemlich anstrengen mußte, um gefaßt zu wirken. »Mir scheint«, sagte Ross, »daß ich das richtige Mädchen für mich gefunden habe.«

»Ja, und eine ganze Menge Ärger bringt sie auch mit sich. Ich hoffe nur, du weißt, was das heißt.«

»Ich weiß es.«

»Es wird nicht leicht für dich werden, mein Junge. Du kennst die Pläne, die ihr Vater für sie hat, und du weißt auch, was ich mit dir vorhabe. Ich bin ein alter Mann und der Mackinnon. Ich muß den Clan über alles andere stellen, sogar über das Glück meines Enkels, wenn es hart auf hart geht.«

»Dann bist du also dagegen?«

»Ich weiß, daß es Momente gibt, in denen du glauben mußt, mein Herz sei hart wie Stein, aber ich bin zu Gefühlen fähig. Wenn es in meiner Macht stünde, würde ich so ein Mädchen vor den Krallen eines Mannes wie Huntly bewahren, ob du Interesse an ihr hast oder nicht. Jeder Dummkopf sieht auf den ersten Blick, daß das Mädchen mit dieser Partie nicht glücklich ist und daß ihre Eltern sie sehr gern mögen. Vielleicht wird sie die Zuneigung ihrer Eltern für ihre Zwecke nutzen und dieser Verbindung von sich aus ein Ende setzen.«

»Wenn sie es nicht tut, dann werde ich es tun.«

»Denk an die Folgen, mein Junge. Was ist, wenn du das, was du gerade gesagt hast, in die Tat umsetzt und diesem Verlöbnis ein Ende setzt, um dann vielleicht nur festzustellen, daß das Mädchen sich nicht soviel aus dir macht, wie du es dir erhofft hast?«

»Dahin wird es nicht kommen.«

»Und wenn es doch so kommt?«

»Dann ist sie ohne jemanden wie Huntly immer noch besser dran.«

»Ja«, sagte der Mackinnon, und seine weißen buschigen Augenbrauen zogen sich zusammen, »alles ist besser als das.«

Die Worte des Mackinnon kamen in einem derart verdrossenen Tonfall heraus, daß Ross den Kopf zurückwarf und lachte, ohne sich daran zu stören, daß sich ihm jeder Kopf im ganzen Saal zuwandte.

Dann wurde es augenblicklich still im Saal, und als die Gäste wieder anfingen zu reden, breitete sich allgemeines Getuschel aus. Da sie sich nur zu gut denken konnte, worüber der Enkel des Herzogs von Dunford lachte, und da es sie furchtbar wurmte, daß er sich entschieden hatte, trotz des Blicks zu lachen, den sie ihm zugeworfen hatte, wünschte Annabella, sie hätte zu den Türen am hinteren Ende des Ballsaals hinaustanzen und immer weitertanzen können, bis sie in England angekommen war.

Der Graf wirbelte Annabella durch den Saal; seine Hand lag auf ihrer Taille, und seine blassen Augen schauten über ihren Kopf hinweg, als sie sich von Ross entfernten. Er war so glatt wie geschliffener Bernstein, dachte Annabella, und doch störte sie etwas an ihm.

Sie hatte das Gefühl, er ginge auf eine ganz ähnliche Art mit ihr um wie sie mit ihrer Vollblutstute – mit möglichst wenig Druck –, da ihm klar war, daß sie nicht nur von edler Abstammung, sondern zudem bestens erzogen war. Er war ein verschlossener Mann, der nur wenig mit ihr redete und erfolglos versuchte, seinem Gesicht, das von dünnen, zusammengepreßten Lippen beherrscht wurde, einen lächelnden Anschein zu geben. Sie wußte nicht, warum sie an der feigen Hoffnung festhielt, er würde sie äußerst liebenswürdig behandeln, wenn er doch jedes Recht auf Erden hatte, mürrisch zu sein. Sie hatte ihm wenig Respekt oder Bewunderung entgegengebracht, wenn man von dem aufgesetzten Gehorsam und der Anerkennung absah, die sie als seine Verlobte an den Tag legen mußte. Sie bemühte sich, derart morbide Gedanken abzuschütteln, doch die Vorstellung, daß sie für immer an diesen Mann gekettet war, wollte nicht von ihr abfallen.

Plötzlich war sie wieder dreizehn, stand in einer kalten Bibliothek an einem Fenster und sah zu, wie ihre Eltern wegfuhren, und sie war schlecht auf das harte Leben vorbereitet, das ihr in Mrs. Hipplewhites Gewalt bevorstand, der Vorsteherin eines Internats in Berkshire. Sechs Monate waren keine allzu lange Leidenszeit, und als ihre Mutter von den Bedingungen, die dort herrschten, erfuhr, kam sie und holte Annabella schleunigst fort, doch die Zeit war lange genug gewesen, daß sie sich im Stich gelassen und gänzlich allein in einer Welt fühlte, die so kalt und leer war wie ein Haus, in das niemals Besucher kommen.

Sie schob die Traurigkeit, die sie verspürte, auf Ross. Es war seine Schuld, daß sie ihn ständig mit Huntly verglich, wenn sie auch tief in ihrem Herzen wußte, daß sie mit Huntly selbst dann nicht glücklich geworden wäre, wenn ihr Lord Ross Mackinnon nie unter die Augen gekommen wäre. Dennoch fragte sie sich unwillkürlich, wie es kam, daß dieser Teufelskerl Ross Mackinnon nicht eine der anderen jungen Frauen im Saal belästigte, sondern ausgerechnet ihr das Leben zur Hölle machte – eine Frau, die zu haben war. Die Erinnerung daran, daß sie nicht mehr zu den Scharen derer gehörte, die noch zu haben waren, blieb wie eine düstere Wolke über ihr hängen.

»Ist was?« fragte Huntly.

Sie betrachtete ihn wortlos. Dann sagte sie: »Nein. Es ist alles in Ordnung. Warum fragst du?«

»Du hast den ganzen Abend über kaum geredet, und jetzt scheint sich sogar dieses Mindestmaß erschöpft zu haben. So werden wir einander nie kennenlernen.«

Annabella hatte das Gefühl, Huntly wollte gar niemanden näher kennenlernen. Er schien nur das Schlimmste wissen zu wollen. Ehe sie etwas sagen konnte, fuhr er fort: »Ich bin kein Dummkopf, Annabella, und selbst wenn ich einer wäre, würde ich noch sehen, daß dich die Aussicht auf eine Ehe mit mir nicht glücklich macht.«

Annabella holte tief Atem, sagte aber nichts.

»Ich mache dir keine Vorwürfe, Annabella. Ich stelle lediglich eine Tatsache fest... eine Beobachtung, wenn du es so willst. Dennoch sind wir miteinander verlobt, und du tätest dir selbst etwas Gutes, wenn du die Situation akzeptieren würdest. Für eine junge Frau, die sich gerade verlobt hat, besteht, falls deine Familie dir das nicht mitgeteilt haben sollte, eine Verpflichtung. Sie gibt sich glücklich. Erzwungenermaßen oder nicht. Außerdem tut sie so – selbst dann, wenn sie heucheln muß –, als sei ihr die Gesellschaft ihres Verlobten angenehm.«

Ein dunkler Schatten tauchte in die Tiefen ihres Herzens. Panik stieg in ihr auf und durchflutete sie. Dieser Mann erfüllte sie mehr als jeder andere, der ihr je begegnet war, mit Grauen. Er war ihr nicht etwa gänzlich unsympathisch, aber er erinnerte sie an ihre Alpträume. Sie fühlte sich, als sei sie in einem dieser gräßlichen Alpträume gefangen und wollte dringend schreien, brachte aber keinen Laut heraus.

Sie sah den harten Schimmer seiner Augen und verzweifelte an der Vorstellung, daß sie den Rest ihres Lebens damit zubringen sollte, in dieses Gesicht zu schauen. Sie brachte nur ein leises Wimmern heraus.

Seine Hände schlossen sich schmerzhaft um ihre Arme, und er lächelte und senkte den Kopf so tief, als wollte er ihr etwas Liebevolles zuflüstern. »Benimm dich, meine hübsche zukünftige Braut. Es bringt dir nichts, wenn du deinem Vater das Gefühl gibst, daß du dich nicht amüsierst. Du kannst es dir nicht leisten, ihn derart zu demütigen, stimmt's?«

Annabella zuckte mit einem Ruck zusammen, doch das nutzte ihr nichts. Seine Hände schlossen sich fester um sie, und dann ließ er sie plötzlich los. »Mach schon«, sagte er leise und einschmeichelnd. »Lauf von der Tanzfläche! Lauf deinem Vater in die Arme und spüre, wie tröstlich sie sind. Du machst dir keine Vorstellung davon, wieviel Spaß es mir machen würde, wenn jemand anderem die Demütigung zugefügt wird, die ich heute abend erfahren habe. Schau mich nicht so erstaunt an, du dummes Ding mit den weichen Knien und den wäßrigen Augen. Ich habe doch gesehen, wie der Enkel des Herzogs dir den ganzen Abend nachgejagt ist!«

»Ich habe nicht mehr als fünf Worte mit ihm geredet«, verteidigte sie sich.

Er lachte. »Das war auch nicht nötig. Deine Augen haben dich verraten, und dein Verhalten hat mehr ausgesagt als alle banalen Worte. Anscheinend kannst du ihn keinen Moment lang aus den Augen lassen, stimmt's?« Er stieß einen angewiderten Laut aus. »Seine Tante hat sich meinetwegen umgebracht. Sie hat ein Kind von mir erwartet. Hast du das schon gewußt?«

Eine Woge von Schwäche brach über sie herein, und sie fühlte sich matt. »Nein«, antwortete sie und brachte kein weiteres Wort heraus.

Zum Glück endete der Tanz, und als es soweit war, entschuldigte sich Huntly. »Morgen früh gehe ich Moorhühner jagen«, sagte er. »Ich hatte vor, nur zwei Tage fortzufahren, aber jetzt sehe ich keinen Grund mehr, eilig zurückzukommen, um den Rest der Woche mit dir gemeinsam zu verbringen. Ich werde für die Dauer deines Aufenthalts hier fortbleiben. Eine Woche, Annabella. Da sollte dein Vater doch reichlich Zeit haben, die Dinge zurechtzurücken und diesem Kerl zu verbieten, dir hinterherzulaufen – damit ich mich nicht noch weiter demütigen lassen muß. Wenn ich zurückkehre, Annabella – und ich *werde* zurückkommen –, erwarte ich von dir, daß du die Rolle einer pflichtbewußten Verlobten spielst.«

»Warum tust du das? Ich habe nichts getan, worüber du dich ärgern könntest.«

Huntlys Atem streifte warm ihr Gesicht, als er ausatmete. Er hob die Hand, um ihre Wange zu kosen, und er bog ihr Gesicht zu sich hinauf und ignorierte, daß sie zusammenzuckte. So schnell, wie er aufgekommen war, schien der rasende Zorn in seinen Augen wieder erloschen zu sein. Wenn sie ihn nicht für unfähig dazu gehalten hätte, hätte sie den matten Schimmer in seinen Augen als ein Anzeichen für sein Mitgefühl ausgelegt.

»Warum glaubst du wollte ich dich heiraten, wenn ich zahllose andere hätte haben können? Ich fand, abgesehen davon, daß du recht hübsch bist, du seist frisch und unschuldig und behütet aufgewachsen. Was mich ursprünglich zu dir hingezogen und mich für dich eingenommen hat, waren deine Untadeligkeit und deine Frische. Auch wenn ich es gut verstehe, daß du dich nach einem jüngeren Mann sehnst, kann ich es doch nicht über mich bringen, dich aufzugeben. Ich weiß nicht, ob du mir glauben wirst, wenn ich das sage, aber es ist nicht mein Wunsch, dich unglücklich zu machen oder dir weh zu tun. Ich möchte einen Weg finden, der bewirkt, daß du dich auf unsere bevorstehende Hochzeit freust. Dein Vater ist ein Ehrenmann. Ich bin sicher, daß er dich dazu bewegen kann, zu begreifen, was hier angebracht ist, und er wird auch etwas gegen die Vernarrtheit dieses jungen Welpen unternehmen. Leider muß ich feststellen, daß mir sehr schnell die Geduld ausgeht, wenn ich sehe, wie ein anderer Mann um dich herumschleicht.« Er ließ die Hand sinken.

»Aber...«

»Eine Woche«, sagte er und schnitt ihr damit das Wort ab. »Ich werde in einer Woche zurückkommen, um dich und deine Familie auf der Rundreise durch Schottland zu begleiten. Ich erwarte, daß bis dahin deine Haltung und deine Loyalität nichts mehr zu wünschen übriglassen.«

Gerade eben hatte er noch dagestanden und ihr seine Erwartungen mitgeteilt. Im nächsten Augenblick war er verschwunden.

Sofort schien der Saal den Schimmer einer dicken Träne anzunehmen; Annabella wünschte sich nichts anderes, als sich allein zurückzuziehen und zu weinen. Plötzlich drückte das gewaltige

Gewicht der Kleider, die sie anhatte, sie nieder: die vielen Petticoats übereinander, die schweren Seidenvolants ihres Kleides, das enggeschnürte Korsett mit den Fischbeinstäben, die sich in ihr Fleisch bohrten. Sogar die Blumen in ihrem Haar schienen mit Blei beschwert zu sein, und ihre Schwere löste einen pochenden Kopfschmerz aus.

Sie sah ihre Mutter dastehen und ging auf sie zu, doch dann riß sie sich zusammen und entschied sich anders. Ihre Mutter war nicht dumm. Sie würde sofort bemerken, daß ihre Augen zu sehr glänzten und ihr Gesicht zu bleich war. Nachdem sie von einem Kellner, der gerade vorbeikam, ein Glas Punsch angenommen hatte, schloß sie sich einer Gruppe von jungen Mädchen in ihrem Alter an, mit denen sie bereits bekannt war, und heuchelte Interesse an deren Unterhaltung. Ab und zu warf sie eine knappe Bemerkung ein, doch in Gedanken war sie in Wirklichkeit meilenweit entfernt.

Ihre Erziehung sagte ihr, sie sollte den Abend auskosten und ihn sich nicht von den Dingen verderben lassen, die Huntly gesagt hatte, doch etwas anderes in ihr wünschte sich sehnlichst zu entkommen. Wie sehr sie sich danach verzehrte, sich in ihr Zimmer zurückzuziehen, unter die wohltuend kühlen Decken zu schlüpfen und sich in der befreienden Flucht in den Schlaf zu verlieren.

Sie trank das Glas leer und bemerkte zu spät, daß sie an Champagner und nicht an Punsch geraten war, als sie dem Kellner im Vorbeigehen ein Glas vom Tablett genommen hatte. Vielleicht war das auch besser so. Sie fühlte sich ein wenig benommen, als sie darüber nachdachte, was passieren konnte, wenn Huntly mit ihrem Vater sprach. *Mein Vater könnte das Datum der Hochzeit vorverlegen. Er könnte mich in ein Kloster schicken, damit ich die kommenden Monate abgeschieden lebe, oder mich verstoßen. Er könnte mir eine strenge Strafpredigt halten und mir bedeuten, daß ich nur noch eine letzte Chance habe, die ich mir besser nicht verbauen sollte.* Sie wußte, daß ihr Vater sie sehr liebhatte, doch das diente nur dazu, die bereits unerträgliche Last ihrer Gefühle von Undankbarkeit zu verstärken, die so schwer wie eine Halskette aus Schuldbewußtsein auf ihren Schultern hing.

Als Annabella auf dem Tiefpunkt ihrer Niedergeschlagenheit angekommen war, beendete Ross den Tanz mit einem blühenden jungen Mädchen namens Maeve, das leichtfüßig tanzen und unbeschwert plaudern konnte. Als er Maeve zu ihren Freundinnen begleitete, fiel sein Blick auf Annabella am anderen Ende des Saals. Sie wirkte derart losgelöst von allem, was um sie herum vorging, daß er den Eindruck gewann, sie hätte sich ganz in sich selbst und in ihre eigene Welt zurückgezogen. Er spielte mit dem Gedanken, auf sie zuzugehen und mit ihr zu plaudern, aber etwas hielt ihn zurück. Er nahm ein Getränk von einem Tablett, das ein selbstsicherer Kellner, der sich forsch durch die Menschenmenge bewegte, über dem Kopf hielt, und dann begab er sich in eine ruhige Ecke des Saals, um dort tun zu können, was ihn schon den ganzen Abend interessierte: Annabella beobachten.

Sie war noch viel zu jung, um sich von der Last ihres Kummers erdrücken zu lassen, denn das, was ihrem hübschen Gesicht den rosigen Schimmer geraubt hatte, mußte Kummer oder ähnliches Leid sein. Er schaute sich im Saal um, sah Huntly aber nicht, obwohl er beobachtet hatte, wie er sie nach ihrem letzten gemeinsamen Tanz hatte stehenlassen. Hatten Furcht oder Grauen vor ihrem Verlobten und vor ihrer bevorstehenden Eheschließung ihrem Gesicht eine solche Traurigkeit verliehen? Sein kurzes Gespräch mit Huntly hatte ihm klargemacht, wie die Zukunft aussah, die sie an der Seite dieses Mannes erwartete, und er konnte sich vorstellen, daß eine junge Frau, der ihre ganze Zukunft noch bevorstand, das Gefühl haben mußte, ihre Welt ginge unter, wenn ihre Aussichten darin bestanden, einen Mann zu heiraten, der alt genug war, um ihr Vater sein zu können. Was ihn anzog, war dieser Anflug von Traurigkeit, der ihn stärker ansprach, als ein Versprechen auf eine Liebesnacht zwischen zwei warmen und bereitwilligen Schenkeln ihn je gereizt hatte. Es war, als hätte er einen Schluck aus einem Glas getrunken, in das jemand ein Rauschmittel gegeben hatte, und er kämpfte gegen den Drang an, zu ihr zu gehen und sie in seine Arme zu ziehen.

Er beobachtete, wie sie den Ballsaal verließ. Der Gedanke, sie in seine Arme zu schließen und ihr Trost zu spenden, trieb ihn aus dem Saal, und er machte sich auf die Suche nach ihr, dabei dachte er nicht daran, was er vielleicht tun würde, wenn er sie erst einmal gefunden hatte.

Annabella hatte vor, in ihr Schlafzimmer zu gelangen, aber sie wollte auf dem Weg dorthin keine große Aufmerksamkeit auf sich lenken. Sie hatte Kopfschmerzen, und sie fühlte sich alt und verbraucht und restlos erschöpft, das, was Huntly hinsichtlich ihres Vaters gesagt hatte, hatte sie vollkommen niedergedrückt.

Sie wollte ihrem Vater nicht zur Last fallen, und sie wollte für ihn auch kein Quell der Demütigung sein. Wie sehr sie sich doch wünschte, sie hätte einfach ihren Geist aufgeben und gleichzeitig ihre Verpflichtungen abschütteln können. Sie lief durch den scheinbar endlosen Korridor, versuchte ungesehen in ihr Zimmer zu gelangen, dabei hielt sie den Kopf gesenkt, und ihre Füße huschten über den Steinboden. Plötzlich öffnete sich quietschend eine Tür, und sie prallte gegen die Brust des Grafen von Huntly. Zwei Männer und zwei Spaniels, die Huntly kläffend auf den Fersen blieben, folgten.

»Oh«, sagte sie und befreite sich aus dem Griff, der sich wie Fänge in ihre Arme grub.

»Wenn ich es nicht besser wüßte, würde ich glauben, daß dir der Ball keinen Spaß macht«, sagte Huntly. »Steh nicht händeringend da mit deinem schuldbewußten Blick, du alberner Fratz. Sag mir, wohin du so eilig wolltest.«

»Nirgendshin... in mein Zimmer.«

»Also, was von beidem jetzt? Nirgendshin oder in dein Zimmer?«

Die Männer lachten, woraufhin die Hunde wieder wie wild zu kläffen anfingen. Huntly legte seine Hand auf ihre Stirn. Sie schaute erst die beiden Männer an, dann den Grafen. Sie wußte, daß er sie auf die Probe stellte. Diesmal wagte sie es nicht, vor ihm zurückzuweichen.

Er lächelte. »Du willst wohl Kopfschmerzen vorschützen, stimmt's?«

Einer der Männer lachte. »Das passiert doch gewöhnlich erst *nach* dem Beischlaf, oder, Huntly?«

»Halt's Maul, du Dummkopf.«

Die beiden Männer lachten, und die Hunde liefen bellend im Kreis herum. Annabella fühlte sich elend.

»Ich glaube nicht, daß deine Kopfschmerzen in deinem Zimmer schneller nachlassen als hier unten«, fuhr Huntly fort. »Geh in den Salon und erwarte mich dort. Ich werde dir Kräutertee bringen lassen.«

»Ich habe in meinem Zimmer ein Pulver, das wesentlich schneller wirkt als Kräutertee. Ich laufe nur schnell rauf und...« Sie wollte an ihm vorbeigehen, als sich Huntlys Hand um ihren Arm schloß. »Das kommt nicht in Frage, Schätzchen – daß du raufgehst, um ganz allein zu leiden.«

Die beiden Männer lachten schallend, und Huntly warf ihnen einen finsteren Blick zu, der sie zum Schweigen brachte.

»Wenn du unbedingt auf diesem Pülverchen bestehst, dann gehe ich in dein Zimmer und lasse es mir von deiner Zofe geben. Betty, so heißt sie doch?«

Sie nickte.

»Erwarte mich also im Salon.«

Annabella brauchte keine weitere Aufforderung, sich hinwegzubegeben, sie war so froh, Huntly vorerst zu entkommen, daß ihr hämmerndes Herz zuviel Blut in ihren Körper pumpte, so daß ihr ganz schwindlig wurde. Da sie es eilig hatte, vor ihm davonzulaufen, durchzuckte sie eine belebende Kraft, und Annabellas Bewegungen waren flinker, als sie es je für möglich gehalten hätte. Sie flitzte in den Salon und riß die Tür hinter sich zu. Als sie sich an die Tür lehnte, schwanden ihr vor Erleichterung fast die Sinne, und sie schloß die Augen und wartete darauf, daß ihr Herz aufhörte zu rasen. Sie verfluchte sich dafür, daß sie ein solcher Feigling und Hasenfuß war. So schwindlig war ihr seit dem Tag nicht mehr gewesen, an dem sie zu viele Rosinen gegessen hatte, die in einem Meer aus warmem Blütenhonig und französischem Kognak schwammen. Huntlys Gelächter drang an ihre Ohren. Innerlich ordnete sie ihn den Eidechsen, Schnecken, spinnenartigem Getier und Hammeldärmen zu – nur abscheulicher. Sie wünschte, sie hätte den Mut besessen, hochmütig hinauszustolzieren, ihren Ekel vor ihm hinauszuschreien, eine Entschuldigung von ihm zu verlangen und ihm, nachdem er sich entschuldigt hatte, mitzuteilen, daß sie sich weigerte, ihn zu heiraten. Aber sie tat es natürlich nicht. *Du wirst nicht viel zu lachen haben, du... du Hundeliebhaber.*

Hundeliebhaber?

Verzweiflung erfüllte sie. *Hundeliebhaber.* Da saß sie jetzt und brachte es nicht fertig, ihn mit Schimpfworten zu verletzen, noch nicht einmal in Gedanken. Annabella wünschte sich, sie hätte mehr Rückgrat besessen, aber sie wußte, daß der Wunsch allein ihr auch nicht dazu verhelfen würde. Sie ging zu dem dekorativ gemusterten Sofa und setzte sich. Je länger sie darüber nachdachte, desto mehr kam sie zu dem Schluß, daß es ihr keineswegs an Rückgrat fehlte, sondern daß sie einfach zu schüchtern war, um energischer aufzutreten. Wie sehr sie sich wünschte, einfach aufstehen und fortgehen zu können.

Und warum kannst du das nicht?
Huntly wird wütend sein.
Na und? Dann laß ihn doch wütend werden.

Sie überwand den infolge ihrer Erziehung tiefsitzenden Widerstand gegen den Ungehorsam, sprang plötzlich auf die Füße und sah sich im Zimmer um. Die Möglichkeit, in ihr Zimmer zu gehen, war ihr jetzt genommen, denn dort hielt sich Huntly auf. Wenn sie jedoch in den Ballsaal ging, würde er ihr auch dorthin folgen. Es gab keinen anderen Ort, an den sie hätte gehen können. Sie würde hier warten müssen. Vielleicht konnte sie die Tür abschließen und später behaupten, dazu sei es versehentlich gekommen, ehe sie auf dem Sofa eingeschlafen war, während sie auf ihn wartete.

Ihre weichen Knie zitterten, als sie zur Tür ging. Sie preßte ein Ohr an das Holz und lauschte. Die Männer redeten immer noch miteinander.

»Du solltest deiner Kleinen jetzt besser doch ihr Pülverchen holen, Huntly, oder du kriegst Krach.«

»Krach?« Er kicherte. »Das bezweifle ich. Die Göre hat keinen Mumm. Und was die Kopfschmerzen angeht... die hat sie ebensowenig wie ich.«

»Was hast du vor? Willst du sie warten lassen? Vergiß nicht, daß wir mit dem Kartenspiel noch nicht fertig waren.«

»Das habe ich nicht vergessen. Sie kann ruhig warten. Das wird ihr guttun«, sagte Huntly.

Annabella wich fassungslos von der Tür zurück. Sie wußte nun, daß Huntly ein niederträchtiger Tyrann war. Sie sollte also ruhig warten. Sie trat noch einmal an die Tür und hörte Huntlys Worte.

»Wenn sie lange genug in sich gegangen ist«, sagte er gerade, »und wenn sie sich genügend gedemütigt fühlt, werde ich hingehen und ihre Entschuldigung annehmen.«

Ihre Entschuldigung? Annabella stockte fast der Atem.

Einen Moment lang war sie aus dem Gleichgewicht geworfen und schwankte ausweglos zwischen dem Verlangen, Huntly mutig gegenüberzutreten, und dem Wunsch, ihr Vater möge nichts von dem erfahren, was hier geschah, denn sie wollte die Erwartungen erfüllen, die an sie als die Tochter eines englischen Herzogs gestellt wurden. Doch dann fielen ihr Huntlys Worte wieder ein und stachelten sie an.

Eine Entschuldigung?

Das war der Auslöser. Sie würde in den Ballsaal zurückgehen, und sie hatte die Absicht, sich dort zu vergnügen. Sie öffnete die Tür einen Spaltbreit und lugte hinaus. Huntly war noch da, ebenfalls die Hunde. In dem Augenblick, in dem sie die Tür öffnete, stürzten sie beide auf sie zu. Schnell schloß sie die Tür und hörte das Jaulen und Bellen der Hunde im Korridor. Jetzt kratzten sie schon an der Tür.

Sie kniete sich hin und flüsterte in das Schlüsselloch: »Husch! Weg mit euch!«

»Es sieht ganz so aus, als stünde deiner Kleinen ein Hundeleben bevor«, sagte einer der Männer und brach in Gelächter aus.

»Erst dann, wenn wir verheiratet sind«, sagte Huntly.

Ohne jede weitere Überlegung richtete sich Annabella auf und rannte durch den Salon. Sie schlüpfte durch eine andere Tür, die auf einen sacht abfallenden grasbewachsenen Hang führte, auf dem viele Laternen standen. Sie sah nur vereinzelt Gäste umherschlendern, die der Wärme und dem Trubel im Ballsaal entflohen waren. Einen Moment lang blieb sie im Schatten des Schlosses stehen. Die dissonanten Klänge, die ertönten, als die Instrumente vor dem nächsten längeren Auftritt der Kapelle gestimmt wurden, trieben durch die offenen Türen ins Freie und vermischten sich mit Gelächter und dem Klirren von Gläsern.

Annabella lüpfte ihre Röcke und eilte einen geschlängelten Pfad hinab, dessen Pflastersteine durch die Abnutzung immer glatter geworden waren. Der Pfad verlief zwischen dem Garten, in dem Klematis und Rosen und Fingerhut wuchsen, und den Rautenbeeten. Unter einem Spalier, von dem wie rosige Schaumwogen die Rosen herabhingen, blieb sie stehen. In ihrem weißen

Kleid war sie ein auffälliger Blickfang, es sei denn, sie schlug den Weg zum Teich ein, der außerhalb des matten gelben Lichtscheins der Laternen lag. Ihr Herz pochte. Was war, wenn jemand sie sah und ihren Vater davon unterrichtete?

Oder, noch schlimmer, was war, wenn es Huntly zu Ohren kam?

Es gab keinen ungünstigeren Ort, um Huntly oder seinesgleichen zu begegnen, als allein am Ufer des Teichs. Und doch... wenn sie sich vorsah, brauchte sie ihm gar nicht gegenüberzutreten.

Der Nebel, der über der Insel hing, wurde dichter, und der zerklüftete dunkle Umriß der Black Cuillins, der sich gegen das tiefe Blauschwarz des Abendhimmels absetzte, war in der Ferne kaum noch zu erkennen. Vor sich konnte Annabella das leise Schwappen von Wasser gegen Gestein hören.

Sie war allseits von nächtlichen Geräuschen umgeben.

Wann auch immer ich den Namen des Grafen von Huntly wieder hören muß, höre ich ihn immer noch zu früh. Wie konnte sie jemanden derart hassen – jemanden, den sie kaum kannte? Sie erreichte das Ufer und verbannte Huntly aus ihren Gedanken, als sie die Schönheit des Monds bewunderte, dessen Schein das Wasser glitzern ließ wie Flitterschmuck. Im nächsten Augenblick stieß sie gegen ein kleines Ruderboot. Das Holz war vermodert, doch der Bootsrumpf war stabil. Kurz darauf setzte sie sich auf den Bootsrumpf, nachdem sie die Stelle gründlich mit ihrem Taschentuch gereinigt hatte.

Ross war keiner von den Männern, die einer Frau auflauern. So etwas hatte er tatsächlich noch nie getan. Doch bei Annabella verstieß er gegen seine eigenen Prinzipien. Er folgte ihr. Als er in den Korridor trat, sah er, wie sie dastand und mit Huntly redete. Ross konnte nicht hören, was Huntly zu ihr sagte, aber sie machte keinen allzu glücklichen Eindruck. Er beobachtete, wie sie so elegant und vornehm wie eine wohlerzogene Dame zum Salon ging, doch ihr Gesicht war knallrot, ihre Stirn war in Falten gezogen, und sie lief so schnell, als hätte sie es sehr eilig, in den Salon zu gelangen – oder Huntly davonzulaufen. Wahrscheinlich war es letzteres.

Er beobachtete sie, bis sie den Salon erreicht hatte und eingetreten war. Ross warf noch einen Blick auf Huntly. Er und die beiden Männer blieben stehen, wo sie waren, und redeten weiter miteinander. Offensichtlich besaß dieser Holzkopf nicht einen Funken Verstand. Er folgte ihr nicht.

Ross dagegen brachte diesen Edelmut nicht auf.

Er begab sich wieder in den Ballsaal und lief durch den Saal zu einer Tür, die ins Freie führte. Die Abendluft war kühl. Nach der stickigen Hitze im Ballsaal tat ihm das gut. Er schaute auf eine schwarze und weiße Welt hinaus, über die ein silbriger Mond wachte, so voll und so hell, daß er ihn an die Taschenuhr erinnerte, die sein Großvater ihm geschenkt hatte. Nie zuvor hatte er sich Gedanken darüber gemacht, daß Weiß derartig vielfältig sein könnte, doch die Welt lag in abwechslungsreichen Schattierungen vor ihm, von dem silbrigen Schein, den der Mond auf das Gras warf, bis zu den zartesten Weißtönen, die sich in den dichten Nebel verwoben und zu Grau verblaßten. Der Himmel war schwarz, aber die Erde war noch schwärzer. Und über allem lag der Nebel, der in einem Moment so schwarz wie der Hut eines Zauberers und im nächsten so weiß wie Sternenglanz aussah. Es war eine Nacht für Geheimnisse, für das Rätselhafte und für das Verstohlene, eine Nacht, in der der Himmel seinen Segen zu geben schien, indem er einen dunstigen Tarnmantel herabsenkte, der jedes Geschehen vor den Blicken verbarg.

Er ging zum Salon und stellte fest, daß die Tür ins Freie aufgerissen war. Er trat ein. Niemand war im Raum. Er öffnete die Tür zum Korridor nur ein paar Millimeter weit und sah, daß Huntly und seine beiden Freunde immer noch dort standen. Huntlys

Hunde kamen auf die Tür zugerannt, die Ross eilig schloß. Er machte kehrt und ging wieder ins Freie.

Wohin war sie gegangen? Er folgte dem Steinpfad, der sachte zum Teich abfiel, und als er über die Schatten hinausschaute, die von antiken Statuen und Spalierrosen geworfen wurden, sah er sie plötzlich wie eine Perle in einer Auster dasitzen, von Kopf bis Fuß irisierendes Weiß, das von einem Mondstrahl eingefangen wurde. Er ging auf sie zu und blieb nicht weit von ihr entfernt stehen. Annabella war anscheinend in Gedanken versunken und sah ihn nicht.

Natürlich hatte sie den gutaussehenden Amerikaner im Lauf des Abends mehr als einmal gesehen – zweimal zufällig, die anderen etwa dreißig Male mit wohlüberlegter Absicht. Ihrer Meinung nach tat sie nichts Falsches, wenn sie ihn ansah. Er war ein Barbar, und ihrer Auffassung nach war es in Ordnung, wenn man einen Barbaren ansah – selbst dann, wenn es sich um einen gutaussehenden handelte –, solange man nichts weiter tat, als ihn nur anzusehen.

Also schaute sie ihn an. Ähnlich wie sie geschaut hatte, als im letzten Jahr die königliche Familie Besuch von einem Gesandten aus Indien bekommen hatte, der der Königin Victoria als Geschenk zwei bengalische Tiger mitgebracht hatte. Immer wieder hatte Annabella sich dabei ertappt, wie sie sich aus der Ausstellung fortgeschlichen und sich dem Käfig der Tiere genähert hatte. Sie hatte die außergewöhnlichen prachtvollen Tiere aus einer geringen Entfernung betrachtet. Natürlich hätte sie es nicht gewagt, sie anzufassen, aber es hatte etwas Aufregendes an sich, der Gefahr so nah zu sein, ohne sich aus den Grenzen der Sicherheit hinauszubegeben. Exakt dasselbe Gefühl hatte sie, wenn sie den Enkel des Herzogs betrachtete – sie fand es aufregend, weil sie wußte, daß sie verlobt war, wenn ihr das auch noch so unangenehm sein mochte.

Sie hatte sich hauptsächlich deswegen vom Ball des Herzogs

von Dunford fortgeschlichen, weil sie ihre Selbstbeherrschung wiederfinden wollte, damit sie in einer besseren Verfassung war, die Aufmerksamkeiten ihres Verlobten zu genießen – nein, zu *ertragen*. Wäre ihr bloß nicht versehentlich dieser gutaussehende amerikanische Barbar über den Weg gelaufen. Sie seufzte wehmütig und trat mit ihrem Schuh gegen einen Stein. Der Stein rollte über ein paar andere Steine und blieb liegen. Sie mußte sich eingestehen, daß sie recht froh über den Lauf der Dinge war. Hier unten war es unendlich viel angenehmer als im Ballsaal. Sie legte nicht den geringsten Wert auf die Aufmerksamkeiten ihres Verlobten, und sie konnte sich keineswegs darüber freuen – weder heute noch jemals.

Sie brauchte Zeit, um sich zu überlegen, was sie tun sollte. Im Moment waren ihre Möglichkeiten nicht allzu verlockend: Sie konnte sich ertränken oder ins Kloster gehen.

Sie seufzte kläglich und schaute durch den Dunst zu dem verschwommenen Ring aus Licht auf, von dem der Mond umgeben war. Annabella glaubte, daß Gott irgendwo dort oben im Himmel war, jenseits des Nebels und weiter weg als der Mond, und daß er wahrscheinlich zu sehr mit ernsten Angelegenheiten beschäftigt war, um ihren kleinen Problemen Beachtung zu schenken.

Annabella war dem Zeitgeist entsprechend erzogen worden, und dazu zählte ein gehöriges Maß an Sittenstrenge. Zu ihrer strengen religiösen Erziehung gehörte das täglich strikt eingehaltene Ritual des Morgengebets, zu dem ihr Vater den gesamten Haushalt – sowohl die Familie als auch die Dienstboten – anhielt. Das tägliche Morgengebet mochten manche Leute für nötig befinden, Annabella jedoch hatte wenig dafür übrig; sie fand es außerordentlich langweilig.

Sie war an Gebete gewöhnt, aber in diesem besonderen Fall war es ein wenig zu spät zum Beten – die Verlobung war ja bereits offiziell bekanntgegeben worden –, aber ein Versuch konnte vielleicht nicht schaden. Schließlich *war* Daniel in der Löwengrube gewesen, und man wußte ja, was ihm widerfahren war.

Und was war mit Jonas? Wenigstens saß sie nicht im Bauch eines Wals. Das Schlimmste, was passieren konnte, war, daß Gott ihr zuhörte und dann alles so beließ, wie es war. In einer Hinsicht hatte es etwas Gutes an sich, wenn man auf der Leiter der Verzweiflung auf der untersten Sprosse stand: Tiefer konnte man nicht mehr hinabsteigen.

Annabella sagte sich, jetzt oder nie.

Trotz ihrer konventionellen religiösen Erziehung hatte Annabella, wenn sie allein und ungestört betete, den Hang, sich von der traditionellen anglikanischen starren Form zu lösen. Ihre Gebete ähnelten eher einem flüssigen Gespräch mit dem Allmächtigen als einem inständigen Flehen, da sie nicht besonders viel von gewichtigen Bittgebeten hielt.

»Bist du ganz sicher«, begann sie sachlich, während sie ernst auf den Mond blickte, »daß du dir diese Verbindung zwischen mir und dem Grafen genau überlegt hast? Ich bin überzeugt, daß du weißt, was du tust, aber ich finde, es kann nichts schaden, mich abzusichern, daß du mich nicht nur mit einem Mann zusammengebracht hast, den ich äußerst unattraktiv finde, weil wir zufällig beide frei und räumlich nahe waren.«

Sie seufzte und hoffte, daß Gott sich im Gegensatz zu ihr einen Reim darauf machen konnte. »Ich nehme an, ich sollte mich ein wenig schämen«, fuhr sie dann fort, »dich zu diesem Zeitpunkt zu belästigen, zu dem du so viele andere Sorgen hast – Angelegenheiten, die wichtiger sind als ein jammerndes Mädchen und ihre Kümmernisse, aber ich finde, du solltest wissen, daß es nicht gerade einfach ist, mit einem Mann verlobt zu sein, den man nicht besonders gut leiden kann.«

Sie schaute in den Mondschein, der durch den Dunstkreis drang, und stellte sich vor, das sei das wallende weiße Haar des

Allmächtigen. »Aber, verstehst du, *mir* sind meine Probleme sehr wichtig.« *Jetzt habe ich es getan. Jetzt wird mich der Blitz erschlagen.* Als es nicht dazu kam, seufzte sie erleichtert auf und entschloß sich, kühn an ihrem Thema festzuhalten, in der Hoffnung, daß Gott dieses dramatische Gebet ernst nahm. »Mißversteh mich bitte nicht. Ich bin nicht undankbar, und ich verlange nicht von dir, daß du größere Anstrengungen unternimmst, um deine vorgefaßten Pläne zugunsten anderer Verhältnisse weltweit umzuwerfen. Aber wenn du zufällig noch einen anderen Schotten hättest, den du dringend verheiraten mußt, dann hätte ich nichts dagegen einzuwenden, wenn du es dir noch einmal überlegen würdest und ihn mir zukommen ließest.«

Sie holte tief Luft, um sich Mut zu machen, und dann wartete sie einen Moment lang voller Spannung, ehe sie hinzufügte: »Und wenn es sich dabei zufällig um den Enkel des Herzogs von Dunford handeln würde, hätte ich nicht das geringste dagegen.«

In jener Nacht, die von Musik und einer lauen Brise erfüllt war, konnte dieses junge Mädchen sich geistig nicht auf einen Mann einstellen, zu dem sie sich nicht im entferntesten hingezogen fühlte und der zwanzig Jahre älter war als sie. Huntly war schnell aus ihren Gedanken verbannt, und schon bald hatte Annabella die Ellbogen auf die Knie und das Kinn auf die Hände gestützt, und ihre Augen waren auf den Dunst gerichtet, der um sie herum wogte und ständig neue Formen annahm. Sie vertiefte sich in reizvolle Überlegungen, in denen der Enkel eines gewissen Herzogs ihre stille Art, ihre Manieren und ihre Würde zutiefst bewunderte.

Annabella wußte, wie unwahrscheinlich es war, daß der Enkel des Herzogs in eine Welt eintauchen würde, die sich um ein schönes, aber hoffnungslos unerfahrenes Mädchen drehte – ungeachtet ihrer stillen Art, ihrer Manieren und ihrer Würde.

Aber Annabella mochte Tagträume. *Man kann einfach nie wissen, wann ein Wunder geschehen könnte*, sagte sie sich oft.

Sie hielt immer an ein paar rosaroten Vorstellungen fest, was aus ihr werden könnte, falls es tatsächlich zu einem Wunder kam; und derzeit steckte sie mitten in einer äußerst romantischen Kulisse von Begebenheiten, in denen ein erschreckend gutaussehender Mann eine Rolle spielte.

Ihre Traumszene verbarg sich hinter einem undurchschaubaren Dunstschleier, und Annabella fand, es könne nichts schaden, dem geheimnisvollen Mann das Gesicht von Lord Ross Mackinnon zu geben und sich gemeinsam mit ihm in einen stark duftenden Rosengarten zu versetzen, in dem Ross vollauf damit beschäftigt war, ihre Hand zu küssen – zwischen Wortschwällen, in denen er ihr seine unsterbliche Liebe gestand. Plötzlich wurden die Liebesgeständnisse und das Küssen ihrer Hand durch einen entsetzlichen Lärm unterbrochen.

Ross, der in Hörweite war, amüsierte sich darüber, wie die anmutige junge Frau, die er gerade noch beobachtet hatte, sich in einen geschmeidigen Wildfang verwandelte, der malerisch auf einem Bootsrumpf lag. Er war von dem, was er mit angehört hatte, gleichzeitig bezaubert und fasziniert, und er trat näher, um die nächste Runde im Dialog mit dem Allmächtigen besser verstehen zu können. In diesem Moment rannte ihm eine Katze über den Weg, und er stolperte über sie.

So plötzlich wie ein Donnerschlag drang das durchdringende Heulen der Katze durch die Stille der Nacht, als das Tier einen Satz machte, dicht an Annabella vorbeilief und in der Dunkelheit verschwand. Sie sprang auf die Füße und drehte sich im Kreis, und sie spürte, wie eine lähmende Furcht sie packte und ihre Muskeln zu Wasser zerfließen ließ. Die Seidenschnur um ihr Handgelenk, an der der elfenbeinerne Fächer hing, zerriß. Der Fächer fiel auf den Boden. In ihrem hilflosen Grauen blickte Annabella auf und sah nicht weit von sich in der Dunkelheit den Enkel des Herzogs. In seiner schwarzen Kleidung sah er so wild, verwegen und bedrohlich wie ein Pirat aus.

Das Herz pochte so schmerzhaft in ihrer Brust, daß sie fürchtete, es spränge aus ihrem Körper. Verängstigter, angreifbarer und zerbrechlicher hatte sie sich noch nie gefühlt.

Über den felsigen Abstand zwischen ihnen sahen Annabellas Augen groß und glänzend aus und wirkten scheu und furchtsam. Ross schaute sie an, als sie wie eine kleine Statue dastand, die über einen Garten wacht. »Da soll mich doch gleich...«, sagte er im Tonfall seines Großvaters. »Bin ich etwa auf eine gestrandete Nixe gestoßen?«

9. Kapitel

»Keineswegs, Sir, aber ich kann Ihnen versichern, daß Sie mich fast zu Tode erschreckt haben.«

Er schien ihr nicht zuzuhören. »Erstaunlich«, sagte er. »Sogar von hier aus sieht Ihr Gesicht so weiß wie Ihr Kleid aus. Hat die Katze Sie erschreckt?«

»Nein, Sie... ich meine, Sie... das heißt, Sie sind schon ein wenig beängstigend.« *Oh, sei bloß still, Annabella. Du steckst schon bis zum Hals im Fettnäpfchen.*

Sie hob eine zitternde Hand an die Stirn und überlegte, was sie dazu gebracht hatte, aus dem Haus zu laufen und den Aufmerksamkeiten eines Mannes zu entkommen, wenn sie sich dadurch nur in eine noch üblere Lage gebracht hatte. Dieser Mann beunruhigte sie auf eine andere Weise als Huntly. Der Enkel des Herzogs sah sie mit Blicken an, die... na ja, ihr fiel nur das Wort sengend dazu ein.

Die sanfte Stille der lauen Nacht wurde von nichts durchbrochen. Selbst das Wasser, das normalerweise gegen das am Teichufer schwappte, schien merkwürdig stumm geworden zu sein. Um sie herum wogte der Nebel wie Dampf, der aus einem kochenden Kessel aufstieg. Die Zeit schien stillzustehen, als sei es ihnen durch einen Zauber gelungen, in einen Teil der Welt zu gelangen, der abgeschieden lag, zeitlos und ohne Anfang oder Ende war.

Diese Wahrnehmung ließ sie vor Unsicherheit erschauern. Sie schämte sich ihrer Feigheit, ihrer bebenden, stockenden Stimme, der Angst, von der sie wußte, daß er sie in ihrem Gesicht sehen konnte. Jede Frau, die Mumm in den Knochen hatte, hätte die Situation mit mehr Tapferkeit oder zumindest auf eine bestimmtere Art gehandhabt und den Halunken ohne Zögern zum Teufel geschickt. Sie konnte jedoch nur dastehen und in ihren weißen Satinschuhen wackeln wie Götterspeise.

Mit einer Gelassenheit, die so selbstbewußt war, daß sie ihn am liebsten in den Teich gestoßen hätte, hob Ross den Elfenbeinfächer auf und reichte ihn ihr. »Ich glaube, ich sollte mich glücklich schätzen, daß Sie mir nicht einen Klaps versetzt haben wie der armen Frau im Ballsaal. Erleben Sie immer soviel Aufregendes, wenn Sie diesen Fächer bei sich tragen?«

Sie lächelte unwillkürlich, als sie die Hand nach dem Fächer ausstreckte. Sofort schloß sich seine Hand um ihre. Ihr derzeitiges Abenteuer entwickelte sich schnell zu einem Mißgeschick – einem Mißgeschick mit einem logischen und naheliegenden Ausgang. Sie spürte die Panik in ihrer Kehle pochen, als er keine Anstalten machte, ihre Hand wieder loszulassen.

Seine Hand war viel wärmer als ihre und auch trockener. Sie versuchte zu ignorieren, was hier geschah, und ihre Hand sachte zurückzuziehen, doch sie konnte sich nicht rühren.

Ross nahm das alles schon längst nicht mehr zur Kenntnis. In dem Moment, in dem ihre Hände einander berührten, hatte ihn ein heftiges Gefühl innehalten lassen, das ihn übermannte und bestürzte. In ihren reizenden Zügen drückte sich eine solche Vollkommenheit aus, daß er kaum noch an etwas anderes denken konnte. Er wußte, daß er nicht die ganze Nacht dastehen und ihre Hand halten und sie wie ein Schuljunge angaffen konnte, doch er vermochte nichts anderes.

Unvermittelt ließ er ihre Hand los und wich einen Schritt zurück.

Sie sah ihn an, und ihr war schwindlig vor Aufregung. *Sei auf der Hut, Bella. Sieh dich vor. Behalte ihn im Auge*, sagte sie sich. *Ich behalte ihn im Auge. Leider bin ich kein Mensch, der sich vorsieht.* »Hat meine Mutter Sie geschickt, damit Sie mich suchen?« fragte sie.

»Nein.«

»Mein Vater?«

»Nein«, sagte Ross und lachte innerlich über ihre Naivität. Der Herzog von Grenville war nicht so dumm, einen Mann wie ihn loszuschicken, damit er seine Tochter suchte. Niemand wäre so dumm gewesen.

»Wer denn sonst?« fragte sie. »Wer hat Sie geschickt?«

Er strich ihr mit dem Handrücken über die Wange. Sie wich einen Schritt zurück. »Wie kommen Sie auf den Gedanken, jemand könnte mich geschickt haben, damit ich Sie suche?« fragte er.

Langsam begriff sie, worauf er hinauswollte, und sie erachtete sich selbst für zu klug, um diese Frage zu beantworten. *Ich weiß, wenn man mir eine Falle stellt*. Sie sagte kein Wort.

Er lachte in sich hinein. »Wenn Sie es genau wissen wollen – der Graf hat mich geschickt, damit ich Ihnen etwas ausrichte.«

»Das kann nicht sein. Er weiß überhaupt nicht, daß ich hier bin. Deshalb bin ich doch hier – um vor ihm...«

»Fortzulaufen«, half er ihr weiter. »Wie kommt es, daß Sie so klug sind?«

»Seien Sie nicht so großspurig! Wir alle machen Fehler.«

»Manche von uns mehr als andere.« Seine Stimme war jetzt zart.

Als sie ihre Röcke lüpfte, um sich für den Rückweg bereitzumachen, sagte er: »Ich sähe mich gezwungen, Ihre Hand wieder zu nehmen, falls Sie versuchen sollten fortzugehen.«

Sie schaute sich nach Dunford Castle um. »Ich muß jetzt zurück ins Schloß gehen. Man erwartet mich dort. Wenn ich nicht bald wieder da bin, wird jemand nach mir suchen. Ich darf in dieser Situation hier draußen nicht vorgefunden werden.«

»Ich will mit Ihnen reden«, sagte er. »Ungestört.«

Sie holte tief Luft. »Bitte. Das geht nicht. Sie verstehen das anscheinend nicht.«

In dem Punkt hatte sie recht. Er war inzwischen nicht mehr in der Lage, irgend etwas zu verstehen. Er war schlichtweg fasziniert und sonst gar nichts.

Jedes gehauchte Wort, das sie zögernd von sich gab, jede ihrer hinreißenden Gesten, jeder Zentimeter, den er von ihrer Schönheit sehen konnte – sie war einfach vollkommen. Was hätte er sonst noch sagen können? Er fand sie attraktiv. Er fühlte sich zu ihr hingezogen. Sie faszinierte ihn. Zum Teufel! Allein schon sie zu beobachten war unterhaltsam. Eins jedoch hatte er nicht erwartet: Sie versetzte ihn in Erstaunen. Er hätte sie so eingeschätzt, daß sie wie eine verbrühte Katze davonraste oder dämlich kicherte oder eine von hundert albernen Verhaltensformen an den Tag legte, zu denen Frauen neigten, wenn ein Mann sie in die Enge trieb. Aber sie hatte nichts von all dem getan. Er glaubte, sie würde selbst dann nicht fortgehen, wenn er es zuließ. Er fragte sich, wie sie wohl aufgewachsen und erzogen worden war. »Ob reden«, sagte er, »oder Händchen halten. Mir ist das gleich.«

»Sie dürfen mich nicht anfassen«, wehrte sie ab.

»Ich fasse dich aber jetzt an«, sagte er und streckte die Hand aus, um wieder ihre Wange zu streicheln. »Möchtest du lieber reden oder Händchen halten?« fragte er noch einmal.

Es schien ihm mit seinen Worten ernst zu sein, und seufzend ließ sie die Hände sinken. Dann warf sie wieder einen Blick auf

Dunford. »Ich kann aber wirklich nur noch einen Moment bleiben.«

»Ich verstehe.«

Er wartete ein Weilchen, denn er wollte ihr Zeit lassen, sich auf das Gespräch mit ihm einzustellen, aber er merkte, daß sie nur immer nervöser wurde. Amüsiert stellte er fest, daß sie ihn unbeirrt und unverhohlen betrachtete. Sie ließ den Blick an seinen Beinen hinabgleiten bis auf seine Füße und sah ihm schließlich ins Gesicht. Augenblicklich erkannte sie, daß er sie dabei beobachtet hatte, wie sie ihn betrachtete. »Soll ich es für Sie einpacken?« fragte er. In dem matten Lichtschein konnte er nicht sehen, daß ihr die Farbe ins Gesicht strömte, doch er konnte die Glut teuflisch gut spüren.

»Verzeihung, ich kann Ihnen nicht folgen.«

»Du hast mich angeschaut, als spieltest du mit Kaufabsichten, und daher habe ich mich gefragt, ob du die Ware eingewickelt haben möchtest. Oder benutzt man dafür in England eine andere Formulierung?«

»Eine andere Formulierung wofür?« fragte sie und spürte, wie eine Gänsehaut sie von Kopf bis Fuß überzog. »Vielleicht habe ich Sie mißverstanden.«

»Ja, kann sein.« Er musterte sie. »Entweder du bist das unschuldigste Mädchen, das mir je begegnet ist, oder du bist ein aalglattes gerissenes Luder.«

Sie sah ihn mit ausdruckslosem Gesicht an. »Wie bitte?« Sie schien in seiner Gegenwart häufig begriffsstutzig zu sein. »Was haben Sie gesagt?«

»Ich habe gesagt, entweder du bist so unschuldig...«

»Nein, nein, das meinte ich nicht. Das andere«, sagte sie und winkte ungeduldig mit der Hand ab.

»Was? Ein aalglattes gerissenes Luder?«

Sie fühlte sich derart benommen, als hätte ihr ein Hieb auf die Brust den Atem verschlagen.

»Ist alles in Ordnung mit dir?«

»Natürlich. Mir fehlt wirklich nichts. Warum auch. Wir englischen Adligen sind es ja schließlich gewohnt, mit so abscheulichen Dingen wie... wie diesen Fischen verglichen zu werden«, sagte sie.

Er lachte über ihre seltsame Ausdrucksweise und sah sie wortlos an. Sein Blick ließ glühende Röte in ihren heißen Kopf aufsteigen. Er rührte sie nicht an.

Das brauchte er auch nicht zu tun. Sein Blick liebkoste sie, wie keine Hände sie hätten streicheln können. Sie spürte, wie ihr Mund trocken wurde und ihre Kehle zuschwoll. Sie teilte die Lippen ein wenig, um tiefer Luft zu holen.

Er trat einen Schritt näher, streckte die Hand aus und wickelte eine der langen schimmernden Locken, die auf ihre Brust fielen, um seinen Finger. Dabei sah er ihr unbeirrt in die Augen. Er legte einen Finger unter ihr Kinn und bog ihr Gesicht nach oben, bis er es ganz im Mondschein sehen konnte. Jetzt lagen seine Hände auf ihrer Taille.

Wie viele Hände hat er bloß?

Mit einem kaum spürbaren Ruck zog er sie näher zu sich, und das brachte sie dazu, die Augen zu schließen. Sie spürte den köstlichen Druck seiner Lippen auf ihren. Die Plötzlichkeit dieses Kusses löste eine unbeabsichtigte Reaktion bei ihr aus, und sie erschauerte. Es war ein merkwürdiges Gefühl – und es war peinlich, weil es nicht so hätte kommen dürfen, aber auch frustrierend, weil sie wußte, daß sie mehr wollte.

Er löste sich behutsam von ihr und sagte: »Mein Gott, du bist zum Fressen süß.«

»Dann sollten Sie sich aber beeilen«, sagte sie, ohne sich etwas dabei zu denken. »Ich schmelze nämlich furchtbar schnell.«

Er lachte und legte seinen Mund wieder auf ihre Lippen. Dann hielt er ihren Hinterkopf mit einer Hand und küßte sie mit größerer Eindringlichkeit und mehr Gefühl. Es war ein zarter Kuß, der sie lockte und neugierig machte, ein Kuß, der ihr Interesse weckte. Seine Hände legten sich auf ihren Rücken, und er preßte sie an sich, schmiegte ihren Körper an seinen.

Überall, wo er sie berührte, glühte sie. Sie öffnete wieder den Mund und holte tief Atem.

Seine Lippen bedeckten ihren Mund, und seine Zunge tastete sich sachte und erkundend vor. Er streichelte ihren Hals und flüsterte: »Daran könnte ich mich gewöhnen.«

Als er ihre Kehle küßte, fühlte sich sein Gesicht kühl auf ihrer heißen Haut an. Sein Mund glitt langsam höher und erkundete ihr Gesicht, küßte ihre Wangen, ihre Nase, ihre Augenlider. Seine Lippen waren warm und fest, als sie über ihre Stirn glitten. Seine Hand lag jetzt weiter oben und streichelte ihren Nacken und dann ihre nackte Schulter. Als sein Fleisch ihres berührte, empfand sie etwas, was sie zittern und ihr Herz schmerzhaft schlagen ließ. Sie fühlte sich so vollgesogen wie in Kognak eingelegte Rosinen, aufgequollen und reif und von warmer Honigsüße triefend. Einen großartigen Moment lang erwiderte Annabella seinen Kuß, ehe sich die Realität wieder in ihren benebelten Verstand einschlich. Sie preßte eine kleine Hand auf seine Brust und stieß dagegen.

Er erwartete, daß sie ihn verschämt als einen Lump beschimpfen würde, weil er sich ihr, einem so unschuldigen Mädchen, auf diese Weise zuwandte, und er rechnete damit, daß sie ihm ihren Zorn zeigte und ihn ohrfeigte. Doch sie tat nichts von all dem. Sie starrte ihn einfach nur an. Ihr Ausdruck erstaunte ihn, vor allem, weil es sich um einen Gesichtsausdruck handelte, den er noch nie zuvor gesehen hatte, zumindest nicht, nachdem er eine Frau geküßt hatte. Er konnte ihr Gesicht nur als befreit bezeichnen. Es drückte keinen Zorn aus, keine Verlegenheit, keine Verwünschungen, keine Zimperlichkeit. Sie stand da und schaute ihn an, so winzig und vollkommen wie eine edle Rose. Er senkte den Kopf, um sie erneut zu küssen, doch sie stieß ihn von sich und trat diesmal zurück, um einen gewissen Abstand zwischen sich und ihn zu legen.

»Du bist furchtbar spröde und unnachgiebig. Du warst viel herzlicher und entgegenkommender, als ich mit dir getanzt habe.«

»Ich habe nie mit Ihnen getanzt.«

»O doch, das hast du getan, Süße. Jedesmal, wenn du mit Huntly getanzt hast, habe ich dich nicht einen Moment lang aus den Augen gelassen. Nicht er hat dich durch den Ballsaal gewirbelt, sondern ich. Leugne es nicht. Du hast es genauso gespürt wie ich. Und ich wiederhole, *du warst viel herzlicher...*«

»Im Ballsaal waren andere Leute. Hier sind wir...«

»Allein«, half er ihr weiter. »Macht es dich nervös, mit einem Mann allein zu sein, oder geht es dir nur bei denen so, die du nicht näher kennst?«

Er beobachtete ihr gefühlsbewegtes Gesicht und versuchte die wahre Annabella zu erkennen – war es die bezaubernde, wütende und verführerische, die ihm die Kugel an den Kopf geworfen hatte, die gefaßte, wohlerzogene, der er im Haus vorgestellt worden war, oder die nervöse und unsichere, mit der er sich gerade unterhielt? Nicht, daß das eine Rolle gespielt hätte. Er war von ihnen allen verhext.

»Ich bin mir nicht sicher«, erwiderte sie.

»Und was wäre nötig, damit du es mit Sicherheit sagen könntest?« fragte er und hob eine Hand und ließ die Finger durch ihr Haar gleiten, legte sie auf ihren Hinterkopf und zog Annabella dichter an sich. Er senkte sein Gesicht zu ihrem. »Wenn es etwas gibt, was ich ungern sehe, dann ist das eine Frau, die Entscheidungsschwierigkeiten hat, oder ein Mann, der ihr nicht dabei zu helfen versucht.« Er streifte ihren Mund mit seinen Lippen.

»Ich brauche keine Hilfe«, sagte sie und versuchte erfolglos, vor ihm zurückzuweichen. »Ich kann meine eigenen Entscheidungen treffen.«

»Das hast du bis jetzt nicht gerade unter Beweis gestellt«, sagte er und lachte leise in sich hinein.

»S-sie«, stammelte sie. »*Sie* machen mich nervös.«

Lächelnd brachte er seinen Mund ein zweites Mal auf ihre Lippen. »Ich glaube, etwas Ermutigenderes hättest du gar nicht zu mir sagen können, Annabella.«

»Ich bin nicht darauf aus, Sie zu ermutigen«, sagte sie. »Ich versuche im Gegenteil, Sie zu *entmutigen*.«

»Dann machst du deine Sache nicht besonders gut«, sagte er, und seine Finger preßten sich fester auf ihren Hinterkopf. Seine andere Hand schlang sich um ihre Taille, als sie versuchte, sich von ihm zu lösen. Sie gab einen erstickten Laut von sich, den er nicht als einen allzu heftigen Einwand auffaßte, als er sie wieder küßte und sein Mund sich heftig auf ihren preßte. Er ließ sie jedoch nicht los, als er sie zu küssen aufhörte.

Warnungen ertönten in ihrem Kopf, doch sie brachte nicht mehr zustande als einen Stoßseufzer und die Worte: »Sie nutzen meine Hilflosigkeit aus.«

»Annabella«, flüsterte er heiser, »ich werde alles unternehmen, damit ich dich bekomme. Das weißt du doch, oder nicht?«

»Bekommen...«, sagte sie matt und dann mit einer etwas festeren Stimme: »*Mich bekommen?*«

Seltsamerweise war es diese eine erstaunte Bemerkung in Verbindung mit ihrem verwirrten Gesichtsausdruck, was ihm klarmachte, daß er etwas zu schnell für sie vorging. Sie war behütet aufgewachsen. Auch er würde es lernen müssen, sachte mit ihr umzugehen. Er schaute ihr ins Gesicht. Für sie brachte er das fertig. Für sie würde er lernen, sachte vorzugehen.

Der Mondschein huldigte ihrem Gesicht, und er vermeinte, noch nie so eine wunderschöne Haut wie ihre gesehen zu haben, eine vollkommene Harmonie bleichesten Elfenbeins und rosiger Röte, strahlend vor Leben. Ihre Augen waren so grün und zart wie ein üppige Wiese, ihr Mund – nie hatte er an einer Frau Lippen gesehen, die fast kindlich und doch so verflucht küssenswert waren, daß es ihn große Selbstbeherrschung kostete, nicht genau das auf der Stelle zu tun.

Jetzt sah sie ihn aus Augen an, die gleichzeitig sinnlich, unschuldig und wachsam waren. *Nimm mich, nimm mich nicht; komm her, geh fort*, schienen sie zu sagen. Dann blickte er auf ihren Mund. *Küß mich, und hör niemals mehr auf*, sagten diese Lippen zu ihm, und genau das wollte er tun. Aber etwas hielt ihn davon ab.

In seiner Erinnerung tauchten die Freiheiten auf, die er und seine Brüder sich früher zu Hause immer bei den Mädchen herausgenommen hatten. Es war kaum zu glauben, daß dieses Mädchen, wenn sie auch noch so jung sein mochte, noch nie mit einem Mann allein gewesen war.

Annabella hatte sich nie als zurückhaltend oder schüchtern angesehen, doch als sie jetzt dastand und ihn anblickte, fühlte sie sich so. Sie warf einen Blick auf Dunford. »Ich muß jetzt wirklich zurückgehen. Ich bin schon viel zu lange fortgewesen.«

»O nein, du wirst jetzt nicht gehen«, sagte er und nahm ihren Arm. »Wir sind mit unserem Gespräch noch nicht fertig.« Da er ihr Unbehagen spürte, wenn er es auch nicht verstand, wollte er sie beruhigen. »Warum ziehst du nicht Schuhe und Strümpfe aus, und wir machen einen Spaziergang am Wasser? Ich könnte mir vorstellen, daß das Wasser nach dem vielen Tanzen deinen Füßen guttut.«

Sie erstarrte vor Schreck. »D-die Schuhe ausziehen? Sie meinen, ich soll barfuß laufen?«

Er nickte.

»Barfuß«, quietschte Annabella. »Hier draußen im Freien?«

Ihre Stimme drückte ein derartiges Entsetzen aus, daß er lachte und sie amüsiert ansah. »Genau das meine ich. Bist du denn nie barfuß herumgelaufen?«

»Nur in meinem Bad... oder wenn ich schlafen gehe.«

Ross lachte und freute sich über ihren Humor. Als er sie jedoch ansah, erkannte er augenblicklich, daß das kein Witz gewesen war. Wieder dachte er an das Anwesen der Mackinnons am Tehuacana-Fluß und erinnerte sich daran, wie er und seine Brüder fast den ganzen Sommer über barfuß gelaufen waren. Auf der anderen Seite des Flusses hatten die Nachbarmädchen ihre Schuhe meistens ausgezogen – vielleicht nicht ganz so oft wie Ross und seine Brüder, aber doch oft genug, um es ganz alltäglich erscheinen zu lassen. Er konnte fast vor sich sehen, wie Katherine Simon über die weiche umgepflügte Erde gerannt war; dabei hatte sie die Schuhe an den Schnürsenkeln zusammengebunden und sie sich über die Schulter geschlungen und die Röcke hochgehoben, und ihr Schlüpfer war deutlich zu sehen gewesen, wenn sie mit seinen Brüdern Alex und Adrian um die Wette lief.

Ross, der jetzt neugierig geworden war, verfolgte das Thema weiter. »Würdest du es denn nicht gern einmal ausprobieren?«

Sie zögerte einen Moment, entschied aber, ihm könne sie nicht trauen. Sie mußte ins Haus zurück, ehe ihr Vater und der Graf sich auf die Suche nach ihr machten. Noch nicht einmal ihre Mutter oder Gavin würden die beiden zurückhalten können, wenn sie sie so hier draußen erwischten.

»Komm schon«, ermunterte er sie geduldig. »Was kann ein bißchen Schlamm an deinen Füßen schaden? Du kannst deine Röcke hochheben, damit sie nicht schmutzig werden.« Er lächelte und hielt ihr die Hand hin. »Wenn ich auch glaube, mit ein oder zwei Schlammspritzern würden sie goldig aussehen.« Er sah sie einen Moment lang versonnen an. »Haben Sie sich je *schmutzig* gemacht, Lady Annabella, richtig schmutzig?« Er wollte ihre Hand nehmen, aber sie zog sie zurück.

»Schmutzig? Nein... doch, vielleicht ein wenig bei der Gartenarbeit.«

»Dann sollten Sie das einmal ausprobieren, *Lady* Annabella.

Nichts läßt sich damit vergleichen. Ich ziehe auch die Schuhe aus und komme mit.«

Das konnte sie sich nur zu gut ausmalen. Sie konnte sich noch besser ausmalen, wie ihr Vater kam und sie dabei erwischte, wie sie beide barfuß herumstapften. Der Anstand schwoll wie Empörung in ihr an. »Ich weiß nichts über abgelegene Gegenden wie Texas, aber in England geht eine vornehme Dame nicht mit einem Mann allein am Wasser oder sonstwo spazieren, und sie zieht auch an einem öffentlichen Ort nicht ihre Schuhe aus.«

»Wer sagt das? Außerdem sind wir weder in Texas noch in England. Wir sind in Schottland, und soweit ich das beurteilen kann, ist nichts dagegen einzuwenden, daß ein Mädchen die Schuhe auszieht. Du kannst dir gar nicht vorstellen, was für ein Gefühl es ist, die Erde unter den Füßen zu spüren, wenn kühler Schlamm zwischen deine Zehen gleitet.«

Einen Moment lang sah es so aus, als wolle sie den hübschen Kopf zurückwerfen und herzlich lachen, doch sie schien es sich anders zu überlegen. Ross nahm ihren Arm und führte sie zu dem Ruderboot zurück. Er setzte sich und zog sie neben sich. »Ich frage mich«, sagte er und schaute in das Gesicht, das nur noch passive Unschuld ausdrückte, »was du sonst noch verpaßt hast.«

»Ich habe überhaupt nichts verpaßt. Ich bin sehr gut erzogen worden... und ich habe eine gute Ausbildung genossen... für eine Dame jedenfalls.«

»Wirklich?«

»Ja, wirklich. Ich zeichne und male, und ich kann Ihnen versichern, daß ich zu dem Betragen, das sich für eine Adlige gehört, gründlich und unnachgiebig angehalten worden bin.«

»Oh, ich bin sicher, daß man dich dazu angehalten hat. Das ist jedem deiner steifen kleinen Schritte anzusehen. Bist du denn nie gelöst?« Da er sie zum Lachen bringen wollte, fügte er hinzu: »Also, ich wette, daß du mit den Büchern auf dem Kopf durch das Schulzimmer gelaufen bist.«

Doch das Lachen verging ihm, als sie ernsthaft sagte: »Das habe ich tatsächlich getan, und ich habe auch stundenlang ein Brett auf den Rücken gebunden bekommen, und noch mehr Stunden habe ich auf einem Stuhl ohne Lehne verbracht, um meine Haltung zu verbessern – von der Miss Aimsley gesagt hat, sie sei gräßlich, *einfach gräßlich*!«

Er drehte sich zu ihr um und starrte sie an. »Soll das ein Witz sein?«

Sie zog die Stirn in Falten. »Ein Witz? Wahrhaftig nicht. Weshalb sollte ich Witze machen? *Das würdige Auftreten kommt gleich nach der Bescheidenheit*, so wird es hier gelehrt. Darin sollte das höchste Ziel einer Frau bestehen. Von Scherzen war nie die Rede. Wenn die Etikette das nicht vorsieht, dann muß man davon ausgehen, daß es nicht wünschenswert ist, wenn Frauen scherzen.«

»Wie hast du als Kind gelebt? Was hat man dir erlaubt? Was durftest du zum Spaß tun?« Ross erinnerte sich daran, wie die Mackinnons in den warmen Monaten alle im Freien gespielt hatten und bei schlechtem Wetter im Haus, und er nahm an, das Leben einer jungen Engländerin müsse gewisse Ähnlichkeiten aufweisen. Wieder einmal wurde er in Erstaunen versetzt.

»Wir durften Mikado spielen...«

»Nun, das klingt ja wirklich, als würde es großen Spaß machen«, sagte er und fragte sich, was das wohl sein mochte, denn das Wort gefiel ihm. »Was sonst noch?«

»Wir haben Deckchen bestickt, und eine von uns war immer damit beschäftigt, Seiden- oder Wachsblumen anzufertigen. Meine Schwestern und ich haben Klavier gespielt, und dann gab es immer noch die Gartenarbeit und die Handarbeiten. Wir haben mit schwarzer Stickseide auf grobes Passiertuch Verse aus Psalmen übertragen.«

Er nahm eine Locke und spürte, wie kühl und seidig sie sich anfaßte. »Wie warst du als kleines Mädchen?« fragte er.

»Mager und schrecklich still. Ich hatte Angst vor meinem Vater, als ich noch ganz klein war. Seine Stimme war so rauh.«

»Und was ist jetzt? Fürchtest du dich immer noch?«

»Ich habe großen Respekt vor ihm, aber ich fürchte mich nicht mehr vor ihm.« Sie lachte. »Natürlich habe ich schon in einem sehr frühen Alter gelernt, was ich tun muß, um meinem Vater Freude zu machen, damit er nicht schreit oder Mama und die Gouvernante ausschimpft. Ich habe mich sehr angestrengt, die beste und bravste Tochter zu werden, die ich nur sein kann, damit Papa seine Freude an mir hat.«

»Wovor hast du dich gefürchtet? Was wäre passiert, wenn du ihm keine Freude bereitet hättest? Hast du Angst gehabt, er könnte dich zurückschicken?« Er lächelte sie an und streckte die Beine aus.

Als sie sich erinnerte, mußte sie gegen ihren Willen lachen. »Nein, natürlich nicht. Es ist nur so, daß ich als kleines Kind immer sehr verträumt war. Das hat meinen Vater in Wut versetzt, und er hat die Gouvernante angeschrien, sie würde mich nicht ausreichend beschäftigen. Dann hat die Gouvernante geweint und damit gedroht, fortzugehen, und schließlich hat Mama angefangen zu weinen und Papa gesagt, wie schwierig es ist, eine gute Gouvernante zu finden, und alle meine Schwestern haben mitgeweint und mir die Schuld für den Unfrieden gegeben und mir vorgeworfen, verzogen und selbstsüchtig zu sein.«

»Und seitdem bist du also sehr, sehr brav zu allen und versuchst, ihnen nur Freude zu machen?«

»Ja, natürlich.« Sie sah ihn finster an. »Lord Ross, ich mag zwar eine Spur zu gutmütig und ein winziges bißchen naiv sein, aber ich bin alles andere als dumm.« Die Falten in ihrer Stirn wurden tiefer, als sie eine Stimme in ihrem Kopf zu hören schien: *Ach? Findest du nicht, daß es reichlich dumm ist, dich hier draußen aufzuhalten und mit diesem Mann zu reden, während du mit einem anderen verlobt bist?* Sie ignorierte die Stimme. »Ich habe in einem sehr frühen Alter genau gelernt, was ich tun muß, damit Frieden im Haus herrscht und ich das Wohlwollen meiner Familie gewinne.«

»Indem du allen nur Freude bereitet hast.«

»Ja, obwohl das aus Ihrem Mund so klingt, als sei es etwas Fürchterliches, und das war gar nicht der Fall. Ich bin keineswegs unglücklich, und ich bin auch nicht mißhandelt worden, und ich wage den Verdacht zu äußern, daß es vielen Menschen so wie mir ergangen ist.«

»Wenn das so ist, dann ist mir noch keiner von der Sorte begegnet«, sagte er leise. »Aber es kann sein, daß du richtig damit umgegangen bist. Ich bin nicht in so eine Familie hineingeboren worden. Wir waren Farmer... aufrichtige, hart arbeitende, gottesfürchtige Farmer – elend arm, aber glücklich. Meine Eltern sind gestorben, als ich noch ein kleiner Junge war, aber ich kann mich noch an beide erinnern, und ich weiß genau, daß ich mich vor keinem von beiden auch nur einen Moment lang gefürchtet habe. Ich habe mich nie darum gekümmert, ob ich jemandem Freude bereite, außer mir selbst. Allerdings ist Texas etwas ganz anderes als England, stimmt's?«

»O ja, die Unterschiede müssen groß sein, wenn alles, was ich gehört habe, wahr ist.«

Er lachte. »Wahrscheinlich ist es alles wahr«, sagte er.

»Ich möchte dieses Texas, aus dem Sie kommen, gern einmal aufsuchen«, sagte sie, und Vorstellungen, wie es dort wohl sein könnte, gingen ihr durch den Kopf. Als gebildete und belesene junge Frau hatte sie viel von dem, was sie über dieses faszinierende und doch erschreckende Land Amerika gelernt hatte, noch in Erinnerung. Nervös vor Aufregung musterte sie ihn und malte sich aus, wie er mit donnernden Hufen durch die weite Prärie ritt und von einer Horde mordlustiger Indianer verfolgt wurde oder auf einer staubigen, menschenleeren Straße einem namenlosen Revolverhelden gegenüberstand, den Gurt tief auf den Hüften, den Finger dicht am Abzug. Doch das Bild, das ihr das größte Unbehagen bereitete, war die Vorstellung, daß er in einem Pub stand – oder wie auch immer das in Texas genannt wurde –, den Arm um die Taille einer Frau gelegt, die eine Menge Flitterkram und Federn und sonst wenig anhatte.

»Ich würde dich liebend gern nach Texas mitnehmen«, sagte er schließlich, ohne seinen Blick von ihrem Gesicht abzuwenden.

»Ich möchte aber nicht mit Ihnen hinfahren.«

»Und warum nicht?«

Sein Blick glitt über ihr Gesicht, die wintergrünen Augen, den Mund. »Lady Annabella«, sagte er schließlich und nahm ihr Gesicht in beide Hände. »Sie werden es mir nicht leichtmachen, stimmt's?«

Sie wandte den Kopf ab, denn sie wußte nicht, was sie sagen sollte. Ehe sie bemerkte, was er vorhatte, legte er seine Hände auf ihre Schultern, drehte sie zu sich um und hob mit einer Hand ihr Gesicht zu sich hoch. Dann küßte er sie, und seine Arme schlangen sich um sie und hüllten sie in eine wohltuende Wärme und ein Behagen, von dem sie nie gewußt hatte, daß es existierte. Einen Moment lang war sie so schockiert, daß sie sich willenlos ergab, und dann schlangen sich ihre Arme gegen jede Vernunft, jeden gesunden Menschenverstand und jedes Ehrgefühl um ihn, und sie hielt ihn auf dieselbe Art, auf die er sie umschlungen hielt.

Als er den Kuß enden ließ und den Kopf hob, schaute er auf sie herunter. Er ließ sie nicht gänzlich los, doch seine Umklammerung lockerte sich. Sein forschender Blick ließ Unbehagen in ihr aufkommen, und sie fragte sich, was dieser merkwürdige Gesichtsausdruck zu besagen hatte.

»Bist du ganz sicher, daß du verlobt bist?« fragte er mit einer Stimme, die teils ärgerlich, teils belustigt klang.

»In *dem* Punkt würde ich niemals scherzen«, sagte sie mit scharfer Stimme und spürte, wie ihre Wut sogleich wieder verflog. Annabella war nicht sicher, warum, aber sie konnte seinem

Lächeln nicht widerstehen. Sie konnte beim besten Willen nicht anders, und daher lächelte auch sie und spürte, wie die Steifheit aus ihrem Körper wich. »Jemand wie Sie ist mir noch nie begegnet«, sagte sie.

»Irgendwie erstaunt mich das nicht«, sagte er.

»Sie sind sehr dreist und offener als jeder andere.«

»Nur, wenn ich etwas haben will.«

»Und das ist der Fall? Ich meine, daß Sie etwas haben wollen?«

»*So* sehr hältst du nun auch nicht gerade mit deinen Regungen zurück«, sagte er lachend.

Sie spielte schon fast mit dem Gedanken, ihm zu sagen, er solle sich um seine eigenen Angelegenheiten kümmern, als er sie anschaute, aber da war es wieder, sein Lächeln, das locker und unverkrampft seine Lippen verzog. Mehr war nicht nötig – nur ein einziger zarter Blick, ein einziges schmelzendes Lächeln, und ihr Herz raste. Würde sie je wieder etwas so Herzliches und Einladendes wie dieses Lächeln zu sehen bekommen? Es war ein Jammer, daß er es nicht in Flaschen füllen konnte, wie es der Mackinnon-Clan mit seinem Drambuie tat. Ein solches Lächeln – das war das Lösegeld für einen König wert.

Ihre Gedanken drehten sich so ausschließlich um sein Lächeln, daß er sie mit seiner nächsten Frage überrumpelte, vor allem, als sie spürte, wie seine Finger zart die empfindliche Haut direkt unter ihrem Ohr streichelten.

»Küßt du jeden Mann so, wie du mich gerade geküßt hast?«

Sie wußte so genau, wie sie wußte, daß es in England Igel gibt, daß das eine Fangfrage war, aber sie war einfach zu neugierig und zu verdrossen, um sie zu übergehen. »Wieso?«

Er zuckte die Achseln und warf einen Blick auf das Schloß, als würde ihm allmählich langweilig. »Das war nur so eine Frage am Rande.«

Seine lässige Geste ging einfach zu weit. Jetzt war sie wirklich aufgebracht und ballte die Hände zu Fäusten, ohne sie jedoch zu heben. »Soll das heißen, daß Sie etwas daran auszusetzen hatten?«

»Nein, ich mußte mir nur ständig ins Gedächtnis zurückrufen, daß ich eine Frau und nicht eine Marmorstatue küsse. Wer hat dir das Küssen beigebracht?«

Sie wußte, daß sie mit diesem Mann ein gefährliches Spiel spielte. Sie war erbärmlich unerfahren, und er hatte wahrscheinlich genug Frauen geküßt, um sich damit einen Orden zu verdienen. Es lag allzu deutlich auf der Hand, daß dieser Mann nicht lange genug in England oder Schottland gewesen war, um als ein zivilisierter Mensch zu gelten, denn sein Benehmen paßte weit eher zu dem, was sie über die skandalösen Zeiten Lord Byrons gehört hatte, als die herrschende Schicht und offensichtlich auch ganz England davon besessen zu sein schienen, die Gesellschaft zu empören – eine Zeit, zu der die Moral und die Manieren ihren Tiefststand erreicht hatten.

Wenn sie es nicht besser gewußt hätte, hätte sie geschworen, daß dieser Mann diesen Zeiten entstammte. Aber er war kein Engländer und noch nicht einmal ein echter Schotte, denn er war in Amerika geboren worden, und das erklärte wahrscheinlich alles. Sie war geneigt, dem zuzustimmen, was sie über die Amerikaner gehört hatte – daß sie ein unerzogener Haufen waren, denn in Wahrheit hatte dieser überdimensionale Rohling mit seinen glühenden Augen und dem Grinsen, das Herzen schneller schlagen ließ, seit dem Augenblick, in dem sie ihm das erste Mal begegnet war, nichts anderes als unkonventionelle Formen und derbe Manieren an den Tag gelegt. Er hatte wirklich etwas von einem Barbaren in sich. Trotz all dieser Erkenntnisse und ungeachtet aller Gefahren, die ihr drohten, war ihr Zorn entfacht worden, und einen Moment lang geriet sie ins Wanken.

Aber Annabella war von gewissenhaften Eltern, die ihr beigebracht hatten, sich zu jedem Zeitpunkt mit der Unschuld eines Säuglings und der Reinheit jüngferlichen Errötens zu benehmen, mit größter Sorgfalt erzogen worden. Von frühauf hatte sie gelernt, daß Leidenschaft und Sinnlichkeit im Leben einer jungen Frau nichts zu suchen hatten. Annabella, die als kleines Kind so wild wie eine unzivilisierte Zigeunerin gewesen war, hatte viele lange Stunden damit zubringen müssen, steif auf einem harten Schemel zu sitzen, und sie hatte noch mehr hungrige Nächte verbringen müssen, da man sie ohne Abendessen ins Bett geschickt hatte, ehe ihr rebellisches Wesen sich hatte niederdrücken lassen.

Doch als es erst einmal unterjocht worden war, war es dabei geblieben. Da sie sich ständig sorgsam an ihre Manieren und an ihre Erziehung hielt, riß sie sich mühsam zusammen und bedachte Ross mit einem Blick, der besagte, daß sie mehr als nur beleidigt war. Dann versuchte sie, den Blick abzuwenden. Doch er nahm ihr Kinn in seine Hand und zwang sie, ihn anzusehen. »Mit solchen Reden beschämen Sie mich«, sagte sie. »Ich habe Ihnen doch gesagt, daß ich es nicht gewohnt bin, mit einem Mann allein zu sein. Selbst meinen Verlobten habe ich nie geküßt.«

Obgleich ihm diese Vorstellung gut gefiel, konnte Ross sie einen Moment lang nur anstarren. Eiskalte Unschuld? Er musterte sie langsam. Ihr Haar war feucht vom Nebel, und ihre Haut sah so rein wie frische Sahne aus. Ausgeschlossen. Wie konnte eine Frau mit dem Körper einer Ballkönigin und dem Gesicht einer Göttin sich in keusche Reinheit hüllen und unberührt bleiben? Ausgeschlossen. In einem Tonfall, der unverhohlenen Zweifel ausdrückte, den er auch gar nicht zu verbergen suchte, sagte er: »Sagst du mir die Wahrheit? Ist auch nur ein Wort von dem, was du sagst, wahr?«

»Natürlich – wenn es Sie auch nicht das geringste angeht.«

Sie wollte an ihm vorbeilaufen, doch er hielt sie zurück. »Wie alt bist du?«

»Alt genug, um zu wissen, daß ich mich nicht von Ihnen küssen lassen sollte. Es tut mir leid, daß ich es getan habe.«

»Nun, ich hatte nicht vor, dich zu küssen, wenn dich das tröstet, aber ein Mann, der alles vorausplant, hat nur wenige Erinnerungen, die es wert sind, im Gedächtnis behalten zu werden.«

Als sie ihn ansah, hoffte sie, daß er nicht hörte, wie laut ihr Herz hämmerte und ihr jeden Atemzug beschwerlich machte. Sie wußte es, sie wußte, wie falsch und wie ungehörig es war, sich allein und ohne Anstandsdame hier draußen im Freien mit ihm aufzuhalten. Sie war wie eine Blume großgeworden, die in einem ummauerten Garten eingepflanzt wurde, während er immer so frei von Sorgen und Einschränkungen gewesen war wie der Wind, und genau das waren sie tatsächlich: der Wind und die Blume. Und, bei allen Heiligen, es war ein warmer verführerischer Wind, der heute nacht durch ihre Blütenblätter wehte.

Sie schaute in seine unwiderstehlichen Augen und dachte: *So geraten Frauen in einen schlechten Ruf.* Wie er sich wohl verhalten würde, wenn er gewußt hätte, was sie dachte und wie neugierig sie auf die mysteriösen Dinge war, über die er offensichtlich sehr gut Bescheid wußte. Sie hob die Hand und legte sie auf ihre Lippen, wobei sie an den letzten Kuß dachte. *Du bist zu weit gegangen*, dachte sie. *Zu weit und zu früh.* Und dann fiel ihr Huntly wieder ein, und sie wußte, daß es nicht nur zu früh war, sondern auch zu spät.

Er war so nah – zu nah –, und der warme Hauch seines Atems, der auf ihrer Wange spielte, war zu verwirrend. Seine leise Stimme bebte, und seine Worte rissen den Deckel von der Büchse der Pandora. Wie konnte sie da noch widerstehen?

»Warum lassen Sie mich nicht in Ruhe?« fragte sie. »Sie machen es mir nur noch schwerer.«

»Ich weiß«, sagte er und griff nach ihrer Hand. »Du zitterst. Frierst du?«

»Nein, ich fühle mich nur unwohl, und das ist Ihre Schuld.«

»Das tut mir leid. Ich könnte etwas dazu beitragen, daß du dich wohler fühlst. Wenn du es zuläßt.«

Sie starrte ihn ausdruckslos an.

»Meine süße Annabella, du weißt doch sicher, was zwischen einem Mann und einer Frau geschieht«, sagte er mit einem Anflug von Humor. »Das kann ich hier draußen unmöglich mit dir tun. Denk nur an den Sand in der Unterwäsche.«

»Sie unerhörter...« Sie riß sich von ihm los, doch er hielt sie fest.

»Warum bist du so wütend? Du weißt doch, warum ich dir gefolgt bin.«

»Bilden Sie sich bloß nicht ein, Sie könnten mich verführen.«

»Warum beunruhigt dich dann diese Möglichkeit so sehr?«

»Ich bin keineswegs beunruhigt«, sagte sie vorwurfsvoll.

»Gut. Jeder«, sagte er leise, »muß irgendwann einmal damit anfangen, irgendwo. Ich bin der Meinung, der gegebene Moment ist der beste Zeitpunkt, meinst du nicht auch?«

»Ich... ich... ich bin nicht sicher«, war alles, was sie herausbringen konnte, denn jetzt war sie derart durcheinander, daß sie kaum noch wußte, wie sie hieß.

»Bist du denn kein bißchen neugierig?«

»Neugierig?«

»Auf die Dinge, die sich zwischen einem Mann und einer Frau abspielen?«

»Nein!« sagte sie so inbrünstig, daß er lachte.

»Hast du Angst?«

Sie nickte heftig. Es war mehr als Angst. Ihr graute. Ihr graute vor dem, was er tun könnte. Und noch mehr graute ihr davor, daß es ihr gefallen könnte.

»Hast du Angst davor, deine Eltern könnten etwas davon erfahren«, fragte er leise, »oder davor, daß ich derjenige bin, der es dir zeigt?«

Diese Unterhaltung konnte so schnell zu nichts führen, denn sie hatte nicht die leiseste Ahnung von den Dingen, auf die er anspielte. Das, was sie über diese Dinge wußte, war so unschuldig, daß man in der Kirche darüber hätte reden können – und ihr Wissen über gewagtere Dinge war so gering, daß man es auf einen Stecknadelkopf hätte schreiben können.

Da die Klugheit und der Mutterwitz sie im Stich gelassen hatten, sagte sie gar nichts, sondern wandte lediglich den Blick ab und dachte versonnen nach. Es stimmte schon, daß es nicht richtig war, sich hier im Freien aufzuhalten. Und es stimmte auch, daß die Dinge, die ihr Vater über »gewisse Frauen« sagte, auch über sie gemunkelt würden, wenn man sie so mit ihm erwischte. Zu keinem anderen Zeitpunkt ihres Lebens hätte Annabella zugelassen, daß es zu so etwas kam. Aber ihr Leben war plötzlich ganz anders als früher. Eine tiefe Traurigkeit erfüllte sie.

Sie konnte das Gefühl nicht abschütteln, mit der öffentlichen Bekanntgabe ihrer Verlobung sei sie zum Tode verurteilt worden. Das Sterben selbst war dabei gar nicht einmal so furchtbar schlimm, sondern der Zeitpunkt. Der Gedanke zu sterben, ehe sie auch nur eine Gelegenheit gehabt hatte, wirklich zu leben, war niederschmetternd. Dabei wünschte sie sich so sehnlichst – und sei es auch nur einen Sommer lang – zu leben wie ein Schmetterling. Ohne nachzudenken, starrte sie ihn wieder an. Sie konnte den Blick nicht länger von ihm abwenden.

Alles an ihm faszinierte sie. *Wie es wohl sein mag, wenn man lebt?* fragte sie sich. *Wenn man wirklich und wahrhaft lebt?* Dieser Mann hatte gelebt. Die Anzeichen dafür schimmerten wie blaue Flammen in den Tiefen seiner Augen. Und in dem Moment, in dem ihr das durch den Kopf ging, wußte sie, daß es die Wahrheit war. Er strahlte eine Wildheit und Freiheit aus, die seiner Kleidung den Duft der frischen Luft im Freien anhaften ließ und sein Haar selbst dann vom Wind zerzaust wirken ließ, wenn das gar nicht der Fall war. Als sie langsam wieder aus ihrer Versunkenheit auftauchte, sah sie seinen belustigten Blick und erkannte, daß sie ihn so verzückt anstarren mußte, daß er gleich losplatzen würde. Sie konnte die Vorstellung nicht ertragen, daß er sie verspottete oder sich anhören zu müssen, wie er sagte, daß sie »wie ein braves kleines Mädchen mitspielte«.

Die Angst vor einer Demütigung veranlaßte sie, sich von ihm loszureißen und den Hügel hinaufzulaufen, und während sie rannte, verlor sie ihren rechten Schuh. Ross schaute ihr nach. Er wäre ihr gern hinterhergelaufen, war aber plötzlich unsicher und ließ es bleiben.

Als das Weiß ihres Kleides nur noch wie das helle Flattern eines Nachtfalters im Nebel war, stieg er langsam den sacht abfallenden Hang zum Dunford Castle hinauf und dachte dabei an Annabella, die inzwischen gänzlich aus seiner Sichtweite verschwunden war. Er war erst ein paar Meter weit gelaufen, als er auf ihren Schuh stieß, ein winziges weißes Satingebilde, das im feuchten Gras neben dem gepflasterten Pfad auf der Seite lag.

Er hob den Schuh auf. Er war nicht viel größer als seine Hand. Er schaute ihn an, drehte ihn immer wieder in der Hand um und fuhr mit dem Daumen über den feuchten Rand, der das Weiß dunkler erscheinen ließ. Er schaute wieder zum Schloß; wenn auch keine Spur von ihr zu sehen war, so hatte er doch nie die Gegenwart eines anderen Menschen derart deutlich wahrgenommen. Was stimmte nicht mit ihm? Wurde er verrückt? Führten etwa ein paar seltsame Empfindungen dazu, die Wahrheit zu entstellen und sie allmählich zu verschlingen, bis von der Realität nichts mehr übrig war?

Darauf hatte er keine Antwort parat, ebensowenig darauf, warum dieses Mädchen eine derart starke Anziehungskraft auf ihn ausübte. Er war nicht besonders geduldig, aber vielleicht – vielleicht würde er es mit der Zeit verstehen. Percy hatte ihm beigebracht, daß sich mit Geduld oft mehr erreichen ließ als durch Lernen, aber Ross war nicht sicher, ob das auf ihn zutraf. Vielleicht hatte ihn seine Mutter besser als jeder andere Mensch gekannt, obwohl sie schon gestorben war, als er noch ein kleiner Junge war. Mehr als einmal hatte sie ihn beschwichtigt, wenn sein Vater gesagt hatte: »Ross, man steigt nicht auf eine Leiter, indem man mit der obersten Sprosse beginnt«, denn dann hatte Ross ungeduldig die Stirn in Falten gezogen. Selbst jetzt noch erinnerte er sich daran, was sie gesagt hatte. »Ross, mein Junge, dein Vater weiß nicht, daß die Geduld eine Blume ist, die nicht in jedermanns Garten wächst.«

Die Nacht umschloß ihn neblig, dunkel und voller Geheimnisse. Er blieb eine Weile stehen, während es um ihn herum dunkler wurde, und er begnügte sich damit, den Fleck anzustarren, an dem er Annabella das letzte Mal gesehen hatte, während sie den Pfad hinaufrannte, der sich wie eine Schlange durch das Gras zum Schloß hinaufschlängelte. Als er so dort stand und ihren Schuh in der Hand hielt, durchlebte er in seiner Vorstellung noch einmal alles, was sich vor wenigen Minuten abgespielt hatte. Er dachte über diese Frau nach, von der er wußte, daß ihr Schicksal mit seinem eigenen verwoben war. Er hob den Blick zu den verhangenen Bergen, die gleich hinter einem Kiefernwäldchen aufragten, wobei er sich fragte, wie viele von denen, die vor ihm hier gewesen waren, genau auf dieser Stelle gestanden hatten... Namen, die in Vergessenheit geraten waren und um die keine Lieder und Sagen gewoben worden waren.

Er spürte, wie die Vergangenheit sich ihm entgegenreckte und ihn rief, und der dichte Dunstschleier verflog, und er erblickte ein sanftes graues Licht. Aus dem Licht heraus glaubte er, eine Stimme zu hören, aber er wußte, daß das nicht sein konnte. Das Licht erlosch langsam, und die Dunkelheit um ihn herum verdichtete sich wieder. *Ich kann doch keine Stimmen hören*, dachte er. *Es sei denn, ich werde verrückt.* Verwirrt wandte er sich ab.

Als er sich wieder umschaute, sah er nur einen schemenhaften Schatten über das Wasser gleiten. Die Wellen, die ans Ufer schwappten, schienen zu seufzen und dann zu verstummen.

Ross ließ den kleinen Schuh in seine Tasche gleiten und machte sich wieder auf den Weg. Die Lichter vom Schloß waren jetzt kaum noch zu sehen, aber er wußte, daß er den Rückweg auch mit verbundenen Augen gefunden hätte. Er spürte – nein, er wußte –, daß seine Schritte jetzt von etwas geleitet wurden, was stärker war als er. Er dachte an Annabella, und er wußte, daß das Mädchen mit all dem zu tun hatte; er war begierig darauf zu erfahren, wie alles ausgehen würde. Die Zukunft erstreckte sich vor ihm, verschleiert und grau und regungslos, doch das Mädchen gehörte ihm. Das wußte er jetzt. Und die Freude darüber durchströmte sein Herz wie strahlender Sonnenschein. Einfach würde es nicht werden. Es würde nicht schnell dazu kommen und auch seinen Preis kosten. Der Weg dorthin würde schroff und dunkel und voller Rätsel sein. Aber es würde dazu kommen, zur festgesetzten Stunde. Und wenn es geschafft war, soviel wußte er, dann würde es den Preis durchaus wert sein.

Darüber sann er nach. Er dachte über Annabella nach. Und dann pfiff Ross Mackinnon ein paar Takte und spürte, wie seine Seele vor Freude übersprudelte.

Wenn er ein Kojote gewesen wäre, hätte er den Kopf zurückgeworfen und geheult.

10. Kapitel

Annabella versank in einen tiefen Schlaf.

Sie war im Hochmoor. Aus der Dunkelheit kamen drei Apokalyptische Reiter herangaloppiert. Der erste erschien auf einem schwarzen Pferd, der zweite auf einem roten und der dritte auf einem weißen Pferd. Als sie mit donnernden Hufen vorbeigeritten waren, sah sie in der Ferne ein viertes Pferd, so bleich wie der Dunst und ohne Reiter, und es folgte ihnen beharrlich und unbeirrt, als versuchte es, die drei anderen einzuholen.

Der Reiter des schwarzen Pferdes war eine finstere böse Gestalt in schwarzer Kleidung; ihr Gesicht verbarg sich hinter einem schwarzen Helm mit Helmbusch. Er hielt ein zweischneidiges Schwert, mit dem er nach rechts und links um sich hieb, und er ließ auf dem Weg Spuren des Verrats, der Zerstörung und des Todes zurück. Hinter ihm kam das zweite Pferd, so rot wie geschmolzene Lava, die Farbe des Kriegs. Diesen Reiter erkannte sie aus ihrem früheren Traum wieder, und wie schon damals war sein Gesicht in wogendem Dunst verborgen, doch diesmal war der Dunst rot – blutrot. Sein Körper war unter Metern von Schottenkaro verborgen. Als er vorbeiritt, erfüllte das Spiel von Dudelsäcken die Luft. Und dann kam das dritte Pferd, dessen Reiter wunderschön und in blendendes Licht gehüllt war. Plötzlich nahte eine Schwärze, die wie dichter Rauch von dem schwarzen Pferd herantrieb und die Welt in eine gespenstische Stille tauchte, so lautlos wie einsetzender Nebel – eine lastende Dunkelheit, die einen wie eine schlaflose Nacht umgab. Näher und näher kam der gewaltige schwarze Dunst, wogend und so geräuschlos wie Rauch von einem Feuer, und er umhüllte zuerst das rote Pferd und dann das weiße, und die Welt stand still. Ein gräßliches teuflisches Lachen ertönte wie das Krachen einer Streitaxt, und das Pochen ihres eigenen Herzens verstummte. Ein Schrei blieb ihr in der Kehle stecken, als das bleiche Pferd näher kam; seine Hufe sprühten Feuer, und es raste in die Schwärze, und sie wußte, daß dieses bleiche Pferd ohne Reiter der Tod war. Mit einem kläglichen Schrei beobachtete sie, wie das bleiche Pferd aus der Schwärze auftauchte wie ein kalter, beißender Wind, und es trug eine Gestalt, die bleich und in Dunst gehüllt war, auf seinem Rücken. Die Schwärze begann sich aufzulösen, und als die Luft wieder klar war, war nur noch das weiße Pferd ohne Reiter übrig.

Annabella blickte dem Pferd voller Grauen entgegen, das so langsam auf sie zukam, wie eine Wolke sich vor die Sonne schiebt. Jetzt wußte sie es. Der Tod eines Menschen wurde vorhergesagt. Aber wessen Tod? Vor ihren Augen begann das weiße Pferd zu schrumpfen, bis es sich schließlich wie ein Seufzer in nichts auflöste.

Am nächsten Morgen erwachte sie erschöpft und mit einem bleischweren Herzen in der Brust. Bilder aus ihrem Traum schwirrten noch durch ihren Kopf. Die Vision, die sie in der vergangenen Nacht gehabt hatte, war eine Warnung gewesen. Sie war ganz sicher. Jemand, den sie kannte, würde sterben, und sie war davor gewarnt worden. Sie erschauerte, ihr war kalt, und sie fühlte sich ganz allein. Sie sah sich um. Was so behaglich gewirkt hatte, war nichts weiter als ein kaltes Zimmer mit Wänden aus grauem Stein. Sie fühlte keinen inneren Frieden, doch war sie innerlich auch nicht aufgewühlt. Was sie empfand, war gar nichts – eine immense Leere, als sei im Lauf der Nacht etwas Lebendiges, das ihr kostbar war, aus ihr hinausgeschlüpft. Jetzt gab es keine Wärme mehr in ihrem Leben, nicht nach diesem Traum. Und doch konnte sie Wärme spüren, wenn auch noch so schwach – Hitze, die irgendwo in der Nähe abgestrahlt wurde.

Sie seufzte, schloß die Augen und spürte die Berührung von Ross Mackinnons Lippen in der Erinnerung an den gestrigen Abend. Das war kein Traum, sondern Realität; keine kalte Leere, sondern eine erfüllende Vergegenwärtigung. Sie ließ sich auf das Bett zurückfallen und spürte die Glut, die Intensität seiner Wärme an allen Stellen, an denen er sie berührte. Sie konnte spüren, wie seine rauhen, warmen, schwieligen Hände sie liebkosten. Seine Berührungen waren erstaunlich zart gewesen. Das Gefühl, ihn zu spüren, war so real, daß sie es nicht wagte, die Augen zu öffnen, denn sie fürchtete, damit die wohltuende Wärme zu verlieren. Lange Zeit lag sie da und hoffte, an dieser Erinnerung festhalten zu können. Dann löste sie sich schließlich davon und lockerte ihren Griff.

Plötzlich setzte sie sich auf. Sie war nicht bereit, einen Menschen sterben zu lassen, wenn sie auch nicht wußte, wer es war, ohne zumindest zu versuchen, ihm zu helfen. Sie mußte jemanden finden, mit dem sie reden konnte, jemanden, dem sie vertrauen konnte, der dann sah, daß sie nicht nur als eine verschacherte Braut Wert besaß. Mit ihrem Vater oder ihrer Mutter konnte sie über solche Dinge nicht reden. Sie dachte an Ross und verwarf den Gedanken sogleich wieder. Sie seufzte tief und fühlte sich mutlos. Es gab niemanden, mit dem sie reden konnte, niemanden, dem gegenüber sie sich unbefangen fühlte.

Niemanden bis auf den alten Herzog, den Mackinnon.

Mit frischem Schwung sprang Annabella aus dem Bett und wollte an der Klingelschnur ziehen, um ihre Zofe zu sich zu rufen, doch dann überlegte sie es sich anders und beschloß, sich allein anzukleiden. Betty konnte ihr manchmal auf die Nerven gehen, weil sie immer dann Fragen stellte, wenn Annabella nachdenken wollte, und wenn sie gern geplaudert hätte, konnte Betty verdrossen und wortkarg sein. Es konnte aber auch vorkommen, daß sie noch schlimmer als Annabellas Mutter war – ständig einen Wirbel um Kleinigkeiten entfaltete, ihr Vorschriften machte und ihr sagte, was sie anziehen und wie sie ihre Kleider tragen sollte – genau wie ihre Mutter.

Nachdem sie die Türen ihres Kleiderschranks aufgerissen hatte, sah sich Bella die Kleider an, die dort hingen. Sie suchte ein Kleid aus, das schlichter als die anderen war, ein rot-grün kariertes Taftkleid. Sie flocht ihr Haar zu einem Zopf, den sie sich auf dem Rücken mit einer großen grünen Schleife zuband. Ohne noch einen Moment zu vergeuden, eilte sie aus dem Zimmer.

Es war noch früh, und wenn sie Glück hatte, konnte sie den alten Herzog, der ein Frühaufsteher war, finden, ehe ihre Mutter wach wurde.

Sie fand Robert im Salon beim Saubermachen vor. »Einen wunderschönen guten Morgen, Robert«, begrüßte sie ihn. »Haben Sie Seine Exzellenz gesehen – den Mackinnon?« fügte sie hinzu, weil er nicht glauben sollte, sie suchte ihren Vater.

»Er unternimmt einen liebenswürdigen Spaziergang, Mylady.«

»Einen liebenswürdigen Spaziergang?«

»Einen Spaziergang, der ihn in eine liebenswürdige Stimmung versetzt.«

»Oh«, sagte sie und lachte. »Und wohin ginge man wohl, wenn man einen liebenswürdigen Spaziergang unternehmen wollte?«

»Seine Exzellenz schlägt gewöhnlich den Pfad ein, der am Hang hinauf zur Bergschlucht führt.«

»Danke, Robert.«

»Nur zu gern geschehen«, erwiderte Robert, doch Annabella war bereits in einer Woge von kariertem Taft verschwunden.

Die Hitze war schon stark zu spüren, als sie sich auf den Weg machte. Die Frühlingsbrise führte eine Wärme mit sich, die die moosbewachsenen Hügel wie ein Liebhaber streichelte, der sich einschmeicheln will, und sie schmolz Schnee zu gluckernden Rinnsalen, die über steinige Hänge rannen und einen tiefen Bergsee bildeten, ehe sie sich als Wasserfall in einen strudelnden Wildbach stürzten, doch nur, um zu den Dünenküsten des Meers gelockt zu werden, an Küstenschwemmland und Hummerreusen und alten Holzbooten vorbei, die morsch dalagen, wenn Ebbe herrschte.

Der Himmel über ihr war strahlend blau, und die Wolken drängten sich weiß wie wollige Schafe zusammen. Ein Adler schwang sich hoch in die Lüfte auf, doch sie blieb nicht stehen, um ihn zu beobachten – ihre Konzentration wurde vollauf davon in Anspruch genommen, auf dem alten ansteigenden Torfpfad voranzukommen, der sich in Regionen hinaufschlängelte, in denen die Luft dünn war und kleine bläuliche Schneefelder sich der betörenden Wärme des Frühlings noch widersetzten. Sie kam an Ställen mit strohgedeckten Dächern, an leerstehenden alten Hütten von Kleinbauern und an vereinzelten Meilensteinen vorbei und lief weiter und immer weiter – ab und zu hüpfte und sprang sie über Hindernisse, und sie schnaufte fortwährend, denn die Hochmoore sind eine rauhe Landschaft voller Fußangeln, Spalten und Löcher.

Sie störte einen riesigen Dammhirsch beim Trinken, und er hob wachsam den Kopf, als sie näher kam, lief dann schnell davon und verschwand auf einem anderen Pfad, der bergab führte. Der Hirsch war ein prachtvoller Anblick, doch mit seinem spitzen Geweih war er auch bedrohlich und furchteinflößend. Es tat ihr leid, daß sie ihn beim Trinken gestört hatte, aber sie war doch froh darüber, daß er sich entschlossen hatte, sie in Ruhe zu lassen und zu verschwinden.

Als sie den Mackinnon direkt vor sich sah, hämmerte das Herz in ihrer Brust wie eine Mühlenklapper.

»Hallo!« rief sie. »Hallo, Eure Exzellenz!«

Der Mackinnon saß auf einem Felsvorsprung, von dem aus er einen schönen Ausblick auf die Bergseen des Hochlands und auf den kleinen See unter sich hatte. Er war etwas schockiert, als er das Mädchen so hoch oben in den Bergen sah, denn selbst für ihn war es ein beträchtlicher Aufstieg, und er unternahm denselben Spaziergang schon seit mehr als vierzig Jahren.

Als er sah, wie sie auf ihn zueilte, fragte er sich, ob er sie dafür ausschelten sollte, daß sie ganz allein durch die Gegend lief, doch dann dachte er, daß die Kleine bestimmt schon oft genug ausgescholten worden war. Außerdem fiel es ihm schwer, ein so hübsches Mädchen wie dieses auszuschimpfen. Und hübsch war sie wirklich. Nicht eine Unze Wikingerblut floß in ihren keltischen Venen, das konnte er beschwören, denn sie war so klein und dunkelhaarig wie die alten gälischsprechenden Schotten, die ursprünglich vor so langer Zeit von den Hebriden nach Schottland gekommen waren.

Er zog amüsiert die Augenbrauen hoch, als sie an einen schmalen Bach gelangte, der kaum einen Meter breit war. Sie blieb auf der gegenüberliegenden Seite stehen und schaute ihn mit einem Ausdruck stummen Flehens an. Er verzog keine Miene, denn er wollte sehen, was das Mädchen tun würde, und falls sie seine Hilfe brauchte, dann war ihm klar, daß er ihr auch in ein oder zwei Minuten helfen konnte. Sie zögerte noch einen Moment, ehe sie den Entschluß faßte, es allein zu wagen, und leichtfüßig über flechtenbedeckte Steine sprang, die zur Hälfte von dem eiskalten Wasser umspült wurden. Mit einem Satz kam sie auf der anderen Seite auf.

Seine Augen leuchteten beifällig. Er fragte sich, ob das Mädchen in England auch nur im Traum daran gedacht hätte, so etwas zu versuchen.

Noch ein halbes Dutzend Schritte auf dem gewundenen Pfad, und sie stand neben dem Mackinnon. »Ich bin so froh, daß ich Sie gefunden habe, Eure Exzellenz«, brachte sie keuchend vor und schnappte nach Luft.

»Setzen Sie sich, und holen Sie Luft, ehe Sie mir noch ohnmächtig werden«, sagte er, doch ihm entging nicht, wie angespannt und erwartungsvoll ihr Gesicht war.

Dem Herzog wurde es erspart, noch mehr zu sagen, denn sowie sie auf einer Höhe mit ihm war, ließ sie sich neben ihn sinken und sagte: »Ich bin unglaublich froh, daß ich Sie gefunden habe, Eure Exzellenz. Oh – das habe ich schon einmal gesagt, oder nicht?« Sie schlang sich die Hände um die Knie und schaute sehnsüchtig auf einsame Gebirgspässe hinaus, ehe sie sich ihm wieder zuwandte und ihn ansah. »Wissen Sie, ich bin ziemlich weit gelaufen, und ich hatte es schon fast aufgegeben, Sie zu finden. Ich habe mir schon in allen erdenklichen Farben ausgemalt, daß ich den ganzen Rückweg allein hinter mich bringen muß und Sie doch nicht gefunden habe. Wenn ich Sie nicht gefunden hätte, hätte ich natürlich einfach kehrtgemacht und wäre auf demselben Weg zurückgelaufen, auf dem ich gekommen bin.« Sie unterbrach sich, teils, weil sie gesagt hatte, was sie zu sagen hatte, teils aber auch, weil sie den letzten Rest an Atem aus ihrem zierlichen Körper herausgepumpt hatte.

»Warum sind Sie gekommen?« fragte er.

»Ich wollte mit Ihnen reden. Ich hatte einen seltsamen Traum, und ich weiß nicht, mit wem ich darüber reden könnte, außer Ihnen natürlich.«

Er schaute sie überrascht an. »Ich weiß nicht, warum Sie mit mir darüber sprechen wollen. Warum nicht mit Ihrer Mutter oder Ihrem Vater?«

»Tja, vielleicht verstehen Sie das nicht«, sagte sie, »aber über *diese* Art von Dingen kann ich mit meinen Eltern nicht reden, mit keinem von beiden.«

Der Mackinnon schaute sie an. »Dann hatten Sie also einen Traum«, sagte er. »Haben Sie das Zweite Gesicht?«

Sie dachte einen Moment lang darüber nach. »Nein, ich glaube nicht«, sagte sie und erinnerte sich daran, daß ihre Mutter ihr einmal erzählt hatte, ihre Großmutter hätte das Zweite Gesicht gehabt. »Mir ist so etwas noch nie passiert.« Sie erzählte ihm den Traum, berichtete ihm von den drei Reitern und dem bleichen Pferd, das sich wie der Tod an die drei herangepirscht hatte.

»Ja, ich sehe darin auch den Tod, genau wie Sie.«

»Was soll ich bloß tun?«

»Es gibt nichts, was Sie tun könnten, Kleines, Sie können sich nur von der Vorstellung lösen. Niemandem ist damit gedient, wenn Sie sich an diesen Traum klammern und sich deswegen krank machen. Der Tod gehört einem anderen. Daran können Sie nichts ändern.«

»Aber...«

»Ganz ruhig, mein Kind. Ihnen ist die Gabe verliehen worden, etwas zu sehen, was geschehen wird, nicht die Macht, etwas daran zu ändern.« Der Mackinnon sah sich um. »Es wird kalt, und der Dunst braut sich zusammen. Wir sollten uns am besten an den Abstieg machen.«

Annabella war nicht die einzige, die in der vergangenen Nacht geträumt hatte. Nicht lange nach der Rückkehr Annabellas und des Herzogs suchte Ross seinen Großvater in dessen Arbeitszimmer auf. »*Audentes fortuna juvat*«, sagte er zu dem Mackinnon. »Was heißt das?«

»*Audentes fortuna juvat*«, wiederholte der Mackinnon langsam, denn Ross hatte ihn mit seiner Frage überrumpelt. »Wer hat dir darüber etwas erzählt?«

»Niemand hat mir etwas erzählt. Ich habe es nur gehört.«
»Wo?«
»Das sage ich dir gleich. Was bedeuten diese Worte?«
»Es ist der Wahlspruch der Mackinnons. *Dem Wagemutigen steht das Schicksal bei.*«

Ross beobachtete, wie sein Großvater zu einem riesigen Eichenschrank ging und die schweren, mit Schnitzereien verzierten Türen öffnete. Der Herzog holte ein kleines Kästchen mit Intarsien aus Elfenbein und Perlmutt heraus, das er mit einem Schlüssel aufschloß, den er in seinem Schreibtisch aufbewahrte. Er entnahm ihm etwas und lief über den dichten Perserteppich, um Ross ein kleines Schächtelchen zu reichen. »Ich hatte ursprünglich vor, es dir erst später zu geben, aber da das, wofür ich es aufgehoben habe, nicht geschehen wird, kann ich es dir ebensogut auch gleich geben«, sagte er. Dann fügte er hinzu, weil er Ross' verwirrten Gesichtsausdruck bemerkte: »Na los, mach es auf.«

Ross nahm den Deckel ab und sah das silberne Kennzeichen des Clans, auf dem ein Keilerkopf abgebildet war. Um den Keilerkopf herum waren die Worte AUDENTES FORTUNA JUVAT eingraviert. »Das ist das Wappen mit dem herkömmlichen Kennzeichen der Mackinnons«, erklärte sein Großvater.

»Für welchen Anlaß, zu dem es nicht kommen wird, hast du es aufbewahrt?« fragte Ross, und seine Zuneigung zu dem alten Mann war deutlich aus seiner Stimme herauszuhören.

»Der Tag, an dem du zum ersten Mal einen Kilt trägst.«

»Du hast recht«, sagte Ross mit finsterer Miene. »Dazu wird es nicht kommen.«

Für Ross war es überraschend, daß sein Großvater keine Auseinandersetzung begann, wie er es gewöhnlich tat, wenn zur Sprache kam, Ross solle einen Kilt tragen, doch an diesem Morgen interessierte den Mackinnon etwas anderes weit mehr.

»Ich habe Percy gesagt, er soll dir nichts über das Wappen oder das Kennzeichen des Mackinnon-Clans erzählen, ehe ich es dir gebe«, sagte er. »Ich nehme an, er hat mir nicht allzu aufmerksam zugehört.«

»Vielleicht doch«, erwiderte Ross. »Percy hat mir nichts erzählt.«

»Wer denn?«

»Zum Teufel, ich wünschte wahrhaft, ich wüßte es«, sagte Ross. »Ich habe dir doch gesagt, daß es mir niemand erzählt hat. Ich habe es nur gehört.«

»Wo?«

»Ich habe diese Worte letzte Nacht in einem Traum vernommen.« Ross sah, wie das Gesicht seines Großvaters erblaßte, und ihm fiel auf, wie sehr seine Hände zitterten, als er das Kästchen mit den Intarsienarbeiten auf seinen Schreibtisch stellte.

Ross sagte nichts, fuhr sich mit der Hand durch das Haar und schaute die Wand über der Schulter seines Großvaters an, als erwartete er, daß sich dort in irgendeiner Form Hilfe materialisierte. »Ich weiß, daß das ganz so klingt, als hätte ich zu tief in die Drambuie-Reserven der Mackinnons geschaut, aber ich schwöre hoch und heilig, daß ich stocknüchtern war, als diese Stimme direkt aus einem wolkenfarbenen Licht zu kommen schien.« Er unterbrach sich und schaute seinen Großvater verwirrt an. »Du glaubst, ich bin ein Vollidiot, stimmt's? Daß ich nicht mehr alle Gurken im Faß habe?«

Der Herzog schaute ihn mit seinen durchdringenden blauen

Augen fest an, und Ross war nicht sicher, ob er das hören wollte, was sein Großvater gleich sagen würde.

»Nein, das glaube ich nicht, mein Junge. Aber ich glaube tatsächlich, daß du der erste Mackinnon bist, der – auf diese besondere Art – in mehr als hundert Jahren diese Worte gehört hat. Das ist im Mackinnon-Clan schon vorgekommen – drei- oder viermal. Ich hätte nicht gedacht, daß das noch einmal vorkommt, zumindest nicht zu meinen Lebzeiten.«

Ross dachte: *Genau das, was mir noch gefehlt hat – nächtliche Besucher, die wie ein Zauber aus der Vergangenheit auftauchen. Besucher, die mein Leben voll und ganz für mich vorgeplant haben.*

»Ist das ein gutes Omen?« fragte er und hoffte nur, er sei nicht für Leiden und Foltern auserwählt worden, damit die Mackinnons einen weiteren Märtyrer für sich beanspruchen konnten. Er war nicht gerade groß im Leiden, und sein Leben für ein edelmütiges Prinzip zu opfern oder zu Tode gefoltert zu werden, um Märtyrerruhm zu erlangen, war gewiß nicht seine Whiskymarke. Ihm gefiel das Leben, und er hatte vor, so lange wie möglich zu leben. Wenn er sich einen Wahlspruch hätte aussuchen können, dann hätte der gelautet: *Lieber ein lebendiger Feigling als ein toter Held.* Jeder Dummkopf wußte, daß ein lebendiger Feigling darum kämpfte, auch den kommenden Tag zu überleben, aber ein toter Held? Der bekam nichts weiter als einen Marmorgrabstein.

»Vielleicht ist es für den Moment kein gutes Omen, aber längerfristig gesehen...« Die Stimme des Mackinnon klang unheilverkündend, ehe die Worte abrissen.

»Was soll das heißen, längerfristig?« fragte Ross mit sich fast überschlagender Stimme.

»Du wirst es nicht leicht haben, mein Junge.«

»Hör mal, Gott mag vielleicht einen Plan für meine Zukunft entworfen haben, aber unterschrieben hat Er ihn nicht.«

Sein Großvater schien sich davon nicht überzeugen zu lassen, und Ross seufzte schwach. »Was es auch sein mag«, sagte er, »ich werde es nicht tun.«

»Es wird nichts nutzen, wenn du dich widersetzt. Diejenigen, die die Stimme hören, müssen eine harte Probe bestehen, ehe sie schließlich am Ende angelangen.«

»Wärest du bitte so freundlich, das Wort Ende in diesem Zusammenhang nicht zu erwähnen?« sagte Ross.

»Einverstanden. Du wirst durch stürmische Gewässer schwimmen, ehe du das gegenüberliegende Ufer erreichst.«

»Immer mehr wunderbare Neuigkeiten. Sag mir eins, hat schon jemand dieses gegenüberliegende Ufer *nicht* erreicht? Nicht lebend erreicht?«

»Ich wüßte nicht, daß jemand je vom Schwimmen gestorben ist, wenn es das ist, was du meinst.«

»Ich nehme an, dafür sollte ich dankbar sein.«

»Ja, das solltest du.«

»Wann hat zum letzten Mal ein Mackinnon diese Worte gehört?«

»Vor der Schlacht von Culloden.«

»Das ist ja ausgezeichnet. Diese Unterhaltung wird von Minute zu Minute immer aufbauender«, sagte Ross und sah seinen Großvater erbost an. Als er den geistesabwesenden Ausdruck auf seinem Gesicht sah, bezweifelte er, daß der alte Herzog ihm überhaupt zuhörte.

Der Mackinnon hörte zu, aber er war zweiundsiebzig Jahre alt, und sein Verstand hielt sich nicht immer an die konventionellen Richtlinien. Während seine Freude über diesen Enkel zunehmend größer wurde, mußte er doch darüber nachdenken, wie dicht er davorgestanden hatte, den Jungen niemals zu sehen. In den vergangenen zehn Jahren hatte er jeden Abend auf seinen knochigen Knien damit zugebracht, ernsthaft darum zu beten, daß er lange genug leben würde, um den Welpen seines Sohnes

John zu sehen. Und jetzt war dieses Gebet erhört worden. Das reichte aus, um einen alten Mann zum Weinen zu bringen.

Ross musterte den Mackinnon immer noch und fand, daß er mit dem weißen Haar, das ihm bis über die Schultern fiel, und den scharfen blauen Augen einem Adler ähnelte. »Ich glaube kaum, daß es möglich ist, Geschehenes ungeschehen zu machen... du weißt schon, die Dinge in ihr Gegenteil zu verkehren... ihnen vielleicht zu sagen, sie sollten die Stimme an jemand anderem ausprobieren?«

Der Mackinnon sah einen Moment lang so aus, als könne er sich das Lachen nicht verkneifen, aber er richtete seine Aufmerksamkeit darauf, wie Ross mit einem Überschuß an nervöser Energie auf und ab lief. »Ich glaube nicht, daß das jetzt noch möglich ist, mein Junge. Du hast keine Wahl. Du bist ausgesucht worden, und das Öl ist in die Flammen geschüttet. Die Angelegenheit liegt jetzt nicht mehr in unserer Hand.«

»Ich wünschte nur, ich wüßte, in *wessen* Händen sie liegt.« Ohne noch ein weiteres Wort zu sagen, wandte sich Ross ab und verließ mit forschen Schritten das Zimmer.

Der Mackinnon sah ihm nach und spürte, wie ihm die Konzentration ein wenig entglitt. Dazu kam es manchmal. In einem Moment fühlte er sich bei messerscharfem Verstand, und im nächsten Moment war sein Verstand wie abgestumpft. In diesem Augenblick erinnerte ihn Ross an jemanden, und irgendwo im Labyrinth seines Kopfes war der Name verborgen, den er nicht zu fassen bekam. Es hätte einer seiner Brüder sein können: aber jetzt konnte er sich nicht an seine Brüder erinnern – tatsächlich erinnerte er sich nicht einmal mehr daran, wie viele Brüder er hatte. Mit seinem Verstand verhielt es sich ähnlich wie mit alten Beinen – einmal fühlten sie sich so flink und munter wie die eines jungen Burschen an, und dann wurden sie kalt und taub.

Erst heute morgen hatte er zugesehen, wie das Stubenmädchen das große silberne Tablett poliert hatte, das auf der Anrichte stand, und ihm war wieder eingefallen, wie er früher dieses Tablett genommen und sich darauf gesetzt hatte und die Treppe heruntergerutscht war, während einer seiner Brüder mit ihm wetteiferte und auf dem Treppengeländer runterrutschte. Das hatte damals großen Spaß gemacht, und heute morgen war er in Versuchung gewesen, es einfach noch einmal auszuprobieren. Wie traurig es doch war, genau zu wissen, daß er das Tablett in ein oder zwei Tagen ansehen würde, als hätte er es noch nie in seinem Leben gesehen, und er würde fragen, ob das Stubenmädchen ein neues war.

»Das Altwerden stört mich nicht«, murmelte der Mackinnon vor sich hin, »aber es ist mir unerträglich, mit anzusehen, wie alles langsam nachläßt.«

Aber dann dachte er an seinen Enkel, einen prachtvollen stämmigen Burschen, wie man ihn so schnell nicht wieder fand. Der Junge hatte die Verheißung neuen Lebens in die kalten Steinmauern von Dunford gebracht und seinen knarrenden alten Gliedern eine Lebendigkeit gegeben, die er seit Kates Tod nicht mehr gekannt hatte. Er schüttelte den Kopf. Sein Enkel war unbändig, sorgte für Tumult und sträubte sich gegen alles Neue.

Der Mackinnon lehnte sich lächelnd auf seinem bequemen Ledersessel zurück. Er hätte sich nichts Schöneres wünschen können.

Im nächsten Moment war er tief eingeschlafen.

Eine Stunde später stand Ross am Fenster der großen Bibliothek, ließ den Globus kreisen und beobachtete geistesabwesend, wie Annabella mit Trippelschritten über den gepflasterten Weg zu der Kutsche lief, die bereitstand, um sie und einige andere Damen zu einem Einkaufsbummel in die Stadt zu bringen.

Der Sohn des Kutschers, ein kleiner Junge von fünf oder sechs Jahren, kam mit einer Pfauenfeder in der Hand auf sie zugerannt und überreichte sie ihr stolz. Annabella beugte sich vor und flüsterte dem Jungen etwas zu, und dann drückte sie ihn an sich.

Ross fragte sich, was sie getan hätte, wenn er derjenige gewesen wäre, der ihr die Feder überreichte. Er spürte, wie seine gewohnte Ungeduld, die Dinge voranzutreiben, an ihm nagte. Er wollte Annabella, und er wußte bei jedem einzelnen Atemzug, daß sie ihm gehören würde – nach einer harten Probe, wie sein Großvater es formuliert hatte. Etwas in seinem Innern sagte ihm, eine Frau wie Annabella sei jede Strapaze wert, und doch fragte sich ein anderer Teil seiner Person unwillkürlich, wie hart diese Probe wohl werden würde.

Er wollte Annabella unbedingt, aber doch nicht so sehr, daß er dafür gestorben wäre. Das war keine Frau wert. Als er sie jetzt anschaute, fiel ihm wieder ein, daß der Mackinnon gesagt hatte, bisher sei bei dieser Prüfung noch niemand ums Leben gekommen. Er betete ernstlich, sein Großvater möge recht haben oder er möge zumindest nicht der erste sein.

Annabella war atemlos und fühlte sich, als hätte sie ihre Kleider in die Luft geworfen und sei darunter durchgerannt. Sie fragte sich, warum sie gestern abend eingewilligt hatte, einige der weiblichen Gäste des Herzogs in die Stadt zu begleiten, während ihre Mutter genügend Verstand besessen hatte, in eine Partie Whist im Salon einzuwilligen. Sie hatte keine Einkäufe zu erledigen, und da Huntly jetzt abgereist war, brauchte sie nicht vor ihm fortzulaufen. Eine weitere Stunde Schlaf oder eine Partie Whist hätte ihr besser getan. Doch dann fiel ihr der Enkel des Herzogs ein, und sie fand einen weiteren Grund dafür, die Damen in die Stadt zu begleiten. Plötzlich war sie ganz versessen darauf, Einkäufe zu erledigen, und sie schaute auf und sah Maura neben der Kutsche stehen.

»Haben Sie Caitlin und Kate MacDonald gesehen?« fragte Maura.

»Nein«, sagte Annabella. »Weder in der Eingangshalle noch auf der Treppe. Wissen Sie, ob sonst noch jemand mit uns in die Stadt fährt?«

»Soweit ich weiß, fahren nur wir vier, es sei denn, jemand hat sich im letzten Moment noch entschlossen mitzukommen.«

Als sie Stimmen hinter sich hörten, drehten sich Annabella und Maura um und sahen Lady MacDonald mit ihren beiden Töchtern Kate und Caitlin, die ihnen entgegeneilten.

»Es sieht so aus, als hätte sich Lady MacDonald entschlossen mitzukommen«, sagte Annabella, die zusah, wie die Frau hastig ihre Handschuhe anzog. Ihr immenser Busen hob und senkte sich bei jedem Atemzug.

Die fünf Frauen nahmen für die Fahrt nach Broadford in der Kutsche Platz. Der Kutscher ließ die Peitsche knallen, und die Kutsche machte in dem Moment einen Satz, in dem Annabella aus dem Fenster schaute und Ross Mackinnon in der Bibliothek seines Großvaters am Fenster stehen sah. Als ihre Blicke sich trafen, deutete er eine knappe Verbeugung an. Annabella wandte eilig den Kopf ab und befaßte sich mit einem Fussel auf ihren Wildlederhandschuhen.

Lady MacDonald klagte auf dem ganzen Weg nach Broadford bitterlich. Es sei zu eng in der Kutsche, behauptete sie. Annabella fand, sie hätten reichlich Platz, wenn man bedachte, daß sich fünf Frauen in die Kutsche zwängten und *eine* von ihnen Platz für zwei beanspruchte. Aber Lady MacDonald ließ sich nicht beruhigen, noch nicht einmal durch Annabellas Hinweis, die Polsterbänke und die Rückenlehnen seien weich und sehr bequem, oder durch ihren Ausruf, sie sei »noch nie in einer besser gefederten Kutsche gefahren«.

So ziemlich das einzige, worüber sie sich einig waren, war der Zustand der Straße, die nach Broadford führte – falls hier von einer Straße überhaupt die Rede sein konnte. Ein Feldweg mit tiefen Furchen von den Wagenrädern wäre eine angemessenere Beschreibung gewesen. Aber die Strecke war landschaftlich reizvoll, und Annabella fand, kein Gemälde hätte der Aussicht aus dem Fenster gerecht werden können; tatsächlich fielen ihr auch keine Worte ein, die dem Ausblick gerecht geworden wären. Worte wie *prachtvoll* und *atemberaubend* kamen ihr zu abgedroschen und gewöhnlich vor, um Berge zu beschreiben, die sich geradewegs aus dem Meer zu erheben schienen und steil in den Himmel aufragten. Das trübe Grau des gestrigen Tages war strahlendem Sonnenschein gewichen, und die Welt war in einen Glanz getaucht, der sie ursprünglich und frisch, rein und wie neu erschaffen wirken ließ.

Die Kutsche schlingerte, und alle fielen nach rechts, als sie um eine Kurve bogen und über eine tiefe Rinne fuhren und dann einen schmalen, gewundenen Weg hinabholperten, der sich seitlich an einem Hügel entlangschlängelte. Sie fuhren durch ein kleines Wäldchen, in das die Sonne dicke helle Strahlen sandte, die so greifbar schienen, als könnte man an ihnen herunterrutschen. Einmal mußten sie mindestens zwanzig Minuten lang anhalten, bis ein Schäferhund seine Herde von schwarzgesichtigen Schafen über den Weg getrieben hatte. »Schafe sind so bescheidene kleine Geschöpfe«, sagte Annabella. »Sie sind immer scheu und drängen sich in kleinen Grüppchen zusammen, als hätten sie Angst, der Welt allein ins Angesicht zu schauen.«

»Es sind schmutzige Viecher, die absolut gräßliche Laute von sich geben«, widersprach Lady MacDonald. »Ihr Anblick ist mir unerträglich.«

»Aber du ißt liebend gern ihre Innereien und willst nicht auf deine warmen Wollschals verzichten«, kritisierte Kate.

»Pa!« sagte Lady MacDonald.

Für den Rest der Wegstrecke lehnte sich Annabella zwischen Maura und Kate auf ihrem Sitz zurück und hörte, wie Lady MacDonald schnaufte und über den Staub klagte, während sie versuchte, sich ein Bild von der Landschaft zu machen, die sich so sehr von England unterschied. Hier gab es keine seltsam geformten Weiden und keine Baumhecken. Alles war klar voneinander abgegrenzt, und die Setzlingshecken waren schmal und so niedrig wie in einem Garten. Es gab keine Weiß- oder Schwarzdornblüten, keine rankenden Rosen, und nirgends waren im Schatten wachsende Veilchen oder Primeln zu sehen. Aber der Himmel war klar, und die Black Cuillins ragten in der Ferne in einem Dunstschleier auf, und wohin sie auch sah, war die Isle of Skye üppig grün und strahlte Frieden und Stille aus.

Caitlin schlief ein und schnarchte leise. Lady MacDonald schnaufte so laut, daß sie es anscheinend nicht hören konnte, aber Maura und Kate hörten es, und sie fingen an zu kichern. Annabella konnte schlecht die beiden kichernden Frauen ignorieren, zwischen denen sie saß, und der Anblick von Caitlins Kopf, der auf der Rückenlehne ihres Sitzes hin- und herrollte, und ihre Schnarchgeräusche waren wirklich komisch – und hinzu kam noch, daß einem einfach *alles* komisch vorkam, wenn man zwischen zwei lachenden Menschen saß. Es fiel Annabella schwer, eine ernste Miene zu bewahren, doch sie schaffte es.

Das verschlafene kleine Broadford breitete sich weitläufig um die Bucht herum aus, wogegen *Beinn na Caillich* und die Red Hills in der Ferne Wache zu stehen schienen. Sie kamen an ein paar Weidenkörben vorbei, die an einem Zaun nicht weit vom Broadford River gestapelt waren und von den Fischern für Hummer benutzt wurden. Zwei kleine Jungen standen am Ufer und angelten Forellen und Lachse. Sie warfen neugierige Blicke auf die Kutsche, wandten sich aber ab, als die Mädchen ihnen zuwinkten. Kurz darauf hielt die Kutsche vor dem Hotel von Broadford an.

Nachdem sie zwei Stunden lang Einkäufe getätigt hatten – Hüte, Wollschals und Elfenbeinfächer –, trafen sich die Frauen im Hotel zum Tee, ehe sie nach Dunford zurückfuhren. Auf der Rückfahrt saß Annabella am Fenster und hörte zu, wie Caitlin, Maura und Kate Geschichten aus ihrer Kindheit erzählten, Geschichten von kleinen Mädchen, die viel mehr tun durften, als es ihr oder ihren Schwestern erlaubt worden war.

Annabella schloß die Augen, gab sich dem rhythmischen Schwanken der Kutsche und der sachten Liebkosung der warmen Sonne auf ihrem Gesicht hin und schlief ein. Eine Weile später wurde sie vom plötzlichen Anhalten der Kutsche wach. Die beiden Mädchen neben ihr wurden nach vorn geschleudert. »Was ist passiert?« fragte Lady MacDonald stöhnend und stieß Kate von ihrem Schoß auf ihren Sitz zurück.

Der Kutscher drehte sich um und sagte etwas von einem zerbrochenen Rad.

»So was Dummes!« sagte Lady MacDonald. »Derjenige, der diesen Einkaufsbummel vorgeschlagen hat, sollte erschossen werden. Und was sollen wir jetzt tun? Hier sitzen wie eine schnatternde Gänseherde und warten, bis irgendein Affe vorbeikommt und uns anbietet, uns nach Dunford mitzunehmen?«

»Nun«, sagte der Kutscher, der abgestiegen war und jetzt die Tür öffnete, »das ist ein befahrener Weg. Ich meine, es wird bald eine andere Kutsche kommen.« Im selben Atemzug erklärte er, er würde sich jetzt auf den Weg nach Dunford machen und eine andere Kutsche herschicken.

Eine halbe Stunde später saß Annabella in einer leeren Kutsche und sah zu, wie ihre Begleiterinnen sich in das wacklige Gefährt eines Bauern zwängten. Selbst wenn noch Platz für eine weitere Person gewesen wäre, hätte sie diesem Gefährt nicht getraut. Es schien jeden Moment auseinanderzufallen und kaum eine Last tragen zu können.

Sie versprachen, sofort nach ihrer Ankunft in Dunford jemanden zu ihr zu schicken, der sie abholen sollte, und Lady MacDonald machte schneidende Bemerkungen darüber, daß auf die Kutschen, die man heutzutage baute, kein Verlaß mehr war. Dann winkten sie, und ihre Gefährtinnen verschwanden; ein Rad des winzigen Karrens wackelte unter seiner Last, und das andere quietschte bedenklich. Bald darauf war das Gefährt über einen Hügel gefahren und aus Annabellas Sicht verschwunden.

Annabella lehnte sich in der Kutsche zurück und wartete, aber nachdem etwa zwei Stunden verstrichen waren, war sie es leid, in einer Kutsche zu sitzen, die nirgendwo hinfuhr, und sie fühlte sich unwohl, und ihre Glieder waren steif. Der Gedanke, zu Fuß zu laufen, erschien ihr weniger anstrengend als die Vorstellung, noch länger in der Kutsche sitzenzubleiben. Ohne weiter zu überlegen, stieg sie aus der Kutsche und machte sich auf den Weg.

Es war ein warmer windstiller Tag, und der blaue Himmel war wolkenlos. Neben der Straße standen noch Pfützen von einem nächtlichen Schauer, doch der Weg selbst war trocken. Als sie unter Bäumen durchging, sprenkelten goldene Sonnenstrahlen die Straße, und sie spielte einen Moment lang mit dem Gedanken, unter den großen Ästen eines Baums, von dem sie nur sagen konnte, daß er in England nicht wuchs, stehenzubleiben und zu warten. Aber sie hatte das Warten ebenso satt wie das Sitzen, und daher lief sie weiter.

Der Duft des Heidekrauts war kräftig, und sie zog ihren Hut ab und band ihn sich an den Arm. Es dauerte nicht lange, bis sie anfing, wilde Blumen zu pflücken, die am Straßenrand wuchsen, und da sie nicht wußte, wohin sie sie sonst hätte tun können, legte sie sie in ihren Hut, der bald wie ein Korb aussah, aus dem eine Farbenpracht herausquoll.

Von dem vielen Laufen wurde ihr warm, und ihre Füße glühten. Sie erinnerte sich wieder daran, daß Ross sie aufgefordert hatte, in jener Nacht am Ufer des Teichs die Schuhe auszuziehen, und sie wollte sie schon ausziehen, als sie es sich anders überlegte. Sie mochte zwar wie eine gewöhnliche Bäuerin zu Fuß über Land laufen, aber deshalb würde sie noch lange nicht wie eine Bäuerin barfuß laufen.

Sie erreichte eine Stelle, an der eine schmalere Straße nach links abzweigte. Da sie annahm, daß diese Abzweigung nach Dunford führte, bog sie ab. Nach etwa einer Stunde wurde der Weg immer schmaler und steiniger und wies alle Anzeichen auf, daß er kaum begangen wurde. Als sie umkehren wollte, endete der Weg am Ufer eines kleinen Wildbachs, in dem eiskaltes Wasser gurgelte und sprudelte, geschmolzener Schnee vom Tauwetter in den Bergen. Ein paar morsche Balken, die am Ufer lagen, sagten ihr, daß es hier früher einmal so etwas wie eine Brücke gegeben hatte, aber das mußte lange her sein. An der schmalsten Stelle war der Wildbach nicht breiter als gut zwei Meter. Die Steine, die verstreut im Wasser lagen, waren klein und mit Flechten überzogen. Sie hätte nicht auf diese Steine treten können, selbst mit der größten Vorsicht nicht.

In diesem unvorteilhaften Augenblick hörte sie die unverwechselbaren Geräusche von Pferdehufen, und als sie sich umdrehte, sah sie Ross Mackinnon, der auf sie zuritt und größer als Edinburgh und doppelt so prächtig erschien.

»Wie ich sehe, hast du das Warten in der Kutsche aufgegeben?« sagte er und schwang sich von seinem Pferd.

Sie ging nicht darauf ein. »Haben Sie Lady MacDonald und die anderen gesehen?«

»Allerdings. Sie sind inzwischen alle in den schützenden Steinmauern von Dunford, wo du auch wärst, wenn du in der Kutsche sitzengeblieben wärst. Machst du dir eine Vorstellung davon, wie lange ich dich schon suche?«

»Ich dachte, wer mich auch abholt, ich stoße eher auf ihn, wenn ich ihm entgegengehe.«

»Das wäre auch der Fall gewesen... wenn du auf der Hauptstraße geblieben wärst. Warum bist du statt dessen auf diesen Trampelpfad eingebogen?«

»Ich dachte, das sei die Abzweigung nach Dunford.«

»Dieser Weg führt nirgendshin. Die Abzweigung, die du meintest, kommt erst ein oder zwei Meilen später«, sagte er.

Sie wandte den Blick ab. »Ich vermute, meine Mutter macht sich große Sorgen.«

Er grinste. »Das kann man wohl sagen. Sie hat mir befohlen, ich sollte auf sie warten, bis sie ihr Reitkostüm angezogen hat, damit sie mich begleiten kann.«

»Wie konnten Sie sie dazu überreden, nicht mitzukommen?«

Ross lachte. »Gar nicht. Ich bin losgeritten, ehe sie sich umziehen konnte.«

»Das kann doch nicht wahr sein«, sagte sie in einem entgeisterten Tonfall.

»O doch, und ich täte es wieder, ohne zu zögern.«

Annabella spürte den Drang zu lachen und schlug sich die Hände vor den Mund.

Ross, der ihr gegenüberstand und sie betrachtete, atmete plötzlich unregelmäßig. Jeder Humor schwand aus seinen Augen, doch um seinen Mund herum spielte noch ein kleines Lächeln. Annabella konnte sich keine klare Vorstellung davon machen, was er sich dachte, und sie zog eine verwelkte gelbe Blume aus ihrem Hut und hielt sie ihm mit den Worten hin: »Vielleicht können Sie sie mit Blumen versöhnlich stimmen.«

»Diese Blume«, sagte er, ohne den Blick von ihrem Gesicht zu wenden, »brächte mich nur in noch größere Schwierigkeiten. Sie ist bis zur Unkenntlichkeit verwelkt. Du solltest sie gemeinsam mit den anderen Blumen am besten wegwerfen.«

Sie schaute die verwelkte Blume an. »Ich glaube, ich werde sie trotzdem behalten«, sagte sie und warf sie wieder in den Hut zu den anderen.

Er musterte sie bewundernd, von ihrem feingeschnittenen Gesicht bis zu den Zehenspitzen, die zu schüchtern zu sein schienen, um sich aus der Sicherheit ihres langen weiten Rocks herauszuwagen. Er nahm den modischen Hut zur Kenntnis, der an ihrem Arm baumelte und mit Wiesenblumen und einer Pfauenfeder gefüllt war, die einer der Pfauen des Herzogs von Dunford abgeworfen hatte.

»Ich glaube«, sagte er und kam näher, »es ist jetzt an der Zeit, daß ich dich auf mein Pferd hebe und dich nach Dunford zurückbringe, ehe mein Großvater und deine Mutter jedes Zimmermädchen in der ganzen Umgebung mit Staubwedeln ausrüsten und sie auf der Suche nach dir durch die Gegend rennen lassen.«

Sie wußte, daß das ein Witz war, doch seine Worte klangen wahr. Sie begann, sich Sorgen um ihre Mutter zu machen, aber als sie ihn ansah, verlor sie den Faden. Ein Mann, der eine Frau so ansah, strahlte etwas Beunruhigendes aus. »Ja«, sagte sie besorgt, »das könnte gut sein.«

Da er nicht willens war, die Tatsache zu akzeptieren, daß sie mit einem anderen Mann verlobt war, betrachtete er ihr ebenmäßiges junges Gesicht. Die kräftige Nachmittagssonne bestäubte ihre Porzellanwangen mit bernsteinfarbenem Puder, und er glaubte, er hätte nie eine so zarte Haut mit einer so glatten Struktur gesehen, zumindest nicht an einem Menschen, der älter als fünf Jahre war. Und wieder einmal stellte er fest, daß er bislang kein Gesicht gesehen hatte – vom Gesichtsausdruck eines Kindes einmal abgesehen –, das stärkere Gefühle ausdrückte. Sie hatte den Körper einer Verführerin, das Gesicht eines Engels und die Offenheit und die liebenswürdige Unwissenheit eines Kindes. Nie hatte er erlebt, daß sie ihr ungewöhnlich gutes Aussehen zu ihrem Vorteil nutzte, und für eine Frau, die so aussah wie sie, war das bemerkenswert.

Mit einer schnellen Bewegung hob er sie vom Boden hoch und zog sie in seine Arme. Ehe sie auch nur dazu kam, sich zu wundern, stieg er ins Wasser und stapfte mit ihr durch den Wildbach.

Es war ihr peinlich, daß ein Mann sie in den Armen hielt, und in dem Moment, in dem sie drüben angelangt waren, bat sie ihn, sie niederzustellen. »Bitte«, sagte sie und sah ihm so flehentlich in die Augen, daß es ihm unmöglich gewesen wäre, ihre Bitte nicht zu erfüllen.

Er stellte sie auf die Füße, ließ sie aber nicht los. Statt dessen zog er sie enger an sich und verlor sich ganz in dem Gefühl, wie gut sie sich anfaßte. Aber sie war schüchtern und unerfahren und verkrampft, und er wußte, daß er sie nach Dunford bringen mußte. »Ich bringe dich jetzt am besten zurück«, sagte er. »Kannst du reiten?«

»Laufen ist mir lieber.«

Er befestigte die Zügel hinten an seinem Hosenbund und lief neben ihr her. Der Weg war jetzt unebener, eher ein gewundener Pfad als eine Straße. Regen stand in Schlaglöchern, und auf dem Boden wuchs feuchtes Heidekraut, das das Laufen erschwerte und sie nur langsam vorankommen ließ.

»Der Schlamm klebt an deinen Schuhen – und die Röcke machst du dir auch schmutzig.«

»Ich habe mir die Sachen ohnehin schon ruiniert. Was stört nach einem so langen Fußmarsch ein bißchen Schlamm?«

»Ich finde trotzdem, wir sollten reiten. Komm schon, ich helfe dir rauf.«

»Ich habe Ihnen doch schon gesagt, daß ich lieber laufen möchte. Warum können Sie mich nicht in Ruhe lassen? Können Sie denn nicht jemand anderem auf die Nerven gehen?«

Er schien eine Zeitlang nachzudenken. »Nein. Zu diesem Thema fällt mir außer dir niemand ein«, sagte er. »Ein Gentleman läßt eine Dame nicht zu Fuß laufen und reitet neben ihr her.«

»Und woher wollen Sie wissen, was ein Gentleman ist?« fragte sie. »Mich überrascht, daß das Wort in Ihrem Wortschatz überhaupt existiert.«

»O doch, mit Gentlemen kenne ich mich aus – nicht, daß ich mich erinnere, je einen echten gesehen zu haben, aber ich habe schon von ihnen gehört.« Er lachte. »Und jetzt beruhige dich, und gib mir eine Chance. Kein Mann sieht es gern, wenn ein Mädchen zu Fuß läuft – noch nicht einmal ein schlammverkrustetes.«

Er hakte die Daumen in seinen Ledergürtel und lief lässig neben ihr her. In den Tiefen seiner leuchtenden Augen sah sie eine solche Belustigung, daß ihre Gereiztheit augenblicklich der Verlegenheit wich, und sie war sicher, daß ihre Wangen rot entflammten. Um sich selbst abzulenken, wischte sie an einem Schlammspritzer auf ihrem Ärmel herum. »Ich muß aussehen, als hätte ich mich in einer Schweinetränke gewälzt.«

»Eines Tages werde ich dir zeigen, wie man sich wirklich mit Schlamm beschmiert und seinen Spaß daran hat«, sagte er beiläufig.

»Sie werden mir überhaupt nichts beibringen, denn ich werde mir die größte Mühe geben, Ihnen nie wieder über den Weg zu laufen.«

»Warum bist du bloß so stur?«

»Ich bin nicht stur. Ich habe lediglich keinerlei Interesse daran, etwas mit Ihnen zu tun zu haben. Das ist ein gewaltiger Unterschied, verstehen Sie?«

»Zwischen uns beiden gibt es gewaltige Unterschiede, aber das heißt nicht, daß wir nicht zusammenkommen können. Und nichts täte ich lieber.«

»Sie drücken sich reichlich episch aus, als schilderten Sie, was passiert, wenn zwei Sterne aufeinanderprallen – oder zwei Ziegenböcke.«

Er lachte. »In mancher Hinsicht hat es viel damit zu tun, denn ich glaube, hinterher wäre ich in Stücke zersprungen.«

»Hinterher?« Sie wandte den Kopf zu ihm um, und er stellte fest, daß sich zwischen den Augen eine entzückende Falte grub, wenn sie durcheinander war. »Reden wir eigentlich über dasselbe?« fragte sie.

»Wahrscheinlich nicht«, sagte er lachend. »Wenn es so wäre, würdest du mich jetzt bestimmt ohrfeigen.«

Intuitiv erschauerte sie und verspürte Angst und den Drang, vor ihm zurückzuweichen. Diesem Mann war sie nicht gewachsen: Er war überwältigend, zu ungehobelt und zu ungesittet.

Dieser Mann besaß eine Unverfrorenheit, die viel zu gefährlich war. Sie kannte diesen Mann eigentlich überhaupt nicht, und sie hatte keine Ahnung, was er hätte tun können, denn jetzt war sie mit ihm allein, fern von allem. Nie war ihr ein Mann so groß erschienen, so bedrohlich, so mühelos in der Lage, sie mit nichts weiter als seiner bloßen Gegenwart zu verwirren.

Sorge und Verwirrung standen deutlich in ihren Augen, die so grün wie ein Bergsee im schottischen Hochland waren und die sich in einer Form verengten, die er unwiderstehlich fand.

»Ich glaube...«, setzte sie an.

Plötzlich unterbrach er sie, indem er ihr die Hand sachte vor den Mund hielt. »Du redest zuviel«, sagte er. Sein Daumen fuhr ihre volle Unterlippe nach. »Eine solche Vergeudung eines Mundes, mit dem sich weit Besseres anfangen ließe.«

Ihre Intuition sagte ihr, daß sie sich auf gefährlichem Boden bewegte. Sie versuchte zurückzuweichen, aber da hatte er sie bereits an sich gepreßt, und sie bemerkte, daß sein Körper es weit ernster meinte, als sie es aus dem spöttischen Schimmer seiner Augen hätte schließen können.

Er schaute in dieses reizende Gesicht hinunter und sah das Grasgrün ihrer Augen, die so offen und vertrauensvoll waren. »Sieh mich nicht so an«, sagte er leise. »Du weißt nicht, was mit einem Mann geschieht, wenn eine Frau ihn so ansieht.«

Er hatte fest vorgehabt, sein Anliegen weiterzuverfolgen, denn er wollte sehen, wie weit er bei ihr gehen konnte, doch sie hatte etwas an sich, was das Gute aus ihm herausholte, all die Dinge, die er für nicht vorhanden gehalten hatte, für verloren oder zu tief begraben, um je wieder an die Oberfläche zu gelangen. Sie erinnerte ihn zu sehr an die guten Dinge auf Erden, und das gab ihm das Gefühl, als peilte er mit dem Lauf eines Gewehrs etwas Hilfloses an, als hätte er ein Rehkitz mit weißen Flecken auf dem Rücken im Visier. Er konnte den Abzug nicht betätigen. Selbst dann nicht, wenn er noch so hungrig war.

»Wahrscheinlich weißt du es nicht«, sagte er leise. »Ich sehe dir an, daß du es vorziehst, unwissend zu bleiben – aber du solltest dich nicht vor mir fürchten. Ich wäre der letzte Mensch auf Erden, der dir je etwas antäte – und wenn es um mein Leben ginge.«

Er starrte sie an, und in seinem Blick lag etwas, was ihre Knie weich werden ließ. Der Bann war gebrochen, nachdem die Wirkung dieses intensiven wärmenden Ausdrucks in seinen Augen ihr plötzlich das Gefühl gegeben hatte, mehr denn je am Leben zu sein.

Als sie jetzt hier mit ihm in einer stillen Moorlandschaft stand, fiel es ihr schwer, sich vorzustellen, daß es auf Erden so etwas wie Schmerz und Not und Leiden gab. In diesem Augenblick erschien ihr die Welt rein und neuerschaffen und voller Verheißungen, und alles, was sie begehrte, war nicht weiter als einen Herzschlag von ihr entfernt. Sie brauchte nichts weiter zu tun, als die Hand auszustrecken und es sich zu nehmen.

11. Kapitel

Es gab Zeiten, in denen Annabella sich daran erinnern konnte, daß sie verlobt war. Es gab andere Zeiten, in denen sie es vergaß.

Sie saß vor ihrer Frisierkommode und war in Gedanken versunken, während Betty ihr das Haar bürstete. Es war höchste Zeit, daß sie zum Frühstück erschien, aber sie konnte nichts daran ändern, daß sie nicht fertig wurde. Annabella grübelte darüber nach, warum die Dinge, an die man sich am besten erinnern konnte, genau die Dinge waren, die man am besten vergessen sollte. Es schien ganz so, als hätte das Gedächtnis ein Eigenleben und einen sturen Willen. Wie sehr sie sich doch wünschte zu vergessen. Wenn sie vergessen konnte, war sie umgänglich und guter Laune, aber immer, wenn es ihr wieder einfiel, war sie mißmutig. Es verhieß nichts Gutes, wenn die Tochter des Herzogs von Grenville mürrisch war, denn es schien, als sei die Toleranz etwas, was ihr Vater zwar predigte, wovon er selbst jedoch recht wenig besaß.

Soeben gelang es Betty, mit der Bürste durch störrische Haare zu fahren, die wild entschlossen waren, da zu bleiben, wo sie waren, und Bellas Kopf bekam einen kräftigen Ruck ab.

»Autsch!« sagte Bella, die von ihrem Stuhl aufsprang und Betty mit einem verdrossenen Blick bedachte. Dem miesepetrigen Ausdruck auf Bettys Gesicht nach zu schließen, ging es ihr auch nicht besser als Annabella.

»Was ist denn heute morgen mit dir los?« fragte sie Betty.

»Nichts, Ma'am.«

Annabella seufzte und ließ sich wieder auf ihren Stuhl sinken. »Erzähl mir nichts, Betty. Dein Gesicht ist so finster wie der Zorn Ägyptens. So habe ich dich noch nie schmollen gesehen. Da stimmt doch was nicht.«

»Ich habe heute morgen im Korridor ein Tablett fallen gelassen, und Seine Exzellenz hat es gesehen.«

»Ist das alles?«

»Ich habe das *gesamte* Geschirr zerbrochen«, jammerte Betty. »Die Teekanne, das Milchkännchen, die Tasse und die Untertasse – sogar die Zuckerdose.«

»Hat Mutter etwas dazu gesagt?«

»Ja, Ma'am«, sagte Betty schniefend. »Sie hat zu Seiner Exzellenz gesagt: ›Betty bekommt etwas zu hören, wenn ich wieder nach oben gehe.‹«

»Ach, was soll das. Du weißt genausogut wie ich, daß Schelte von meiner Mutter nicht schlimmer ist als ein paar Schläge mit einem Staubwedel. Komm schon, gib mir die Bürste. Wasch dir lieber das Gesicht. Dir könnte wahrhaft Schlimmeres zustoßen. Du bist schon öfter von meiner Mutter ausgescholten worden, und du hast es noch jedesmal überlebt. Stell dir nur vor, du müßtest für den Rest deines Lebens täglich den Graf von Huntly sehen!«

Betty brach in Tränen aus, und das warf Annabella stimmungsmäßig um eine Stunde zurück. Wieder einmal erinnerte sie sich an die Einzelheiten dessen, dem sie mehr als allem anderen ausweichen wollte.

Als sie zum Frühstück nach unten ging, war sie das, was ihre Mutter »stockstinkig« nannte.

Sie kam zu spät zum Frühstück, und der Tisch war schon abgeräumt, daher begnügte sie sich mit einer Tasse Tee und Teegebäck mit ihrer Mutter. Die Herzogin verbrachte die nächste halbe Stunde mit dem Versuch, ihr Interesse an der neuesten Brautmode aus Paris zu wecken. Annabella schaute aus dem Fenster auf die endlosen Meilen purpurner Heide, die sich so weit erstreckte, wie das Auge sehen konnte, und über der ein aquamarinblauer Himmel mit weißen Wattebäuschen hing, und sie dachte: *Wie bezaubernd und brautgleich die Welt doch ist.*

Wie üblich löste alles, was sie an ihre Hochzeit erinnerte, den Wunsch in ihr aus, das Thema zu wechseln und über etwas Angenehmeres zu reden.

Ihr Vater und ihr Bruder waren zurückgekehrt, und ihre Geschichten über die Jagd auf Moorhühner hatten Annabella und ihre Mutter die halbe Nacht wachgehalten. Sie fragte sich, wie es wohl sein mochte, auf die Jagd zu gehen, und dann beschloß sie, daß das nichts für sie war. Sie gab ihren Gedanken eine Wendung, die mehr nach ihrem Geschmack war, und fragte sich, wie es wohl sein mußte, Huntly zu erschießen. Also *das* war wirklich eine Überlegung wert. Sie trommelte mit den Fingern auf der Tischplatte und fragte ihre Mutter, wie lange sie noch in Dunford bleiben würden.

Die Herzogin, die das Teegebäck dick mit Marmelade bestrich, unterbrach sich und sah Annabella seltsam an. »Noch eine

Woche, Bella. Wir hatten von Anfang an geplant, eine Woche hierzubleiben. Das habe ich dir schon mindestens zehnmal gesagt.«

»Ich weiß, aber ich habe immer noch die Hoffnung, daß Papa und du es euch anders überlegt. Ich wünschte, wir könnten eher abreisen.«

»Um Himmels willen, Bella. Wir können nicht einfach so durch Schottland ziehen, wie wir es in den Straßen von London tun. Hier dauert das Reisen länger, und das heißt, daß wir an jedem Ort eine gewisse Zeit bleiben müssen, ehe wir wieder aufbrechen. Man reist nicht so durch Schottland, wie man sich die neuesten Stoffe in Madame Toussards Geschäft ansieht.«

Annabellas Gesichtsausdruck wurde noch kläglicher. »Trotzdem wünschte ich, wir würden abreisen. Ich finde es hier fürchterlich langweilig.«

Die Herzogin tätschelte ihre Hand. »Ich kann mir vorstellen, daß du dich langweilst, weil du die meiste Zeit nur rumsitzt und Trübsal bläst. Warum gehst du nicht spazieren? Am frühen Morgen ist es schön draußen.«

»Ein Spaziergang«, wiederholte Bella. »Du glaubst, ein Spaziergang hilft gegen alles.« Bella stand auf. »So ein hanebüchener Blödsinn. Ich würde mich nicht wundern, wenn du einem Sterbenden einen Spaziergang empfehlen würdest.« Sie schaute ihre Mutter aus flehentlichen Augen an, und ihre Lippen schienen zu zucken. Mit einer Stimme, die dramatisch gefärbt war, sagte sie: »Es gibt gewisse Dinge, gegen die ein Spaziergang kein Allheilmittel ist, und dazu gehört ein gebrochenes Herz.«

Mit diesen Worten rannte sie aus dem Zimmer.

Gavin, der gerade eintrat, wurde gegen die Wand gepreßt. Er sah Annabella nach, bis sie verschwunden war, und dann tauschte er einen Blick mit seiner Mutter.

»Falls du reingekommen bist, um uns Gesellschaft zu leisten, setz dich«, sagte die Herzogin und verstrich einen letzten Klacks

Marmelade. »Falls du gekommen bist, um mich zu fragen, was mit deiner Schwester los ist... laß es sein. Nach dem zweiten Mädchen habe ich den Versuch aufgegeben, dahinterzukommen, was eine junge Frau sich denkt.«

»Heute ist Donnerstag«, sagte Gavin und grinste seine Mutter verschlagen an. »Ich glaube, der Donnerstag ist Bellas schlechter Tag.«

»In der letzten Zeit ist jeder Tag ihr schlechter Tag. Ich verstehe nicht, wie ich dieses Kind in all diesen Jahren großziehen konnte, um jetzt zu entdecken, daß ich das Mädchen nicht kenne«, sagte die Herzogin, und ihr gelocktes Haar hüpfte von einer Seite auf die andere. »Wo hat sie bloß diesen Ungehorsam gelernt?« fragte sie. Dann antwortete sie mit einem resignierten Seufzer: »Von meiner Familienseite.«

»Es geht nicht nur um Ungehorsam. Sie will Huntly nicht heiraten, Mama. Das ist dir doch sicher klar?«

Tränen traten in die Augen seiner Mutter, und sie fing an, in ihrem Ärmel nach einem Taschentuch zu wühlen. »Natürlich weiß ich das«, klagte sie. »Ich weiß nur nicht, was ich dagegen tun soll. Ich habe mir den Kopf zerbrochen und mir alles mögliche einfallen lassen, damit sie die Hochzeit mit Spannung erwartet, aber nichts von dem, was ich tue, scheint sie umzustimmen. Ich hätte nie geglaubt, daß sie sich so lange sperrt. Wenn sie nicht bald die Kurve kriegt, weiß ich nicht, was ich tun soll.«

Lady Anne ließ sich Gavin gegenüber über den Druck aus, der ständig auf ihr lastete, weil sie versuchte, sich heiter und fröhlich zu geben, während ihr das Herz brach, weil ihre Tochter so traurig war. »Es ist wirklich nicht leicht, eine Mutter zu sein, verstehst du.« Mittlerweile schluchzte sie. »Ich weiß nicht, wie Gott so sorgsam darauf achten konnte, daß Mütter für das Glück aller anderen verantwortlich sind, aber dabei vergessen hat, jemanden für das Glück der Mütter verantwortlich zu machen.«

»Hast du mit Vater geredet?«

»Dein Vater ist ein guter Mann«, klagte sie und schluchzte lauter. »Aber manchmal kann er absolut gefühllos sein.«

Während Gavin der Herzogin zuhörte, begab sich Annabella ins Freie, um diesen Spaziergang zu machen, den ihre Mutter ihr nahegelegt hatte. Nach einer Stunde war sie zwar nicht besser gelaunt, aber wenigstens ein wenig umgänglicher.

Sie setzte sich einen Moment lang auf eine Gartenbank und dachte an ihr Zuhause in England, an Himmelschlüssel und Goldlack, und sie hatte das Gefühl, einen Strauß gepflückt zu haben, und jetzt würden die Blumen nie mehr nachwachsen. Sie lief eine Zeitlang über den gewundenen Pfad, der von Gartenrauten und Disteln gesäumt war, doch ihr drang der Duft von Pimentöl in die Nase, der über die Hecke wehte. Sie hörte das Knirschen von Kies und wollte schon durch eine Lücke zwischen den Sträuchern schauen, entschied sich aber dagegen. Sie wußte, wer auf der anderen Seite der Hecke war. Sie wußte, daß die beiden Wege binnen kürzester Zeit zusammentreffen würden, und daher ging sie vom Weg ab, weil sie Ross nicht begegnen wollte.

Sie blieb bei den Ställen stehen, schaute durch den Zaun und beobachtete, wie Lord Percival und der Herzog sich eifrig um ein neugeborenes spindeldürres Füllen kümmerten, das aufzustehen versuchte, doch selbst dort fühlte sie sich ausgeschlossen.

Als sie sich von der Koppel abwandte, fiel ihr ein Feld mit Heuhaufen und fetten Schafen mit gekräuseltem Pelz ins Auge, und sie ging darauf zu. Die Schafe beobachteten sie neugierig, als sie näher kam, doch schon bald darauf verloren sie das Interesse und wandten sich wieder dem Grasen zu. Sie stieg über einen Steinhaufen und stellte fest, daß die Mauer an dieser Stelle abbröckelte, und sie war unschlüssig, ob sie es riskieren sollte, sich auf die Steintrümmer zu setzen und sich die Röcke zu ruinieren oder ob sie stehenbleiben sollte. Sie war so tief in ihre Gedanken versunken, daß sie die nahenden Schritte nicht hörte, aber wieder stieg ihr das Pimentöl in die Nase.

»Falls du nach herrenlosen Schafen suchst, fürchte ich, die hier gehören schon jemandem.«

Sie drehte sich um, und ihr überraschter Blick blieb auf Ross haften. Er trat neben sie, stellte einen Fuß auf die niedrige Mauer und stützte die Arme auf seine Knie. Er stand dicht neben ihr – zu dicht –, und sie fragte sich, ob er ihren rasenden Herzschlag hören konnte, der so wild war, daß sie glaubte, ihr Herz würde ihre Brust sprengen. Sie hätte gern etwas gesagt, um die Spannung zu durchbrechen, die die Stille hervorrief. Sie hätte sich gern umgedreht und wäre weggelaufen. Sie wäre auch gegangen, wenn er sich nicht umgedreht und sie angeschaut und mit einem so bannenden Blick zurückgehalten hätte, daß sie regungslos und mit einem leisen Anflug von Angst stehenblieb.

Er hob die Hand und berührte mit einem Finger ihre Wange. »Mir ist noch nie jemand begegnet, der nur ein Grübchen hat.«

Ein kalter Schauer durchzuckte ihren Körper. Sie war nicht sicher, ob es an seiner Berührung oder an der lasziven Art lag, mit der seine Blicke über ihr Gesicht glitten. »Dann ist Ihnen immer noch niemand begegnet. Das ist kein Grübchen.«

»Nein?«

»Es ist eine Narbe.«

Er legte eine Hand auf ihre Wange und hob ihren Kopf ins Licht, um sie genauer anzusehen. Eine unauffällige weiße Narbe verlief von ihrem Ohr bis fast zu ihrem Mund und machte dort einen Bogen nach oben, der zu dem Grübchen führte. Er schaute sich die andere Wange an und betrachtete ihre vollkommene und ebenmäßige Makellosigkeit. »Eine Narbe«, sagte er schließlich und war erstaunt darüber, daß er das nicht eher bemerkt hatte, »aber eine alte.«

»Ja, ziemlich alt.«

»Wie alt warst du?«

»Knapp fünf.«

»Du bist geschlagen worden?«

»Nein.«

»Ein Unfall beim Reiten?«

Sie nickte.

»Bist du über Hürden gesprungen?«

Sie lachte. »Nein, so aufregend war es nicht. Es war das Pony meiner Schwester – ein fettes, zahmes, kleines Ding mit einer wirren Mähne und einer großen Vorliebe für Äpfel.«

Er lächelte. »Kein Wagen?«

»Nein.« Selbst kurze einfache Worte fielen ihr schwer, denn ihre Kehle war ausgedörrt, und die Worte schienen ihr kostbaren Atem zu rauben.

»Bist du abgeworfen worden?«

Sie lachte wieder. »Sie scheinen daraus unbedingt etwas machen zu wollen, was nicht der Fall war. Es hatte nichts Großartiges an sich. Ich bin nicht abgeworfen worden. Ich bin runtergefallen. Meine Schwester hat mich auf unserem Landsitz in Maidstone an den Zügeln geführt, als ein Hund dem Pony einen Schrecken eingejagt hat und es mit mir durchgegangen ist. Ich habe das Gleichgewicht verloren und bin gestürzt. Ich bin mit dem Gesicht auf einen Pflug gefallen.«

Jetzt wurde ihr klar, daß sie hätte gehen sollen, als sie noch die Chance gehabt hatte. Irgendwie hatte er sie ihre Scheu im Umgang mit Männern vergessen lassen. Vielleicht sollte sie jetzt gehen, aber es war zu spät, um die Flucht zu ergreifen. In ihrer Unentschlossenheit senkte sie den Kopf. Er ließ einen Zeigefinger unter ihr Kinn gleiten und hob ihr Gesicht in die Sonne.

Wieder schaute er in ihr Antlitz und sah die glatte Haut und die kaum sichtbare Narbe. Es waren keine verräterischen Hinweise auf eine schlimme Wunde zu sehen: keine Löcher in der Haut, keine Fleischwülste, keine beulenartige Erhebung, nichts anderes als ein niedliches Grübchen, das er küssen wollte. »Die Wunde ist auffallend gut verheilt. Du mußt an einen teuflisch guten Chirurgen geraten sein.«

Sie lachte, und er bemerkte, wie das Grübchen tiefer wurde. »Ja, das kann man wohl sagen. Es ist das Werk meiner Großmutter.«

»Deiner Großmutter? Sie hat dir das Gesicht genäht?«

»Ja. Sie hat gesagt, sie würde nicht abwarten, bis dieser alte Säufer in der Stadt mein Gesicht wie ein Schlachter zusammenstöpselt. Später hat meine Mutter mir dann erzählt, daß meine Großmutter wußte, wie stark die Wunde angeschwollen wäre, wenn wir das Eintreffen des Arztes abgewartet hätten, und meine Großmutter konnte ausgezeichnet nähen. Man hat mir immer wieder gesagt, ich hätte den tollsten Kreuzstich von ganz England auf dem Backenknochen.«

»Und jetzt«, sagte er, »hast du ganz einfach die schönsten Bakkenknochen.«

Sie wandte den Kopf ab. »Ich wünschte, Sie würden nicht so mit mir reden.«

»Alle Frauen mögen es, wenn man so mit ihnen redet.«

Sie hob das Kinn, denn sie wollte nicht, daß er sich weiterhin ihre Zuneigung erschlich. »Vielleicht alle anderen Frauen, aber *ich* kann es nicht leiden.«

»Wenigstens bist du zu *der* Schlußfolgerung allein gelangt.«

Eine Brise schien sich aus dem Nichts zu erheben und fegte über das Feld und wirbelte Spreu und Stroh auf, und dann büßte sie ihre Kraft ein und legte sich so lautlos wieder, wie sie aufgekommen war. Nahe dem Zaun schienen zwei Schafe uneinig miteinander zu sein, und drüben bei den Ställen heulte eine Katze auf, als sei ihr jemand auf den Schwanz getreten. Mit geschärften Sinnen nahm Annabella alles um sich herum überdeutlich wahr.

»Du bist kein Mädchen, das selbständig denken kann. Das muß dir dein Leben entsetzlich fad erscheinen lassen.«

»Das einzige, was ich fad finde, ist, hier zu stehen und mich mit Ihnen zu unterhalten.«

Plötzlich stand er dicht genug vor ihr, um seine Hände auf ihre

Schultern zu legen. Er hatte recht. Sie konnte nicht denken. Wenn er so dicht vor ihr stand wie jetzt und seine großen Hände auf ihr ruhten, konnte sie außerdem kaum noch atmen. Wie sie es schon immer getan hatte, so versuchte sie auch jetzt, sich durch rationale Überlegungen aus einer unbehaglichen Situation herauszubugsieren. *Es gibt keinen Grund dafür, daß eine erwachsene Frau wie du nur deshalb wie ein verängstigtes Kind zittern sollte, weil ein Mann seine Hände auf deinen Schultern hat.* Das half ihr auch nicht gerade weiter und brachte ihr keine Erleichterung. Sie wußte, daß sie begriffsstutzig wirken mußte, wie sie so dastand, errötete und über ihre eigenen Worte stolperte.

Ihr gesamter Aufruhr spielte sich innerlich ab; äußerlich stand sie reglos und stumm unter dem Gewicht seiner Hände da und wußte in ihrem tiefsten Innern, daß sie Widerstand leisten sollte, und sei er auch nur aufgesetzt. Er war so ganz anders, soviel direkter als jeder andere Mensch, der ihr je begegnet war. Er hatte eine Art an sich, die Höflichkeitsformen glatt zu durchbrechen und zu den nackten Tatsachen vorzudringen. Ihr war noch nie jemand begegnet, der so redete wie er – so, wie man dachte. Gedanken waren Privatangelegenheiten, Dinge, die durch die Konventionen und die Etikette gemäßigt und dann zu sorgsam gewählten Worten umstrukturiert wurden. Dieser Mann war aufrichtig. Und elementar. Und äußerst verwirrend. Sie fragte sich, ob er ihre Gedanken lesen konnte.

Sie konnte den Blick nicht von ihm abwenden, von seinem braungebrannten Gesicht, dem spöttischen Schimmer in seinen Augen, dem Mund, der beim kleinsten Anlaß lächelte. Er hatte gesagt, sie könne nicht selbständig denken, und es wunderte sie, wie schnell er ihre mangelnde Courage entdeckt hatte. Es beschämte sie, daß ihr mangelndes Rückgrat so offenkundig war.

»Du brauchst nicht über das nachzugrübeln, was ich gesagt habe. Es ist ziemlich leicht, selbständig denken zu lernen. Damit verhält es sich wie mit allem anderen auch. Man muß es sich nur so sehr wünschen, daß man bereit ist, etwas dafür zu tun. Von allein fällt es einem nicht zu.«

»Ich grübele nicht«, sagte sie schroff.

»O doch, du grübelst. Diesen Blick habe ich schon oft genug gesehen. Die meisten nüchternen, verbitterten Frauen auf Erden haben genauso wie du angefangen. Du hast jetzt schon diesen verkniffenen Gesichtsausdruck. Noch ein paar Jahre, und deine Nase wird dein Kinn berühren.«

Sie war derart bestürzt, daß sie kein Wort herausbrachte. Er hatte sie überrumpelt. Sie hatte angenommen, da er sich so sehr um ihre Nähe bemüht hatte, würde er nicht so mit ihr reden. Es war eine Sache, bis ins Mark verletzt zu werden, aber es war etwas anderes, wenn man unvorbereitet getroffen wurde. Gerade weil es so unerwartet dazu gekommen war, schien die Wunde stärker zu bluten.

Das, was wirklich weh tat, war vielleicht ihr tiefer Kummer, weil sie sich über ihre Zukunft schon im klaren gewesen war, ehe sie seine grausame Prophezeiung gehört hatte. Seit der Bekanntgabe ihrer Verlobung hatte ihr Leben schon so trostlos und so frei von jeglicher Verheißung wie ein Torfmoor vor ihr gelegen. Und jetzt diente seine brutale und hartherzige Erinnerung daran, wie trübsinnig ihre Zukunft war und wieviel Rückgrat ihr fehlte, nur dazu, ihr anzudeuten, was für eine Dummheit es gewesen war, seine Zuwendungen auszukosten und einen Moment lang dem Wahn zu verfallen, sie könnte sich vormachen, ihr Leben sei nicht das, was es war, und sie sei noch dasselbe fröhliche Mädchen, das sie noch vor wenigen Monaten gewesen war. All das diente dazu, ihr zu sagen, daß sie kein Recht hatte, hier mit diesem Mann zu stehen. Überhaupt kein Recht.

»Jetzt werde bloß nicht zur Gewitterwolke, die auf mich herunterregnet«, sagte er. »Bist du so verhätschelt und verweichlicht, daß du dich in dem Moment, in dem jemand ein ehrliches Wort zu dir sagt, in Tränen auflöst?«

»Ich weine nicht.«

»Vielleicht nicht, aber ich wette, daß es nicht mehr lange dauert.«

»Sie könnten wenigstens abwarten, bis sich jemand eines Verbrechens schuldig macht, ehe Sie ihn mit Ihren Anklagen überhäufen.«

»Das habe ich doch nur gesagt, um dich ein bißchen aufzutauen, weil ich wissen wollte, ob nicht wenigstens ein bißchen Kraft in dir steckt. Das ist schwer zu sagen – bei deinem mürrischen Gesichtsausdruck.«

»Ich bin nicht mürrisch!« sagte sie und war über ihre temperamentvolle Reaktion überrascht. »Und ich weine nicht, wenn jemand ehrlich ist. Ich bewundere Aufrichtigkeit. Was ich dagegen überhaupt nicht bewundern kann, ist dreiste Grobheit. So, wie Sie reden, könnte man meinen, ich besäße keinerlei Verstand und auch kein Rückgrat, was beides nicht der Fall ist. Ich bin gescheit genug, um eine derart krasse Mißachtung der Gefühle eines anderen Menschen nicht als höfliches Benehmen durchgehen zu lassen. Wenn ich einen seltsamen Eindruck erwecke, dann gibt es dafür vielleicht einen anderen Grund. Sie haben mich erschreckt, das ist alles.«

Er erweckte nicht den Eindruck, als glaubte er das auch nur einen Augenblick lang.

»Ich werde noch weitergehen, als dich nur zu erschrecken«, sagte er mit einem Blick, der direkt zum Kern vorzudringen schien, der, wie sie beide wußten, in der simplen Tatsache bestand, daß er ein Mann und sie eine Frau war und daß beide mehr als nur flüchtiges Interesse aneinander hatten. Sie wäre in diesem Moment überall sonst lieber gewesen als da, wo sie gerade war. Die Erstarrung setzte ein. Würde sie sich jemals wieder selbst im Spiegel ansehen können? Sie wußte, daß ihre Wangen glühten. Ihr Herz schlug merkwürdig gegen die Sperren an, mit denen ihr Kopf sie einengte.

»Es ist zwecklos, dazustehen und zu schnaufen wie eine Eidechse auf einem heißen Felsen«, sagte er. »Dadurch wird sich nichts ändern, und es dient nur dazu, daß du dir den Rest des Tages verdirbst.«

Seine Worte zuckten an ihrer Wirbelsäule entlang und ließen sie die Schultern ruckhaft hochziehen. »Reden in Texas alle so wie Sie?«

»Ich weiß es nicht. Wie rede ich denn?«

»Abgesehen von Ihrer Ausdrucksweise, die äußerst seltsam ist... Was ich zu sagen versuche, ist, daß ich mir keinen Reim auf Ihre Worte machen kann.«

Er schaute sie einen Moment lang nachdenklich an; dann lachte er.

»Es ist nur gut, daß ich verlobt bin; wir würden niemals zusammenpassen.«

Falls er überrascht war, zeigte er es nicht. »Warum nicht?«

»Wir sind zu verschieden.«

»In welcher Hinsicht?« Er grinste und schaute sie von Kopf bis Fuß gründlich an. »Ich meine, abgesehen davon, daß sich ein Mann und eine Frau in gewissen Dingen unleugbar voneinander unterscheiden.«

»Ich weiß, was Sie gemeint haben. Sie brauchen es nicht in Stein zu meißeln. Ich bin nicht ganz so begriffsstutzig. Vielleicht wäre eine Analogie angemessener. Sie verstehen doch etwas von Gartenarbeit, oder nicht?«

Jetzt grinste er tatsächlich breit. »Du meinst das Einpflanzen all der kleinen Samen, aus denen dann Kürbisse und Melonen werden?« sagte er mit übertriebener Begeisterung.

»Ihnen kann ich nur die Pest an den Hals wünschen«, sagte sie und rümpfte die Nase. »Ich dachte eher in Begriffen des *Gartenbaus*.«

»Mach schon. Ich werde mich nach Kräften anstrengen, dir zu folgen.«

»Ich stamme aus einer ganz anderen Welt als Sie. Ich bin wie eine Pflanze, die Teil eines umfassenden Konzepts ist; eine, die zur richtigen Zeit am richtigen Ort gepflanzt wird; eine, die einen kleinen Teil eines sehr ordentlich angelegten und äußerst gepflegten Gartens bilden wird. Ich bin gehegt worden, gedüngt, gegossen, und man hat mir genau die richtige Menge Sonne zukommen lassen und mich sorgsam zurückgeschnitten, und ich bin immer gehegt und gegen die Elemente geschützt worden. Ich wachse und reife und blühe, aber immer innerhalb der vorgegebenen Einschränkungen meines Gartens. Aber Sie – Sie sind wie ein Unkraut, dessen Samen am Wegesrand fallen gelassen wird, von allein sprießt und in der Ritze einer morschen Mauer wächst. Wenn Sie blühen, werden Ihre Samenhülsen vom Wind durch die Gegend geweht. Sie haben kein Zuhause, und ebensowenig haben Sie ein klares Ziel.«

»Vielleicht hast du recht, Annabella, aber ich habe etwas, was du nicht hast. Ich habe das wirkliche Leben kennengelernt, einen Vorgeschmack darauf bekommen, worum es im Leben und auf der Welt geht, wohingegen du gar nicht wirklich gelebt hast.«

»Das ist nicht wahr.«

»Ach nein?«

Die Spannung zwischen ihnen stand kurz vor dem Zerreißen. »Nein, natürlich nicht.« *Schau mich nicht so an. Du weißt nicht, was du mir damit antust.*

O doch, das weiß ich nur zu gut. Es ist dasselbe, was du mir mit deinem Blick antust. »Ich glaube, daß es wahr ist, und ich werde es dir beweisen.«

Das mußte aufhören. So konnte es nicht weitergehen. Bestürzt und regungslos starrte Annabella ihn an, als er die Augen schloß und tief Luft holte. Als er die Augen wieder aufschlug, sah er sie an. »Sieh dich um. Laß dir Zeit, solange du willst, und dann sag mir, was du siehst.«

Sie schaute ihn fragend an und legte den Kopf auf eine Seite.

Sie warf einen kurzen Blick auf ihre Umgebung und sah ihn dann schnell wieder an. »Ich sehe die Landschaft.«

»Noch schlimmer, als ich dachte«, sagte er. »Mädchen, du brauchst Hilfe.« Er trat näher. »Dreh dich um. Mach schon. Ich tue dir nichts.«

»Das sagt unsere Köchin auch jedesmal, wenn sie das Hackbeil hinter ihrem Rücken versteckt und einem Huhn hinterherläuft.«

Er lachte, und sie warf einen skeptischen Blick auf ihn, und dann drehte sie sich um und spürte, wie sich seine Hände auf ihre Augen legten. »Und jetzt sag mir, was du gerade gesehen hast.«

Ich habe dich gesehen. Nur dich. »Ich sagte Ihnen doch schon, daß ich die Landschaft gesehen habe.«

»Könntest du das näher schildern?«

»Könnten Sie sich noch vager ausdrücken?«

Er lachte. »Ich habe mich nicht vage ausgedrückt. Ich habe eine Beschreibung gefordert. Sag mir, was du gesehen hast. Was für eine *Form* von Landschaft.«

»Ich habe die schottische Landschaft gesehen. *Am hellichten Tage.*«

»Tu so, als sei ich noch nie in Schottland gewesen, und du würdest es mir beschreiben. Du kannst nicht sagen, daß es wie *die typische schottische Landschaft* aussieht, weil ich nicht weiß, wie eine schottische Landschaft aussieht. Beschreibe sie mir.«

»Dort sieht es so aus wie überall sonst auf dem Land auch. Die Erde ist braun und grün, der Himmel ist blau und weiß. Es gibt Bäume und Wasser. Was tun Sie da? Das ist albern. Nehmen Sie Ihre Hände weg.«

Er ließ seine Hände sinken. »Du siehst noch immer nichts.«

»Ich kann Ihnen beim besten Willen nicht folgen. Ich weiß selbst nicht, warum ich meine Zeit damit vergeude, mit Ihnen zu reden.«

»Weil du mich besser leiden kannst, als du es zeigst. Weil dir meine Zuwendung gefällt. Weil du weißt, daß du Huntly nicht heiraten willst. Weil du hier mit mir stehen *willst*. Aber jetzt genug davon«, sagte er. »Wie würde es dir gefallen, Annabella, wenn mich jemand fragte, wie du aussiehst, und meine Antwort lautete: *Sie sieht aus wie jede andere Frau auch. Sie hat langes Haar und zwei Augen und zwei Arme und ebenso viele Beine.* Was meinst du, wäre das wohl eine angemessene Beschreibung von dir?«

Seine Worte hatten eine ernüchternde Wirkung auf sie, aber sie zwang sich zu einem Lachen. »Ich würde doch hoffen, daß ich einen tieferen Eindruck hinterlasse.«

»Und doch hast du genau das getan. Eines Tages wirst du sehen, daß die Erde überhaupt nicht grün und braun ist und daß der Himmel nicht blau und weiß ist und daß es um dich herum mehr als nur Bäume und Wasser gibt. Jetzt kannst du das nicht sehen, weil du gelernt hast, die Welt mit den Augen anderer zu sehen, aber eines Tages wirst du es wissen, und wenn es soweit ist, dann wird dein Leben nie mehr so wie vorher sein.«

Sie wollte etwas sagen, doch er brachte sie mit einem Finger zum Schweigen, den er auf ihre Lippen legte. »Sag nichts. Nicht jetzt. Es ist meiner Meinung nach noch zu früh – zu früh, als daß du es wirklich verstehen könntest. Du hast noch einen weiten Weg vor dir, Mädchen. Du mußt laufen lernen, ehe du damit rechnen kannst zu rennen.« Er lachte in sich hinein und rieb mit dem Daumen die Falte, die sich zwischen ihren Augen gebildet hatte. »Laß dich von all diesem neuerworbenen Wissen nicht durcheinanderbringen. Wir haben Zeit. Wir werden nichts überstürzen. In keiner Hinsicht.«

Er wartete und spürte die Spannung der Unentschlossenheit in ihrem zierlichen Körper. Würde sie ihm soweit vertrauen, daß sie die Spannung ablegte und etwas gelöster wurde, oder würde sie in Panik geraten und in großen Sätzen fortlaufen? Er beugte sich weiter vor und flüsterte: »Ich weiß, was du jetzt denkst: Vertraue jedem, aber schließ deine Tür immer ab. Stimmt's?«

Er spürte, wie ihr Lachen sie entspannte. »Das war dicht dran«, sagte sie und ließ zu, daß ihre verspannten Muskeln sich entkrampften. »Das haben Sie mit Absicht getan, stimmt's?«

»Was habe ich mit Absicht getan?« fragte er in aller Unschuld. »Dir ein freundschaftliches Gespräch angeboten?«

»Worte wie Skrupel oder Ehre existieren in Ihrem Vokabular überhaupt nicht. Sie sind hergekommen wie eine Scheibe Brot, die auf beiden Seiten mit Butter beschmiert ist, und versuchen Sie jetzt bloß nicht, das zu leugnen. Sie wissen, daß ich verlobt bin, und doch legen Sie es absichtlich darauf an, mich für Sie einzunehmen.« *Hör bitte auf damit.*

Ich kann nicht.

Ich bin einem anderen versprochen.

Das ist mir gleich. Du liebst ihn nicht.

Dich liebe ich auch nicht.

Nein, aber du könntest es ohne weiteres.

Bleib mir vom Leib, hast du gehört? Bleib mir so weit wie möglich vom Leib.

»Täte ich denn tatsächlich etwas so Unritterliches und schliche mich wie eine Brotscheibe durch die Gegend, die auf beiden Seiten gebuttert ist?«

»Ja, das täten Sie... Sie haben es bereits getan.«

»Wenn man erwischt worden ist, dann muß man sich eben geschlagen geben.« Er hielt zum Ausdruck seiner Kapitulation die Hände hoch. »Ich bekenne mich schuldig im Sinne der Anklage«, sagte er und beugte sich vor, um ihr die Worte ins Ohr zu flüstern. Dabei beließ er es jedoch nicht – sondern küßte schneller als ihr flatternder Pulsschlag ihre Wange.

»Lassen Sie das!« sagte sie und stieß ihn von sich. »Ich bin nicht so erzogen worden, meine Gefühle öffentlich zur Schau zu stellen.«

»Das soll mir nur recht sein, meine Süße. Ich täte es ohnehin lieber unter vier Augen.«

Gegen diesen Mann konnte sie einfach nicht gewinnen. Jeder Versuch war zwecklos. Sie sagte kein weiteres Wort mehr.

Er wollte das Gefühl des Gelöstseins nicht gefährden, das nun zwischen ihnen bestand, und daher begnügte er sich damit, ihren Arm zu nehmen und mit ihr über den schmalen Pfad zu gehen, der an dem Steinmäuerchen entlangführte. Er fragte sich, ob sie den entspannten Zustand auch so empfand wie er.

Die Frage hätte er sich nicht zu stellen brauchen. Sie hatte es bemerkt, und das veranlaßte sie, diesem Zustand ein Ende zu setzen, indem sie fragte: »Wohin gehen wir?«

»Wohin gingest du gern?«

»Zurück nach England«, antwortete sie prompt.

»Zu Fuß?«

Annabella tat ihr Bestes, um nicht zu lachen, doch es war hoffnungslos. »Ich würde auf einem Besen reiten, wenn ich auf die Art dorthin käme«, sagte sie.

Er lachte. »Es scheint, als müßte ich dich immer nach einer Alternative fragen. Ich fürchte, England scheidet aus. Würdest du dich statt dessen mit einem kleinen Spaziergang über das Anwesen von Dunford begnügen?«

Sie erstarrte sofort. Die Unschlüssigkeit legte sich wie eine Maske auf ihr Gesicht.

»Ich nehme kaum an, daß deine Gouvernante dich je darin unterwiesen hat, wie man sich in so einer Situation angemessen benimmt, oder?«

Als er das sagte, beugte er sich zu ihr, und seine Worte wurden von dem Strom des warmen Atems mitgetragen, der ihre Sinne neckte. Die Unverfrorenheit dieses Mannes war einfach unglaublich. Jetzt lag sein verfluchtes Kinn auf ihrer Schulter. Welche Vertraulichkeit! Welche Ungehörigkeit! Was mußten diese Texaner doch für ungehobelte Rüpel sein. Aber trotz seiner rotzfrechen geschmacklosen Art und seines derben Benehmens schien seine verwirrende Nähe jeden Gedanken an Anstand und

Schicklichkeit aus ihrem Verstand auszulöschen und ihr den natürlichen Atemrhythmus zu rauben.

Nichts, aber auch absolut nichts hatte sie auf das enorme und tiefgreifende Chaos vorbereitet, das in ihrem Innern ausbrach. Nichts funktionierte mehr ordnungsgemäß, und nichts war mehr am rechten Fleck. Ihr Herz schien überall zu sein, wo es nichts zu suchen hatte, denn warum sonst hätte sie in ihren Schläfen und in ihrer Kehle dieses Pochen spüren sollen? Und was war das für ein Flattern, als hätte sie eine Flottille aufgeregter Schmetterlinge verschluckt?

Es gab mit Sicherheit keinen vernünftigen Grund für das, was hier geschah. Warum hätte eine respektable Frau bei der schlichten Aussicht auf einen Spaziergang am hellichten Tage ein derartiges Flattern und diese furchtsame Erregung verspüren sollen? Sie benahm sich wie ein Schwachkopf, der sich durch die bloße Nähe eines Angehörigen des anderen Geschlechts in stammelnde Verwirrung auflöste. Sie war in vielen Formen der höflichen Konversation geschult, darunter auch denen des angemessenen Umgangs mit dem anderen Geschlecht. Warum also hatte sie ihre Würde und ihre Fassung so restlos verloren?

Er flüsterte ihr jetzt zwar nichts mehr zu, doch sein Gesicht war ihrem Ohr bedrohlich nah und tat etwas, wovon sie nicht wußte, was es war, doch was er auch vorhaben mochte, fest stand, daß *er* genau wußte, was er tat, denn sie war sicher, daß es kein Zufall war, wenn er mit nichts weiter als seiner Nase Dinge tun konnte, die solche bemerkenswerten Empfindungen auslösten.

Auch wenn es noch so dumm klang, aber dieser Mann setzte tatsächlich seine Nase ein und liebkoste sie damit. Und noch schlimmer war, daß sie es mochte. Heiliger Strohsack! War sie denn völlig verrückt? Da lief sie nun wortlos neben ihm her und ließ seine Berührungen über sich ergehen, obwohl sie wußte, daß sie Einwände dagegen hätte erheben sollen, auf eine wie vertrauliche Art er seine Hand (oder seine Nase, wie der Fall auch liegen mochte) ihrer Person aufdrängte, ohne im entferntesten die Anstandsformen oder ihren Status als verlobte Frau zu respektieren. Sie tat ihr Bestes, um gedanklich eine Liste von Gründen zusammenzutragen, aus denen sie nicht mit diesem Mann über das Gelände von Dunford schlendern sollte, doch als sie bei Punkt vier angelangt war, schmiegte er seine Nase wieder an sie, und sie vergaß die ersten drei Punkte.

Es war zwecklos.

Endlich beschloß sie, das Beste daraus zu machen, doch ihr war nicht klar, daß Ross genau wußte, in welchem Augenblick sie aufgab. Seine Freude darüber, mit ihr zusammenzusein, wenn sie sich auch noch so sehr anstrengte, unfreundlich zu ihm zu sein, verwandelte sich langsam in ein Gefühl tiefsten und vollkommenen Friedens. So liefen sie eine Zeitlang weiter, und keiner von ihnen redete, obwohl beide das Gefühl hatten, einander so viel zu sagen zu haben.

Schließlich sagte er in einem leisen, gedämpften Tonfall: »Früher oder später werden wir unseren Enkeln von diesem Tag erzählen, und dann werden wir daran zurückdenken und lachen.«

Annabella fiel fast über die eigenen Füße. *Gütiger Himmel! Ich habe den Mann gerade erst kennengelernt, und jetzt redet er schon von Enkeln! Ich muß diesem Mann wirklich aus dem Weg gehen. Er ist nicht nur gefährlich, er ist ein verdammter Idiot!*
»Hat man Sie als Kind oft auf den Kopf fallen gelassen?«

»Ich glaube nicht.«

»Was ist mit Bäumen? Sind Sie oft vom Baum gefallen?«

»Nicht, daß ich mich daran erinnern könnte.«

Sie blieb stehen und schaute ihn an, sah ihm geradewegs ins Gesicht. »Dann sind Sie wirklich verrückt, stimmt's?«

Er preßte ihr einen Finger auf die Nase. »Nach dir, Kleines. Ich dachte, das wüßtest du.«

Sie war auf fast alles eher gefaßt als auf dieses Geständnis und seinen Gesichtsausdruck. Sein Gesicht war entspannt, seine Mundwinkel ein wenig nach oben gezogen, seine Augen so still und so blau wie ein Hochgebirgssee, und sie spürte, wie die Kraft seiner Worte in ihr Herz vordrang, und sie wußte, daß sie besondere Sicherheitsmaßnahmen ergreifen mußte, um nie wieder mit diesem Mann allein zu sein.

Sein Arm lag lose auf ihrem Rücken, seine Hand entspannt auf ihrer Hüfte. Ihre Mutter hatte sie vor Männern wie ihm gewarnt, und sie war nicht so dumm, ihm solche Vorrechte zu gestatten. Sie wollte seine Hand nehmen und sie anderswohin tun, nur war sie sich nicht sicher, wohin sie sie hätte tun sollen, denn wo er sie auch berührte, löste er Chaos aus.

Du kannst seine Hand nicht dort liegen lassen, rief sie sich ins Gedächtnis zurück. Daher nahm sie seine Hand in ihre und hielt sie einen Moment lang nachdenklich fest. Sie hatte noch nie die Hand eines Mannes länger festgehalten und sich eine Vorstellung von dem Gewicht und der Struktur einer männlichen Hand machen können. Was hatte *diese* Hand bloß an sich, daß ihre Berührung sie erschauern ließ? Welche Geheimnisse barg diese Hand? Welche Genüsse konnte sie erzeugen?

Sie zwang sich, wieder an ihr Vorhaben zu denken, und sie ließ seine Hand los. In der Hoffnung, sich so vor ihm schützen zu können, beschleunigte sie ihr Schrittempo.

Im nächsten Moment lag seine Hand wieder auf ihrer Hüfte.

Sie stieß sie fort.

Er legte sie wieder hin.

Diesmal ließ sie sie dort liegen.

Er fing an, sie mit dem Daumen dicht über der Taillenhöhe zu reiben. Sie ignorierte es. Er wurde ein wenig kühner und ließ seine Hand über ihre Rippen nach oben gleiten, als seien es Treppenstufen. Jetzt war er ihrer Brust schon gefährlich nahe. Auch das ignorierte sie.

»Warum wehrst du dich nicht mehr?« fragte er nach einer

langgezogenen Stille. »Hat deine Familie deine Wertvorstellungen vollständig zerstört? Du weißt, daß ich mit voller Absicht und zielstrebig auf dich zugekommen bin, und doch beschränkt sich deine Abwehr auf einen geheuchelten Unwillen. Warum bist du nicht neugierig? Warum fragst du mich nicht, was ich damit zu erreichen hoffe, daß ich auf dir herumhacke und meine Finger nicht von dir lasse? Warum hast du mich noch nicht geohrfeigt oder mich über dieses Steinmäuerchen gestoßen? Wo bleiben die Worte des Mißvergnügens oder gar des Hasses, die du mir an den Kopf werfen solltest? Was muß ich eigentlich tun, damit du reagierst und dich zur Wehr setzt?«

Sie hatte noch nie so sehr das Gefühl gehabt, dicht vor den Tränen zu stehen. Nie war sie entschlossener gewesen, nicht zu weinen. Sie würde ihn zwar nicht über die Steinmauer stoßen, aber sie würde ihm unter keinen Umständen zeigen, wie sehr er sie verletzt hatte.

»Ich weiß nicht, wie jemand Ihre Gegenwart aushält«, sagte sie. »Sind Sie aus Texas vertrieben worden? Sind Sie deshalb nach Schottland gekommen?«

»Gar nicht mal so schlecht«, sagte er, »für den Anfang, aber dir fehlt die Überzeugungskraft. War das schon alles, was du kannst?«

»Sie sind ein unausstehliches Schwein, Sir.«

»Schon besser, aber du mußtest es selbst gleich wieder kaputtmachen. Du hast dich recht gut gehalten, bis du es mit dem ›Sir‹ wieder abgeschwächt hast. Einen Mann beschimpft man nicht höflich, Kleines. Du solltest mir eins auf die Ohren geben oder mich wenigstens mit deinem kältesten Blick bedenken. Was du auch noch ausprobieren könntest, wäre Zähnefletschen oder mit Gegenständen nach mir werfen. Dann wüßte ich zweifelsfrei, wie sehr du mich in Wirklichkeit verabscheust«, sagte er.

»Ich fletsche meine Zähne nicht, und ich hätte Angst, mit Gegenständen zu werfen, weil ich fürchte, es könnte sich um Dinge handeln, an denen ich hänge. Und wo stünde ich dann? Sie wären noch genauso abscheulich wie vorher, und ich wäre nur noch wütender, weil ich etwas Wertvolles zerbrochen habe. Ich fürchte, es ist mir bestimmt, wehrlos zu bleiben.«

Er lachte. »Ich glaube, so schlimm ist das nun auch wieder nicht. Du bist zu warmherzig, um jemanden mit einem kalten Blick zu bedenken. Du hast unglaubliche Augen. Ist dir das eigentlich klar?«

Sie reagierte nicht darauf.

Ross seufzte und beugte sich näher. »Annabella?« flüsterte er, und sein Atem streifte warm und zart ihre Haut.

Annabella öffnete vor atemlosem Erstaunen die Lippen. Sie sagte kein Wort. Sie rührte sich nicht. Eine feuchte Haarsträhne fiel ihr ins Gesicht, und sie strich sie zur Seite. Als sie endlich etwas sagte, wählte sie ihre Worte sorgsam. »Wenn Sie so freundlich wären, mich allein zu lassen, könnte ich den Spaziergang jetzt ohne Sie fortsetzen. Genau das hatte ich nämlich vor, als ich aus dem Haus gegangen bin.«

Sie standen einen Moment lang in vollkommener Stille da. Nichts regte sich. Sogar die Schafe auf der Weide schienen zu wissen, was von ihnen erwartet wurde, und die Bäume um sie herum wirkten so bewegungslos und erwartungsvoll wie der Nebel, der sich langsam über die Heide wälzte. Die Luft wirkte schwer und kühl und umgab sie regungslos. Die Stille war unheilvoll, und ein Grauen beschlich sie, als sei ihr eine Gnadenfrist zugebilligt worden und sie hätte ihre Chance verpaßt, statt sie zu ergreifen – eine blödsinnige Vorstellung, denn selbst dieser Mann hätte nichts tun können, um sie zu erretten.

Wie merkwürdig, daß sie ihm die seltsamen und unerklärlichen Empfindungen, die sie beschlichen, gern geschildert hätte, daß sie sich verzweifelt danach sehnte, mit jemandem zu reden, der verstanden hätte, welche Traurigkeit sie darüber verspürte, einen Mann wie ihn kennengelernt zu haben, als es zu spät war.

Sie kamen um eine Wegbiegung und stießen auf Gavin, der ihnen entgegenkam.

»Der Teufel soll dich holen«, sagte er. »Ich habe dich schon überall gesucht.«

Annabella sagte kein Wort.

»Es wird einen Moment dauern, bis sie auftaut und bereit für ein Gespräch ist«, sagte Ross. »Im Moment ist sie vollauf damit beschäftigt, ihr eigenes Leiden auszukosten.«

»Laß dich von ihm nicht täuschen«, sagte Annabella. »Er hält sich für komischer, als er ist.«

Gavin grinste Ross an. »Es tut mir leid für Sie, daß Sie mit einem so undankbaren Familienmitglied der Stewarts spazieren waren. Diese Griesgrämigkeit sieht Bella gar nicht ähnlich.«

»Es ist meine Schuld«, sagte Ross. »Ich fürchte, ich habe sie ein wenig zu sehr geneckt. Es wird ein paar Tage dauern, bis sie sich davon erholt hat. Und ehe ich Dank von ihr zu hören bekomme, wird noch eine ganze Weile vergehen.«

»Frühestens an einem kalten Tag im Hades«, sagte Annabella und ließ die beiden stehen.

Gavin schaute seiner Schwester nach, als sie gerade durch die Tür ging und sie hinter sich schloß. »Ist es wirklich nur das, oder hat sie sonst noch was?«

»Ich fürchte, es ist wirklich meine Schuld. Ich habe sie gegen den Strich gestreichelt, und jetzt fletscht sie die Zähne.«

»Sie wird sich schnell wieder fassen. Annabella ist nicht nachtragend.«

»Sie ist zu wenig nachtragend«, sagte Ross und ging auf das Haus zu. Gavin folgte ihm. »Wie lange ist Ihre Schwester schon mit Huntly verlobt?«

»Noch nicht so lange, daß er ihre Sympathie für sich gewinnen konnte. Sie macht sich nichts aus ihm.«

Ross sah ihn fest an und öffnete dann die Tür. »Können Sie ihr das vorwerfen?«

»Wohl kaum. Ich vermute, er ist in Ordnung, wenn er da ist, wo er hingehört.«

»Und wo wäre das?«

»Hier in Schottland, vorausgesetzt, daß ich in England bin und daß er nicht mit meiner Schwester verlobt ist.«

»Ihre Eltern scheinen einiges von der Verbindung zu halten. Warum haben sie keinen Engländer für sie ausgesucht?«

»Annabella muß einen Schotten heiraten. Das ist bei der Verlobung meiner Eltern vertraglich festgelegt worden – sinngemäß, daß die jüngste Tochter mit einem Schotten verheiratet werden muß.«

»Trotzdem scheint es nicht so, als sei Huntly die beste Wahl gewesen. Er ist alt genug, um ihr Vater zu sein.«

»Er ist ein Mann, der sehr geachtet wird.«

»Vielleicht in englischen Kreisen. Hier in Schottland hilft der Familienname einem Mann nur begrenzt weiter, und dann liegt es ganz an ihm, was er aus sich macht.«

Gavin wirkte nachdenklich. »Sie scheinen an all dem mehr als nur flüchtiges Interesse zu haben. Wie kommt das?«

»Ich habe die Absicht, Annabella zu heiraten«, sagte Ross.

Aus irgendwelchen Gründen schien Gavin nicht überrascht zu sein. »Eine Verlobung ist bindend und kann nicht aufgelöst werden, abgesehen von seltenen Ausnahmen, wenn beide Parteien ihre Zustimmung dazu geben. Wie gedenken Sie diese Schwierigkeit zu überwinden?«

Sie waren jetzt in der Küche angelangt, in der sich um diese Tageszeit niemand aufhielt. Ross setzte sich an den Tisch und streckte die Beine aus. »Es wäre doch die reinste Dummheit von mir, wenn ich Ihnen das sagen würde, oder nicht?«

Gavin grinste. »Ach, ich weiß nicht so recht. Wenn man mich überzeugt, könnte ich ein starker Verbündeter sein.«

»Und wenn man Sie verärgert, könnten Sie ein ernstzunehmender Gegner sein«, bemerkte Ross sachlich.

»Stimmt, aber es gibt Momente, in denen ich denke, ich würde Annabella lieber als alte Jungfer als an Huntlys Seite sehen.«

»Das ist eine teuflische Wahl, die zu treffen kein Mädchen gezwungen sein sollte.«

»Nun ja«, sagte Gavin lachend, »vielleicht haben Sie ja Erfolg, und dann bleibt ihr diese Wahl erspart.«

»Vielleicht schaffe ich es«, sagte Ross. »Fest steht, daß ich vorhabe, es zu versuchen.«

Gavin setzte sich Ross gegenüber an den Tisch, stützte die Arme auf, beugte sich vor und flüsterte: »Glauben Sie, wir haben eine Chance, diese Verlobung rückgängig zu machen?«

Überrascht schaute Ross den Mann eindringlich an, den er bis zu diesem Zeitpunkt für seinen Gegner gehalten hatte. »Wir?« fragte er. »Ich kann mich nicht erinnern, Sie mit ins Spiel gezogen zu haben.«

Das lächelnde Gesicht, das ihn ansah, drückte ausschließlich Freundschaft aus. »Ich spiele aber mit«, sagte Gavin. »Was ist jetzt, haben wir eine Chance?«

»Ja«, sagte Ross, »solange ich noch atme, haben wir eine Chance.«

»Solange wir beide noch atmen«, verbesserte ihn Gavin. »Sie werden mich auf Ihrer Seite brauchen, wissen Sie.«

»Das Angebot lehne ich nicht ab«, sagte Ross.

»Gut. Wie mein Vater sagt: *Die Zunge eines Weisen liegt hinter seinem Herzen.*«

Ross zuckte die Achseln. »Wer weiß? Es heißt, das Herz ist ein halber Prophet.«

12. Kapitel

»Wo stecken denn die anderen?« fragte Annabella.

Es war halb neun am nächsten Morgen, als Annabella in der Tür zum Eßzimmer stehenblieb und ihre Mutter allein an dem langen Mahagonitisch sitzen sah. Die Herzogin blickte auf, als Annabella das freundliche Zimmer betrat.

Freundlich war im Grunde genommen nicht Annabellas Wortwahl zur Beschreibung des Eßzimmers, sondern die Bezeichnung, die ihre Mutter vorzog. Annabellas Wahl fiel auf *optimistisch*. Es mag wohl Menschen geben, die der Meinung sind, ein Zimmer könnte nicht als optimistisch wahrgenommen werden, doch daran störte sich Annabella nicht, denn es gab Momente, in denen sie die Konventionen segensreich außer acht ließ – zumindest die *geistigen* Konventionen.

Das war ihre Art, den starren Erwartungen zu entkommen, mit denen sie ihr Leben lang konfrontiert gewesen war, ihre Art, sich eine Zeitlang den Vorschriften von Anstand, Etikette und Schicklichkeit zu entziehen. Ihr Leben mochte zwar von unzähligen Einschränkungen geprägt sein, doch in ihrem Kopf existierten keine derartigen Einengungen. Dort wenigstens stand es ihr zum Glück frei, zu denken, was sie wollte. Und eine der Folgen all dieses Freidenkertums war ihr Hang, Zimmer zu charakterisieren – und das Eßzimmer von Dunford mit seinem halbkreisförmigen Erker und den deckenhohen Schiebetüren war ihrer Meinung nach optimistisch. Vielleicht ließ sich das unter anderem auf die leuchtend goldgelben Brokatdraperien zurückführen, die morgens immer zurückgebunden waren, damit die zartesten Strahlen bernsteinfarbenen Sonnenlichts hereinfallen konnten.

Annabellas Blick glitt durch das schöne Zimmer, während ihre Schuhe auf dem polierten Holzboden klapperten, das Stakkato endete unvermittelt, als sie den Perserteppich erreichte. »Hier herrscht so viel Leben wie in einer Grabkammer. Ich wußte gar nicht, daß ein Haus so still sein kann.«

»Und dadurch nur um so wohltuender«, sagte ihre Mutter.

Das Eßzimmer war die reinste Ansammlung von Ablenkungen, die Annabella zu jedem anderen Zeitpunkt begeistert hätte, der nicht ganz so schicksalsschwanger war. Doch heute morgen blieb sie vor der Anrichte stehen und warf einen Blick auf die handbemalte chinesische Tapete – ein Vogel- und Blumenmuster. Es war nur ein flüchtiger Blick, doch er genügte ihr, um sich eine Meinung zu bilden. Sie beschloß, die Vögel nicht zu mögen, und ohne jede weitere Überlegung zu diesem Thema hob sie den Deckel von der erstbesten silbernen Vorlegeplatte und trat einen Schritt zurück, als von dem traditionellen schottischen Gericht dichter Dampf aufstieg – Hering in Hafergrütze.

Sie starrte den Hering an und befand, er sähe auch nicht besser aus, als er röche, und sie klappte den Deckel wieder zu. Ihr fielen die Worte von Samuel Johnson wieder ein: »*Hafer und Gerste, was man in England gewöhnlich Pferden vorsetzt... sind in Schottland Nahrungsmittel für den Menschen.*« Wieder einmal hatte sie etwas gefunden, was ihr an den Engländern besser als an den Schotten gefiel. Sie bezweifelte, daß sie sich je an irgendeines dieser Lieblingsgerichte der Schotten würde gewöhnen können.

Mit weitaus geringerem Enthusiasmus hob sie den nächsten Deckel hoch und fand Buttergebäck, das nicht halb so schmackhaft wie das englische Teegebäck war, aber doch zumindest eine geringe Ähnlichkeit damit aufwies. Doch sie war hungrig, und daher bediente sie sich.

»Dein Vater und Gavin sind nach Edinburgh gefahren.«

Sie ließ das Gebäck fallen, drehte sich um und starrte ihre Mutter an. »Nach Edinburgh? Ich dachte, wir wollten *alle* nach Edinburgh fahren.«

»Dein Vater hat beschlossen, die Reise sei zu überstürzt und zu hektisch für uns, und sie kämen schneller voran, wenn sie reiten, statt den Wagen zu nehmen. Ich habe den Verdacht, er wußte, daß wir uns hier wohler fühlen würden.«

Annabella hob das Gebäckstück wieder auf, legte es auf ihren Teller, hob den nächsten Deckel hoch und fand eine schottische Waldschnepfe und ein Kräuterrührei auf einer Scheibe gebuttertem Toast vor, garniert mit einer Anchovis und zwei Kapern.

»Aber ich fühle mich hier nicht wohl«, sagte sie, bediente sich von der Schnepfe und klappte den Deckel wieder zu. »Ich bin jederzeit aufbruchsbereit.«

Die Herzogin wirkte ein wenig beunruhigt. »Annabella, es erfüllt mich mit größter Sorge festzustellen, daß du innerlich so verstimmt und so wenig gefaßt bist. Ich hatte gehofft, du würdest dich mit dem Gedanken an deine Heirat anfreunden, wenigstens im Laufe der Zeit.«

»Ich kann mich eben nicht damit anfreunden, aber das ist nicht der Grund, weswegen ich mich hier so unwohl fühle – wenigstens jetzt nicht mehr, nachdem Lord Huntly abgereist ist.« Sie setzte sich ihrer Mutter gegenüber. »Wann gehen wir von hier fort? Ich möchte nach Hause – nach England.«

Die Herzogin seufzte, rührte ihren Tee um und legte den Löffel mit einem hörbaren *Pling* auf die zerbrechliche Untertasse. »Ich weiß, daß du das willst, Bella, aber dein Vater hält es für das beste, wenn du in Schottland bleibst.«

»Wie lange?«

»Ich fürchte, bis zu deiner Hochzeit.«

Die erste Woge quälenden Heimwehs brach sich über ihr, und sie schaute ihre Mutter trübsinnig an. »Und du? Was hältst du davon, Mutter?« Sie stellte die Frage, doch sie kannte die Antwort bereits. In ihrer übermächtigen Verzweiflung hatte sie das Gefühl, alle hätten sie im Stich gelassen, sogar ihre Mutter.

»Du weißt, daß ich dich bei uns zu Hause haben möchte, aber ich muß mich nach der Entscheidung deines Vaters richten.«

Annabella fühlte sich noch niedergeschlagener als vorher. »Aber warum? Warum muß ich bis zur Heirat hierbleiben? Was könnte es schon schaden, wenn ich ein letztes Mal mit euch nach Hause käme?«

»Versteh, daß du in Schottland zu Hause sein wirst – daß du jetzt hier zu Hause *bist*. Wenn du mit uns nach England zurückgingest, würde es dir nur um so schwerer fallen, ein zweites Mal von dort fortzugehen.«

Annabella spürte die Tränen hinten in ihren Augen brennen, und sie wußte, daß die Tränen in Strömen geflossen wären, wäre ihre Mutter nicht dagewesen. *Nie mehr nach Hause zurückkehren? Nie mehr England wiedersehen?* »Soll das heißen, daß ich *hier* heiraten soll?«

»Dein Vater hält es für das beste.« Als sie sah, wie dicht ihre Tochter vor den Tränen stand, sagte die Herzogin: »Versuch, es von der positiven Seite zu sehen, Bella. Es gibt hier in Schottland so viele schöne Orte zum Heiraten. Du könntest sogar in derselben Kirche heiraten, in der dein Vater und ich geheiratet haben, wenn du magst. Unsere ganze Familie und sämtliche Freunde aus England kämen zu deiner Hochzeit. Es ist nicht so, als seist du nur von Fremden umgeben.«

Doch genauso fühlte sich Annabella: von Fremden umgeben. Selbst ihre eigenen Eltern erschienen ihr jetzt als Fremde. Wie hätte sie es sonst empfinden können, denn es schien, als hätten sich alle gegen sie gewandt. Der Kummer wogte in ihr auf. Ihr Leben lang hatte sie pflichtbewußt ihr Bestes gegeben, um eine liebende und gehorsame Tochter zu sein, die ihren Eltern niemals Kummer bereitete und es immer anstrebte, den Erwartungen und Wünschen zu entsprechen, die sie an sie stellten, und das hatte sie immer höhergestellt als ihre eigenen Bedürfnisse. *Warum muß es immer so sein? Warum muß ich immer meine Empfindungen und meine Wünsche opfern und verzichten, um mich dem zu beugen, was meine Eltern wollen?*

Annabella war verletzt und verwirrt. Sie wußte, daß ihre Eltern sie wirklich liebten – daran bestand kein Zweifel –, aber sie wollten immer, daß sie ihren Erwartungen entsprach. Warum war es für sie so wichtig, die Anerkennung ihrer Eltern zu erringen? Warum mußte sie immer einen Teil von sich selbst opfern, um anderen Freude zu machen? Vielleicht war es jetzt zu spät, um diese Frage noch zu stellen. Sie hatte sich so lange Zeit gefügt, war so lange Zeit dieser andere Mensch gewesen, daß sie nicht sicher war, ob die wahre Annabella überhaupt noch existierte. Sie hatte das Gefühl, alles verloren zu haben: ihre Eltern, ihr Zuhause und sogar sich selbst.

Eine Weile sagte Annabella kein Wort. In ihr erwachte soeben das seltsame Bewußtsein von dem Unrecht in ihrem Leben. Ihr Herz fing heftig an zu schlagen, als ihr die Szene, die sich vor ein paar Tagen abgespielt hatte, so lebhaft wieder durch den Kopf schoß, als trüge sie sich gerade eben zu. Sie hatte mit Ross geredet, unten am Teich in der Nacht des Balls. Er hatte sie gefragt:

»*Was hast du denn sonst noch verpaßt?*«

»*Ich habe überhaupt nichts verpaßt. Ich bin sehr gut erzogen worden... und ich habe eine gute Ausbildung genossen... für eine Dame jedenfalls. Ich zeichne und male, und ich kann Ihnen versichern, daß ich zu dem Betragen, das einer Adligen ansteht, gründlich und unnachgiebig angehalten worden bin.*«

»*Oh, ich bin sicher, daß man dich dazu angehalten hat. Das ist jedem deiner kleinen steifen Schritte anzusehen. Bist du denn nie gelöst?*«

Plötzlich spürte Annabella, wie die sengendste Wut, die sie je verspürt hatte, ihr Herz durchströmte. Ihre Eltern hatten sie verraten, sie den Wölfen vorgeworfen. »Ihr müßt mich sehr hassen, wenn ihr mir das antut«, sagte sie und bemühte sich dabei nach Kräften, leise und ruhig zu bleiben.

Die Herzogin war alles andere als vorbereitet auf die Schwere dieses verbalen Hiebs, und das drückte sich auf ihrem Gesicht aus. »Wie kannst du so etwas nur sagen, Annabella? Du weißt, daß dein Vater und ich ebensosehr an dir hängen wie an deinen Schwestern.«

»Aber allen anderen habt ihr erlaubt, Engländer zu heiraten.«
»All das haben wir dir doch schon erklärt, Bella.«
»Ich weiß, aber wir haben nie eine Lösung gefunden. Ich kann Lord Huntly nicht heiraten, Mutter. Zwing mich bitte nicht dazu. Ich werde euch auch nie mehr den geringsten Ärger machen. Ich verlange nicht, daß ich je einen anderen Mann heiraten kann. Ich werde als alte Jungfer leben. Ich werde für den Rest meines Lebens in meinem Zimmer bleiben. Ich tue alles.« Sie unterbrach sich, um Atem zu holen. »Ich gehe nach Amerika.«

»Es ist zwecklos, die Hände zu ringen und zu flehen, Bella. Du wirst Lord Huntly heiraten«, sagte die Herzogin erzürnt. »Das ist bereits entschieden worden. In dieser Angelegenheit habe ich, genau wie du, nichts mitzureden. Dein Vater hat es so arrangiert, daß du Huntly heiratest, und genau *das* wirst du auch tun.«

Annabella erkannte, daß es vergeblich war, weiterhin ihre Mutter anzuflehen. Die Herzogin würde sich ebensowenig ins Wanken bringen lassen wie ihr Vater. Annabellas Ängste und ihr Elend wogten in ihr auf, und mit einem hilflosen Schrei sprang sie vom Tisch auf, floh aus dem Zimmer und rannte die Treppe hinauf.

Lord Percival war gerade von einem Ausritt mit Ross zurückgekehrt. Er hatte ursprünglich vorgehabt, in ein paar Tagen abzureisen und nach England zurückzukehren, doch auf die eindringlichen Bitten des Herzogs hin hatte er sich entschlossen, noch ein wenig länger hierzubleiben. Erst heute morgen war er zu diesem Entschluß gelangt, und jetzt war er gerade auf dem Weg zu Seiner Exzellenz, um es dem alten Mann mitzuteilen, als er zufällig sah, wie Annabella die Treppe hinaufstürzte.

Er streckte den Kopf ins Eßzimmer, weil er wissen wollte, was diesen Aufruhr verursacht hatte, und in dem Moment wurde Lord Percival fast von der Herzogin umgerannt, die ihrer Tochter nacheilte.

»Also wirklich«, sagte sie, »ich weiß auch nicht, was in der letzten Zeit über dieses Kind gekommen ist. Es ist ein Glück für sie, daß ihr Vater nicht hier ist und all das miterlebt, aber ich glaube fast, ich werde ihm alles erzählen, was sich heute morgen hier abgespielt hat. O doch, ich glaube, ich werde es ihm wirklich sagen.« Ohne weitere Umstände sauste sie die Treppe mit Bewegungen hinauf, als hätte jemand ihre Röcke angezündet. Im nächsten Moment wurde Annabellas Tür zugeknallt.

Lord Percival schüttelte den Kopf. *Frauen*, sagte er zu sich. *Wer kann die schon verstehen?*

Oben grübelte die Herzogin darüber nach, wie sie mit der Szene umgehen sollte, die sich gerade abgespielt hatte. Mit größter Strenge sagte sie: »Beim Weibe Hiobs, ich weiß wirklich nicht, was dich bedrückt, Bella. Und jetzt komm wieder nach unten, iß dein Frühstück, und hör mit deinem ewigen Gejammer auf, ehe du dich selbst noch krank damit machst.«

Bella hob ihr tränenüberströmtes Gesicht und sah ihre Mutter an. »Ich werde nie wieder etwas essen. Mein Herz ist zu schwer.«

Die Herzogin spürte, wie ihr Gesicht zuckte. Sie unterdrückte gewaltsam ein Lächeln. »Dein Herz wird es schon nicht belasten. Das Essen geht in den Magen. Und jetzt komm mit.«

»Ich kann nicht. Und außerdem ist es ja doch kein anständiges englisches Frühstück.«

»Aber ich dachte, du magst Waldschnepfen.«

»Es kann schon sein, daß sie mir manchmal schmecken – aber heute ganz gewiß nicht. Ich kann jetzt unmöglich etwas essen – nicht, wenn ich vom Leid geschlagen bin.«

»Vom Leid?« wiederholte Lady Anne und spürte, wie sie allmählich Dampf abließ.

»Ja«, sagte Bella. »Von der erbärmlichsten Sorte.«

Ihre Lippen zuckten, als Lady Anne sagte: »Und was für eine Sorte ist das?«

»Von meinen eigenen Eltern an den Feind ausgeliefert zu werden. Zumal ich gerade einen anderen Mann kennengelernt habe, den ich soviel mehr mag.«

Das verschlug der Herzogin glatt die Sprache. »Annabella, wovon auf Erden redest du? Wen könntest du bloß kennengelernt haben, der...« Plötzlich dämmerte es ihr. »Ach du meine Güte«, sagte sie kopfschüttelnd. »Ausgerechnet dieser fürchterliche... oh, wie sehr ich doch wünschte, dein Vater wäre hier.«

Annabella hob den Kopf. »Also, ich bin jedenfalls froh, daß er nicht hier ist.«

Doch ihre Mutter hörte ihr nicht zu. Sie trat an das Bett und tätschelte Annabellas Kopf. »Darüber muß ich in Ruhe nachdenken«, sagte sie. »Versuch du jetzt, dich ein wenig auszuruhen. Wir reden dann später weiter.«

Nachdem ihre Mutter gegangen war, lag Annabella fast eine Ewigkeit da, doch es war zwecklos. Sie konnte nicht schlafen. Sie wollte nichts essen. Sie konnte nichts anderes tun, als nur dazuliegen und über Lord Huntly nachzudenken und sich zu sagen, wie sehr er seinen Spaniels ähnelte. Es hätte nicht schlimmer sein können, wenn man sie gezwungen hätte, einen seiner Spaniels zu heiraten.

Da sie Zeit für sich allein brauchte und sich danach sehnte, im Freien zu sein, ging sie aus ihrem Zimmer und lief die Treppe hinunter, um einen der kräftigenden Spaziergänge zu unternehmen, die ihre Mutter immer wieder empfahl. Sie suchte Trost im Garten und setzte sich auf eine kalte, harte Steinbank, um die herum Katzenminze, Wiesenfrauenmantel und Klematis wuchsen. Sie saß schon seit mehr als einer Stunde dort, als ihre Mutter sich zu ihr gesellte.

»Ich weiß, daß es schwer für dich ist«, sagte Lady Anne und nahm Annabellas Hand in ihre, »uns zu verstehen und die

Gründe einzusehen, aus denen wir so handeln, aber glaub mir bitte, wenn ich dir sage, daß wir dich sehr liebhaben, Bella, sehr, sehr lieb. Dein Vater meint es gut mit dir – ebenso wie ich. Ich weiß, daß wir nicht immer alles richtig machen, Bella, und alles, was ich zu unserer Verteidigung vorbringen kann, ist, daß all unsere Fehler gründlich durchdacht sind.« Als sie den ungläubigen Ausdruck auf Annabellas jungem tränenüberströmten Gesicht sah, sagte Lady Anne: »Du wirst das wahrscheinlich nicht verstehen, solange du keine eigenen Kinder hast.«

»Ich werde nie eigene Kinder haben, denn ich werde niemals heiraten.«

»Du wirst heiraten.«

»Nein, das werde ich nicht tun. Es wird nicht lange dauern, bis ich an einem gebrochenen Herzen sterbe. Ich weiß es ganz genau.«

Die Herzogin schlang die Arme um ihre Tochter und streichelte ihr schimmerndes schwarzes Haar. »Du bist immer ein ganz reizendes Kind gewesen, Bella, so rücksichtsvoll und aufmerksam, und du hast dich immer so sehr angestrengt, uns Freude zu bereiten. Ich hätte nie geglaubt, du könntest unglücklich sein.«

»Ich bin es aber. Ich fühle mich so elend. Und es ist furchtbar. Mir sind diese Gefühle verhaßt. Es ist mir verhaßt, erwachsen zu werden. Mir ist der Gedanke verhaßt, von zu Hause fortzugehen, doch möchte ich auch nicht den Rest meines Lebens dort verbringen.« Sie ballte die Hände zu Fäusten und schlug sich damit verzweifelt auf den Schoß. »Ach, ich weiß selbst nicht, was ich will«, sagte sie und sah ihre Mutter an. »Aber dafür weiß ich um so genauer, was ich nicht will.«

»Und was ist das, mein Liebes?«

»Ich will nicht heiraten – *niemals*. Und noch weniger als alles will ich in Schottland leben.«

»Ich weiß. So habe ich es auch empfunden, als ich in deinem

Alter war und aus Schottland fortgehen mußte, um in einem so gräßlichen Land wie England zu leben.« Anne lächelte in das verblüffte Gesicht, das sie so ernst anschaute. »Es ist wahr«, sagte sie und wischte mit ihrem Taschentuch die Tränen von Bellas Wangen. »Ich habe zu meinem Vater gesagt, ich wollte lieber Nonne werden, als einen Engländer zu heiraten und in England zu leben.«

»Was hat er dazu gesagt?«

»Er hat gesagt, ich sei albern, und gerade ich sollte doch besser als andere Leute wissen, daß gute Presbyterianer keine Nonnen werden.«

»Also bist du statt dessen zur Märtyrerin geworden.«

Die Herzogin lachte. »Wohl kaum. Mit der Zeit habe ich angefangen, deinen Vater und diesen gräßlichen Ort zu lieben, den er sein Zuhause nannte, und so wird es dir auch ergehen mit der Zeit, Bella. Es ist alles nur eine Frage der Zeit.«

Und genau das habe ich nicht, dachte Annabella. *Nicht, wenn mich dieser lästige Enkel des Herzogs ständig abfängt und mich anspricht. Und ich wünschte sogar, er täte noch mehr mit mir*, rief ihr gepeinigter Verstand ihr wieder ins Gedächtnis zurück. Annabella riß ihre Gedanken gewaltsam von Ross Mackinnon los und sagte: »Ist schon ein Termin für die Hochzeit festgesetzt worden?«

»Nein. Dein Vater findet, du solltest vor der Hochzeit mindestens ein Jahr in Schottland bleiben. Das gibt dir Zeit, Lord Huntly ein wenig besser kennenzulernen und Schottland und die Art der Schotten zu verstehen und dich an die Vorstellung zu gewöhnen, daß du hier leben wirst.«

»Aber wo werden wir ein ganzes Jahr lang leben?« fragte Annabella und bemerkte, daß ihre Mutter plötzlich angespannt und ein wenig besorgt wirkte.

»Mutter, ihr werdet mich doch nicht etwa *hier* lassen, oder? Ganz allein?«

Die Herzogin wirkte ein wenig schuldbewußt. »Wir können nicht mehr allzu lange hierbleiben. Dein Vater muß nach England zurückkehren, und daher hat er sich entschlossen, daß Angebot deines Onkels Colins anzunehmen, dich bei sich aufzunehmen.«

»Ich begreife«, sagte Annabella, die plötzlich so fassungslos war, daß sie nicht einmal mehr weinte. Ihre ganze Welt war vor ihren Augen in Stücke zersprungen und lag jetzt in funkelnden Scherben vor ihren Füßen. Sie hatte das ausgeprägte Gefühl, verraten worden zu sein. Und sie hatte das Gefühl, nicht einen einzigen Freund auf Erden zu haben.

Die Herzogin, die ihre Verzweiflung verstand, schaute einen Moment lang nachdenklich, doch dann hellte sich ihr Gesicht auf. »Jetzt habe ich es! Das wird dir gleich viel besser gefallen.« Sie schlug die Hände zusammen und sagte: »Was hältst du davon, wenn du bei deiner Tante Mackenzie bleibst?«

Welch eine Freude! Noch mehr Fremde. Genau das hat mir noch gefehlt. »Tante Mackenzie? Ich kann mich kaum an sie erinnern.« Und das war wahr, denn Una Mackenzie hatte ihre Schwester Anne ein einziges Mal vor ein paar Jahren in England besucht, da es leichter für Anne war, gelegentlich durch Schottland zu reisen und ihre Familie zu besuchen, wenn man bedachte, daß sonst die Hälfte des McCulloch-Clans nach England hätte kommen müssen.

»Bei Barra und Una wird es dir gefallen«, fuhr sie fort. »Deine Cousine Ailie ist ziemlich genau in deinem Alter – vielleicht ein oder zwei Jahre jünger. Und Allan ist nicht viel älter. Sie leben in Wester Ross – nicht weit vom Loch Maree. Bella, dort ist es wunderschön. Ich weiß, daß du dich liebend gern dort aufhalten wirst.«

Ich würde liebend gern auf dem Mond leben, wenn ich dafür diesen Huntly mit seinem Spanielgesicht nicht zu heiraten bräuchte. Inzwischen war es Annabella schon ganz gleich, wo man sie hinsteckte, solange es nur weit, weit weg von Ross Mackinnon und Lord Huntly war – und da es ohnehin schon nicht mehr darauf ankam, warf sie ihren Vater auch gleich noch mit den beiden in einen Topf.

Männer waren der Quell aller Schwierigkeiten in ihrem Leben. Es hätte ihr nicht das geringste ausgemacht, nie mehr einen von ihnen zu sehen. Und es hätte ihr auch nichts ausgemacht, Schottland nie mehr zu sehen.

Schottland, ihre schottischen Verwandten und den Mann, den sie heiraten sollte – all das war ihr nur fremd. Sie seufzte. Es änderte kaum etwas, wo sie den Sturm überdauerte. *Oh, wieder in England zu sein, nach Hause zurückzukehren, den grünen Rasen zu sehen, auf dem die Wäsche gebleicht wurde und auf dem ich gelegen und Ketten aus Gänseblümchen und aus Löwenzahnstengeln geflochten habe.* Aber diese Dinge waren für sie so unwiederbringlich verloren, wie es auch das junge Mädchen nicht mehr gab, das sie früher einmal gewesen war. Annabella war zu traurig, um zu weinen, zu traurig, um etwas anderes zu empfinden als das Gefühl einer Niederlage. Tante Una oder Onkel Colin. Das machte keinen Unterschied. Es war alles verloren. »Ganz, wie du meinst, Mutter.«

Die Herzogin war jetzt aufgesprungen, und ihre Augen funkelten vor Aufregung. »Ich werde mit deinem Vater reden, wenn er aus Edinburgh zurückkommt. Vielleicht könnte dein Onkel Barra kommen und dich abholen, oder Gavin könnte dich begleiten und uns dann auf dem Rückweg nach England in Edinburgh treffen.«

»Gavin«, sagte Annabella zögernd. »Daran, daß er auch abreist, habe ich noch gar nicht gedacht.«

»Natürlich muß er mitkommen, mein Liebes. Schließlich ist er unser einziger Sohn und der Erbe deines Vaters. Daheim in England wartet schon viel auf ihn – obwohl ich fürchte, daß er sich erst noch reichlich die Hörner abstoßen wird, wie es allzu viele helle Köpfe tun, die für das Neumodische aufgeschlossen sind.« Da sie erkannte, daß sie den Faden ein wenig verloren hatte, besann sie sich. »Aber mach dir keine allzu großen Sorgen. Du weißt, daß niemand euch beide lange auseinanderbringen könnte. Ich habe schon immer gesagt, daß du und Gavin einander nähersteht als Zwillinge. Und jetzt laß den Kopf nicht mehr hängen. Gavin wird lange vor der Hochzeit wieder dasein – eher als der Rest von uns, wenn ich mich nicht sehr täusche.«

Die Herzogin machte den Eindruck, als sei sie sehr zufrieden mit sich. »Ich werde mich jetzt sofort hinsetzen und gleich an Una schreiben. Sie wird sich sehr auf deinen Besuch freuen. Bis auf Ailie und ihren Bruder Allan sind all ihre Kinder verheiratet und aus dem Haus gegangen. Als sie das letzte Mal geschrieben hat, hat sie darüber geklagt, daß sie jetzt keine große Familie mehr hat und wie leer und einsam es jetzt im Haus geworden ist.«

Die Herzogin warf einen letzten Blick auf ihre Tochter und sagte: »Also, ich muß jetzt sofort gehen. Ich habe die Arbeit von zwei Wochen in ein paar kurzen Tagen zu erledigen. Ich werde den Brief an Una aufgeben, und dann werden wir dafür sorgen, daß eine Schneiderin ins Haus kommt. Deine Garderobe muß dringend vervollständigt werden.«

Wozu? Gefangene brauchen keine komplette Garderobe.

Nachdem ihre Mutter wie eine Heilige, die einen Auftrag zu erledigen hat, aus dem Garten gestürmt war, unternahm Annabella einen ausgedehnten Spaziergang durch den Garten und blieb an einem alten Brunnen stehen, dessen graue Steine von Flechten bewachsen waren. Sie lauschte dem fröhlichen Gurgeln und ließ die Finger durch das Wasser gleiten, während sie sich Wester Ross vorzustellen versuchte.

»Es ist gar nicht so leicht, dich zu finden«, sagte eine Stimme hinter ihr. Annabella wirbelte herum und sah Ross Mackinnon auf sie zuschlendern; auf seinem Gesicht stand dieses ärgerliche, gezwungene Lächeln, an das sie sich von ihrer letzten Begegnung mit ihm noch genau erinnern konnte. »Wenn du dich in diese Vogeltränke stürzen willst, dann sag es mir gleich, und ich verschwinde augenblicklich.«

»Das wäre es fast wert«, sagte sie, »wenn das hieße, daß ich nicht mit Ihnen reden muß.«

»Ah«, sagte er, und seine Augen verrieten, wie sehr er den Dialog auskostete. »Aber wir wissen doch beide, daß die gehorsame Tochter des Herzogs so etwas nie täte.«

»Ich könnte Sie vielleicht in Erstaunen versetzen«, sagte sie mit allergrößter Würde.

Er musterte sie aufmerksam. »Das könnte sein – jedenfalls früher oder später. Aber ich fürchte, dazu müßte ich dich ziemlich reizen. Du bist kein Mädchen, das die Vorsicht leicht in den Wind schlägt und impulsiv handelt.«

Die zersplitterten Fragmente ihrer Fassung setzten sich allmählich wieder zusammen, und ihr entschlüpfte eine Entgegnung, die sie nur als blanke Idiotie bezeichnen konnte. »Das gehört zu den Dingen, für die Sie dankbar sein sollten, denn es wäre der reinste Impuls, Ihr anmaßendes Gesicht zu ohrfeigen.«

Er blieb vor ihr stehen, streckte die Hand aus und fuhr mit einem Finger langsam über die blasse makellose Haut ihrer Wange, ehe sein Finger tiefer sank und einen Kreis auf ihrer Kehle beschrieb. Sie schlug seine Hand weg.

»Das ist etwas anderes, stimmt's?«

»Ich weiß nicht, wovon Sie sprechen. Was ist anders?«

»Wenn ich dich berühre«, sagte er einschmeichelnd. »Dann ist das nicht dasselbe, stimmt's?«

Sie schaute ihn finster an. »Müssen Sie immer in Rätseln sprechen? Nicht dasselbe wie was?«

»Wie wenn Huntly dich anfaßt.«

»Sie sind…« Sie suchte nach einer treffenden Bezeichnung. »Mehr als abscheulich.« Für eine ernste Strafpredigt war das nicht gerade die beste Formulierung, soviel mußte sie selbst zugeben, aber mehr fiel ihr in diesem Augenblick einfach nicht ein.

Jetzt lachte er. »Mehr als abscheulich?« wiederholte er. »Gibt es denn etwas Schlimmeres als abscheulich?«

Annabella spürte die Glut in ihre Wangen aufsteigen. Sie wich einen Schritt zurück. »Diese Frage habe ich bereits beantwortet«, sagte sie möglichst würdevoll.

Er machte wieder einen Schritt auf sie zu, und im Gegenzug wich sie einen Schritt zurück. »Wenn ich du wäre, wäre ich vorsichtig. Du bist zu nah am Komposthaufen, obwohl ich mich frage, ob nicht schon allein der Anblick es wert wäre, dich hineinfallen zu lassen: Lady Annabella, wie sie hinplumpst und sich ihre Rückseite mit Lehm, vermodertem Laub, Flußsand und verfaulten organischen Abfällen beschmutzt.«

»Schluß jetzt, haben Sie gehört? Ich finde, Sie sind der ekelhafteste Widerling von einem Mann, der mir je begegnet ist«, sagte sie und erstickte an ihren eigenen Worten.

»Nein, das findest du nicht, und gerade das ist dein Pech.«

Er sah, wie ihre Augen vor Schrecken groß und rund wurden. »Ganz ruhig, mein berechenbares kleines Mädchen. Ich werde mich nicht hier zwischen den Blumen auf dich stürzen, wenn ich auch regelrecht hören kann, wie du ins Haus stürzt und laut schreist, ich hätte die Lilien zertreten.«

Sein Lächeln war lasziv und selbstbewußt, und er musterte sie abschätzend. »Dieser spezielle Blauton steht dir gut. Weißt du, ich glaube, ich sehe zum ersten Mal, wie sich dein Busen in einem tiefausgeschnittenen Kleid vor Zorn hebt und senkt.« Er schenkte ihrem empörten Schnaufen keine Beachtung. »Aber ich muß ganz offen zugeben, daß mir die Wirkung in diesem Kleid noch besser gefällt.« Er lachte, als sie versuchte, sich zu bedecken. »Wenn du die Arme über deiner... Vorderseite... verschränkst, dann erreichst du damit nicht, was du anstrebst. Du schaffst damit lediglich, daß du alles etwas höherschiebst.«

»Ohhhh!« quietschte sie. »Werden Sie denn niemals Ruhe geben? Was muß man tun, um Sie zum Schweigen zu bringen?« Sie lüpfte mit einer Hand ihre Röcke und wollte an ihm vorbeilaufen.

»Ich weiß eine todsichere Methode«, sagte er und streckte eine Hand aus, um sie aufzuhalten. »Ein geküßter Mund ist ein stummer Mund.«

»Danke, aber dann ziehe ich Ihre Wortschwälle vor – wenn sie auch noch so derb sind.« Sie musterte ihn mit allem Widerwillen, den sie aufbieten konnte, und schaute an ihrem Arm herunter, den er mit seiner Hand festhielt, ehe sie wieder in sein lächelndes Gesicht blickte. »Sie haben wohl auch nur Anzüglichkeiten im Kopf. Jemand wie Sie ist mir noch nie begegnet – jemand, der so tief in diese Abgründe gesunken ist oder sich in dem Maß wie Sie anstrengt, mich zu provozieren.«

Er ließ ihren Arm los. »Weißt du, die Schuld könnte zum Teil bei dir liegen. Wer das Feuer schürt, braucht sich nicht zu wundern, wenn es dann brennt.« Er lachte über ihr verständnisloses Gesicht und streichelte ihre Wange, als er sagte: »Du solltest dir besser merken, Mädchen, daß man ein Feuer nicht löscht, indem man Öl in die Flammen gießt.«

Annabella wußte nicht, warum, aber plötzlich fand sie, dieser Mann sei der liebenswerteste und unwiderstehlichste Mensch, der ihr je begegnet war – und in dem Augenblick wünschte sie sich mehr denn je, ihn nicht leiden zu können. *So geht das also*, dachte sie. *So wird man verrückt.*

Sie blickte in das Gesicht auf, das auf sie herunterlächelte, und obwohl sie wußte, daß es eine große Dummheit war, lächelte sie ihn ebenfalls an und spürte, wie ihre Frustration schneller schmolz als Talgkerzen.

Es war das zweite Mal an diesem Tag, daß sie niedergeschlagen seufzte. »Bei Ihnen ist jede Hoffnung verloren, ist Ihnen das klar?«

»Das habe ich schon öfter gehört.«

»Warum haben Sie mich damals durch den Fluß getragen, wenn Sie mich ebensogut auf Ihr Pferd hätten setzen können?«

»Es war mir lieber so.«

»Warum?«

»Sagen wir doch einfach, es lag daran, daß ich eine Frau vor mir gesehen habe, die es wert war, durch das Wasser getragen zu werden«, sagte er und schaute auf sie herunter. Im Sonnenschein hatte ihre Haut den Farbton vollerblühter zartroter Rosen. Er atmete aus jeder Pore ihren Duft ein. Sie roch nach Erdbeeren. Er dachte daran, wie sie ausgesehen hatte, als er in den Garten gekommen war und sie in einem Schrein von weißen Spalierrosen vorgefunden hatte, versteckt, winzig und regungslos wie eine kleine Statue, die über einen Garten wacht. Bei Gott, er wollte diese Frau, und er wollte sie mit jeder Faser seines Wesens.

Sie sah, wie er sie anschaute. »Es kann niemals sein«, sagte sie, und ihre Stimme wurde plötzlich zart. »Sie vergeuden Ihre Zeit und riskieren viel – eine Gefahr für uns beide.«

»Dann werden wir das Risiko eben eingehen müssen.«

»Ich fürchte, auch diese Möglichkeit scheidet aus«, sagte sie und dachte wieder an die Auseinandersetzung, die sie gerade erst mit ihrer Mutter geführt hatte.

»Darf ich es wagen zu hoffen, dieser Anflug von Traurigkeit in deiner Bemerkung heißt, daß du die Möglichkeit beklagst, mit uns könnte es nichts werden?« Er zog sie dicht an seine Brust, und seine Lippen preßten sich auf ihr Haar.

»Ich will lediglich ganz sichergehen, daß nichts daraus wird.«

»O nein, das willst du nicht, meine süße Annabella«, sagte er und lachte leise. »Nichts wünschst du dir weniger.« Er ließ sie los, hielt sie aber weiterhin an den Schultern, als er in ihr Gesicht blickte, das ihm zugewandt war. »Vergiß den ganzen Unsinn. Schlag es dir aus dem Kopf, diesen Hundeliebhaber zu heiraten, und geh mit mir weg.«

»Sind Sie wahnsinnig?«

Er lachte. »Höchstwahrscheinlich.«

Sie stieß ihn von sich.

»In Ordnung«, sagte er begütigend. »Vergiß, daß ich das gesagt habe. Ich werde dich nicht über die Schulter werfen und dich nach Piratenart abschleppen.« Seine leuchtendblauen Augen waren plötzlich so sanft wie eine Frühlingsbrise. Er sah sie mit verschleiertem Blick an. »Ich bin geduldig. Ich kann warten.«

»Bis zum Jüngsten Tag, wenn es nach mir geht.«

»Du zitterst. Und deine Stimme bebt. Ist dir kalt?«

»Nein, ich friere nicht. Sie irritieren mich nur. So geht es mir in Ihrer Nähe immer.«

»Dagegen könnte ich etwas tun... wenn du mich läßt.«

»Nein, Sie würden alles nur noch schlimmer machen... ich meine... warum lassen Sie mich nicht einfach in Ruhe?«

»Das kann ich nicht«, sagte er und zog sie in seine Arme, um sie wieder an seine Brust zu schmiegen.

»Sie können ebensogut gleich aufgeben«, sagte sie, und ihre Stimme war stockend und kaum mehr als ein Flüstern. »Ich bin viel klüger, als Sie glauben. Ich weiß, worauf Sie hinauswollen. Sie können mich nicht verführen.«

»Dann hast du ja keinen Grund zur Sorge, oder?« Seine Lippen lagen auf ihrem Haar und küßten die zarten Locken, die ihr Gesicht umrahmten, und sein Atem ließ mehr als nur ihre Locken flattern. »Du bist immun gegen diese Dinge, nicht wahr? So stark. So durchsetzungsfähig. Und zum Widerstand entschlossen. Nichts, was ich tue, hat die geringste Wirkung auf dich, stimmt's?« Sein Atem ging gleichmäßig und fühlte sich warm an, und die Berührung seiner Lippen war zart, als sie sich in langsamen kreisenden Bewegungen über die glatte Haut ihrer sorgenvollen Stirn bewegten, über ihre gerade, zierliche Nase und dann flüchtig ihren erstaunten Mund streiften. »Das«, sagte er flüsternd, »sind Dinge, die du kaum zur Kenntnis nimmst.«

Er schlang die Arme fest um ihre Taille und zog Annabella ganz an sich, ehe sie eine Chance hatte, ihren Atem zu kontrollieren, der zu einem Keuchen zu werden drohte. Alles in ihrem Innern war dort, wo es nicht hätte sein sollen, und tat Dinge, die sie noch nie erlebt hatte. Sie war ein einziges Bündel Verwirrung; Körperteile waren plötzlich zu groß für ihre Brust, und die, die nicht zu groß waren, drohten, sich zu entfernen und der Vergessenheit anheimzufallen. So viele Fragen, die sie zur männlichen Anatomie hatte, wurden plötzlich in einer schockierenden Form beantwortet. Ihre Annahme, sie sei eine starke Frau, die allem widerstehen konnte, wurde plötzlich von Kugeln durchlöchert. Dieser Mann konnte bewirken, daß ihr Körper erschauerte und ihre Entschlossenheit sich in nichts auflöste.

Sie wußte nichts über Intimitäten, doch ihr siedendes Blut und ihre wechselhaften Empfindungen ließen einige Rückschlüsse zu. Ihr war heiß. Ihr war kalt. Sie wollte *ja* sagen. Sie dachte *nein*. Sie mußte das unterbinden. Sofort. Matt sagte sie: »Hör auf, mach weiter«, und sie hörte sein leises Lachen.

»Bist du sicher, daß du das willst?« flüsterte er und ließ seine Lippen über sie gleiten. Dann verschloß sein Mund ihre Lippen, und er zeigte ihr schon wieder eine neue Form des Küssens. Ihre Augen waren geschlossen, doch hinter ihren Lidern explodierten bunte Farben. Sie fühlte sich schwerelos und prickelnd, als schwebte sie über sich selbst, triebe aus der Welt, die sie kannte, hinaus in diese schwarze Weite darüber, in der sie hängenblieb, und die Sterne waren so nah, daß sie die Hand danach hätte ausstrecken und sie berühren können.

Er nahm kaum wahr, daß ihre kleinen Hände sich gegen seine Brust preßten. »Was ist los?«

Es entstand eine verlegene Pause. »Ich habe gelogen.«

Das Geräusch seines Lachens wälzte sich heiter über die Gartenmauer und den schlichten rosenbewachsenen Bogen, der den Garten mit dem Rasen verband, und über die Lavendelschattierungen des Heidekrauts auf den Hügeln. Er nahm ihr Gesicht in die Hände, bewegte seinen Mund auf ihrem und sog ihr Keuchen in sich auf. Er küßte sie zart und sanft und lange, bis er den Kuß damit beendete, immer wieder ihren Namen zu flüstern.

»Du nutzt meine Schwäche aus«, flüsterte sie.

»Ja, und es wird nur noch schlimmer werden«, sagte er, und im nächsten Moment ließ er sie los.

Einen Augenblick später stand sie immer noch im Garten. Aber jetzt stand sie allein da.

Am nächsten Morgen saß Ross mit Percy in der Bibliothek, als sein Großvater hereinkam und seine weißen buschigen Augenbrauen voller Freude hochzog. »Allmählich glaube ich tatsächlich, es ist an der Zeit, daß Sie mit dem Jungen nach Edinburgh fahren, Percy.«

»Meinst du wirklich, daß es schon an der Zeit ist?« fragte Ross. In Hinblick auf Annabella wußte er, daß es noch zu früh war. Er brauchte mehr Zeit mit ihr.

»Ich schließe daraus, daß Sie sich entschieden haben, uns nicht zu begleiten?« sagte Percy.

Der alte Herzog ließ sich auf einen bequemen Ledersessel sinken. »Ich bin zu geistesabwesend, um mich auf ein Pferd zu setzen. Ich würde zwischendurch vergessen, wo ich bin, und dann würde ich runterfallen.«

Percy sagte: »Was ist mit der Kutsche?«

»Mein verflixtes Bein ist zu steif für eine längere Fahrt in der Kutsche«, sagte er und klatschte sich auf das Bein. »Ich will verdammt sein, wenn es nicht auch noch gefühllos wird.«

»Sie strengen sich wirklich an«, sagte Percy, »aber ich bezweifle, daß das der wahre Grund ist.«

Der Mackinnon lachte. »Sie haben recht. Das ist nicht der Grund. Ich will ganz einfach nicht nach Edinburgh. Die Wahrheit ist, daß ich die Nase voll von Unitariern habe, von den Anhängern der Oppositionspartei, von Amerikanern, Börsenmaklern, Bankiers, Anwälten und von der Quäker-Aristokratie. Ich bin ein alter Mann, und ich habe vor, den Rest meiner Tage hier und nirgendswo anders zu verbringen, mich von Ihnen, Percy, verwöhnen zu lassen, und mir von den Diensten, die mir mein Enkel erweist, Auftrieb geben zu lassen – und all das war nur eine langatmige Formulierung für: Ich steige aus.«

Ross warf den Kopf zurück und lachte lauthals, als Percy sagte: »Dann sind Sie also soweit, Ross das Ruder zu übergeben.«

»Das bin ich – und zwar mit Stumpf und Stiel. Aber ich habe den Verdacht, vorher muß er sich noch ein wenig in Schottland umsehen und sich ein letztes Mal richtig austoben und auf den Putz hauen, und wenn man das vorhat, gibt es keinen besseren Ausgangspunkt als Edinburgh.«

»Ich könnte ihn nach England mitnehmen«, sagte Percy.

»Wozu?« schnaubte der Herzog. »Die Engländer sind ein nüchternes Pack. Wenn der Junge das Trinken lernen soll, und zwar gleich richtig, dann wird er es hier tun, zu Hause, auf gutem schottischen Boden – mit gutem schottischen Whisky.«

Als jetzt von einem Zuhause die Rede war, wurde Ross klar, daß er sich unter dieser alten grauen Festung bisher nicht wirklich sein Zuhause vorgestellt hatte, doch genau das war es wahrhaft für ihn geworden. Es hatte etwas Richtiges an sich, ein Gefühl der Zugehörigkeit, das er in Texas nie gehabt hatte. Vielleicht war das der Grund, aus dem er als einziger von allen Mackinnon-Söhnen immer wie ein loser Stein herumgerollt war und nie einen Ort gefunden hatte, an dem er seinen Kopf lange hatte betten können.

»Wann reisen wir ab?« fragte Percy.

»Noch diese Woche«, lautete die feste Antwort des Mackinnon. »Und jetzt werden wir unsere Worte mit einem Glas gutem Whisky runterspülen.«

Ross genehmigte sich gemeinsam mit seinem Großvater und Percy einen Drink, und sein Blick ruhte einen Moment lang auf dem letzten grauen Licht vor dem Fenster und auf dem zarten Grün der Hügel, das ihn an Annabellas Augen erinnerte.

Annabella. Ihr Name bohrte sich wie ein Schuß durch seinen Kopf. Er fing gerade an, sein Mädchen für sich zu gewinnen. Er war noch nicht soweit, daß er sie jetzt verlassen konnte. Ross versuchte, einen logischen Grund ausfindig zu machen, um die Reise nach Edinburgh hinauszuzögern, doch ihm fiel nichts ein. Er wünschte, er hätte mehr Zeit gehabt, mit ihr zusammenzusein, mehr Zeit, sie zu lehren, daß sie ihm vertraute, mehr Zeit, ihr dabei zu helfen, daß sie sich selbst kennenlernte. Statt dessen starrte er weiterhin aus dem Fenster und hörte sich an, wie sein Großvater und Percy sein Leben verplanten.

13. Kapitel

Die Herzogin von Grenville schaute aus dem Fenster in den Garten und wünschte, sie hätte es nicht getan.

»Was zum Teufel geht dort draußen vor?« fragte sie besorgt, als sie die Hand zurückzog und die seidenen Draperien mit den schweren Troddeln zurückfallen ließ. Sie wandte sich vom Fenster ab, und ein beunruhigter Ausdruck stand auf ihrem Gesicht. Erst lief sie auf und ab, und dann wandte sie den Blick dem Fenster zu. »O Bella, Bella, Bella. Was tust du bloß, Kind?« Wieder lief sie auf und ab. »Was soll ich bloß tun? Ich wünschte wirklich, Alisdair wäre hier«, sagte sie zu niemand Bestimmtem. Jetzt lief sie noch unruhiger auf und ab, lief kreuz und quer durch das Schlafzimmer, das sie seit dem Ball im Dunford Castle bewohnte, und ihre seidenen Röcke rauschten, ihr Reifrock stieß gegen die Möbel, und die Szene, die sie soeben im Blumengarten mit angesehen hatte, als sie zufällig aus dem Fenster geschaut hatte, ließ sie innerlich nicht zur Ruhe kommen.

Annabellas Mutter war eine liebenswürdige Frau, die für ihre Kinder nur das Beste anstrebte und sie glücklich sehen wollte, aber sie war nicht der Typ, der eine krasse Mißachtung der Anstandsformen geduldet hätte. Was sie gerade beobachtet hatte, war ihrer Auffassung nach eine grobe Mißachtung – denn für sie bestand kein Zweifel daran, daß Annabella wußte, was von ihr als einer verlobten Frau *und* einer Stewart erwartet wurde. Und keinesfalls hätte sie sich mit einem so gutaussehenden Schlingel wie Lachlans Enkel abgeben dürfen. Sie dachte an Alisdair und versuchte sich vorzustellen, was er jetzt getan hätte.

Sie wußte, daß Alisdair, wenn er zurückkam, so ein Benehmen seiner Tochter nicht dulden würde – und er würde Bella die schlimmste Strafpredigt aller Zeiten halten, ob seine Frau ihm nun Shakespeares Worte – *»Schließt nicht aus eurer Töchter Handeln/Auf deren innere Gesinnung«* – ins Gedächtnis zurückrief oder nicht. Das waren die Momente, in denen sie das Gefühl hatte, ihre Vernunft ließe sie im Stich. Wenn sie ihren Verstand auch noch so sehr bemühte, konnte die Herzogin sich doch nicht entschließen, was sie in einem solchen Fall tun sollte. Es waren tatsächlich harte Zeiten angebrochen. In ihrer Rolle als Ehefrau gebot ihr ihr Herz, mit aller Autorität in Annabellas Zimmer zu marschieren und sie mit ihrer Entdeckung zu konfrontieren und sie dann in ihrem Zimmer einzuschließen, bis ihr Vater zurückkam und die Angelegenheit in die Hand nahm.

Doch gebot ihr in ihrer Rolle als Mutter ihr Herz, den Schlag, der ihrem Kind bevorstand, so gut wie möglich abzufangen. Natürlich würde sie es Alisdair erzählen müssen, aber vielleicht war es besser, wenn sie Annabella in dem Haus ihrer Schwester in Sicherheit brachte, ehe sie darauf zu sprechen kam, und so konnte sie Alisdair von dem Vorfall berichten und ihm gleichzeitig mitteilen, daß sie die Angelegenheit persönlich geregelt hatte.

Doch ihr eigentliches Mitgefühl und ihr Verständnis für die Gefühle ihrer ach so jungen Tochter entströmte ihrem weiblichen Herzen, nicht ihrer Rolle als Ehefrau oder Mutter, sondern ihrer natürlichen Rolle als Frau. Sie konnte sich nur zu gut daran erinnern, wie es war, jung und, wenn schon nicht verliebt, so doch zumindest betört zu sein. Und sie konnte sich auch nur zu gut daran erinnern, was für einen teuflisch gutaussehenden Enkel der alte Mackinnon hatte. Wenn sie je einen Mann gesehen hatte, der den Eindruck machte, als könnte er eine Frau verführen und sie in dem Glauben lassen, es sei ausschließlich ihre eigene Idee gewesen, dann war das Ross Mackinnon. Nein, als Frau konnte sie ihrer Tochter nicht das geringste vorwerfen. Und daher war die Herzogin von Grenville äußerst besorgt, als sie sich auf ihr Bett setzte und lange darüber nachdachte, wie sie sich verhalten sollte. Schließlich stand hier nicht nur der Haussegen auf dem Spiel, sondern auch die Zukunft und das Glück ihrer Tochter.

Eine Stunde später war sie zu keiner entscheidenden Lösung gekommen, doch sie hatte eins gelernt: das Herz der Frau und der Mutter siegte bei weitem über das Herz der Ehefrau. Schließlich betete sie um eine Weisung und entschied, was sie zu tun hatte.

Auf dem Weg zu Annabellas Zimmer betete die Herzogin unablässig und erinnerte Gott daran, daß es viel einfacher für alle Beteiligten gewesen wäre, wenn er diese ganze Geschichte im Keim erstickt hätte, ehe sie knospen und sich entfalten konnte. Doch schon während sie sich das dachte, wußte sie, daß einer jungen Frau, die darauf aus war, sich in einen Helden zu verlieben, zwangsläufig einer von allein in den Schoß fallen würde – oder umgekehrt.

Es erstaunte die Herzogin, daß Annabella, als sie mit aller Autorität in ihr Zimmer marschierte und sie mit den Vorgängen im Blumengarten konfrontierte, nichts weiter tat, als sie anzustarren. Im Grunde genommen war das Anstarren eine ziemlich gute Reaktion, denn es besagte weit mehr, als Worte es je gekonnt hätten. Annabella starrte sie an, als sei ihr persönlich Gewalt angetan worden, als sei jemand in ihr Zimmer gekommen und hätte ihr den Schlüpfer heruntergerissen.

Und genauso fühlte sich Annabella. Vergewaltigt. Sie schaute zu ihrer Mutter auf, die aussah, als sei sie gerade mit viel Kleiderstärke behandelt und gebügelt worden. Annabella war im Moment nicht dazu aufgelegt, in den Genuß einen der Sermone ihrer Mutter zu kommen.

»Du brauchst mich nicht so anzusehen, als hätte ich heimlich in deinem Tagebuch gelesen«, sagte die Herzogin. »Ob Freund oder Feind, aber ich bin hier, um dir zu helfen. Du hast dich in einen Haufen Schwierigkeiten gebracht, junge Frau, und es muß etwas geschehen. Gavin und dein Vater werden bald zurückkommen, und ich erachte es für das beste, diese Angelegenheit geregelt und abgeschlossen zu haben, ehe sie eintreffen.«

»Was hast du vor? Willst du mich in Öl kochen? Außerdem habe ich den Enkel des Herzogs nicht gerade zu seinen Zuneigungsbekundungen angespornt.« Annabella fand das alles einfach nicht so schlimm, wie ihre Mutter es hinstellte.

Doch die Herzogin war auf eine Strafpredigt versessen, und es wurde dann auch eine Strafpredigt – zu dem Thema, warum eine junge Dame, ganz zu schweigen davon, daß sie verlobt war, nicht mit einem Mann in einem Rosengarten herumtollen und ihm gestatten sollte, sich *gewisse* Freiheiten herauszunehmen.

»Er hat sich keine Freiheiten herausgenommen – wenigstens nicht so, wie du glaubst.«

»Annabella, es mag zwar sein, daß mein Verstand nicht funktioniert, aber an meinen Augen ist nichts auszusetzen.« Ihre Mutter warf die Hände wieder in die Luft. »O Himmelherrgott! Für deinen Vater wird all das nichts ändern. Du weißt, daß er diesen scheußlichen Hang hat, erst Strafen zu verhängen und hinterher Fragen zu stellen.« Sie bedachte Annabella mit einem Blick, der mit Bedeutsamkeit überfrachtet war, und dann ging sie zum Schrank und holte den Koffer ihrer Tochter heraus.

»Was tust du da?«

»Ich rette dir das Leben – oder wenigstens deinen Stolz. Ich bringe dich zu deiner Tante Una«, sagte die Herzogin, und ihre Stimme ließ einen Tonfall größter Selbstzufriedenheit anklingen, als sie hinzufügte: »Und zwar ganz allein. Ich habe das Gefühl, es wird alles unendlich viel besser verlaufen, wenn du zu dem Zeitpunkt, zu dem dein Vater zurückkehrt, dort sicher untergebracht bist und keine Dummheiten mehr anstellen kannst.«

Annabella beobachtete, daß ihre Mutter ihren Koffer so anstarrte, als wollte sie ihn sich bis in alle Einzelheiten einprägen, weil sie nicht damit rechnete, ebendiesen Koffer jemals wiederzusehen. »Wann reisen wir ab?« fragte sie.

»In der frühen Morgendämmerung«, erwiderte die Herzogin. »Ich habe mir bereits die Freiheit herausgenommen, mit Seiner Exzellenz zu reden, und er hat uns freundlicherweise seine Kutsche zur Verfügung gestellt, die uns nach Broadford bringen wird. Dort werden wir die Fähre nach Kyle of Lochalsh nehmen. Seine Exzellenz hat dort eine weitere Kutsche, die wir ebenfalls benutzen dürfen.«

Aber Annabella hörte nicht zu. Bestimmte Worte ihrer Mutter hatten ein solches Entsetzen in ihr wachgerufen, daß sie ihr nicht mehr folgen konnte. Ihre Mutter hatte über all das mit Seiner Exzellenz geredet? Mit derselben *Seine Exzellenz*, die Ross Mackinnons Großvater war? Bei diesem Gedanken graute es Annabella. »Mutter, du hast doch dem Mackinnon nicht etwa gesagt...«

»Nein, das habe ich nicht getan. Wofür hältst du mich eigentlich? Für einen Schwachkopf? Obwohl ich sagen muß, daß ich jedes Recht auf meiner Seite hatte, merk dir das, ihm alles über die Vorfälle der letzten Tage zu erzählen. Also wirklich, Annabella, ich komme mir langsam wie ein Schaf vor, wenn ich mein eigenes Blöken darüber höre, in was für eine Klemme du dich gebracht hast. Wie sehr ich wünschte, das Alter würde schleichend nahen, damit ich in einen Zustand seliger Geistesschwäche abgleiten kann, in dem die größte Strapaze, die mir zugemutet wird, darin bestünde, das Geplapper meiner Enkelkinder anzuhören.«

Die Worte der Herzogin wurden in einem wirren, reichlich belämmerten Tonfall hervorgebracht, und daher fragte sich Annabella, ob ihrer Mutter der Wunsch nicht schon erfüllt worden war und sie bereits friedlich in diesen seligen Zustand abgeglitten war. Doch sie wußte, daß das nicht zutraf. Soweit sie zurückdenken konnte, hatte ihre Mutter solche Dinge zu ihr gesagt. Und soweit sie zurückdenken konnte, hatte Annabella immer schweigend zugehört, sich nicht freiwillig dazu geäußert und keine Fragen gestellt. Aber diesmal fragte sie: »Warum? *Ich* bin hier schließlich diejenige, die nach Western Rosses abgeschoben wird.«

»Wester Ross«, korrigierte ihre Mutter sie. »Übrigens habe ich nicht die leiseste Ahnung, warum du aussiehst, als grauste dir wie einem Schaf vor dem Scheren. Ich wage zu behaupten, ein Besuch bei deiner Tante ist nicht dasselbe wie eine Kerkerstrafe im Tower von London. Du solltest deinem Glücksstern danken, mein gutes Kind, daß ich mich entschlossen habe, die Rolle des Opferlamms zu spielen und deinem Vater mit dieser ganzen Angelegenheit allein gegenüberzutreten. Wenn es sich irgendwie machen ließe, und ich wünschte, es ginge, dann würde *ich* nach Wester Ross fahren und auf unbegrenzte Zeit dort bleiben. Hast du dir denn noch keinen Moment lang überlegt, daß dir, wenn du hierbleibst, von diesem... diesem... diesem Enkel des Herzogs Schlimmeres widerfahren kann?«

Annabella wußte das besser als jeder andere, denn in ihren Gedanken nahm Ross die größte Rolle ein. Er lächelte sich blauäugig und gelenkig einen Weg in ihr Herz, und das auf eine Art, die einschmeichelnder war als das übereifrige Abgeschlecktwerden von einem liebevollen Welpen. Sie beobachtete, wie ihre Mutter den Koffer auf das Bett knallte und mit den Riemen hantierte, um ihn zu öffnen. »Was sind diese schlimmeren Dinge, Mutter?« Noch vor einem Monat hätte sich eine solche Frage nicht in Annabellas sittsames kleines Gehirn eingeschlichen, und noch viel weniger hätte sie die Stärke aufgebracht, diese Frage auch laut zu stellen.

So, wie die Dinge lagen, besaß ihre Mutter kaum mehr innere Stärke als Annabella. Anstelle einer Antwort trat sie wieder vor den Kleiderschrank und fing an, Kleider herauszuholen und sie in den Koffer zu packen, als könnte sie damit Annabellas Fragen schnell und rationell zusammenrollen und sie mit den Kleidern wegpacken und aus ihrer Sichtweite verbannen. Die Herzogin fing an, die Hände zu ringen und sich kläglich im Zimmer umzusehen, als suchte sie nach dem nächsten Ausgang. »Ein Mann wie der ist in *diesen* Dingen sehr erfahren... gerade wenn es um junge, anfällige Frauen geht, könnte ich noch hinzufügen.«

»*Was* für Dinge?«

»Die *üblichen* Dinge, Bella. Ich habe in London viele Männer wie Lord Mackinnon gesehen – die Sorte, die Jagd auf ihr eigenes Vergnügen macht, bis sie es sich schnappen kann.«

»Sich was schnappen? Warum kannst du dich nicht etwas genauer ausdrücken? Ich halte mich durchaus für fähig, die Regeln des Umwerbens zu verstehen.«

»Das hat man dir beigebracht, ja, aber leider haben die Jungen und Unerfahrenen einen Hang, bei einem Wolf Zuflucht zu suchen, wenn sie vor einem Fuchs fliehen.« Sie schaute Bella einen Moment lang an, weil sie wissen wollte, ob ihr etwas von all dem einleuchtete. Nach dem verständnislosen Ausdruck auf dem jungen Gesicht ihrer Tochter zu urteilen, wußte Lady Anne, daß dieser letzte Versuch einer Erklärung vollkommen an Annabella vorbeigegangen war. »Mein liebes Kind, ich bin kein wandelndes Warenhaus, in dem das Wissen lagert, aber ich weiß wahrhaftig, daß eine Frau den Hang hat, alles zu schlucken, solange es mit Schmeicheleien gewürzt ist. Ich kann nur sagen, daß manche Männer eine Art an sich haben – eine gewisse Vertraulichkeit.«

Als sie das Gesicht ihrer Mutter erröten sah, fragte sich Annabella, wie es kam, daß Fragen nie so peinlich wie die Antworten zu sein schienen. Sie bemerkte, wie ihre Mutter stotterte und stammelte und dabei unablässig die Hände rang, und ihr ging auf, daß sie wohl über diese Dinge kaum mehr wußte als sie selbst.

Ihre Mutter fuhr fort und sagte: »Ich sage dir diese Dinge nur, verstehst du, weil du bald heiraten wirst. Es ist wichtig, daran zu denken, daß deine Verlobung dich in vielerlei Hinsicht bereits an deinen zukünftigen Ehemann bindet, Bella. Und wenn du erst einmal verheiratet bist, gehört dein Körper ihm, und er kann darüber nach Gutdünken verfügen.«

»Darüber verfügen?« fragte Annabella in einem Tonfall äußersten Entsetzens.

Die Herzogin erstickte diesen Ausdruck mit ihrer eigenen Miene. »Ich rede nicht von Mord, mein Kind. Ich versuche lediglich zu betonen, wie unsere reizende Königin Victoria und ihr gutaussehender Albert uns ein großartiges Vorbild für eine Verbindung sind, dem wir nur folgen können. Wenn du erst einmal verheiratet bist, wirst du das verstehen. Es gibt nichts Erhabeneres, als von deinem geliebten Ehemann ans Herz genommen zu werden, dich mit ihm zu beraten, die auserwählte Gefährtin seiner Freuden und Leiden zu sein.« Die Herzogin faltete die Hände vor der Brust, und ihr Gesicht nahm einen Ausdruck größter Ehrfurcht an, als sie sagte: »Es ist kein Wunder, daß es für eine Frau so schwer ist zu entscheiden, ob das Schamgefühl oder die Dankbarkeit vorherrschen sollte.«

»Also, ich persönlich werde mit dieser Entscheidung jedenfalls keine Schwierigkeiten haben«, sagte Bella. »Ich will mit beidem nichts zu tun haben.« *Und das ist wahrhaftig kein Wunder.* Annabella hätte sich am liebsten übergeben. Sie konnte sich in keiner Form vorstellen, die Gefährtin von Lord Huntlys Freuden zu sein – in Wahrheit bezweifelte sie, daß es für ihn Freuden gab. Was das Schamgefühl oder die Dankbarkeit anging, würde es ihr keine Schwierigkeiten bereiten, in seiner Gegenwart schamhaft zu sein. Je mehr Kleider sie anhatte, desto besser. Möglichst viele Schichten übereinander. Mit Unmengen von Knöpfen.

Ihre Mutter hielt einen Baumwollschlüpfer hoch und schüttelte ihn kräftig, ehe sie ihn zu einem ordentlichen Rechteck zusammenfaltete. »Alles in allem, Bella, würdest du dir einen besseren Dienst erweisen, wenn du mehr Zeit über deinen Stickrahmen gebeugt verbringen würdest als damit, dir Gedanken über Lord Mackinnon zu machen.« Die Herzogin warf einen schnellen Blick in Annabellas Richtung. »Ich finde, Lord Huntly sieht gar nicht so schlecht aus. Was meinst du?«

»Nein, er ist wirklich ein sehr gutaussehender Mann.«

»Ja, das stimmt«, sagte ihre Mutter nachdenklich. »Wenn man ihn nur dazu bringen könnte, nicht diese gräßliche Jacke zu tragen, die das Grün von Gänsedreck hat. Also wirklich. Ein hübsches Flaschengrün würde ihm weit besser stehen, oder sogar dieses Papageienblau, für das alle Gecken in ganz London eine Schwäche zu haben scheinen.« Ihr Ausdruck wurde einen Moment lang wehmütig, als sie hinzufügte: »Vielleicht wird er es tun, wenn ihr erst einmal verheiratet seid, denn dann wirst du seine größte Zierde sein.«

Annabella fühlte neuerliche Ablehnung in sich aufflackern. Sie wollte nicht Lord Huntlys größte Zierde sein. Sie wollte niemandes größte Zierde sein. Wenn eine Frau schon eine Zierde sein mußte, warum dann nicht die einzige? Die größte Zierde. War es das, was Frauen dazu trieb, ihre Zeit damit zu vertrödeln, Glasperlen auf Spiegelrahmen zu kleben?

Etwa zu diesem Zeitpunkt beschloß Annabella, es könnte das beste sein, das zu tun, was sie oft nach einer Frage-und-Antwort-Sitzung mit ihrer Mutter tat – schlicht den Versuch aufzugeben, den Gedankengang der Herzogin ergründen zu wollen.

Im Verlauf der nächsten Stunde schaute Annabella, während ihre Mutter sich damit beschäftigte, zu packen und sie auszuschelten, sehnsüchtig aus dem Fenster und über die Kiefern hinweg, die den schmalen Pfad säumten, ehe er sich in eine Schlucht hinabsenkte, in der eine alte Steinbrücke, die mit Flechten und Moos überwachsen war, über einen schmalen Bach führte. Erst gestern hatte sie auf dieser Brücke gestanden und in das Wasser geschaut, das unter ihr verschwand, als hätte sich ein gigantisches Maul geöffnet und es geschluckt.

In mancher Hinsicht hatte ihr Leben viel von diesem kleinen Fluß – es verlief auf einem vorbestimmten Weg, der abwärts führte, und verschwand vor ihren Augen in einem gähnenden Mund, in dem es, wenn sie genauer hinsah, nur Dunkelheit gab. In Gedanken kehrte sie in ihre Kindheit zurück, in eine Zeit, als ihr Leben noch ihr selbst gehört hatte, eine Zeit, in der sie verwöhnt worden war und einen eigenen Willen besessen hatte. Sicher lag es daran, daß die Kindheit als Frühling der Jugend bezeichnet wurde, denn als sie älter geworden war, hatten sich alle Jahreszeiten ihres Lebens in einen langen Herbst verwandelt, und jetzt stand der drohende Winter bevor. Sie erschauerte und fühlte sich in kalte und trostlose Zeiten gestoßen. Und etwas, so kalt und rauh wie der Winter, machte sich in ihr breit, etwas, was sie nicht gewaltsam verdrängen konnte, etwas so Sprödes und Unfruchtbares wie ein Samenkorn, das in einer Schicht von kaltem, unversöhnlichem Eis eingebettet ist.

Am nächsten Morgen war die Welt nebelverhangen, und die Feuchtigkeit war kalt und naß genug, um als Regen bezeichnet zu werden – zumindest sah Annabella das so.

Bella fühlte sich so mies wie das Wetter, als sie nach ihrer Mutter in die Kutsche stieg. Der Mackinnon war da, um sich zu verabschieden, und Percy war auch erschienen, aber derjenige, den sie am dringendsten sehen wollte, war seltsamerweise nicht aufgetaucht. Sie fühlte sich bleischwer, als sie sich in der Kutsche zurücklehnte und auf eine lange, lange Fahrt einstellte.

Die Kutsche rumpelte nach Norden und folgte dem verschlammten Weg nach Kishorn, der keinerlei Ähnlichkeit mit einer Straße aufwies. Bäume wuchsen zuhauf – Espen, Ebereschen, Bergrüster, Ulmen, Vogelkirschen und Salweiden –, durchsetzt mit wildwachsenden Rosen, eine Landschaft, die Annabella größte Freude gemacht hätte, wenn die Sonne geschienen hätte. Die Räder schlitterten und rollten durch kleine Talkessel, über Bealach na Ba, den Rinderpaß, auf Applecross zu. Es war ein Berg von einer solchen Pracht, daß Annabella sich wie ein kleiner, unbedeutender Teil der Schöpfung empfand.

»Ich gebe mein Wort darauf«, sagte die Herzogin, deren Knöchel weiß waren, weil sie die Polster umklammerte, damit sie nicht vom Sitz fielen, »ich kann mich nicht erinnern, diesem Kutscher gesagt zu haben, ich würde gern mit den Adlern durch die Lüfte fliegen.« Sie streckte den Kopf durch das Fenster, um einen hastigen Blick hinauszuwerfen, dann keuchte sie und zog ihn sofort wieder zurück. »So hoch oben bin ich in meinem ganzen Leben noch nicht gewesen.«

Annabella, die sich geschworen hatte, während der gesamten Fahrt wortkarg zu bleiben, hätte den entsetzten Ausdruck auf dem Gesicht ihrer Mutter zum Lachen gefunden – wenn ihr zum Lachen zumute gewesen wäre, doch das war nicht der Fall. Sie entschloß sich jedoch, etwas zu sagen, nachdem sie in dem Buch in ihrer Hand etliche Seiten überflogen hatte, bis sie den Ort fand, den sie gesucht hatte. »In meinem Reiseführer steht, daß wir die Nistgründe des *Ptarmigan* durchqueren – gewöhnlich das weißflügelige Moorhuhn genannt.«

Die Herzogin sagte: »Wir durchqueren ihre Nistgründe, sagst du? Hmmm...« Dann richtete sie einen vielsagenden Blick auf Bella und fügte hinzu: »Das scheint mir in der letzten Zeit häufiger zu passieren.« Sie lehnte ihren Kopf an die Rücklehne des Sitzes und seufzte. »Ich hoffe wirklich, bergab wird es nicht so schlimm wie bergauf. All diese scharfen Kurven schaden meiner Verfassung.«

Sie vergaßen ganz, darauf zu achten, ob die Strecke bergab so schlimm war wie bergauf, denn die atemberaubenden Ausblicke auf Skye, die sie auf der abschüssigen Strecke hatten, zeigten ihnen alles von dem felsigen Sandstein des Oberlands bis zu den Küstenwäldern von Applecross – eine Aussicht, die so prachtvoll und beeindruckend war, daß sie an nichts anderes mehr denken konnten. Einmal hielt der Fahrer an, und Annabella streckte den Kopf gerade noch rechtzeitig heraus und sah drei Rehe den Berghang hinunterspringen.

»Wie hübsch sie doch sind«, rief sie dem Fahrer zu.

»Das kann man wohl sagen, aber es gibt nirgendwo anders etwas, was sich mit den Wildkatzen messen kann, die in dieser Gegend leben. Sie sind so hochmütig und unnahbar wie schöne Frauen und haben die grünsten Augen, die man sich nur denken kann. Es ist fast Ihre Augenfarbe.«

»Oh, ich würde furchtbar gern eine dieser Wildkatzen sehen. Glauben Sie, das läßt sich machen?«

»Ich bezweifle es, Miss. Es sind scheue Geschöpfe.«

Annabella zog den Kopf wieder zurück, als die Kutsche mit einem Ruck anfuhr. »Was steht sonst noch in deinem Reiseführer?« fragte die Herzogin.

»Über welche Gegend?«

»Über Wester Ross«, sagte die Herzogin in einem ungeduldigen Tonfall, »denn da fahren wir ja schließlich hin, und daher sollte es uns am meisten interessieren.«

Annabella hatte die hübsche grüne Satinschleife auf dem Hut

ihrer Mutter angestarrt, doch jetzt riß sie ihren Blick davon los, um in ihrem Weidenkorb nach dem schmalen Band zu suchen, der den Titel *Ein Führer für Damen durch die schottische Landschaft* trug.

Annabella schlug das Buch auf und schaute ihre Mutter an. »Weißt du, es wundert mich, daß du als gebürtige Schottin nicht längst alles weißt, was in diesem Buch steht.«

»Du erinnerst dich doch sicher, daß ich sehr jung geheiratet und seitdem nicht mehr in Schottland gelebt habe. Außerdem war ich in der Nähe des Loch Awe zu Hause. Aus meiner Familie haben sich nur die Männer so hoch hinaufgewagt. Bis zu meinem ersten Besuch dort dachte ich immer, Wester Ross sei eine schroffe Gegend in einer finsteren Landschaft – nicht gerade ein Ort, den eine Dame gern besucht.«

»Ich bin froh, daß sich deine Ansicht durch deinen Besuch geändert hat.«

»Sie hat sich nicht geändert. Es ist eine schroffe Gegend, aber trotzdem ist sie schön.«

Annabella schlug das Buch auf und fing an, ihrer Mutter vorzulesen, welche Ausflüge einer Dame empfohlen wurden. Die Herzogin teilte ihr mit, sie hätte nicht die Absicht, unterwegs irgendwo anzuhalten und die Reise in die Länge zu ziehen. »Trotzdem macht es mir Spaß, solche Dinge zu hören«, sagte sie.

Annabella beantwortete diesen letzten Wortschwall ihrer Mutter mit einem Nicken und schloß die Augen. Sie dachte über die seltsame Wendung ihres Lebens in den letzten Monaten nach. Jetzt war sie mit einem Mann verlobt, der fast so alt wie ihr Vater war, und sie war gezwungen, in einem fremden Land zu leben, und hinzu kam, daß sie wie eine Fuhre Gepäck verladen und zu ihrer Tante und ihrem Onkel gebracht wurde, die wirkliche Fremde für sie waren. Eine seltsame Angelegenheit, dieses Leben. An einem Tag war man auf Rosen gebettet; am nächsten Tag lag man in Pferdeäpfeln.

Eine Stunde später erreichten sie das Gasthaus von Applecross, und am nächsten Morgen brachen sie früh wieder auf. Es regnete immer noch, als sie losfuhren, und daher kamen sie nur langsam und mühselig voran, doch die Herzogin war entschlossen, vor Einbruch der Nacht das Haus der Mackenzies zu erreichen. Jedesmal, wenn der Fahrer vorschlug, sie sollten anhalten und Rast machen, rammte sie ihren Sonnenschirm gegen das Kutschendach und sagte: »Wir fahren weiter, guter Mann. Wir fahren weiter.« Dann sagte sie zu Annabella: »Wir werden heute noch zu deiner Tante Una kommen. Und wenn wir uns selbst vor den Wagen spannen und ihn ziehen müssen, damit wir es schaffen.«

Das waren die Momente, in denen Bella glaubte, ihre Mutter sei Schottin bis ins Mark. Mit der Herzogin ließ es sich gut aushalten, befand Bella, denn die farbenfrohen Schilderungen und die glühende schottische Entschlossenheit ihrer Mutter erwiesen sich zeitweilig als amüsant. Offensichtlich zahlte ihre Willenskraft sich aus, denn es war noch hell, als sie durch eine tiefe, enge Schlucht fuhren, in der ein plätschernder kleiner Fluß strömte, der in den Atlantik floß. Beidseits von ihnen stiegen die Hügel steil an – schroff, felsig und bis auf ein paar Büschel Heidekraut bar jeder Vegetation. Es war eine reichlich karge Gegend, von großen Steinen und Felsbrocken gesprenkelt und für Schafe oder Ziegen ungeeignet – eine Region, die selbst die Vögel zu meiden schienen. Das Zwielicht drang bereits in die Schlucht, und Annabella blickte auf und vermißte den Lichtschein der Torffeuer, die die Schäfer in den Hügeln anzündeten und an die sie sich so sehr gewöhnt hatte, seit sie nach Schottland gekommen war. Es war tatsächlich eine unwirtliche Gegend – das Tal des Schattens des Todes.

Und dann lag das Paradies vor ihr: ruhiges spiegelndes Wasser und zartgrüne Inseln. Hinter dem See stiegen die Hänge eines geheimnisvollen Berges an und warfen einen gespenstischen Schatten auf den Teich, und Bella schlug ihren Reiseführer auf, um den Namen des Bergs nachzuschlagen: Ben Slioch. »Das klingt wie ein Name aus der Bibel«, sagte sie. »Ben Slioch.«

»Slioch«, wiederholte ihre Mutter. »Ich kann mich nicht mehr erinnern, was das auf gälisch heißt. Ich glaube, Pfeil.«

»Speer«, verbesserte Bella sie. »In meinem Reiseführer steht, daß er zum Teil aus Sandstein besteht.«

»Und genauso spröde ist sein Name«, sagte die Herzogin.

»Loch Maree«, flüsterte Bella, als die Straße in eine offene Moorlandschaft führte, die von Bergen eingegrenzt wurde. Beidseits von ihnen schienen vereinzelte kleine Getreide- und Kartoffelfelder im richtigen Verhältnis zu etwa einem halben Dutzend armseliger Hütten zu stehen, die einzeln in der braunen Heidelandschaft standen.

»Direkt vor uns ist ein Boot voller Menschen«, sagte Bella. Ihre Mutter schaute hinaus und sagte dem Fahrer, er solle anhalten.

»Das ist eine Hochzeitsgesellschaft«, sagte die Herzogin, und ihre Worte wurden von einem Dudelsackspieler in Schottentracht beinahe übertönt; die Melodie klang seltsam melancholisch für einen so festlichen Anlaß.

Der Fahrer kam um die Kutsche herum und teilte ihnen mit, daß sie mit einem Boot den See überqueren müßten, da es keine Straße gebe, die für die Kutsche befahrbar sei. »Ich habe es schon so eingerichtet, daß wir auf der anderen Seite ein neues Transportmittel bekommen«, sagte er.

Als ihre Habe in das Boot geladen wurde, lauschte Bella einen Moment den Worten, die der Schiffer im anderen Boot an die Hochzeitsgäste richtete. Sie verstand natürlich nichts, weil er Gälisch sprach, doch sie hörte zu, und der Klang gefiel ihr. »Ich wünschte, ich könnte mich besser an mein Gälisch erinnern«, sagte ihre Mutter, die zu ihr kam und neben ihr stehenblieb. »Er erzählt ihnen Geschichten über den See, Legenden und Mythen.

Hier soll es spuken, weißt du. Auf einer der Inseln stehen noch die Ruinen eines alten Klosters, und ein norwegischer Prinz und eine Prinzessin, deren Leben tragisch endete, sind dort begraben. Siehst du diese kleine Insel dort drüben?« Sie deutete hin, und Bella nickte. »Er sagt: ›Der stämmigste Schotte, den ich kenne, würde es sich zweimal überlegen, ehe er nach Einbruch der Dunkelheit dort hinginge.‹ Angeblich spuken dort Feen und Gespenster und jeder Land- und Wassergeist, der dem Menschen bekannt ist.« Die Herzogin verstummte und lauschte mit gerunzelter Stirn, während sie versuchte, sich an die Worte zu erinnern, die Bella so fremd erschienen. »Er erzählt etwas über diese Insel – daß es mitten auf der Insel einen winzigen See und mitten im See eine winzige Insel gibt. Mitten auf der Insel steht ein Baum, in dem die Königin der Feen hofhält.« Sie lauschte wieder, und ihre Stirn legte sich in noch tiefere Falten. Dann schüttelte sie mit einem hilflosen Achselzucken den Kopf. »Ich gebe auf. Er redet so schnell, daß ich nicht mitkomme, und mein Gälisch ist eingerostet.« Sie hielt den Kopf aufrecht und schloß die Augen. »Jetzt fällt mir erst auf, wieviel ich vergessen habe.« Als ihre Mutter die Augen wieder aufschlug, sah Bella dort einen Schimmer, ein Leuchten der Entschlossenheit. »Ich werde mir ein paar gälische Bücher suchen und sie nach England mitnehmen«, sagte die Herzogin. »Man sollte mich dafür auspeitschen, daß ich mir erlaubt habe, soviel zu vergessen.« Sie lächelte schwach und tätschelte Bellas Hand. »Versuch, dich ein Weilchen auszuruhen. Wir sollten in weniger als zwei Stunden bei deiner Tante Una sein.«

Bella tat, was ihre Mutter gesagt hatte, und in dem Moment, in dem sie die Augen schloß, kehrten ihre Gedanken zu Ross Mackinnon zurück. Sie fragte sich, was er wohl gerade tat und ob ihm überhaupt aufgefallen war, daß sie abgereist war.

Ross war es aufgefallen, und er war nicht allzu glücklich, als er feststellte, daß Annabella fort war.

»Abgereist!« brüllte Ross. »Was soll das heißen, abgereist? Wohin gereist? Mit wem?«

Lord Percival blinzelte bei jedem der Worte, die Ross laut herausschrie. »Bitte... schonen Sie mich. Meine Ohren sind schon reichlich überstrapaziert.«

»Wenn Sie mir nicht sagen, was hier vorgeht, wird das bald nicht mehr das einzige sein, was überstrapaziert ist, verdammt noch mal!«

»Ich habe es Ihnen doch gerade gesagt. Ihre Exzellenz und Lady Annabella sind heute am frühen Morgen aufgebrochen, während Sie ausgeritten waren. Sie waren schon wesentlich länger hier, als sie es ursprünglich geplant hatten, und sie haben beschlossen, es sei an der Zeit, ihre Reise fortzusetzen.«

Ross schaute seinen Großvater finster an. »Hattest du etwas damit zu tun?«

»Ich habe ihnen eine Kutsche zur Verfügung gestellt, aber das ist auch schon alles.« Mit hochgezogenen Augenbrauen fragte der Mackinnon: »Wäre es dir lieber gewesen, wenn ich sie zu Fuß hätte laufen lassen?«

Ross wurde etwas ruhiger. »Hier geht etwas nicht ganz sauber zu, und ich habe vor, dahinterzukommen, was hier gespielt wird.«

»Was soll das heißen, nicht ganz sauber?« fragte Percy.

»Ich meine, ich glaube, daß ihr beide mehr wißt, als ihr mir erzählt.«

»Wir wissen nur, daß die Herzogin Seine Exzellenz gebeten hat, die Kutsche benutzen zu dürfen. Sie hielt es für angebracht, das Ziel ihrer Reise geheimzuhalten. Schotten legen Wert auf ihre Privatsphäre und billigen dieses Recht auch anderen zu, Ross. *Wohin* sie fahren, geht uns nun wirklich nichts an.«

Ross schaute seinen Großvater fest an. »Mir wäre neu, daß man Antworten bekommt, wenn man lange genug finster schaut, mein Junge«, sagte der Mackinnon.

Ohne Ross die Gelegenheit zu einer Entgegnung zu geben, fuhr Percy fort und sagte: »Die vorzeitige Abreise der Damen ist unser beider Abreise nur um ein paar Tage zuvorgekommen. Selbst wenn sie hiergeblieben wären, wären wir in ein paar Tagen aufgebrochen, und so ist es nun einmal.«

»Sie hätten mir wenigstens Gelegenheit geben können, mich zu verabschieden.«

»Vielleicht hätten sie das getan, wenn du geneigt gewesen wärst, das Mädchen eher mit den Augen eines Philosophen zu sehen... oder eines Methodisten«, sagte der Mackinnon und klopfte Ross auf den Rücken, während er und Percy sich vor Lachen bogen.

Das erboste Ross nur noch mehr. Als er das sah, sagte sein Großvater: »Jetzt läßt sich nichts mehr daran ändern, mein Junge. Du mußt deine Zukunft in Angriff nehmen, und während du das tust, kannst du nicht den Mädchen nachjagen. Manchmal ist das eine schwierige Lektion.«

»Was ist eine schwierige Lektion?« fragte Ross, dessen Wut ein wenig nachließ.

»Eins nach dem anderen. Ein Mann kann nicht aufstehen und sich gleichzeitig hinsetzen.« sagte Mackinnon.

»Und warum nicht, zum Teufel?« fragte Ross.

Diesmal äußerte sich Percy. »Wie Blake gesagt hat: ›*Wer den Moment einfängt, ehe er reif ist, wird mit Gewißheit Tränen der Reue vergießen.*‹«

»Ich glaube, der Rest des Zitats lautet: ›*Doch wer den Moment, wenn er reif ist, vergehen läßt, kann die Tränen des Kummers niemals mehr stillen.*‹«

Percy zog die Augenbrauen hoch und sah den Mackinnon an. »Der Junge hat ein gutes Gedächtnis«, sagte er.

»Nur dann, wenn es ihm in den Kram paßt«, sagte der Mackinnon.

14. Kapitel

Seaforth.

Es erhob sich aus der Nacht wie ein Leuchtturm mit schwarzen Strahlen, der den Weg wies. Seaforth. Ein herrschaftliches Haus, das wie der Cousin ersten Grades eines Prachtschlosses wirkte, da es einfach prunkvoll war, sogar dann, wenn es in die kühlen, wogenden Schleier der Dunkelheit gehüllt war.

Und es war dunkel, als sie ankamen, dunkler als dunkel, als die Kutsche durch die letzten gespenstischen Schatten von Bäumen fuhr und auf einen freien Straßenabschnitt durch ein windgepeitschtes Moor gelangte. Seaforth. Prächtig und weit auseinandergezogen lag es vor ihnen, denn hier war der Nebel weniger dicht, und Bella konnte die Umgebung sehen – wie die Straße gewunden vor ihnen lag, ihnen entgegenkam wie ein grandioser roter Teppich, der für ihre Ankunft aufgerollt worden war. Sie spürte, wie ihr Herz voller Vorfreude schneller schlug, und doch waren überall die Anzeichen und die Laute der Erschöpfung zu erkennen: an den gebeugten und schweißnassen Hälsen der Pferde, deren Atem schnell ging und dampfte wie kochende Teekessel; am Klirren der Metallteile des Zaumzeugs; an dem abgenutzten Leder, das kaum noch Spannkraft hatte, und an Annabellas eigenem ermatteten Stöhnen, als sie aus der Kutsche stieg und ihre Beine, die zu lange in einer einzigen Stellung verharrt hatten, fast unter ihr nachgaben.

Als sie vor dem gewaltigen, prächtigen Haus stand, das sich majestätisch vor ihr erhob, nahm Annabella ihre eigene Erschöpfung nicht wahr. Sie verspürte tatsächlich nur eine geringe Enttäuschung darüber, daß es bei ihrem Eintreffen stockfinster und nicht ein sonniger Nachmittag war, denn sie hätte sich dafür begeistern können, im Näherkommen ein so prächtiges und vornehmes Haus schon aus der Ferne zu sehen. So, wie die Dinge standen, sah sie nichts weiter als die hochaufragende schwarze Silhouette, die sich vom Boden erhob und deren Türmchen und Giebel einen scharfen Kontrast zu dem Mitternachtsblau des Himmels bildeten, von dem sie umgeben waren.

Im nächsten Moment folgte sie ihrer Mutter zur Tür. Die Herzogin ergriff den großen Klopfer – einen schweren Messingring in einem Löwenmaul – und pochte damit dreimal an die Tür. Die Geräusche hallten durch das riesige Haus. Überall im ganzen Haus begannen hinter den zahlreichen Sprossenfenstern Lichter anzugehen. Kurze Zeit später schwang die massive Tür mit einem bedrohlichen Ächzen auf, doch wer oder was auch immer sie geöffnet haben mochte, war nicht zu sehen.

Bella erschauerte und lugte in die große Eingangshalle. Sie wurde von einem zwölfarmigen Leuchter erhellt, der auf einem runden Marmortisch mitten im Raum stand. Gespenstische Schatten spielten täuschend mit dem Licht, das von den Scheiben der tiefliegenden Fensterreihen an beiden Seiten der großen Halle tanzte, Fenster, die gleich hinter vielen hohen Marmorsäulen lagen, die die Decke stützten. Monolithen aus schimmerndem schwarzen Granit erhoben sich bis zur Decke, gerieft und mit gemeißelten Wappen, Kennzeichen und Insignien versehen, von seltsamen wilden Tieren und Vögeln geziert und sogar mit Rangabzeichen versehen. Bella erkannte augenblicklich das Sinnbild eines Grafen – acht Kugeln auf hohen Pfeilern und jeweils dazwischen acht Erdbeerblätter.

Plötzlich wurde ein Kopf durch die Tür gesteckt, und Bellas Neugier wurde gestillt.

»Ist das hier der Wohnsitz des Grafen von Seaforth?« fragte die Herzogin.

»*Don-faighneachd ort!*« sagte die Frau. »Soll Sie für diese Frage der Schlag treffen!«

Die Tür wurde zugeschlagen und nahm fast die Nasenspitze der Herzogin mit.

Die Herzogin, deren Gereiztheit von Sekunde zu Sekunde zunahm, klopfte wieder an die Tür und benutzte diesmal den Griff ihres Sonnenschirms.

Die Tür schwang erneut auf, und derselbe graumelierte Kopf schaute hinaus. »Und Sie soll der Schlag für Ihre Unverschämtheit treffen«, erwiderte die Herzogin eilig, ehe die Frau dazu kam, die Tür ein zweites Mal zuzuschlagen. Bella bemerkte, daß ihre Mutter ihre Nase kein zweites Mal in Gefahr brachte.

Bella, die inzwischen bereits zurückgetreten war und hinter ihrer Mutter stand, lugte an ihr vorbei, weil sie die Frau sehen wollte, von der sie annahm, daß sie die Haushälterin war, eine stämmige rotgesichtige Frau mit langen silbernen Zöpfen und hellblauen Augen, die so wirkten, als wären sie unter anderen Umständen als den gegebenen fröhlich. Doch die Frau, die in einem grauen Morgenmantel dastand und auf dem Kopf eine schiefsitzende Schlafmütze hatte, unter der stellenweise drahtige Strähnen silbergrauen Haars herausschauten, strahlte nicht die geringste Freundlichkeit aus. Sie hielt eine Lampe hoch, um die Besucher besser sehen zu können, und begrüßte sie aufs herzlichste. »Was wollen Sie?«

»Ich möchte gern den Grafen von Seaforth und die Gräfin sprechen.«

»Soso, das wollen Sie also. Gibt es vielleicht einen bestimmten Grund dafür, daß Sie um diese nachtschlafende Zeit mit solchen Anliegen herkommen?«

»Ja, durchaus«, fauchte die Herzogin. »Aber *Sie* geht das nichts an. Und jetzt stehen Sie nicht länger da, als seien Sie aus Stein gemeißelt, sondern teilen Sie Seiner Lordschaft mit, daß seine Schwägerin, die Herzogin von Grenville, vor seiner Tür steht und sich zu Tode friert und sich in der Nachtluft mit Sicherheit verkühlen wird, während seine bärbeißige Haushälterin sie ins Verhör nimmt.«

Die Augen der Frau glitten vom Kopf der Herzogin zu ihren

Füßen und dann wieder nach oben in ihr Gesicht. »Seine Schwägerin, sagen Sie?«

»Gute Frau«, sagte Ihre Exzellenz und stach der Frau ihren Sonnenschirm in die Rippen, »ich bin Lady Seaforths Schwester, und ich verliere gleich die Geduld. Seien Sie so freundlich und tun Sie, was ich gesagt habe. Holen Sie den Grafen und meine Schwester, oder ich mache mich persönlich auf die Suche nach den beiden – und wenn es sein muß, zerre ich sie aus dem Bett.« Ohne ein weiteres Wort wandte sich die Herzogin an Annabella. »Komm, Bella.« Sie nahm Bella an der Hand und drängte sich gewaltsam an der Haushälterin vorbei. »Heiliger Strohsack! Schwerer hat man es mir noch nie gemacht. Wo sind Ihre Manieren, gute Frau?«

»Man kann doch nicht von mir erwarten, daß ich beim Anblick von zwei unangemeldeten Besuchern, die mitten in der Nacht kommen, gleich das Handtuch werfe und mich überschlage. Ich weiß doch nicht, ob Sie Zigeuner oder Diebe sind.«

»Ach, tatsächlich?« sagte die Herzogin. »Begegnen Ihnen etwa oft Zigeuner oder Diebe, die so wie wir gekleidet durch die Gegend ziehen?«

»Och! Das kann ich so nicht sagen. Aber möglich ist es schon«, sagte die Haushälterin und schaute die Herzogin noch einmal von Kopf bis Fuß an. »Das heißt, wenn sie im Betteln und im Stehlen gut sind, Eure Exzellenz.«

Inzwischen hatte die Herzogin die Nase reichlich voll. Sie stürzte sich auf die Frau und versetzte ihr noch ein paar Stöße mit ihrem Sonnenschirm – diesmal bei jedem Wort, das sie betonte. »Hören Sie, meine *Liebste*. Sie marschieren jetzt mit Ihren unwilligen kurzen Beinen diese Treppe hinauf und sagen meiner *Schwester*, daß ich sie sehen will. Und zwar *sofort*, wenn Sie belieben.«

Ohne sich von der Herzogin im geringsten einschüchtern zu lassen, sagte die Frau: »Werden Sie erwartet?«

In Annabellas Vorstellung war die drahtige Frau entweder die mutigste oder die dümmste Frau, die ihr je begegnet war. Doch der Blick, mit dem die Herzogin sie bedachte, wirkte anscheinend Wunder, denn die Frau ging und murmelte dabei vor sich hin. Noch vor ein paar Monaten hätte sich Bella über so ein Verhalten weit mehr gewundert, doch seit sie nach Schottland gekommen war und mehr über dieses Volk gelernt hatte, begann sie zu verstehen, daß diese Frau nicht unverschämt, sondern schlicht und einfach eine Schottin war.

Wenige Minuten später kam Una Mackenzie mit Freudenschreien angelaufen und umarmte ihre Schwester; ihr Gatte, ein rothaariger, hohlwangiger Mann von enormer Körpergröße, kam hinter ihr hergepoltert, und sein Blick glitt über die Herzogin und ihre Schwester, die einander unter Tränen umarmten, ehe sich seine Augen auf Annabella richteten, die etwas abseits dastand. Er hielt die Hand mit der Lampe hoch.

Annabella blinzelte in dem grellen Lichtschein, als alles um sie herum unscharf wurde – das heißt alles andere als das Gesicht ihres Onkels. Es war allerdings ein bemerkenswertes Gesicht, eins von der Sorte, das Dichter inspiriert oder eine Herausforderung für einen Maler dargestellt hätte, ein Gesicht, um das sich Legenden weben – oder Alpträume. Ihre erste Reaktion war die wegzurennen. Da sie sich zu sehr fürchtete, um das zu tun, lächelte sie ihn schwach an und wich einen Schritt zurück. Er brummte und wandte sich den Schwestern zu, die sich voneinander gelöst hatten und jetzt lebhaft gestikulierend miteinander redeten.

»Todesfeen und Verwandte sind das einzige, was einen Mann mitten in der Nacht aus dem Schlaf weckt«, sagte er, als seine Schwägerin ihn, wie Annabella bemerkte, voller Zuneigung umarmte.

»Und jetzt«, sagte die Herzogin in breitem Schottisch, »erzähl mir bloß nicht, du freust dich kein bißchen darüber, daß ich keine Todesfee bin.«

Annabella starrte ihre Mutter mit aufgesperrtem Mund an. In all den Jahren hatte sie ihre Mutter nie Schottisch reden gehört. Bellas Meinung nach hatte ihre Mutter keinen Grund zur Sorge. Sie hatte ihre Sprachkenntnisse absolut nicht verlernt.

»Weiß ich doch nicht, ob du eine Todesfee bist oder nicht. Dafür ist noch kein Beweis erbracht worden«, erwiderte der Graf.

»Hör mal, Barra, freust du dich denn nicht, mich zu sehen?« fragte die Herzogin.

»Das beantworte ich erst, wenn ich weiß, warum du hier bist.«

»Ich habe euch Annabella zu Besuch gebracht.«

»Wen?«

»Meine Tochter Annabella.«

»Die unschuldige Kleine mit dem scheuen Gesicht und den großen Augen?«

»Falls du von der jungen Frau sprichst, die hinter mir steht, ja«, sagte die Herzogin und schaute Annabella nachdenklich an. »Wenn ich auch nie fand, daß sie schüchtern wirkt.«

»Das Mädchen ist so furchtsam wie eine Feldmaus«, sagte er und drehte sich um; er nahm Annabellas Gesicht in seine große Hand und bog es zum Licht hoch. »Kein Funke Feuer. Englisch bis ins Mark.«

Annabellas Mutter schaute sie immer noch versonnen an. »Nun, ich habe mir nie Gedanken darüber gemacht, aber vielleicht hast du recht – obwohl ich schon bei mehr als einer Gelegenheit Grund zu dem Verdacht hatte, daß in ihr ein verborgenes Feuer lodert... vor allem in der jüngsten Zeit«, sagte sie, und ihre Stimme verklang, als sie sich in Gedanken verlor.

Bella spürte, wie die Augen ihres Onkels sich unerbittlich und forschend in sie bohrten, ehe er ihr Kinn losließ.

»Vielleicht«, war alles, was Barra Mackenzie zu diesem Thema zu sagen hatte.

In dem Moment begriff Bella, was mit der Bezeichnung *schottische Kürze* gemeint war.

Eine Stunde später sah Bella, die bereits ausgekleidet war und im Bett lag, ihre Mutter beim Ausziehen zu. »Was für ein herablassender Kerl«, sagte Bella. »Ich glaube wirklich, mir ist noch nie jemand begegnet, der so auf Haarspalterei versessen war. Wahrhaftig, ich habe mich noch nie derart auseinandergenommen gefühlt. Er hat mich von allen Seiten betrachtet wie ein überteuertes Stück Hammelfleisch.«

Ihre Mutter lachte. »Oh, Barra hat eine einschüchternde Art an sich, aber einen besseren Mann kann man nicht finden. Er gehört zu der Sorte von Bauern, die immer zu Hause bleiben, und er ist ein guter Vater und Ernährer, und er liebt seine Familie und ist umsichtig und absolut aufrichtig.«

»Ein Bauer? Das hier sieht kaum nach der Hütte eines einfachen Bauern aus.«

»Ich habe nie von einem *einfachen Bauern* gesprochen. Der Ackerbau kann, wenn man ihn mit der nötigen Menge von Verstand und Hingabe betreibt, recht einträglich sein. Vergiß nicht, daß der Gemahl unserer Prinzessin ein Bauer ist.«

»Ach so, du meinst Landadel?«

»Ja, und nach schottischen Maßstäben ziemlich wohlhabend.«

Annabella zog die Stirn in Falten. »Ich finde immer noch, er gäbe einen wunderbaren Henker ab.«

Die Herzogin lachte. »Meine Güte, Bella. Was für ein morbider Gedanke!«

»In der letzten Zeit sind meine Gedanken nur noch morbid.«

Ihre Mutter stieg ins Bett. »Versuch doch, an etwas Erfreuliches zu denken, meine Liebe, und laß uns Spaß an der Zeit haben, die wir zusammen verbringen. Morgen wird Una unsere Sachen auspacken und meine in ein anderes Zimmer bringen lassen. Danach kann es gut sein, daß wir nicht mehr soviel Zeit für uns haben.«

Am nächsten Morgen war Annabella schlecht dran, denn sie verschlief, und als sie das Eßzimmer betrat, stellte sie fest, daß sie zu spät zum Frühstück kam. »Geh in die Küche, und sag der Köchin, daß sie dir etwas geben soll. Auf dem Herd steht immer ein Topf warme Hafergrütze und kocht vor sich hin. Mit einem Salzhering schmeckt das bestimmt gut«, sagte ihre Tante Una.

Annabella ging in die Küche, nicht etwa, um sich Hafergrütze und Hering zu holen, sondern in der Hoffnung, eine Scheibe Toast und eine Tasse Tee zu finden. Die Köchin, eine stämmige Frau mit einem ordentlich geflochtenen braunen Zopf auf dem Kopf, war zum Glück eine einfühlsame Seele, denn sie erwähnte die Hafergrütze und den Hering Bella gegenüber nur ein einziges Mal.

»Wenn es Ihnen recht ist, hätte ich am liebsten nur eine Scheibe Toast und eine Tasse Tee.«

Annabella hatte sich gerade erst mit ihrem Toast und ihrem Tee hingesetzt, als die Küchentür aufgerissen wurde und die große, breite Gestalt ihres Onkels den Türrahmen ausfüllte. »Du wagst es, etwas zu essen?« fragte er in einem Tonfall, der nicht besonders sanft war. »An deiner Stelle wäre ich vorsichtig. Persephone hat lediglich auf ein paar Granatapfelsamen herumgekaut und damit ihr Schicksal besiegelt.«

Falls er versuchte, sie einzuschüchtern, dann hatte er es damit halbwegs erreicht, denn Bella erstickte fast an dem trockenen Toastbrot und keuchte und schnaufte, bis die Köchin sich erbarmte und ihr zwischen die Schulterblätter klopfte; daraufhin flogen die Toastkrümel fröhlich durch die Gegend, und mit ihnen traten ein paar verrutschte Wirbel die Reise an. Bella schnappte nach Luft, und der Graf schüttelte den Kopf und stieß die Tür mit einem Fuß zu. Er ging geradewegs auf die Teekanne zu und schenkte sich eine Tasse ein, ohne Bella dabei auch nur einen Moment lang aus den Augen zu lassen.

Den Toast konnte sie mit drei Bissen aufessen; den Tee kippte sie mit zwei Schlucken hinunter. Der Tee verbrühte ihr den Mund. Als Onkel Barra auf den Tisch zukam, sprang sie auf.

»Du brauchst nicht zu fliehen wie eine verängstigte Feldmaus«, sagte er. »Jemandem, der älter als fünfzehn ist, beiße ich nie den Kopf ab.«

Die Köchin kicherte, und der Graf von Seaforth sagte: »Himmel, was bist du für ein spindeldürres kleines Ding. Ißt du denn niemals etwas?«

Ihre weichen Knochen bekamen plötzlich einen Schuß steifer Würde verpaßt. Sie hob den Kopf und sagte: »Natürlich esse ich.«

Barra lachte. »Du brauchst ein bißchen mehr Fleisch auf den Knochen, Mädchen. Vielleicht würdest du dann nicht so schüchtern aus der Wäsche schauen. Nimm ein paar Pfund zu, und vielleicht gibt dir das gleichzeitig Rückgrat.«

Die Köchin lachte und murmelte etwas auf gälisch vor sich hin. »*Cha deanar seabhag de'n chalamhan.*«

Barra musterte Annabella einen Moment lang, und dann warf er den Kopf zurück und lachte. »Himmel, du könntest sogar recht haben.«

»Was hat sie gesagt?« fragte Bella.

»Sie hat gesagt: ›Aus einem Falken kann man keinen Habicht machen.‹«

Bella wollte schon sagen, sie hätte schon immer eine ganz besondere Schwäche für volkstümliche Platitüden gehabt, doch sie tat es nicht – nicht etwa, weil sie Angst hatte, sagte sie sich nachdrücklich, sondern weil man sie gelehrt hatte, älteren Menschen gegenüber Respekt zu zeigen. Ja, das war es, der Respekt vor älteren Menschen.

Die Köchin sagte wieder etwas auf gälisch, und Bella vergaß ihre Angst und ihre Manieren. »Es ist nicht höflich, in Gegenwart von anderen Menschen fremde Sprachen zu sprechen, die sie nicht verstehen«, sagte sie.

Die schwarzen, glänzenden Augen des Grafen öffneten sich ein wenig weiter, als sich langsam ein Lächeln auf seinem Gesicht ausbreitete. »Sieh mal einer an, unter all diesen Schichten von englischem Pudding steckt wohl doch ein kleines bißchen Rückgrat in dem Mädchen.«

»Man braucht kein Rückgrat, um zu merken, wenn jemand absichtlich unhöflich ist.«

»Sei still, Mädchen, oder ich knebele dich.«

Annabella floh aus der Küche, und Onkel Barras dröhnendes Lachen durchbohrte ihre Seele. Als sie durch einen langen Gang lief, sprach sie ein kleines Gebet, in dem sie um mehr innere Stärke bat, als der gütige Gott ihr bisher hatte zukommen lassen wollen. Ein Rückgrat, das so robust und kräftig wie ein weichgekochtes Ei war, mochte für eine Adlige in England ausreichend sein, doch in Schottland genügte es einfach nicht.

Den Rest des Nachmittags verbrachte Bella allein; sie lief durch das Haus und ging ihrem Onkel aus dem Weg. Der Nebel hatte sich aufgelöst, und Sonne fiel durch die vielen Fenster und durchflutete sämtliche Zimmer mit Wärme und Helligkeit, und ihre Stimmung hob sich. Wohin sie auch schaute, überall sah sie großartige Wandteppiche und Gemälde, die von Meistern stammen mußten. Jedes der Zimmer des T-förmigen Hauses war mit den schönsten französischen und englischen Möbelstücken eingerichtet, die man in England nur finden konnte. Als sie in den zweistöckigen Prunksaal mit seinen getäfelten Wänden und den vier offenen Kaminen schlenderte, dachte sie unwillkürlich, daß das der schönste Landsitz war, den sie je gesehen hatte.

Während Annabella herumlief und die vielen holzgetäfelten Zimmer und die verzierten Stuckdecken betrachtete, war ihre Mutter auf dem Weg zur Bibliothek. Als Bella ins Freie trat, um über Pfade zu schlendern, die von Rabatten gesäumt wurden, und sich Blumenbeete in alten ummauerten Gärten ansah, war die Herzogin in ein ernstes Gespräch mit ihrem Schwager vertieft.

Der Graf von Seaforth schaute seine Schwägerin finster an.

»Was soll das heißen, sie ist mit dem Grafen von Huntly verlobt?« fragte er und störte sich nicht im geringsten daran, daß seine Worte barsch und grob waren. »Wart ihr derart versessen darauf, das Mädchen loszuwerden, oder wart ihr darauf aus, sie mit dem größten Dummkopf im ganzen Hochland zu verheiraten?«

»Wir waren keineswegs darauf versessen, Bella loszuwerden. Weshalb hätten wir es auch sein sollen? Sie ist uns immer eine solche Freude gewesen – eine vollkommene Dame. Was das andere angeht, woher hätten wir wissen sollen, daß er ein Dummkopf ist? Alisdairs Interesse, eine gute Partie für Annabella zu finden, war so groß, daß er noch nicht einmal auf den Gedanken gekommen ist, ein Mann mit einem solchen Leumund könnte dennoch ein Dummkopf sein«, erwiderte die entrüstete Mutter.

Barra war kein Mann, der sich leicht abwimmeln läßt. »Und was ist mit dir? Du hast doch immer gute Menschenkenntnis besessen, Anne. Falls mein Gedächtnis mich nicht ganz im Stich läßt.«

»Ich bin sicher, daß an deinem Gedächtnis nichts auszusetzen ist.«

Seine Augen leuchteten auf, und langsam breitete sich ein Lächeln auf seinem Gesicht aus. »Mein Gedächtnis funktioniert so gut, daß ich mich wohl erinnere, wie wenig zurückhaltend du warst, als es darum ging, deine Gefühle mir gegenüber und deine Einwände gegen mich als Unas Mann auszudrücken.«

»Das war am Anfang«, sagte Anne, »und du wirst dich erinnern, daß ich von meinem Standpunkt abgerückt bin ... mit der Zeit.«

»Ja«, sagte Barra. »Mit der Zeit.«

Sie warf einen kurzen forschenden Blick auf ihn und lächelte. »Ich habe den Verdacht, deshalb magst du mich nur um so mehr, Barra. Du bist kein Mann, den eine Frau beeindrucken könnte, die sich zu leicht beeinflussen läßt oder die nicht offen sagt, was sie denkt. Und jetzt zurück zu Huntly. Ich habe ihn deshalb niemals als einen Dummkopf abgestempelt, weil ich den Mann nie gesehen habe, bis die Vereinbarungen getroffen worden sind.«

»Dann habt ihr das Mädchen also mit ihm verlobt und nach Schottland gebracht, damit sie hier den Dummkopf kennenlernt, den ihr für sie ausgesucht habt. Wann bringt ihr sie wieder nach Hause zurück?«

»Wir nehmen sie nicht wieder mit. Alisdair hält es für das beste, wenn sie in Schottland bleibt. Er glaubt, sie wird sich besser eingewöhnen, wenn sie nicht nach England zurückkehrt.«

Barra zog finster die Augenbrauen zusammen und sah starr auf seine Stiefelspitzen. »Hmmm. Vielleicht hat er recht.« Er schaute seine Schwägerin fest an. »Und dieser Besuch in Seaforth dient dazu, sie ihren längst verloren geglaubten Verwandten vorzustellen?«

»Nein.« Sie erzählte, daß Alisdair und Gavin in Edinburgh waren und daß sie von ihrem Schlafzimmerfenster aus mit angesehen hatte, was zwischen Bella und Ross Mackinnon vorgefallen war. »Daher hielt ich es für das beste, sie von Dunford wegzubringen – und zwar sofort.«

»Fort von Dunford«, wiederholte er, »und vom Enkel des Herzogs. Aber nicht unbedingt in dieser Reihenfolge.«

»Nun ja...«, sagte die Herzogin. »Kannst du mir das vorwerfen?«

»Ich weiß nicht, ob ich es dir vorwerfe oder nicht. Ich habe den Jungen nicht gesehen, vor dem du sie so schnell hast verschwinden lassen. Vielleicht hat das Mädchen doch mehr Rückgrat, als sie zeigt – mit dem einen Mann verlobt, nach einem anderen schmachtend und dann heimlich im Schloß eines bösen Verwandten untergebracht. Das könnte direkt aus einer griechischen Tragödie stammen.« Er schüttelte den Kopf. »Dann ist der Junge also der Enkel des Mackinnon. Soso! Sag mir, was hält der Alte davon, daß die beiden einander so zugetan sind?«

»Wer weiß?« Anne warf die Hände in die Luft und fing an, auf und ab zu laufen. »Ich weiß es nicht. Er mag Bella – und seinen Enkel auch. Ich nehme an, er wäre den beiden wohlgesonnen, wenn Bella nicht verlobt wäre.« Sie blieb stehen. »Kennst du den alten Herzog?«

»Ja, ich kenne ihn. Er hat mir einmal das Leben gerettet – vor langer Zeit –, und diese Schuld habe ich nie beglichen.«

»Diese Schuld läßt sich nur schwer begleichen. Ein Menschenleben ist nicht gerade billig.«

»Nein«, sagte Barra. »Wahrhaftig nicht.« Er schaute aus dem Fenster und sah gerade noch, wie Annabella in die alte Nadelholzschonung einbog, die direkt hinter seiner Bibliothek lag und in der Tannen und Fichten wuchsen. Einen Moment lang betrachteten seine dunklen Augen mit schnell verschleiertem Interesse den schwarzschimmernden Hinterkopf, der in der kräftigen Mittagssonne leuchtete. Sämtliche Impulse, die ihn drängten, eine alte Schuld zu begleichen, forderten ihn auf, zugunsten des alten Herzogs einzugreifen, während die familiären Bande ihm sagten, er solle bloß die Finger davon lassen. Die familiären Bande gewannen um Haaresbreite. Als er endlich etwas sagte, schlugen seine Worte einen anderen Lauf als seine Gedanken ein. »Ich kann Huntly nicht vorwerfen, daß er diese Eheschließung wünscht. Sie ist ein hübsches Mädchen. Aber sie ist zu elegant und schön für ihn.«

»Gestern abend hast du noch gesagt, sie schaute schüchtern aus der Wäsche und hätte kein Rückgrat. Heute sagst du, sie sei ein attraktives Mädchen. Hast du dir eine andere Meinung über sie gebildet?«

»Nein. Sie läßt sich immer noch zu leicht einschüchtern, um hier im Hochland einen Fuß an Land zu kriegen.«

»Dann magst du sie wohl nicht besonders?«

»Ganz im Gegenteil. Das Mädchen gefällt mir. Als Junge hatte ich immer eine große Schwäche für streunende Kätzchen. Ich habe mehr als genug von ihnen mit nach Hause genommen und sie unter meinem Bett versteckt.«

»Also *das* ist wieder mal typisch für dich, Barra.«

»Oh! Ein Dolchstoß ins Herz«, sagte Barra und lachte.

»Was hast du mit ihnen angestellt? Ihnen Steine um den Hals gebunden und sie in den See geworfen?«

»Wohl kaum. Ich habe sie aufgepäppelt, bis sie Fett angesetzt hatten, und wenn sie dann für sich selbst sorgen konnten, habe ich sie freigelassen.«

»Das kann ich ja wohl kaum mit Bella tun.«

»Nein, aber ich kann es.«

»Sie ist etwas zu alt für solche Lektionen, und jetzt ist es zu spät für den Versuch, ein Hochlandmädchen aus ihr zu machen. Sie hat zu viele Jahre in einer kultivierten Umgebung zugebracht und Manieren gelernt.«

»Da wäre ich mir nicht so sicher«, sagte Barra. »Schottisches Blut setzt sich immer oben ab – wie Sahne. Es könnte genau das sein, was das Mädchen braucht.«

Im nächsten Moment öffnete er die Türen, die in den Garten führten. Bella schaute auf und sah ihre Mutter und ihren Onkel auf sich zukommen. Sie fluchte innerlich. Sie wollte im Moment mit niemandem zusammensein. Sie wollte allein sein und Zeit für sich selbst haben. Besaß dieser Rohling denn gar keine Manieren? Respektierte er Dinge wie Einsamkeit und Privatsphäre nicht? Ihr Onkel, stellte sie fest, hatte die Stirn gerunzelt. Sie schaute finster drein und reckte das Kinn in die Luft, denn sie war entschlossen, sich von diesem rohen, ungehörigen Verwandten nicht kleinkriegen zu lassen, von diesem schwärzesten aller Schafe in ihrer Familie. Im nächsten Moment ertönte sein Gelächter wie ein Donnergrollen. Verblüffend. Unerwartet. Lautstark. Und kurz.

Sie packte ihre Röcke und war entschlossen, eilig zu verschwinden, als seine Stimme sie zurückhielt. »Was sagst du dazu,

Mädchen? Findest du nicht, daß die Vorstellung, den Grafen von Huntly zu heiraten, ein klein wenig beängstigend ist?«

Sie blieb stehen und sah ihn finster an. »Was ich etwas beängstigend finde, ist die Geschichte, die ich über Seaforth gehört habe, Onkel. Man hat mir gesagt, es gäbe hier einen weiblichen Geist, der nachts umherläuft, rosa gekleidet ist und den Kopf unter dem Arm trägt. Ist das wahr? Hast du diese Dame schon gesehen?«

Barra warf den Kopf zurück und lachte herzhaft. »Wenn du zu der Angelegenheit nichts zu sagen hast, frage ich dich kein zweites Mal danach. Ich hätte nur gern gewußt, ob du dich auf deine Hochzeit freust, aber die Antwort kann ich in deinen Wildkatzenaugen nur zu deutlich lesen.«

Annabella bemerkte, daß ihre Mutter sie betrachtete. »Bei meiner Seele«, sagte sie. »Weißt du, Barra, ich glaube, du könntest recht haben. Sie hat tatsächlich die Augen einer Wildkatze, nicht wahr?«

»Ja«, sagte Barra. »Das ist ein gutes Zeichen.«

Annabella, die sich an die rühmenden Äußerungen des Kutschers erinnerte, faßte das als ein Kompliment auf. Sie lächelte ihren Onkel nicht an, aber sie schaute auch zum ersten Mal nicht finster drein.

Mrs. Barrie, die Haushälterin, kam an die Tür, um die Herzogin zum Tee mit ihrer Schwester zu holen.

Als Anne durch die Tür trat, sagte Barra: »Ich habe noch nie ein Mädchen mit Augen gesehen, die so grün wie ein nebelverhangenes Stück Heide sind.«

»Sie sind so grün wie Glas, und ihnen entgeht nicht viel«, lautete die Antwort der Herzogin. Diese Bemerkung entlockte dem Grafen erneutes Gelächter, während sie aus seiner Sicht verschwand.

Annabella begann, diesen Mann zu mögen. Hier in dieser bezaubernden Baumschule, wo die strahlendhelle Sonne sein rotes

Haar entflammen ließ, wirkte er nicht so furchteinflößend wie bisher, bei weitem nicht. Plötzlich spürte sie, wie sehr es sie freute, daß er Huntly ebensowenig zu mögen schien wie sie.

»Ich habe den Eindruck, Sie halten nicht gerade viel von meinem Verlobten«, sagte sie.

»Leg mir keine Worte in den Mund, Mädchen. Ich würde keine meiner eigenen Töchter gerne mit diesem Teufel verheiratet sehen, aber das braucht dich nicht zu stören.« Er zuckte die Achseln. »Zerbrich dir darüber nicht den Kopf.«

»O doch, das macht mir Sorgen«, sagte sie hilflos. »Ich habe nicht die geringste Lust, Lord Huntly zu heiraten, aber mich hat ja niemand gefragt.«

»Dein Vater hat genausowenig wie ich einen Hang dazu, sich von einem Mädchen in seine Angelegenheiten reinreden zu lassen.«

»Seit dem Tag, an dem meine Verlobung offiziell bekanntgegeben worden ist, ist es mir nicht mehr gelungen, auch nur einen einzigen Menschen zu finden, der bereit ist, mit mir darüber zu reden. Wie ich sehe, habe ich mich geirrt, als ich dich für einen Mann gehalten habe, der ehrliche Antworten gibt.«

Als er lachte, schien der Erdboden um sie herum regelrecht zu beben. »Und ich habe mich geirrt, als ich dich für ein Mädchen ohne Rückgrat gehalten habe.«

»Ich fürchte, du hattest mit deinem ersten Eindruck recht, Onkel. Mein Rückgrat ist bestenfalls ansatzweise vorhanden. Ich glaube, es besteht aus mehr Pudding als Knochen.«

»Wenn es dir je zu schlecht ergehen sollte, dann gibst du deinem Onkel Barra Bescheid, und dann überfalle ich Huntly und bringe dich nach Seaforth zurück.«

»Setz ihr keine Flausen in den Kopf, Barra. Du weißt, daß es in Schottland seit fünfzig Jahren keine solchen Überfälle mehr gegeben hat – wenn ich auch annehme, daß du dir das nur zähneknirschend eingestehst.«

Sie schauten beide auf und sahen Una in der Tür stehen.

Barra lächelte seine Frau an, und Annabella versetzte die Wehmut einen Stich. So würde ein Mann wie Huntly sie niemals ansehen.

»Ja«, sagte Barra, »aber ich habe schon oft genug gehört, daß die Geschichte sich wiederholt.«

Das war bestenfalls eine unbeschwerte Bemerkung, und Bella nahm sie als das, was sie war, ein Versuch, ihre Stimmung zu heben, doch sie fand unwillkürlich eine Art stillen Trost bei dem Gedanken, daß Onkel Barra ihr beistehen würde, wenn sie ihn je zu ihrer Hilfe rief. Dieses Angebot nahm sie für ihn ein.

»Wo ist Anne?« fragte Una.

»Höchstwahrscheinlich sucht sie dich gerade. Mrs. Barrie hat sie zum Tee gerufen.«

Una ging, und Annabella sagte: »Lassen sich all deine Probleme so einfach lösen wie durch dein Angebot, jemanden zu überfallen?«

»Von Zeit zu Zeit.«

»Siehst du irgendeine Lösung für mein Dilemma?« fragte sie.

»Eine Lösung?«

»Ob sie nun einfach oder schwierig ist«, sagte sie, »solange es nur eine Lösung ist.«

»Ich wäre kein guter Presbyterianer, wenn ich nein sagen würde, stimmt's? Es bleibt immer noch das Gebet.«

»Das weiß ich. Was ich meine, ist, ob *du* irgendeinen Ausweg für mich siehst?« beharrte sie.

Jede Belustigung schwand aus seinen Augen. »Nein.«

»Dann sollte ich also jede Hoffnung aufgeben und mich so fromm wie ein Lamm zur Schlachtbank vor den Altar schleifen lassen?«

Einen Moment lang schwieg er, und dann sagte er: »Ich glaube, daß du ungeachtet dessen, was ich davon halte, genau das tun wirst, was dir richtig erscheint.«

Das war nicht die Antwort, die sie sich erhofft hatte, aber es war eine ehrliche Antwort, von der sie zudem das Gefühl hatte, daß sie ihren eigenen wahren Empfindungen sehr nahe kam. Seit einer Weile spürte sie schon befremdliche Gefühle in sich aufsteigen, die sie nur als rebellisch bezeichnen konnte, denn sie standen in einem krassen Widerspruch zu den Wünschen ihres Vaters. Sie fragte sich, ob sie mit ihrem merkwürdigen Verwandten diesen Gedankengang weiterverfolgen sollte. Noch verstand sie nicht, warum sie diesem Mann gegenüber, den sie kaum kannte, diese freundschaftlichen Gefühle hegte.

»Hast du jemals jemanden gekannt, der eine Heirat umgangen hat, nachdem die Verlobung schon offiziell war?« fragte sie.

»Ja, aber es ist eine ziemlich ernste Angelegenheit, die Hand in eine Natterngrube zu stecken.«

Sie sah Mrs. Barrie zur Tür herauskommen und auf sich zugehen. Sie schaute ihren Onkel wieder an und sagte: »Dann vermute ich, ich bin zu dieser Ehe verdammt.«

Barra sah ihr in die Augen und lächelte kurz. »Ich verlasse mich darauf, daß du alles dransetzen wirst, eine Lösung zu finden«, sagte er. »Ich bin nicht gerade versessen darauf, mit Huntly verschwägert zu sein. Wenn du meine Hilfe brauchst, kannst du sie gern haben, solange ich mich damit nicht gegen den Herzog von Grenville stelle.«

In dem Moment wurde ihr klar, daß er ihre Gefühle verstand und sie nicht nur verstand, sondern teilte. Das war ihr eine seltsame Form von Trost und gab ihr das noch seltsamere Gefühl von Nähe zu ihrem einfühlsamen Onkel.

»Ihre Mutter wünscht, daß Sie sich den Damen zum Tee anschließen«, sagte Mrs. Barrie.

»Dann geh jetzt lieber, Mädchen. Deine Mutter ist ein ernstzunehmenderer Mensch als ich, und man sollte sich nicht mit ihr anlegen.«

Anscheinend verließ sich Mrs. Barrie nicht darauf, daß Bella freiwillig kommen würde, denn sie bedachte sie mit ihrem mürrischsten Gesichtsausdruck und sagte: »Wenn Sie mit mir kommen, führe ich Sie hin.«

Sie saßen länger als eine Stunde beim Tee, und Bella brachte die meiste Zeit damit zu, dem Gespräch ihrer Mutter und ihrer Tante zuzuhören. Jetzt unterhielten sie sich gerade über Barras und Unas fünf älteren Söhne, die alle verheiratet waren. Annabella fiel wieder ein, daß ein jüngerer Cousin und eine jüngere Cousine, die etwa in ihrem Alter waren, noch zu Hause lebten. Die Herzogin dachte anscheinend im selben Moment an die beiden.

»Wo sind Ailie und Allan?« fragte sie.

»Sie haben die letzten zwei Wochen bei Barras Schwester verbracht. Lorna hat gerade einen süßen kleinen Jungen geboren, und Willie, ihr Mann, liegt mit einer Rückenverletzung im Bett. Ich habe Ailie und Allan hingeschickt, damit sie dort mithelfen. Sie sollten eigentlich heute oder morgen zurückkommen.«

Nachdem sie ihren Tee ausgetrunken hatte, entschuldigte sich Annabella und ließ ihre Mutter und ihre Tante allein, die immer noch in ihr Gespräch vertieft waren.

Bella war müde, nachdem sie den Nachmittag mit so uninteressanten Beschäftigungen wie einer Ausfahrt in einem zweirädrigen Einspänner verbracht hatte, der prompt zusammenbrach und sie zwang, in ihren empfindlichsten Schuhen die sechs Meilen nach Seaforth zu Fuß zurückzulegen. Als der Abend anbrach, taten Bella die Füße weh, und sowie sie in ihrem Zimmer die Schuhe von den Füßen gestreift hatte, sah sie den Grund. Ihre Füße waren von Blasen übersät. Sie hatte gerade die Füße in eine Schüssel warmen Wassers mit schmerzlindernden Heilkräutern gestellt, als sie ein unregelmäßiges Klopfen an ihrem Fenster hörte. Sie wünschte, es möge vorübergehen, doch nach ein paar Minuten gab sie auf, humpelte durch das Zimmer, zog den Riegel zurück und öffnete das Fenster. Dann hob sie die Lampe hoch, die neben dem Bett stand, und streckte den Kopf aus dem Fenster.

Ihr gereizter Blick fiel auf ein finsteres Gesicht, das sie aus dem Baum etwa einen Meter vor ihrem Fenster anschaute. Zu ihrer Verblüffung sah sie ein Mädchen mit kupferrotem Haar, das etwa in ihrem Alter war und in einer ziemlich riskanten Haltung an einem der Äste schwang.

»Was um alles in der Welt tust du um diese nachtschlafende Zeit in diesem Baum?« fragte Bella.

»Ich wollte dich besuchen, wenn ich auch zugeben muß, daß du für meinen Geschmack zu beschränkt bist und ich mir die Mühe hätte sparen können. Würdest du jetzt bitte aufhören, mich mit deinen dummen Kuhaugen anzustarren, und mir statt dessen eine Hand reichen?«

»Wer bist du?«

»Ich bin deine Cousine Ailie, du dumme Gans. Gib mir deine Hand, ehe ich runterfalle.« Sie zappelte herum, um ihrem Körper mit einen Arm Halt zu geben, während sie Bella die andere Hand hinhielt, damit sie sie nahm. Ohne weiter nachzudenken, griff Bella nach der Hand. Im nächsten Moment stemmte ihre Cousine einen Fuß gegen das Fenstersims und stieß sich von dem Baum ab. Sie kam mit einer solchen Wucht durch das Fenster gesegelt, daß sie beide der Länge nach auf dem Fußboden landeten.

Im nächsten Augenblick war Ailie aufgesprungen und schaute finster auf Bella herunter. »Willst du da liegenbleiben und glotzen wie ein verschreckter Hammel, oder stehst du irgendwann auf?«

Bella nahm die Hand, die ihr gereicht wurde, und zog sich langsam auf die Füße. Sie war vollauf damit beschäftigt, den Anblick ihrer Cousine zu verdauen. »*Du* bist meine Cousine Ailie?«

»Das habe ich dir doch schon gesagt, oder nicht?«

Bella nickte und fand, daß ihre Cousine keine gepflegte und

elegante Person wie ihre Tante Una war. Ailie war ihrem Vater Barra wie aus dem Gesicht geschnitten. Das Mädchen war auf eine ungezügelte Art hübsch – hübsch und zerzaust –, und sie hatte nichts von der Tochter eines Adligen an sich. Ihr Kleid war zwar neu und sehr gut geschnitten, doch es war verknittert und an ein oder zwei Stellen eingerissen. Ihr Gesicht mit der schmalen Nase und den blauen Augen war zwar recht hübsch, doch die Haut war etwas dunkler, als es die Mode diktierte. Ihre Cousine bedeckte sich Gesicht und Arme anscheinend nicht mit langen Ärmeln und einem Hut, denn ihre Nase war reichlich mit Sommersprossen gesprenkelt.

Ailie lief im Zimmer umher und schaute sich Bellas Sachen an, öffnete ihren Schmuckkasten und überflog einen Brief, den Bella gerade schrieb und der auf dem Schreibtisch lag. »Wer ist Gwen?«

Bella schnappte den Zettel und legte ihn auf die beschriebene Seite. »Eine Freundin. Hast du etwas dagegen?«

»Natürlich nicht. Warum sollte es mich interessieren, ob du eine Freundin hast – obwohl es mich ein bißchen wundert. Du bist nämlich nicht besonders freundlich.«

»Und du bist es vermutlich. Was hast du hier zu suchen?«

»Ich bin gekommen, weil ich dich begrüßen wollte.«

»Hättest du nicht durch die Tür kommen können?«

»Nicht um diese Tageszeit. Vermutlich ist es ein bißchen ungewöhnlich, aber wenn Vater mich dabei ertappt hätte, daß ich mich heimlich hierherschleiche, dann würde er mir morgen früh Daumenschrauben anlegen.« Sie hob Bellas Spiegel mit dem silbernen Griff hoch und schaute sich an. »Es gibt einen alten Kerker im ursprünglichen Burgverlies. Hast du das gewußt?«

»Nein.«

»Es ist aber so, und wir haben einen Brunnen aus dem Fels geschlagen.«

»Wie schön.«

Ailie entdeckte eine Schale Kirschen, die auf der Frisierkommode stand, steckte sich zwei in den Mund, zog die Stiele heraus und warf sie zusammen mit den Kernen aus dem Fenster. »Ich hoffe, daraus wächst etwas. Ich finde, es ist eine solche Schande, die guten Kerne zu verschwenden, meinst du nicht auch?«

»O doch«, sagte Bella leichthin. »Ich spucke sie immer aus dem Fenster.«

»Du bist reichlich seltsam, ist dir das klar?«

»Dann sollten wir gut miteinander auskommen, denn ich finde dich auch seltsam.«

»Oh, ich hoffe wirklich, daß wir miteinander auskommen.« Ailie stellte sich vor Annabellas geöffneten Koffer. »Was tust du da?« fragte sie. »Bist du beim Auspacken? Oh, laß mich dir doch helfen.« Mit wohlmeinendem Eifer fing Ailie an, einen Gegenstand nach dem anderen aus dem Koffer zu ziehen. »Wenn die Umstände anders wären, wäre ich vielleicht nicht zu dir gekommen, aber hier gibt es nur meinen Bruder Allan und mich, und das nächste Mädchen in meinem Alter wohnt mehr als fünfundzwanzig Meilen von hier. Natürlich sind meine Mutter und die Hausangestellten Frauen, aber mit den Haushaltshilfen darf ich mich nicht abgeben, und wenn meine Mutter auch das liebste Geschöpf auf Erden ist, dann ist es doch kein Kinderspiel, aus der eigenen Mutter die beste Freundin machen zu wollen. Ich meine, man kann seiner Mutter nicht direkt all seine Geheimnisse verraten, ohne fürchten zu müssen, sie könnte es dem Vater erzählen. Das verstehst du doch, oder nicht?«

Bella nickte verwirrt, denn in Wahrheit hatte sie von all dem, was ihre Cousine gesagt hatte, nicht ein einziges Wort verstanden.

15. Kapitel

Kurz nachdem sie angekommen war, reiste die Herzogin von Grenville auch schon wieder zurück nach England, denn vierzehn Tage nach ihrer Ankunft in Seaforth kamen Bellas Vater und ihr Bruder mitten in der Nacht aus Edinburgh zurück. Kurz nach dem Eintreffen der beiden stürzte über Annabellas Hoffnungen der Himmel ein.

Das Ganze begann in aller Unschuld am Abend vor dem Eintreffen der Männer, als Ailies wunderschöner goldener Kater MacBeth etwas tat, was kein Kater mit Selbstachtung je getan hätte. Er bekam Junge.

Annabella und Ailie hatten sich zwei ganze Tage lang nur damit beschäftigt, wie sich ein Korb Muscheln verwenden ließ, die Ailie im vorigen Sommer gesammelt hatte. Da es derzeit der neueste Schrei war, Haushaltsgegenstände wie Toilettenpapierhalter, Nadelkissen, Kästchen für Krimskrams und dergleichen mit Muscheln zu verzieren, hatten die Cousinen ihre Muscheln sorgsam nach Farbe und Größe sortiert und in Häufchen auf dem Boden verteilt.

Annabella, die vor Ailie ins Zimmer gekommen war, machte sich augenblicklich an die Arbeit und schmierte Klebstoff auf einen angehenden muschelbesetzten Blumentopf. Sie hielt eine Handvoll Muscheln in der Hand und hatte gerade angefangen, die Muscheln auf den Klebstoff zu pressen und ihm einen interessanten Rand zu geben, als die Tür aufging und Ailie reinplatzte und schrie: »Es ist etwas absolut *Gräßliches* passiert, Bella. Komm schnell! MacBeth hat Junge gekriegt!«

Annabella sprang eilig auf, ließ ihren klebstoffbeschmierten Blumentopf stehen und eilte mit Ailie zum Stall. Dort lag MacBeth im Heu hinter dem Schober, in dem die Milchkühe gemolken wurden. Annabella nahm eins der blinden miauenden Kätzchen auf den Arm, als Ailie ausrief: »Und ich dachte, er würde einfach nur fett.«

»Das ist er auch geworden«, sagte eine Stimme, »aber das kam nicht vom Fressen.«

Annabella schaute sich um und sah einen jungen Mann, der kaum älter als sie selbst war, mit einem geschmeidigen Grauschimmel aus einer Box in der Nähe treten.

»O Allan, ist das dein neuer Wallach? Reitest du jetzt aus?« fragte Ailie, die um das Pferd herumlief und es genau betrachtete.

»Ja, er ist eine Schönheit, nicht wahr?« Er schaute Annabella an. »Meinst du nicht, du solltest mich unserer Cousine vorstellen? Du bist Annabella, stimmt's?«

»Ja«, sagte sie und dachte sich, wie sehr Allan sie doch an Gavin erinnerte, denn sie waren beide etwa gleich groß und im selben Alter.

»Reitest du?« fragte Allan.

»Häufig, doch hatte ich nicht viel Gelegenheit dazu, seit wir nach Schottland gekommen sind.«

»Dann reite ich demnächst mal mit dir aus«, sagte er und schwang sich auf den ungesattelten Rücken des Grauschimmels.

Die beiden Mädchen schauten Allan nach, als er aus dem Stall ritt, ehe sie ihre Aufmerksamkeit wieder den Kätzchen zuwandten.

»Ich glaube, du mußt ihn jetzt in Lady MacBeth umtaufen«, sagte Annabella.

Sie blieben noch eine Weile bei den Kätzchen, ehe Ailie sagte: »Ich gehe jetzt in die Küche und erzähle der Köchin die Neuigkeiten. Willst du mitkommen?« fragte sie.

»Nein, ich bleibe noch ein Weilchen hier, und dann arbeite ich weiter mit den Muscheln«, antwortete Annabella.

Nachdem sie alle sechs Kätzchen persönlich inspiziert hatte, legte Annabella das letzte sorgsam wieder neben seine Mutter und wollte gerade gehen, als ein riesiger dunkler Schatten bedrohlich über den Boden der Scheune fiel. Annabella schaute auf und sah die furchteinflößende Gestalt ihres Onkels in der offenen Tür stehen. Sie hatte ihren Onkel recht liebgewonnen, doch er konnte immer noch mit nichts weiter als einem einzigen Blick Entsetzen in ihr wachrufen. Das Erstaunen war ihr deutlich ins Gesicht geschrieben, als sie keuchte: »Ach, du bist es.«

Sie fühlte sich ebenso unbeholfen, wie ihre Worte klangen. Onkel Barra trat in den Stall und richtete einen Blick auf sie, der sie zurückzucken ließ. »Du hast doch nicht geglaubt, du hättest es mit einem Geist zu tun, oder, Mädchen?«

Leuchtende rosige Farbflecken breiteten sich auf ihren Wangen aus, als sie erwiderte: »Du hast mich überrascht, das ist alles.«

»Wenn man ein Mädchen überrascht, hat man schon halb gewonnen«, sagte er. »Komm mit mir in mein Arbeitszimmer, Liebes. Ich will mit dir reden.«

Annabellas Knie wurden weich. Eine offizielle Vorladung zu Barra Mackenzie rangierte hoch oben zwischen umwälzenden Ereignissen und göttlichen Offenbarungen. »Aber... aber...«

»Steh nicht stotternd da. Wenn ich dir Körperverletzungen zufügen wollte, hätte ich dich in den Kerker im Verlies bestellt, und das schon vor dem Frühstück. Jetzt komm schon.«

»Du meinst, ich soll jetzt mit dir kommen?« stammelte sie.

»Ich habe dich nicht jetzt aufgefordert, zu mir zu kommen, weil ich hoffe, daß du morgen kommst. Und es ist nicht meine Art, zahllose Fragen zu beantworten, wenn ich jemanden zu mir bestelle. Ich sagte dir bereits, warum ich hergekommen bin«, sagte er. »Falls du dich entschließt, zu mir zu kommen, erwarte ich dich.«

Der Graf von Seaforth hatte seinen Abgang ebenso beeindruckend wie seinen Auftritt hinter sich gebracht. *Ich erwarte dich...* Das war nicht direkt die Formulierung, die einen dazu verlockte, Rekorde zu brechen, um möglichst schnell da zu sein. In ihrem

Pessimismus fiel ihr wieder ein, daß laut Ailie Allan einmal über seinen Vater gesagt hatte: »Es tut nur gut, daß du nicht zu den Leuten gehörst, die widersprechen, denn sonst würde er dir die Zunge rausschneiden.« Annabella kämpfte gegen den Drang an, sich für den Rest des Tages mit den Kätzchen im Stall zu verstecken.

Als sie sein Arbeitszimmer erreicht hatte, war Annabella seelisch erschöpft und außer sich vor Angst. So behutsam wie eine Hure in einem Beichtstuhl öffnete sie die Tür und schlich sich hinein. Sie hatte die Hände zu einem inständigen Bittgebet vor sich gefaltet, als sie den Raum betrat und an ihrem gesunden Verstand zweifelte, weil sie so etwas tat, doch für solche Überlegungen war es jetzt zu spät. Nach seiner finsteren Miene zu urteilen, hatte sie bei ihrem Versuch, ihren Onkel mit Humor zu beschwichtigen, kläglich versagt. Sie starrte das große Messer in seiner Hand an, dessen Klinge so lang wie ihr Unterarm war.

Ohne ein Wort zu sagen, warf er das Messer aus der Hand, und es flog surrend durch die Luft und grub sich bis zum Heft in das Herz einer strohgefüllten menschengroßen Gestalt. Das Herz schlug ihr im Hals, als sie Barra Mackenzie anstarrte.

»Es gibt nichts, was ich ungenießbarer finde als ein gekochtes Ei mit einer harten Schale und einer glibberigen Masse innen drin«, sagte er. »Ehe dein Vater auch nur gemerkt hat, daß du da bist, hatte ich schon mehr Narben auf dem Gewissen, als du Haare auf dem Kopf hast. Wenn ich deine kümmerliche Darbietung von Mumm auch eher bewundert habe, dann war es doch naiv, das zu tun. Merke dir, daß es mich sehr erfreuen würde, wenn ich sähe, wie du dir das Rückgrat stärkst, aber denk auch daran, daß es nicht meine Sache ist, mich mit der rotznäsigen Unverschämtheit von Kleinkindern zu beschäftigen. Setz dich.«

Binnen eines Sekundenbruchteils saß sie ihm gegenüber auf dem Stuhl an seinem Schreibtisch und fragte sich in Gedanken panisch: *Was habe ich bloß getan? Wem habe ich etwas getan?*

Was wird er mir für das antun, was ich getan habe, wovon ich aber nicht weiß, was es ist? Sie holte tief Atem, um sich zu wappnen, und fragte: »Ich wüßte eher, wie ich mich benehmen soll, wenn ich den Grund erfahre, aus dem ich hier bin.«

»Du glaubst, das sei dein Recht, oder nicht?«

»Wenn ich die Folgen tragen soll, dann ja«, sagte sie.

»Das ist schon viel besser«, sagte er. »Man sollte lernen, sich direkt auszudrücken oder gar nichts zu sagen. Es ist gut, wenn man gesunden Menschenverstand und eine Spur von Wagemut besitzt. Du lernst es noch, deine Unentschiedenheit aus Feigheit zu überwinden.«

»Es könnte gut sein, daß du auch feige wärst, wenn du so klein wärst wie ich – und noch dazu eine Frau.«

»Winseln ist wirkungslos. Der größte Dummkopf kann einem toten Löwen Haare aus der Nase reißen. Die Weisheit ist ein weibliches Werkzeug, und gegen die Kraft eines Mannes kann man es nicht aufnehmen. Behalte den Verstand, Mädchen, und zugleich auch deine Selbstachtung.« Er lehnte sich auf seinem Stuhl zurück. »Schau mich nicht so hilflos an. Es ist gar nicht so schwierig, wie es klingt. Wir Schotten haben ein Sprichwort: ›*An einen Steilhang muß man beherzt herangehen.*‹«

Ein wenig erleichtert fragte sie: »Du hast mich nicht zu dir gerufen, weil ich etwas angestellt habe?«

Er zog die Augenbrauen hoch. »Wieso? Hast du etwas angestellt?«

»Nichts, womit ich mir eine Strafpredigt verdient hätte.«

»Dann laß uns weiterreden. Dein Vater ist auf dem Weg hierher, und er hat die Absicht, dich nach England zu zerren und dich hinter Schloß und Riegel zu bringen.«

»Wieso hinter Schloß und Riegel?«

»Komm mir nicht mit Kleinigkeiten«, sagte er. »Ich wollte dir damit nur sagen, daß das, was ihn hierherführt, eine ernste Angelegenheit ist.«

»Wenn mein Vater anreist, dann ist es immer ernst. Wenn er es damit auch noch eilig hat, dann ist die Angelegenheit mehr als ernst, aber wenigstens freut mich die Neuigkeit, daß er mich nach Hause mitnimmt.«

»Ich beabsichtige, ihm das auszureden.«

»Du meinst, du willst mich hierbehalten? In Schottland?«

»Ja.«

Annabella spürte, wie sich ihr Herz zusammenzog. Ihre Augen brannten. Sie kämpfte gegen die Tränen an und fragte: »Würdest du mich als unverschämt und rotznäsig ansehen, wenn ich nach den Gründen frage?«

Darüber lachte er. »Weil ich vorhabe, dir zu helfen, Kleines, und das kann ich am ehesten tun, wenn du hierbleibst.«

»Wenn mein Vater einmal einen Entschluß gefaßt hat, läßt er sich nicht mehr davon abbringen, Onkel. Dafür kann ich mich verbürgen.«

»Er wird sich davon abbringen lassen, wenn ich ihm erzähle, daß ich hinter deine Pläne gekommen bin, heimlich zu heiraten...«

Annabella sprang von ihrem Stuhl auf. »Was?«

»...heimlich jemanden zu heiraten, der dir, glaube ich, schon mehr als drei Anträge gemacht hat – den Marquis von Tukesbury.«

»Ich würde ihn für nichts auf Erden heiraten. Ich kann ihn nicht leiden.«

»Das weißt du, aber weiß es dein Vater?«

»Er wird es wissen, nachdem ich es ihm gesagt habe.«

»Setz dich, Mädchen, ehe ich dich erwürge.«

Annabella ließ sich blitzschnell auf den Stuhl fallen.

»Du kannst es«, fuhr Barra fort, »ruhig leugnen, aber dein Vater wäre ein Dummkopf, da er weiß, wie groß deine Abneigung gegen eine Heirat mit Huntly ist, wenn er nicht glauben würde, daß du dich lieber mit jedem jungen, gutaussehenden Engländer in eine Ehe stürzen würdest, als den Pfad einzuschlagen, der dir bestimmt ist.«

»Wenn man einmal davon absieht, daß ich den Marquis nicht mag.«

»Das ist völlig bedeutungslos«, sagte er.

»Mein Vater kennt mich besser, als du annimmst. Er wird es nicht glauben. Er weiß, daß ich viel zu feige bin, um mich ihm zu widersetzen.«

»Das frage ich mich«, sagte Barra Mackenzie und lächelte. »Und jetzt lauf. Deine erste Lektion ist noch so warm wie frische Milch. Gib ihr Gelegenheit, sich erst einmal abzukühlen.«

Als Annabella am folgenden Tag in die Bibliothek ihres Onkels beordert wurde und dort feststellen mußte, daß ihr geliebter Bruder und ihr mehr als aufgebrachter Vater sie dort erwarteten – gemeinsam mit ihrer Mutter, ihrer Tante und ihrem Onkel –, bestand ihr erster und bislang kühnster Gedanke ihres ganzen Lebens darin, zur nächsten Tür zu laufen und dann zu rennen, bis sie vor Erschöpfung umfiel oder ins Meer stürzte, je nachdem, wozu es eher kommen würde.

Diesem Gedanken folgte das Gefühl, da ihr nichts einfiel, was sie zu ihrer Verteidigung hätte vorbringen können, bestünde ihre beste Verteidigung darin, gar nichts zu sagen.

Währenddessen erklärte die Herzogin, was sie unter ihrem Fenster im Garten von Dunford Castle beobachtet hatte, und Annabella beschäftigte sich damit, sich auszumalen, welche Schritte ihr Vater unternehmen würde – und keine ihrer Vorstellungen erschien ihr besonders reizvoll.

»Und daher dachte ich mir, es sei am besten, bereits in eurer Abwesenheit die beiden räumlich voneinander zu trennen, ehe ernstlicher Schaden angerichtet werden konnte«, schloß die Herzogin.

Bellas Vater antwortete darauf mit einer Stimme, die vor Wut bebte: »Du hast das Beste getan, was man unter den gegebenen

Umständen hätte tun können, meine Liebe. Ich werde meine Pflichten Bella gegenüber kein zweites Mal derart vernachlässigen. Jede erdenkliche Vorkehrung wird getroffen werden, damit ihr bis zu ihrer Hochzeit nichts zustoßen kann. Bella, hör auf, so zu schauen, als hätte ich gerade befohlen, daß du in Öl gekocht wirst. Ich habe beschlossen, daß du bis zum Tag deiner Hochzeit weltabgeschieden hier in Seaforth bleiben wirst.«

Ihr betroffener Blick fiel sofort auf ihren Onkel Barra, der von etwas in Anspruch genommen war, was sich draußen vor dem Fenster abspielte. Sie zwang sich, ihren Vater wieder anzusehen und stieß verblüfft aus: »Aber...«

»Spar dir die Mühe, und versuch gar nicht erst zu betteln. Mein Entschluß ist gefaßt. Deine Mutter, Gavin und ich brechen morgen früh nach Saltwood auf. Dein Onkel hat freundlicherweise angeboten, dich an der Kandare zu halten. Streng dich an, dich bis zu unserer Rückkehr würdig zu benehmen.«

»Und wann wird das sein?«

»Etwa eine Woche vor der Hochzeit.«

»Könnte denn Gavin nicht...«

»Dein Bruder wird zu Hause gebraucht, Bella. Er hat keine Zeit, dein Kindermädchen zu spielen. Das solltest du doch wissen.«

»Aber Papa...«

Der Herzog von Grenville schaute seine Tochter an – seine einzige Tochter, die ihm bislang keinen Ärger gemacht hatte. Dennoch war die Erinnerung an seine Jüngste und die Probleme, die sie machte, noch ganz frisch. Er seufzte. »Du brauchst straffere Zügel, Annabella, aber ich möchte nicht, daß es brutal klingt oder wie eine Strafe auf dich wirkt. Du weißt, wo dein Platz ist, und du weißt auch, daß ich nur das Beste für dich will. Ich wäre nicht auf den Gedanken gekommen, dich derart zu einer Eheschließung zu drängen, wenn es nicht wegen deinem Großvater wäre.«

Später, nachdem sie die Bibliothek verlassen hatte, ging Annabella in den Stall und setzte sich auf einen umgedrehten Eimer. Sie hielt eins der Jungen von MacBeth auf dem Schoß. Als sie das Kätzchen gerade wieder zu seiner Mutter legen wollte, fand Gavin sie. Er lächelte ihr freundlich zu und sagte ihr, sie solle sich keine Sorgen machen.

Annabella betrachtete ihn mit Mißfallen. »Ich bezweifle, daß du so fröhlich wärst, wenn du derjenige wärst, der einfach zurückgelassen wird.«

Gavin lachte und zerzauste ihr das Haar, und dann beschimpfte er sie als ein Kleinkind. »Das würdest du nicht sagen, wenn du wüßtest, was mich in England erwartet. Ich fürchte, die Zeiten, in denen ich mich ausgetobt habe, sind vorbei. Manchmal frage ich mich, ob nichts weiter als ein vererbter Titel all das wert ist, was ich jetzt tun muß. In mancher Hinsicht, Bella, steht mein Leben noch mehr auf dem Kopf als deins.«

Das wußte Annabella, und sie wußte, daß Gavin eigentlich nicht den Wunsch hatte, Herzog zu werden. Er hatte nicht direkt etwas dagegen, aber er konnte sich auch nicht dafür begeistern. Trotz des Aufruhrs in seinem eigenen Leben würde er sein Bestes tun, um in ihrer Gegenwart immer zu lächeln, sie zu necken und zu versuchen, sie bei guter Laune zu halten, und dieses Wissen bewirkte nur, daß sie sich noch elender fühlte.

»Ich weiß nicht, wann ich dich wiedersehen werde«, sagte sie, und ihre Stimme bebte. »Es ist noch eine sehr lange Zeit bis zu meiner Hochzeit. Ein ganzes Jahr.«

Gavin zog die Augenbrauen hoch. »Möchtest du es etwas beschleunigen?«

»Nein, aber ich könnte wirklich mit dem Gedanken spielen, wenn das hieße, daß ich dich eher wiedersehe.«

»Ich werde vor der Hochzeit wiederkommen«, sagte Gavin. »Vater hat mir versprochen, daß ich wiederkommen darf.«

Annabella hätte zwar nicht so weit gehen können, zu behaupten, nun sei sie guten Mutes, doch sie gestand sich ein, daß die Vorfreude auf Gavins Rückkehr ihre Stimmung ein wenig besserte.

Früh am nächsten Morgen stand Annabella neben einem der beiden gewaltigen steinernen Löwen, die die Haustür flankierten, und betrachtete ihre Familie ein letztes Mal. Ihre Entschlossenheit, nicht zu weinen, ließ ihre Augen zornig blitzen. Ihr ganzes Leben lang hatte sie darum gekämpft, die Tochter zu sein, die ihr Vater lieben und auf die er stolz sein würde, und was hatte ihr das eingebracht? Strafe. Verbannung. Eine aufgezwungene Ehe. Sie bemühte sich, ihr Leben im nachhinein zu überblicken, weil sie wissen wollte, wo sie einen Fehler begangen hatte, doch alles schien sich in einer Form verflüchtigt zu haben, als schaute sie hinter sich und wollte die Spuren sehen, die sie hinterlassen hatte, nachdem sie durch Wasser gelaufen war – und ebensosehr hatte sich ihr Leben in England verflüchtigt.

Sie versuchte, um den Verlust ihres Zuhauses zu trauern und Tränen des Kummers über diesen Verlust willentlich fließen zu lassen, doch ihr kamen keine Tränen. Sie versuchte, glückliche Zeiten und schöne Erinnerungen an ihre Kindheit, an denen sie hing, wachzurufen, doch sie stellten sich ebenso wenig ein wie die gewünschten Tränen. Annabella hatte keine geliebten und schönen Erinnerungen an ihre Kindheit. Es war nicht so, daß sie sich mißbraucht oder auch nur ungeliebt fühlte, denn sie wußte, daß ihre Eltern sie auf ihre Art liebten. Sie fühlte sich nur einfach nicht geliebt, und das war es, was sie mehr als alles andere wollte, geliebt und verwöhnt zu werden, das Gefühl zu haben, sie besäße einen gewissen Wert. Sie war wie ein Spielzeug in einem Kinderzimmer – eines von vielen hübschen Dingen, die kaum zur Kenntnis genommen wurden, und daher hatte sie ihre Kinderjahre damit zugebracht, in einem Regal zu stehen, gelegentlich herausgeholt und Freunden und Verwandten vorgezeigt zu werden, und dann, nachdem man ihr das Haar gebürstet und ihre

Arme in ein neues Kleid gesteckt hatten, wurde sie wieder in das Regal gesetzt.

Und jetzt, nach so vielen Jahren, wurde sie aus dem Kinderzimmer rausgeworfen und gefühllos an den Krämer verkauft, der gewillt war, den höchsten Preis zu zahlen. Für Gavin war alles ganz anders gewesen. Er war der langersehnte – und einzige – Sohn, während Bella nichts weiter als die letzte in einer Reihe von Töchtern war.

Während all der Zeit beobachtete Barra Mackenzie seine Nichte und erinnerte sich wieder daran, wie er gesagt hatte: »Das Mädchen scheint eine sehr fügsame Natur zu haben.«

Alisdair hatte daraufhin prompt gesagt: »Sie ist nur deshalb so fügsam, weil sie wie eine Rebe gezogen worden ist, die in diese Richtung wachsen soll, und nicht etwa, weil es von Natur aus ihre Art wäre.«

»Und was hältst du für ihre natürliche Art?«

»Ohne jede Disziplin und Selbstbeherrschung zu verwildern wie ein Barbar. Ich sage es dir, Barra, schwerer habe ich es mit keinem anderen meiner Kinder gehabt. Bella brauchte eine strengere Hand als all meine anderen Kinder zusammen. Als sie zwei Jahre alt war, wußte ich, daß ich es mit einer kleinen Wildkatze zu tun habe. Sie war das eigensinnigste und halsstarrigste Geschöpf, das du dir nur vorstellen kannst. Nur durch eine strenge Hand hat sich das Blatt gewendet. Glaub mir, es war nicht leicht, sie in andere Richtungen zu lenken, wenn ich auch nicht behaupten kann, ich sei rundum mit dem Ergebnis zufrieden. Sie ist ziemlich belesen und sehr intelligent und gebildet – mehr, als bei einer Frau notwendig ist, wenn du mich fragst. Alles in allem war es eine echte Aufgabe, dieses Kind großzuziehen. Wenn sie überhaupt formbar ist, dann war sie nur mit Gewalt gefügig zu machen.«

Und genauso verhält es sich mit ihrer Heirat, dachte Barra. Als die Mackenzies mit Annabella dastanden und zusahen, wie die schicke Ebenholzkutsche des Herzogs und der Herzogin, die sie für Reisen benutzten, in einer Staubwolke die gewundene Straße hinunterfuhr, legte Barra einen Arm um Unas Schultern und stieß einen tiefen Seufzer aus. Seine deprimierte Nichte verschwand im Haus.

»Es wird Ailie guttun, das Mädchen im Haus zu haben. Sie wird dann ein wenig umgänglicher sein als Allan. Wir werden mit ihr Tee trinken können, und vielleicht interessiert sie sich auch etwas mehr für die neuesten Modezeitschriften«, sagte er.

Lady Seaforth warf ihrem Mann einen skeptischen Blick zu. »All das scheint dich seltsam zu erfreuen. Übrigens hätte ich schwören können, du hättest darunter gelitten, daß dir das Mädchen aufgedrängt und anvertraut wird.«

»Hmmm«, war alles, was Barra dazu zu sagen hatte, denn er lächelte bei der Erinnerung an einen dummen kleinen Zwischenfall, zu dem es zwischen diesem armen, hilflosen Mädchen und seiner Tochter gestern morgen gekommen war.

Ailie hatte von sich aus beschlossen, die Nacht in Bellas Zimmer zu verbringen, und sie hatte sich gerade ausgezogen und saß mit ihrer Cousine auf dem Bett und sah zu, wie sie einen Eintrag in ihr Tagebuch schrieb, als sie in das Zimmer gegenüber gerufen worden waren, das Annabellas Eltern benutzten.

Da sie *en chemise* dasaßen, als sie gerufen wurden, sprangen die Mädchen auf und stürzten zu ihren Kleidern. In diesem Durcheinander wurde der *pot de chambre* umgestoßen, und ehe sie jemanden zur Hilfe rufen konnten, war der gesamte Inhalt zur Tür hinaus- und durch den Gang und unter der gegenüberliegenden Tür durchgeflossen. Als Seine Exzellenz der Herzog von Grenville die Tür öffnete, um sich danach zu erkundigen, warum seine Tochter und seine Nichte sich soviel Zeit ließen, trat er prompt in den Grund.

Barra lachte in sich hinein und schüttelte den Kopf. Er hätte seinen Widerwillen ausdrücken und das Mädchen mit dem Rest der Familie wegschicken können, aber er wählte nicht immer den einfachsten Weg. So, wie die Dinge standen, versetzte er seine Frau in Erstaunen und willigte ein, seine Nichte bis zur Woche ihrer Hochzeit bei sich aufzunehmen – nachdem er vorher mit Alisdair ein Gespräch von Mann zu Mann geführt hatte.

Was bedeutete nach so vielen Narben schon eine weitere auf seinem Gewissen?

Einen Monat nach ihrer Ankunft in Edinburgh reisten Ross und Lord Percival ab und machten sich auf den Rückweg nach Dunford, doch sie nahmen nicht den kürzesten Weg. Ross, der unter der überstürzten Abreise von Annabella und ihrer Mutter immer noch litt, war noch nicht bereit, nach Dunford und zu seinem Großvater zurückzukehren. Er hielt beharrlich an dem Glauben fest, daß der alte Mann etwas mit dem plötzlichen Entschluß der Herzogin zu tun hatte, mit ihrer Tochter abzureisen. Zeit, sagte er sich, war das, was er brauchte. Mehr Zeit, ehe er nach Dunford und zu seinem Großvater zurückkehrte.

Er war ein wenig verärgert über den alten Mann, aber er wußte, daß sein Großvater nicht mehr ewig leben würde. Er wollte nicht, daß seine Wut ihn schneller in den Tod trieb. Er würde einfach das tun, was er in den letzten Jahren auch getan hatte. Er würde von einem Ort zum anderen ziehen und trinken und huren, bis seine Seele und seine Lenden von dieser elfenbeinhäutigen Schönheit befreit waren. Percy gegenüber behauptete er, er wolle mehr von Schottland sehen. Und das stimmte sogar in gewisser Weise.

Von Edinburgh fuhren sie nach Aberdeen, dann nach Inverness und von dort durch das Hochland nach Ullapool, wo Ross beschloß, er hätte genug von Schottland gesehen. »Kein Mann kann unbegrenzt trinken und huren, Percy.«

Daraufhin zog Percy nur zweifelnd eine Augenbraue hoch.

Ross lachte. »Ich weiß, was Sie sich denken, Mann, aber es ist wahr. Ich bin komplett erledigt, wie es der alte Mann formuliert hat.«

»Sind Sie ganz sicher, daß Sie zurückfahren wollen, oder brauchen Sie nur eine Nacht lang Ihren gesunden Schlaf?«

»Nein, ich bin soweit. Sogar das Trinken und das Huren kann, wenn man es zu weit treibt, langsam...« Er unterbrach sich und sah Percy an. »Wie heißt das Wort, das ich suche?«

»Zur Übersättigung führen.«

»Genau. Sogar das Trinken und das Huren kann, wenn man es zu weit treibt, langsam zur Übersättigung führen.«

»Und, wie Blake es so wortgewandt formuliert hat: ›*Der Weg der Exzesse führt zum Palast der Weisheit.*‹«

»Dann gehen Sie voraus«, sagte Ross und schlug ihm auf den Rücken. »Der einzige Exzeß, den ich mir im Moment wünsche, ist viel Schlaf. Heiliger Strohsack! Ich bin in meinem ganzen Leben noch nicht so müde gewesen. Es ist harte Arbeit, so viele Frauen glücklich zu machen.«

Percy sagte nichts dazu. Es war ihm einfach nicht möglich. Er lachte so schallend, daß er kein Wort herausbrachte.

Vier Tage später saß Barra Mackenzie in seinem Arbeitszimmer und las einen Brief von seinem Cousin Robbie Fraser, der in Ullapool lebte.

Ich habe mir die Freiheit herausgenommen, meinem alten Freund Lord Percival und dem jungen Mann in seiner Obhut vorzuschlagen, daß sie auf ihrer Reise in den Süden in Seaforth haltmachen. Du erinnerst Dich bestimmt an Percy als den Mann, mit dem ich mich angefreundet habe, als wir beide so hart daran gearbeitet haben, die Korngesetze außer Kraft zu setzen. Ich weiß, daß Du ihn mögen wirst. Er ist zwar kein Bauer, doch er hat trotzdem viel Ähnlichkeit mit Dir, ein guter Mann mit klaren Ansichten, für die er sich einsetzt.

Sie sollten am Dienstag, dem vierten, eintreffen. Ich weiß, daß Du sämtliche Gefälligkeiten, die Du mir bei meinen zahlreichen Besuchen in Seaforth erwiesen hast, auf die beiden ausweiten wirst. Oh, allein schon die Erinnerung an Eier, kalte Kalbspastete und kochendheißen Lachs unter einem Sonnenstrahl in Deinen friedlichen Feldern, und all das mit einem großzügigen Schluck Whisky abgerundet.
In meiner Überschwenglichkeit hätte ich fast vergessen, Dir den Namen desjenigen mitzuteilen, der seiner Obhut unterstellt worden ist – ein junger Mann, ein gebürtiger Amerikaner, aber meines Erachtens ein Schotte bis ins Mark. Er ist der Enkel des alten Herzogs auf Skye, und er trägt den Namen Ross Mackinnon.

Ross Mackinnon. O weh! Und gleich noch mal o weh! Barra hatte den Namen oft genug gehört, um sich augenblicklich Sorgen zu machen. Und dann ging es ihm schlagartig auf. *Der vierte.* Heute war der vierte. Ohne einen Moment zu vergeuden, ließ er Una zu sich rufen, und im selben Atemzug schickte er einen Trupp von Putzfrauen in das Anglerhäuschen, das kaum eine Meile entfernt vom Haupthaus lag.

»Sie ins Anglerhäuschen schicken?« fragte Una und bedachte Barra mit einem seltsamen Blick. »Bist du verrückt? Ich bezweifle, daß Annabella je in ihrem ganzen Leben fischen war, und wir wissen beide, daß Ailie nichts dafür übrig hat.«

»Ich schicke die beiden nicht zum Angeln hin, Liebes. Wir erwarten Gäste, und ich entferne schlichtweg die Köder aus dem Haus.«

Barra bemerkte, wie seine Frau erbost das Kinn in die Luft reckte, und er umarmte sie beschwichtigend. »Ich weiß, daß dir das nicht einleuchten kann, aber die Zeit ist hier von allergrößter Bedeutung. Ich habe keine Zeit für lange Erklärungen und kann dir nur sagen, daß ein gewisser Ross Mackinnon auf dem Weg hierher ist und daß das Mädchen weggeschafft werden muß – wenigstens für eine Weile, bis ich die Zeit gefunden habe, mir eine Meinung über den Jungen zu bilden. Wir haben keine Zeit mehr, etwas anderes zu planen. Du wirst dir etwas einfallen lassen müssen, um es den Mädchen zu erklären.«

»Aber was soll ich ihnen sagen? Sie sind keine Kinder mehr. Und du weißt, wie dumm ich mich beim Lügen anstelle.«

Barra küßte sie aufs Haar. »Ja, Liebes, das weiß ich, aber daran läßt sich jetzt nichts ändern.« Er gab ihr einen Klaps auf die Rückseite. »Und jetzt verschwinde. Es gibt viel zu tun. Wir haben Gäste zum Abendessen da.«

Una eilte zur Tür und blieb dort stehen. »Du magst Bella wirklich, stimmt's?«

»Ja, ich mag das Mädchen«, sagte Barra. »Warum sonst sollte ich mir soviel Mühe machen, sie abzuschieben, bis ich weiß, ob dieser Mackinnon besser für sie ist als Huntly, dieser Dummkopf?«

Una seufzte zustimmend. »Selbst nach all den Jahren liebe ich dich noch, Barra Mackenzie«, sagte sie.

»Ja«, sagte Barra. »Ich wußte schon immer, daß du ein kluges Mädchen bist.«

Barra Mackenzie schaute seiner Frau, mit der er seit dreißig Jahren verheiratet war, nach, als sie ging. *Selbst nach all den Jahren noch?* Er schüttelte den Kopf, und ein Lächeln breitete sich auf seinem Gesicht aus. Er verstand sein Mädchen noch nicht ganz.

Selbst nach all den Jahren.

Kurze Zeit darauf betrat Una das Anglerhäuschen, eine alte schwarze Hütte, die vor vielen Jahren von Kleinbauern benutzt worden war und seitdem leer stand. Barra, der nicht mit ansehen wollte, wie Dinge nutzlos wurden, hatte daraus seine Anglerhütte gemacht. Una, die sich dieser Grundhaltung anschloß, hatte es auf sich genommen, das Häuschen gemütlicher einzurichten und ihm etwas Heimeliges zu geben. Als sie damit fertig war, erklärte sie das Anglerhäuschen zu »dem Puppenhaus, das ich nie gehabt habe«.

Barra hatte erst gemurrt und etwas in dem Sinne gesagt, daß »jeder Mann, der sein Anglerhäuschen von seiner Frau einrichten läßt, dem Whisky abschwören sollte«.

Doch als alles gesagt und getan war, mußte er tatsächlich zugeben, daß Una sich mit der Herrichtung der Hütte selbst überboten hatte, denn das kleine schwarze Häuschen war so gemütlich und bequem wie ein Paar alte Schuhe mit abgetretenen Absätzen.

Una ächzte unter dem Gewicht des schweren Weidenkorbs, den sie trug, als sie die schwere Eichentür aufriß und sich im hellen, wärmenden Feuerschein der Küche wiederfand. Mit einem erschöpften Stöhnen wuchtete sie den Korb auf einen langen Tisch aus schlichtem, unfurniertem Holz auf Böcken. »So«, sagte sie und schaute Ailie und Annabella an.

»Ist das alles für uns?« fragte Ailie.

»Ja. Diese Lebensmittel sollten euch für eine Woche genügen.«

»Oder ein Jahr«, sagte Ailie, »es sei denn, du erwartest, daß wir Tag und Nacht nur noch essen.«

Una schaute sich in der kleinen Küche mit den abgetretenen Bodendielen um und setzte sich auf eine der Bänke an der Wand. »Ganz so, wie ich es mir dachte«, sagte sie. »Ihr werdet hier prima zurechtkommen. Dieses Häuschen ist so warm wie ein Toast. Nicht die Andeutung von einem Luftzug.«

Die Küche nahm einen Teil des größeren der beiden Räume im Häuschen ein – der kleinere von beiden war das Schlafzimmer. Vielleicht war gerade das das Reizvolle, denn ein Haus, in dem die Küche und das Wohnzimmer kombiniert waren, strahlte etwas Behagliches und Einladendes aus – wenn das Wort Wohnzimmer für diesen Raum auch ein wenig zu ehrgeizig war. Dicht am Kamin standen zwei breite Sessel mit abgewetzten Bezügen,

die leicht speckig waren. Auf diesen Sesseln saßen Bella und Ailie
– und warteten darauf, vermutete Una, daß sie wieder fortging.
Aber sie hatte es alles andere als eilig. Es war eine ganze Weile
her, seit sie hier gewesen war, und das Häuschen schien seine
Arme um sie zu schlingen und sie zum Bleiben aufzufordern. Sie
hatte ganz vergessen, wie reizvoll ein kleines Häuschen sein
konnte mit den Tellern im Schrank, von denen nicht zwei zusammenpaßten, mit den freiliegenden Dachbalken, an denen getrocknete Kräuter, Erika und Seegras hingen, und dem winzigen
Kiebitznest mit zwei gesprungenen gesprenkelten Eierschalen
drüben im Regal.

Das war ein Ort, an dem sich ein Mann wohl fühlen konnte,
ein Ort der Sorglosigkeit und der Unbefangenheit, ein Ort, der
dazu geschaffen war, zu feiern und zu singen und später mit einem Glas Whisky in der Hand und einer Zigarre oder einer
Pfeife mit gesenkten Stimmen zu reden – denn hier war alles
fröhlich und unbeschwert, von den Möbelstücken, die einander
von gegenüberliegenden Wänden des Zimmers zu begrüßen
schienen, bis zum Flackern des Feuers, dessen Schein auf alles
fiel und nichts bevorzugte.

Una stieß einen Seufzer der Zufriedenheit aus. »Ich mag dieses
Häuschen wirklich gern. Wollt ihr, daß ich mit euch hier einziehe?«

»Nein, das wollen wir nicht«, sagte Ailie und stand von ihrem
Sessel auf und stellte sich neben ihre Mutter. »Und außerdem
weißt du selbst, daß Papa davon bestimmt nichts hören will.«

Sie nahm ihre Mutter an der Hand und sagte: »Komm schon,
laß dir von mir beim Aufstehen helfen.«

Una schien es nicht eilig zu haben, von dort zu verschwinden.
Ailie warf Bella einen flehentlichen Blick zu.

»Tante Una, wirst du nicht im Haus gebraucht, damit du mithilfst, diese beiden *Unmenschen* in Schach zu halten?« fragte
Bella.

Una schlug sich die Hände ins Gesicht. »Ach du meine Güte, ja! Fast hätte ich es vergessen. Ich sehe absolut unmöglich aus, und dabei haben wir zum Abendessen Gäste.« Sie lief eilig zur Tür und wandte sich dann um. »Es ist ein wunderbares Häuschen. Ihr werdet doch hier euren Spaß haben, oder nicht?«

»Klar, Mama.«

Die Tür schloß sich, und Ailie schaute ihre Cousine an. »Hast du diese Geschichte geglaubt, die Mama uns erzählt hat?«

»Welche Geschichte?«

»Über die *Unmenschen* – diese rasenden Mädchenverderber, die Jungfrauen die Unschuld rauben?«

»Ja, natürlich. Warum hätte ich ihr nicht glauben sollen?«

»Ach, ich weiß es nicht. Ich glaube, es liegt weniger daran, daß ich ihr nicht glaube, sondern eher daran, daß ich... Also, ich habe noch nie zuvor einen *triebhaften, rasenden Mädchenverderber gesehen, der Jungfrauen die Unschuld raubt,* und ich wüßte zu gern, wie so einer aussieht, du nicht auch?«

Annabella schüttelte heftig den Kopf. »Nein, ganz bestimmt nicht.«

Am späteren Abend, etwa eine Stunde nachdem sie kaltes Hammelfleisch und Kartoffeln zum Abendessen gegessen hatten, lagen Ailie und Annabella im Bett und versuchten einzuschlafen, doch beide hatten damit wenig Erfolg. Schließlich seufzte Ailie. »Ich frage mich, ob es junge Lords sind. Und natürlich müssen sie gut aussehen.«

»Wer?«

»Die Mädchenverderber natürlich. Wer denn sonst?«

»Du verbringst wirklich viel Zeit damit, dir Gedanken über die beiden zu machen«, sagte Bella. Dann dachte sie über das nach, was Ailie gesagt hatte, und fragte: »Warum müssen sie gut aussehen?«

»Weil sich keine Jungfrau, die bei klarem Verstand ist, von einem häßlichen Mann verderben läßt.«

»Ja, das stimmt«, sagte Bella, und ihre Stimme verklang, als sie über die Weisheit nachgrübelte, die Ailie von sich gegeben hatte.

Den Geräuschen nach zu urteilen, die von Ailies Bett kamen, schloß Bella, daß sie Schwierigkeiten mit dem Einschlafen hatte. Die Bettfedern ächzten, und Ailie murmelte frustriert etwas vor sich hin. Im nächsten Moment sagte Ailie: »Bist du ganz *sicher*, daß du nicht hingehen und sie dir wenigstens kurz ansehen willst?« In ihrer traurigen und wehmütigen Stimme schwang ein Hoffnungsschimmer mit. »Nur einen klitzekleinen Blick auf sie werfen? Wir könnten heimlich zum Fenster hochklettern und...«

»Was für eine Ungezogenheit! Ist dir klar, daß es zu einem gräßlichen Skandal käme, wenn wir dabei erwischt würden? Und jetzt sei still und schlaf, Ailie. Du führst etwas Übles im Schilde, und das weißt du selbst.«

»Was kann das schon schaden? Du redest wirklich wie eine alte Frau. Wir sind jung. Das ist die Zeit, um frei wie der Sonnenschein zu sein – jedenfalls sagt das mein Papa. Wenn du es genau wissen willst, er sagt: ›Ailie, meine wilde schottische Rose, du bist nur einmal jung, also mach das Beste daraus. Glück ist, wenn du jung bist, so gratis wie der Sonnenschein.‹ Er und Mama reden immer über die Streiche, die sie angestellt haben, als sie noch jung waren. Wenn man jung ist, ist es vollkommen richtig, daß man Dinge anstellt.« Ailie redete noch weiter, aber Bella hörte ihr nicht zu.

Du redest wirklich wie eine alte Frau.

Das Traurige an diesen Worten war, daß sie der Wahrheit schmerzlich nahe kamen. Bella wußte nicht, ob sie wie eine alte Frau redete oder nicht. Aber sie fühlte sich wie eine alte Frau. Das versetzte ihr einen Ruck, und sie fing an, genauer darüber nachzudenken. Es stimmte. Sie fühlte sich tatsächlich alt. Im Grunde genommen sogar uralt. Und seltsamerweise war es nicht Ailie, die dieses Gefühl in ihr ausgelöst hatte, begriff sie, denn diese Empfindungen hatten wie ein tief eingedrungener Splitter in ihr geeitert. Und der Mensch, der diesen ersten Splitter des Zweifels in ihre Haut gebohrt hatte, war Ross Mackinnon. Ross war derjenige gewesen, der diese winzigen Samen des Bewußtseins gepflanzt hatte und die Sehnsucht in ihr geweckt hatte, wenn auch nur ein klein wenig, Worte ihrer eigenen Wahl auszusprechen – das Leben durch ihre eigenen Augen und nicht die anderer Menschen zu sehen. Es kam ihr vor, als sollte sie ihn dafür hassen, denn er hatte in ihr das Verlangen nach etwas ausgelöst, das außerhalb ihrer Reichweite lag. Doch sie konnte ihn nicht dafür hassen.

»Warum bist du so streng mit dir selbst, so unerbittlich?« fragte Ailie, nachdem sie einen Moment lang geschwiegen hatte. »Du durftest nie wirklich frei sein, oder?« Sie formulierte diese Worte als Frage, und doch wußte Bella, daß sie keine Antwort erwartete, denn offensichtlich wußte sie es bereits. An der Art, wie sie das Wort *frei* aussprach, war etwas dran, was Bella neidisch werden ließ, denn sie benutzte das Wort so, als sei es ihr bester Freund – etwas, was sie an der Wurzel ausreißen und mitnehmen konnte.

Es fing alles ganz harmlos an, nichts weiter als das zunehmende Gefühl von Wärme in ihrem Bauch, das Flattern ihres Herzens, die schwitzenden Handflächen – dieselben Symptome, die Bella immer hatte, wenn sie mit dem Gedanken spielte, etwas Verbotenes zu tun. »Die dem Teufel eigene Form der Versuchung«, so nannte es ihre Mutter. Bella seufzte und setzte, wie sie es immer tat, ihre Willenskraft ein, um das Verlangen zu unterdrücken.

Doch es geschah etwas ganz Seltsames. Je mehr sie es fort wünschte, um so stärker und entschiedener kehrte es zurück. Sie fing an, sich Fragen zu stellen. Wer war dieser Mensch in ihrem Innern, dieser ernste und stimmlose Kritiker, der sie plagte? Wer war dieser Folterer, der sie drängte und sie zu einer Haltung fruchtloser Unterwürfigkeit antrieb, aber nur, um sie dann noch härter für die Fehler zu verurteilen, die zu begehen sie derselbe stimmlose Kritiker antrieb? Sie warf einen Blick auf ihre Cousine. Ailie wirkte so frisch und so frei, wie sie da auf ihrer Bettkante saß und in den Tiefen ihrer Augen Leben und Vitalität funkelten, während das lange, üppige kastanienbraune Haar sich auf ihren Schultern lockte.

Ihr kam Ailie so glücklich vor, wie sie dasaß und das bernsteinfarbene Licht der Lampe den rotgoldenen Glanz ihres Haars aufgriff, als wollte es ihr Haar streicheln. Ihre Haut schien warm zu glühen, ihr Gesicht war nahezu astral, und Annabella fand, sie sähe wie eine der Seligen aus, denn ihr Leben wies keinen Makel auf, weil sie so rein und frisch und aufrichtig war wie jemand, der nie Zurückhaltung hatte üben müssen oder gezwungen gewesen war, seine Instinkte und seine Worte einzudämmen, jemand, der nie die Qualen des Selbstbetrugs oder das tiefe Elend empfunden hatte, das daher rührte, daß man sich das Leben versagte. *Sie mußte nie nach dem Kodex der Mäßigung und der Maßhaltung leben, und daher hat sie nie gelernt, an ihren eigenen Gefühlen zu zweifeln; sie tut immer das, worauf sie Lust hat, drückt immer aus, was sie empfindet und nicht die Gefühle, die andere erfreulicher finden könnten.* Und als sie diese Dinge dachte, fragte sich Bella unwillkürlich: *Wie schafft es ein Mensch, derart frei zu werden?*

Ailie redete immer noch, und soeben sagte sie: »Sowie wir am Haus angelangt sind...« Und den Rest des Satzes füllte sie mit so lebendigen und bildhaften Schilderungen dessen aus, was sie tun würden, daß Bella nicht mehr wußte, wie all das in eine einzige kurze Nacht hätte passen sollen.

Bella konnte nicht genau sagen, ob es ihr eigenes Verlangen war oder ob sie sich einfach Ailies endlosem Gerede ergab, als sie sich endlich auf die andere Seite drehte und sagte: »Ailie, komm, wir schleichen uns jetzt zum Haus hinauf und sehen uns diese

Mädchenverderber an.« Als nachträgliche Überlegung fügte sie noch hinzu: »Aber wir müssen uns davor in acht nehmen, ihnen zu nahe zu kommen.«

»Du hast recht. Man kann nicht allzu gut vor den Altar treten, wenn man keine vestalische Jungfrau ist«, sagte Ailie, als die beiden Mädchen sich anzogen.

Wenn Bella mehr Zeit zugestanden worden wäre, hätte es sein können, daß das Räderwerk in ihrem Kopf sich in Gang gesetzt hätte, aber Ailie war nicht gerade für ihre Geduld berühmt. Sie hatte von dem Haken an der Tür bereits zwei schwarze Capes geholt und reichte Bella eins davon.

Kein englischer Spion hätte sich besser tarnen können als Ailie und Annabella, als sich die beiden die Kapuzen über die Köpfe zogen und sich zur Tür des Häuschens hinausschlichen. Kühleres Wetter war im Anzug, denn die Nacht war kalt geworden, so kalt, daß der Boden am Morgen gefroren war.

Die Cousinen machten sich auf den Weg zu dem großen Haus und schlichen dabei langsam durch die Dunkelheit. »Eil dich, Bella. Selbst wenn sie noch jung sind, wird sie das Alter schon beschleichen, wenn wir dort ankommen.«

Bella zog den Umhang enger um sich und richtete den Blick auf die Lichter von Seaforth in der Ferne und auf den dunklen Umriß von Ailies Gestalt direkt vor sich. »Gibt es hier in der Gegend irgendwelche Wildkatzen?«

»Manchmal, aber meistens bleiben sie höher oben – mit wenigen Ausnahmen.«

Bella hoffte nur, es sei nicht eine dieser seltenen Ausnahmen, als sie den Ställen und dem Schuppen näher kamen, in dem die Kutschen standen. »Laß uns hier durchgehen«, sagte Ailie und öffnete die Stalltür. »Das ist näher ... und wärmer.« Sie kamen an etlichen Boxen vorbei, aus denen neugierige Pferde ihre Hälse streckten. Plötzlich blieb Ailie stehen. »Sieh mal!« sagte sie und deutete auf ein großes schwarzes Pferd.

Annabella schaute sich das Tier genau an. »Ein sehr schönes Pferd.«

»Ja«, sagte Ailie, »aber es gehört uns nicht.« Ehe Bella etwas darauf erwidern konnte, fügte sie hinzu: »Und das da auch nicht.« Bella schaute in die Richtung, in die Ailie deutete, und sah einen wunderschönen Braunen mit einem edlen Araberkopf.

»Die müssen den Mädchenverderbern gehören«, flüsterte sie Ailie zu.

Ailie tätschelte dem Braunen die Nüstern. »Überleg dir das mal. Hier stehen wir jetzt und tätscheln die Pferde der verabscheuungswürdigsten Halunken von ganz Schottland.«

Bella, die bemüht war dahinterzukommen, was daran so großartig sein sollte, sagte: »Wo hast du gehört, daß sie die verabscheuungswürdigsten Halunken von ganz Schottland sind?«

»Ich habe vergessen, wo«, sagte Ailie, »aber ich bin ganz sicher, daß ich es gehört habe.«

»Oder du hast es selbst erfunden«, sagte Bella. Im nächsten Moment hatte Bella die Führung übernommen.

Als sie das Haus erreichten, brannte in mehreren Zimmern Licht. »Versuchen wir es mal mit dem Eßzimmer«, sagte Bella. »Es könnte sein, daß sie noch beim Essen sitzen.« Doch ein Blick durch die Eßzimmerfenster zeigte ihnen nur den alten Butler Dugal und die Köchin Sibeal, die dabei waren, den Tisch abzuräumen.

»Das Musikzimmer«, schlug Ailie vor. Doch dort waren die Fenster unbeleuchtet.

»Das Arbeitszimmer von deinem Vater«, sagte Bella. »Dort brennt Licht.«

Sie liefen zum Fenster, doch es war so hoch in der Wand, daß die Cousinen nicht hineinschauen konnten. »Zurück zu den Ställen«, sagte Bella. »Wir können eins der Sattelgestelle holen und uns draufstellen.«

Wenige Minuten später wurde der Sattel respektlos auf den

Boden geworfen, und die Cousinen zogen das Sattelgestell zum Fenster des Arbeitszimmers. »Ich bin größer«, sagte Ailie. »Ich steige als erste rauf und helfe dir hoch.«

Sowie sie oben war, streckte sie die Hand aus. Bella hatte sich gerade erst hochgezogen, als Ailie ihr Gesicht an die Scheibe preßte und anscheinend etwas sah, was ihr gefiel – denn im nächsten Moment rückte sie noch näher und preßte die Nase an die kalte Scheibe. »Das«, sagte sie und sperrte den Mund in ihrer Zufriedenheit weit auf, »nenne ich einen Mann.«

Mit übertriebener Hast preßte Bella ihr Gesicht an das Fenster und kam zu demselben Schluß. Sie schnappte nach Luft. Da sie nicht glauben konnte, was sie gerade gesehen hatte, tat sie, was Ailie schon vor ihr getan hatte: Sie rückte näher und preßte die Nase gegen die Scheibe.

Doch wenn sie das Gleichgewicht verlor, dann lag das weniger daran, daß sie die Nase an die Scheibe preßte, sondern daran, daß sie sah, wie Ross Mackinnon ein Glas Whisky in sich hineinschüttete.

Der Anblick eines Mannes von so schöner Gestalt ließ die beiden einen Moment lang vergessen, wo sie waren und worauf sie standen. Da sie die Köpfe so fest gegen die Scheibe preßten, stießen ihre Füße den Sattelständer unter ihren Füßen weg. Das Gestell wankte einen Moment lang auf zwei Beinen, ehe es umkippte und die Cousinen mit verhedderten Beinen und Petticoats auf den Boden fielen.

Ross hörte den Trubel vor dem Fenster. Vielleicht lag es daran, daß er dem Fenster am nächsten stand, aber wahrscheinlicher war, daß es mit seiner Vergangenheit zu tun hatte, denn ein Mann, der reichlich viele Jahre damit zugebracht hat, in Betten hinein- und aus Betten herauszuspringen, lernt, ein Ohr für das offenzuhalten, was um ihn herum vorgeht. Das hatte ihn mehr als einmal davor bewahrt, auf frischer Tat mit der Tochter eines Mannes oder mit der Ehefrau eines anderen im Bett ertappt zu werden. Ein kurzer Blick auf Barra sagte ihm, daß er nichts gehört hatte oder es sich nicht anmerken ließ, falls er etwas gehört haben sollte.

Wahrscheinlich ist das nur ein Schäferhund, der sich herumtreibt, sagte er sich, als er ans Fenster trat. Er hob das Glas an den Mund und trank noch einen Schluck, und in dem Moment sah Ross eine vermummte Gestalt durch den Vorgarten laufen und im Dunkel des Stalls verschwinden. An der Art, wie sie rannte, konnte er sehen, daß es sich um eine Frau handelte. Da seine Neugier angestachelt war, kippte er den letzten Schluck hinunter und gähnte. Barra lächelte und entschuldigte sich dafür, daß er Ross und Lord Percival so lange wachgehalten hatte.

Es stellte sich heraus, daß Percy sich noch nicht zurückziehen wollte, und daher machte sich Ross allein auf den Weg zu seinem Zimmer. Eine Sekunde später war er aus dem Fenster gestiegen und lief durch den Vorgarten zu den Ställen. Als er sah, daß die Tür am anderen Ende offenstand, vergeudete er keine Zeit mit der Suche, sondern lief direkt auf die Tür zu. Er erreichte sie gerade noch rechtzeitig, um zu sehen, wie eine vermummte Gestalt über einen grasbewachsenen Weg rannte, der zwischen den Hecken durchführte. Er hielt sich im Schatten der Bäume, da der Mond hoch oben am Himmel stand, und bahnte sich seinen Weg auf dem schmalen Pfad. Er verlor seine Beute aus den Augen. Kurz darauf stand er vor einem kleinen Häuschen am Ende des Weges. Die Lichter waren an, und aus dem Kamin stieg eine kleine Rauchfahne auf.

Sein erster Impuls bestand darin, zum Haus zurückzukehren. Er ging ein paar Schritte, blieb dann aber stehen. Er drehte sich um und warf einen Blick auf das Häuschen, dachte einen Moment lang nach, schüttelte dann den Kopf und machte sich wieder auf den Weg. Er blieb ein zweites Mal stehen und fragte sich leicht belämmert, warum er sich von dem Häuschen angelockt fühlte. Schließlich gab Ross diesem Drang nach und kehrte zu dem Häuschen zurück, ging aber nicht zur Tür, sondern blieb an einem erleuchteten Fenster daneben stehen. Immer noch verwirrte ihn die seltsame Anziehungskraft dieses Häuschens. Vielleicht war es die bescheidene Bleibe einer Hure, die sich bei den Männern ihren Unterhalt verdiente, die auf Mackenzies riesigem Anwesen arbeiteten. Vielleicht war eine Hure genau das, was er jetzt brauchte – eine, die ihm dabei half, diese schwarzhaarige Schönheit aus seinen Gedanken zu verbannen. Ja, genau das brauchte er jetzt – eine Hure.

Was er sah, war keine Hure. Aber es war das, was er brauchte. Annabella.

Er blinzelte, doch als er die Augen wieder öffnete, war sie immer noch da, Annabella, ein unschuldiges Geschöpf, das keusch in der Unterwäsche mit Spitzen und Bändern dastand und mit einem anderen Mädchen redete, das sich gerade ein Nachthemd über den Kopf zog.

Das andere Mädchen sagte etwas zu Annabella und verließ dann das Zimmer. Ross hielt seinen Blick auf Annabella gerichtet.

Annabella mit den betörenden Augen, die so grün wie Schottlands Moore waren; Annabella, die die Vollkommenheit einer Rosenknospe besaß und so selbstsicher war wie ein Käfer, der in einem Tintenfaß im Kreis schwimmt. Er lächelte bei der Erinnerung an sie.

Zuletzt hatte er sie damals in Dunford in einem Blumengarten gesehen. Er hatte sie allein dort stehengelassen, so zart wie ein Schmetterling, in der wärmenden Sonne, eine errötende Rose, die in vielen Jahren ihren Enkeln erzählen würde, daß jemand sie mit siebzehn geliebt hatte.

Er hatte natürlich damit gerechnet, wenn er sie wiedersah, würde sie genauso aussehen wie an jenem letzten Tag in Dunford. Er hätte nie damit gerechnet, sie vorzufinden, wie sie neben einem Bett stand und sich entkleidete. Und dann ging es ihm auf:

Warum zum Teufel zog sie sich hier und nicht in dem großen Haus aus?

Plötzlich breitete sich auf seinen gutgeschnittenen Zügen ein Lächeln des Begreifens aus. In welcher Beziehung Barra Mackenzie auch zu Annabella stehen mochte – offensichtlich wußte er, was sich zwischen den beiden abgespielt hatte. War das der Grund, weswegen sie derart eilig aus Dunford entfernt worden war? Er wußte es nicht, aber es würde nicht lange dauern, bis er die Gründe herausgefunden hatte. Eins dagegen wußte er jedoch: Wenn er auch noch so liebenswürdig sein mochte, dann war Barra Mackenzie doch ein gerissener Schurke.

In dem Augenblick, in dem das andere Mädchen das Zimmer verließ, begann Annabella, die Bänder ihres Hemds zu lösen. Im nächsten Moment war sie von der Taille aufwärts entblößt. Ross kam sich wie der übelste Perverse auf Erden vor. Selbst er mit seiner dekadenten Vergangenheit hatte nie Zuflucht dazu genommen, heimlich durch ein Fenster halbnackte Frauen anzustarren. Aber er konnte sich von diesem Fenster nicht losreißen. Als sie das Hemd auszog, lockte sich schwarzes Haar sichelförmig auf ihren Schultern und Brüsten. Unter den pechschwarzen Locken waren ihre vollen und schönen Brüste so zart gerötet wie die blaßrötesten aller Rosen. Er sah zu, wie sie ihr Nachthemd aufhob und stirnrunzelnd auf die vielen Knöpfe herabschaute, ehe sie sich auf das Bett setzte, um sie alle mit der Hingabe zu öffnen, mit der ein Kind seine Puppe anzieht. *Aber das war kein Kind.* Und die Gedanken, die ihm durch den Kopf gingen, waren auch nicht die, die sich ein Mann über ein Kind gemacht hätte.

Als alle Knöpfe aufgeknöpft waren, zog sich Annabella das Nachthemd über den Kopf und entledigte sich dann ihres Schlüpfers. Im nächsten Moment kehrte das andere Mädchen mit zwei Gläsern Milch zurück. Beide setzten sich auf das Bett und steckten die Köpfe zusammen, als sie tuschelten. Er betrachtete das andere Mädchen einen Moment lang. Sie war etwa im selben Alter wie Annabella – sie war größer und hatte helleres Haar –, aber von der Art her, wie die beiden miteinander umgingen, zweifelte er daran, daß das andere Mädchen eine Bedienstete war.

Morgen, dachte er sich. Morgen würde er herausfinden, wer das andere Mädchen war. Und was noch wichtiger war – er würde einen Weg finden, mit Annabella allein zu sein. Zweifellos würde es sie wundern, ihn zu sehen. Und ebensosehr würde sich Barra Mackenzie wundern, wenn er es herausfand. Doch das würde es wert sein, und wenn Barra noch so wütend wurde. Dem Mädchen war es bestimmt, die Seine zu werden. Und er hatte das Gefühl, daß sie das ebenso gut wußte wie er. Nichts anderes zählte.

Morgen.

Diese köstliche Vorstellung wärmte ihn. Morgen würde er sie sehen. Morgen würde sie ebenso glücklich wie er darüber sein, daß sie einander sahen.

Sämtliche Möglichkeiten schossen ihm durch den Kopf – die Arten, auf die sie ihm zeigen würde, wie sehr sie ihn vermißt hatte. Er schloß die Augen und hörte den trägen, erotischen Tonfall ihrer Stimme, wenn sie ihn näher zu sich rief... immer näher. Er kannte sein Mädchen. Sie würde sich ihm in dem Moment, in dem sie ihn sah, in die Arme werfen.

16. Kapitel

Sie zerbrach einen Wasserkrug über seinem Kopf.

Erst vor wenigen Minuten hatte sich Annabella auf den Weg zu dem Brunnen gemacht und einen leeren Tonkrug mitgenommen, den ihr Ailie mit der Anweisung in die Hand gedrückt hatte, ihn mit Wasser zu füllen.

Der Brunnen von Seaforth war in einem eigenen kleinen Gebäude untergebracht, einem winzigen Häuschen, das über dem Brunnen erbaut worden war. Doch das Innere hatte nichts von einem Haus an sich. Es war kalt, finster und feucht. Als sie in das zwielichtige kleine Gebäude trat, begrüßte sie der muffige Geruch nach Alter und feuchtem Holz. Spinnweben zogen sich über die Balken, und sie war sicher, daß es dort auch Fledermäuse gab. Da sie feststellte, daß dort haufenweise Insekten herumkrochen, füllte sie eilig den Krug und konnte es kaum erwarten, sich auf den Rückweg zu machen.

Ihr war unbehaglich zumute, weil sie so weit vom Haupthaus entfernt war. Erst heute morgen hatte Ailie sie als »abergläubische Närrin« bezeichnet, weil ihr die Geistergeschichten solche Sorgen machten, die sie dringend hatte hören wollen, bis das erste Licht der Dämmerung anbrach.

Ross, der sie zum Brunnen hatte gehen sehen, entschloß sich, auf einer Bank unter einem Baum auf sie zu warten, die am Wegrand stand. Da sie es eilig hatte, das Anglerhäuschen wieder zu erreichen, schaute sie nur auf den Weg. Sie bemerkte Ross nicht, denn die Bank war teils hinter dichtem Gestrüpp verborgen. Als sie vorbeiging, sagte Ross, der glaubte, sie hätte ihn gesehen und ihn schlichtweg ignoriert: »Noch einen weiteren Schritt, und ich werde dich mehr als nur einen kleinen Teil deiner Zeit kosten.«

Etwa zu dem Zeitpunkt, zu dem Ross diese Worte sagte, bemerkte Annabella, daß sich im Schatten eines nahen Strauchs eine riesige Gestalt erhob. Sie stieß einen kurzen erstaunten Schrei aus und machte kehrt. In ihrem Entsetzen erkannte sie seine Stimme nicht und zerschlug den Tonkrug auf seinem Kopf, als er sich erhob.

Während Wasser in Strömen über sein erstauntes Gesicht rann, konnte Ross nichts anderes sagen als: »Wenn das deine Art ist, einen alten Freund zu begrüßen, dann tun mir deine Feinde leid.«

»Oh!« rief Bella aus, als sie die geliebten nassen Züge des Mannes erkannte, den sie gerade nach Kräften bewußtlos zu schlagen versucht hatte. »Der Teufel soll dich holen, Ross Mackinnon! Ich wußte doch nicht, daß du es bist.«

»Ich weiß nicht, ob ich froh oder einfach nur erleichtert sein sollte. Heißt das, daß du dich freust, mich zu sehen?«

Darauf ging sie nicht ein. »Was hast du hier zu suchen?«

»Ich bin hergekommen, weil ich dich sehen wollte.«

»Ich weiß nicht, ob ich auch nur noch irgend etwas verstehe. Meine Mutter hat mich hergebracht, um mich von dir fortzubringen, und jetzt bist du hierhergekommen. Mein Onkel läßt mich hier heimlich unterschlüpfen, und jetzt bist du hier.« Sie war immer noch verwirrt, als sie ihn ansah, und sagte: »Und warum bist du wirklich hier? Wie hast du mich gefunden? Hast du mich gesucht? Einfach nur mich? Wirklich? Das glaube ich nicht.«

Sie hatte eine wunderbare Art zu sprechen, die ihm genauso erschien, wie er sich ihre Denkvorgänge vorstellte – etwas, was er so reizend fand wie ihre ganze Person. Das würde er ihr eines Tages sagen müssen.

Dennoch hatte er ihr in diesem Augenblick Wichtigeres zu sagen. Als er auf dieses geschmeidige dunkelhaarige Mädchen in dem schimmernden schwarzen Kleid herunterschaute, das aus Mondlicht gewoben zu sein schien, verlor er den Faden und starrte gebannt in das verzückte Gesicht und die wunderbar glänzenden Augen, die ihn voller Vertrauen ansahen. Ross spürte, wie sowohl sein Zorn als auch seine Gereiztheit wie Luftblasen verschwanden, die an die Wasseroberfläche aufsteigen.

»Warum ich hier bin, ist ganz egal«, sagte er schließlich. »Ich muß mir nur erst den Kopf abtrocknen, ehe mir das Haar am Kopf anfriert. Das ist schon ein merkwürdiges Sommerwetter hier. Ich bezweifle, daß du in deinem gemütlichen kleinen Häuschen etwas hast, was ich dafür benutzen könnte?«

Jetzt war sie unwillkürlich ein wenig argwöhnisch geworden. »Das könnte schon sein.«

Ihre rasche Antwort verblüffte ihn, doch statt aufkeimenden Zornes verzog ein Lächeln seine Mundwinkel. Sie schien sich zu einem frechen kleinen Ding zu entwickeln. Er fragte sich nur, wie frech sie wohl werden konnte.

»Laß dir eins von mir sagen, du Schönheit. Du hast wahrhaft dein Bestes gegeben, um mir den Schädel einzuschlagen, und gleichzeitig hast du mehrere Liter eiskaltes Wasser über mich geschüttet. Jetzt sind meine Kleider naß und eiskalt und kleben an meiner Haut fest. Mein Kopf ist so kalt, daß mir jeder vernünftige Gedanke schwerfällt – und dort haust, wie dich vielleicht interessieren dürfte, der letzte Rest von Widerstand dagegen, dich zu erdrosseln. Mit anderen Worten, wenn du dir nicht die geringste Mühe gibst, das Unrecht, das du mir angetan hast, wiedergutzumachen, dann könnte ich vergessen, daß ich ein Gentleman bin und du eine Lady bist, und ich könnte etwas tun, was mehr als nur deine Wimpern zucken läßt. Habe ich mich deutlich ausgedrückt?«

Anscheinend hatte er sich etwas zu deutlich ausgedrückt. Es war seine Absicht gewesen, sie ein wenig auf die Probe zu stellen, und er hatte nur sehen wollen, wie weit ihr Mumm ging, doch er erkannte augenblicklich, daß er seine Trümpfe etwas zu hoch ausgespielt hatte. Sie schien sich zwar gewaltig anzustrengen, ihm ihre Mißachtung und, ja, sogar ihren Trotz zu zeigen, doch sie hielt sich nicht besonders gut, denn ihre Lippen waren bleich und zusammengekniffen, und die Unterlippe zitterte, als kündige sie Tränen an.

Aber Annabella war nicht nur leicht einzuschüchtern, sondern auch sehr stolz, und sie hätte selbst dann nicht geweint, wenn sie sich Löcher in die Lippe hätte beißen müssen, um die Tränen zurückzuhalten.

In der Hoffnung, ihre Ängste zu mildern und sie so schnell wie möglich in seinen Armen zu haben, entschloß sich Ross, ihr seine Empfindungen wortlos zu zeigen, und daher lächelte er, als er die Arme nach ihr ausstreckte, wenn er auch noch so naß und kalt war. Doch das Lächeln war zu schwach und folgte seinen barschen Worten zu schnell auf den Fersen. Sie bedachte ihn mit einem Blick, der mit vielen kleinen scharfen Dolchen gespickt war, und dann stieß sie ihn zur Seite, lief leichtfüßig um ihn herum und rannte zum Häuschen.

Sie knallte die schwere Eichentür zu, schob aber den Riegel nicht weit genug zurück, um sie wirklich zu sichern. Ross, der ihr in einem Abstand von nur wenigen Sekunden folgte, stürmte in dem Moment durch die Tür, in dem sie gerade den Kamin erreicht hatte. Sie wandte ihm das Gesicht zu und versuchte, nicht ängstlich zusammenzuzucken, als er sie ansah und träge lächelnd fragte: »Suchst du noch mehr Wasser?«

Annabella glaubte, einen Anflug von Humor aus seiner Stimme herauszuhören, wenn sie der dunkelhaarige Riese auch mit seinem starren Blick nicht gerade ermutigte. Er trat einen Schritt näher. »Kehren wir doch mal zum Ausgangspunkt zurück und schauen, ob wir Ordnung in diese ganze Geschichte kriegen«, sagte er. »Ich nehme mir am frühen Morgen einen Ausritt vor und muß feststellen, daß die Ursache meiner zahlreichen schlaflosen Nächte durch die Wälder rennt, als sei der Teufel hinter ihr her. Ich steige ab und nähere mich und sehe dabei, daß sie vollauf beschäftigt ist. Als der Gentleman, der ich bin, warte ich geduldig auf sie, doch als sie aus dem Gebäude tritt, übersieht sie mich. Endlich spreche ich sie an. Das nächste, was ich weiß, ist, daß mir ein Krug Wasser über den Schädel gezogen wird und ich eine Taufe erleben darf, die so eiskalt wie der Ausdruck in deinen wunderschönen Augen ist.«

Er schaute auf sie herunter, in ihr Gesicht, auf ihren Hals, ihre Brüste. »Was hast du hier zu suchen, meine reizende Annabella – und, was noch wichtiger ist, warum hat man dich hier in diesem kleinen Häuschen und nicht im großen Haupthaus untergebracht?«

Sie schaute auf die glühenden Kohlen im Feuer und wandte sich ab, um noch ein Holzscheit nachzulegen, und dabei sagte sie möglichst beiläufig: »Es überrascht mich, daß manche Menschen die Privatsphäre anderer derart grob mißachten. Es sollte doch wohl offensichtlich sein, daß ich mich hierher zurückgezogen habe, weil ich allein sein wollte.«

»Sieh mich an, wenn du mit mir redest«, sagte er und wurde dafür mit einem verächtlichen Blick bedacht. »Aber du warst nicht allein. Wer war das andere Mädchen?«

Annabella erbleichte, doch sie hatte bereits beschlossen, ihm in jedem Punkt die Wahrheit zu sagen. Sie glaubte fest daran, daß er es auch auf eigene Faust herausgefunden hätte. »Ailie«, sagte sie.

»Und wer ist Ailie?« fragte er. »Eine Zofe? Eine neuentdeckte Freundin? Oder eine lange verlorengeglaubte Schwester?«

»Eine Cousine«, erwiderte sie. »Die ich erst seit kurzem kenne.«

»Barra Mackenzies Tochter?«

Sie nickte. »Seine jüngste Tochter.«

»Wer oder was ist Barra Mackenzie für dich? Und wenn du jetzt behauptest, er sei dein Onkel, dann werde ich dich, so Gott mir beistehen, erdrosseln... oder dir sonstwie das Maul stopfen.«

»Aber er ist mein Onkel – ein angeheirateter Onkel. Er ist mit Una, der Schwester meiner Mutter, verheiratet.«

»Meine Güte, eine Überraschung nach der anderen.« Dann gab er dem Gespräch ebenso plötzlich, wie er es in diese Richtung gelenkt hatte, eine andere Wendung. »Warum bist du an jenem Tag abgereist, ohne dich auch nur zu verabschieden?«

Wieder einmal erschien ihr die Wahrheit der beste Ansatz zu sein, denn ihr ging auf, daß in Gegenwart eines solchen Mannes die Wahrheit höchstwahrscheinlich immer die beste und einzige

Wahl war. Annabella richtete sich auf, reckte ihr Kinn in die Luft und zwang sich, ihm fest in die Augen zu sehen. Augenblicklich erkannte sie, daß seine Worte bei weitem grober und fordernder waren als die Zartheit, fast eine Liebkosung, die sie in den bodenlosen blauen Tiefen seiner Augen sah. Heute trug er eine scharfkantige Wut in sich, etwas, was sie seit dem Tag nicht mehr an ihm gesehen hatte, an dem er ins Zimmer gestürmt war, um seinen Großvater wegen des Schottenrocks zur Rede zu stellen. Doch ganz gleich, wie sie ihn sah – ob gutgelaunt, wütend oder besorgt –, strahlte er immer einen Hauch von Zartheit aus, über dieses Gefühl würde er, wie sehr sie ihn auch provozieren und wie wütend er auch werden mochte, nie gänzlich die Kontrolle verlieren.

Sie wußte auch, daß sie durch die Hände dieses Mannes keine körperlichen Verletzungen erleiden würde, daß er immer, ganz gleich, wie die Dinge auch enden mochten, ein gewisses Maß an Respekt ihr gegenüber bewahren würde, und sei es nur aufgrund der Tatsache, daß sie eine Frau war und somit etwas, was zu respektieren man ihm offensichtlich beigebracht hatte, wenn er es nicht sogar von sich aus gelernt hatte. Dieses Wissen fügte ein wenig mehr Zuversicht zu dem scheuen Aufkeimen von Mut in einem Herzen hinzu, das sie immer für durch und durch feige gehalten hatte. Diese süße Erkenntnis brannte wie Salz in einer offenen Wunde.

»Meine Mutter hat uns im Garten gesehen. Sie hat es für das beste gehalten, mich herzubringen, damit ich bei meiner Tante und meinem Onkel bleibe, bis mein Vater aus Edinburgh zurückkommt und entscheidet, wie mit mir verfahren werden soll.«

»Und ist er schon zurückgekommen?«

»Ja. Und schon wieder abgereist.«

»Ohne dich, wie ich sehe.«

»Ohne mich.«

»Warum? Was hat ihn dazu gebracht, dich hierzulassen?«

Sie versuchte, ihm die Entscheidung ihres Vaters zu erklären, sie bis zur Heirat hierzulassen. Dabei erwähnte sie ihr Gespräch mit ihrem Onkel Barra nicht.

»So ein Mistkerl«, sagte er. »Es ist schon unmenschlich genug, seine eigene Tochter mit einem Mann wie Huntly zu verloben, aber es ist hundsgemein, sie hinterher auch noch mit einer solchen Mißachtung zu bestrafen.« Sein Ausdruck war erbittert. »Bei Gott, er mag zwar dein Vater sein, aber dieser Mann ist durch und durch ein Mistkerl.«

»Mein Vater ist kein Mistkerl. Er ist ein aufrechter und rechtschaffender Mann, der glaubte, er täte nur das, was für mich das Beste ist. Er konnte beim besten Willen nicht wissen, daß ich...« Sie stockte, faßte sich aber schnell wieder. »Daß mir der Graf von Huntly derart mißfällt.« Sie bemühte sich, einen heiteren Eindruck zu machen. »Ich wage zu behaupten, daß ich nicht die erste Frau bin, die sich in einem solchen Dilemma befindet, und ich wette, ich werde auch nicht die letzte sein.«

Bei einem Mann wie ihm – da hätte sie immer gewußt, wo sie stand. Sie spürte, wie ihre Entschlossenheit, ihm zu widerstehen, dahinschmolz. Sie hatte weder den Wunsch noch Gründe dafür, ihn abzuweisen, denn ihre Verlobung mit dem Grafen von Huntly war an sich schon Grund genug, sich diesem Mann in die Arme zu werfen und ihn nach Belieben mit ihr verfahren zu lassen – was auch immer dabei herauskommen mochte.

Erst gestern nacht hatte sie in den Armen dieses Mannes gelegen – zumindest in ihren Träumen –, und in den leeren Kammern ihres unerfüllten Herzens, tief in der hallenden Leere ihrer Seele, hatte sie sich ihm geöffnet und ihn willkommen geheißen, und sie hatte darum gebetet, das Interesse, das er ihr bekundet hatte, möge wie liebevoll gepflanztes Saatgut keimen und zu etwas aufblühen, was so stark und robust und schön wie das Heidekraut war, das auf den Mooren wuchs. Doch mit der Morgendämmerung waren die ersten Strahlen der Realität hereingebrochen, und sie hatte vor der kalten Wahrheit gestanden, daß sie ihr Leben nicht so gestalten konnte, wie es ihr gefiel, sondern daß es nichts weiter als eine der Launen ihres Vaters war, was ihr Leben bestimmte. Und daher waren gemeinsam mit den letzten Nachtschatten, mit denen sich die Dunkelheit zurückzog, alle Gedanken und Hoffnungen, die sich in märchenhaften Dimensionen in ihr ausgebreitet hatten, geschwunden. Sie war mit dem Wissen erwacht, daß sie Ross Mackinnon heute sehen würde.

Das Schicksal war gütig zu ihr gewesen – oder etwa nicht? Es bereitete ihr Schwierigkeiten zu verstehen, was von beidem der Fall war. Sie nahm an, es sei ihr insofern wohlgesonnen gewesen, als es dafür gesorgt hatte, daß ihrer beider Wege sich noch einmal kreuzten, doch es war ihr keineswegs gewogen, falls es plante, sie wieder auseinanderzubringen. Sie war nicht so naiv, sich einzubilden, er sei ihretwegen hergekommen, denn es bestand jetzt kaum noch Zweifel daran, daß er einer der Männer war, die für ein paar Tage zu Besuch gekommen waren, einer der »Jungfrauenschänder«, über die sich ihre Tante Una so ausführlich ausgelassen hatte – und es war nur zu wahrscheinlich, daß er diese Beschreibung vollkommen verdient hatte.

Fast lächelte sie bei der Erinnerung daran, wie Ailie gesagt hatte, die *Mädchenverderber* müßten gut aussehen, denn keine Jungfrau würde sich die Tugend gern von einem häßlichen Mann rauben lassen. Und wie wahr das doch war. Bella konnte sich keinen Mann vorstellen, der besser aussah, kein edleres Exemplar als diesen wunderschönen Kerl, dem sie die Ehre hätte angedeihen lassen können, sie zu entjungfern. Sie erschauerte bei der Erinnerung daran, daß diese Ehre Huntly in dem Moment übertragen worden war, in dem er die Verlobungsverträge unterschrieben hatte.

Und doch sagte sie sich: *Schließlich ist es deine Jungfräulichkeit. Gib diese Ehre, wem du willst.*

Bella rechnete felsenfest damit, für derart blasphemische und respektlose Gedanken, die ihres Erachtens an ein Sakrileg grenzten, mit Blindheit geschlagen zu werden. Doch sie wurde keineswegs mit Blindheit geschlagen, sondern ihr wurden die Augen geöffnet. Plötzlich fiel ihr wieder etwas ein, was Ailie gesagt hatte: *Man kann nicht allzu gut vor den Altar treten, wenn man keine vestalische Jungfrau ist.*

Somit war alles klar.

Dieser gutaussehende junge Teufel, der vor ihr stand, hatte offenkundiges Interesse an ihr gezeigt, und sie würde alles tun, was in ihrer Macht stand, um dieses Interesse anzustacheln. Sie rief sich ins Gedächtnis zurück, daß es ihr bestimmt war, diesen Höllenhund Huntly zu heiraten. Etwas Schlimmeres konnte ihr unmöglich zustoßen. Was konnte es also schaden, wenn sie versuchte, den Dingen eine andere Wendung zu geben? Das Schlimmste, was ihr zustoßen konnte, falls sie scheiterte, war die Heirat mit Huntly, und die stand bereits fest. Wenn man erst einmal auf dem Grund angelangt ist, kann man nicht mehr tiefer sinken. Sollte sie sich diesem Mann hingeben und dafür sorgen, daß Huntly dahinterkam, dann wäre der Ehevertrag ungültig.

Es könnte dir aber auch passieren, daß du für den Rest deines Lebens als gedemütigte alte Jungfer dastehst.

Also gut. Was war schlimmer? Eine gedemütigte Ehefrau oder eine gedemütigte alte Jungfer? Sie dachte darüber nach, wie Huntly seine Spaniels verhätschelte, sie mit Schokolade fütterte und sie auf den Mund küßte. Einen kurzen Moment lang, in dem die Dinge vor ihren Augen verschwammen, sah sie, wie er einen der Hunde mit Schokolade fütterte, und das Gesicht wurde unscharf und veränderte seine Gestalt, bis er keinen Spaniel mehr fütterte, sondern sie, Annabella. Das reichte aus, um ihren Ekel zu erregen. Eine gedemütigte alte Jungfer besaß wenigstens ihre Freiheit.

Sie bedachte die Möglichkeit, daß dieser Mann, der dort stand und sie derart versonnen musterte, sich vielleicht in sie verlieben könnte, und dann wären all ihre Probleme gelöst. Doch als sie ihn anblickte, entschied sie, jegliche Zartheit, die sie ihm anmerkte, jegliche Freundlichkeit und jedes Interesse, das er ihr bekundet hatte, all das sei weit entfernt von etwas so Erhabenem wie Liebe; in Wahrheit hatte sie bisher noch nicht einmal etwas an ihm bemerkt, was so unehrenhaft wie Lust gewesen wäre.

Was sie dagegen sah, das war Interesse. Wogen der Mutlosigkeit spülten über sie hinweg. Er hatte ihr heute schlichtweg nur deshalb aufgelauert, weil sie da war und ihm das gelegen kam. In den geheimnisvollen Tiefen seiner Augen und am Zug seiner Lippen, die zu einem Lächeln verzogen waren, lauerte nicht die kleinste Andeutung, es könnte ihm schwerfallen, so mühelos aus ihrem Leben zu verschwinden, wie er in ihr Leben getreten war – nichts, was angedeutet hätte, der spöttische und schelmische Halunke könnte sich in einen zärtlichen Geliebten und Ehepartner verwandeln lassen. Nein, dieser Mann hing nicht an ihren Lippen und begann auch nicht, schon bei ihrer Namensnennung zu zittern, und es war auch unwahrscheinlich, daß er sich ihr zu Füßen werfen und sie anflehen würde, mit ihm ans andere Ende der Welt zu gehen. Ein Mann wie er würde mit einer Frau spielen wie eine Katze mit einer Maus – nicht hungrig genug, um sie zu verschlingen, würde er sich spielerisch die Zeit mit ihr vertreiben, solange sein Interesse an ihr nicht nachließ.

Sie blickte zu ihm auf, und ihr Gesicht war offen und ehrlich. »Bist du hergekommen, um mich zu verführen?«

Ross fühlte sich, als hätte ihn ein Pferd getreten. Dieses eine Mal in seinem Leben war er so verblüfft, daß ihm die Spucke wegblieb. »Ich hatte mit dem Gedanken gespielt, mit dir angeln zu gehen. Jetzt wird mir klar, daß das eine große Enttäuschung geworden wäre – oder wenigstens im Vergleich zu dem, was du im Sinn hattest, eine armselige Alternative. Die Vorstellung hat zwar ihre Reize, aber du bist sicher vor mir – heute jedenfalls.«

Totenblässe überzog Annabella, und bis auf ihr demütigendes Schamgefühl trat alles weit in den Hintergrund. Sie hob ihr kleines Gesicht und wurde innerlich und äußerlich stocksteif. Schlimmer hätte sie es nicht verpfuschen können.

Angeln? Gütiger Gott im Himmel, diese Schmach ließ sich nicht mehr in Worte fassen.

Ross beobachtete, wie sie mit sich selbst im Streit lag und um Selbstbeherrschung rang und den Kampf gewann. Sie stand jetzt vor ihm und verkörperte von Kopf bis Fuß die würdevolle und doch betrübte Dame, die sie war, und sie war allzu passend in den zartesten Grautönen der Morgendämmerung gekleidet.

»Ich bitte um Verzeihung für meinen derben und vulgären Ausbruch. Mir ist klar, daß es dir fast die Sprache verschlagen haben muß«, sagte sie.

»Das kannst du laut sagen. Ich muß dir eins lassen: Du bist so unberechenbar wie der Wind.«

»Wenn du nichts dagegen hast, wäre ich jetzt gern allein.«

»Das kommt überhaupt nicht in Frage.«

Annabella reckte ihr Kinn noch höher in die Luft, während ihre Entschlossenheit sich verstärkte. Sie war selbst daran schuld, wenn sie jetzt so schäbig behandelt wurde, denn sie hatte sich dazu herabgelassen, so zu reden, wie sie es getan hatte. Es war eine Dummheit gewesen, ihn für einen Gentleman zu halten und zu glauben, er würde ihre eigenen Worte nicht gegen sie richten und sie dann mit Herablassung behandeln. Sie hatte sich getäuscht. »Geh jetzt bitte.«

»Um gar keinen Preis.«

»Du solltest nicht hier sein. Wenn mein Onkel etwas davon erfährt, kriege ich die größten Schwierigkeiten«, sagte sie.

Er brachte es fertig, eine Unschuldsmiene aufzusetzen. »Ich tue doch nichts Böses.«

»Schon allein deine Anwesenheit ist schlimm genug. Du bist gegen meinen Willen hier.«

»Dann fordere mich doch auf zu bleiben. Dann können wir beide so fröhlich sein wie zwei Säue, die die Köpfe in einen Freßtrog stecken.«

Ihre grünen Augen wurden kugelrund. »Zwei Säue... was?« Sie fühlte sich verwirrt – wie so oft in seiner Gegenwart. Sie tat das Ganze mit einer Handbewegung ab. »Ach, schon gut. Deine Ausdrucksweise ist noch befremdlicher als dein Aussehen.« Sie preßte sich die Hände auf die Schläfen. »Nichts ist mehr so gewesen, wie es sein sollte, seit ich aus England abgereist bin. Alles ist so verwirrend. Ich begreife überhaupt nichts mehr.«

»Damit stehen wir zu zweit da.«

»Du hast mir immer noch nicht gesagt, warum du hergekommen bist.«

»Doch. Ich wollte mit dir angeln gehen.«

»Ich will nicht angeln gehen.«

»Und warum nicht?«

»Ich hasse das Angeln.«

»Annabella, warst du je angeln?«

Sie schaute sich um, als wollte sie nachsehen, ob außer ihnen noch jemand im Raum war, der ihre Antwort hätte hören können. »Nein.«

»Woher weißt du dann, daß du es haßt?«

»Ich weiß es eben.«

Er antwortete nicht darauf, sondern lehnte sich mit dem Rücken an die Wand und betrachtete sie ungerührt. Er hatte keinen Hut auf, und er trug diese Kleidungsstücke, für die er eine ganz besondere Schwäche haben mußte – eine Lederhose und ein blaues Hemd, derbe Stulpenstiefel und einen breiten Gürtel, in dem auf diese eigentümliche Art, die ihm so lieb zu sein schien, eine Waffe steckte. Endlich sagte er etwas. »Bist du ganz sicher, daß du nicht angeln gehen möchtest?«

»Ohne jeden Zweifel. Vollkommen sicher.«

»So klar ist das also, was? Tja, wahrscheinlich ist das ein weiser

Entschluß«, sagte er grinsend und stieß sich von der Wand ab. Er blieb vor ihr stehen. »Ich bin ohnehin nicht gerade der beste Angler.«

Er nahm ihr Gesicht in eine Hand. Sie spürte die Wärme seiner Handfläche, als er ihren Kopf hochzog, bis sie ihm in die Augen sah.

»Dich verführen... zum Teufel, Annabella, was in Gottes Namen hat dich dazu gebracht, mir eine solche Frage zu stellen? Wie bist du auf den Gedanken gekommen, ich sei hier, um dich zu verführen? Du glaubst doch gewiß nicht, darin bestünde dein einziger Wert – das Vergnügen, das du einem Mann im Bett verschaffen kannst, sei das einzig Wertvolle an dir?« Er schüttelte den Kopf. »Habe ich etwas gesagt oder getan, was dich auf den Gedanken gebracht hat, ich hätte unehrenwerte Absichten bei dir?«

Sie antwortete nicht.

»Was ist? Habe ich etwas Derartiges getan? Antworte mir, verdammt noch mal. Ich will wissen, was hinter diesen teuflisch verlockenden Augen steckt. Nein, wende dich nicht ab. Ich will Antworten haben, und ich will sie *jetzt* haben. Sag mir, warum.«

»Weil ich wollte, daß du mir die Jungfräulichkeit raubst«, platzte sie heraus.

»Was?«

»Ach, schon gut«, sagte sie. »Das spielt jetzt ohnehin keine Rolle mehr. Ich wußte schon in dem Moment, in dem ich es gesagt habe, daß du es nicht tun wirst. Und jetzt schon gar nicht mehr, nachdem du gesehen hast, was für ein hilfloser Schwachkopf ich bin.«

Er warf seinen prachtvollen Kopf zurück und lachte herzlich, und dann zog er sie an sich und stützte sein Kinn auf ihren Kopf, bis er sich ausgelacht hatte. »Meine kleine Schönheit, hast du denn immer noch nicht erraten, daß mir gerade in diesen Augenblicken klar wird, in denen du so erfrischend aufrichtig und ganz besonders schwachköpfig bist, daß ich niemals ohne dich werde leben können?«

Falls das überhaupt möglich war, wurden ihre Augen noch größer und runder. »Heißt das, daß du dich entschlossen hast, mir die Jungfräulichkeit zu rauben?«

»Ist sie noch zu haben?«

Sie zuckte angesichts seiner Wortwahl zusammen. »Ein schlichtes Ja oder Nein würde auch schon genügen«, sagte sie steif. »Rhetorische Fragen sind überflüssig.«

Er starrte die stolze, fast bedauernswerte junge Frau an, die vor ihm stand. Er wußte, worum sie ihn bat, daß sie eins von zwei Dingen wollte – vielleicht sogar beides. Entweder hatte sie sich resigniert mit der bevorstehenden Heirat abgefunden und machte sich eine gewisse Vorstellung davon, was es heißen würde, Huntlys Frau zu sein – wie ein Besitztum und nicht wie eine Frau behandelt zu werden –, was sie zu dem Entschluß veranlaßt hatte, sich ihm hinzugeben, um eine einzige grandiose Nacht lang zu erleben, wie es zwischen ihnen sein konnte; oder sie hatte sich in ihrer Verzweiflung dazu entschlossen, ihn zu bitten, sie zu entjungfern, damit sie Huntly zu einer Aufhebung des Ehevertrages zwingen konnte.

Keiner von beiden Gründen erschien ihm reizvoll.

»Nein«, sagte er leise, und seine Hand streichelte ihre zarte Haut, die sich auf ihrem Hals spannte. »Wenn dir das weiterhilft – ich glaube nicht, daß du auch nur ein Wort von dem, was du gesagt hast, ernst gemeint hast. Ich glaube, du bist außer dir – du bist enttäuscht und tief verletzt. Du bist wie eine Ertrinkende, die sich an einen Strohhalm klammert.«

Er hatte recht, und bei dem Gedanken, wie unbesonnen sie sich gedemütigt hatte, stiegen zwei riesige Tränen in ihre Augen auf und zitterten einen Moment lang wie Tautropfen an ihren Wimpern, ehe sie herausquollen und über ihre Wangen rollten.

»Weißt du«, sagte er und wischte mit seinem Daumen die Tränen weg, »ich kenne dich besser, als du denkst. Du bist eine zu anständige und ehrbare Frau, um dich zu solchen Tricks herabzulassen. Und du bist nicht naiv genug, dich in der Form anzubieten, ohne an die Risiken zu denken, die Konsequenzen für dich selbst und diejenigen, die du besonders magst.«

Die Tränen rannen und rannen, eine nach der anderen, bis sie heruntertropften und sich dunkelgraue Flecken auf dem Oberteil ihres Kleides bildeten. Sie versuchte, sich loszureißen, doch er hielt sie fest. »Ganz ruhig, du brauchst nicht vor mir fortzulaufen. Es heißt, daß die Wahrheit weh tut, und ich vermute, das stimmt, wenn es mir auch als eine regelrechte Schande erscheint, daß man einer Frau mit Schmeicheleien den Kopf verdrehen kann, die Wahrheit aber nur Schmerz oder Zorn auslöst.«

»Ich bin nicht wütend«, sagte sie und wischte sich mit dem Ärmel die Tränen ab. »Wenn du es unbedingt wissen mußt: Ich schäme mich furchtbar.«

»Warum? Wegen der Frage, die du mir gestellt hast?«

»Nein, weil du recht hattest. Ich bin keine Frau von der Sorte. Ich denke an die Konsequenzen. Ich will nicht Schande über mich und meine Familie bringen – und jetzt habe ich mich in dieser Form gedemütigt.«

Es war einfach zu reizvoll, wie ihre Lippen bebten, und nie hatte er sich mehr gewünscht, eine Frau zu küssen, als in eben diesem Augenblick. Aber jetzt dachte *er* an die Konsequenzen.

»Ich werde dir nie mehr ins Gesicht sehen können«, jammerte sie und barg ihr Gesicht an seiner Brust.

»Warum nicht? Bin ich so häßlich?« fragte er.

Sie zog den Kopf zurück. Ihr Gesicht war tränenüberströmt, und ihre Stimme wurde von Schluchzlauten zerrissen. »Glaube... bloß... n... nicht... du... k... könntest m... mich zum... Lachen... bringen.«

»So tief würde ich nie sinken«, sagte er und riß sich gewaltig zusammen, um nicht loszulachen. »Eher soll man mir die Zunge rausschneiden... mich in Öl sieden... meine Leber zerhacken und sie zum Fraß den...«

»Geiern vorsetzen«, half sie ihm weiter, ehe sie ihm einen leichten Klaps auf den Arm versetzte.

»Hier«, sagte er und hielt ihr sein Taschentuch hin.

Sie putzte sich die Nase. »Bist du denn nie ernst?«

Die Melancholie, so schien es, hatte ihr den Humor geraubt, aber auch einen gewissen Teil ihrer Unverwüstlichkeit, und er dachte wieder an die ersten Tage, nachdem er sie kennengelernt hatte, als sie von Kopf bis Fuß die majestätische Prinzessin zu sein schien, die keine Qualen litt und keine Scham verspürte. Damals schon hatte er sich so stark zu ihr hingezogen gefühlt, diesen Eindruck gehabt, was sich auch zwischen ihm und dieser Frau abspielen würde, er würde nie mehr einer Frau begegnen, die ihm so wie sie unter die Haut ging. Er verstand es nicht. Er wußte nicht, warum. Aber jemand hatte Regeln aufgestellt, die sie befolgen mußte, Regeln, die nur denen zugute kamen, die sie aufstellten, nicht ihr. Warum mußte sie leiden, um ihre Familie zu erfreuen? Warum mußte sie verlieren, um zu gewinnen? Er dachte an ihr Leben und daran, daß sie keinen Einfluß auf die Geschehnisse in ihrem Leben hatte, daran, wie viele Einschränkungen ihr auferlegt worden waren, und dann hatte man sie wie Brotteig geknetet und geformt, damit sie ein vorbestimmtes Schicksal einlöste – wie ein Kalb für die Schlachtbank gemästet wird –, und jetzt sollte sie einen Mann heiraten, der ihrer Familie gelegen kam.

Die Begegnung mit ihrer Familie hatte ihm ein recht genaues Bild davon vermittelt, wie ihr Leben ausgesehen haben mußte, bevor er ihr begegnet war. Ihre Familie liebte sie, das hatte er deutlich sehen können, aber solche Familien hatte er schon öfter gesehen, Familien, die das Gespür für sich selbst verloren und zugelassen hatten, daß sich zuviel anderes in den Raum drängte, der für Gefühle vorgesehen war. Er empfand Mitgefühl für sie, denn sie hatte immer noch genug Feuer in sich und wollte sich nicht kampflos ergeben, doch jetzt strampelte sie in Gewässern, die ihr ebenso unbekannt waren, wie sie tief waren.

Etwas Gequältes umgab sie wie eine gewaltige Traurigkeit, die ihm naheging. Er stellte fest, daß ihre Gefühle ihn noch mehr für sie einnahmen als ihre begehrenswerte Schönheit. Sie erschauerte, und er schaute in ihre klaren grünen, goldgesprenkelten Augen. Ihr Gesicht war blaß und nur hoch oben auf den Wangen gerötet. Ihre Lippen waren rot und zart und verlockten zum Küssen, doch als sie ihn ansah, schimmerte in ihrem Gesicht das Elend.

»Sei nicht traurig, Kleines. Du wirst es mit der Zeit vergessen.«

Sie schüttelte den Kopf.

»Du wirst sehen, morgen kommt es dir schon nicht mehr so schlimm vor.«

»Nein«, sagte sie matt. »Ich glaube, dieses Mal bin ich in meiner Gedankenlosigkeit etwas zu weit gegangen.«

Er schaute sie überrascht an. »Ist dein Charakter so schwach, daß er eine derart kleine Last nicht tragen kann?«

»Vielleicht ist das, was mir zusetzt, nicht mein Charakter.«

Jetzt lächelte er. »Was ist es denn? Was bedrückt dich und macht dich traurig?«

Wie konnte sie ihm das beantworten? Was sollte sie bloß sagen? Daß seine Gegenwart sie mit allzu großen Hoffnungen erfüllte? Daß die Realität ihr diese Hoffnungen raubte? Daß die Zeit, die sie mit ihm verbrachte, so schnell vorüberging, und daß sie allzu selten zusammen waren? Nein, diese Dinge konnte sie ihm nicht sagen, und daher schwieg sie.

Sie schauten einander an, und die Wahrnehmung ihrer restlichen Umgebung schien ihnen langsam zu entgleiten. Jetzt standen keine Schranken zwischen ihnen, keine grausame Wirklichkeit, keine merkwürdigen Verflechtungen des Schicksals. Sie waren nichts weiter als ein Mann und eine Frau, die zusammengeführt und wieder auseinandergerissen worden waren, ohne wirklich zu wissen, warum.

Als ahnte er ihr Unbehagen und ihr Elend, berührte er zart ihre Wange. »Gib die Hoffnung nicht auf«, sagte er. »Wir werden eine Lösung finden.«

Seine Hand war warm und kräftig, und sie schmiegte ihr Gesicht hinein und preßte einen Kuß auf seine Handfläche, und dabei hörte sie, wie er laut ausatmete.

»Ich habe jede Hoffnung verloren«, sagte sie. »Mein Fall war aussichtslos, ehe mein Leben überhaupt erst begonnen hatte.«

»Sag nicht so vorschnell das Schlimmste voraus. Hast du denn kein Vertrauen?«

»Nein. Nicht mehr.« Im nächsten Moment sagte sie: »Warum bist du so beharrlich, wenn du doch ebensogut wie ich weißt, daß all das zwecklos ist? Warum ich und keine andere?«

»Bist du auf Komplimente aus?« fragte er. »Was allerdings auch nichts ändert, denn ich versuche nicht, etwas vor dir zu verbergen. Ich mag deine Seele, Annabella, und ich mag deine Frische. Ich habe das Gefühl, für all das gibt es einen Grund, und ich bin wild entschlossen, nicht aufzugeben. Mir ist in meinem Leben nicht viel zugefallen, und vielleicht kommt es daher, daß es nie viel gegeben hat, was ich wirklich wollte – bis jetzt. Ich kann wirklich locker und umgänglich sein, aber wenn es mir um etwas geht, kann ich hart und entschlossen vorgehen. Etwas hat uns zusammengeführt, und ich werde nicht mit ansehen, wie man uns wieder auseinanderreißt. Ich würde jetzt selbst dann nicht mehr kehrtmachen, wenn mir hundert Huntlys im Weg stünden.«

Sie sah ihm ins Gesicht, und ihre Kehle wurde trocken und schnürte sich zusammen. Ihr Puls schwappte wie Gischt gegen ihre Ohren. Es war ihr unerträglich, so von ihm angesehen zu werden. Seinen Spott oder sogar seinen Zorn hätte sie verkraften können, ja, und sie hätte sich noch daran laben können. Mit seiner Gleichgültigkeit hätte sie leben können. Oder war es Mitleid? Ja, selbst den Verheerungen, die er mit seinem Mitleid angerichtet hätte, wäre sie gewachsen gewesen.

Aber das hier? Dieses Verständnis. Diese Wärme. Dieses Gefühl von Seelenverwandtschaft, das sie bei ihm hatte. Es war übermächtig und überwältigend, und es erinnerte sie zu sehr an das, was sie wollte und niemals haben konnte.

Traurigkeit wallte in ihr auf. Es war ihr unerträglich, ihn so vor sich stehen zu sehen, dieses Behagen in seiner gelassenen Art zu spüren, als ließe man sich in seinen Lieblingssessel fallen. Er hatte einen Arm gegen einen Stützbalken gestemmt, und der Daumen seiner anderen Hand steckte in einer Gürtelschlaufe, und seine Finger waren weit gespreizt, als wiesen sie auf diesen Teil von ihm, der sich unter den Knöpfen seiner enganliegenden Hose verbarg. Und das Lampenlicht schien ihn zu verklären und ihn anzubeten. Sie war so tief in ihren Gedanken versunken, daß das Geräusch seiner Stimme, die die Stille durchdrang, sie erschreckte.

»Sei nicht so trübsinnig, mein Engel. Zu dem, was du in all deiner Unterwürfigkeit vorgeschlagen hast, wird es kommen. In dem Punkt brauchst du nicht zu zweifeln. Aber wenn es dazu kommt, dann nicht, weil du die Antworten auf manche Fragen gesucht hast oder weil du dich selbst in einem schändlichen Tausch angeboten hast, um dir einen Ausweg aus einer verabscheuungswürdigen zukünftigen Ehe zu bieten. Du bist kein Opferlamm, und wenn wir uns lieben werden, dann werde ich nicht derjenige sein, der etwas nimmt – und du wirst auch nicht die Gebende sein, denn ich kann dir versprechen, Mädchen, daß ich genausoviel gebe, wie ich bekomme. Wenn wir beide zusammenkommen, dann wird das nicht so sein, als führen zwei Züge auf demselben Gleis aufeinander zu, und es wird auch nicht so sein, als pflückte ich eine blasse und empfindliche Rose, um mich einen Moment lang daran zu erfreuen und sie dann wegzuwerfen. Davon habe ich weiß Gott genug gehabt, um zu wissen, wovon ich rede.«

Sie spürte, wie seine Arme sich eng um sie schlangen, und er preßte sie so fest an sich, daß sie nicht nur seine Worte hörte, sondern auch spürte, wie sie ihren Körper und ihre Seele berührten.

»Wahre Liebe wächst nur langsam, Mädchen. Wenn sie erst einmal Wurzeln gefaßt hat, wird sie gedeihen und wie Immergrün sein und ewig andauern.« Er bog ihren Kopf zurück, und seine Augen waren klar und warm, als er den Kopf senkte. »Das Schicksal mag dir zwar Eltern gegeben haben, aber faß dir ein Herz, meine süße Annabella. Einen Gefährten wählt man sich selbst.«

Falls je einem Herzen Flügel gewachsen waren, dann wuchsen sie ihrem jetzt. Aber sie fand keine Zeit mehr, darüber nachzudenken, was Ross gesagt hatte oder welchen Höhenflug ihr Herz plötzlich unternahm, denn als sich sein Mund über ihren Lippen schloß, neigte sich die Welt in einem verrückten Winkel und blieb still stehen. Wie lange hatte sie an diesen Augenblick gedacht und wie oft hatte sie sich ausgemalt, was für ein Gefühl es wohl sein mußte, ihn küssen zu können, wenn jeder Gedanke an Huntly und die bohrenden Schuldgefühle aus ihren Vorstellungen verbannt worden waren? Wenn sie ihn küssen konnte, wie sie ihn jetzt küßte?

Die Woge der Empfindungen und ihre Bemühungen, ihren eigenen Überschwang zu dämpfen, machten Annabella benommen, und sie wankte in seinen Armen. Mehr Ermutigung brauchte Ross nicht. »So ein trauriges kleines Mädchen«, sagte er. »So ein wunderschönes trauriges Mädchen.« Er ließ seine Hände über ihren Rücken gleiten. Sie war so schlank, daß er jeden winzigen Knochen ihres Körpers spüren konnte. »Du bist kaum größer als ein Spatz«, sagte er.

»Danke«, sagte sie und löste sich von ihm, um ihn ansehen zu können. Sie schaute zu ihm auf, und er lachte und zog sie wieder enger an sich.

»Du bist sehr schön, das weißt du doch?« Er lachte wieder. »Natürlich weißt du das. Ich bin sicher, daß jeder Dummkopf in ganz London in dich vernarrt war. Um ein einziges Mal mit dir tanzen zu dürfen, haben sie wahrscheinlich mehr Tumult veranstaltet als ein Alligator in einem ausgetrockneten Teich.«

Ein Alligator in einem ausgetrockneten Teich? Sind das da, wo er herkommt, tröstliche Worte?

Seine Arme schlangen sich fester um sie, und sie schmiegte sich an ihn. Zwischen Annabella und ihrem Vater war es nie zu echten liebevollen Gesten gekommen, die sich körperlich ausdrückten, und Gavin mochte sie zwar sehr, doch er war noch zu jung und hatte es ständig zu eilig, um solche Kleinigkeiten zu beachten und seine kleine Schwester gelegentlich zu umarmen. Ihre Mutter und ihre Schwestern waren natürlich zärtlich mit ihr umgegangen, doch das war nicht dasselbe.

Es war etwas vollkommen anderes, von einem Mann in den Armen gehalten zu werden. Ein Mann – sei es nun ein Vater, ein Bruder oder ein Geliebter – gab einer Frau bei einer Umarmung, einer zarten Liebkosung, die Trost und Zuversicht spendete, etwas, was keine Frau einem geben konnte. Die Gefühle, die Bella jetzt kennenlernte, unterschieden sich von allem anderen, was sie je zuvor empfunden hatte. Und es war keine Frage der Leidenschaft, denn die Leidenschaft war für sie eine relativ neue Empfindung, etwas, was gerade erst flügge wurde. Was sie jetzt empfand, ging über Leidenschaft hinaus und gab ihr Trost. Es gingen Sicherheit und Ehrlichkeit und Kraft von diesem Mann aus, der sie in seinen kräftigen Armen hielt. Etwas, was bei ihr den Wunsch erzeugte, dort bleiben zu wollen. Für immer.

Wenn es ihr doch nur möglich gewesen wäre.

Er löste sich ein wenig von ihr und schaute auf sie herab. »Gütiger Himmel, steh mir bei, du bist zarter als die Nase eines Nachtfalters, und du hast mich innerlich vollkommen aufgewühlt. Ich komme mir vor, als hätte ich ein Hornissennest geschluckt.«

Zarter als die Nase eines Nachtfalters? Woher nimmt er bloß diese Vergleiche? Hat er je einem Nachtfalter an die Nase gefaßt? Haben Nachtfalter denn überhaupt Nasen?

»Annabella, wirst du mir weiterhin Schwierigkeiten machen, oder wirst du deinem freien Willen und deiner eigenen Natur nachgeben und dir ansehen, wohin das führt? Mit anderen Worten: Wirst du dich kooperativ erweisen?«

»Kooperativ? Inwiefern?«

»Laß mich so um dich werben, wie es dir immer bestimmt gewesen wäre, umworben zu werden.«

»Nein«, sagte sie und lachte. »Ich fürchte, dazu ist es zu spät. Man wirbt nicht um eine verlobte Frau. Und schon gar nicht, wenn sie mit einem anderen Mann verlobt ist.«

»Komm mir damit bloß nicht mehr«, sagte er in vollem Ernst. »Jedesmal, wenn ich das höre, werde ich so wütend, daß ich Steine zerstampfen könnte, und ich will jetzt nicht wütend werden – schon gar nicht, wenn ich so mit dir zusammen bin.«

»Ich muß schon sagen, das ist äußerst ungewöhnlich«, sagte sie. »Sogar recht seltsam.«

»Wie das?«

Sie warf die Hände in die Luft. »Wie sich hier alles zuträgt. Du scheinst an mir interessiert zu sein...«

»*Ich scheine interessiert zu sein?* Hör zu, meine Schönheit, was heißt hier *Schein?* Ich interessiere mich für dich, das stimmt. Wenn ein Mann sich schneller als ein geölter Blitz auf eine Frau stürzt, dann *weiß* man, daß er es ernst meint. Falls du das bisher nicht gewußt hast: Wenn man etwas *ernst* meint, dann ist das mehr als nur Interesse.«

»Versuch jetzt nicht, mich zu verwirren. Du sagst, du hast Interesse, und ich biete mich dir an – aber du lehnst ab. Im nächsten Atemzug sagst du dann, daß dich jede Erwähnung meiner Verlobung furchtbar aus der Fassung bringt. Auf *dich* kann ich mir überhaupt keinen Reim machen.«

»Verdammt noch mal, es macht mich eben wütend.«

»Jetzt ist es schon wieder soweit. Wenn du mich nicht willst, warum sollte es dich dann etwas angehen, wer mich hat?«

»Ich und dich nicht wollen? Hör mir zu! *Ich und dich nicht wollen?* Wie kommst du auf derart abwegige Ideen? Gütiger Himmel! Weißt du denn nicht, daß ich dich auf der Stelle heiraten würde, wenn ich könnte?«

»Mich heiraten? Wie kannst du etwas derart Lachhaftes sagen? Du liebst mich nicht. Du kennst mich kaum.«

Er sah ihren spöttischen Ausdruck und hörte die harten Worte. Er packte sie an den Armen und schaute ihr ernst ins Gesicht. »Unsere Liebe beginnt gerade erst, Schätzchen. Die Zeit wird dafür sorgen, daß sie sich gewaltig vertieft. Man kann die Liebe ebensowenig drängen, wie man sie ersticken kann.«

»Aber...«

»Annabella, wirst du jetzt den Mund halten?«

»Warum?«

»Damit ich dich küssen kann«, sagte er.

»Hmmm. Ich weiß nicht«, sagte sie. »Männer mögen sittsame zurückhaltende Frauen. Eine Frau, die schamlos genug ist, einen Mann einfach zu küssen – ich...«

Er wartete nicht ab, bis sie ausgeredet hatte, sondern fing an, ihren Hals von oben bis unten mit kleinen Küssen zu bedecken und sie zart zu beißen. Bella seufzte und veränderte ihre Haltung, um ihm den Zugang zu erleichtern. »Das«, sagte er leise, »ist es, was Männer mögen. Mädchen mit der Bereitschaft zur Kooperation.«

»Kooperation? Hat damit nicht dieses ganze Gespräch begonnen? Ich glaube, wir drehen uns im Kreis.«

»Ist nicht genau das Liebe? Ein Kreis, der niemals endet?«

Dieser Mann, dachte sie, als sein Mund ihre Lippen schloß, *könnte einem Leoparden die Flecken vom Fell reden.*

Ehe einer von beiden noch etwas sagen konnte, ging die Tür auf, und Ailie trat ein. Bella stieß einen unfeinen Schrei aus und sprang mit einem Satz zurück. Ehe sie dazu kam, ihre wirren Gedanken zu ordnen und Ross ihrer Cousine vorzustellen, kam Ailie durch das Zimmer, blieb vor ihm stehen und sagte: »Ich kenne Sie. Sie sind einer der dekadenten Jungfrauenschänder, stimmt's?«

»Jetzt sagen Sie mir bloß nicht, Sie seien gekommen, um sich freiwillig anzubieten«, sagte Ross. »Zwei Angebote an einem Tag. Das soll wohl eine Art Rekord sein.«

Das schien Ailie irgendwie zu faszinieren. »Zwei Angebote?« fragte sie und drehte den Kopf um, um Bella anzustarren. »Wer hat Ihnen denn das erste gemacht?«

»Verflixt und zugenäht«, sagte Annabella. »Kann man sich denn gar nicht mehr darauf verlassen, daß irgendwer den Mund hält?«

Ailie schaute sie entgeistert an. »Soll das heißen, daß es wahr ist? *Du* hast dich ihm freiwillig angeboten?«

»*So* war es nicht«, rief Bella aus.

Ailie schenkte Bella keinerlei Beachtung. Sie hatte viel zuviel damit zu tun, Ross von Kopf bis Fuß zu betrachten. »Ich kann einfach nicht glauben, daß du dich ihm angeboten hast... nicht, daß ich es dir vorwerfe«, sagte sie. Sie warf einen Blick auf Bella. »Es sieht dir nur so gar nicht ähnlich.«

»Ist es auch nicht«, sagte Annabella hitzig. »Schließlich war es *deine* Idee.«

»*Meine* Idee?« sagte Ailie, als sei ihr vollkommen unbegreiflich, wie Annabella auf den Gedanken kommen konnte, das sei ihre Idee gewesen – obwohl es eigentlich gar keine so üble Idee war. Allmählich dämmerte ihr etwas. »Ach so, das.«

Ross beobachtete, wie Ailies Gesicht drei Rotschattierungen durchwanderte, ehe es sich für scharlachrot entschied. Sie wand sich ein wenig, ehe sie sagte: »Ich schätze, ich bin hier einfach reingeplatzt... und habe euch bei etwas gestört.«

Annabella seufzte. »Du hast uns bei *gar nichts* gestört.«

Ailie war so unverfroren, geknickt zu wirken. »Ich habe also nicht gestört?«

»Er hat abgelehnt«, sagte Bella. »Rundheraus.«

Ailie wandte ihr überraschtes Gesicht Ross zu. »Haben Sie das wirklich getan?« Sie schüttelte enttäuscht den Kopf. »Dann können Sie kein dekadenter Mädchenschänder sein.«

»Ich bin kein dekadenter... So ein Blödsinn! So war es nicht. Und ich habe sie nicht abgewimmelt – jedenfalls nicht rundheraus.« Er wandte sich an Bella. »Es war schon immer meine Absicht, dich auf dieses Angebot festzunageln, nur nicht gerade jetzt – du hast sozusagen eine Art Gutschein.«

Ailie dachte über Ross' letzte Bemerkung nach, aber Annabella traf mit ihrem Verständnis seiner Worte mitten ins Schwarze. »Ein *Gutschein!*« kreischte sie. »Wie man ihn in einem Laden kriegt?« Sie ging jetzt auf ihn los. Sie konnte sich nicht erinnern, je in ihrem ganzen Leben so wütend gewesen zu sein. Wie konnte er es wagen, sie derart zu beleidigen – und das auch noch vor ihrer Cousine. Ihre Wut grenzte an Raserei.

»Glaubst du wirklich, du könntest auf mein Angebot zurückkommen, wenn es dir gerade in den Kram paßt, als hättest du... als hättest du in einer Tombola ein Los gezogen? Sogar diese lachhafte Diskussion, die wir hier führen, ist meine Angelegenheit und nicht deine.« Sie versetzte ihm einen Stoß gegen die Brust. »Und es ist *meine* Entscheidung, mich *dann und wenn ich mich je dazu entschließe* nehmen zu lassen.« Sie versetzte ihm den nächsten Hieb. »Über *wessen* Jungfräulichkeit reden wir hier überhaupt?«

»Zum Teufel, ganz bestimmt nicht über meine.«

»Versuch bloß nicht, schlau daherzureden. Du bist es nämlich nicht.«

»Vielleicht nicht, aber dafür habe ich um so mehr Glück.«

»Dem werden wir abhelfen«, sagte sie. »Und wie wir dem abhelfen werden.«

Und dann sahen Ross und Ailie etwas, was sie noch nie zuvor gesehen hatten. Sie sahen, wie sich eine Frau direkt vor ihren Augen in eine Furie verwandelte.

Die gemütliche Küche des Häuschens war gut bestückt, und, was noch wichtiger war, alles war griffbereit – etwas, was Annabella in diesem Augenblick äußerst gelegen kam. Sie war so wütend über das, was hier passierte, und darüber, wie die Dinge liefen, daß Annabella so weit war, unter all die Herumschubserei, die sie in ihrem kurzen Leben mitgemacht hatte, einen klaren Strich zu ziehen. Sie griff nach dem ersten Gegenstand, der ihr ins Auge fiel, und dabei handelte es sich zufällig um zwei Zuckerzangen, die sie nach Ross warf. Er lachte und duckte sich.

Annabella sah rot. Knallrot. Blutrot.

Als nächstes packte sie die Messinggewichte der Waage. Dann die Zinnraspel, ein Gemüsehäckselmesser, einen Kartoffelstampfer aus Holz, einen Kochlöffel, eine Schöpfkelle mit einem langen Stiel, einen Ständer für Kochtöpfe, eine Zuckerdose – der Deckel löste sich, und Zucker flog in alle Richtungen.

Inzwischen hatte Ross aufgehört zu lachen. Er erkannte, daß es ihr ernst war, denn er mußte sich jetzt schon in ziemlich kurzen Abständen ducken, um Gegenständen zu entgehen.

Ailie klopfte Zucker aus ihren Kleidern, aber auch sie lachte – sie hatte außerhalb der Schußlinie in der Tür, die zum Schlafzimmer führte, Zuflucht gesucht.

»Raus! Raus! Raus!« kreischte Annabella.

»Was hat dich bloß derart auf die Palme gebracht?« fragte Ross, während er gerade wieder einmal den Kopf einzog. »Was habe ich denn getan?«

»Verschwinde, und komm niemals wieder!« schrie Annabella, die den Stößel aus dem Butterfaß zog und den Deckel folgen ließ, den sie wie einen Diskus durch die Luft warf. Wäre das Butterfaß nicht mit Milch gefüllt gewesen, dann wäre es als nächstes drangekommen. Sie hatte keinen Schimmer, womit sie warf, doch Ailie behielt die Übersicht.

»Eine Butterpreßform«, sagte Ailie, »fünf Wäscheklammern, zwei Löffel mit harzgefüllten Stielen, drei Bündel Hanfschwefelstreichhölzer... nein, es waren doch vier.« Als Bella nach dem gußeisernen Fischbräter griff, hörte Ailie mit dem Zählen auf, und Ross stürmte zur Tür hinaus.

Ross hatte Glück, denn der Fischbräter war so schwer, daß sie damit nicht nach ihm werfen konnte.

»Ich komme wieder«, rief er noch.

»Ich warte schon darauf«, schrie sie zur Tür hinaus, als sie das Nudelholz warf. Es traf ihn zwischen den Schulterblättern.

»Verflucht«, sagte er und rannte auf die Bäume zu. »Diese Frau könnte einen Pfeil das Fliegen lehren.« *Das wird ihr noch leid tun. Sobald sie Zeit gehabt hat, um sich zu beruhigen und darüber nachzudenken, was sie eigentlich getan hat, wird es ihr leid tun*, dachte er und sauste durch die Sträucher.

17. Kapitel

Annabella hatte sich noch nie so frisch gefühlt. Nie zuvor war sie derart zufrieden mit sich selbst gewesen. Sie hatte einen Wutausbruch bekommen und ihren Zorn ungehindert ausgelebt. Sie hatte sich befreit.

Gestern hatte sie einen gewaltigen Satz gemacht und war schlagartig aus den Begrenzungen ihres Lebens ausgebrochen. Heute war sie immer noch von dem Schwung dieses enormen

Weitsprungs beflügelt. Sie war etwas, was sie nie zuvor gewesen war, soweit sie sich zurückerinnern konnte. Sie war auf wunderbare Weise vollkommen mit sich selbst zufrieden. Und das war, wie sie feststellen mußte, etwas ganz anderes als die Zufriedenheit mit der Umgebung oder mit den persönlichen Umständen.

Nichts hatte ihr je mehr Kraft gegeben als das Wissen, daß sie sich einer Situation offen und aufrichtig gestellt hatte ohne vorzugeben, etwas zu sein, was sie in Wirklichkeit gar nicht war. Wenn man in dem eingeschränkten kleinen Privatbereich lebte, der ihr zugestanden wurde, dann war das eigentlich kein Leben. Das erkannte sie jetzt. Leben hieß entweder, sich von heuchlerischen Vorstellungen zu lösen und etwas zu riskieren, um sich zu befreien, oder es bedeutete eine selbstauferlegte Gefangenschaft.

Sie hatte schon immer das Verlangen verspürt auszubrechen, aber man hatte Annabella beigebracht, immer nur überlegt zu handeln und alles gründlich zu durchdenken. Und doch nahm sie immer dann, wenn sie die Dinge durchdachte, das Gute gegen das Schlechte abwägte und sich über die Gefahren klarzuwerden versuchte, Zuflucht zu der Geborgenheit dessen, was ihr vertraut war: Sie wählte die Sicherheit des Gehorsams. Ein einziges Mal in ihrem Leben hatte sie die Dinge selbst in die Hand genommen und alles andere außer acht gelassen. Ein einziges Mal hatte sie sich nicht nach den Moralvorstellungen ihrer Zeit gerichtet, nicht nach den Lehren der Kirche und nicht nach den Unterweisungen und Erwartungen ihrer Eltern. Sie war sie selbst gewesen und hatte etwas getan, was sie selbst tun wollte.

Und das war ein gutes Gefühl.

Es schien keinen Grund mehr zu geben, aus dem Annabella und Ailie weiterhin in dem kleinen Anglerhäuschen bleiben sollten, nachdem Ross erst einmal entdeckt hatte, daß sie sich dort aufhielten, und die Mädchen, die sich sehr mit dem süßen kleinen Häuschen angefreundet hatten, gaben Ross Mackinnon die Schuld dafür, daß sie dort wieder ausziehen mußten.

In den nächsten zwei oder drei Tagen spielte sich alles recht gut ein, und das dunkle Lachen von Barra Mackenzie hallte sporadisch durch das Schloß. Allen erschien es so, als hätte sich Barra mit Ross und Percy sehr schnell angefreundet, und die drei Männer und Allan verbrachten ihre gesamte Zeit zusammen, ob sie nun auf die Jagd oder zum Angeln gingen, Golf spielten oder mit einem Glas Whisky oder Drambuie vor dem Feuer saßen und einander Geschichten erzählten.

Bald wurde aus den wenigen Tagen, die Ross und Percy ursprünglich hatten bleiben wollen, eine Woche.

»Dein Onkel hat sie eingeladen, noch eine Weile hierzubleiben«, sagte Una eines Nachmittags zu Annabella.

Una saß vor einem großen Webstuhl. Annabella, die neben ihr saß, schaute zu, wie die geschickten Finger ihrer Tante Garn um das Weberschiffchen wickelten und es mit einem Gewicht beschwerten. Bella half beim Spannen der Kett- und Schußfäden und fragte sich stumm, was ihr Onkel mit diesem letzten Schritt eigentlich bezweckte.

Sie hatte täglich etwa eine Stunde mit ihrer Tante hier im Webzimmer verbracht und zugeschaut, und sie stand kurz davor, selbst weben zu versuchen. Una trat die Helfe, die die Kettfäden einzog, und Annabella ließ ihre Gedanken abschweifen und überlegte sich noch einmal, was ihre Tante gerade über den ausgedehnten Aufenthalt von Ross und Percy gesagt hatte.

»Ihre Gesellschaft scheint Onkel Barra große Freude zu machen«, sagte sie. »Hat er sie deshalb aufgefordert, noch länger hierzubleiben?«

»Ja, aber ich nehme an, es kommen noch weitere Gründe dazu. Du weißt doch, wie gern Männer reden. Sie haben den ganzen Vormittag in Barras Arbeitszimmer verbracht und in den Aufzeichnungen über die Farm geblättert und sich ausgerechnet über die Tierhaltung auf einer Farm unterhalten. Jetzt frage ich dich, wie jemand vier Stunden lang über Kühe und Schweine reden kann! Wir haben immer eine prächtige Herde von Ayrshire-Kühen gehalten, aber Barra möchte Jersey- und Guernsey-Kühe kaufen. Ich habe gesagt: ›Unsere Ayrshire-Kühe geben genug vollwertige Milch. Wozu brauchen wir andere Kühe?‹ Aber ich bezweifle, daß meine Meinung ihn an seinem Vorhaben hindern wird. Ich habe das Gefühl, im nächsten Frühjahr werden wir etliche von diesen Jersey- und Guernsey-Kühen sehen, wie sie auf unseren Weiden bis zum Euter in den Butterblumen stehen.«

Ein heller Strahl der kräftigen Nachmittagssonne fiel auf den Webstuhl und mitten in Bellas Gesicht. Una lachte. »Im Herbst scheint dir die Sonne nicht mehr ins Gesicht, mein Kleines. Wenn die Sonne tiefer am Himmel steht, scheint sie mir in die Augen.« Sie unterbrach sich kurz und schaute nach draußen. »Der Nebel hat sich aufgelöst, und es ist doch noch ein ganz besonders schöner Tag geworden. Warum suchst du nicht Ailie, und ihr beide geht raus in die Sonne? Du bist viel zu blaß, Bella. Die Sonne wird deinen Wangen etwas Farbe geben.«

»Mutter hat gesagt, eine Dame sollte ihr Gesicht immer gegen die Sonne schützen.«

»Pah! Ein wenig Sonne hat noch niemandem geschadet.« Una sah versonnen vor sich hin. »Ich frage mich, wo deine Mutter all diese Vorstellungen herhat, die ihr jetzt durch den Kopf gehen. Als Kind hatte sie sie jedenfalls bestimmt nicht. Schließlich hat es im ganzen Hochland kein Mädchen gegeben, dessen Haare so zerzaust und dessen Kleider derart mit Schlamm bespritzt waren.« Sie seufzte. »Schon gut, mach dir darüber keine Gedanken.« Sie wandte sich zu Annabella um und nahm ihre Hand. »Und jetzt lauf, und geh eine Stunde in die Sonne. Man ist ohnehin nur so kurz jung, Bella. Mach das Beste daraus. Vergeude deine Jugend nicht mit dem Versuch, alt zu sein. Das kommt noch früh genug von selbst. Lebe jeden Tag so, als sei es dein letzter. Entschuldige dich nicht für gestern, und versprich nichts für morgen. Die Zukunft liegt in Gottes Hand. Wie man in der

Türkei sagt: Das Ei von heute ist besser als die Henne von morgen.«

Annabella lachte und drückte ihre Tante an sich. »Bist du je in der Türkei gewesen?«

»Nein, aber ich bin verliebt gewesen. Ich weiß, was du durchmachst, Mädchen.«

Annabella sah ihre Tante in der Hoffnung an, in ihrem Gesicht einen Hinweis darauf zu entdecken, was in ihr vorging, doch die Züge ihrer Tante waren verschlossen. Una Mackenzie sah Bellas Mutter äußerlich sehr ähnlich. Ihre Haltung war aufrecht und majestätisch, trotzdem war sie zugänglich; ihre Augen hatten ein helleres Grau als Annes Augen, und sie drückten mehr Verständnis aus. Es war, als säße sie einer Frau gegenüber, die eine weichere, liebevollere und mitfühlendere Ausgabe ihrer Mutter war und doch von Kopf bis Fuß wie ihre Mutter aussah. Annabella vermutete, daß es das war, was zwischen ihr und ihrer Mutter eine Distanz herstellte: die Herzogin sah nicht aus wie eine Mutter. Sie sah aus wie eine wunderschöne Puppe, die man als Schmuckstück auf ein Bett setzt, mit der man aber niemals spielen darf; Tante Una dagegen war die Puppe, die an ihrem einen heilen Arm die Treppe runtergeschleift wurde – denn den anderen Arm hatte sie beim Tauziehen verloren. Früher einmal war diese Puppe so wunderschön und makellos wie die andere gewesen, doch die Zeit und die Abnutzung hatten Spuren hinterlassen, wie sie nur liebevolle Hände hinterlassen konnten.

Wenn sie ihre Tante anschaute, sah Annabella, daß Unas Figur ein wenig auseinandergegangen war und daß sie Lachfalten im Gesicht hatte, weil sie das Leben bis ins letzte ausgekostet hatte. Hinzu kamen noch Arbeiten wie die Käseherstellung, das Spitzenklöppeln, das Weben und hundert andere Tätigkeiten, die Una liebend gern ausführte und die ihre Hände hatten rauh werden lassen. Bella hätte fast gelächelt, als sie daran dachte, wie ihre Mutter in den allerersten Tagen ihres Aufenthalts hier im Haus gesagt hatte: »Mein Gott, Una, ich kann beim besten Willen nicht verstehen, warum du diese niedrigen Arbeiten beharrlich selbst ausübst, wenn ihr hier doch so viele Dienstboten habt. Keine Adlige melkt ihre eigenen Kühe oder wäscht ihr Bettzeug selbst. Warum bestehst du bloß darauf?«

»Weil es mir Spaß macht. Dadurch fühle ich mich ausgefüllt.«

»Ausgefüllt?« hatte die Herzogin gesagt. »Meine Güte, Una. Wenn eine Frau dringend Blasen auf den Händen braucht, um sich ausgefüllt zu fühlen, dann stimmt doch einiges nicht mit ihr.«

Una hatte daraufhin einfach nur gelacht. »Was soll ich denn sonst tun? Ich kann nicht den ganzen Tag Tee trinken.«

Annabella lächelte immer noch, als Una sich streckte und sich den Rücken massierte, ohne den Blick vom Fenster abzuwenden. »Wenn ich nicht wüßte, daß es bald Herbst wird, würde ich schwören, wir hätten Frühling. Schau dir bloß diese Sonne an. Die ist doch so golden und reif wie ein Rad Käse. Und jetzt lauf los. Du wirst noch genug Gelegenheit haben, das Weben zu lernen. Nächste Woche zeige ich dir das Spitzenklöppeln.«

Als sie nach unten ging, dachte Bella, wie anders ihr Leben jetzt doch war. Sie wäre sogar so weit gegangen, sich als glücklich zu bezeichnen, wäre nicht die dunkle Wolke der Ungewißheit über ihre Zukunft gewesen, die ständig über ihrem Kopf schwebte. Sie schob jeden unerfreulichen Gedanken von sich.

»Guten Tag, Miss.«

»Ich wünsche Ihnen auch einen guten Tag«, sagte sie und winkte dem alten Butler zu. Sie dachte wieder dran, daß er anfangs nur mit ihr geredet hatte, wenn sie ihn als erste angesprochen hatte. Vieles hatte sich seit ihrer Ankunft hier verändert. Und niemand wunderte sich mehr darüber als sie.

Innerhalb von Tagen nach ihrem Eintreffen hatte sich der Geist der Unabhängigkeit, den sie hier in Seaforth an allen wahrnahm, auch auf Bella ausgeweitet.

Sie hatte nie gewußt, wie viele Aufgaben erforderlich waren, um einen Haushalt zu führen, und auch nicht, daß man frisch wie ein Fisch sein mußte, um sie zu bewerkstelligen. Es war harte Arbeit, einen Haushalt zu führen. Der Waschtag zum Beispiel. Das war etwas, was Kraft und Zähigkeit erforderte.

Als Annabella erst ein paar Tage in Seaforth gewesen war, hatte Ailie sie in die Waschküche gelockt – an einem Montag natürlich.

»Die Wäsche wird *immer* am Montag gewaschen«, sagte Ailie.

»Warum?« fragte Bella.

»Mama sagt, es liegt daran, daß wir am Sonntag immer ein großes Stück Wildbret braten, von dem genug für den Montag übrigbleibt. Deshalb braucht die Köchin weniger Zeit in der Küche und kann bei der Wäsche mithelfen.«

Annabella sah sich in dem großen Raum um, der als Waschküche diente. Anscheinend war am Waschtag viel zu tun, denn etliche Frauen waren bereits bei der Arbeit. Überall standen Weidenkörbe mit sorgsam sortierten Wäschestücken. Bride, die Waschfrau, kochte die schmutzigeren Kleidungsstücke in einem Kessel, während Dorcas, ihre Helferin, die empfindlicheren Sachen in einem Zuber wusch. Zu Annabellas Entsetzen wurde das Bettzeug nach einer ekelerregenden Methode gebleicht – es wurde in Urin eingeweicht, da dieser Ammoniak enthielt, zumindest erzählte man ihr das.

Als sie Annabellas entsetzten Blick sah, sagte Ailie: »Es ist *menschlicher* Urin, Bella«, als ob das einen großen Unterschied machte. »Manche Leute benutzen Hundepisse. Schau nicht so entsetzt. Hinterher wird alles in sauberem Wasser gewaschen. Mama hat gesagt, in England macht man das auch so. Es ist sogar wirklich so, daß die Engländer...«

Den Rest wollte Bella gar nicht erst hören.

Der Waschtag war nur der Anfang. Am frühen Morgen des kommenden Tages weckte Ailie sie bei Tagesanbruch und zog sie eilig in die Küche, in der bereits ein wüstes Treiben herrschte – der Dienstag war offiziell der Backtag. Der Küchenherd wurde mit Torfkohle geheizt, und das Feuer war schon angezündet; darüber hing an einer Kette ein großer Kessel, in dem die Zutaten für schottische Fleischbrühe schwammen: Hammelnacken, Gerste, weiße Rüben, Lauch, Kohl und Karotten und Erbsen. In der Küche war es jetzt schon warm und gemütlich und roch stark nach Hefe. Runde Brotlaibe lagen nebeneinander auf dem Tisch.

Ailie zog Annabella heran, die ihr helfen sollte, Kreuze in die Oberseiten der runden Brotlaibe zu ritzen. »Damit der Teufel raus kann«, erklärte sie.

Während die Brote unter umgedrehten Töpfen und von brennendem Torf umgeben auf dem Herd buken, wurde der Teig für die Hafermehlkuchen ausgerollt und auf dem Rost gebacken.

Die Küche war wirklich ein äußerst angenehmer Ort, auch dann, wenn kein Backtag war. In der Speisekammer wurden sämtliche Vorräte gestapelt. Wieviel Spaß es doch machte, die irdenen Töpfe zu öffnen und nachzusehen, was es dort alles gab – Mehl, Erbsen, Trockenobst, Zucker und Saubohnen, die zu Hause in England benutzt wurden, um einen köstlichen Brei daraus zu kochen.

Annabella nahm sich vor, sich einmal danach zu erkundigen, was man in Schottland damit anfing, denn sie bezweifelte, das man auch hier einen Brei daraus kochte. Die Fleischhaken hingen von den Dachbalken. Hier wurde das Fleisch abgehangen. Eier, Käse und Butter lagen auf Regalen.

Im Lauf der folgenden Woche hatte Bella die meiste Zeit in der Küche zugebracht und zugesehen, wie Lebensmittel gepökelt, getrocknet und eingelegt wurden. Jedesmal, wenn sie in die Küche ging, setzte sie sich auf ihren eigenen Hocker am Backtisch und lernte dort, Talg zu reiben. Er wurde mit dem Mehl vermischt und dann mit Wasser angerührt und flach in eine Porzellanform gestrichen, um Fleisch- und Geflügelpasteten herzustellen. Dabei lief ihr immer das Wasser im Mund zusammen, weil sie an die wunderbaren englischen Talgteigpasteten dachte, mit denen sie aufgewachsen war.

Während die Köchin Sibeal typisch schottische Gerichte zubereitete, lauschte Annabella ihr wie ein Kind, wenn Sibeal ihr die Verwendung von Kräutern beim Kochen und zu medizinischen Zwecken erklärte.

Bald steckte Bella die Nase in schwarzlackierte Gewürzdosen oder sah sich im Gewürzschrank um, während sie lernte, aromatische Beeren, Knospen, Rinden, Früchte und Wurzeln zu unterscheiden, aber auch Blütenessenzen, die Pflanzen entnommen wurden, von denen ihre Gouvernante ihr erzählt hatte und die nur in heißem Klima wuchsen – in Ländern, die jetzt, als die stark aromatischen Düfte sie umgaben, weit wirklicher für sie wurden.

»Es ist ein Jammer, daß man Tinte und Druckerschwärze nicht mit diesen Gewürzen parfümieren kann«, sagte sie eines Nachmittags zu der Köchin.

Siebeal sah sie seltsam an. »Warum sollte jemand seine Tinte parfümieren wollen?«

»Damit man die Gewürze riecht, wenn man etwas über all diese Länder liest«, sagte Bella, worüber sich die Köchin herzlich amüsierte.

Für jemanden, dessen ganzes Leben so sehr unter Aufsicht gestanden hatte, daß es die neugierige Natur einer jungen Frau einengte, war ein Schloß wie Seaforth ein vergnüglicher Aufenthaltsort. Hier in dieser großen alternden Festung existierten keine Einschränkungen, und jede Frage wurde beantwortet. Jedoch hüteten sich manche der Hausangestellten wie Dugal und die Köchin anfangs vor ihr.

Schließlich war sie Engländerin.

Bald begannen sogar die Mißtrauischen und Hämischen, offen auf die junge Engländerin mit den traurigen Augen einzugehen. Die Hausangestellten und die Besucher der Familie akzeptierten ihre Gegenwart, ihre Wißbegier und ihre Fragen als selbstverständlich; sie akzeptierten ebenfalls ihr Lob, ihre offene Bewunderung, ihre intelligenten Anregungen. Bald lauschten sie nur zu gern ihrem melodischen Lachen oder ihrem seltsamen britischen Akzent. Sie lachten darüber, wie komisch sie sich manchmal ausdrückte, wenn sie etwas sagte, und sie bewunderten ihre freundliche Art, ihre Offenheit, ihr gütiges Herz, ihren Sinn für Humor und ihre Gabe, über sich selbst zu lachen.

Wenn sie nicht anwesend war, dann tuschelten sie darüber, was das wohl für eine Familie sein mußte, die dieses arme Mädchen so behandelte, eine Familie, die sie wie eine Mumie in Vorschriften und Verbote gewickelt hatte und sie dann auch noch an einen Mann verheiratete, der alt genug war, um ihr Vater zu sein, und sie tauschten ihre Meinungen darüber aus. Kein Wunder, daß das Mädchen traurige Augen hatte.

Nachdem sie ihre Tante allein im Webzimmer zurückgelassen hatte, fand Annabella Ailie in der Küche. »Ich habe dich gerade gesucht. Hast du schon rausgeschaut, Ailie? Es ist wunderschön draußen«, sagte sie. »So warm wie ein frischgelegtes Ei.«

Allan war auch in der Küche und hatte den Kopf über eine Schale Suppe gebeugt. Allan war wie üblich mächtig in Form und neckte zwischen zwei Löffeln Suppe Malai, ein hübsches blondes Mädchen, das beim Backen mithalf. »Ah, Malai, meine Kleine. Was hältst du davon, mit mir in den Stall zu gehen und ein wenig Käse zu naschen?«

Malai hielt ein Nudelholz in der Hand und machte den Eindruck, als könnte sie sich nicht so recht entscheiden, ob sie den Teig ausrollen sollte, der vor ihr lag, oder ob sie es nach Allan werfen sollte. »Ich weiß nicht, wieso Sie glauben, mit einem wie Ihnen ginge ich in den Stall.«

»Ich weiß doch, wieviel Spaß es dir beim letzten Mal gemacht hat, als wir zusammen in den Stall gegangen sind«, sagte er und zwinkerte Annabella zu.

Malai mußte inzwischen beschlossen haben, Worte seien wirksamer als das Nudelholz, denn sie machte sich wieder daran, den Teig auszurollen, während sie sagte: »Ihr Gedächtnis ist wohl kürzer als so manches andere an Ihnen, wenn Sie das glauben.«

Als alle in der Küche in schallendes Gelächter ausbrachen, beschlossen Ailie und Annabella, es sei jetzt an der Zeit zu gehen. »Komm«, sagte Ailie. »Ich habe der Köchin gesagt, daß wir zum Brunnen gehen und Wasser holen.«

Da ihr wieder einfiel, wie sie das letzte Mal zum Brunnen gegangen war, erschauerte Annabella. »Ich kann diesen Brunnen nicht leiden. In dem Häuschen darüber wimmelt es nur so von Spinnen.«

»Dieser Brunnen wird nicht mehr oft benutzt. Wir benutzen meistens einen anderen – und der ist auch viel näher«, sagte Ailie.

Sowie sie den Brunnen erreicht hatte, drehte Annabella die Kurbel, während Ailie den großen Holzeimer festhielt, damit er nicht gegen die Brunnenwände schlug, und beim Kurbeln fragte sich Annabella, was ihre Eltern wohl getan hätten, wenn sie sie gesehen hätten, wie sie in ihrer weißen Schürze und mit Mehlstaub und Sommersprossen auf der Nase dastand, die Kurbel bediente und wie ein gewöhnliches Hausmädchen aussah, das gerade Wasser vom Brunnen holt.

Annabella lüpfte die Röcke, um zwei Eimer hochzuheben. In diesem Augenblick kam zufällig Ross Mackinnon vorbei. Er saß auf seinem Pferd und sah so knackig und schmackhaft wie ein frischgebackener Brotlaib aus.

Lachend hielt er neben ihr an und sagte: »Laß meinetwegen bloß nicht deine Röcke fallen.«

»Wie seltsam«, sagte Annabella. »Du kommst mir genau wie einer der Männer vor, die eine Frau auffordern, ihre Röcke fallen zu lassen.«

»Laß sie runterrutschen, oder heb sie hoch. Mir ist das gleich –

solange die Dame, die darin steckt, so wohlgeformte Gliedmaßen hat wie du.«

Annabella setzte sich so schnell in Bewegung, daß sie das Wasser fast verschüttet hätte. Nicht ein einziges Mal schaute sie sich um, um nachzusehen, ob ihr Ross oder Ailie folgten. Wie sich herausstellte, folgte ihr Ailie auf den Fersen und betrat gleich nach ihr die Küche. »*Er* ist doch nicht mitgekommen, oder?« fragte Annabella.

»Nein«, sagte Ailie, »als ich ihn das letzte Mal gesehen habe, hat er den Eindruck gemacht, als könnte er vor Lachen jeden Moment vom Pferd fallen.«

»Komm mit«, sagte Bella. »Ich möchte gern endlich die letzten Rüschen an meine Schürze nähen.«

»Geh ruhig«, sagte Ailie. »Mama möchte, daß ich ihr helfe, ein Muster zu sticken.«

Auf dem Weg zur Bibliothek, dem schönsten Zimmer von Seaforth, das Annabella am allerliebsten mochte, weil es keine der typischen Merkmale eines Wohnzimmers aufwies, schnappte sie sich ihr Nähzeug.

In der Bibliothek türmten sich Romane, Theaterstücke und Reisebeschreibungen für müßige Stunden, aber auch Bücher für ernsthafte Studien. Es war ein Raum, in dem man Wochen hätte zubringen können, und hinterher hätte man immer noch nicht alles gesehen. Abgesehen von den üblichen Porträts und Möbelstücken war diese Bibliothek reichlich mit Spielen, Drucken und Schnitten in Portfolios und wissenschaftlichem Spielzeug bestückt – die Schotten waren doch recht erfindungsreich.

Die Sonne ging gerade unter, und sie trat an das Sprossenfenster und zündete eine prächtige arabische Lampe auf einem kleinen runden Tisch an. Neben dem Tisch stand ein herrlicher alter Sessel mit dicken Polstern. Dort saß Bella am liebsten. Mit den Füßen auf einem Schemel breitete sie die Nähsachen auf ihrem Schoß aus und nahm die Arbeit dort wieder auf, wo sie am Vorabend aufgehört hatte. Daran arbeitete sie über eine Stunde, und in der Zeit kam das Zimmermädchen, um das Torffeuer anzuzünden, dessen Wärme sich ausbreitete und sie bald wie eine dicke Decke einhüllte.

Sie fing an, Rüsche an Rüsche zu nähen, und dann ließ sie die Hände auf den Schoß sinken. Der letzte Schein der verblassenden Sonne fiel über die Berge und umspülte ihren Sessel mit seiner goldenen Wärme, und ihre Lider wurden schwer... so schwer... so... unglaublich... schwer. Sie nickte ein.

Es war ein wunderbarer Traum, wenn es auch anfangs nicht so aussah. Sie wurde in einem zugigen Steinturm in einem schwarzen Schloß gefangengehalten. Sie war aus ihrem Haus geholt worden, dem weißen Schloß, und ein böser Prinz, der immer nur Schwarz trug, hatte sie in dem schwarzen Schloß eingesperrt. Sie verzehrte sich nach ihrer verlorenen Liebe, dem roten Prinzen, von dem sie fürchtete, sie würde ihn nie wiedersehen. Doch dann erschien er, kam mit einem Schwert in der Hand durch die Tür gestürmt.

Der rote Prinz wies große Ähnlichkeit mit Ross Mackinnon auf, doch das machte ihn nur um so attraktiver. Er zog sie in seine Arme und küßte sie. Er küßte sie so lange, bis alles anfing, sich zu drehen, sich schneller und immer schneller im Kreis zu drehen; schließlich fürchtete sie, ihr Herz würde stehenbleiben. Sie zuckte zusammen und schlug sich eine Hand auf das Herz in ihrer Brust, das rasend schlug.

Sie öffnete die Augen und wußte einen Moment lang nicht, wo sie war. Als sie in das Licht der Lampe starrte, sah sie dahinter eine Gestalt, verschwommen und im Halbdunkel. Sie blinzelte wieder und rieb sich die Augen. Langsam begann die verschwommene Gestalt im Halbdunkel einen klaren Umriß anzunehmen. Ross Mackinnon saß auf dem Sessel ihr gegenüber. Ein aufgeschlagenes Buch lag auf seinem Schoß. Seine Beine, die in dieser Hose aus Tierhaut steckten, für die er eine solche Schwäche hatte, waren vor ihm ausgestreckt, und seine Stiefelspitzen berührten fast ihre Röcke.

»Der Schlaf der Unschuld«, sagte er und nahm das Buch wieder in die Hand, von dem sie jetzt sah, daß es den Titel *Liebesgedichte* trug. »*Sorgenvertreibender Schlaf, du Linderer aller Kümmernisse/Bruder des Todes*«, las er und schlug dann das Buch zu. »Du hast gelächelt. Du mußt etwas ganz Besonderes geträumt haben. Bin ich darin vorgekommen?«

»Ja«, sagte sie und war jetzt hellwach. »Ich habe von einem Stall geträumt. Du warst das Schwein.«

Er lachte. »Du hast dich sehr verändert, ist dir das eigentlich klar?«

»So? Und in welcher Hinsicht?«

»Du bist jetzt hübscher, gelöster und menschlicher. Übrigens mag ich deine Sommersprossen.«

»Danke. Meine Mutter wird bestimmt in Ohnmacht fallen, wenn sie sie sieht. Sie wird mir einen Monat lang ein Zitronenpflaster nach dem anderen aufkleben. Mütter können nämlich manchmal schreckliche Nervensägen sein.«

»Annabella, ich bin in dich verliebt.«

Annabella blickte auf, und als sie den gespannten Ausdruck auf seinem Gesicht sah, spürte sie, wie ihr Herz heftig zu schlagen begann. In ihrem Innern stieg eine furchtbare Hoffnung auf, und ebenso schmerzlich wurde sie von einer gewaltigen Angst befallen. Sie sehnte sich verzweifelt danach, zu ihm zu gehen, sich zu seinen Füßen hinzuknien, ihren Kopf auf seinen Schoß zu legen und zu spüren, wie seine sanften Hände ihr Haar streichelten. Das Verlangen verstärkte sich und blühte bei jedem ihrer Herzschläge voller auf, bis sie beim besten Willen nicht mehr wissen konnte, ob es der Verzweiflung oder dem körperlichen Sehnen entsprang. »Das kann nicht sein.«

»O doch. Es ist so. Die Frage ist nur, wie wir damit umgehen werden.«

»Jede Diskussion darüber wäre unsinnig. Ich bin so oder so nicht frei, jemanden zu lieben oder zu heiraten.«

Er sprang unvermittelt auf und kehrte ihr mit der kraftvollen Grazie eines Streitrosses den Rücken zu. Er ballte die Hand zur Faust und schlug sie gegen die Wand, und sein Fluch zerschnitt so scharf wie ein zweischneidiges Schwert die Luft. Nach ein paar Minuten drehte er sich wieder zu ihr um und blieb still stehen, allein neben den tanzenden Flammen, und sein Ausdruck war gequält und tief verletzt. Er nahm eine der Schachfiguren von einem Tisch, der vor ihm stand, und betrachtete sie. »Was ist das für ein Gefühl – nichts weiter als ein Bauer auf einem Schachbrett zu sein?«

Sie sprang auf, und ihr Nähzeug fiel auf den Boden. »Du hast nicht das Recht, so mit mir zu reden«, sagte sie. »Du bist nicht so toll, wie du glaubst. Du redest von Bauern. Du solltest dich mit Bauern auskennen, wenn man bedenkt, daß du selbst immer nur ein einziges Feld vorrücken kannst. Ich bezweifle, daß du es je in die achte Reihe schaffen wirst.«

Sie machte auf dem Absatz kehrt und stolzierte mit dem affektiertesten Gehabe, zu dem sie fähig war, aus dem Zimmer. Sie nahm auf der Treppe zwei Stufen auf einmal und knallte ihre Zimmertür zu, sowie sie ihr Zimmer betreten hatte.

Er stellte einen Fuß in die Tür und trat sie dann auf.

Sie wirbelte herum, und ihr Gesicht war bleich vor Schrecken. »Hast du den Verstand verloren? Was hast du hier zu suchen? Das hier ist mein Schlafzimmer, du Tölpel. Du kannst hier nicht einfach reinkommen.«

»Du irrst dich, denn ich *bin* hier, und *hier* bleibe ich auch, bis wir diese Angelegenheit ein für allemal geregelt haben.«

»Bist du übergeschnappt?« Ihr Kopf neigte sich auf eine Seite. *»Was für eine Angelegenheit?«*

»Diese.« Er trat die Tür zu, und Annabella wich zurück. Mit drei Schritten hatte er das Zimmer durchquert und riß sie so ungestüm in seine Arme, daß beim Zusammenprall ihrer Körper zischend alle Luft aus ihrer Lunge wich. Ehe sie den Mund aufmachen konnte, öffnete er seinen und legte ihn auf ihre Lippen. Das war nicht der sachte Kuß, den sie in Erinnerung hatte.

Sein Verlangen nach ihr war zu lange direkt unter der Oberfläche geblieben. Als er jetzt ihren zarten Körper an seinem spürte, reichte das aus, um es überschäumen zu lassen. Er wand seine Finger in ihr Haar, und die Haarnadeln flogen zu Boden, so daß die langen seidigen Strähnen kühl und schwer über seine Arme fielen. Er verbog sie und brachte ihren Kopf in einen Winkel, in dem er an seiner Armbeuge lehnte, und dann küßte er sie mit besitzergreifender Leidenschaft. Wie ein Mann ohne Sehvermögen ließ er seine Hände über sie gleiten, berührte sie, tastete sie ab und wollte sie von Kopf bis Fuß erkunden, und seine schwieligen Fingerspitzen strichen rauh über den raschelnden Taft und die warme weibliche Haut. Er berührte all die Stellen, die er schon seit so langer Zeit hatte berühren wollen, und er erkundete ihre Geheimnisse, die er bislang nur aus seinen Träumen kannte. Sie war sein. Jeder gottverdammte Zentimeter dieser Frau gehörte ihm. Jeder Knochen. Jeder Atemzug. Jede der Sommersprossen, die ihre Nase zierten.

Und ihr Mund. Lieber Gott, dieser Mund. Es konnte einen Mann um den Verstand bringen, eine Frau wie sie zu küssen.

Annabella schaute in das gutgeschnittene Gesicht auf, das ihr so lieb geworden war, und sofort ging ihr auf, wie traurig das alles war. Er hatte ein Gesicht, an dem sie sich nie hätte satt sehen können. Er hatte gesagt, daß er sie liebte, und sie wünschte sich von ganzem Herzen, es wäre so. Es gab noch soviel über ihn zu erfahren, und es gab soviel an ihm zu lieben. Er sah unverschämt gut aus und hatte das feste Kinn eines Mannes, der einem Respekt abverlangte, doch wenn er lächelte, zeigte sich all der knabenhafte Charme, den er besaß. Sein Lächeln war von der Art, die die Frauen in London umwerfend nannten.

Umwerfend und verheerend.

Doch ihr gefiel das an einem Mann. Er verkörperte all das, was ein Mann sein sollte, alles, worum sie je gebeten hatte. Er verkörperte all das, was sie niemals haben konnte.

Er mußte gespürt haben, daß sie ihn im nächsten Augenblick von sich gestoßen hätte, denn sein Mund senkte sich hart auf ihre Lippen und ließ jedes Wort verstummen, das sie vielleicht hätte sagen können. Die Leidenschaft und das Verlangen machten sie benommen, und doch wußte sie, daß es so nicht weitergehen durfte, weil es eben einfach nicht ging. Wenn sie es zugelassen hätte, dann hätte das nur dazu geführt, daß sie sich noch unglücklicher machte und sich noch elender fühlte als ohnehin schon. Das hatte sie nicht verdient. Das hatte er nicht verdient. Es war das Schwierigste, was sie je getan hatte, genau das von sich zu stoßen, was sie sich mehr als alles andere auf Erden wünschte. Sie mußte jeden Funken ihres neuerworbenen Temperaments zusammenkratzen, um sich von ihm loszureißen, und dann wischte sie sich mit der Hand den Mund ab. »Raus«, sagte sie keuchend.

»Sind dir meine Küsse so unangenehm – daß du dir meinen Geschmack von den Lippen wischen mußt?«

Annabella sah zu ihrer Verblüffung die weißglühende Flamme der Verletztheit und der Wut in den blauen Tiefen seiner Augen. Er war ihr immer grenzenlos beherrscht vorgekommen, so unangreifbar und voller Selbstsicherheit, jederzeit in der Lage, sich rasch wieder zu fangen, und daher hätte sie im Traum nicht geglaubt, Worte, die sie ihm in ihrer Verzweiflung an den Kopf warf, könnten ihn so tief treffen.

»Was ist los? Kannst du nichts sagen? Macht es dich sprachlos, wenn ein Mann sein Innerstes nach außen kehrt und mit Liebeserklärungen sein Herz ausschüttet?« fragte er mit einer höhnischen, haßerfüllten Stimme. »Gibt es dir ein Gefühl von Macht, wenn du weißt, daß ein Mann sich nach dir verzehrt, bis er innerlich so verknotet ist, daß er nicht mehr klar denken kann?« Er packte sie und grub seine Finger in ihre Arme. »Sag es mir«, sagte er und schüttelte sie.

Sie brachte kein Wort heraus. Sie versuchte es, doch die Worte waren mit zuviel Kummer beladen, bleischwer vor Pein. Sie schlang ihm die Arme um den Hals und zog sich auf die Zehenspitzen, um ihn kurz und zart auf den Mund zu küssen.

Er zuckte zurück, als sei auf ihn geschossen worden. Vor ihren Augen verhärteten sich seine geliebten Gesichtszüge zu einer gemarterten Maske.

»Zum Teufel mit dir«, sagte er. »Verdammt und zum Teufel!« Er packte sie an den Armen, um ihre Hände von seinem Hals zu ziehen und sie von sich zu stoßen.

»Nein!« rief sie und klammerte sich fester an ihn. »Ross, halt mich fest. Bitte... bitte, halt mich fest, und laß mich nie mehr los.« Seine Hände taten ihr weh, als er darum rang, sie von sich zu stoßen. Dennoch klammerte sie sich weiterhin an ihn, und die Tränen der Verzweiflung rannen ungehindert über ihr Gesicht. Sie schlang die Hände in sein Haar und zog seinen Kopf zu sich herunter. Sie küßte ihn, unsicher und unerfahren, aber voller Zärtlichkeit und Verständnis. In dem Moment, in dem ihre Zunge seine Lippen berührte, erstarrte er. Durch sämtliche Kleidungsschichten, die sie und ihn voneinander trennten, konnte sie spüren, wie sich jeder einzelne Muskel in seinem ganzen Körper anspannte. Mit einem Stöhnen schlang er die Arme fest um sie und zog sie so kraftvoll an sich, daß er sie fast erdrückte. Sein Mund schloß sich über ihrem, und seine Zunge tauchte kühn und fragend in ihren Mund ein, traf auf ihre Zunge, fragte, suchte.

Sie antwortete ihm mit einem leisen Stöhnen, als sie befolgte, was ihr die eigene Leidenschaft und das eigene Verlangen diktierten. *Darum* also ging es bei einem Kuß. *Das* war es, wovon sie geahnt hatte, daß es so etwas geben mußte, irgendwie, irgendwann, irgendwo. Er küßte sie, und sie erwiderte seinen Kuß. Sein

Körper begehrte ihren. Ihr Körper war bereit für ihn. Er lechzte danach, sie die wenigen Schritte zu ihrem Bett zu tragen und sie zu lieben, bis die Hölle einfror.

Unter gewaltigen Anstrengungen löste er sich von ihr. Nicht nur sein Herz pochte. Er wollte sie.

Aber er konnte sie nicht nehmen. Nicht jetzt. Nicht hier. Nicht so. Er nahm ihr süßes Gesicht in seine Hände und wischte mit den Daumen die letzten Spuren ihrer Tränen fort. »Wie kann jemand so schön sein, so aufreizend, daß ein Mann sich in den eigenen Arm beißen will?« Er küßte zart ihre Lippen, schlang seine Arme zärtlich um sie und wiegte sie sanft. »Laß mich dich nur noch eine Minute lang festhalten«, flüsterte er. »Ich muß dich an mir spüren, ehe ich dich loslasse.«

Plötzlich wurde an die Tür geklopft, und Ailie rief: »Bella? Bist du in deinem Zimmer?«

In ihrer Panik schaute Annabella Ross an und wußte nicht, was sie tun sollte. Er war in ihrem Zimmer, und hier hatte er nichts zu suchen. Mit zitternder Stimme sagte sie: »Ja, ich bin hier.«

»Dann mach doch die Tür auf, du Schwachkopf!«

Annabella holte tief Atem, um Mut zu fassen, ehe sie durch das Zimmer lief und die Tür öffnete. Sie war so sehr auf einen vorwurfsvollen Wortschwall gefaßt, daß sie sagte: »Ehe du voreilige Schlußfolgerungen ziehst – ich kann dir alles erklären.«

Ailie blieb abrupt stehen und starrte sie an. »Wovon redest du? Mir was erklären?« Sie bog den Kopf zur Seite und sagte: »Bella, willst du mit Mutter reden?«

»Nein. Dafür ist es etwas zu spät«, sagte Annabella und drehte sich um. Sprachlos und verblüfft zugleich stellte sie fest, daß Ross nicht im Zimmer war. Sie hätte am liebsten einen Freudenschrei ausgestoßen. Er mußte durch das Fenster verschwunden sein, und er hatte, möge Gott dieser guten Seele ewig gnädig sein, sogar das Fenster wieder hinter sich zugezogen.

Mit einem grimmigen Blick sprudelte Ailie heraus: »Hast du dir von Ross deine Jungfräulichkeit rauben lassen?«

»Nein«, sagte Annabella, »es ist noch viel schlimmer.«

»Noch schlimmer?« krächzte Ailie. »Mir hat nie jemand gesagt, daß es noch etwas Schlimmeres gibt.« Sie packte Annabella am Arm, zerrte sie zum Bett und gab ihr einen Schubs, damit sie sich hinsetzte. Dann zog Ailie einen zierlichen kleinen Stuhl ans Bett, ließ sich hastig darauf niedersinken und nahm Annabellas Hände in ihre. »Also gut«, sagte sie im vollen Ernst. »Und jetzt erzähl Ailie alles.«

Sie sagte das mit einer derartigen Ernsthaftigkeit – in einem Ton, der so ganz und gar untypisch für Ailie war, daß Annabella sich nicht zusammenreißen konnte. Es fing mit einem unbeherrschten Kichern an, und dann stieß sie einen schrillen Schrei aus, ließ sich mit dem Rücken auf das Bett fallen und lachte unbändig, ohne wieder aufhören zu können.

18. Kapitel

In jener Nacht bekam Annabella nicht gerade allzuviel Schlaf.

Noch lange, nachdem der Haushalt sich für die Nacht zurückgezogen hatte, hielten Gedanken an Ross sie wach. Das rötlichgraue Licht des frühen Morgens zog bereits seine Streifen über den Himmel, als sie endlich eindöste. Sie hatte anscheinend nur wenige Minuten geschlafen, als sie grob geweckt wurde. Jemand schüttelte sie nahezu brutal an den Schultern. »Bella? Na so was! Du schläfst ja wie eine Tote.«

»Ich bin so gut wie tot«, sagte Annabella und zog sich die Decke über den Kopf. »Geh weg, und laß mich schlafen.«

»Schlafen? Es ist halb elf, und wir haben etwas Wichtiges zu erledigen.«

Bella öffnete ein Auge. »Was denn? Wenn wir den Trog für die Schweine säubern oder den Küchenfußboden putzen sollen, möchte ich nichts damit zu tun haben.«

»Pedair MacBrieve hat uns vor einer halben Stunde verständigt. Er braucht augenblicklich unsere Hilfe.«

Bella öffnete das andere Auge. »Ich habe noch nie von jemandem gehört, der so heißt.«

»Doch, ich habe dir doch gerade seinen Namen genannt.«

Bella wollte ihr gerade schon sagen, sie hätte bis vor einer Minute noch nie etwas von Pedair MacBrieve gehört, aber Ailie wirkte so geladen, als hätte sie es gegen Königin Victoria und die königliche Marine aufgenommen, und daher überlegte sie es sich anders. »Wer ist Pedair MacBrieve?« fragte sie schließlich.

»Ein Kleinbauer, der in der Nähe wohnt. Er hat uns benachrichtigt, weil er einen Bienenschwarm vor der Haustür hat.«

»Und er hat *uns* zu sich bestellt?«

»Ja, sicher. Du weißt doch, daß Mama und ich Bienen züchten. Man holt uns oft, immer, wenn jemand einen Bienenschwarm findet.«

»Ach, wie reizend. Man holt uns aus dem Bett, damit wir gegen einen wildwütigen Bienenschwarm antreten. Ich kann dir gar nicht sagen, wie sehr mich das erleichtert. Ich habe schon fast gefürchtet, man hätte uns gerufen, damit wir bei Flut die Wimpern von Garnelen sammeln.« Annabella setzte sich im Bett auf und fragte: »Was kann man schon mit einem Bienenschwarm anfangen? Außer sich zu Tode stechen lassen. Sie töten?«

»Einen ganzen Bienenschwarm? Natürlich nicht. Dazu sind sie viel zu wertvoll. Und jetzt raus mit dir.« Ailie zog Bella an einem Arm aus dem Bett und begann, Kleider aus dem Kleiderschrank zu zerren. »Wir werden sie nach Hause mitnehmen.«

Bella sprang mit einem Satz ins Bett und zog sich die Decke über den Kopf. »Geh du ruhig«, sagte sie gedämpft durch die Bettdecke. »Ich fühle mich nicht allzu gut.«

Ailie lachte. »Ich wußte gar nicht, daß ich einen Feigling zur Cousine habe, aber was kann man von einer Engländerin schon anderes erwarten?«

Bella hob ruckartig den Kopf. »Wir Engländer sind keine Feiglinge. Wir sind vernünftig. Das ist etwas ganz anderes, verstehst du?«

»Meinetwegen«, sagte Ailie. »Dann sei vernünftig. Steh auf. Wir müssen uns beeilen.«

Eine Stunde später trafen die beiden Mädchen in langen Mänteln, Handschuhen, Hüten und Schleiern ein, und ein tosender Bienenschwarm vom Umfang eines Käserads tummelte sich, ganz wie er gesagt hatte, über seiner Tür.

Annabella graute vor den Bienen.

Ailie dagegen nicht. »Hier«, sagte sie und hob die Holzkiste hoch, die sie von zu Hause mitgebracht hatte. »Hier stecken wir sie rein.«

Das war leichter gesagt als getan. »Und wie sollen wir das anstellen? Sollen wir den Bienen etwa sagen, daß sie in die Kiste springen sollen, und dann klappen wir den Deckel zu?«

»*Du, die so wenig Glauben besitzt.* Du hältst den Deckel«, sagte Ailie und reichte Bella die Kiste. »Ich fange die Bienen ein.«

Das war das bislang Vernünftigste, was sie heute gehört hatte. Bella hielt den Deckel fest, als Ailie einen toten Zweig aufhob und ihn zu dem Bienenschwarm trug. »Komm, stell dich neben mich, und reich mir sofort den Deckel, wenn ich es dir sage.«

Annabella schlich langsam voran. »Wenn ich gestochen werde... auch nur ein einziger winziger Stich...«

»Du wirst nicht gestochen.« Ailie hielt die Kiste unter den Bienenschwarm, nahm den Ast und trieb den Schwarm auseinander. Die Bienen fielen in die Kiste. Sie riß den Ast zurück. »Gib mir den Deckel.« Bella tat es nur zu gern und wich zurück. Ailie klappte den Deckel zu und sagte: »So, geschafft. Was für ein schöner Bienenschwarm! Danke, Mr. MacBrieve.«

Dann wandte sie sich an Annabella und sagte. »Und? Was ist? Was hast du jetzt noch zu deiner Verteidigung vorzubringen?«

»*Ancora imparo*«, erwiderte Annabella achselzuckend. »Ich lerne noch dazu«, fügte sie hinzu, als sie sah, daß ausländische Redewendungen nicht zu Ailies Repertoire zu gehören schienen. »Das hat Michelangelo gesagt.«

Auf dem Heimweg fragte Bella: »Wie hast du das geschafft, ohne gestochen zu werden?«

»Ausschwärmende Bienen sind fast immer harmlos«, antwortete Ailie. »Die meiste Zeit haben sie sich mit Honig derart vollgesogen, daß sie nur noch umherschwärmen können.«

Als sie wieder in Seaforth angelangt waren, begaben sie sich direkt zu den Bienenstöcken. Annabella, die minütlich mehr Mut schöpfte, erbot sich sogar freiwillig, den Schwarm in den Weidenkorb zu verfrachten. Sie tat es, wurde nicht ein einziges Mal gestochen und war außerordentlich zufrieden mit sich selbst, sowie sie eine Plane über den Weidenkorb gelegt hatten, ehe sie eine irdene Schale auf das Ganze stellten.

Eine der ausschwärmenden Bienen mußte irgendwann die falsche Richtung eingeschlagen haben, denn als Annabella anfing, ihre Handschuhe auszuziehen, spürte sie einen beißenden Stich im Handgelenk. Mit einem Aufschrei riß sie sich den Handschuh herunter und vertrieb sofort die Biene.

»Das nutzt jetzt nichts mehr«, sagte Allan, der sich über die Mauer schwang und sich den Mädchen anschloß. »Der Stachel steckt schon in deiner Haut«, sagte er und nahm Annabellas Hand. »Laß mich mal sehen, ob ich ihn rausziehen kann.«

Als er ihn herausgezogen hatte, hatte sich auf Annabellas Hand schon eine gerötete Schwellung gebildet, die wie Feuer brannte. »Geh gleich in die Küche und sag der Köchin, daß sie etwas draufschmiert«, sagte er.

Die Mädchen wollten sich schon auf den Weg machen, als Allan Ailie am Kragen packte. »*Du*«, sagte er, »kommst mit mir.«

»Weshalb?« fragte Ailie. »Was habe ich denn getan?«

»Mrs. McGinnis hat drei kranke Kinder, und ihr Mann liegt mit einer Rückenverletzung im Bett. Mama schickt Essen und Milch hin. Sie möchte, daß du mit mir kommst, damit wir nachsehen, ob wir den Arzt holen müssen.«

»Aber Annabella...«

»...wird an einem Bienenstich nicht sterben«, beendete er den Satz für sie. »Komm schon, du Wirbelwind. Ich habe den Wagen auf der Straße stehen gelassen, gleich drüben auf der anderen Seite der Mauer.«

Sie machten sich auf den Weg, doch dann blieb Allan noch einmal stehen. »Geh schon zum Wagen, Ailie. Ich muß Bella noch etwas fragen.« Als Ailie den Mund aufmachen wollte, sagte er: »Geh schon. Du kannst mich später danach fragen.«

Sobald sie sich abgewandt hatte, gesellte sich Allan zu Annabella. »Kennst du einen Mann namens Fionn Alpin?« fragte er.

Annabella dachte nach. »Nein, ganz bestimmt nicht.«

»Kannst du dich erinnern, diesen Namen je gehört zu haben?«

»Er ist mir nicht vertraut, und es ist kein allzu üblicher Name, wenigstens nicht für mich. Ich bin ganz sicher, daß ich mich erinnern würde, wenn ich den Namen schon einmal gehört hätte.«

Allan nickte und wollte sich abwenden.

»Warum fragst du? Wer ist Fionn Alpin?«

»Ich bin nicht sicher. Er hat mich heute auf der Straße angehalten, als ich auf dem Grauschimmel ausgeritten bin. Er wollte wissen, ob ich von Seaforth komme. Aus irgendwelchen Gründen habe ich *nein* gesagt. Er hat angefangen, mir eine Menge Fragen zu stellen.«

»Was für Fragen?«

»In erster Linie über dich und Mackinnon.«

»Hast du Onkel etwas davon gesagt?«

»Nein, aber ich habe die Absicht.«

Sie zuckte die Achseln. »Wahrscheinlich ist das jemand, den

mein Vater engagiert hat, damit er mich im Auge behält«, sagte sie. »Er will ganz sichergehen, daß ich nicht davonfliege.«

Annabella schaute ihm nach, als er ging, und sie sah, daß Ailie nicht zum Wagen gegangen war, sondern auf dem Weg auf ihn wartete. Allan holte sie ein, und dann rannten die beiden um die Wette zur Mauer. Ailie lachte, als sie als erste dort ankam. In ihrer Hast, über die Mauer zu klettern, zerriß sich Ailie die Röcke und ließ sich dann anscheinend unbeschadet auf der anderen Seite der Mauer fallen. Das Pony wieherte, und der Wagen fuhr los. Das Quietschen von großen Holzrädern bildete seltsamerweise ein harmonisches Ganzes mit den plaudernden Stimmen von Allan und Ailie. Annabella wandte sich ab und schlug den Weg nach Seaforth ein. Sie lief ein paar Meter weit und blieb dann stehen und wandte sich wieder der Mauer zu. Sie war noch nie über eine Mauer geklettert, aber bei Ailie hatte es kinderleicht ausgesehen – und so verwegen.

Bella kam schnell dahinter, daß es nicht so einfach war, über Mauern zu klettern, wie sie vermutet hatte. Sie hob ihre Röcke hoch, wie sie es bei Ailie gesehen hatte, und dann musterte sie die Steinmauer, die fast so hoch war wie sie. Die Steine waren schwärzlich grau und kantig und mit Flechten bewachsen, und in den Ritzen wuchs Farn. Trockenes Laub knirschte unter ihren Füßen, die in Stiefeln steckten, als sie auf die Mauer zuging. Sowie sie dort stand, stemmte sie ihren Fuß gegen einen der Steine, hielt sich mit den Händen oben an der Mauer fest und zog sich hoch. Das war gar nicht so leicht, wie es schien, aber sie fand eine Stelle, an der sie ihren anderen Fuß abstützen konnte, und dann zog sie sich langsam nach oben und zerschrammte sich dabei den Ellbogen.

Von einer Mauer aus, stellte sie verblüfft fest, konnte man von einem vorteilhaften höhergelegenen Punkt aus die Welt betrachten. Das Steinmäuerchen schlängelte sich anscheinend recht unsystematisch dahin, doch es schien die Grenze zwischen der leicht welligen Heide und der zerklüfteten, felsigen Moorlandschaft zu markieren. Die düsteren grauen Felsvorsprünge, die zutage traten, wirkten rauh und kalt – und sie waren von einer so wildromantischen Schönheit, daß es schon wieder aufregend war. Von diesem Aussichtspunkt aus konnte sie den schilfbewachsenen kleinen See sehen, das melancholische Hochmoor und die Bergheide, dieses Ödland, das von einer nahezu schroffen Monotonie zeugte, und den einen schmalen gewundenen Pfad, aus dem der Wagen, mit dem Ailie und Allan fortfuhren, jetzt nur noch ein unwesentlicher Tupfer auf dem Angesicht der Geschichte war.

Ein brauner Hase schaute sie aus der Heide an; über ihr kreiste ein einsamer Adler vor dem eisblauen Hintergrund des Hochlandhimmels. Sie schaute sich die rauhe Wirklichkeit der Welt um sich herum an, und inzwischen war ihr klar, wieviel einem diese Umgebung abverlangte, und sie verstand den Grund für die legendäre Unverwüstlichkeit der Schotten.

Sie führten ein heikles Dasein in einem Land, das von zerfallenen Ruinen und einer verblichenen, ruhmreichen Vergangenheit bestimmt wurde. Schottland mit seiner dünnen Schicht Erdreich auf den Felsen und seinen unzugänglichen Bergen war ein Land der wilden Bergschluchten und der teefarbenen Flüsse, ein Land, das in seiner Stärke durch das Vergehen der Zeit nicht zu erschüttern war. Sie kannte das Federn der Torfheide unter ihren Füßen, das Bleigrau des tosenden Meeres. All das war Realität und Phantasiegebilde zugleich. Hier war der Ort, an dem die Fußabdrücke der Geschichte das Ende ihres Wegs erreichten.

Seltsam, wie der Verstand arbeitet, dachte sie. Hier saß sie jetzt auf einer Mauer in der schottischen Wildnis, und während es ihr Sorgen bereiten sollte, wie sie wieder herunterkam, ohne sich den dummen Hals zu brechen, fing sie an, über Schottland nachzudenken – sie reagierte darauf wie das Klagelied des traurig stimmenden Dudelsacks. Und hier auf dieser Mauer ging ihr plötzlich auf, warum dieses zähe und komplexe Land sie derart bezauberte. Schottland war nicht nur trotzig, sondern auch mitfühlend, gehorsam und verwegen zugleich – etwas, was sie selbst gern gewesen wäre. Aber das größte Geschenk, daß ihr Schottland gemacht hatte, war, daß es sie teilhaben ließ am Land und an der Landschaft, an den Menschen und an ihrem Stolz.

Außerdem hatte es ihr eine großzügige Menge gesunden Menschenverstand gegeben, und dieser gesunde Menschenverstand sagte ihr, daß sie von dieser Mauer nicht herunterkommen konnte. Von dort aus, wo sie saß, sah es aus, als sei es weit zum Boden. Sie schaute sich über die Schulter und sah in die Richtung, aus der sie gekommen war. Auch dort schien der Boden nicht näher zu sein.

Sie dachte gerade darüber nach, wie sie nach unten gelangen konnte, als das Kläffen des Hirtenhunds Bennie an ihre Ohren drang und sie gerade noch rechtzeitig aufblickte, um zu sehen, wie er durch das Gestrüpp auf der anderen Seite des Weges raste. Bennie rannte auf die Mauer zu und bellte zweimal, ehe er kehrtmachte und wieder in das Gestrüpp sauste, aus dem er eben erst gekommen war. Bella fragte sich, was mit Bennie los war, als das Unterholz raschelte und sich dann teilte und der Grund seines überglücklichen Verhaltens heraustrat. Ross Mackinnon schien es genauso sehr zu überraschen, sie zu sehen, wie sie über seinen Anblick staunte.

Sie sah sofort, daß er auf der Jagd gewesen war, denn er hatte sein Gewehr dabei, und über die Schulter hatte er sich einen der Säcke geworfen, in die man hier Moorhühner packte. Er trug seine Lieblingskleidung, die ihm immer eine Ausstrahlung lässiger Respektlosigkeit verlieh. Wie üblich trug er keinen Hut, und sein Haar war vom Wind zerzaust und fiel ihm über die Augen. Weder seine unordentliche Erscheinung noch die schroffe Landschaft konnten von dem Eindruck ablenken, den er auf sie machte. Es schien, als schaue sie einem Vollblut zu, das bei einem

Hindernislauf über eine Hürde springt – denn wenn sie ihn ansah, schlug ihr Herz immer im Hals.

Er mußte sie in dem Moment gesehen haben, in dem er auf den Weg trat, denn er blieb sofort stehen und schaute sie mit berechnender Lässigkeit an. Schließlich war er kein Dummkopf, und selbst der größte Dummkopf hätte gesehen, daß er sich alle Zeit auf Erden lassen und sich an ihr satt sehen konnte, denn es lag offenkundig auf der Hand, daß sie so schnell nicht fortlaufen würde. Und viel zu sehen gab es auch. Sittenstrenge Mitbürger hätten ihre Erscheinung als skandalös bezeichnet; wenn Humor mit ins Spiel kam, bot sie einen amüsanten Anblick. Sie zappelte bei dem Versuch, ihre Röcke so weit unter sich herauszuziehen, daß sie wenigstens ihren Schlüpfer und ihre Petticoats bedecken konnte, doch ihr Strampeln diente nur dazu, ihre Gliedmaßen, die ohnehin schon reichlich entblößt waren, noch etwas mehr zu entkleiden.

»Du könntest ruhig aufhören, mich so ungehörig anzugaffen. Willst du mir nicht vielleicht lieber runterhelfen?«

»Das wäre schon möglich«, sagte er, »und vielleicht täte ich es auch, aber vorher möchte ich ein paar Antworten haben. Was hast du da oben zu suchen?«

»Ich schaue mir die Landschaft an.«

Seine Lippen verzogen sich entweder zu einem hämischen Grinsen oder zu einem Lächeln. Aus dieser Entfernung hätte sie nicht sagen können, was von beidem es war. Im nächsten Moment kam er über die Straße und blieb vor ihr stehen. Es war ein Lächeln, entschied sie. Sie schaute auf seinen Schopf herab, als er sie fragte: »Bist du allein?«

»Ja, wenn man von dir und Bennie absieht.«

»Wo ist dein Schatten?«

»Du meinst Ailie?«

Er nickte.

»Sie mußte fortfahren... mit Allan.«

»Willst du damit sagen, daß sie dich dort oben sitzengelassen haben?«

»Ja... ich meine, nein. Ich bin erst hochgeklettert, nachdem...« Sie zog wieder am Saum ihres Kleides. »Würdest du jetzt vielleicht aufhören, mich derart anzustarren?«

»Wie denn?«

»Als dächtest du, ich sei ein Teigklumpen, und du spielst gerade damit, ihn mit beiden Händen zu kneten.«

Er lachte. »Ich weiß nicht, warum, aber der gesunde Menschenverstand sagt mir, daß ich keinen Finger rühren sollte.«

»Ich denke, wenn du auch nur einen Funken gesunden Menschenverstand besitzt, kann er dir nur sagen, daß man einer Dame in Nöten helfen sollte.«

»Bist du in Nöten?«

»Nicht direkt... zumindest noch nicht, aber ich könnte es bald sein, und meine Lage ist, wie du selbst siehst, prekär.«

»Wie bist du da raufgekommen?«

»Ich bin raufgestiegen.«

»Dann steig runter.«

»Ich könnte stürzen.«

»Das bezweifle ich, aber falls es dazu kommen sollte, werde ich deinen Sturz abfangen.« Er sah ihren Gesichtsausdruck und lachte. »Wenn es erst vorbei ist, wirst du froh sein, daß du es allein geschafft hast. Mach schon. Versuch es.«

»Wie denn?«

»Man kann einer Legehenne das Gackern nicht beibringen«, sagte er. »Manche Dinge muß man selbst lernen. Mach schon, du wirst es schaffen.«

Sie hatte keineswegs seine überschwengliche Zuversicht, aber sie kannte ihn gut genug, um zu wissen, daß er sich jederzeit den ganzen Tag dort hingestellt und sie hämisch angeschaut hätte, wenn sie nicht versuchte, ohne seine Hilfe von der Mauer zu springen. Was blieb ihr also anderes übrig? Die Kälte der Steine drang durch ihre Petticoats, und es war ohnehin nicht besonders bequem, auf einer Mauer zu sitzen. Außerdem machte es nicht annähernd soviel Spaß, wie sie es sich vorgestellt hatte.

Ihr erster Versuch mißglückte, und ihre Füße baumelten noch über dem Boden und strampelten, als sie nach einem sicheren Halt suchte. Mit einem entrüsteten Aufschrei zog sie sich an den Armen wieder hoch und blieb liegen wie ein Toter, den man auf ein Pferd geworfen hat.

»Spuck auf deinen Feuerstein und probier es noch einmal«, lautete Ross' weiser Rat.

»Was soll ich tun?«

»Noch mal von vorn anfangen.«

»Warum hast du nicht gleich Englisch mit mir geredet?«

»Ich dachte, das hätte ich getan.«

»Ich meine, ein Englisch, das *ich* verstehe.«

Inzwischen war sie reichlich aufgebracht, doch es gelang ihr, die Zunge im Zaum zu halten. Sie arbeitete sich langsam nach unten vor und wußte währenddessen, daß sie dabei unvorstellbar ungraziös und undamenhaft wirken mußte und daß sie ihm einen ungehinderten Ausblick auf ihre Kehrseite bot.

Sowie ihre Füße den Boden berührten, wandte sie sich ab und lief auf dem schmalen Pfad nach Seaforth zurück. Er lief im Gleichschritt neben ihr her. Sie tat ihr Bestes, um ihn zu ignorieren, aber das nutzte nicht allzuviel. Nachdem sie sich eine Haarsträhne, die ihr ins Gesicht gefallen war, zurückgestrichen hatte, verblüffte er sie damit, daß er ihre Hand nahm. Sie blieb unvermittelt stehen, und ihr Herz pochte heftig, als sie ihm ins Gesicht sah. Seine langen Finger streichelten ihre Hand, und sein Daumen rieb die rote Schwellung auf ihrem Handgelenk. »Was ist das?« fragte er.

»Ein Bienenstich.«

»Und das hier?« fragte er und fuhr über den langen roten Kratzer auf ihrem Arm.

»Da habe ich mich zerschrammt, als ich auf die Mauer geklettert bin.«

»Als du noch ein kleines Mädchen warst, hat deine Mutter damals die Stellen geküßt, an denen es dir weh getan hat, damit der Schmerz vergeht?«

»Nein. Warum hätte sie das auch tun sollen? Ein Kuß läßt Schmerz nicht vergehen.«

Manche Menschen, erkannte sie plötzlich, *fallen arglos in Löcher. Andere steigen mit beiden Füßen rein.*

Er lachte. »Da irrst du dich aber gewaltig. Es wird sofort besser. Viel besser. Laß es dir zeigen.« Er führte sie vom Weg ab hinter die dichten Hecken und die niedrigen Bäume, bis sie eine Stelle erreicht hatten, auf der die spätsommerlichen Gräser einen weichen Teppich bildeten, und dort zog er sie neben sich auf den Boden. Als sie saßen, nahm er ihre Hände in seine, drehte die Handflächen nach oben und küßte sie zart.

Diese Küsse waren noch verheerender als die herkömmlichen. Ihr ganzer Körper reagierte mit einem Zittern darauf, als fächerten ihm die Flügel von hundert Schmetterlingen Luft zu. Sie fühlte sich so gefestigt wie geschmolzene Butter. Er streichelte ihre Hände noch eine Weile, ehe er sie hochzog und sie um seinen Nacken legte und sie währenddessen mit seinem Körpergewicht nach hinten preßte. Sie lag betroffen und regungslos unter ihm und war in den prickelnden Geruch der Gräser gehüllt, und ihr Herz klopfte rasend vor Erwartung.

Er schaute auf ihr hübsches Gesicht herunter. Sogar ihr Haar wirkte friedlich, als es sachte gewellt über ihre Schultern und Brüste fiel. Ihre weit aufgerissenen Augen und die leicht geöffneten Lippen brachten ihn um den Verstand. Er verzehrte sich danach, sie wieder zu kosten, sie zu küssen und zu küssen, bis sie ihn so rasend begehrte wie er sie.

Er senkte den Kopf und tat genau das. Er küßte und küßte sie, bis er die Hand hob, um die Formen ihrer Brüste zu erkunden. In ihrem Gesicht herrschte die Leidenschaft vor, doch selbst jetzt noch sah er in ihren Augen einen winzigen Schimmer von Traurigkeit.

Er wollte sie küssen und mit seiner Liebe die Traurigkeit aus ihrem Leben vertreiben, aber er wußte, daß er das nicht konnte, wußte, daß es Dinge in ihrem Leben gab, für die nur sie eine Lösung finden konnte, wußte, daß er nicht mehr tun konnte, als ihr seine Liebe zu ihr zu beteuern. Würde das genügen? Er hoffte bei Gott, daß es ausreichte. Das war alles, was er ihr zu bieten hatte.

Seine Hände tasteten sich unter ihr Kleid vor und entblößten ihre schönen Brüste. Er senkte den Kopf und streichelte sie mit seiner Zunge. Sie schloß die Augen und wiegte seinen Kopf. Ross stöhnte wortlos und küßte sie mit einer unbändigen, plötzlich entflammten Gier, und er spürte, daß ihre Reaktion auf seine Leidenschaft so heftig wie seine eigenen Gefühle waren. Ohne den Kuß abreißen zu lassen, streichelte er sie und berührte ihre Brüste, neckte mit seinen Daumen ihre Brustspitzen und nahm ihre sofortige Reaktion wahr. Seinen Händen ließ er seinen Mund folgen und küßte sie überall. Sie keuchte vor Lust und wand sich unter ihm, weil sie ihm noch näher sein wollte.

»So zart, so zart... zartere Haut als deine gibt es nicht. Ich möchte mich darin einhüllen und nie mehr rauskommen. Nimm mich. Hülle mich in dir ein. Ich liebe dich. Ich werde dich immer lieben«, sagte er und versank langsam in eine Welt der Blindheit, in der sein Verstand nur noch halbwegs funktionierte. Da er sich rasend danach verzehrte, seinen Körper mit ihrem zu vereinen, mißachtete er die Warnsignale, die dumpf in seinem Kopf ertönten. Seine Hand glitt über ihre Beine, fand den Rocksaum und hob ihn hoch, legte sich instinktiv auf ihren Schenkel und strich über ihren flachen Bauch. Er ließ seine Hand zwischen ihre Beine gleiten, und sie öffnete sich ihm, warm und süß und schmelzend. Seine Küsse waren jetzt dringlicher.

»Ich verzehre mich nach dir«, sagte er. »Du wirst dem Einhalt gebieten müssen, weil ich es nicht kann. Jetzt nicht mehr. Es ist schon zu spät.«

Eine seltsame Erregung durchflutete sie, ein Gefühl von Verwegenheit und Lust, das ihr ebenso wild wie frei erschien. Er war da, jetzt, in diesem Augenblick, und er war ganz für sie da. Sie konnte ihn küssen, ihn berühren. Nichts konnte sie daran hindern.

Sie liebte ihn, soviel wußte sie. Seine Liebe war etwas, was sie niemals haben konnte, aber diesen Moment konnte sie haben. Sie konnte sich diesen Augenblick nehmen, um sich in den späteren Zeiten daran zu erinnern, wenn er für sie verloren war. Irgendwo in ihrem Hinterkopf akzeptierte sie ihre Rolle in diesem Sündenfall. Sie konnte ihm nichts vorwerfen. Die Schuld lag so sehr bei ihr wie bei ihm. Außerdem änderte all das jetzt nichts mehr, denn jetzt war es, wie er gesagt hatte, schon zu spät, um noch aufzuhören. »Bitte, Ross«, sagte sie daher lediglich. »Bitte.«

Sie konnte spüren, wie sich sein langer, harter Körperteil heiß gegen ihren Bauch preßte. Wie immer waren seine Bewegungen frei von jeder Hast und drückten nur langsam und sicher aus, daß er wußte, was er vorhatte. Er kannte ihren Körper besser als sie, wußte, wo er sie berühren mußte, damit sie sich wie Farnkraut öffnete, wo er sie streicheln mußte, damit sie sich in flüssige Glut auflöste. Schon allein seine Bedächtigkeit, die Ausdauer, die Hingabe ließen ihr Blut tosen und brachten sie zur Raserei. Sein Finger war jetzt in ihr, kreiste, lockerte, dehnte sie, damit sie ihn aufnehmen konnte. Lieber Gott, fand seine Geduld denn kein Ende, kannte sie keine Grenzen? Sie wurde von einer Schwere befallen und spürte, wie ihr Körper sich anspannte. Im nächsten Moment war er zwischen ihren Beinen und küßte die wilde Süße ihres Mundes, während sie ihm die Hüften entgegenbog. Er spürte, wie er langsam in sie glitt und sich dann sachte und allmählich tiefer wagte. »O Gott!« sagte er. »Das also ist der Himmel.«

Sie reagierte, indem sie scharf Luft holte. Der Schmerz, den sie erwartet hatte, war nicht schlimmer als der Bienenstich, und der anschließende Genuß entschädigte sie reichlich. Sie schlang ihre Arme um seinen Hals und spürte, daß seine Haut feucht und glatt war, als sie sich ihm entgegenreckte, um ihm näher zu sein.

Sie verspürte nicht den geringsten Wunsch, sich zurückzulegen und sich von ihm nehmen zu lassen, sondern sie empfand ein übermächtiges Verlangen, eins mit ihm zu sein, seine Partnerin, ihm in jeder Hinsicht ebenbürtig. Seine Stöße kamen jetzt fester und schneller, und sie akzeptierte die Dringlichkeit und setzte ihr das eigene Verlangen entgegen, das ebenso dringlich war, bis sich tief in ihrem Bauch wie ein kleines Körnchen Wahrheit etwas Festes bildete, eine Spannung, die zunahm, sich ausweitete und in ihrer Suche nach einem Ausweg immer rasender wurde.

Wie ein gezackter Blitzstrahl einen mitternächtlichen Himmel zerreißt, zuckte ihr Körper unbeherrscht in seiner unbändigen Leidenschaft. Sie wußte es, sie wußte es, sie wußte es für alle Zeiten. Für alle Zeiten würde ihr dieser Augenblick gehören, dieser Mann, diese Vereinigung mit ihm. Es konnte ihr nicht leid tun, denn nichts anderes als Freude brach über ihre Seele herein. Gott hatte es nicht für angemessen befunden, ihr das Universum darzureichen, aber er hatte ihr gestattet, einen Stern zu berühren.

Lange Zeit hielt er sie an sich geschmiegt, und keiner von ihnen sagte etwas, als hätten sie damit den vollkommenen Frieden zerschmettert, der zwischen ihnen herrschte. »Bereust du es?« fragte er schließlich.

»Nein. Mir tut nur leid, daß wir es nicht schon eher getan haben.« Sie kuschelte sich an ihn und begrub ihr Gesicht an seinem Hals. »O Ross, was können wir bloß tun?«

Er hielt sie fest und streichelte sie. »Ich weiß es nicht, aber mir wird schon noch etwas einfallen«, versicherte er. »Du wirst Huntly nicht heiraten. Soviel ist gewiß.«

»Wie könnte ich es nicht tun? Ich kann keine Schande über

meine Familie bringen. Ich kann sie nicht demütigen und ihnen alles, wofür sie stehen, um die Ohren schlagen.«

»Ich weiß«, sagte er zärtlich. »Dieses übermächtige Gerechtigkeitsempfinden, dein Gespür dafür, was richtig ist – das gehört auch zu den Dingen, die ich an dir liebe. Mach dir keine Sorgen. Es muß einen Ausweg für uns geben, eine Möglichkeit, daß ich die Schuld ganz auf mich nehme.«

Sie streckte die Arme nach ihm aus und zog ihn an sich. Im nächsten Moment hob er den Kopf. »Es scheint, als arbeiteten das Schicksal oder die äußeren Umstände immer gegen mich.« Er küßte sie wieder, ganz sachte. »Über dich muß eine Heerschar von Engeln wachen.« Ihre Arme waren noch um seinen Hals geschlungen, und sie zog an ihm und spürte seinen Widerstand. »Ich wünschte, ich könnte, mein Engel, aber wenn ich mich nicht sehr irre, kündigt dieses Quietschen, das ich in der Ferne höre, die ungelegene Rückkehr deiner Cousine an.«

Er küßte sie noch einmal, und sie gab sich ganz diesem Kuß hin. Er hatte recht, es mußte etwas geben, was sie tun konnten. Es mußte einfach gehen. Plötzlich schossen ihr seine Worte wieder durch den Kopf. *Es muß einen Ausweg für uns geben, eine Möglichkeit, daß ich die Schuld ganz auf mich nehme.*

19. Kapitel

Es war sowohl grausam als auch ungerecht, etwas zu verlieren, ehe man wirklich die Gelegenheit hatte, es zu besitzen. Aber wann war es in ihrem Leben je umgekehrt gewesen?

Am folgenden Morgen traf ein Brief aus Dunford ein. Der Mackinnon schrieb, in der letzten Zeit sei ihm nicht besonders wohl gewesen, und wenn er auch noch bei bester Gesundheit sei, so fände er doch, es sei an der Zeit, an der Aufgabe weiterzuarbeiten, Ross zum Herzog und Gutsherrn des Mackinnon-Clans zu machen. »*Ich übergeb ihm jetzt meine geschäftlichen Angelegenheiten und damit auch die Aufsicht über unsere Drambuie-Interessen. Du kannst diesem schon so lange leidenden Engländer, der besorgter war als eine alte Mutterhenne, die gluckenhaft über ihr Küken wacht, während er versucht hat, die gewaltige Aufgabe auszuführen, aus einem ehemals liederlichen Rumtreiber einen waschechten Schotten zu machen, sagen, der Zeitpunkt, den er so sehnlichst erwartet hat, sei gekommen*«, schrieb der Mackinnon. »*Die Papiere werden im Moment gerade aufgesetzt, und Deine Anwesenheit hier ist erforderlich, um Dich über die Einzelheiten und Probleme auf dem laufenden zu halten, die Deine sofortige Aufmerksamkeit verlangen.*«

Der zukünftige Herzog von Dunford und der so lange leidende Engländer brachen noch am selben Nachmittag nach Dunford auf. Kurz vor der Abreise fand Ross Annabella in einem kleinen Raum neben der Küche, den sie und Ailie für ihre privaten Projekte beschlagnahmt hatten. An jenem Tag hatten sie die Erntesaison abgeschlossen, nachdem sie ihre geflochtenen Gerstenkränze und die Maishülsenpuppen weggepackt und sich wenn auch sporadisch, so doch begeistert der bevorstehenden Adventszeit und dem Weihnachtsschmuck zugewandt hatten. Länger als einen Monat hatten die Cousinen Nippes und Krimskrams gesammelt, Nüsse, Bänder, Federn, Beeren, Kerzen, immergrüne Zweige und bunte Stoffreste, die sie für den Baumschmuck, aber auch für Girlanden und Kränze für das ganze Haus verwenden wollten.

Am frühen Morgen war Ailie mit Allan zu der Witwe McCracken gefahren, um dort Pfauenfedern zu sammeln, denn in Seaforth gab es keine Pfauen. Annabella hatte sich im allerletzten Moment entschlossen, doch nicht mitzukommen, damit sie die Federn, die sie schon gesammelt hatte, in leuchtende Rot-, Gelb- und Grüntöne einfärben konnte – und in allen anderen

Farben, die sie aus den dreien mischen konnte. Das war ein ziemlich aufwendiger Vorgang, für den man mehrere Schüsseln zum Mischen der Farben brauchte, aber auch zahlreiche Berge von Federn, die nach Form und Größe sortiert waren.

Sie war über dieses ehrgeizige Projekt gebeugt, und als er sie fand, waren ihre Hände voller Farbe, und Federn hatten sich in ihren Kleidern und in ihrem Haar verfangen. Er betrat den Raum, und der Luftzug, der durch die geöffnete Tür kam, ließ zarte Gänsefedern aufwirbeln. »Mach die Tür zu, schnell«, sagte sie, als sie sich umdrehte und ihn hinter sich stehen sah. »Ach, du bist es«, sagte sie und riß vor Erstaunen die Augen weit auf. »Ich dachte, du seist Ailie.«

Er sah sich erst im Raum um, und dann sah er sie wieder an. Er streckte die Hand aus, um eine Feder herauszupfen, die sich dicht neben der Schläfe in ihrem Haar verfangen hatte, und auch aus ihren langen Wimpern zog er etwas Fedriges. Sie schaute zu ihm auf und lächelte, und die Wärme ihres Lächelns umfing ihn. Ohne ein Wort zu sagen, zog er sie in seine Arme und hielt sie eine Weile eng an sich gepreßt, denn er konnte noch nichts sagen, wollte ihr nicht sagen, daß er gekommen war, um sich zu verabschieden.

So standen sie eine Zeitlang da, sie mit den Armen um seine Taille und der Wange auf seiner Brust, er mit dem Kinn auf ihrem Kopf, während seine Hände über ihren Rücken strichen. Schließlich ließ er sie los und trat einen Schritt zurück. Seine Augen waren dunkelblau, und er sprach sehr ernst mit ihr. »Mein Großvater hat geschrieben, daß ich zurückkommen soll. Percy und ich brechen in wenigen Minuten auf.«

Er seufzte schwer, als sie so klein und aufrecht dastand und all ihren Stolz vorkehrte. Unwillkürlich fragte er sich, was sie sich wohl dachte. Ihre Schürze war mit leuchtenden Farbflecken beschmiert, und in ihrem Haar steckten viele Federn, aber sie hatte nie reizender ausgesehen. Ein neuerwachter Eifer war ihr anzusehen, aber auch eine Ausgeglichenheit, die er nie an ihr gesehen hatte. Er griff nach ihrer Hand und führte sie an seine Lippen und lächelte über die purpurroten Flecken, die rot und grün eingefaßt waren. Er küßte ihre Finger, einen nach dem anderen. »Jeder Kuß steht für hundert Gründe, aus denen ich nicht abreisen will«, sagte er und nahm sie wieder in seine Arme. Danach gingen ihm die Worte aus. Er begehrte sie zu sehr. »Annabella«, flüsterte er heiser. Sie sah mit leicht geöffneten Lippen zu ihm auf, und er war verloren. Ihre Hände gruben sich in sein Haar, als er den Kopf senkte, um sie mit überzeugenden und nachdrücklichen Küssen zu bedecken. Seine Hand fand ihre Brust, und sie seufzte, als sie den Kopf zurückfallen ließ. Jetzt küßte er sie auf den Hals, öffnete die obersten Knöpfe ihres Kleids, zog den seidenweichen Stoff auseinander, ließ seine Hand hineingleiten und entlockte ihr ein leises erschauerndes Keuchen, als seine Finger die sachte Wölbung ihrer Brust umspannten. Sein Kopf sank tiefer, und er legte seinen Mund auf ihre Brustwarze und preßte zarte Küsse darauf.

Es war qualvoll, seinen Mund auf ihrer Brust zu spüren, und daher zog sie seinen Kopf noch enger an ihr schmerzendes Fleisch und stöhnte, als seine andere Hand unter ihre Röcke glitt und die Festigkeit und Wärme der Innenseite ihrer Oberschenkel kostete. Er drückte flüsternd sein Verlangen aus und ließ seine Hand über das weiche Material ihres Schlüpfers gleiten, bis er eine Stelle fand, an der er seine Hand hineinstecken konnte. Als er die feuchte Seide berührte und wußte, daß sie ihn ebensosehr begehrte wie er sie, stöhnte er, und seine Finger drangen in sie ein. Das Verlangen glühte in ihm wie feuriger Branntwein.

Er hörte ihr gepeinigtes Wimmern. »Was ist, Liebes?«

»Die Tür, Ross. Sie ist nicht abschließbar. Jeder kann reinkommen.«

Das genügte, um ihn zur Vernunft zu bringen. Er konnte sehen, daß sie trotz der glühenden Begierde in ihren Augen schüchtern war und sich unwohl fühlte. Er schloß die Augen, atmete tief ein und setzte seinen ganzen Willen daran, ruhiger zu werden. Das Liebesspiel war für sie noch neu, und sie hatte seine Zurückhaltung verdient – etwas, wovon er in ihrer Gegenwart immer nur sehr wenig hatte. Er schaute in Augen, die ihn mit so viel Liebe und Vertrauen ansahen, daß er einen Moment lang in Panik geriet und fürchtete, er könnte ihr vielleicht doch nicht das geben, was sie verdiente, er sei nicht in der Lage, das Feuer einzudämmen, das immer noch in seinem Blut tobte. »Liebes, verzeih mir... du bist so vollkommen... mir ist alles an dir so lieb.«

Er ließ seinen Kopf auf ihren sinken und schloß die Augen. Ein paar Minuten lang rührte er sich nicht und preßte sie an sich, ließ seine Hände liegen, wo sie lagen, und wünschte sich mit aller Kraft, seine Selbstbeherrschung wiederzuerlangen. Dann zog er schwer atmend seine Hände zurück, ließ ihren Rock fallen und knöpfte den oberen Teil ihres Kleides wieder zu.

Voller Liebe und Zärtlichkeit sah er in goldgrüne Augen hinunter, auf Rosenblütenhaut und einen Mund, der sich zu einem zarten Lächeln verzogen hatte. Bewunderung, Liebe und Verwirrung vermischten sich in ihm, und er spürte, wie sich seine eigenen Mundwinkel auch hochzogen. Er wollte gern etwas Kluges sagen, ihr all die schönen Dinge mitteilen, die er in seinem Herzen fühlte, doch sein Verstand schien von seinem übrigen Körper losgelöst zu sein, und er konnte nichts anderes sagen als: »Von allem, was ich dir hätte geben können, macht es mir die größte Freude, dich lächeln zu sehen. Sag mir, warum du es jetzt tust.«

»Ich dachte an die Federn«, sagte sie.

»Federn?« wiederholte er, und er war außerstande, das Erstaunen aus seiner Stimme zu verbannen. Von all den Begründungen, die er von ihr erwartet hatte, natürlich in der Hoffnung, sie würden ihm in irgendeiner Form schmeicheln, war das die, mit der er am wenigsten gerechnet hatte. In seinen kühnsten

Träumen wäre er nicht darauf gekommen, daß ihre Antwort *Federn* lauten könnte.

Als sie seinen verblüfften Gesichtsausdruck sah und sich denken konnte, was jetzt in seinem Kopf vorging, lachte sie leise, stellte sich auf die Zehenspitzen und küßte ihn. »Federn«, sagte sie, »heißt, wie ich Ailie erklären kann, daß sie aus meinem Hemd fliegen werden, wenn wir uns heute abend ausziehen.«

»Oder aus deinem Schlüpfer«, sagte er lächelnd.

Das Lächeln mußte ihr den Rest gegeben haben, denn ihr Ausdruck wurde quälend ernst. »O Ross«, sagte sie und wandte den Kopf ab. »Ich wünschte, du müßtest nicht abreisen. Wir haben einander doch gerade erst gefunden. Das ist ungerecht.«

Er packte sie an den Schultern, drehte sie zu sich um und schaute sie voller enttäuschter Sehnsucht an.

Sie forschte in seinem Gesicht, in seinen Augen, und sie wußte, daß auch er empfand, was sie empfand. »Du wirst zurückkommen«, sagte sie.

»Darauf kannst du dich verlassen«, sagte er. »In dem Moment, in dem ich wieder abkömmlich bin, werde ich schneller abhauen als eine verbrühte Katze.«

Sie lächelte. »Ich glaube, mehr Schnelligkeit kann ich nicht verlangen.«

»Nein«, sagte er. »Schneller geht es nicht.« Er schmiegte sie an sich und sprach über ihren Kopf hinweg. »Es ist komisch, wie sich die Dinge entwickeln. Wenn ich Herzog werden will, heißt das, daß ich dich verlassen muß. Das ist wie ein Wind, der eine Kerze ausbläst und ein Feuer lodernd entfacht.« Sie schaute zu ihm auf, als er sagte: »Ich weiß, daß ich gehen muß, aber doch nicht jetzt. Es ist zu früh, zu kurz nach...« Er unterbrach sich und küßte sie auf die Stirn. »Ich will, daß du weißt, daß das das einzige ist, was mich dazu bringen könnte fortzugehen, der einzige Grund, aus dem ich dich jetzt verlassen würde. Ich weiß, was...«

Sie legte ihre Finger auf seinen Mund. »Du brauchst dir deshalb keine Sorgen zu machen«, sagte sie leise. »Ich fühle mich nicht mißbraucht und dann im Stich gelassen, Ross. Dazu kenne ich dich zu gut. Und dazu vertraue ich auch zu sehr auf dich.«

Seine Arme schlangen sich fester um sie, als sich sein Mund auf ihre Lippen legte. »Ich habe dich nicht verdient«, flüsterte er.

Sie lachte. »Allerdings, du hast mich verdient.«

Er zog den Kopf zurück und schaute lächelnd auf sie herunter. »Wenn du das so empfindest, dann werde ich dafür sorgen, daß ich dich kriege.« Er küßte sie kurz. »Merk dir das«, sagte er. »Was es auch erfordert, was ich auch tun oder welche Opfer ich auch bringen muß, ich werde alles tun. Nichts wird mich davon abhalten, dich für mich zu gewinnen. Nichts.«

20. Kapitel

»Ihr Mädchen hat sich bei Barra Mackenzie nicht gerade gelangweilt«, sagte Fionn Alpin.

Der Graf von Huntly kippte den letzten Schluck aus seinem Schnapsglas hinunter. »Ich bezahle Sie dafür, daß Sie mir wichtige Informationen bringen, nicht Klatsch über meine Verlobte und ihre Teegesellschaften, und ich möchte bemerken, daß ich nicht gerade wenig dafür bezahle.«

»Ich bitte um Verzeihung, Eure Lordschaft. Ich hatte fälschlicherweise angenommen, es sei eine wichtige Information, daß ein Freier um sie wirbt.« Fionn nahm seinen Hut und wollte zur Tür gehen.

»Einen Moment mal.« Huntly fütterte den Spaniel an seiner Seite mit einem kleinen Leckerbissen von einem silbernen Tablett und sah starr ins Feuer. »Setzen Sie sich und erzählen Sie mir, was Sie wissen.«

Während Fionn berichtete, zeigte Lord Huntlys Gesicht zunehmendes Interesse. Schon bald wurde das Interesse zur Weißglut. Das Miststück hielt ihn zum Narren, und er hätte ihr liebend gern die Kehle zugedrückt, doch er beherrschte sich und ließ sich, abgesehen von einem Ausdruck der Entschlossenheit, keine Gefühlsregung anmerken. Als Fionn seinen Bericht beendet hatte, nickte Huntly. »Das wäre dann alles. Von jetzt an werde ich die Dinge selbst in die Hand nehmen. Beim Hinausgehen können Sie mit meinem Sekretär das Finanzielle regeln.«

Sowie Fionn gegangen war, sann Huntly mit finsterer Miene darüber nach, was er jetzt am besten tun sollte. Er kam sich vor wie in einer Falle, wie in einer Sackgasse. Dieses Gefühl behagte ihm gar nicht. Die Stewart, dieses Miststück, war ihm unwichtig, aber ihr Vermögen war ein ganz entscheidender Faktor. Er konnte seine Heirat mit ihr nicht durch eine offene Aussprache gefährden, und er konnte es sich nicht leisten, die Heirat abzulehnen und somit ihr Vermögen zu verlieren. Er konnte nur eins tun: ihren Vater benachrichtigen und hoffen, daß sein Einschreiten ausreiche – und daß er früh genug einschritt.

Noch am selben Abend schrieb er den Brief, schickte seinen schnellsten Kurier damit los und stellte sich auf die Wartezeit ein.

Eine Woche später stand der Herzog von Grenville mit dem Rücken zum Kamin da und sah seinem Sohn nachdenklich ins Gesicht. »Ich weiß nicht, ob es etwas nützen würde, wenn ich dich hingehen ließe«, sagte er. »Ich dachte, ich kenne meine Tochter, aber jetzt bin ich mir nicht mehr sicher. Anscheinend kann ich Annabellas Reaktionen nicht mehr vorhersagen.«

»Bitte, laß mich hingehen. Auf mich wird Bella hören«, bat Gavin. »Das weiß ich ganz genau. Du weißt doch, wie nah wir einander schon immer gestanden haben.«

»Du glaubst, daß du diese Angelegenheit in Ordnung bringen kannst?« fragte der Herzog rundheraus.

Gavin grinste. »Wenn ich das nicht kann, dann tauge ich nicht als dein Erbe.«

»Du wirst streng mit ihr umgehen müssen, Gavin. Ich weiß, daß dir das schwerfallen könnte. Denk immer daran, daß es nur zu ihrem eigenen Besten ist. Deine Schwester muß augenblicklich zur Vernunft gebracht werden und wieder lernen, sich einer strengen Hand zu beugen. Huntly ist wütend, und das ist wahrhaft sein gutes Recht. Ganz gleich, was es erfordert – du mußt dafür sorgen, daß Ross Mackinnon von ihr ferngehalten wird, so fern wie möglich.«

Gavin nickte und blickte auf das Buch über schottisches Recht, das aufgeschlagen auf dem Schreibtisch seines Vaters lag.

Der Herzog stellte sich jetzt hinter seinen Schreibtisch. »Ich werde einen Brief an seinen Großvater und einen weiteren Brief an Colin schreiben. Diesen Brief hier wirst du Barra sofort nach deiner Ankunft übergeben.« Er reichte Gavin einen Umschlag und setzte sich hin. »Und noch etwas. Ich habe den Termin für die Hochzeit vorverlegt. Deine Mutter und ich werden noch diesen Monat in Schottland eintreffen. Sag Annabella, daß der 21. Dezember als Termin für die Hochzeit festgelegt worden ist.«

Gavin hatte auf einer Ecke des Schreibtischs seines Vaters gesessen und die Beine baumeln lassen, während er mit einem sichelförmigen silbernen Brieföffner spielte. »Das sind keine sechs Wochen mehr«, sagte er und ließ den Brieföffner fallen.

»Ich hätte den Termin noch früher gelegt, wenn das möglich gewesen wäre«, erwiderte sein Vater. Er blickte auf, als die Uhr auf dem Kaminsims die Stunde schlug. »Wenn du dieses Schiff noch bekommen willst, mußte du dich auf den Weg machen. Vergiß nicht, deiner Mutter zum Abschied einen Kuß zu geben. Sie ist in Tränen aufgelöst, weil sie sich Sorgen macht, dir könnte etwas zustoßen. Es sieht so aus, als hätte sie letzte Nacht wieder einen von ihren prophetischen Träumen gehabt.«

Gavin lachte. »Mutter macht sich immer Sorgen, und bisher ist mir nie etwas zugestoßen. Aber ich werde bei ihr vorbeischauen und mich verabschieden.«

Der Herzog von Grenville sah seinem Sohn nach, als er aus dem Arbeitszimmer schlenderte, und ihm fiel der Tag der Geburt seines Sohnes wieder ein. Es war eine schwere Geburt gewesen, und die Erinnerung an Annes Schreie verfolgte ihn immer noch. Nie würde er vergessen, wie sich die Stunden in die Länge gezogen hatten, als seien die Uhren stehengeblieben. Eiskalte Angst ergriff ihn, und er erinnerte sich an die Qualen des Wartens – des Wartens auf einen Bescheid, den man nicht bekommt, während von einer Sekunde zur nächsten die Furcht zunimmt.

Und dann hatte Dr. Bradford ihn in ihr Zimmer geführt und ihm seinen Sohn in die Arme gedrückt. Anne hatte die Hände nach ihm ausgestreckt, ihre Nägel in sein Jackett gekrallt und ihm gesagt, sie wisse, daß sie sterben würde.

»Versprich mir, daß du gut auf ihn aufpassen wirst, wenn ich nicht mehr da bin«, sagte sie mit glasigen Augen und schweißglänzendem Gesicht.

»Ich verspreche es dir«, hatte er gesagt und den Arzt zur Seite genommen, um mit ihm zu reden.

»Sie deliriert«, sagte Dr. Bradford. »Sie hat Schweres durchgemacht, aber es besteht keine Lebensgefahr. Wahrscheinlich haben die Tropfen, die ich ihr gegen die Schmerzen gegeben habe, ihr Wahrnehmungsvermögen getrübt. Sie haben einen gesunden Sohn, und Ihre Frau wird bald wieder gesund werden.«

Einige Tage später, als Anne sich schon wesentlich besser fühlte, hatte sie gesagt: »Ich verstehe das nicht, Alisdair, ich weiß, daß ich im Sterben gelegen habe. Ich hatte dieses furchtbare Gefühl der Todesnähe. Ich habe geweint, weil mir gesagt worden ist, ich würde meinem Sohn genommen werden.«

»Dr. Bradford hat gesagt, das käme von den Tropfen, die er dir gegeben hat. Sie haben Sinnestäuschungen bei dir ausgelöst. Jetzt bist du wieder gesund, und das Baby ist auch gesund.«

Der Herzog von Grenville lehnte sich auf seinem Stuhl zurück und grübelte darüber nach, wieso seine Gedanken ausgerechnet diese Richtung eingeschlagen hatten, wenn doch soviel anderes im Moment dringlicher war. Er nahm den silbernen Brieföffner in die Hand, den Gavin auf seinen Schreibtisch zurückgelegt hatte. Er strich mit den Fingern über die Schneide, öffnete dann eine Schublade und packte den Brieföffner weg.

Gavin. Er war derart damit beschäftigt gewesen, ihm seine Aufgabe klarzumachen, daß er seinen Sohn hatte abreisen lassen, ohne sich wirklich von ihm zu verabschieden. Er schloß die Schublade und ging aus dem Zimmer.

»Mein Sohn«, sagte er zu dem Butler, als er sich der Haustür näherte. »Wo ist er? Ist er schon aus dem Haus gegangen?«

»Tut mir leid, Eure Exzellenz. Ihr Sohn ist bereits aufgebrochen.«

21. Kapitel

Annabella saß im Wohnzimmer, als Gavin eintrat. Als sie aufblickte, sah sie die gewinnenden Gesichtszüge ihres geliebten Bruders. Sie ließ die Langettenborte fallen, an der sie gerade gearbeitet hatte, und sprang auf. Die verzierte Schere fiel ihr aus der Hand und pendelte an der Seidenschnur hin und her, die sie sich um den Hals gehängt hatte. »Gavin, du bist da!« sagte sie, als sie ihm entgegenlief und noch im selben Moment erkannte, daß es sich nicht um einen Höflichkeitsbesuch handelte. »Ich wußte gar nicht, daß du kommst.«

»Bella, was geht hier vor? Vater tobt vor Wut. Mutter steht nicht mehr aus ihrem Bett auf. Und ich bin nach Schottland geschickt worden, um deinem hübschen kleinen Wirrkopf etwas Verstand einzubleuen.«

»Inwiefern?«

»Du kannst dich nicht mehr unschuldig stellen. Dazu ist es jetzt zu spät. Huntly hat Wind davon bekommen, daß Mackinnon hier ist, und er hat sofort einen Brief an Vater geschrieben. Und Vater hat einen Brief an Onkel Barra abgeschickt. Du hast hier eine Menge Unheil angerichtet. Ich hoffe, alles läßt sich so lösen, daß niemand einen zu hohen Preis zahlt. Du sitzt in einem Topf, der kurz vor dem Überkochen steht, und wenn die Suppe überkocht, könnte sie uns allen ins Gesicht laufen.«

»Was erwartet Vater von mir?«

»Fürs erste einmal müssen wir Mackinnon aus dem Haus werfen, und er muß geloben, sich von dir fernzuhalten... je ferner, desto besser.«

»Ross ist nicht hier«, sagte sie. »Er ist jetzt schon seit fast einem Monat wieder in Dunford.«

»Wenigstens etwas, was uns das Ganze leichter macht.«

Annabellas Gesicht war blaß, und ihre Lippen waren verkniffen. »Kommt Huntly her?«

»Nicht daß ich wüßte, aber ich würde es ihm ohne weiteres zutrauen. Er ist nicht gerade für seine heitere Gelassenheit berühmt.«

»Ich kann ihn nicht heiraten«, sagte sie schließlich.

»Was kannst du nicht?«

Sein Tonfall war so, wie sie ihn erwartet hätte, wenn sie ihre Absicht angekündigt hätte, splitternackt die St. Paul's Cathedral zu betreten.

Er schaute das bezaubernde Wesen im smaragdgrünen Samt mit den großen, runden Augen an und sagte: »Mach mich bloß nicht mit deinen Blicken fertig. Es war nicht meine Idee. Ich bin lediglich in einer offiziellen Funktion hier. Als Vaters Gesandter. Ich habe ihn dazu überredet, daß er mich herschickt, und das ging nur, weil ich ihn davon überzeugt habe, daß ich dich wieder zur Vernunft bringen kann.«

»Dann tut es mir leid, daß du den weiten Weg umsonst zurückgelegt hast. Ich habe es schon einmal gesagt, und ich sage es jetzt wieder – und ich werde es so lange sagen, bis mir jemand glaubt. Ich werde Lord Huntly *nicht* heiraten.«

»Verdammt noch mal, was zum Teufel hast du vor? Hast du dir überlegt, was für einen Skandal das gibt?«

»Ja, darüber habe ich mir schon Gedanken gemacht. Aber ich habe mir auch Gedanken darüber gemacht, zur Abwechslung endlich einmal mein eigenes Leben zu leben.«

»Eine reizvolle Vorstellung, aber sie ist undurchführbar. Ein siebzehnjähriges Mädchen.«

»Ich bin jetzt achtzehn. Ich habe letzte Woche Geburtstag gehabt. Wir haben ein wunderbares Fest gefeiert. Ich wünschte, du wärst hier gewesen, Gavin. Das war mein erster Geburtstag, zu dem du nicht gekommen bist.«

»Tut mir leid, Liebes. Ich wäre hergekommen, wenn es mir möglich gewesen wäre. Das weißt du doch.«

»Ja, das weiß ich.«

Er fing an, im Zimmer auf und ab zu gehen. »Ob siebzehn oder achtzehn, das ändert kaum etwas. Du bist verlobt, und der Vertrag bindet dich. Du weißt doch, daß das ein rechtskräftiges Dokument ist, oder nicht?«

»Ich weiß es, aber ich bin sicher, wenn wir mit Huntly reden, wenn wir ihm erklären, daß ich einen anderen liebe, daß ich...«

»Liebe?« sagte er und schnitt ihr damit das Wort ab. Er wollte noch etwas anderes sagen, doch dann zog er nur die Stirn in Falten. »O Bella! Du hast dich Mackinnon doch nicht etwa hingegeben, oder?«

»Und wenn es so wäre?«

»Ich will verdammt sein!« sagte Gavin und schlug mit der Hand auf den Tisch, neben dem er stand. »Das ist ja noch schlimmer, als Vater und ich dachten. Noch viel schlimmer.«

Sie schaute zweifelnd. »Ich wüßte gern, was möglicherweise

noch schlimmer sein könnte, es sei denn, versteht sich, ich wäre bereits mit John verheiratet. Also, *das* wäre doch wirklich noch schlimmer!«

»Du bist aber nun mal mit niemandem verheiratet. Aber fest steht, daß du dringend verheiratet werden mußt.« Er schüttelte den Kopf. »Schlimmer hätte es nicht kommen können...«

»O doch.«

»O nein, und ich werde dir auch sagen, warum es so schlimm ist. Du warst jungfräulich, als Huntly diese Dokumente unterschrieben hat. Jetzt bist du es nicht mehr. Das ändert einiges – das ändert sogar vieles.«

»Huntly weiß nichts davon.«

»Er wird es noch früh genug erfahren.«

»Nur, wenn du es ihm sagst.«

Gavin sah sie an, als seien ihre Körbe nicht richtig gestapelt. »Huntly mag zwar ein Einfaltspinsel sein, aber er ist kein Idiot. Er wird es erfahren, Bella, in eurer Hochzeitsnacht. Das wüßte sogar ein Schwachsinniger.«

Ihr Gesicht flammte rot auf. Sie hätte sich am liebsten selbst geohrfeigt. *Wie kann ich nur so blöd sein? Natürlich würde er es merken. Was habe ich mir bloß gedacht?*

Gavin lief wortlos auf und ab. Nach einer Weile kam er zu ihr und zog sie zu einer tröstlichen Umarmung an sich. »Schau nicht so verzweifelt«, sagte er schließlich. »Das ist nicht das Ende der Welt. In erster Linie bin ich dein Bruder, Bella. Es könnte uns immer noch gelingen, alles irgendwie hinzukriegen... oder bei dem Versuch draufzugehen«, fügte er lachend hinzu.

»Alles irgendwie hinkriegen? Soll das heißen, daß ich Huntly immer noch heiraten muß?«

»Genau darauf setze ich. Zuallererst muß ich jetzt...«

»Gavin«, sagte sie und war so frustriert, daß sie kurz vor den Tränen stand. »Ich will Huntly nicht heiraten. Ich werde ihn nicht heiraten.«

Gavin fing wieder an, auf und ab zu laufen. »Ich weiß, daß du es nicht willst, Bella. Glaube mir, wenn es in meiner Macht stünde, etwas dagegen zu tun, dann täte ich es. Das weißt du doch. Ob du es glaubst oder nicht, ich mag Mackinnon. Ich hätte ihn lieber zum Schwager als Huntly.« Er blieb stehen und sah sie an. »Mehr als alles andere möchte ich dich glücklich sehen, Bella. Ich würde mein Leben für dich aufs Spiel setzen, das weißt du doch.«

Sie brach in Tränen aus, und Gavin kam zu ihr und zog sie in seine Arme.

»O Gavin, was soll ich bloß tun? Ich fühle mich so elend. Ich liebe Ross. Er ist alles, was ich mir je erträumt habe. Er ist...« Sie begrub ihr Gesicht in seinem Jackett und brachte kein weiteres Wort mehr heraus. Es hätte ja ohnehin nichts geändert.

Sie hatte keine Ahnung, wie lange sie weinte oder wie lange Gavin mit unendlicher Geduld und liebevollem Verständnis dastand und sie in seinen Armen hielt, sich von ihr das Hemd und die Jacke durchnässen ließ, tröstliche Worte vor sich hin sagte und die starke Schulter war, an die sie sich lehnen konnte.

Schließlich erwies es sich doch als eine zu große Belastung für ihn, sie in ihrem Elend zu sehen. »Was kann ich tun?« sagte er nach langer Zeit. »Es ist mir unerträglich, dich so zu sehen. Ich fürchte das, was diese Ehe dir antäte, mehr als Vaters Zorn.« Er küßte sie aufs Haar und hielt ihr sein Taschentuch vor die Nase und sagte, sie sollte sich schneuzen, wie er es schon so oft getan hatte.

Der liebe, süße Gavin. Er hatte sie noch nie im Stich gelassen. Er war immer für sie dagewesen, wenn sie ihn gebraucht hatte.

»Wisch dir die Augen ab, Bella«, sagte er, »und versuch, deine Fassung wiederzufinden. Es ist noch nicht alles verloren, wenigstens bis jetzt noch nicht. Ich werde zu Huntly gehen und sehen, ob ich ihn überreden kann, der Sache zwischen euch ein Ende zu bereiten. Wenn er auch nur das geringste Ehrgefühl besitzt, wird er kein Mädchen zur Frau wollen, die ihn nicht will. Das wünscht sich kein Mann.«

Sie schlang ihm die Arme um den Hals. »Danke, Gavin. Ich wußte doch, daß du mich nicht im Stich lassen wirst. Das hast du noch nie getan. Dafür werde ich dir ewig dankbar sein, solange ich lebe.«

»Du wirst eine kleine Pause einlegen müssen, denn sonst komm ich nie von hier fort«, sagte er lachend und küßte sie auf die Wange, während er ihre Hände von seinem Hals zog. Er drückte ihre Hände, ließ sie dann los und sagte: »Am besten mache ich mich gleich auf den Weg. Danke mir erst, wenn ich zurück bin.«

»Du brichst gleich auf?«

Er nickte. »Sobald ich mit Onkel Barra geredet habe.«

»Aber es ist dunkel, und er ist nicht da. Er ist mit Allan in Ullapool.«

Gavin nickte und sagte: »Dann mache ich mich eben auf den Weg, ohne vorher mit ihm zu reden. Falls er vor mir zurückkommt, sag ihm bitte, daß auf seinem Schreibtisch ein Brief von Vater liegt. Aber sag ihm auch, er soll nichts unternehmen, solange ich nicht zurück bin.« Dann verschwand er durch die Tür. Sie schaute ihm nach.

»Was täte ich bloß ohne dich?« flüsterte sie und ließ sich matt auf den Sessel fallen. »Was täte ich bloß?«

Zwei Tage später war Gavin im Mercat Castle, dem Schloß des Grafen von Huntly. Er stand am Kamin. Huntly saß dicht daneben auf einem Ledersessel.

Huntly rief seine Hunde zu sich und hörte sich an, was Gavin ihm zu sagen hatte. Als Gavin ausgeredet hatte, schaute Huntly ihn scharf an. »Wie reizend von Ihnen. Sie scheinen darauf versessen zu sein, sich einzusetzen. Ein Jammer, daß Sie den weiten Weg umsonst zurückgelegt haben. Ich habe eine Abmachung mit Ihrem Vater.« Der Tonfall des Grafen war nicht glatt genug, um die Gemeinheit zu verbergen, die direkt unter der Oberfläche lag. »Mit ihm werde ich über diese Dinge reden, nicht mit einem Knaben.« Er nahm einen Brief von seinem Schreibtisch. »Wissen Sie, ich frage mich wirklich, warum Sie eigentlich hier sind. Erst heute habe ich diesen Brief von Ihrem Vater erhalten. Er ist sehr aufschlußreich. Außerdem unterscheidet er sich in seiner Aussage gewaltig von der Ansprache, die Sie mir gerade gehalten haben. Ich frage mich, wer Sie wohl geschickt haben mag.«

»Ich bin von meinem Vater geschickt worden, und ich handele in seinem Auftrag«, sagte Gavin. »Darf ich Ihr Schweigen als Zustimmung auslegen?«

»Die einzige Zustimmung, die Sie haben, ist die offizielle. An den im Vertrag festgelegten Bedingungen wird sich nichts ändern. Ich entscheide mich dagegen, aus dem Vertrag auszusteigen. Die Heirat wird wie geplant stattfinden. Ich empfinde es als äußerst ärgerlich, jetzt von Annabellas offenkundiger Zuneigung für den Enkel des Mackinnon zu hören. Der Mackinnon und ich stehen schon lange auf schlechtem Fuß miteinander, und wenn sich sein Enkel jetzt in meine Angelegenheiten einmischt, dann ruft das alte bittere Erinnerungen in mir wach, die man besser schlafen lassen sollte.«

»Ich habe nichts mit Ihren früheren Fehden zu tun und auch nichts mit den Beteiligten. Meine einzige Sorge gilt meiner Schwester.«

»Kommen Sie schon, Larrimore, sind Sie ein noch größerer Dummkopf, als ich dachte?«

»Wie ich schon sagte, gilt meine Sorge nur Annabella.«

»Dann lassen Sie sich von mir einen Rat geben. Vielleicht würde Ihnen ein Quentchen Sorge um Sie selbst nicht schaden.«

Eine Welle kalter Luft kam durch den Kamin, und die Flammen erloschen fast und wurden dann erneut entfacht. »Warum sollte ich um mich besorgt sein? Ich bin ein Mittelsmann, sonst nichts.«

»Sie mischen sich in mehr ein, als Ihnen klar ist.«

»Ich weiß nicht, wovon Sie reden.«

»Ich rede nicht von Ihrer Schwester, wenngleich das Mädchen auch eine wichtige Rolle spielt. Aber das hat Sie nicht zu betreffen.«

Huntly erhob sich von seinem Sessel, als Gavin sagte: »Ich hätte geglaubt, Sie besäßen zuviel Ehrgefühl, um diese Heirat zu wollen. Ein Motiv, das einen Mann dazu bringt, eine Frau zu heiraten, die ihn nicht heiraten will, kann kein edles Motiv sein.«

Huntly lächelte. »Sie werden mich nicht dahingehend provozieren, daß ich hergebe, was mir gehört. Ich bin alt genug, um einen so offenkundigen Trick zu durchschauen. Es steht Ihnen frei zu glauben, was Sie wollen. An meiner Meinung werden Sie nichts ändern. Jeder Versuch ist zwecklos. Diese Nachricht können Sie Ihrer Schwester übermitteln oder auch diesem elenden Mackinnon – je nachdem, in wessen Diensten Sie stehen –, und Sie können ihnen sagen, daß *ich* im Gegensatz zu ihnen ein Mann bin, der sein Wort hält.«

»Ich werde die Nachricht übermitteln, wenn ich auch nicht glaube, daß damit alles erledigt ist.«

»Wenn Sie ohnehin schon dabei sind, Nachrichten zu übermitteln, können Sie auch gleich noch eine weitere überbringen. Sagen Sie Ihrer Schwester, wenn sie darauf beharrt, sich weiterhin wie eine läufige Hündin aufzuführen, dann könnte ich mich gezwungen sehen, sie auch wie eine solche zu behandeln.«

Einen Moment lang stand Gavin einfach nur da und sah ihn an. Als er schließlich etwas sagte, wählte er seine Worte sorgfältig und sprach sie mit deutlicher Betonung aus. »Sie haben mein Wort darauf, daß ich alles tun werde, was in meiner Macht steht, um meinen Vater zu überreden, daß er seinen Vertrag mit Ihnen bricht. Falls das rechtlich nicht möglich sein sollte, dann kann ich

Ihnen versprechen, daß er die Mitgift meiner Schwester erheblich zurückschraubt, sowie er von diesem Gespräch gehört hat.«

»Hinaus!« sagte Huntly mit erhobener Stimme, und die Adern seines Halses quollen hervor.

Gavin ging, und Lord Huntly blieb erstarrt an Ort und Stelle stehen, bis Fionn Alpin eintrat.

»Sie sehen aus, als könnten Sie einen starken Drink gebrauchen«, sagte er, nachdem er einen Blick auf Huntly geworfen hatte. »Was wollte Larrimore?«

»Schwierigkeiten machen. Es sieht so aus, als hätte Mackinnon die Beute eher zur Strecke gebracht als ich. Meine engelsgleiche zukünftige Frau ist nicht so unschuldig, wie man meinen sollte.«

»Er ist hergekommen, um Ihnen das zu sagen?«

»Er brauchte es mir nicht zu sagen. Ich konnte es in seinen Augen sehen.«

»Schon wieder die Mackinnons. Es scheint, als würde der Kreis sich schließen«, sagte Fionn. »Erst die Tante und jetzt der Neffe.«

»Sie können Flora aus dem Spiel lassen.«

»Warum? Sie hegen schon seit Jahren einen Groll gegen den alten Herzog, wenn ich auch nicht weiß, warum.«

»Dann lassen Sie es sich erklären. Sie wissen, daß ich in seine Tochter verliebt war – in Flora.«

»Ja, und ich weiß, daß Flora sich erhängt hat und daß Sie ihren Vater hassen. Aber der Zusammenhang zwischen diesen beiden Fakten ist mir unbekannt.«

Huntly schenkte sich einen Schnaps ein. »Ich habe Flora geliebt, aber ich konnte sie nicht heiraten. Ich mußte eine Frau mit einer Mitgift heiraten. Nach der Hochzeit bin ich zu ihr gegangen – in meiner Hochzeitsnacht, verdammt noch mal –, um ihr zu erklären, daß sich zwischen uns nichts ändern würde. Ich habe ihr gesagt, daß ich sie liebe und daß es ihr an nichts fehlen würde. Sie ist durchgedreht, hat mir Schimpfnamen an den Kopf geworfen, auf mich eingeschlagen und Sachen zerbrochen. Ich habe versucht, sie zu beruhigen, sie zur Vernunft zu bringen, aber sie hat mich weiterhin angegriffen, noch heftiger als vorher. Ich habe versucht, mit ihr zu schlafen. Sie hat sich gewehrt, und ich habe darauf beharrt...«

»Sie waren das?« fragte Fionn erstaunt. »Sie waren derjenige, der sie vergewaltigt hat?«

»Ich habe nicht nachgedacht... ich wußte nicht, was ich tue... was ich getan hatte. Mein Verstand ist ausgerastet. Mir war nicht klar, was ich getan hatte, bis ich all dieses Blut gesehen habe. Ich dachte, sie sei tot, und daher bin ich weggerannt.«

»Und sie hat sich lieber umgebracht, als zu sagen, wer sie vergewaltigt hat.«

»Sie hat sich das Leben genommen, weil ihr Vater dahintergekommen ist, daß sie schwanger war. Von mir. Ich wußte nicht, daß sie ein Kind von mir in sich trug und daß ihr Vater es herausgefunden hat. Ich habe es erst später erfahren – als der Mistkerl es mir erzählt hat. Er hat mir die Schuld an ihrem Tod gegeben. Er hatte ihr gedroht, er würde ihr Baby behalten und sie an einen Ort fortschicken, an dem sie mich und das Kind nie wiedersehen würde, falls sie weiterhin mit mir zu tun hätte. Nur diese Drohung hat sie dazu gebracht, sich in jener Nacht gegen mich zu wehren und mich von sich zu stoßen.«

»Und um all dem ein Ende zu setzen, hat sie sich umgebracht.«

»Ja, und ich werde nicht noch ein Mädchen an einen Mackinnon verlieren. Niemals.«

Nachdem er ein weiteres Glas französischen Kognak getrunken hatte, um seine Nerven zu beruhigen, ordnete an, daß sein Pferd gesattelt werden sollte.

»Wohin reiten Sie um diese Nachtzeit?« fragte Fionn.

»Ich habe dringende Geschäfte in Edinburgh zu erledigen«, sagte Huntly, und dann senkte er die Stimme und fügte noch hinzu: »Nachdem ich den Marquis von Larrimore getötet habe.«

22. Kapitel

Ross umgab das Dämmerlicht der einbrechenden Nacht, als er durch die windgepeitschte Heide ritt. Er hatte die Bäume jetzt hinter sich gelassen, und ihre langen, dünnen Schatten erstreckten sich vor ihm, als versuchten sie, ihn zurückzuziehen.

Ein salziger Geruch hing in der Luft, Scharen von Fliegen schwirrten um ihn herum. Seine Beine taten weh. Von seinen Füßen, die eingeschlafen waren, schien sich dieses Gefühl langsam nach oben auszubreiten. Sein Pferd schnaubte, und das Gebiß hallte hohl gegen seine Zähne. Seltsame Geräusche schienen von allen Seiten auf ihn einzuströmen, und er hatte das Gefühl, wach zu sein und doch einen unheilvollen Traum zu träumen, aus dem es kein Erwachen geben würde. Plötzlich zog ein riesiger Schatten mit ausgebreiteten Flügeln über ihn, und unvermittelt schien ihn Dunkelheit umfangen zu haben.

Kalte Sterne glitzerten matt durch den aufziehenden Nebel, und Feuchtigkeit schien in sein Knochenmark einzusickern. Und dann sah er die Türme und Giebel von Seaforth, die sich starr und stumm und finster wie Wachposten, die ihn zu sich riefen, in das Dunkel der Nacht erhoben.

Seine Last lag schwer auf seinen Beinen. Die Taubheit war jetzt bis in seine Knochen eingedrungen, doch er wußte, daß er es fast geschafft hatte. Er ritt den steilen, schmalen Pfad hinauf, der nach Seaforth führte. Als er die Haustür erreicht hatte, ließ er sich von seinem Pferd gleiten. Die Zügel fielen achtlos auf den Boden, als er die regungslose Gestalt vom Pferd und in seine Arme zog.

Als er vor der Tür stand, trat Ross mit dem Fuß dagegen. Einmal. Zweimal. Bei seinem dritten Tritt wurde die Tür geöffnet. Ein langer gelber Lichtstrahl strömte durch die offene Tür.

Die Straßen des Himmels sind mit Gold gepflastert.

Er wankte ins Haus.

Annabella saß oben in ihrem Ankleidezimmer und bürstete sich das Haar, als sie den Tumult unten hörte. Jemand stieß einen Schrei aus. Sie ließ die Bürste fallen und war schon auf halber Höhe der Treppe, als sie Ross in der großen Eingangshalle stehen sah; wie die blutige Fahne nach einer Schlacht hing ihr Bruder in seinen Armen.

Nein, schrie sie innerlich auf. *Nicht Gavin... bitte nicht Gavin.* Aber es war Gavin, und wenn sie es auch noch so sehr leugnen wollte, würde sich daran nichts ändern. Ihre Augen, in denen das blanke Entsetzen stand, konnten sich nicht von dem Anblick lösen; Ross hatte auf dem Hemd und auf der Hose gewaltige Flecken, das Blut ihres Bruders, das ihn wie ein Schuldbekenntnis verschmierte.

Sie hatte diesen Mann geliebt – ihn geliebt, und er hatte ihren Bruder getötet. *Nein, nicht Ross. Ross könnte das nicht. Ross täte das nicht.* Sie sah Gavin an. *Er ist tot. Tot... tot... tot.* Selbst dann noch weigerte sie sich zu glauben, Ross könnte etwas Derartiges getan haben.

Nicht Ross mit den lächelnden Augen und den sanften Händen. Nicht der Mann, der sie so sachte und so schön geliebt hatte. *Nein*, schrie sie innerlich auf. *Nein. Bitte nicht.* Doch als die Worte des Leugnens verklangen, breiteten sich die letzten Worte, die sie von Ross gehört hatte, wie große schwarze verheißungsvolle Schwingen in den finstersten Winkel ihrer Erinnerung aus.

Was es auch erfordert, was ich auch tun oder welche Opfer ich auch bringen muß, ich werde alles tun. Nichts wird mich davon abhalten, dich für mich zu gewinnen. Nichts.

Aber doch kein Mord, hätte sie am liebsten geschrien. *Allmächtiger Gott. Nur das nicht.* Doch die Worte wollten nicht herauskommen. Etwas in ihrem Innern zerbrach, und sie fühlte sich ohnmächtig, als hätte etwas sie gepackt, etwas Gräßliches, das sich vortastete. Sie hörte das Geräusch von donnernden Hufen, während etwas Schwarzes über ihre Seele zog – ein großer schwarzer Schatten, der immer dunkler wurde, während die Hufgeräusche lauter erklangen. Das Donnern der Hufe verhallte, und der Schatten fing an zu wogen, schneller und immer schneller herumzuwirbeln, bis er sich aufgelöst hatte und nichts weiter zurückblieb als Stille und ein reiterloses weißes Pferd.

Ein lang anhaltender Klagelaut zerriß die Luft – der Schrei eines einsamen gepeinigten Geschöpfes. Er wurde lauter und immer lauter und endete dann in einem schrillen, durchdringenden Kreischen, bei dem einem das Blut gefrieren konnte. Und dann war nichts mehr zu vernehmen.

Erst jetzt merkte Annabella, daß sich der Schrei aus ihrer eigenen Kehle gelöst hatte. »O mein Gott!« rief sie laut und eilte die Treppe hinunter. »Er ist verletzt.« Sie rannte auf die beiden zu und sah, daß Gavin überall mit Blut bedeckt war. »Ist es schlimm?« fragte sie. »Hat er schwere Verletzungen?«

»Er ist tot«, sagte Ross. »Von hinten erstochen.«

Ihr Gesicht war verständnislos, ihre Augen ausdruckslos. »Nein«, sagte sie und strich Gavin das Haar aus dem kalten, bleichen Gesicht. »Er ist nicht tot. Bring ihn nach oben! Ich werde mich um seine Wunden kümmern. Er wird wieder gesund werden. Ihr werdet es ja sehen.«

Barra packte sie an den Armen und schüttelte sie. »Gavin ist tot, Annabella. Du darfst nicht die Wahrheit dessen leugnen, was du mit eigenen Augen siehst, Mädchen. Gesteh dir ein, was du vor dir siehst.«

Una legte eine Hand auf Barras Arm. »Nicht, Liebling. Du darfst nicht...«

»Sie muß die Wahrheit begreifen. Solange sie das nicht tut, ist sie nicht bei klarem Verstand.« Er schüttelte Annabella erneut. »Sag es, Mädchen! Sag mir, daß Gavin tot ist.«

»Nein!« schrie sie und riß sich von Barra los. Sie wankte am

Rande der Hysterie, schlang die Hände um ihre Taille und wiegte sich, als sie ihren Singsang anstimmte. »Er kann nicht tot sein. Er kann nicht tot sein.« Ihre Stimme senkte sich langsam zu einem heiseren Flüstern.

Una ging auf sie zu, doch sie stieß sie von sich. »Er ist mein Bruder. Er ist nicht tot. Er kann nicht tot sein.« Annabella sank langsam zu Boden und hatte das Gefühl, die Welt um sie herum drehte sich im Kreis, als ihre eigenen Worte wie ein ohrenbetäubendes Echo wieder bei ihr ankamen, und eine immense Kraft sog sie in eine schwarze Leere.

»Bringen Sie den Jungen dort rein«, sagte Barra. »Allan, du holst den Arzt und die Beamten. Und benachrichtige deinen Onkel Alisdair in London.«

»Den Arzt?« Ailie schaute mit tränenüberströmtem Gesicht auf. »Wenn Gavin tot ist, wozu brauchen wir dann noch einen Arzt?«

»Gavin ist ermordet worden. Jemand muß sich die Leiche ansehen. Und jetzt hilf deiner Mutter dabei, Annabella nach oben zu bringen.«

Barra wandte sich an Ross. »Wie ist das passiert? Wo haben Sie den Jungen gefunden?«

»Auf der Straße, nicht weit von hier«, erwiderte Ross.

»War er schon tot, als Sie ihn gefunden haben?«

»Ja, aber noch nicht lange. Seine Leiche war noch warm.« Ross schüttelte den Kopf und sah Barra hilflos an. »Weshalb sollte ihm jemand den Tod wünschen? Es war kein Raubmord. Er hat jede Menge Geld bei sich.«

Barra schüttelte den Kopf und rieb sich dann die Augen. »Ich weiß nicht, warum jemand Gavin den Tod wünschen sollte. Kaum jemand kennt ihn hier in dieser Gegend.«

»Jedenfalls hat ihn jemand gut genug gekannt, um ihm den Tod zu wünschen.«

»Ja«, sagte Barra. »Das kann man wohl sagen.«

Annabella lag in ihrem Bett. Ihre Hände waren wie Eis. Ihre Stirn war feucht. Ein gewaltiger Atem schien das Leben aus ihr zu saugen. Sie hatte wieder diesen Traum, immer wieder, bis sie sich nur noch an die vier Pferde erinnern konnte – das schwarze, das rote, das weiße und das bleiche –, eine qualvolle Erinnerung daran, daß ihr Bruder tot war und daß Ross Gavins Blut auf seinen Händen hatte.

Lange, lange Zeit lag sie hellwach da, und ihre ausdruckslosen Augen starrten ins Leere. Ihr ganzer Körper schmerzte vor Kälte, doch das machte ihr nichts aus. Ihr Kopf pochte schmerzhaft, weil sie ihn sich bei ihrem Fall auf dem Fußboden aufgeschlagen hatte. Sie war dankbar für den Schmerz und hätte gern noch mehr Schmerzen gehabt – so starke Schmerzen, daß sie alles andere auslöschten, was schmerzhaft war, Gavins Tod, das Wissen, daß Ross ihn getötet hatte, das Wissen, daß es ihretwegen zu all dem gekommen war.

Gavin.

Gavin war immer dagewesen. Er war etwas, was sie als selbstverständlich vorausgesetzt hatte. Und jetzt war er nicht mehr da. Es war das einzige Mal, daß er sie je im Stich gelassen hatte. Ihr Bruder. Ihr geliebter Bruder. Und jetzt war er nicht mehr da. Tot. Ihr Leben war vorüber. Soviel stand für sie fest. Das Bild mit den vier Pferden erschien jetzt oft vor ihren Augen, aber es peinigte sie nicht mehr. Sie hatte den Schmerz jetzt weit von sich geschoben. Der Schmerz. Er kam nicht mehr an sie heran. Sie konnte nicht sehen, was um sie herum vorging, nur das, was in der Vergangenheit lag. Sie sah Gavin als Kind, wie er ihre Schaukel an der Eiche hinter Saltwood Castle anstieß und sie höher und höher durch die Lüfte fliegen ließ, und das Geräusch seines Gelächters streifte sie wieder wie das zarte Kitzeln von Schneeflocken auf der Haut. Sie konnte vor sich sehen, wie ihr Vater Gavin sein erstes Pony schenkte, als er sieben Jahre alt war, und wie Gavin sie zu einem ersten Ausritt mitgenommen hatte.

Vater. Jetzt wird er mich hassen. Wie ich mich selbst auch hasse.

Sie sah ihre Mutter, die sie niemals würde hassen können, wenn sie ihr auch nie verzeihen konnte, was sie angerichtet hatte. Und ihre Schwestern? Würden sie sie ebenso sehr hassen wie ihr Vater, oder würden sie ihr ganz einfach den Rücken zukehren, wenn sie ein Zimmer betrat?

Una kam in ihr Schlafzimmer und brachte ihr eine Tasse heiße Fleischbrühe. Annabella drehte das Gesicht zur Wand. Ihre Tante strich ihr das Haar zurück und zog ihr die Decke bis ans Kinn, dann wandte sie sich ab und schloß die Tür leise hinter sich. Gedanken an Gavin ergriffen sie wieder. Bella versuchte, sie von sich zu stoßen. Gedanken an Gavin würden sie noch um den Verstand bringen.

Es war qualvoll, zu wissen, daß er irgendwo in einer Stille lag, die so kalt wie Stein war, so qualvoll, daß sie es nicht ertragen konnte. Gavin war kalt. Er lag auf etwas Hartem und Kaltem. Seine Kälte rief sie zu ihm. Sie mußte ihm helfen. Sie konnte ihn nicht in dieser Kälte liegen lassen. Sie erhob sich aus dem Bett, und die Welt um sie herum drehte sich. Ihre Augen schlossen sich, und sie fiel auf den Boden und blieb auf den kalten Steinen liegen, in einem Maß verwundet, daß sie nicht mehr weinen konnte, und sie flehte Gott an, Er möge sie sterben lassen.

Als Una am nächsten Morgen mit ihrem Frühstück kam, fand sie sie auf dem Fußboden vor und sagte: »O Kind, Kind, du darfst es dir nicht derart zu Herzen nehmen.«

Am dritten Tag trank sie ein Glas Milch und aß drei Löffel Suppe, aber auch das nur, weil Una ihr klarmachte, sie bräuchte etwas im Magen, damit sie zur Beerdigung gehen konnte.

Una wusch ihr das Gesicht und legte ihr schwarzes Seidenkleid bereit. Ailie kam, um ihrer Mutter mit den vielen kleinen Knöpfen auf dem Rücken zu helfen. Sie führten sie zum Spiegel und fingen an, ihr das Haar zu bürsten. Annabella schaute ihr

Spiegelbild an und sah ein bleiches Gesicht mit riesigen Augen und einer zerzausten Mähne. »Hexe«, schrie sie und warf mit einer Flasche Parfüm nach dem Spiegel. Er zerbrach, und Glassplitter gruben sich in ihre Hände, doch das machte ihr nichts aus. Schmerzen waren ihr jetzt nur zu lieb. Sie waren ihre einzige Gesellschaft. Wenn Ailie oder Una versuchten, mit ihr zu reden, wandte sie das Gesicht ab.

Am Morgen des Begräbnisses ging sie nach unten und setzte sich von acht Uhr bis halb vier, als sie kamen, um ihn fortzuholen, zu der Leiche ihres Bruders, die in der Bibliothek aufgebahrt war. Sie fuhr in der Kutsche hinter ihm und ließ seinen Sarg keinen Augenblick aus den Augen. Sie war derart geschwächt, daß sie nicht allein aus der Kutsche aussteigen konnte.

Nach dem Begräbnis packten sie sie mit einem Beruhigungsmittel ins Bett, damit sie besser schlafen konnte. Im Lauf der nächsten Tage existierte sie in ihrer eigenen Welt. Noch nicht einmal Ross konnte zu ihr durchdringen. Jedesmal, wenn er es versuchte, konnte er ihr nicht die geringste Reaktion entlocken, nicht die kleinste Gefühlsregung, die gezeigt hätte, daß sie ihn wenigstens gehört hatte.

Sie verstand alles, was er sagte, doch ihr Herz war von Kummer und Schuldbewußtsein zerrissen. Ob sie es wollte oder nicht – Annabella dachte nur immer wieder, daß es ihre Schuld war, der Preis, den man ihr für ihren Ungehorsam abverlangte. Hätte sie an jenem Tag doch nur auf ihn gehört. Hätte sie doch nur in die Dinge eingewilligt, die er ihr vorgeschlagen hatte.

Doch so war es nicht. Und jetzt war er tot. Der Tod war so endgültig. So endgültig wie das Ende ihrer Liebe zu Ross. Nicht etwa, daß sie ihn nicht mehr geliebt hätte; diesem Gefühl konnte nichts ein Ende setzen, noch nicht einmal das Wissen, daß er ihren Bruder getötet hatte. Sie haßte ihn. Sie wünschte ihm den Tod. Aber selbst das konnte sie nicht davon abbringen, ihn zu lieben.

Tränen brannten heiß in ihren Augen, und sie wandte den Kopf ab. Sie wußte nicht, was sie tun sollte. Die Heirat würde natürlich nicht stattfinden – oder doch? Gott im Himmel, das konnte sie jetzt einfach nicht durchstehen. Sie malte sich in Gedanken schon den Zeitpunkt der Ankunft ihrer Eltern aus.

Drei Tage nach dem Begräbnis suchte Ross Barra in dessen Arbeitszimmer auf. Seine Sorge um Bella trieb ihn in die Verzweiflung.

»Ich weiß, daß Sie sie in einem solchen Moment nicht allein lassen wollen«, sagte Barra, nachdem Ross mit ihm geredet hatte, »aber ich halte es für das beste. Bald werden ihre Mutter und ihr Vater hier eintreffen. Uns sind schon genug Pulverfässer ins Gesicht geflogen. Das nächste wird mit Sicherheit in die Luft gehen, wenn Alisdair und Anne kommen und Sie noch hier sind.«

Ross verließ Seaforth. Annabella weigerte sich, ihn vor seiner Abreise noch einmal zu sehen. In der Woche darauf traf in Seaforth die Nachricht ein, ihre Familie würde kommen. Ihr Vater hatte geschrieben, seine Frau hätte ihr Bett nicht mehr verlassen, seit die Nachricht von Gavins Tod London erreicht hatte.

Dein Bruder ist inzwischen schon begraben, und mein Erscheinen hilft niemandem mehr, und Deine Mutter ist nicht in der Verfassung für eine solche Reise. Mach Dir um sie keine Sorgen. Gesundheitlich geht es ihr den Umständen entsprechend gut. Sie hat ein wenig abgenommen, aber der Arzt meint, das sei angesichts ihrer Trauer nur natürlich. Mit der Zeit wird sich auch das wieder legen, wenn der Schmerz über seinen Verlust der Traurigkeit darüber weicht, daß wir sein lächelndes Gesicht nicht mehr sehen. In unser aller Leben war er ein strahlender Lichtschimmer, und wir werden ihn sehr vermissen. Ich weiß, daß Ihr beide Euch von all meinen Kindern am nächsten gestanden habt. Das Wissen, daß auch Dein Schmerz gewaltig ist, vertieft meinen Schmerz nur noch mehr. Ich kann nicht be-

haupten, Du hättest Dich weise verhalten, Annabella, aber ebensowenig kann ich Dich für Deine Gefühle verdammen. Wenn ich das täte, würde ich die Erinnerung an Deinen Bruder verunglimpfen, denn ich weiß, wie unlieb es ihm wäre, wenn sein Tod zwischen uns stünde. Da er Dir verziehen hätte, muß ich es ebenfalls tun. Dennoch halte ich es für das beste, wenn Du in Seaforth bleibst, zumindest für die nächste Zeit. Lord Huntly will immer noch, daß es zu einer Heirat kommt, doch er versteht, daß der Termin hinausgeschoben werden muß, bis die Trauerzeit vorüber ist.

23. KAPITEL

An dem Tag, an dem er verhaftet wurde, war Ross seit drei Wochen wieder in Dunford.

Sie waren aus dem Dunkel der Nacht gekommen, hatten an Dunfords Tore gepocht und die Auslieferung von Ross verlangt. Bewaffnete Wachen brachten ihn nach Edinburgh, wo er seinen Urteilsspruch wegen des Mordes an dem Marquis von Larrimore erwarten sollte.

Annabella fütterte an dem Tag, an dem Allan angeritten kam und die Nachricht von Ross Mackinnons Verhaftung mitbrachte, gerade im Regen die Hühner. Sowie Allan es ihr gesagt hatte, ließ sie den Eimer mit dem Hühnerfutter fallen und weinte; die Tränen strömten ihr über das Gesicht und vermengten sich mit dem Regen. Sie glaubte, mit Gavins Tod hätte sie jeden Kummer, den sie überhaupt verkraften konnte, in sich aufgesogen, doch sie hatte sich geirrt.

Gerade gestern hatte sie einen Brief von Ross bekommen, in dem er ihr die Dinge schrieb, die sie nicht hatte hören wollen, solange er da war. Er hatte Gavin nicht getötet, schrieb er, doch zu dem Zeitpunkt, zu dem sie das las, war diese Schuldabwehr bereits überflüssig. Annabella wußte, sobald sie wieder halbwegs klar im Kopf war, daß Ross Gavin nicht getötet haben konnte. Gestern erst hatte er ihr schriftlich seine Unschuld beteuert, und heute erfuhr sie von seiner Verhaftung.

Manchen Menschen war es bestimmt, niemals glücklich zu sein.

Vielleicht gehörte sie zu diesen Menschen.

Die Nachricht von seiner Verhaftung überschwemmte ihren Verstand, der immer noch vor Kummer betäubt war, mit Fragen. Ross, soviel wußte sie, war derjenige gewesen, der Gavin gefunden hatte, derjenige, der ihn in jener Nacht ins Haus getragen hatte und dessen Kleider von Gavins Blut durchtränkt gewesen waren. Aber die Frage des Motivs blieb offen. Was hätte Ross zu gewinnen gehabt, wenn er Gavin umgebracht hätte?

»Man glaubt nicht an einen Mord mit gewinnsüchtiger Absicht, Mädchen, sondern an eine Affekttat«, sagte Onkel Barra. »Er hatte volle Taschen. Raubmord scheidet als Motiv aus. Huntly ist befragt worden und hat bestätigt, daß Gavin zu ihm gekommen ist und ihm gesagt hat, er sei nur gekommen, um dich zu beschwichtigen.«

Annabella erbleichte. »Was sagst du da?«

»Ich sage dir, Mädchen, daß Huntly beeidet hat, Gavin hätte ihm gesagt, er hätte niemals die Absicht gehabt, Huntly aufzufordern, daß er die Verlobung mit dir auflöst. Er hat geschworen, Gavin hätte so viel wie jedem anderen an dieser Heirat gelegen, und er hätte nur so getan, als stünde er auf deiner Seite, damit du dich bis zu deiner Heirat ruhig verhältst, die auf den 21. Dezember vorgezogen worden ist. Hat Gavin dir das gesagt?«

»Nein.«

»Die Hochzeit ist vorgezogen worden, Mädchen. Dein Vater hat mir das in dem Brief geschrieben, den er Gavin mitgegeben hat.«

»Warum hast du mir nichts davon gesagt?«

»Weil du mir gesagt hast, Gavin ließe mir ausrichten, ich sollte vor seiner Rückkehr nichts unternehmen. Ich hatte das Gefühl, es sei das beste, den Brief bis dahin geheimzuhalten.«

»Das ändert auch nichts. Für mich spielt das keine Rolle. Ich glaube kein Wort von Huntlys eidesstattlicher Aussage. Ich kenne meinen Bruder. Gavin war nicht so. Er hätte nie ein falsches Spiel mit mir getrieben. Niemals.«

»Du wirst jedoch zugeben müssen, daß es Huntly nur zu gut zustatten kommt.«

»Inwiefern?«

»Nehmen wir mal an, Gavin hätte nicht die Absicht, Huntly um eine Auflösung der Verlobung zu bitten. Gavin geht also zu Huntly und berichtet ihm von dem vorverlegten Termin für die Hochzeit. Er verläßt das Haus. Auf dem Rückweg begegnet er Ross Mackinnon. Die beiden unterhalten sich miteinander. Gavin läßt durchsickern, daß er in dieser ganzen Geschichte auf Huntlys Seite steht. Wenn Gavin Ross von dem vorgezogenen Termin für die Hochzeit erzählt, fühlt sich Ross noch mehr unter Druck gesetzt. Die beiden streiten miteinander. Ross ersticht ihn.«

»Von hinten?« rief sie aus und sprang auf. »Wenn Ross einen Menschen töten würde, dann würde er ihm keinen Dolch in den Rücken rennen. Ich weiß, daß er keinen so feigen Mord begehen würde. Und er hätte niemals meinen Bruder getötet.«

»Das weiß ich auch. Aber Mackinnon ist in dieser Gegend ein Fremder. Huntly wird hier hochgeschätzt...«

»Nur in kleinen Kreisen«, rief ihm Annabella ins Gedächtnis zurück.

»Nur in kleinen Kreisen«, wiederholte Barra, »aber leider sind diese Kreise die einflußreichen. Huntly ist so schlau wie ein Wiesel. Er hat es auf Mackinnon abgesehen. Das spüre ich in meinen Knochen.«

»Weshalb sollte er es auf Ross abgesehen haben?«

»Weil Ross ihn zum Narren gehalten hat. Ross hat die Frau genommen, die er, Huntly, heiraten soll. Er hat bereits Beweise dafür an sich gebracht, daß Mackinnon in Texas gesucht wird. Es sieht nicht gerade gut für Mackinnon aus, mein Kleines.«

»Er wird gesucht? Weshalb?«

Barra wurde blaß. »Lassen wir das auf sich beruhen.«

»Weshalb, Onkel? Es ist mein Recht, das zu erfahren.«

Barra seufzte. »Es scheint so, als hätte er ein Mädchen verführt und ihr die Ehe versprochen, und dann hat er das Land verlassen. Aber bei solchen Geschichten gibt es immer zwei Seiten«, fuhr Barra fort, aber Bella hörte ihm nicht mehr zu.

Lieber Gott, hat er mich auch zum Narren gehalten?

In ihrem tiefsten Innern wollte Bella nicht daran glauben, doch ihr Verstand war klüger. Zu viele Indizien sprachen gegen Ross, und ihr fiel nichts ein, nicht ein einziger Punkt, der wirklich für Ross sprach, abgesehen von der Tatsache, daß sie ihn liebte.

Mit zitternden Händen und bleichem Gesicht drehte sie sich zu ihrem Onkel um und sah ihn an. »Was wird aus ihm werden, wenn... wenn er für schuldig befunden wird?«

»Man wird ihn hängen.«

Ein Teil von ihr weigerte sich, es zu glauben. Ein anderer Teil war voller Zweifel. Einen Moment lang glaubte sie, ohnmächtig zu werden. Sie verspürte Übelkeit, eine Übelkeit, die über jede Vernunft, jede rationale Überlegung und jedes gesprochene Wort hinausging. Gavin war tot. Ermordet. Und Ross würde den Preis dafür bezahlen. Ross würde hängen. Es würde ihn nicht mehr geben. Er würde aufhören zu existieren, wie auch Gavin aufgehört hatte zu existieren, es sei denn in den verborgensten finstersten Winkeln ihres Innern. Er würde sterben, und sie würde ihn nie wiedersehen.

Genau wie Gavin.

Sie würde nie mehr spüren, wie es war, wenn sich sein dunkler Schopf an ihre Brust preßte, nie mehr hören, wie er seine Gedanken mit den Lippen auf ihrem Fleisch flüsterte. Es würde keine fröhlichen Augenblicke mehr geben, in denen sie miteinander lachten, keine Momente mehr, in denen er sie zufällig traf und sie überrumpelte, und es würde auch nicht mehr vorkommen, daß sein Anblick ihre Seele entflammen ließ. Nie mehr würde sie ein reizvolles neckisches Geplänkel mit ihm erleben oder die Wonnen, geliebt zu werden und ihrerseits auch zu lieben.

Annabella sah ihren Onkel an und verließ das Zimmer. In der Tür blieb sie stehen. »Vielleicht wird er verschont bleiben«, sagte sie. »Vielleicht wird er sich etwas einfallen lassen, wie er sich doch noch retten kann.«

»Kann sein. Wirst du ihn besuchen?«

»Nein.«

»Warum nicht? Soll das heißen, daß du ihn für schuldig hältst?«

»Nein... ich... ich weiß es nicht. Ich weiß nur, daß mein Bruder tot ist und daß jemand ihn ermordet hat. Bislang ist Ross der einzige, der ein Motiv hat.«

»Du meinst nicht, daß Huntly ein Motiv hat?«

»Was könnte das sein?«

»Du.«

»Ich?« gab sie zurück. »Ich?« Sie lachte hämisch. »Weshalb sollte er meinetwegen jemanden töten? Ich gehöre ihm doch ohnehin schon.«

»Vielleicht. Vielleicht auf dem Papier. Aber in deinem Herzen, mein Kleines, wirst du immer Ross Mackinnon gehören.«

»Was sagst du da, Onkel?«

»Ich sage dir, daß du den Jungen nicht so vorschnell verurteilen sollst.«

»Ich dachte, du seist von seiner Schuld überzeugt. Es klang jedenfalls ganz danach.«

»Ich habe dir lediglich die Tatsachen berichtet, Kleines. Die bloßen Umstände beweisen noch lange nicht die Schuld eines Menschen.«

Sie kam wieder ins Zimmer und setzte sich Barra gegenüber an seinen Schreibtisch. »Also gut. Laß uns noch einmal darüber reden. Du hast erwähnt, Huntly hätte einen Grund haben können, Gavin zu töten, und dieser Grund sei ich. Das verstehe ich nicht.«

»Was ist, wenn Gavin zu Huntly gegangen ist und getan hat, was er dir versprochen hat? Was ist, wenn er Huntly aufgefordert hat, dich aufzugeben? Was ist, wenn Huntly sich geweigert hat?«

»Was ist, wenn Gavin wütend geworden ist und Huntly gesagt hat, die Hochzeit käme ohnehin nicht mehr in Frage?« beendete sie Barras Gedankengang.

»Genau«, sagte Barra. »Was ist, wenn Gavin anschließend fortgegangen ist?«

»Huntly könnte jemanden hinter ihm hergeschickt haben, damit er ihn tötet.«

»Oder er könnte ihm selbst gefolgt sein und ihn eigenhändig umgebracht haben. Wir wissen, daß Huntly in jener Nacht nach Edinburgh aufgebrochen ist. Er könnte Gavin getötet haben, ehe er nach Edinburgh weitergezogen ist. Dein Bruder ist von hinten erstochen worden. Vergiß das nicht. Das allein riecht schon ganz nach Huntly. Ich halte ihn nicht für Manns genug, einem anderen offen gegenüberzutreten.«

Im Lauf der nächsten Wochen versuchte Annabella die Scherben ihres Lebens aufzusammeln, die so weit verteilt waren wie das Hühnerfutter in dem Eimer, den sie an jenem Tag im Regen fallen gelassen hatte. Sie stellte fest, daß sie zunehmend mehr Zeit in der Küche verbrachte und über ihren Stickrahmen gebeugt war oder mit Una und Ailie im Wohnzimmer saß und sich mit Handarbeiten beschäftigte. Sie strebte es an, ständig beschäftigt zu sein, doch schon bald lernte sie, daß die Hände selbst dann arbeiten können, wenn der Verstand nicht dabei ist. Und immer wenn sie in Gedanken nicht bei der Sache war, gingen ihr dieselben Überlegungen durch den Kopf.

Viele ihrer Gedanken drehten sich um Ross und um die Augenblicke, die sie gemeinsam erlebt hatten, aber oft ertappte sie sich auch dabei, daß sie das Gespräch, das sie an jenem Tag mit ihrem Onkel geführt hatte, noch einmal neu durchdachte. Was war, wenn er recht hatte? Was war, wenn Huntly in die Sache verwickelt war? Sie konnte es beim besten Willen nicht wissen, und vielleicht würde sie niemals Klarheit erlangen. Aber eins wußte sie: Ross war unschuldig. Darauf hätte sie ihr Leben gewettet. Sie fühlte sich schuldbewußt, weil sie auch nur einen Augenblick daran gezweifelt hatte.

Sie faßte den Entschluß, nach Edinburgh zu reisen und ihn aufzusuchen. Und dann dachte sie an seinen Großvater. Dem alten Herzog mußte das Ganze schwer zu schaffen machen. *Aber er hat Percy an seiner Seite,* sagte sie sich. *Ich weiß, daß Percy jetzt nicht nach England zurückgehen würde, und wenn es noch so dringend wäre. Er liebt den Mackinnon. Er liebt ihn ebensosehr wie ich.*

»Ich fahre nach Dunford«, kündigte sie am nächsten Morgen an.

»Kann ich mitkommen?« fragte Ailie.

»Nein«, erwiderte Barra. »Das ist etwas, was Bella allein hinter sich bringen muß.«

Es war schon nach Mitternacht, als sie zwei Tage später Dunford erreichte, doch der alte Herzog war noch auf, denn im Arbeitszimmer des Mackinnon brannte Licht.

Als ein schlaftrunkener Robert die Tür öffnete, eilte Annabella mit raschelnden Röcken ins Haus. »Ist Seine Exzellenz in seinem Arbeitszimmer?«

»Ja, Miss.«

»Danke, Robert. Würden Sie bitte meine Sachen aus der Kutsche holen und in mein altes Zimmer bringen lassen?«

»Ja, Miss.« Robert sah ihr nach. »Ach, noch etwas, Miss.«

Sie blieb stehen und drehte sich zu ihm um.

»Ja?«

Ein breites Lächeln trat auf sein Gesicht. »Ich bin froh, daß Sie wieder da sind, Miss. Der alte Herzog ist ein gebrochener Mann. Vielleicht können Sie etwas für ihn tun.«

»Ich werde mich bemühen, Robert«, versprach sie. »Deshalb bin ich doch hergekommen.«

Sie eilte durch den Korridor, blieb vor dem Arbeitszimmer des Herzogs stehen und klopfte leise an die Tür. Niemand antwortete darauf, und daher öffnete Annabella die Tür und trat ein. Der Mackinnon saß auf dem Stuhl hinter seinem Schreibtisch, und der Kopf war ihm auf die Brust gesunken. Bei näherem Hinsehen erkannte sie, daß er dabei gewesen war, einen Brief an seinen Anwalt in Edinburgh zu schreiben. Tränen traten in ihre Augen, und sie streckte die Hand aus und nahm ihm die Feder aus den Fingern.

Er hat so viel durchgemacht, so viel verloren. Das hat er nicht verdient.

Der Herzog schnaufte und nahm eine andere Haltung ein, und dann schlug er langsam die Augen auf. »Du bist gekommen«, sagte er. »Ich wußte, daß du kommst.«

Der Winter nahte. Weihnachten kam und ging vorüber. Aber noch nicht einmal das kalte Wetter konnte die Dinge aufhalten. Percy und der Mackinnon unternahmen wiederholt Reisen nach Edinburgh, redeten mit dem Anwalt und engagierten private Ermittler, und immer wieder kehrten sie ohne große Hoffnung zurück. Annabella besuchte Ross auf seinen Wunsch hin nicht mehr. Er hatte seinem Großvater geschrieben.

Bring sie nicht mit nach Edinburgh. Es steht sehr schlecht für mich. Ich will es ihr nicht zumuten, daß sie mich so sehen muß. Sag ihr... sag ihr, sie soll mich so in Erinnerung behalten, wie ich an dem Tag war, an dem ich zur Jagd gehen wollte. Sie wird schon wissen, was ich meine.

Der März kam mit stürmischem Wetter, als wäre Mutter Natur durchgedreht. Vielleicht gab ihr das launische Wetter den Anstoß, aber vielleicht war auch der Leidensdruck zu groß – woran es auch liegen mochte, aber das war der Monat, in dem sich Annabella entschied, den Herzog und Percy nach Edinburgh zu begleiten. Sie konnte es nicht ertragen, Ross nicht wenigstens noch ein letztes Mal zu sehen.

Vier Tage nachdem sie den Entschluß gefaßt hatte, nach Edinburgh zu fahren, überquerte sie die Dean Bridge über dem Water of Leith und gelangte in die Stadt, die Robert Burns *Edina, die Perle Schottlands* nannte.

Sie saß in der Kutsche und las *Holyrood*:

Aus Holyrood stieg auf der Mond
Zum weiten Himmel hin mit weißen Lippen,
Es wimmerte der Nachtwind auf den Klippen,
Vorüber zogen Geister wie gewohnt;
Und majestätisch, sorgenvoll und still,
Die Bucht der blinden Augen Ziel,
Lag da der Löwe, in die Einsamkeit verbannt,
Der Hauptstadt seine hagre Schulter zugewandt.

Annabella klappte das Buch zu und schaute aus dem Fenster. Vor den kalten Steinen des Charlotte Square tanzte ein Meer von Narzissen im Wind, als sie vorbeifuhren, und sie fragte sich, ob Ross sie je wieder würde sehen können.

Es dauerte zwei Tage, bis es ihr gestattet wurde, ihn zu besuchen, doch das lange, nervenaufreibende Warten war jetzt vorbei. Sie erwartete ihn in ihrem schwarzen Taftkleid – schließlich trauerte sie noch um Gavin –, aber sie hatte sich ein kariertes Tuch über die Schultern geworfen.

Erst vor einer Stunde hatte sie das Büro von Lord Braxton, dem Anwalt der Mackinnons, verlassen. Sie hatten den größten Teil des Morgens dort verbracht und über eine erfolgte Zusammenkunft von Lord Braxton und dem Kronanwalt geredet. Der Fall würde vor dem höchsten Strafgerichtshof verhandelt werden. Dort würde man eine endgültige Entscheidung treffen, denn dort konnte keine Berufung eingelegt werden, noch nicht einmal durch einen Antrag im Oberhaus. Die Endgültigkeit der Worte des Anwalts hallte in ihrem Kopf wie das Echo, nachdem ein eisernes Tor geschlossen worden ist.

Und jetzt war sie da, wo Ross festgehalten wurde, und wartete. Der Raum, in dem sie wartete, war klein, spärlich möbliert und stickig. Sie trat ans Fenster, um es zu öffnen, und die Gitterstäbe fielen ihr auf. Der Anblick schockierte sie, denn das Wissen, daß Ross Wochen, die inzwischen zu Monaten wurden, hinter solchen Gittern verbracht hatte, war ihr unerträglich. Sie wandte sich eilig von dem Fenster ab und dachte an Ross. Fünfzehn Geschworene werden ein Urteil über seine Schuld oder Unschuld fällen. Fünfzehn Menschen, die durch einen Mehrheitsentscheid über sein Leben oder seinen Tod befinden würden.

Die Tür ging auf, und Ross wurde in das winzige Wartezimmer geführt, das nur mit einem kleinen Tisch und zwei Stühlen ausgestattet war.

»Fünfzehn Minuten«, sagte der Wächter, ehe er ging und die Tür hinter sich verriegelte.

Er sah so aus wie immer, nur abgespannter. Er war dünner, blasser und so unwahrscheinlich müde; sein Gesicht war von tiefen Furchen durchzogen und wies die Anzeichen starker Belastung auf. Dennoch waren sein geliebtes Gesicht und sein tintenschwarzes Haar noch so, wie sie es in Erinnerung hatte. Die Glut und das Temperament des Mannes, den sie gekannt hatte, brannten noch in seinen Augen, doch er war ungewohnt gekleidet und trug nicht die übliche Lederhose und das blaue Leinenhemd.

In dem Moment, in dem er eintrat, fiel sein Blick auf sie, und sie sah, wie er die auflodernden Gefühle schnell unterdrückte. Er liebte sie, aber sie wußte, daß er alles tun würde, um es nicht zu zeigen.

Er schaute auf das karierte Tuch mit dem Wappen der Mackinnons, das sie sich über die Schultern geworfen hatte. »Es gab Zeiten, in denen du dir dieses Tuch nicht umgehängt hättest«, sagte er leise.

Sie lächelte ihn an. »Es gab Zeiten, in denen es dir gleichgültig gewesen wäre, ob ich mir dieses Tuch umhänge.«

Sein Ausdruck wurde ernst. »Ich wollte nicht, daß du mich so siehst, mein Kleines. Es wäre leichter für d... für uns beide gewesen, wenn du nicht gekommen wärst. Es war nicht sehr klug von dir herzukommen. Wenn du es dir genauer überlegt hättest, wärst du nicht gekommen.«

»Du hast einmal zu mir gesagt, ein Mensch, der alles plant und vorher durchdenkt, hätte sehr wenige Erinnerungen, die es wert seien, sie zu behalten.«

»Erinnerungen, darum geht es also? Bist du deshalb gekommen?«

»O Ross«, sagte sie. Sie eilte auf ihn zu und schlang ihm die Arme um die Taille. »Ich bin gekommen, weil ich dich liebe. Das weißt du doch sicher.« Sie preßte ihr Gesicht an seine Brust und schloß die Augen, und einen Moment lang machte sie sich vor, sie sei glücklich, und sie wünschte sich, dieser Augenblick würde nie enden, und sie redete sich ein, das Leid und die Qualen, von denen sie beherrscht wurden, seien nichts weiter als ein böser Traum.

»Meine liebste Annabella, ich bin ungepflegt. Du wirst deinen süßen Duft bei mir zurücklassen und meinen Gestank mitnehmen«, flüsterte er, und seine Worte ließen ihr Haar sachte flattern.

»Das ist mir egal, mich interessiert nur, daß ich jetzt bei dir bin. Ich mußte dich einfach sehen. Ich wollte sehen, ob du mir so lieb bist wie das Bild, das sich in meiner Erinnerung von dir gebildet hat. Es gab so viel, was ich dir sagen wollte. Aber jetzt... jetzt bin ich bei dir und weiß anscheinend nicht, was ich sagen soll.« Tränen sprudelten aus der Wunde in ihrem Innern, und sie konnte nicht weiterreden.

»Ich weiß«, sagte er und drückte ihren Kopf an sich. Er spürte die Qual in ihren Tränen, und er wußte, daß sie für sie beide weinte. »Ich weiß.«

Mehr sagte er nicht; er begnügte sich eine Weile damit, sie in seinen Armen zu halten und sie sich ausweinen zu lassen. Der einzige Trost, den er ihr spenden konnte, bestand darin, sie an sich zu schmiegen, als sei sie das Wichtigste in seinem ganzen Leben, was sie auch war.

Als die Tränen einem abgehackten Schluchzen wichen, das langsam abebbte und sie nur noch gelegentlich erschauern ließ, legte er einen Finger unter ihr Kinn und bog ihren Kopf hoch, bis sie ihn ansah, und er küßte sie, als sei das das Natürlichste auf Erden. Es war ein Kuß, der keiner Leidenschaft entsprang und auch keine Gier stillen wollte. Es war ein Kuß, der reines Mitgefühl und Verständnis ausdrückte, weil er sie mochte und es nicht ertragen konnte, das Leid in diesen schönen grünen Augen zu sehen.

»Ich habe Gavin nicht getötet«, sagte er.

»Ich weiß«, sagte sie zögernd. Sie sah ihm ins Gesicht. »O Ross! Warum hast du das gesagt? Wieso hattest du auch nur das Gefühl, du müßtest mir das sagen? Hast du geglaubt, das wüßte ich nicht?«

»Ich wollte nicht, daß du dir in vielen Jahren Fragen stellst, nachdem ich... ich wollte einfach nur, daß du es aus meinem eigenen Mund hörst.«

Sie lächelte traurig, schlang die Arme um ihn und drückte ihn an sich, und sie spürte, wie er zusammenzuckte und sein Körper steif wurde, als bereitete es ihm Schmerzen, wenn sie ihn an sich drückte.

»Warum bist du zusammengezuckt? Bist du verletzt? Hast du Schmerzen?«

»Nur eine kleine Quetschung auf den Rippen«, sagte er. »Kein Grund zur Sorge.«

»Wie ist das passiert?«

Er seufzte und wandte den Blick ab.

»Sie haben dich geschlagen, stimmt's?«

»Es war nur eine kleine Meinungsverschiedenheit.«

»Worum ging es?«

»Ich sollte eine Geständnis unterschreiben.«

»O Ross...« Ihre Stimme verhallte, und sie streckte die Hand aus und legte sie behutsam auf seine Rippen. »Auf dieser Seite?«

»Ja.«

»Ich will es mir ansehen.«

»Es ist nichts weiter. Nur eine kleine Quetschung.«

»Darüber will ich mir selbst ein Urteil bilden, du großes Kind.«

Wie besorgt sie doch war! Wie eine Ehefrau. Und wie selbstverständlich ihr diese Worte über die Lippen gingen. Stolz auf sie wogte in ihm auf. Sie zitterte und verzagte nicht, und sie rang auch nicht die Hände oder tat eins von den Dutzend anderen Dingen, die eine vornehme Engländerin, die behütet aufgewachsen ist, unter solchen Umständen getan hätte. Schottland hatte sie verändert, und jetzt war sie sein Mädchen. Das Bedauern versetzte ihm einen Stich, als ihm wieder einfiel, wo er war und was es hieß, daß sie hier war.

Sie war sein Mädchen.

Doch dieses Glücksgefühl kam zu spät. Ein Glück, das vorüber war, ehe es angefangen hatte.

Sie nahm ihn an den Händen, führte ihn zum Tisch und zog einen der Stühle vor. Er ließ sich nur zu gern darauf sinken, denn er war matt bis in die Knochen. Mit schnellen, geschickten Bewegungen fing sie an, ihm das Hemd aufzuknöpfen, und als sie damit fertig war, zog sie es aus seiner Hose. »O Ross«, sagte sie, als sie den blauen Flecken sah, der sich auf seinen Rippen gebildet hatte. Ihre Finger berührten sachte die violette Verfärbung. »Glaubst du, es sind Rippen gebrochen?«

»Nur angeknackst, vermute ich. Aber das macht nichts. Ich spüre es kaum, denn schließlich sitze ich doch nur den ganzen Tag in einer Zelle und warte... mein Gott, Annabella... mein Liebling... mein Gott...!«

Zu einer Woge von raschelnder schwarzer Seide war sie neben ihm auf den Boden gesunken, und ihre Hände zogen sein Hemd auseinander. Sie hatte den Kopf gesenkt und küßte die schmerzende Stelle so sachte, wie sie sie vorher mit ihren Fingern berührt hatte.

Immer wieder küßte sie ihn. Ihre Finger waren gespreizt und lagen auf seiner Brust und waren in das Haar verwoben, das sie bedeckte. Ihre Berührungen und ihre Küsse brachten ihn um den Verstand. Er wollte sie. Hier. Jetzt. Auf diesem harten Bretterboden. Er wollte sie hier, weil er wußte, daß ihm nicht mehr genug Zeit blieb, sie an einem anderen Ort zu haben.

Die Last seiner Zukunft war niederdrückend. Er stieß sie von sich und wollte sie dazu bringen, daß sie wieder aufstand, doch seine Schwäche für sie gewann die Oberhand, und er bemerkte, daß er sie keineswegs von sich gestoßen, sondern statt dessen ihr Gesicht zu sich gezogen hatte. Flüsternd. Voller Verlangen. Er bedeckte sie mit Küssen, bis er ihr Gesicht fand. Als er bei ihrem Mund angelangt war, preßte er seine Lippen darauf und öffnete mit seiner Zunge ihre Lippen, küßte sie begierig, ohne aufhören zu können. Wenn er sie für den Rest seines Lebens so hätte küssen können, dann wäre ihm das immer noch nicht genug gewesen. Seine Gefühle für sie waren grenzenlos – die einzige Einschränkung wurde ihm dadurch auferlegt, daß er für ein Verbrechen bestraft wurde, das er nicht begangen hatte.

Die Last seines eigenen Todes drückte ihn gewaltig nieder, und er spürte, wie die letzte Regung seines Verlangens erlosch. *Was tust du hier, Mann? Gib ihr nichts, was du nicht hast.*

So schnell, wie er sie an sich gezogen hatte, löste er sich von ihr. Er stand auf und zog sie hoch. Als sie vor ihm stand, schaute er sie genau an und prägte sich ihren Anblick gut ein. »Du mußt jetzt gehen«, sagte er. »Versprich mir, daß du nicht wiederkommst. Versprich mir, daß du mich so in Erinnerung behältst, wie ich früher war. Nicht so, wie du mich heute siehst.«

»Sag das nicht, Ross. Bitte. Ich will bei dir sein«, sagte sie. »Ich will nicht, daß du all das allein durchmachst.«

»Ich werde nicht allein sein. Ich habe zu viele Erinnerungen an dich, um je allein zu sein.«

»Mir ist die Vorstellung unerträglich, dich nicht zu sehen, nicht bei dir zu sein, wenn du mich brauchst.«

»Ich will dich nicht hier sehen. Ich möchte, daß du mich vergißt und einen neuen Anfang machst. Ich möchte, daß du die Vergangenheit hinter dir läßt und nach vorn schaust. Du bist dazu geschaffen, geliebt zu werden, Bella. Such dir jemanden, der dich liebt. Such dir jemanden, der dich so sehr liebt, daß du vergessen kannst.« Er wußte, was sie sagen würde, wußte, daß sie sich widersetzen würde. »Geh jetzt fort. Geh fort und wirf die Erinnerung an mich ab, wenn du gehst. Vergiß mich, Annabella. Geh fort von hier und wirf nie mehr einen Blick zurück.«

»Wirst du mich küssen, ehe ich fortgehe?«

»Ich kann es nicht«, sagte er und wandte sich ab. »Wächter«, rief er und klopfte an die Tür. »Aufmachen! Die Dame möchte gehen.«

Sie verließ den Raum, ohne noch einen Blick zurückzuwerfen.

Erst als sie gegangen war, konnte er sich wirklich vorstellen, daß sie für ihn verloren war. Erst als sie gegangen war, konnte er weinen.

Die frühere Annabella hätte auf Ross gehört. Die frühere Annabella wäre in ihr gewohntes Leben zurückgekehrt und hätte eine Zeitlang um ihn getrauert.

Das hätte die frühere Annabella getan.

Nicht so die jetzige Annabella. Die jetzige Annabella hatte nicht die Absicht, ihn zu vergessen oder sich einen anderen Mann zu suchen, der ihr half, ihn zu vergessen. Bis zu seinem letzten Atemzug würde sie nicht aufgeben. Solange er lebte, lohnte es sich, um ihn zu kämpfen. Aus dem Grund klammerte sie sich an ihre Hoffnung, nachdem Ross die Hoffnung schon längst aufgegeben hatte.

Eine Woche vor seiner Verhandlung traf wieder ein Brief in Dunford ein, diesmal eine kurze Nachricht, in der er sie erneut bat, nicht zu kommen. »*Wenn du nicht kommst, ist es leichter für mich.*«

Am nächsten Morgen war es kalt und regnerisch, als Percy und der Mackinnon nach Edinburgh aufbrachen, und Annabella hoffte, daß es kein böses Omen war. Sie stand in ihrem Schlafzimmer am Fenster und sah zu, wie die Kutsche losfuhr, und sie mußte gegen den Drang ankämpfen, ihren Umhang zu schnappen und hinterherzulaufen. »*Wenn du nicht kommst, ist es leichter für mich*«, hatte er geschrieben.

Er konnte wohl nicht wissen, wieviel schwerer er es ihr machte, denn sie wollte kommen.

24. Kapitel

In dem Moment, in dem sie die Tür öffnete und das Gesicht seines Großvaters sah, wußte sie, daß sie ihn dazu verurteilt hatten zu hängen. Nie zuvor hatte sie erlebt, daß es mit einem Menschen derart schnell bergab ging. Seit dem Tag vor einem Jahr, an dem sie ihn kennengelernt hatte, war er um zehn Jahre gealtert.

Percy half ihm ins Haus.

»Es steht schlecht«, sagte sie zu Percy. »Habe ich recht?«

»Ja. Schlechter könnte es nicht sein. Sie haben ihn für schuldig befunden.«

»Man wird ihn also hängen?« fragte sie.

»In zwei Wochen.«

Erst Gavin und jetzt Ross. Das durfte ihr nicht passieren. Nicht noch einmal, kein zweites Mal. Es konnte doch einfach nicht sein, daß sie noch einen Menschen verlor, der ihr so lieb war. Sie hätte am liebsten geschrien und Dinge kaputtgeschlagen, wäre am liebsten zur Tür hinausgerannt und immer weitergerannt, bis der Tod sie schluckte und ihrem Elend ein Ende setzte. Aber als sie den alten Herzog ansah, wußte sie, daß sie nicht zusammenbrechen durfte.

»Ich habe noch nicht aufgegeben«, sagte der Mackinnon. »Helfen Sie mir nach oben, Percy.« Zu Annabella sagte er: »Heute abend bin ich von der Reise derart erschöpft, daß ich nicht klar denken kann, Kleines, aber morgen werden wir uns an die Arbeit machen, du und ich.« Mit seiner alten, runzeligen Hand drückte er ihren Arm, eine Geste, die um so liebenswürdiger war, weil sie wußte, wie sehr der alte Herzog litt und wieviel ihn diese kleine tröstliche Geste kostete. Sie umarmte ihn und empfand diesen alten Mann als einen Teil von Ross. »Mach dir keine Sorgen«, sagte er und tätschelte ihren Rücken. »Wir werden den Jungen freikriegen. Wir werden ihn freikriegen, und wenn ich dem Teufel meine Seele verkaufen muß, um es zu schaffen.«

Percy kam wieder nach unten, nachdem er den Mackinnon ins Bett gebracht hatte. Annabella trank mit ihm ein Glas Drambuie in der Bibliothek und hörte zwei Stunden lang zu, während der Percy ihr von der Verhandlung berichtete.

»War Huntly da? Hat er eine Aussage gemacht?«

»Ja, eine kurze Aussage.« Percy unterbrach sich einen Moment und war tief in Gedanken versunken. »Mir ist da etwas komisch vorgekommen.«

»Was denn?«

»Ich habe einen Moment mit Huntly geredet. Er hat mir gesagt, er sei nach England gereist und hätte mit Ihrem Vater gesprochen. Er hat immer noch vor, an seinen Heiratsabsichten festzuhalten, natürlich erst, wenn die Trauerzeit abgelaufen ist. Er hat gesagt, die Umstände, unter denen Ihr Bruder gestorben ist, seien bedauerlich, aber schließlich handelte es sich nur um einen Rückschlag, mit dem man mit der Zeit schon fertig würde.«

»Ich weiß«, sagte sie. »Mein Vater hat mir geschrieben.« Sie wandte den Kopf ab und starrte in den kalten Kamin. »Ich werde ihn nicht heiraten. Lieber möchte ich wie Gavin tot sein, als diese Ehe zu schließen, aber damit will ich mich jetzt nicht auseinandersetzen. Ich brauche meinen Verstand und meine Kraft für den Mackinnon und für Ross. Im Moment kann mir nichts passieren – solange ich trauere, bin ich vor den Klauen dieses Mannes sicher.«

»Wenn Sie Huntly heiraten, könnte sich die Trauer bis in alle Ewigkeit erstrecken.«

»Das weiß ich auch«, sagte sie leise. »Percy, was glauben Sie, warum er so darauf versessen ist, mich zu heiraten?«

»Es heißt – nichts ist erwiesen, das möchte ich betonen, es handelt sich nur um Gerüchte –, daß Huntly seine Ländereien und sein Vermögen schlecht verwaltet hat, seit er den Titel bekommen und sein Erbe angetreten hat. Ich habe mehrfach aus zuverlässigen Quellen gehört, daß er auch das Vermögen seiner ersten Frau verschwendet hat. Wenn das wahr ist, dann könnte allein schon das einen Mann dazu treiben, von einer Heirat mit einer reichen Frau besessen zu sein.«

»Mein Vater hat von all dem nichts gewußt. Ich bin ganz sicher.«

»Dann sagen Sie es ihm.«

»Das werde ich tun, aber es wird nichts nutzen. Mein Vater ist ein stolzer, sturer Mann, ein Ehrenmann, ein Mann, der sein Wort hält. Er wird zu seinem Wort stehen. Und wahrscheinlich wird er mir sagen, daß Männer über Hunderte von Jahren gute und beständige Ehen geführt haben, selbst dann, wenn sie aus ebendiesem Grund geheiratet haben.« Sie schüttelte den Kopf. »Wahrscheinlich fände er es sogar ehrenwert, daß ein Mann seine Verpflichtungen über die eigenen Gefühle stellt.« Sie seufzte und wandte Percy ein erschöpftes Gesicht zu. »Was soll ich bloß tun?«

Percy stand auf. »Ich möchte das jetzt ungern beantworten. Ich fürchte, im Moment kann ich nichts Sinnvolles dazu sagen. Ich bin so müde wie ein Kampfhahn nach dem Kampf.« Er wollte aus dem Zimmer gehen, blieb aber neben einer Ledermappe auf dem Schreibtisch noch einmal stehen, legte die Hand auf die Mappe und sagte: »Das sind die Verhandlungsprotokolle, falls Sie sie einsehen möchten. Der Mackinnon hat Schreiber engagiert, damit sie soviel wie möglich von dem Verfahren schriftlich festhalten.«

Annabella nahm den Packen Papiere mit in ihr Zimmer und verbrachte den Rest der Nacht damit, sie durchzulesen. Es war halb sieben, als sie etwas las, wozu ihr etwas einzufallen schien, doch sie wußte nicht, was. Sie las den Satz noch einmal durch. »Der Verstorbene ist mit einem Dolchstoß in den oberen Quadranten seines Rückens ermordet worden, dicht neben dem rechten Schulterblatt.« Sie schüttelte den Kopf und wußte nicht, warum dieser Satz Erinnerungen wachrüttelte. *Ich bin jetzt zu müde zum Denken. Morgen,* dachte sie. *Ich lese es morgen noch einmal.*

Sie las es am nächsten Morgen noch einmal, doch die Worte erschienen ihr keineswegs ungewöhnlich, und daher las sie weiter. Sowie sie die Lektüre beendet hatte, aß sie mit Percy und dem Herzog zu Mittag. Nach dem Mittagessen zogen sie sich in die Bibliothek zurück und gingen die Gerichtsprotokolle durch. Immer wieder lasen sie einen Absatz nach dem anderen, doch es kam nichts dabei heraus.

Im Lauf der Zeit war ihr allmählich klargeworden, daß sie nach Gavins Tod hatte weiterleben können, weil ihre Gedanken sich nur noch darum drehten, wie sie Ross zur Freiheit verhelfen konnte. Inzwischen war das ein Grund, um weiterzuleben, ein Grund, um morgens aufzustehen und sich dem Tag zu stellen, ein Grund, ins dunkle Unbekannte hinabzusteigen. Sie trauerte immer noch um ihren Bruder, und kein Tag verging, an dem sie nicht mehr als einmal an ihn dachte. Aber sie konnte die Dinge in Relation zueinander setzen. Gavin war tot, und niemand konnte mit den Toten leben oder etwas an der Endgültigkeit des Todes ändern. Sie konnte sich von seinem Tod niederschmettern lassen, aber sie konnte daraus auch die Kraft schöpfen weiterzumachen. Sie entschied sich für letzteres.

Wenn sie an Ross dachte, dann quälte sie sich nur, aber selbst die Qual konnte sie nicht davon abhalten, ihren Erinnerungen nachzuhängen. Das war alles, was sie jetzt noch hatte. Oft ertappte sie sich dabei, wie sie ins Leere starrte und die Zeiten noch einmal erlebte, die sie mit ihm verbracht hatte, die Momente, in denen er sie an seinen großen, kräftigen Körper geschmiegt und festgehalten hatte, als wollte er sie bis ins Innerste in sich aufnehmen. Solche Überlegungen brachten sie dazu, die Hände gemartert zu Fäusten zu ballen, denn sie wußte und fürchtete, was man schon in wenigen Tagen mit ihm tun würde. Und wie immer löste der quälende Gedanke, daß sie ihn nie mehr sehen würde, den sehnlichen Wunsch in ihr aus, ihn noch ein letztes Mal zu sehen, seine Kraft und seine Geduld zu spüren, mit der er sie nahm, die Geborgenheit in seinen Armen zu fühlen, zu wissen, daß es ihn gab.

Am schlimmsten waren die Nächte; dann vermißte sie ihn am meisten. Oft wachte sie in kalten Schweiß gebadet auf, und das Verlangen in ihr war eine lodernde, verzehrende Flamme, in der große Verzweiflung mitbrannte. Sie drehte sich dann auf die Seite, umfaßte ihre Taille mit den Händen und wiegte sich. *Laß ihn nicht sterben. Bitte, laß ihn nicht sterben.* Wie eine Litanei hallte es in ihrem Kopf, bis die Tränen brannten und alles vor ihren Augen verschwimmen ließen, und dann weinte sie, bis ihre Kehle schmerzte und die Erinnerung an ihre Leidenschaft ihren Verstand umnebelte.

Eine Woche vor dem Termin, an dem Ross gehängt werden sollte, stieg Annabella mit dem Mackinnon den Pfad hinauf, den sie an jenem Tag vor langer Zeit erklommen hatte. Sie liefen weit und kamen erst nach mehr als zwei Stunden nach Dunford zurück.

Da sie sah, wie müde der alte Herzog war und daß er kurz vor dem Punkt der totalen Erschöpfung stand, ging sie mit ihm in die Bibliothek und bat Robert, im Kamin Feuer zu machen. Während Robert das Holz im Kamin schichtete, redeten sie über die Hinrichtung und entschieden sich beide, nicht hinzugehen. »Es ist schon merkwürdig«, sagte der Mackinnon, »daß ich sie anscheinend alle überlebe – meine Kinder und meine Enkel.«

»Geben Sie jetzt nicht auf«, sagte sie. »Denken Sie immer daran, was Sie mir selbst gesagt haben. Wir müssen den Glauben und die Hoffnung bewahren und beten.«

»Ich habe bis zur Erschöpfung gebetet und kann nicht mehr beten, mein Kleines. Wenn Gott mir den Jungen nicht zurückgibt, dann bete ich, daß er mir die Kraft geben wird, mit diesem Verlust weiterzuleben.« Er schüttelte den Kopf mit dem weißen Haar, und sie fand, er sähe aus wie ein zotteliger alter Löwe. »Weißt du, ich glaube, Ross hat gewußt, daß er nicht mit dem Leben davonkommt. Ich erinnere mich noch an den Tag, an dem wir abgereist sind, als Percy und ich das letzte Mal zu ihm gegangen sind, um mit ihm zu reden. Er hatte sich wieder auf einen Streit eingelassen. Seine rechte Hand war verbunden. Als ich ihn danach gefragt habe, hat er gelacht und gesagt: ›*Tja, ich schätze, das ist ein Vorteil daran, daß ich gehängt werde. Wenigstens ist es todsicher, daß diese Hand mich nicht mehr lange plagen wird.*‹ Er hat mir gesagt, ich sollte mir keine Sorgen um ihn machen, er sei schon immer allein zurechtgekommen. Nachdem wir fortgegangen waren und uns auf den Weg aus der Stadt gemacht haben, habe ich noch einmal aufgeblickt und gesehen, wie er dastand und uns durch das Fenster nachgesehen hat, und hinter diesen Gitterstäben hat sein Gesicht auf mich herabgelächelt. Er hat die Hand gehoben und uns zugewinkt. Die Sonne hat diesen Verband glitzern lassen wie einen Spiegel...«

»Mein Gott!« Annabella sprang auf. »O mein Gott!« Sie schlug sich die Hände über den Mund. Tränen strömten über ihr Gesicht. Sie breitete die Arme weit aus, schaute zum Himmel auf und ließ sich in ihrer Dankbarkeit auf die Knie sinken. »Oh, lieber, guter, wohlmeinender Gott! Ich danke dir! Ich danke dir!« sagte sie.

Sie wandte sich an den Mackinnon und stand wieder auf. »Gebete bewirken etwas. Es ist so! Es ist wirklich so!« Sie legte die Hände auf die Wangen des alten Mackinnon und gab ihm einen Kuß. »Sie haben es geschafft! Sie haben es geschafft! Sie wunderbarer, anbetungswürdiger, großartiger Mann. Sie haben es geschafft! Mit Gottes Hilfe haben Sie es geschafft!«

»Was geht denn hier vor?« sagte Percy, der in die Bibliothek gerannt kam. »Ist alles in Ordnung mit Ihnen?«

»Mit mir schon«, sagte der Mackinnon, »aber ich glaube nicht, daß ich von ihr dasselbe behaupten kann.«

Als Annabella sich wieder beruhigt hatte, eilte sie zum Tisch und fing an, in den Gerichtsprotokollen herumzublättern. »Hier ist es«, sagte sie. »Hört euch das an: ›Der Verstorbene ist mit einem Dolchstoß in den oberen Quadranten seines Rückens ermordet worden, dicht neben dem rechten Schulterblatt.‹«

»Das haben wir alle schon gelesen, Annabella«, sagte Percy. »Und es ist bei der Verhandlung zur Sprache gekommen.«

»Das weiß ich. Aber ich habe nie wirklich verstanden, was es heißt, erst jetzt.« Sie sah den Mackinnon an. »Nicht, ehe Sie den Verband erwähnt haben. Verstehen Sie es denn nicht? Sie haben erwähnt, er hätte geblinkt wie ein Spiegel, und so war es gewissermaßen auch – ein Spiegel, in dem ich in mich hineinschauen kann. In dem Moment, in dem Sie diesen Vergleich angestellt haben, ist dieser Absatz mir schlagartig wieder ins Bewußtsein gekommen. Ich habe klar vor mir gesehen, wie Ross Ihnen zugewinkt hat... mit der rechten Hand gewinkt hat. Mit der *rechten* Hand. Verstehen Sie denn nicht, was ich meine?«

Der Mackinnon sah Percy an. Sie schüttelten beide den Kopf.

»Das macht nichts, solange ich es verstehe. Glaubt mir nur, wenn ich euch sage, daß es kein Zufall war, wenn uns das offenbart worden ist. Eure Exzellenz, das war eine göttliche Fügung.« Sie unterbrach sich und sah die beiden an.

»Sprich weiter«, sagte der Mackinnon, und Bella hätte schwören können, daß die Erschöpfung von ihm abfiel.

»Gavin ist an einem Dolchstoß dicht neben dem *rechten* Schulterblatt gestorben.« Sie ging zu Percy und drehte ihn so um, daß er mit dem Rücken zu ihr stand. »Hier ist bei Gavin zugestochen worden«, sagte sie und markierte mit den Fingern den oberen rechten Quadranten von Percys Rücken. Dann ballte sie die rechte Hand zur Faust und holte zum Stoß aus. »Wenn ein Rechtshänder sich seinem Opfer von hinten nähert und es ersticht, wo sticht er dann zu? Hier?« Sie holte wieder nach Percy aus. Ihr Arm bewegte sich von allein nicht etwa auf die obere rechte Seite, sondern auf die obere linke Seite von Percys Rücken zu.

»Links«, sagte der Mackinnon, und seine Augen sprühten Leben.

»Und wie würde die Stichwunde aussehen?«

»Ich nehme an, der Einstich würde einen Schnitt hinterlassen, der leicht nach unten und nach links geneigt ist«, sagte der Mackinnon.

»Genau. Zum linken Schulterblatt hin. Ein Linkshänder dagegen«, sagte sie und ballte die linke Hand zur Faust, ehe sie auf Percy einstieß, »würde in einem Winkel zustechen, der sich kraß davon unterscheidet, und der Einschnitt ginge nach rechts.«

»Vielleicht hast du recht. Er wäre nach rechts geneigt. Aber ich glaube nicht, daß das ausreichendes Beweismaterial ist«, sagte der Mackinnon.

»O doch! Ich weiß, daß das genügt... und was noch wichtiger ist, mehr haben wir nicht in der Hand. Lesen Sie das«, sagte sie. »Da steht Genaueres über die Verletzung. Ich bin natürlich kein Fachmann, aber wenn ich das lese, dann kommt es mir ganz so vor, als müßte der Mann, der Gavin erstochen hat, Linkshänder gewesen sein.«

Sie reichte Percy das Blatt. Er las ein paar Sätze und hob den Kopf, als ihm plötzlich eine Erleuchtung kam. »Huntly ist Linkshänder«, sagte er.

»Huntly«, sagte Annabella.

»Sind Sie sicher?« fragte der Mackinnon. »Denken Sie nach, Mann, das ist schließlich wichtig.«

»Ich bin ganz sicher. Ich erinnere mich daran, weil ich bei der Verhandlung gesehen habe, daß er etwas aufgeschrieben und dem Kronanwalt das Papier gereicht hat, ehe er seine Aussage gemacht hat. Und er hat mit der linken Hand geschrieben.«

Der Mackinnon läutete, und Robert kam. »Lassen Sie meine Kutsche vorfahren. Wir brechen augenblicklich nach Edinburgh auf«, sagte er.

»Heute abend noch, Eure Exzellenz?«

»Jetzt sofort«, erwiderte der Mackinnon.

»Aber was ist mit dem Abendessen, Eure Exzellenz? Es wird gerade...«

»Dafür haben wir jetzt keine Zeit. Lassen Sie die Kutsche vorfahren!«

»Jawohl, Eure Exzellenz.«

Als sie die Fähre erreichten, hatten sich ihre Pläne bereits verändert. »Ich habe mir überlegt, daß einer von uns nach Seaforth fahren sollte. Wenn wir unsere Behauptung beweisen wollen, daß Gavin von einem Linkshänder erdolcht worden ist, dann brauchen wir den Arzt, der die Leiche Ihres Bruders untersucht hat«, sagte Percy.

»Ich vermute, Sie haben recht«, erwiderte der Mackinnon. »Wenn wir in Kyleakin ankommen, mieten wir eine zweite Kutsche, die euch beide nach Seaforth bringt. Ich fahre nach Edinburgh weiter, treffe mich mit meinem Anwalt und bringe die Dinge ins Rollen.«

»Ich möchte mit Ihnen nach Edinburgh fahren«, sagte Annabella, doch Percy hielt nichts von diesem Vorschlag.

»Sie sollten lieber mit mir kommen. Gavin war Ihr Bruder. Jemand muß dem Arzt die Vollmacht erteilen, uns Zugang zu den Informationen zu verschaffen, die wir brauchen.«

Obwohl beschlossen wurde, daß Annabella nicht nach Edinburgh mitfahren, sondern mit Percy nach Seaforth weiterreisen sollte, war sie unwillkürlich bester Laune. So wohl hatte sie sich seit jenem furchtbaren Tag in Seaforth nicht mehr gefühlt, als sie nach unten gekommen war und Ross blutverschmiert mit ihrem Bruder in den Armen in der Tür hatte stehen sehen.

Sie erreichten das Festland, und der Mackinnon fuhr allein nach Edinburgh weiter, während Percy und Annabella nach Norden aufbrachen. Nach einer weiteren Tagesreise erreichten sie Dr. MacTarvers Haus. Er war bei einem Patienten, und daher hinterließ Percy, sie kämen am nächsten Tag wieder. Die Nacht verbrachten sie in Seaforth.

Annabella hielt ihr Wort und begleitete Barra und Percy am nächsten Tag in Dr. MacTarvers Praxis. Die beißenden Dünste des Formaldehyd trieben ihr schon in dem Moment entgegen, in dem sie eintraten, und sie brachten all die schmerzlichen Erinnerungen an Gavins Tod mit sich. Es war ein Samstagvormittag, und eine Frau fegte den Fußboden. Ansonsten war niemand in der Praxis.

»Ist Dr. MacTarver hier?« fragte Percy.

Eine Tür ging auf, und Dr. MacTarver kam heraus und trocknete sich dabei die Hände ab. »Ah, Lady Annabella, wenn ich recht sehe.« Annabella nickte. »Ich habe schon gehört, daß Sie mich sprechen wollten.«

»Ja«, sagte sie. »Das ist Lord Percival, und das ist mein Onkel Barra Mackenzie.«

Dr. MacTarver schüttelte beiden die Hände.

»Wir müssen dringend mit Ihnen reden«, sagte Annabella. »Es geht um Leben und Tod.«

Dr. MacTarver zog seine buschigen weißen Augenbrauen zusammen und krempelte sich die Ärmel herunter. »Warum putzt du nicht die anderen Räume, Elspeth?«

Die Frau ging, und Dr. MacTarver bedeutete ihnen, sich auf die Stühle zu setzen, die seinem Schreibtisch gegenüberstanden. Er selbst setzte sich hinter seinen Schreibtisch. »Was kann ich für Sie tun?« fragte er.

Percy beugte sich vor. »Vor ein paar Monaten haben Sie die Leiche von Lady Annabellas Bruder untersucht, dem Marquis von Larrimore, und zwar kurz nach seinem Tod.«

»Ja, ich erinnere mich noch an den armen Jungen. Er ist von hinten erdolcht worden, stimmt's?«

»Es geht um den Bericht, den Sie nach Ihrer Untersuchung der Leiche verfaßt haben. Deshalb sind wir hier.«

Dr. MacTarver lehnte sich zurück, und sein Ledersessel quietsche. »Ich fürchte, mehr Informationen als die, die in meinem Bericht enthalten sind, kann ich Ihnen nicht geben. Ich bin ein sehr gründlicher Mensch. Wenn ich meine Berichte schreibe, lasse ich nichts aus.«

»Das stellen wir nicht in Frage«, sagte Percy. »Wir hätten nur gern eine nähere Klärung.«

»Inwiefern?«

»Die Untersuchung meines Bruders, Dr. MacTarver, wie umfassend war die?« fragte Annabella.

»Was meinen Sie mit umfassend?«

»Als Sie ihn untersucht haben, ging es dabei darum, die Todesursache und die näheren Umstände seines Todes festzustellen, oder ging es nur um die Bestätigung, daß er erdolcht worden ist?«

»Junge Frau, ich muß Ihnen sagen, daß man seit dem Mittelalter eine Autopsie durchführt. Ich wußte genau, was ich tue. Ich habe ein abgeschlossenes Medizinstudium an der Universität von Edinburgh hinter mir und in der Schule für Anatomie in der Great Windmill Street studiert. Ich weiß, wie man eine Todesursache bestimmt.«

Percy sah Annabella an. »Lady Annabella wollte damit nicht andeuten, daß Sie nichts von Ihrem Handwerk verstehen, Herr Doktor. Sie hat in Ihrem Bericht etwas gelesen, was ihr ins Auge gesprungen ist. Damit könnte sich die Unschuld des Mannes beweisen lassen, der für den Mord an ihrem Bruder gehängt werden soll.« Percy zog eine Ledermappe aus der Tasche und holte mehrere Blätter Papier heraus. »Vor Gericht kam zur Sprache, daß Lord Larrimore die tödliche Wunde im oberen rechten Quadranten seines Rückens zugefügt wurde, dicht neben dem rechten Schulterblatt.«

»Lassen Sie mich meinen Bericht holen«, sagte Dr. MacTarver, »ehe ich das bestätige oder abstreite.« Ein paar Minuten später hatte er den Ordner gefunden und kehrte wieder an seinen Schreibtisch zurück. Es dauerte nur einen Moment, bis er gefunden hatte, was er suchte. »Ja... hier haben wir es. Ja, das ist richtig – ich habe vom oberen rechten Quadranten gesprochen. Ich habe eine Skizze angefertigt«, sagte er und drehte das Blatt um, damit sie es alle sehen konnten.

»Lady Annabella glaubt, aus weiteren Aussagen, die Sie zu dem Winkel abgegeben haben, in dem der Dolch eingedrungen ist, schließen zu können, daß ihr Bruder von einem Linkshänder getötet worden ist.«

Dr. MacTarver wirkte nachdenklich, als wägte er sorgsam ab, was Percy gerade gesagt hatte. Ohne ein Wort zu sagen, wandte er sich wieder seinen Papieren zu und las, was er geschrieben hatte und betrachtete dann seine eigenen Skizzen. Er holte mehrfach mit dem Arm aus – erst mit dem rechten, dann mit dem linken.

Die Qualen, die sie alle durchmachten, während sie darauf warteten, daß Dr. MacTarver einen Entschluß faßte, lohnten sich ganz und gar, als Dr. MacTarver sie anschaute und sagte: »Ich stimme dem zu.« Er schlug mit der Hand auf den Tisch und äußerte sich mit großem Nachdruck.

Annabella zuckte zusammen, als er mit der Hand auf den Tisch schlug. Dann sah sie ihn erstaunt an, und gleich darauf breitete sich große Freude in ihrem Gesicht aus. »Wirklich? Ist das Ihr Ernst? Heißt das, Sie sind unserer Meinung?«

»Ja, allerdings, und ich werde Ihnen auch zeigen, warum.« Er nahm ein leeres Blatt Papier und fing an, das Diagramm eines Rückens zu skizzieren. Dann legte er den Stift hin, griff nach einem Brieföffner und nahm ihn wie ein Messer in die rechte

Hand. Er stieß damit zu. »Und jetzt schauen Sie sich den Bogen an, den meine Hand bei der Bewegung beschreibt.« Er stach noch einmal mit dem Brieföffner zu. »Sie haben gesehen, daß die natürliche Armbewegung von rechts nach links geht?« Percy und Annabella nickten. »Und jetzt schauen Sie noch einmal her.« Er nahm die andere Hand und führte dieselbe Bewegung mit dem Brieföffner noch einmal durch. »Haben Sie den Unterschied bemerkt? Wenn ich den Öffner in die linke Hand nehme, beschreibt der Bogen einen anderen Winkel. Wäre Ihr Bruder von einem Rechtshänder erstochen worden, Lady Annabella, dann wäre die Stichverletzung eine Wunde gewesen, die von rechts oben nach links unten verläuft. Andererseits hätte ein Linkshänder so zugestochen, daß der Einstich von links nach rechts verläuft. Diese Skizzen, die ich von der Wunde angefertigt habe, stimmen mit Ihrer Auffassung überein.« Er schloß den Ordner und stand auf. »Meiner professionell fundierten Meinung nach ist Ihr Bruder von jemandem ermordet worden, der dazu neigt, Dinge mit der linken Hand zu tun.«

»Gott sei Dank«, sagte Annabella und stand auf. »Sie wissen nicht, wie wichtig das ist.«

»Ich vermute, es geht um ein Menschenleben«, sagte Dr. MacTarver.

»Und uns bleibt nicht viel Zeit, um es zu retten«, fügte Percy hinzu. »Er soll am Montag in Edinburgh gehängt werden.«

»Heiliger Strohsack!« sagte Dr. MacTarver. »Das ist ja schon übermorgen. Sie sollten sich am besten gleich auf den Weg machen.« Er dachte einen Moment lang nach. »Ich nehme an, meine Anwesenheit ist erforderlich. Ich muß Sie wohl begleiten?«

Percy grinste. »Ja – es wäre weit einfacher, wenn Sie freiwillig mitkämen und wir Sie nicht gewaltsam hinschleifen müssen – notfalls mit Chloroform betäubt.«

»Chloroform? Wie ich sehe, sind Sie mit Ihrer Lektüre auf dem laufenden«, sagte Dr. MacTarver.

Mit Dr. MacTarvers Angebot, sie zu begleiten, schien ihre Glückssträhne zu enden, denn die Reise nach Edinburgh wurde durch unselige Verzögerungen behindert. Während der gesamten Fahrt regnete es, und daher kamen sie nur langsam und mühselig voran. Kurz vor Ft. William lahmte eines der Pferde des Gespanns, und es kostete sie Zeit, ein neues Pferd zu erwerben. Bei Stirling brach ein Rad der Kutsche, und sie mußten für den Rest der Reise reiten. Am frühen Morgen des Montag erreichten sie Edinburgh und begaben sich schnurstracks ins Hotel. Mit dem Mackinnon im Schlepptau gingen sie erst zum Anwalt, dann zum Kronanwalt. Weniger als eine Stunde vor dem Zeitpunkt, zu dem Ross gehängt werden sollte, hatten sie die ordnungsgemäßen Papiere an sich gebracht, um seine Freilassung zu erwirken.

Als sie das Büro des Kronanwalts verließen, sagte Annabella: »Uns bleibt nicht mehr viel Zeit. Warum nehmt ihr nicht die Pferde und macht euch gleich auf den Weg? Ich folge euch mit der Kutsche.«

Sie sah Percy und dem Mackinnon nach, als sie im Galopp davonritten, und dann kletterte sie in die Kutsche. Falls sich jemals jemand quer durch Edinburgh gebetet hatte, dann war das Annabella.

Als sie ankam und in ein kleines Wartezimmer geführt wurde, war von Percy oder dem Mackinnon nirgends etwas zu sehen. Sie lief auf und ab, wartete besorgt und wunderte sich. Ein Trommelwirbel lockte sie ans Fenster. *Nein*, schrie sie innerlich auf. *Das darf nicht passieren. Sie können ihn nicht hängen. Das dürfen sie einfach nicht tun.*

Doch genau das taten sie.

Sie beobachtete voller Entsetzen, wie der großgewachsene dunkelhaarige Mann, den sie mehr als ihr eigenes Leben liebte, langsam durch den Hof zum Galgen ging. Sie fing an zu schreien und mit den Fäusten gegen das Fenster zu schlagen und an den

Gitterstäben zu ziehen – sie tat alles, was ihr einfiel, um diesen Wahnsinn aufzuhalten. Er war ein freier Mann, freigelassen und der Obhut seines Großvaters unterstellt, bis eine Vernehmung angesetzt werden konnte. Das hatten der Kronanwalt und der Richter selbst gesagt. Sie konnten ihn nicht hängen.

Als er den Fuß auf die unterste Stufe stellte, wußte sie, daß sie es nicht mehr aushalten konnte, und sie wandte sich ab.

Ross würde tot sein, ehe sie das Gebäude verließ. So tot wie Gavin. Nichts schien mehr von Bedeutung zu sein. Die Zukunft erstreckte sich vor ihr wie ein langer schwarzer Streifen, an dessen Ende Lord Huntly wie ein Gefängnisaufseher wartete. Jetzt konnte nichts mehr sie vor Huntly bewahren. Wenn sie auch Ross' Unschuld bewiesen hatten, hatten sie noch nicht Huntlys Schuld bewiesen. Huntly würde straffrei ausgehen, es sei denn, er hätte ein Geständnis abgelegt, etwas, was sie sich bei einem Mann wie ihm nicht vorstellen konnte. Es gab nur eine Chance. Wenn sie Huntly gegenübertrat und ihm den Eindruck vermittelte, sie hätten Beweismaterial gegen ihn in der Hand, dann konnte sie ihn damit vielleicht dazu bringen, in eine Lösung der Verlobung einzuwilligen.

Anschließend erinnerte sie sich kaum noch an etwas, nur daran, daß es wie ein Alptraum war, in dem sie in dunklen, verschwommenen Bildern sah, wie sie den Raum verließ, einen Moment stehenblieb, um einen Wächter zu fragen, wie lange man brauchte, um an einen Ort in der Nähe von Aberdeen zu gelangen, der Stonehaven hieß, und dem Kutscher sagte, dort sollte er sie hinbringen.

25. Kapitel

»Natürlich reiten Sie hinterher«, sagte Percy. »Wenn sie ihn mit der Wahrheit über Gavins Tod konfrontiert, könnte ihr Leben auf dem Spiel stehen.«

Ross öffnete die hölzernen Läden vor dem Fenster und schaute in den Hof des Gasthauses hinunter. »Solange sie in eine Heirat mit ihm einwilligt, ist sie sicher«, sagte er. »Dieser schmackhafte kleine Leckerbissen, den Sie bei dem Anwalt über seinen drohenden finanziellen Ruin gefunden haben, beweist das. Er wird schon bald anfangen müssen, die Ländereien der Huntlys zu verkaufen, es sei denn, diese Heirat findet statt.« Er wandte sich vom Fenster ab. »Er braucht ihr Vermögen, selbst dann, wenn er sie nicht gebrauchen kann.«

»Um Gottes willen! Das soll doch nicht etwa heißen, daß Sie sie sich selbst überlassen wollen«, sagte Percy und zog eine finstere Miene, als Ross die Achseln zuckte. »Sie können tun, was Sie wollen, aber ich reite dem Mädchen nach.«

»Machen Sie sich keine Sorgen«, sagte der Mackinnon und legte eine beruhigende Hand auf Percys Schulter. »Der Junge übt sich gerade darin, uns mit einer Spezialität der Schotten zu täuschen. Er hat vor, sein Mädchen ganz allein zu erretten, damit er in den Genuß ihrer vollen Dankbarkeit kommt.« Der Mackinnon sah Ross an. »Falls der Wächter recht gehabt hat und sie tatsächlich nach Stonehaven gefahren ist, wirst du einen Plan brauchen, um sie dort rauszuholen.«

»Wenn wir Sie heute schon einmal im letzten Augenblick den Krallen des Todes entrissen haben, dann heißt das noch nicht, daß Sie beim nächsten Mal genauso viel Glück haben«, sagte Percy. »Sie haben gesehen, wie sie diesen anderen armen Kerl gehängt haben. Seien Sie vorsichtig, mein Junge, damit Sie nicht wieder im Gefängnis landen.«

»Ich werde mich vorsehen.«

»Was werden Sie tun?« fragte Percy.

»Bisher habe ich noch keine Pläne«, antwortete Ross. »Ich muß sehen, gegen wen ich es aufnehme, wenn ich erst in Stonehaven bin und Mercat Castle gefunden habe.«

»Ich kann dir jetzt schon sagen, was du vorfinden wirst«, sagte der Mackinnon. »Eine solide gebaute Burg auf einem Felsvorsprung, die auf drei Seiten von steilen Klippen gesichert ist, Klippen, die mehr als dreißig Meter jäh in die Nordsee abfallen.«

»Dann werde ich das Schloß eben auf demselben Weg betreten, auf dem Huntly es betritt.«

Der Mackinnon schüttelte den Kopf. »Ich weiß nicht so recht. Es ist unmöglich, wieder rauszukommen. Reinzukommen wird nicht viel einfacher sein. Du kannst wohl kaum mit deinem guten Aussehen Türen und Tore öffnen.«

Ross grinste und zerzauste seinem Großvater die weiße Mähne. »Genau das habe ich vor«, sagte er. »Selbst Huntly kann nicht ohne ein oder zwei Frauen einen Haushalt führen.«

Die drei Reiter hielten sich im Schutz der Bäume, während der Vollmond wie ein Geisterschiff schimmerte, das durch Wolken segelte, die so wüst brodelten wie der Ozean. Endlich stiegen die drei Reiter ab und betrachteten den imposanten gedrungenen Umriß von Mercat Castle am Ende eines Weges, der wie ein Streifen Mondlicht schillerte, der sich auf einer lavendelfarbenen Heide verirrt hat.

»Da wären wir, mein Junge«, sagte der Mackinnon. »Meinst du nicht, wir sollten zurückreiten und den Richter holen?«

»Nein«, sagte Ross. »Ich habe mir schon genau überlegt, wie ich reinkomme.«

»Und wie kommen Sie wieder *raus*?« fragte Percy.

»Darüber mache ich mir Gedanken, wenn ich erst drinnen bin und mein Mädchen wiederhabe«, sagte er.

»Und was dann?«

»Sobald wir in Sicherheit sind, werde ich ihr als erstes den hübschen Hals umdrehen, weil sie einfach fortgegangen ist. Ich weiß nicht, was in Teufels Namen sie sich dabei gedacht hat – Huntly auf eigene Faust nachzusetzen. Warum konnte sie nicht warten, bis ihr mich rausgeholt hattet?«

»Vielleicht hat sie gedacht, Sie würden ihr nicht erlauben, Huntly gegenüberzutreten«, sagte Percy.

»Da haben Sie verflucht recht. Ich hätte es ihr nicht erlaubt«, erwiderte Ross.

»Aber vielleicht hat sie auch geglaubt, es sei zu spät und du seist schon tot«, sagte der Mackinnon. »Diese andere arme Seele hat dir von weitem wirklich sehr ähnlich gesehen. Anfangs dachte ich selbst, du seist es, bis ich dich mit Percy gesehen habe.«

Sie hörten Lärm hinter sich auf der Straße. Wenige Minuten später hatten das Gelächter, der unmelodische Gesang und das Quietschen von Rädern eine Lautstärke erreicht, die fast schmerzhaft war. Als sie sich umdrehten, sahen sie einen Wagen, der mit jungen Leuten beladen war – sie hatten ihn vor einer halben Meile überholt – und langsam auf der Straße näher kam. Die Nacht war noch jung, und ebenso verhielt es sich mit den Menschen im Wagen, deren Blut der Whisky verdünnte und die mißtönend eine Strophe von »Öffne dein Mieder, Leonore« grölten.

»Versteckt euch«, sagte Ross. »Und nehmt die Pferde mit. Das ist die ideale Mitfahrgelegenheit für mich.« Als er das besorgte Gesicht seines Großvaters sah, fügte er hinzu: »Es könnte eine Weile dauern. Wenn ich bei Tagesanbruch nicht zurück bin, geht ihr zum Richter.«

Der Mackinnon und Percy verbargen sich im Schatten und preßten den Pferden die Hände auf die Nüstern, damit sie nicht wieherten, während sie beobachteten, wie Ross kehrtmachte und zu Fuß weiterlief.

Ein paar Minuten später war der Wagen auf einer Höhe mit ihm. In das überschwengliche Gelächter mischte sich eine fröhliche Begrüßung. »Hast du dich verirrt?«

»Nein«, sagte Ross lachend. »Ich mich nicht, aber mein Pferd.«

Daraufhin brach erneut Gelächter aus. »Willst du nach Mercat?« fragte ein Mädchen von etwa sechzehn Jahren.

»So schnell mich meine müden Beine tragen«, erwiderte Ross.

»Dann spring auf«, sagte das Mädchen. »Wir fahren auch hin.«

Ross sprang auf und setzte sich zwischen die beiden Mädchen, die ihm beim Aufspringen die Hände entgegengestreckt hatten. »Wohnt ihr in Mercat?« fragte er.

»Wir arbeiten dort«, antwortete eins der Mädchen und küßte sein Ohr.

»Für Lord Huntly muß es sich ja prächtig arbeiten lassen, wenn er seinen Haushaltshilfen an einem Wochentag einen Abend freigibt.«

»O nein, normalerweise tut er das nicht«, sagte das andere Mädchen. »Aber heute hat er Besuch bekommen. Von einer *Dame*. ›Öffne dein Mieder, Leonore‹«, sang sie lachend, und dann ließ sie sich auf den Rücken fallen und zog Ross mit sich.

Als sie Mercat erreichten, kannte Ross schon zwei Strophen.

Annabella stand in einem burgunderroten Samtkleid neben dem Flügel und arrangierte Rosen in einer Schale. Der Graf von Huntly saß auf einer Ecke eines französischen Schreibtischs und ließ die Beine baumeln. Zu seinen Füßen lagen die beiden Spaniels. In der linken Hand drehte er einen kleinen silbernen Dolch.

Ihr Herz klopfte heftig unter dem burgunderroten Samt, doch sie rang darum, gleichmäßig zu atmen und mit ruhiger Stimme zu sprechen. Am anderen Ende des Raums machte Huntly den Eindruck, als kämpfte er seine eigenen Schlachten gegen drohende Wutausbrüche. Er trank noch einen Schluck von seinem Burgunder. Sie wußte, daß er einen Eiertanz vollführte, daß er die Ruhe bewahren mußte.

Er betrachtete sie und nahm ihr unverdorbenes, unschuldiges Aussehen wahr. Sie war eine Schönheit. Ihn erzürnte das Wissen, daß sie wahrscheinlich nicht so rein war, wie sie aussah. Das trieb ihn in die Raserei.

»So dumm kannst du doch nicht sein«, sagte er. Dann ahmte er sie nach: »Ich möchte Sie nicht heiraten, Sir.« Er stieß sich vom Schreibtisch ab und kam auf sie zu. »Gott sei mein Zeuge, aber ich kann mir beim besten Willen nicht vorstellen, warum nicht. Ein besseres Angebot bekommst du nicht. Du hast dich ruiniert, verstehst du. Kein anständiger Mann wird um deine Hand anhalten, wenn erst etwas über deine Zeit mit Mackinnon durchgesickert ist. Zwischen dir und dem Ruin steht nur meine Entscheidung, mein Wort zu halten und zu meiner Unterschrift zu stehen.«

»In dem Fall ziehe ich den Ruin vor.« Daraufhin ohrfeigte er sie, und sie wankte zurück. Schnell hatte sie sich wieder aufgerichtet. Sie spürte, daß ihre Lippe brannte, und sie schmeckte Blut in ihrem Mund, aber sie sagte kein Wort. Immer wieder sagte sie sich, selbst wenn er sie umbrachte, sei es das wert, solange er nur für Gavins Tod verurteilt wurde. Sie hatte beschlossen, sich ruhig zu verhalten, weil sie hoffte, er würde wie ihr Vater eine Zeitlang poltern und dann erschöpft aufgeben. Damit, daß er sie schlagen könnte, hatte sie nicht gerechnet, doch selbst das brachte sie nicht von ihrem Entschluß ab, ihr Vorhaben zu Ende zu führen.

»Dein Benehmen in Seaforth war skandalös. Möglicherweise kann sogar mein guter Name dich nicht ganz von dieser Torheit reinwaschen.«

»Dann geben Sie mir Ihren *guten* Namen lieber nicht. Falls Sie es doch versuchen sollten, werde ich ihn nur ablehnen.«

Es sah immer noch so aus, als könnte er sie schlagen, und sie glaubte schon, er würde es tun, doch statt dessen hielt er den Dolch an ihre Kehle und zog sachte eine Schlangenlinie, die an der Spitze über ihren Brüsten endete. »Du stehst schlecht da und kannst nicht mit mir handeln, meine süße kleine Schlampe. Du bist nichts weiter als Mackinnons Überreste.«

»Lieber seine Überreste als deine Frau.«

Er warf den Dolch durch das Zimmer und ohrfeigte sie mit dem Handrücken. Ihr Kopf wurde zurückgeschleudert, und sie wankte rückwärts gegen den Flügel. Sie schlug sich eine Hand auf den brennenden Abdruck auf ihrer Wange aber sie weinte nicht, und sie gab auch kein einziges Wort von sich.

»Provoziere mich nicht noch einmal«, warnte er. Er wollte gerade noch etwas hinzufügen, als er sie keuchen hörte und ihrem Blick folgte. Ihr Gesicht war weiß, und ihre Augen waren übergroß. Er drehte sich um.

Ross Mackinnon stand in der Tür, und seine dunkelblauen Augen waren wuterfüllt. Er trat ins Zimmer, und Annabella sah das Schwert in seiner Hand.

»Dieses Schwert hing nicht grundlos an der Wand. Es ist mehr als hundert Jahre alt«, sagte Huntly. »Es ist von unschätzbarem Wert. Das letzte Mal ist es in der Schlacht von Culloden eingesetzt worden.«

»Dann sollte es meinen Zwecken gut dienen. Verschwinde von hier, Annabella«, sagte Ross mit beherrschter Stimme. »Warte vor der Tür auf mich.«

»Aber wie... wie bist du hierhergekommen? Ich habe gesehen, wie du zum Galgen gegangen bist.«

»Es stand kurz davor, aber das war ich nicht. Percy ist noch rechtzeitig gekommen.«

Sie wäre beinahe ohnmächtig geworden, aber sie wußte, daß sie jetzt für Ross einen klaren Kopf bewahren mußte. Er hatte ihr gesagt, sie solle gehen. Sie ging auf die Tür zu.

»Hast du es ihm schon gesagt?« fragte er.

»Nein«, sagte sie. »Du bist gekommen, ehe ich Gelegenheit dazu hatte.«

»Mir was gesagt?« fragte Huntly.

Ross wartete, bis sie das Zimmer verlassen hatte. »Daß der Richter auf dem Weg hierher ist, um Sie wegen des Mordes an Gavin zu verhaften.«

»Dieses Verbrechens sind Sie bereits angeklagt worden, und wenn Sie der Schlinge diesmal auch entkommen sind, werden Sie doch noch früh genug hängen.«

»Ich bin ein freier Mann, Huntly. Die Schlinge wartet schon auf Ihren Hals. Sie hatten diese Geschichte recht geschickt geplant, aber Sie haben eine Kleinigkeit vergessen. Ich bin kein Linkshänder. Das ist wirklich ein Jammer. Sie schreiben mit der linken Hand. Sie haben diesen Dolch mit der linken Hand geworfen – ich habe es selbst gesehen. Sie hätten Gavin mit der rechten Hand erdolchen müssen, aber das haben Sie nicht getan.«

Huntly stand regungslos mitten in dem großen Raum. Sein Kiefer zuckte, und seine Hände waren zu Fäusten geballt. »Sie Schurke! Wenn Sie glauben, Sie könnten mich reinlegen...«

»Das ist kein Trick. Der Richter wird es früh genug beweisen.«

»Warum noch darauf warten?« sagte Huntly. »Sie sind doch gekommen, um mich zu töten, oder nicht? Worauf warten Sie noch? Bringen Sie es hinter sich.«

»Ich möchte Sie keinesfalls um das Vergnügen bringen, vor Gericht gestellt zu werden, Huntly. Ich bin nur aus einem einzigen Grund hergekommen. Weil Sie etwas bei sich hatten, was mir gehört«, sagte Ross. »Das Mädchen. Alles übrige überlasse ich dem Hohen Gericht. Ich werde Sie nicht töten und somit Raum für Zweifel lassen.«

Huntly stürzte sich auf ihn, und Ross schlug ihm die stumpfe

Seite des Schwerts gegen die Brust. Dann hob er das Schwert zu einem spöttischen Salut an seinen Kopf, wandte sich zur Tür und zerschnitt die Schnur, an der der Kronleuchter hing. Er fiel krachend auf den Boden, und die Kerzen rollten auf Huntlys kostbaren Perserteppich. Der Teppich ging in Flammen auf.

Während Huntly die Kerzen austrat und um Hilfe schrie, schlüpfte Ross zur Tür hinaus und sah sich im Korridor nach Annabella um. Er sah sie im Dunkeln stehen, und neben sich auf dem Boden hatte sie ihre Petticoats liegen. Den Rock hatte sie sich zwischen die Beine gezogen und trug ihn jetzt nach Kosakenart.

»Lach nicht«, sagte sie. »Ich dachte, vielleicht müßten wir schnell von hier verschwinden, und dann bräuchte ich Beinfreiheit – damit ich rennen kann.«

»Das sieht meinem Mädchen ähnlich«, sagte er und grinste, als er auf sie zuging, sie in seine Arme zog und ihr schnell einen Kuß gab.

»Ich kann einfach nicht glauben, daß du hier bist. Ich war ganz sicher, daß du tot bist«, sagte sie.

»Ich weiß, und erinnere mich daran, daß ich dir das Hinterteil versohle, weil du einfach so davongelaufen bist. Und jetzt laß uns gehen, ehe Huntly den Brand gelöscht hat.«

Ross nahm Annabella an der Hand und lief mit ihr weiter. Huntlys panische Hilferufe hallten hinter ihnen her. Sie rannten jetzt, bogen in einen anderen Korridor ein, rasten durch zwei Zimmer und blieben gerade lange genug stehen, um eine Truhe vor eine der Türen zu rücken. Annabella überlief ein Freudenschauer, als sie die Terrasse sah. Doch sowie sie im Freien waren, legte sich ihre Freude schnell. Sie schauten über das Geländer und sahen, daß der Boden unter ihnen steil abfiel.

Das Mondlicht funkelte wie Flitterschmuck auf einem mitternachtsschwarzen Meer. Ross stand neben ihr und schaute auf das Wasser unter ihnen.

Huntlys Männer stürzten hinter ihnen durch die Türen.

»Da sind sie!« schrie einer von ihnen.

Ross sah Annabella an. »Hast du Mumm, Mädchen?«

»Ja«, sagte sie, und ihre Augen blitzten. »Du auch?« Ehe er etwas darauf erwidern konnte, ergriff sie seine Hand, sprang und zog ihn mit sich in den Abgrund.

Ross Mackinnons Lachen folgte ihnen, als sie den Sprung wagten. Sie stürzten, stürzten und stürzten, bis sie schließlich ins Meer fielen.

Epilog

Texas, 1880

St... ...n ritt zügig auf der trockenen texanischen
... ...virbelte eine Staubwolke auf, die es keines-
... ...schien, sich hinter ihm wieder zu legen. Eine
... ...t er sein Pferd vor dem Haus seines Onkels
... ...non an.
... ...nd er mit einem Fächer in der Hand und ge-
... ...n auf der Terrasse hinter dem Haus vor.
... ...l setzte er sich auf die oberste Stufe. »Tess Dela-
... ...wirklich«, sagte er.
... ...lich. Ich finde, sie ist ein reizendes Mädchen«,
... ...a.
... ... uns miteinander angefreundet... uns eng ange-
... ...t wir hier sind.«
... ...chte ich mir. Ihr verbringt viel Zeit miteinander.«
... ...e ihr gesagt, daß wir in weniger als einem Monat wie-
... ...chottland fahren.«
... ...n sind es noch drei Wochen«, sagte Annabella. »Un-
... ...Monate sind diesmal furchtbar schnell vorbeigegan-
...
... ...nn dir versichern, daß ich es gräßlich finde, von hier
... ...en.«
... ...t mir klar«, sagte Annabella. »Von all meinen Kindern
... ...lu Texas am meisten zu mögen. In der Hinsicht hast du
... ...leinem Vater. Ihm fällt es immer schwer, von hier fort-
... ...wenn es an der Zeit ist, wieder zurückzufahren.«

»Genau das habe ich mir auch gedacht. Das Fortgehen fällt mir *gräßlich* schwer.«

Annabella öffnete ein Auge. »Das wird vorübergehen, und dann wirst du froh sein, bald wieder zu Hause zu sein. Genauso ergeht es deinem Vater, wenn wir erst einmal unterwegs sind.«

Stewart stand auf. »Ich gehe nicht mit euch zurück, Mutter.«

Sie öffnete das andere Auge. »Wann hast du diesen Entschluß gefaßt, Stewart?«

»Gestern abend, Mutter. Ich habe Tess gebeten, mich zu heiraten.«

»Ich verstehe. Hat sie dir schon eine Antwort gegeben?«

»Ja. Soeben. Ich komme gerade von ihr.«

Annabella versetzte ihm einen Klaps mit ihrem Fächer. »Was ist? Laß mich bloß nicht im dunkeln tappen, Gavin Stewart Mackinnon. Du bist ein gutaussehender Junge. Ich bin sicher, daß sie ja gesagt hat.«

Stewart grinste. »Mit Umschweifen.«

»Entweder man willigt ein, jemanden zu heiraten, oder man lehnt es ab, Stewart. Was hat Tess nun wirklich gesagt?«

»Es würde sie so glücklich machen wie ein Schwein, das mit dem Kopf in einem Eimer Schweinetrank steckt.«

Ehe seine Mutter etwas darauf sagen konnte, drückte ihr Stewart einen Kuß auf die Wange und sprang über das Geländer der Veranda. »Wohin gehst du?« rief sie ihm nach.

»Ich gehe meinen Vater suchen.«

Annabella lächelte und fächelte sich wieder Luft ins Gesicht. Die Sonne stand jetzt schon am Horizont, hüllte die Welt in ihren goldroten Schein und setzte sie in Flammen. In der Pappel neben dem hinteren Tor fand eine Spottdrossel einen Anlaß für ein fröhliches Lied, und Annabella dachte an Stewart, ihr Baby, das jüngste ihrer sieben Kinder.

Sie dachte sich, in vielen Jahren, wenn sie eine alte Frau war, würde sie sich wahrscheinlich an diesen lauen golden schimmernden Abend erinnern, an dem sie ihren Jüngsten an das Geburtsland seines Vaters verloren hatte. Sie schloß die Augen und dachte über ihren Verlust nach. *Wenn man drei Töchter und vier Söhne hat, ist es gar kein so schlechter Schnitt, nur ein Kind an Texas zu verlieren.* Himmel! Am Anfang hatte sie damit gerechnet, mehr Kinder an dieses Land zu verlieren.

Sie hörte, daß jemand die Stufen heraufkam, und als sie die Augen öffnete, sah sie Ross dastehen, und er sah so prachtvoll aus wie an jenem Tag vor langen Jahren, als sie ihm die Krocketkugel an den Kopf geschlagen hatte. Sie lächelte bei der Erinnerung daran, wie gut er am Tag ihrer Hochzeit in seinem Kilt ausgesehen hatte, und auch daran, wie stolz der alte Herzog gewesen war.

Ross stand vor ihr und trug die Sachen, die ihm immer die liebsten gewesen waren: ein blaues Baumwollhemd, eine Lederhose, einen schweißfleckigen Hut und ein Paar ausgelatschte Stiefel. Jetzt hatte er äußerlich nicht das Geringste von einem schottischen Herzog an sich – aber sie wußte, daß er innerlich, in seinem tiefsten Herzen, durch und durch Gutsherr und Anführer des Mackinnon-Clans war.

Er ließ sich auf den Schaukelstuhl neben ihrem sinken, setzte den Hut ab und wischte sich mit dem Arm den Schweiß von der Stirn. »Stewart sagt, er hätte schon mit dir geredet.«

»Ja, das stimmt.«

Ross streckte die Beine vor sich aus und stieß den Schaukelstuhl an. »Hat er dir erzählt, was Tess gesagt hat?«

Annabella lächelte. »Er hat etwas von einem glücklichen Schwein mit dem Kopf im Schweinetrank erzählt.«

»Das ist eine äußerst merkwürdige Reaktion auf einen Heiratsantrag.«

»Ach, ich weiß nicht. Ich glaube, mich zu erinnern, daß du etwas ganz Ähnliches zu mir gesagt hast, als ich deinen Heiratsantrag angenommen habe.«

»Und was war das?«

»Du hast gesagt: ›*Mein Liebling, ich würde dich nicht gegen einen ganzen Morgen trächtiger Säue eintauschen.*‹«

Als sie den verblüfften Ausdruck auf dem Gesicht ihres Mannes sah, fing sie an zu lachen.

Annabella Mackinnons Gelächter trieb über den Hof und den weißen Lattenzaun. Es raschelte in den grünglänzenden Blättern des Obstgartens und klirrte über die rostenden Reste eines alten Streichblechpflugs. Es wurde von einem kleinen Wirbelwind hochgetragen, der aus dem Nichts kam, ließ sich von der Luftströmung mittragen und wurde beim Stall fallen gelassen, und dort lag eine zufriedene alte Sau mit dem Kopf in einem Eimer duftenden kalten Schweinetranks beseligt da.

GOLDMANN

Bestseller

Tom Clancy und Sidney Sheldon, Utta Danella
und Danielle Steel, Heinz G. Konsalik und
Marie Louise Fischer, Colleen McCullough und Gillian Bradshaw,
Charlotte Link und Irina Korschunow –
internationale Weltbestseller garantieren Spannung und
Unterhaltung auf höchstem Niveau.

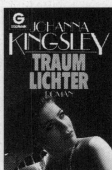

Barbara Taylor Bradford,
Des Lebens bittere Süße 9264

Johanna Kingsley,
Traumlichter 8975

Judith Krantz,
Skrupel 6713

Sandra Paretti,
Die Pächter der Erde 9249

Goldmann · Der Bestseller-Verlag

GOLDMANN

Kathleen E. Woodiwiss

Ihre wild-romantischen Geschichten von Kämpfen, Verrat und Leidenschaft aus längst vergangenen Zeiten sind die Lieblingslektüre von Millionen Leserinnen, und Kathleen E. Woodiwiss die erfolgreichste Autorin historischer Romane der jüngsten Zeit.

Wie eine Rose im Winter 41432

Der Wolf und die Taube 6404

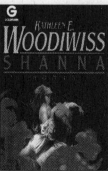

Shanna 41090

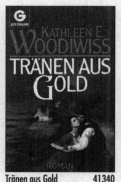

Tränen aus Gold 41340

Goldmann · Der Taschenbuch-Verlag

Jennifer Blake

Nacht über Louisiana
9647

Träume des Südens
9467

Mitternachtswalzer
9675

Der Kreole
9684

Bitteres Paradies
9812

Strom der Sehnsucht
9814

GOLDMANN

GOLDMANN

Charlotte Link

*Mitreißende Romane vor historisch exakt recherchiertem
Hintergrund sind rar. Bücher von Margaret Mitchell und
Collin McCullough haben Maßstäbe gesetzt.
Charlotte Link muß den Vergleich nicht scheuen:
Ihr ist ein europäisches Pendant gelungen.*

Die Sterne von Marmalon 9776

Verbotene Wege 9286

Sturmzeit 41066

Schattenspiel 42016

Goldmann · Der Taschenbuch-Verlag

GOLDMANN TASCHENBÜCHER

Fordern Sie das kostenlose Gesamtverzeichnis an!

Literatur · Unterhaltung · Bestseller · Lyrik
Frauen heute · Thriller · Biographien
Bücher zu Film und Fernsehen · Kriminalromane
Science-Fiction · Fantasy · Abenteuer · Spiele-Bücher
Lesespaß zum Jubelpreis · Schock · Cartoon · Heiteres
Klassiker mit Erläuterungen · Werkausgaben

****

Sachbücher zu Politik, Gesellschaft,
Zeitgeschichte und Geschichte; zu Wissenschaft,
Natur und Psychologie
Ein Siedler Buch bei Goldmann

****

Esoterik · Magisch reisen

****

Ratgeber zu Psychologie, Lebenshilfe,
Sexualität und Partnerschaft;
zu Ernährung und für die gesunde Küche
Rechtsratgeber für Beruf und Ausbildung

Goldmann Verlag · Neumarkter Str. 18 · 8000 München 80

Bitte senden Sie mir das neue Gesamtverzeichnis.

Name: _____

Straße: _____

PLZ/Ort: _____